Unter dem Heiligen Kreuz

Historischer Roman in drei Bänden

von Gerald Hoffleit

Unter dem Heiligen Kreuz

Historischer Roman in drei Bänden

von Gerald Hoffleit

ISBN: 9798474073699

Bibliografische Information der Deutschen Nationalbibliothek
Die Deutsche Nationalbibliothek verzeichnet diese Publikation in der Deutschen Nationalbibliografie; detaillierte bibliografische Daten sind im Internet über http://dnb.d-nb.de abrufbar.

Inhalt

England
Newark
Nottingham
London
Heiliges
Römisches Reich
Mainz
Rouen
Paris
Caen
Le Mans
Tours
Chinon
Frankreich
Poitiers
Aquitanien
Atlantischer Ozean
Navarra
Santa Maria
Usson
Savona
Roquebrune
Pamplona
Leon
Portugal
Kastilien
Aragon
Rom
Messina
Maurisches
Reich
Mittelmeer
Marrakesh
Maurisches
Reich

Ikonium
Seleukia
Antiochia
Reic
Nikosia
Toron
Damas
nassol
Akkon
Netanja
Hattin
Arsuf
Jaffa
Latrun
Askalon
Jerusalem
Kerak
Dimotika
riechisches
Kaiserreich
Konstantinopel
Reich der
Seldschuken
Philomelion
Ikonium
Seleukia
Mossul
Reich der Zengiden
Antiochia
Pegeia
Nikosia
Limassol
Akkon
Hattin
Damaskus
Bagdad
Jaffa
Askalon
Arsuf
Jerusalem
Netanja
Kerak
ittelmeer
Damietta
Ayyubidisches Reich
Reich
der
Abbasiden
Kairo
Medina
Mekka
risches

Band I

1187-1191: Das Kreuz und der Halbmond

Kapitel 1: Salam alaikum

(Friede sei mit Dir)

Hattin, 2. Juli 1187

„Heute werde ich ihn töten, mit meinen eigenen Händen, so wie ich es vor so langer Zeit geschworen habe“, sagte Al-Adils Bruder.

Sie saßen im offenen Zelt des Sultans. Der Blick auf die Hörner von Hattin, die Zwillingskuppen, hinter denen das Heer der Nazarener unter ihrem Heiligen Kreuz auf sie zu marschierte, war frei. Von der anderen Seite zog eine angenehme Brise vom See Genezareth zu ihnen herüber.

Wie oft hatte sein Bruder Yusuf, Sohn des Ayyub, genannt Salah Ad-Din, Heil der Religion, und seit nunmehr sechzehn Jahren Al-Malik, großer Herrscher und Sultan Ägyptens und Syriens, diesen Schwur wiederholt?! Wohl ebenso oft wie seinen Witz, das reiche Ägypten sei für ihn nur eine Hure, die beim Versuch, ihn von seinem Eheweib Syrien zu trennen, gescheitert sei.

Die Person, auf die der Schwur sich bezog, war Rainald von Chatillion, einer der Kuffar, der Ungläubigen, die maskiert als Schriftbesitzer in das Land Palästina eingefallen waren und den Muslimen unendliches Leid gebracht hatten. Sie marschierten unter dem Kreuz, an dem ihren Legenden nach der Prophet Isa gestorben war, den sie als Heiland und Sohn Gottes verehrten.

In Wahrheit aber war Rainald kein Nazarener, kein Christ, sondern ein Heide, dem nichts heilig war. Viele hielten ihn gar für einen schwarzen Magier, der im Bund mit üblen Dschinn oder dem Schaitan selbst stand. Jedenfalls erzählten sich das die einfachen Leute, seit er es irgendwie geschafft hatte, wie ein Geist mit fünf riesigen Galeeren im Roten Meer aufzutauchen, die Küsten Arabiens unsicher zu machen und die Häfen der heiligen Stätten zu plündern.

Aber Al-Adil glaubte nicht daran, dass Rainald ein Magier war. Er war nur ein Mann. Vielleicht einer, der genauso einfallsreich wie grausam war, aber eben nur ein gewöhnlicher Mann. Nachdem er damals den Hafen Medinas geplündert und seine Raubritter den Zivilisten dort unfassbare Dinge angetan hatten, hatte der Sultan Al-Adil mit fünfhundert Berittenen losgeschickt, dem unheilvollen Treiben ein Ende zu bereiten. Rainald selbst hatte irgendwie Wind davon bekommen und sich in seine Burg Kerak absetzen können, aber hundert und siebzig seiner Plünderer konnten die muslimischen Krieger gefangennehmen.

„Weißt du noch, wie die Menge diesen einen, sehr groß geratenen Nazarener, entzwei gerissen hat?“ fragte der Sultan, der wie immer wusste, wo sein Bruder mit seinen Gedanken war.

„Ich erinnere mich, Bruder. Gott mag seiner Seele gnädig sein!“

Oh ja, Sultan Saladin, wie die Nazarener ihn verkürzt zu nennen pflegten, hatte den Leuten ihre Rache gegeben, damals! Die Raubritter waren wie die Opfertiere aufgeschlitzt, entzwei gerissen oder gesteinigt worden, nachdem die Frauen und Kinder sie bespuckt und mit Gemüse beworfen hatten.

Saladin spuckte nun seinerseits aus. „Gnädig? Ich hoffe Allah hat einen speziellen Platz in der Hölle reserviert für die Schurken des Schlächters Rainald von Chatillion.“ Er hielt kurz inne. „Und für ihn selbst! Denn dahin schicke ich ihn heute: in die Hölle!“

So aufbrausend erlebte Al-Adil seinen Bruder nicht oft. Acht Jahre älter als er, war Yusuf ihm immer erschienen wie ein Mann der Weisheit, der nicht nur in seiner Auslegung des Korans und der Sunna absolut sicher war, sondern auch in allem anderen, was er tat. Ob er ein Gedicht verfasste oder eine Schlacht befehligte, er tat es überlegt und mit Ruhe.

Aber Rainald war die Nemesis des Sultans, seine große Schwäche. Kaum jemand wusste um die lange Vorgeschichte der beiden und der Sultan war bemüht, dass es so blieb. Al-Adil jedoch kannte natürlich das Geheimnis, wusste, dass Saladin als junger Hauptmann einige Zeit in der Burg Kerak ein Gefangener gewesen war. Der damalige Herr der Burg, Philipp von Milly, hatte den Gefangenen gut behandelt, ja, Saladin hatte gar dessen kleine Tochter Stephanie auf den Arm nehmen und in den Schlaf wiegen dürfen. Da er schon damals, vor seiner Eroberung Ägyptens, dem Sieg über Nur Ad-Din den Zengiden und seinem Aufstieg zum Sultan des größten muslimischen Reiches der Welt, bei Muslimen wie Christen nicht nur als großer Krieger, sondern auch als gerechter Mann bekannt war, hatte die Familie des Herren von Toron und Kerak ihn nicht wie einen Gefangenen, sondern vielmehr als Gast behandelt.

Dieses Erlebnis hatte Yusuf tief geprägt. Als die Ayyubiden im Zuge ihres ersten großen Feldzugs im Heiligen Land vor etwa vier Jahren – war das wirklich schon so lange her? – die Burg Toron angegriffen hatten, hatte die nunmehr erwachsene Stephanie dem Sultan Brot, Wein und Vieh gesandt. Ihr Bote hatte Saladin daran erinnert, dass sie sich kannten, seit sie ein Säugling gewesen war. Und sie hatte nichts für sich gefordert, sondern ihn nur darüber informiert, dass ihr Sohn Humfried an diesem Tage die Hochzeit mit Isabella von Jerusalem gefeiert habe. Saladin hatte den Gesandten gefragt, wo sich das Brautpaar aufhalte und unter Androhung der Todesstrafe allen Soldaten befohlen, den Turm der Neuvermählten nicht anzugreifen.

Dies hatte sein Bruder getan, obwohl Stefanie sieben Jahre zuvor Rainald von Chatillion geheiratet, dem Raubritter so die Burg Kerak verschafft hatte – und damit den Außenposten, den er für seine Angriffe auf die heiligen Stätten benötigt hatte.

Das war das Wesen Salah Ad-Dins. Deswegen nannte man ihn das Heil der Religion. Er war unbarmherzig in der Schlacht, aber gnädig, wo ihm Gnade möglich war oder geboten erschien.

Fast ein halbes Jahrhundert war der Sultan nun auf dieser Erde und für die meisten Muslime war er eher ein Halbgott als ein Mensch. Wenn in der Sunna nicht Einigkeit darüber geherrscht hätte, dass Mohammed, gepriesen sei sein Name, das Siegel der Propheten war, dann hätte man Saladin vielleicht zu einem weiteren Propheten ernannt.

Dem jüngeren Bruder, Al-Adil Saif Ad-Din Abu Bakr, fehlte diese Sicherheit. Alles musste er hinterfragen, jeden Koranvers drehte er dreimal um, jede Entscheidung besah er sich erst einmal von allen Seiten, um dann doch nicht zu wissen, wie er wählen sollte. Saladin scherzte manchmal, wenn nicht er entscheiden würde, was die Brüder zu Abend essen sollten, sondern dies Al-Adil überlassen würde, müssten sie elendig verhungern.

Aber natürlich wusste er auch mit seinem unsicheren Bruder genau das Richtige anzufangen und so hatte er Al-Adil zu seinem Unterhändler und Stellvertreter gemacht. In Verhandlungen war es seine Fähigkeit, Dinge gleichzeitig von mehreren Seiten aus zu sehen, die den Ayyubiden einen Vorteil sicherte und als Berater seines Bruders stellte er zudem sicher, dass der Sultan nie aufhörte, sich selbst infrage zu stellen.

So auch jetzt.

„Was willst du sagen, etwa dass ich Milde walten lassen soll mit diesen Tieren?“ Der Sultan deutete in die Richtung, in die er das Heer der Kreuzfahrer vermutete.

Al-Adil seufzte schwer. „Mit diesem einen Tier, mit Chatillion, sicherlich nicht. Der hat es nicht anders verdient. Aber den König solltest du am Leben lassen."

Sein Bruder lachte lauthals. „Guido von Lusignan? Den nennst du einen König, Bruder? Dieser Mann hat so viel von einem König wie Al-Afdal."

Manchmal wurmte es Al-Adil, dass Saladin so herablassend von seinem eigenen Erben sprach, aber er konnte meistens auch nicht offen widersprechen. Wenn er allein daran dachte, was Al-Afdal in Aleppo angerichtet hatte …

„Und doch ist er dein Sohn", warf er ein.

„Al-Afdal, ja, aber nicht Guido", konterte Saladin halbherzig.

Doch er hatte verstanden. Nach einer Pause stellte er beinahe kleinlaut fest: „Den Schlächter bestrafen, den König verschonen. Ja, das ist es, was man von einem echten Sultan erwarten würde, nicht wahr?"

Eine längere Pause entstand. Al-Adil hütete sich, noch mehr zu sagen. Der Sultan musste seine eigene Entscheidung treffen.

Dann sagte Saladin: „Seit Jahren, Al-Adil, kämpfen wir jetzt Seite an Seite für die Umma. Für das Wort des Propheten. Und ich habe keinen Zweifel, dass Allah uns auch durch diese Schlacht führen wird, uns den Sieg bescheren wird. Aber manchmal frage ich mich doch, was aus meinem Reich wird, wenn ein Pfeil seinen Weg in mein Herz findet oder eine Klinge den ihren zu meinem Hals."

Er lächelte den Bruder offen an. „Wirst du das Reich der Ayyubiden übernehmen, Al-Adil? Wirst du mein Nachfolger?"

So heftig, wie es ihn innerlich aufwühlte, schüttelte er seinen Kopf.

„Nein Bruder, du musst an deine Söhne denken! Die Söhne erben das Land und die Titel, nicht der Bruder, sonst könnten wir ja gleich die Schia annehmen."

Beide lachten herzlich bei diesem absurden Gedanken. Da Ali nicht einmal der Bruder, sondern sogar nur der Vetter Mohammeds gewesen war, hielt jeder gescheite Sunnit dessen Anspruch auf die Nachfolge des Propheten für nichtig.

„Dann soll Al-Afdal Damaskus erhalten!", sagte Saladin bestimmt, „Al-Aziz kriegt Ägypten und Az-Zahir bekommt Aleppo."

Al-Adil nickte. „Da bleibt aber noch einiges übrig von deinem Reich, Bruder, aber du hast ja auch noch mehr Söhne."

Saladin grinste zunächst, wurde dann aber plötzlich ernst. „Nein, den Rest kriegst du, Al-Adil, ich bestehe darauf!"

Er wirkte jetzt angestrengt, fast fiebrig.

„Bruder?", fragte der Jüngere.

„Hol Al-Asfahani her!" befahl Saladin.

Und wie Saladin befahl, so geschah es auch. Imad Ad-Din Al-Asfahani, der Chronist, Geschichtsschreiber und Schriftgelehrte, wurde ins Zelt gebracht.

„Herr! Salam alaikum"

Der alte Mann verbeugte sich erst vor dem Sultan, dann vor dessen Stellvertreter, so wie es sich gehörte und wartete ab, was man ihm auftragen werde.

„Und Friede sei mit dir", antwortete Saladin. „Ich will, dass du hier und heute feierlich bezeugst", fuhr er fort, „dass wir die Nachfolge im Fall unseres Todes wie folgt regeln wollen: Unser ältester Sohn Ali Al-Afdal Nur erhalte Damaskus und die dazugehörigen syrischen Provinzen, der zweite mit Namen Al-Aziz Uthman regiere über Kairo und das ägyptische Land und der dritte, Az-Zahir Ghazi soll Aleppo und das entsprechende Umland bekommen. Den Rest des Reiches, insbesondere das Zweistromland, vermachen wir unserem Bruder Al-Adil Saif Ad-Din Abu Bakr."

Der zuletzt Genannte bekam eine Gänsehaut. Alles, was der Sultan Al-Asfahani feierlich bezeugen ließ, galt als Gesetz.

„Aber Bruder", wandte er daher ein, „ich folge dir bis nach Jerusalem, bis nach Akkon und Antiochia und wenn es sein muss folge ich dir auch bis nach Rom oder in den Tod, aber genauso werde ich deinen Söhnen folgen. Dem Sohn steht Erbe und Nachfolge zu, nicht dem Bruder!"

Saladin sah vom Chronisten zu ihm und wieder zurück. „Nun, alter Mann, dann bezeuge auch dieses. Und hüte dich, davon vor meinem Tode zu sprechen: Ali Nur Al-Afdal, mein ältester Sohn, ist nicht, was er sein sollte. Allah weiß, dass ich alles getan habe, um ihn zu einem guten Muslim zu erziehen, aber da wo er mutig sein soll, ist er feige, da wo sich Klugheit regen sollte, sehe ich nur Naivität, und den Platz in seinem Herzen, wo die Güte sitzen sollte, hat ein schwarzer Stein der Härte und Grausamkeit eingenommen. Mein soeben vorgebrachter letzter Wille soll meinem Bruder die Möglichkeit geben, im Notfall auch gegen einen oder mehrere meiner Söhne handeln zu können, um das Reich der

Ayyubiden zu erhalten." Sein Blick ruhte nun wieder auf Al-Adil: „Wir reden nicht mehr davon! Aber Bruder, du musst mir versprechen, wenn es sein muss, wirst du das Reich über die Erbfolge stellen!"

Dieser musste als Zeichen des Einverständnisses nur leicht den Kopf senken. Nun blieb ihm nur noch zu hoffen, dass Saladin ewig – oder zumindest länger als er – leben würde, denn dass Al-Afdal seinen Brüdern – und auch ihm – ihre Teile des Reiches würde entreißen wollen, noch bevor der Körper seines Vaters kalt geworden war, schien ihm doch recht wahrscheinlich.

„Aber jetzt haben wir naheliegendere Probleme", fuhr der Sultan fort. „Die Nazarener kommen! Ich will, dass du die Sipahi Kavallerie unterstützt und die Christen mit deinen Quapukulu von der linken Flanke aus angreifst, Bruder!"

Al-Adil nickte wieder. Die Sipahi waren leichte Reiter, welche die Nazarener schon seit Tagen damit ärgerten, dass sie Pfeil um Pfeil auf ihr Heer abschossen, während die Hufe ihrer Pferde eine Menge Staub aufwirbelten. Da Saladin dafür gesorgt hatte, dass alle Büsche in der Umgebung abgebrannt wurden, war das für die Kreuzfahrer ein ebensolches Hindernis wie der Beschuss. Sie würden nicht weiter sehen können als ein paar Schritte und der Staub würde ihre Kehlen ausdörren. Wasser gab es keines in der Umgebung und so zogen sie in Richtung des Sees Genezareth, an dem der Sultan sein Heer zusammengezogen hatte und auf sie wartete.

Nun schien Saladin davon überzeugt, dass der Feind genug weichgeklopft worden war und wollte mit der schweren Kavallerie die Reihen der Christen lichten.

„Wenn du dich in das Kampfgetümmel begibst, denk daran, was die Kreuzritter damals, vor fast hundert Jahren, getan haben, als sie die Heilige Stadt erobert haben: Sie haben alle Einwohner massakriert, Männer, Frauen und Kinder. Muslime, Juden und Christen, sie haben niemanden am Leben gelassen. Das Blut der Getöteten soll einen regelrechten Fluss gebildet haben, der kniehoch den Tempelberg hinunterfloss, bis zu den Stadttoren hinaus!"

Al-Adil benötigte solche Geschichten nicht, um sich für die Schlacht einzustimmen, noch glaubte er daran, dass das Blut damals wirklich kniehoch geflossen war. Zwar hatte er, wie jeder vernünftige Mann, Angst vor der kommenden Schlacht, aber er begab sich in Allahs Hände. Wenn Allah es wollte, dann würde er siegreich sein und wenn nicht, würde er im Kampf sterben. Es war ihm einerlei. Er hatte sein Leben dem Dienst an seinem Bruder, dem Sultan, an Allah und an der Umma verschrieben. Er hatte früh gelernt, sich nicht nur auf den plötzlichen Tod seiner Kameraden im Gefecht, sondern auch auf den eigenen vorzubereiten. Wenn er heute sterben würde, dann in der Hoffnung, dass der Erzengel genügend seiner guten Taten in seinem Buch niedergeschrieben hatte, um ihm die Tore Dschannas zu öffnen.

Saladin fuhr fort: „Ich werde mit meinen Reitern die rechte Flanke angehen. Wenn alles gut geht, treffen wir uns in der Mitte, am Heiligen Kreuz."

Wieder nickte Al-Adil. Aber er wusste, dass während einer Schlacht niemals alles gut ging und es wahrscheinlicher war, dass sie sich an zwei völlig gegensätzlichen Punkten des Schlachtfeldes wiederfanden, um dort jeweils den Kampf zugunsten der Muslime zu lenken. So wie sie es immer taten.

Er ließ Saladins Söhne und die übrigen Generäle vor dem Zelt antreten. Der Sultan besah sich die Schar seiner Getreuen und Stolz flackerte in seinem Blick auf. Im gleichen Moment fühlte Al-Adil diesen Stolz in seinem Herzen. Die Ayyubiden waren stark, die meisten ihrer Anführer waren weise und loyal.

Die meisten jedenfalls.

Al-Adil schüttelte den Kopf, als er seinem Neffen Al-Afdal den Weinkrug aus der Hand nahm.

„Haram!" belehrte er ihn. Er gab ihm eine leichte Ohrfeige, die dem jungen Mann nicht wehtun würde und auch nicht sollte. Sie war nur dazu da, ihn zu erniedrigen. Al-Adil kippte das verbotene Getränk in den Wüstensand. All die Koranstunden, die er seinem Neffen gegeben hatte, waren anscheinend vergebens gewesen. Er sah den Jungen streng an und konnte nicht verhindern, dass sich ein Ausdruck der Verachtung in seine Miene schlich.

Al-Afdal sagte nichts, schaute nur stur geradeaus. Noch hatte er zu viel Angst vor seinem Onkel – und vor allem vor seinem Vater – um ihm öffentlich zu widersprechen, aber schon bald, das fühlte Al-Adil, würden die niederen Triebe des Jungen stärker sein als diese Furcht.

Saladin schritt die Reihe der Generäle ab: „Wir sind heute hier angetreten, um den Nazarenern zu zeigen, was wir Muslime mit Eindringlingen in unsere Gebiete tun. Und diese Männer, wenn sie auch das Kreuz Isas vor sich hertragen, sind nicht einmal echte Nazarener, sie sind Kuffar, Ketzer der niedersten Art. In ihren Reihen befinden sich Barbaren wie Rainald von Chatillion, die unsere heiligen Stätten geplündert und unsere Frauen und Kinder verschleppt und geschändet haben! Tötet sie! Zum Ruhm des Islam, zum Ruhm Allahs! Sie sind müde und durstig und können sich kaum noch auf den Beinen halten. Leichtere Gegner werdet ihr kaum finden! Bringt mir ihren falschen König und den Schlächter Chatillion – bringt sie mir lebend, damit ich, Sultan Saladin, ihnen Gerechtigkeit widerfahren lassen kann. Allahu Akbar!"

Unisono kam die Antwort der Generäle: „Allahu Akbar!"

In genau diesem Moment rannte ein Bote ins Zelt und flüsterte Al-Adil etwas ins Ohr.

„Bruder, sie haben einen Unterhändler geschickt", gab er weiter. „Einen Priester."

Der Mönch näherte sich langsam, fast behäbig, dem Zelt, zeigte keine besonderen Ehrbekundungen und begann direkt auf Lateinisch zu sprechen.

„König Guido von Jerusalem hat ein mächtiges Heer unter dem heiligen Kreuz versammelt. Er fordert Eure sofortige bedingungslose Kapitulation, Euren Rückzug aus dem Heiligen Land nach Ägypten und die Herausgabe von zweihunderttausend Gulden Lösegeld."

Dabei sah er Al-Asfahani an, als könne er nicht unterscheiden, wer von den Umstehenden der Sultan war und wer ihm nur beratend zur Seite stand. Die beiden Brüder verstanden die Sprache der Priester, aber der Chronist sprach am Besten in dieser Zunge. Saladin winkte dem Alten daher unscheinbar zu und dieser fragte:

„Wie heißt du, mein Sohn?"

„Ich bin Peter von Capua, Priester der heiligen römischen Kirche", antwortete der Legat stolz. Aber die Muslime waren nicht beeindruckt.

„Peter von Capua", antwortete der Chronist, „das Angebot deines Königs ist so unverschämt, dass der Sultan keine Wahl hat, als dich als Reaktion auf diese Beleidigung auf der Stelle von den Merkmalen deiner Männlichkeit zu befreien, die du, wenn ich euren Priestereid richtig verstehe, ohnehin nicht benötigst."

Peter von Capua wurde bleich. Er sah vom Chronisten zu Saladin, von Saladin zu Al-Adil und blickte dann hinüber zu den Generälen, die noch immer in Reih und Glied vor dem Zelt standen. Der Sultan musste niemanden anweisen, finster drein zu blicken, keiner der Ayyubiden hatte etwas anderes als Zorn und Verachtung für die Priester der Nazarener übrig. Viele der Anwesenden hatten bei den Raubzügen des Rainald von Chatillion oder ähnlichen Verbrechen der Kreuzfahrer eigene Angehörige verloren, alle hatten von den Schandtaten der Kuffar gehört, welche die Heilige Stadt Al-Quds weggenommen hatten und seit fast hundert Jahren hielten.

Unter dem Gelächter der Generäle raffte der Priester seine Gewänder und rannte in heilloser Flucht aus dem Zelt und auf sein eigenes Heer zu. Es hätte nur einen einzigen Pfeil gebraucht, ihn aufzuhalten, aber der Sultan wollte, dass Guido zugetragen wurde, was hier gesprochen worden war.

„Bruder, war das klug?“, fragte Al-Adil.

„Ich weiß, mein Bruder“, antwortete Saladin, „ein schlechter Friede ist besser als ein guter Krieg, aber das Angebot dieses Möchtegern-Königs ist keines, das ich ernst nehmen kann. Die Spione berichten, dass die Nazarener sich mittlerweile zu Dutzenden in den Wüstensand legen, auch ohne dass unsere Sipahi mit ihren Pfeilen nachhelfen. Sie haben kein Wasser mehr. Ihre einzige Chance ist ...“, er sprach nicht weiter, sondern deutete nur auf den See hinter sich.

„Ali“, rief er seinen Sohn Al-Afdal zu sich.

Dieser war sofort zur Stelle.

„Ali, dein Onkel wird die linke Flanke übernehmen, ich die rechte. Du musst nichts weiter tun, als die Infanterie vor dem Feind zurückweichen zu lassen, bis ihr am Ufer des Sees Genezareth angekommen seid. Lasst keinen Nazarener zum Wasser! Die Bogenschützen sollen angespitzte Pfähle in den Boden rammen, dann gibst du den Befehl zu schießen. Achte aber darauf, dass sie nicht dort ins Getümmel schießen, wo wir von den Seiten angreifen, sonst trefft ihr die eigenen Leute!“

Al-Afdal hatte zu allem genickt, was sein Vater ihm aufgetragen hatte, aber Al-Adil war nicht sicher, ob er auch alles verstanden hatte. Daher winkte er Az-Zahir zu sich, den jüngeren Bruder des Generals.

„Ghazi“, sprach er ihn mit seinem Beinamen an, „sorge dafür, dass dein Bruder tut, wie euer Vater ihm aufgetragen hat. Die Stellung am See muss gut befestigt sein, damit kein Durchkommen für die Nazarener ist und der Pfeilbeschuss muss gezielt in ihre Mitte gerichtet werden, sonst lauft ihr Gefahr, die eigenen Reiter zu treffen, wenn wir zuschlagen.“

Az-Zahir nickte ebenfalls, aber bei ihm war Al-Adil sicher, dass er alles verstanden hatte, und dass er alles so ausführen würde, wie es ihm befohlen worden war. Er war ein guter Junge und würde seine Befehle aus der Mitte der Schlachtordnung heraus geben.

Al-Afdal dagegen würde das Zelt des Sultans wahrscheinlich nur verlassen, wenn die Nazarener dorthin vordringen würden, und sich kaum davon überzeugen, ob die Soldaten seine Befehle auf die richtige Art und Weise ausführten.

Al-Adil legte seinen Neffen je eine Hand auf die Schulter und lächelte sie an. „Salam alaikum!“ verabschiedete er sich.

„Und Friede sei mit Dir, Onkel!“, antwortete Ghazi.

Al-Afdal brummte etwas, das genauso als Verabschiedung wie als Beleidigung gedeutet werden konnte, schüttelte Al-Adils Hand ab und trottete davon.

Kapitel 2: Dschehenna

(Hölle)

Hattin, 4. Juli 1187

Al-Adil saß in voller Rüstung auf seinem Streitross, das Schwert umgeschnallt, den Schild in der Linken und die Lanze in der Rechten.

Und er wartete. Wartete wie so viele der anderen zigtausend Muslime, die an diesem Tag angetreten waren, um die Nazarener zu besiegen.

Im Gegensatz zu den gewöhnlichen Soldaten konnte er aber das Signal zum Angriff geben. Das Zeichen, das die schwere Kavallerie, die aus Adligen verschiedenster verdienter Familien und aus den ayyubidischen Kriegern seines Clans bestand, den Sturmangriff befehlen würde.

Doch sie mussten warten! Es war noch zu früh. Die Nazarener rückten immer weiter in Richtung des Sees Genezareth vor, während die Speerträger der Ayyubiden ihnen nur sehr halbherzig Widerstand leisteten, sich mehr zurückzogen, als den Feind aufzuhalten.

Der Trick, den sie anwendeten, war so alt wie der Krieg selbst. Die Kreuzritter hatten nur die zurückweichenden Feinde vor ihnen im Blick, dass ihre Flanken ungeschützt waren gab den ayyubidischen Reitern einen Vorteil. Und dieser wurde umso größer, je länger sie warteten. So wie der große karthagische Feldherr Hannibal es in der Schlacht von Cannae getan hatte, würden sie das Heer unter dem Kreuz gänzlich umzingeln und keinen Weg zur Flucht freilassen.

Ein besserer König und Feldherr wäre längst misstrauisch geworden, aber Guido war entweder zu dumm oder zu erschöpft, um die Falle zu riechen. Wahrscheinlich war er, wie die meisten seiner Männer, halb verdurstet und kaum noch bei Verstand. Saladin hatte wirklich jeden einzelnen Strauch auf dem Weg der Nazarener verbrennen lassen.

Uthman grinste seinen Onkel voller Vorfreude auf die Schlacht an. Die Jugend! Al-Adil wusste es besser. Die Schlacht war hart und grausam und kein Spaß. Auch wenn der Feind vor Durst kaum aufrecht laufen konnte.

Schon hörte Al-Adil das vertraute Surren von Pfeilen, die durch die Luft schossen. Ghazi hatte seine Stellung am See befestigt und den Beschuss eröffnet! Das war das Signal, weiter konnten die Speerträger nicht zurückweichen. Die Nazarener in den ersten Reihen würden beim

Anblick des nahen Wassers dem Wahnsinn endgültig anheim fallen und die hinteren Reihen mit sich ziehen.

Al-Adil nickte seinem Neffen zu. Während dieser das Banner der Ayyubiden erhob und damit das Zeichen zum Angriff, gab Al-Adil dem Pferd die Sporen und verfiel nach einigen Dutzend Metern im Schritt in einen leichten Trab. Die meisten Ritter an der Flanke des christlichen Heeres beobachteten aufmerksam, wie er seine Reiter in die genaue Gegenrichtung ihrer Marschroute führte. Das Heer war von einer so dichten Staubwolke umfangen, dass man nur die ersten paar Reihen sehen konnte.

Er sah Templer, Johanniter und allerlei andere Ritter in den verschiedensten Farben. Die Nazarener waren sehr eigen mit ihren Titeln und Ehren. Jeder zweite von ihnen war zu Hause ein Baron oder Herzog.

Die Ritterorden dagegen waren extra für die Kreuzzüge gegründet worden und sollten angeblich die Ideale der nazarenischen Adligen mit denen ihrer Mönche verbinden. In Wirklichkeit waren sie, soweit es Al-Adil anging, aber nichts weiter als Räuberbanden. Sobald sie in Palästina angekommen waren, hatten sie sich zerstritten. Die Grafschaft Tripolis, das Fürstentum Antiochia, die Grafschaft Edessa und das Königreich Jerusalem – die Outremerstaaten! Formal verbündet, waren sie zu Konkurrenten geworden, genauso wie die Länder im fernen Abendland, die ihre Vorbilder waren.

Das sagenhafte Inselkönigtum der Engländer, umgeben vom großen Ozean. Das Königtum der Franken, die als Erste ins Heilige Land gekommen waren. Oder das Heilige Römische Reich, das sich von Norden nach Süden genauso weit erstrecken sollte wie der Weg von Mekka nach Jerusalem und dessen Herrscher sich für die Erben der alten römischen Kaiser hielten, sich selbst mit dem Papst, dem gefürchteten Anführer der gesamten Christenheit, anzulegen wagten.

Al-Adil hätte sich diese Länder gerne angesehen, diese fremden Völker, ihre Sitten und Glaubensvorstellungen studiert. Stattdessen wusste er, wenn seine Lanze traf, nicht einmal, ob er einen Römer oder Franken niederstach.

Aber eines musste er den Nazarenern lassen: Trotz Durst, Hunger und Erschöpfung, sie waren wachsam. Wenn er anstürmte und sie einen Schildwall aufstellten, den Muslimen ihre Speere entgegenstreckten, dann würde es ein verlustreicher Kampf werden.

Trotzdem er seit seiner Kindheit im Sattel saß und hier fast mehr Zeit verbrachte als im Kommandozelt – einen Palast sah er selten von innen – kam es ihm noch immer wie der reinste Irrsinn vor, eine Kompanie Pferde samt Reiter in gestrecktem Galopp in den Feind laufen zu lassen. Sicherlich war das effektiv, aber man verlangte den Tieren, die eigentlich von ihrer Natur auf Flucht gedrillt waren, das Äußerste ab.

In der Mitte der christlichen Prozession sah er im Sonnenlicht einen goldenen Schimmer: Das Heilige Kreuz! Angeblich war es zumindest teilweise keine Rekonstruktion, sondern aus dem Holz des echten Kreuzes gebaut, an dem die Römer nach Glauben der Nazarener den Prophet Isa mit Nägeln aufgehängt hatten, weil die Juden sie dazu aufgehetzt hatten. Es war mit Gold verziert und glänzte in der Sonne. Das Symbol gab den Nazarenern Mut. Al-Adil wusste, dass ihre Anführer der Überzeugung waren, wenn sie unter dem Kreuz marschierten, konnten sie nicht besiegt werden. Und viele der Ritter und einfachen Soldaten dachten ebenso.

Saladin würde ihnen heute vorführen, was für ein Irrtum diese Annahme war.

Da war eine Lücke in der Formation! Nicht, dass hier weniger Soldaten waren, aber der Trupp war nicht aufmerksam und die hinter ihnen Laufenden auch nicht. Das waren keine Adligen oder Ordensritter, sondern einfache Bauern, denen man irgendeine Waffe in die Hand gedrückt hatte, um die Reihen zu verstärken. Al-Adil sah Uthman an und der Junge grinste verstehend zurück.

„Allahu Akbar!“ intonierte er den Kampfschrei der Muslime und aus hunderten von Kehlen kam die gleiche Formel zur Antwort.

Al-Adil lenkte sein Pferd in einem spitzen Winkel auf das gegnerische Heer zu und gab ihm wie wild die Sporen. Das erfahrene Schlachtross war nicht aus der Ruhe zu bringen, schien sich gar zu freuen, nun endlich frei laufen zu können. In wenigen Augenblicken hatten sie das Heer der Nazarener erreicht und prallten auf die Fußsoldaten wie ein Rammbock auf ein marodes Holztor. Sein Pferd trampelte einige einfach nieder, seine Lanze fand die Brust anderer und seinen Schild hieb er wieder anderen auf den Kopf. Präzise wie mit einem Messer schnitt er mit seiner Kavallerie in die Linien des Feindes und trennte zunächst die vorne marschierenden Ordensritter von den gewöhnlichen Fußsoldaten im hinteren Teil des Heeres.

Während Ghazi die Ordensritter vorne weiter mit Salven von Pfeilen bestrich, richteten Al-Adil und Uthman mit ihren Reitern ein wahres Massaker unter den nazarenischen Gewöhnlichen an. Es dauerte nicht lange, bis die ersten die Flucht ergriffen.

Wie sie es gewohnt waren, wollten die Quapukulu die Fliehenden verfolgen und niedermachen, aber Al-Adil hielt sie streng zurück. Er formierte die schweren Reiter neu um sich und stieß weiter ins Herz der christlichen Armee vor. Sollten die Bauern weglaufen und ihr kümmerliches Leben retten, der wahre Feind trug Ordenstracht. Dies waren die Fanatiker, welche die Kriege unter dem Kreuz schürten. Eine Schwadron Templer näherte sich von links. „Deus vult!“ hörte Al-Adil ihren Schlachtruf. *Gott will es!* Uthman und die Quapukulu antworteten wenig kreativ mit ihrem „Allahu akbar!“, was mehr oder weniger das Gleiche bedeutete.

Doch Allah zeigte an diesem Tag sehr deutlich, auf wessen Seite er stand. Die Templer, obwohl mutig und gut organisiert, hielten dem Ansturm der Ayyubiden nur wenige Augenblicke stand. Al-Adil zog sich leichte Verletzungen bei dem Scharmützel zu und verlor seine Lanze, auch Uthman blutete danach am Arm, aber der Jüngere lachte nur über die Verwundung und Al-Adil war es seit Jahren gewohnt, dass er hier oder dort Schmerzen hatte, er hatte gelernt, das zu verdrängen.

Also preschte er weiter vor und führte seine gepanzerten Reiter immer tiefer in die Staubwolke. Zwar gab es hier kaum noch Gegenwehr, doch hatte er nach wenigen Sekunden die Orientierung verloren.

Zur Hölle nochmal!

Wenn sie in die falsche Richtung ritten, würden sie die Schlacht verpassen – oder direkt in Ghazis Pfeilhagel hineingeraten.

Uthman brachte die rettende Idee. „Onkel“, schrie er über das Getrappel der Hufe hinweg und zeigte, wieder mit diesem jungenhaften Grinsen, in die Richtung, die Al-Adil für genau die falsche gehalten hätte.

Aber er sah es auch. Trotz all des Staubs blitzte es golden dort hinten. Das musste das Heilige Kreuz sein!

Sie zögerten nicht, galoppierten sofort los und überließen es ihren Untergebenen, ihnen zu folgen, so schnell sie konnten.

Al-Adil ließ sein Schwert rechts und links heruntersausen und achtete gar nicht darauf, ob er einen der Nazarener wirklich traf oder nur dafür sorgte, dass die Feinde aus dem Weg sprangen.

Dann kam es in Sichtweite: Auf einen übergroßen Karren, der sicherlich die volle Breite einer gewöhnlichen Straße einnehmen würde, war das riesige Kreuz montiert worden, das meterhoch über die Feinde hinausragte. Aus diesem Grund und wegen des goldenen Glanzes war es weithin zu sehen. Al-Adil drehte sich um. Seine treuen Quapukulu waren ihm gefolgt, so wie er es von ihnen erwartete. Sein Schwert in Richtung des Kreuzes erhebend schrie er: „Da!" und gab dem Pferd wieder die Sporen.

Als die Nazarener bemerkten, worauf die Muslime es abgesehen hatten, formierten sie sich um das Kreuz und bildeten eine enge Schlachtreihe.

Die erprobten Soldaten würden sich trotz Mangel und Erschöpfung nicht so einfach niederreiten lassen wie die Bauern zuvor. Al-Adil sandte ein kurzes Stoßgebet an Allah. Er betete nicht darum, die Schlacht zu überleben, das war ihm in diesem Moment völlig gleich. Er betete darum, dass wenn er den Heldentod starb, seine Leute dennoch siegreich sein würden.

Und so stürzte er sich in die Hölle des Kampfes. Zwar hatten die Reiter noch immer die überlegene Position, aber die Ordensritter waren den Kampf gegen Berittene gewohnt. Der erste Ansturm wurde schnell abgefangen und so der Geschwindigkeitsvorteil der Reiter aufgelöst. „Zusammenbleiben!" kreischte Al-Adil seinen Befehl und hoffte, dass ihn jemand hörte.

Sie mussten dicht nebeneinander kämpfen, sodass sich ihre Beine und die Hinterteile der Pferde teilweise berührten, um den Ordensrittern keine Chance zu geben, sie einzeln zu umzingeln und vom Pferd zu holen.

Uthman lachte nicht mehr. Wie die meisten anderen hatte auch er nun die Lanze verloren oder weggeworfen, um mit dem Schwert zu fechten. Genau wie die übrigen Kavalleristen wurde er von mehreren Nazarenern gleichzeitig attackiert und Al-Adil konnte erkennen, wie der Jüngere bleich vor Angst wurde. Das war nicht gut! Ein Krieger der panisch wurde, vergaß oft sich zu wehren...

Wie oft hatte Saladin ihm eingeschärft, dass er auf seine Neffen aufzupassen hatte? Wie oft hatte er selbst Uthman mit strengem Blick, ja zuweilen mit Schlägen, zur Koranlektüre anleiten müssen? Nein, dies war nicht der Tag, an dem Al-Aziz Uthman von den Ayyubiden sterben würde!

Unter absoluter Missachtung seiner Gegner und der Sicherheit seines Reittieres – und der eigenen – führte Al-Adil sein Pferd aus der Schlachtreihe hinaus und ritt auf Uthman zu. Ungefähr ein halbes Dutzend berittene Krieger waren zwischen dem Jungen und seinem Onkel und sie waren ebenso erstaunt von Al-Adils seltsamer Aktion wie die Nazarener.

Er ließ es zu, dass sein Pferd bockte und mit den Hinterläufen einem Nazarener das Gesicht zu Brei schlug, denn so hielten die anderen, die ihn eigentlich jetzt leicht hätten überwältigen können, für ein paar Sekunden des Schreckens Abstand. Länger brauchte er nicht, um zu Uthman zu gelangen und zwei der Christen zu erschlagen, die ihn attackierten. Neben seinem Neffen reihte er sich wieder in die Schlachtordnung ein. Uthman sah ihn ungläubig an, immer noch in einer Art Schockstarre. Auch die anderen Krieger um sie herum hielten für einen Augenblick mit den Kampfhandlungen inne.

Im Gedränge waren einige der Nazarener auf den Wagen mit dem Kreuz geklettert, um eine bessere Verteidigungsposition zu haben, falls die Muslime nah genug an den Karren kamen.

Einer von ihnen, ein Hüne im Ordensgewand eines Templers – rotes Kreuz auf weißem Grund – schrie seinen Glaubensbrüdern zu: „Das ist Saphadin! Saphadin!"

Man sah zwar zu ihm auf, aber die meisten verstanden die Verballhornung von Al-Adils Ehrennamen Saif Ad-Din – Schwert der Religion – nicht.

Der Templer deutete weiter auf Al-Adil und schrie: „Das ist Saladins Bruder und Stellvertreter, Saphadin! Tötet ihn und wir haben gewonnen!"

Auch wenn der Templer fränkisch sprach, Al-Adil verstand jedes Wort. Neben seiner Muttersprache, dem Griechischen, Lateinischen und dem Kauderwelsch, das die Zengiden und Seldschuken sprachen, beherrschte er auch die fränkische Sprache der Kreuzfahrer.

Die Logik des Mannes war allerdings eine gewagte. Zwar würde Al-Adils Tod den Angriff seiner Quapukulu bremsen, aber Uthman müsste das Kommando übernehmen. Und wie der Rest der Schlacht ausgehen würde, konnte man von hier aus nur mutmaßen.

Aber der Tempelritter gab seinen Mitkämpfern ein Ziel, eine Mission, einen Fokus. Im nächsten Augenblick liefen alle, die ihn gehört hatten, in Al-Adils Richtung.

Uthman wurde wach.

„Schützt Abu Bakr!“ benutzte er einen weiteren Namen seines Onkels.

Die Reiter drängten sich nun um Al-Adil und hielten die von allen Seiten heranströmenden Nazarener davon ab, ihn vom Pferd zu holen und zu töten. Ihm selbst blieb zunächst nur, weil er nun in der Mitte der Formation stand, die frustrierende Rolle, bloß den ein oder anderen Feind, der es durch die Reihen seiner Leute geschafft hatte, zurückschlagen und dem Kampf ansonsten lediglich passiv zusehen zu können

Im Schneckentempo rückten sie in dieser Formation näher und immer näher an das Heilige Kreuz heran, bis die Quapukulu zu Al-Adils Linken gegen die Ordensritter auf dem Karren kämpften – den Vorteil der Höhe, den sie als Berittene hatten, verlierend.

Der Templer, der seine Mitchristen aufgefordert hatte, Al-Adil umzubringen, sprang vom Wagen, über die Reiter hinweg, und landete auf Al-Adil, der völlig überrascht war und deshalb mit zu Boden gerissen wurde.

Der Nazarener landete auf ihm. Nun war er in der undenkbar schlechten Position, sich auf dem Rücken liegend erwehren zu müssen. Das fiel ihm allerdings eher am Rande auf, so wie die Tatsache, dass er sein Schwert verloren hatte. Ein drängenderes Problem waren die Hufe der Pferde um ihn herum und der Würgegriff des Templers um seinen Hals. Beidhändig hieb er dem Nazarener auf die Ohren und der Griff lockerte sich. Al-Adils Hand schnellte vor und traf den Gegner an der Kehle. Der Templer röchelte, gab aber noch nicht auf. Mit einem Stock, den er wer-weiß-wo gefunden hatte, schlug er auf Al-Adils Gesicht ein, sodass dieser nichts weiter tun konnte, als die Hände zum Schutz hochzureißen. So vermied er es, dass der Gegner ihm den Schädel einschlug, aber er spürte den Schmerz in den Armen unter der Rüstung und hoffte, dass er mit Prellungen und blauen Flecken davonkäme und nichts gebrochen war.

So plötzlich, wie es angefangen hatte, war der Spuk auch schon wieder vorbei. Der Templer lag mit verdrehten Augen einige Meter von Al-Adil entfernt. Entweder hatten die Hufe eines Pferdes ihn getroffen oder einer der Muslime hatte sich um ihn gekümmert. Al-Adil hob den Stock auf, den der Tempelritter fallen gelassen hatte. Er erkannte ihn wieder. Es war Uthmans Reitstock, ein fein gearbeitetes Stück.

Er stieß den Templer mit dem Stock an und der Feind regte sich schwach. Ein weiterer Hieb mit dem Stock und die Bewegungen hörten auf. Einer seiner Leute reichte ihm sein Schwert, damit er es beendete, aber Al-Adil winkte ab. „Bindet ihn!“, befahl er.

Er sah sich um. Die Verteidiger des Kreuzes waren geschlagen, die meisten Christen, die noch in Sichtweite waren, verhielten sich unschlüssig.

Ohne Worte warf er seinem Neffen den Stock zu und stieg benommen auf den Karren. Einer der Quapukulu reichte ihm das Halbmond-Banner der Ayyubiden und er schwenkte es unter dem Jubel seiner Truppe hin und her.

Das nahmen die Nazarener zum Anlass, erst die Schwerter und dann sich selbst in den Wüstensand fallen zu lassen.

Schon nach wenigen Augenblicken schälte sich eine weitere Truppe Reiter aus dem Staub. Es war sein Bruder mit seinen Leuten. Ghazi begleitete den Sultan und führte einen Mann an einem Strick hinter sich her, der genauso erschöpft und besiegt aussah wie die anderen Christen. Das musste ihr König sein, Guido von Lusignan.

Trotz Schmerz und Verwundung durchströmte Al-Adil reine, vollkommene Freude. Sie hatten an diesem Tag einen großen Sieg errungen. Das Heilige Kreuz, das Götzenbild der Kreuzfahrer, war in ihrer Hand und der König der Ungläubigen ihr Gefangener.

„Meine Freunde!“ ließ Saladin sich vernehmen, „Allah hat uns diesen Sieg geschenkt! Seht den König der Nazarener, wie er vor euch im Staube kniet.“

Ghazi zog an dem Seil und Guido fiel in den Wüstensand. Die Muslime jubelten aus voller Kehle. Doch alles, woran Al-Adil denken konnte war, dass er mal eine Pause vom Krieg brauchte. Aber die größte Schlacht stand noch bevor. Der Krieg war nicht zu Ende, bevor sie Al-Quds, die Heilige Stadt, eingenommen hatten. Das war der wirklich wichtige Kampf.

Kapitel 3: Dar Al-Harb
(Haus des Krieges)

Hattin, 5. Juli 1187

Ghazi und Uthman brachten König Guido persönlich vor Saladin. Der Nazarener schien weder Augen dafür zu haben, dass seine Wachen nicht nur Generäle, sondern auch des Sultans Söhne waren, noch beachtete er den Chronisten Al-Asfahani oder den Sultan selbst. Sein Blick war starr auf Al-Adil gerichtet. „Saphadin!" sprach er ihn so an, wie die Nazarener ihn schon auf dem Schlachtfeld gerufen hatten.

Al-Adil sagte nichts, gestattete sich aber ein siegessicheres Lächeln. Denn die Muslime hatten gesiegt vor Hattin an diesem sonnigen Tag, auf ganzer Linie.

Guidos Augen sprühten vor Hass. Erst als Saladin aufstand, wurde der König Jerusalems des Sultans gewahr.

„Ich hatte gehofft, wenn wir uns sehen, dann unter anderen Umständen", bemerkte Guido in seiner Frankensprache.

„Wie das?", war Saladins Antwort. Er sprach arabisch, weil er wusste, dass der falsche König ihre Sprache verstand, wenn er auch zu stolz war, sie selbst zu sprechen.

Guido lachte kurz und humorlos auf.

„Ich hatte natürlich gehofft, dass Ihr dann mein Gefangener sein würdet und nicht ich der Eure."

Saladin sah nun seinerseits durch den König hindurch, so als existiere dieser gar nicht.

„Wo ist er?", fragte er niemanden im Besonderen.

Mit einer herrischen Geste gebot er Guido, sich zu setzen, immer noch ohne ihn anzusehen. Der König von Jerusalem setzte sich betont langsam hin.

Saladin musste nicht lange warten, bis Ali Al-Afdal den Mann hereinbrachte, den der Sultan heute eigentlich sehen wollte: Rainald von Chatillion.

Saladin gebot dem Raubritter, sich ebenfalls hinzusetzen und begann den Monolog, den er sich sicherlich schon sehr lange zurecht gelegt hatte. Er beschrieb Rainalds Taten im Einzelnen: Was er mit den Karawanen getan hatte, die er überfallen hatte, wie er die Häfen am Roten Meer geplündert hatte, was genau seine Plünderer wehrlosen Frauen und Kindern angetan hatten und so weiter. Al-Asfahani musste nun übersetzen. Rainald verstand kein Wort arabisch. Der Alte kam aber kaum mit, alles weiterzugeben, so schnell sprach der Sultan, während er Rainald voller Verachtung den Rücken zudrehte.

Als der Sultan fertig war, antwortete der Nazarener in einem ebenso langen und ebenso schnell vorgetragenen Monolog. Saladin sah den Chronisten an.

„Er sagt, er habe nur getan, was Könige und Ritter zu allen Zeiten getan hätten. Er sagt, die Muslime hätten den Christen ihr Heiliges Land genommen und er sei gekommen, um es wieder zurückzuholen. Er werde nicht ruhen, bis in Mekka und Medina kein Stein mehr auf dem anderen steht."

In diesem Moment drehten sich alle, die Al-Asfahanis Übersetzung gelauscht hatten, zu König Guido um. Dieser war, offensichtlich aufgrund von Wassermangel völlig kraftlos, zu Boden geglitten.

„Wo bleiben denn meine Manieren?" schalt der Sultan sich selbst.

Er sah Al-Adil an und dieser ließ die Diener Wasser und Eis bringen. Saladin reichte Guido einen Becher und dieser trank begierig. Als er seinen Durst gelöscht hatte, reichte er den Becher weiter an Rainald, der den Rest austrank.

Saladin brauste auf: „Habe ich dir erlaubt, diesem da zu trinken zu geben?" Er stierte den König an. „Nun bin ich nicht mehr verpflichtet, ihm gegenüber Gnade zu zeigen!"

Saladin verließ daraufhin das Zelt schnellen Schrittes. Rainald atmete auf, aber Guido zeigte weiterhin keine Regung, sah immer noch wie hypnotisiert Al-Adil an. Diesem wurde es nun langsam auch zu bunt.

„Was ist mit dir Nazarener, bist du in der Wüstensonne irr geworden?", herrschte er den König an.

Obwohl Guido im Gegensatz zu Rainald keine Übersetzung benötigte, antwortete er wieder in seiner eigenen Sprache: „Saphadin! Du hast das Heilige Kreuz zerstört! Töte mich jetzt oder ich werde mein Lebtag nicht ruhen, bis ich mich an dir gerächt habe!"

Wenn der König ihm Angst machen wollte, dann misslang ihm dieser Versuch. Er war in der Gewalt des Sultans, er hatte nichts von den Ayyubiden zu fordern und nichts zu drohen.

Stattdessen brachte Al-Adil Rainald vor das Zelt, zum Sultan. Er warf ihm das Monster von einem Mann vor die Füße. Der Herr von Kerak stand mit einem Fluch wieder auf.

Ohne weitere Worte zog Saladin sein Schwert und hieb Rainald in einer einzigen, flüssigen Bewegung damit vor die Brust. Der Raubritter ging wieder zu Boden und der Sultan legte das Schwert an den Hals des Nazareners. Er spuckte vor dem Feind aus.

„Dieser Tod ist noch zu gut für dich, hörst du?"

Dann lag Rainalds Kopf im Wüstensand, sein Körper zuckte noch einige Augenblicke lang. Dann war Stille. Al-Adil winkte Ghazi und zu zweit zogen sie den kopflosen Leichnam ins Zelt, um ihn Guido zu präsentieren. Der König bemühte sich um einen neutralen Gesichtsausdruck, aber Al-Adil konnte seine Angst spüren.

Das war noch nicht das Ende des Schauspiels. Saladin ließ die Ritter der Kreuzzugsorden, die sich ihnen ergeben hatten, von den Männern vor sein Zelt bringen. Jeden einzelnen von ihnen ließ er von Al-Asfahani fragen:

„Bezeugst du, dass Allah der einzige Gott ist und Mohammed sein Prophet?"

Die meisten Ritter weigerten sich, die Schahadda aufzusagen und so offiziell zum Islam zu konvertieren. Sie sahen, wissend dass das ihr Tod war, nur stur geradeaus und erwarteten den finalen Hieb. Einige fluchten und spuckten, andere beteten oder flehten um Gnade.

Als die Sonne sich senkte, lagen zehn Dutzend Ritter tot im Wüstensand. Nur eine Handvoll von ihnen hatte die Schahadda gesprochen und hatte sich so eine Chance auf Weiterleben erkauft. Und auch von denen, die diesen für sie sicherlich schweren Schritt gegangen waren, leistete nur die Hälfte Saladin den Treueschwur. Die anderen würden Sklavenarbeiten für ihre neuen Herren leisten, diese jedoch würden den Muslimen die Tore der Heiligen Stadt öffnen.

Nach dem Massaker trat Saladin zu König Guido, der alles hatte mitansehen müssen.

„Ich nehme nicht an, dass du nun bereit bist, meinen Glauben anzunehmen?" fragte er den Feind mit heiterer Stimme.

Guidos Miene blieb ausdruckslos.

„Das habe ich mir gedacht", gab Saladin zu. „Aber was tue ich jetzt? Wenn du den Titel auch nur durch Eure Frau tragen darst, du bist ein König! Und wie sieht es aus, wenn die Chronisten berichten, der mächtige Saladin habe einen König umgebracht?"

Al-Adil konnte in Guidos Gesicht lesen wie in einem Buch. Die Hoffnung war darin zurückgekehrt.

Saladin sprach weiter: „Aber wenn du nicht konvertierst, was kann ich dir dann für ein Versprechen abnehmen? Dass du die Muslime nicht mehr angreifst? Das wirst du sowieso nicht mehr tun, denn deine Armee liegt dort im Staub“, er deutete auf die enthaupteten Ritter, „und folgt nun nicht mehr deinem Befehl.“

Al-Adil kannte seinen Bruder. Er war nicht wirklich ratlos, er spielte nur mit dem Ritter aus Lusignan – wo immer das lag.

„Welches Versprechen“, mischte er sich also ein, „könnte groß genug sein, dass der Sultan dir gegenüber Gnade zeigen kann?“

Guido sprach noch immer nicht, also nahm Saladin den Faden wieder auf: „Du versprichst, du schwörst auf Allah, zurück in dein eigenes Land zu gehen und nie wieder auch nur einen Fuß nach Palästina zu setzen“, eröffnete er ihm.

Al-Adil unterstrich die Aussage seines Bruders mit vehementem Kopfnicken: „Ja, Sultan, das könnte funktionieren. Wenn der Nazarener auf das Heilige Kreuz schwört“, Guidos hasserfüllter Blick, der ihn bei diesen Worten traf, hob Al-Adils Laune noch weiter an, „dann kannst du ihn ziehen lassen.“

Wieder war es keine große Kunst in Guidos Gesicht zu lesen. Der König von Jerusalem wusste, dass seine Stadt verloren war, wusste, dass Saladin ein für alle Mal Schluss mit den Kreuzzügen der Nazarener gemacht hatte an diesem sonnigen Morgen bei Hattin, wusste, dass er seine Rache an Saphadin und seinem Bruder niemals bekommen würde. Die Wahl, vor die sie ihn stellten, war eine leichte: War er ein Mann der Ehre und Ideale, war er wirklich hergekommen, um für den Propheten Isa zu kämpfen, den seine Leute für den Heiland und Sohn Allahs hielten? Wenn er ein Mann des Glaubens war, dann würde er wählen, hier mit seinen Kameraden zu sterben. Aber wenn er, wie sie vermuteten, ein bloßer Emporkömmling war, ein niederer Adliger, der ins Heilige Land gegangen war, um seinen Reichtum und seinen Status zu mehren, dann würde die Wahl ebenso leicht sein. Er würde sein armseliges Leben wählen und hoffen, dass dort, wohin er zurückkehren würde, noch genug Reichtümer auf ihn warteten.

Al-Adil konnte in seinen Augen sehen, dass er gerne als ein Mann des Glaubens angesehen worden wäre. Aber als ein solcher zu sterben, dafür fehlte ihm der Mut und wahrscheinlich auch die Frömmigkeit.

„Ich schwöre beim Heiligen Kreuz, das mir Saphadin von den Ayyubiden gestohlen hat, dass ich nie wieder einen Fuß ins Heilige Land setzen werde!“ presste Guido zwischen zusammengebissenen Zähnen hervor.

Saladin applaudierte höhnisch.

„Sehr gut! Du bist nun keine Majestät mehr, kein König, nur ein armer Raubritter, dem der große Sultan gestattet, nach Hause zu gehen. Nimm diese, die eurem Glauben ab- und mir die Treue geschworen haben, mit, ich brauche sie nicht.“

Al-Adil hakte ein: „Sultan, wenn du erlaubst, den einen dort, den mit dem blutigen weißen Mantel, den will ich haben!“

Saladin sah sich den Tempelritter an. Er wusste nicht, dass dieser Mann seinen Bruder in der Schlacht beinahe getötet hatte, ging aber wahrscheinlich davon aus, dass sich etwas in der Art ereignet hatte und sein Stellvertreter sich an dem Ritter rächen wollte. Er willigte ein.

„Er gehört dir, Bruder!“

Die umstehenden Soldaten nahmen diesen Austausch zum Anlass, in Siegesgeheul zu verfallen. Neben den beliebten „Allahu Akbar“ und „Salah Ad-Din“ Rufen mischten sich auch nicht wenige Stimmen, die Al-Adil huldigten, indem sie „Saif Ad-Din“ intonierten. Die Brüder sahen sich an. Ein weniger weiser Herrscher hätte dies als Bedrohung seiner Autorität angesehen, aber in Saladins Augen sah Al-Adil nur Freude über den Sieg und Stolz auf seinen Bruder.

„Mein Sohn“, wandte er sich an Ghazi, „du hast mir den falschen König gebracht. Daher soll seine Krone von nun an dir gehören, als Andenken an diese große Tat.“

Ghazi verbeugte sich vor seinem Vater und nahm die Krone des falschen Königs von ihm an.

„Und du, Bruder“; sprach der Sultan Al-Adil an, „hast das Heilige Kreuz erobert! Also will ich dich heute gemeinsam mit den Feinden und unseren Soldaten mit deinem Ehrennamen nennen: Saif Ad-Din! Schwert des Glaubens!“

So lange es nötig war, ließ Al-Adil sich huldigen, dann befahl er seinem Diener, den Templer in sein persönliches Zelt zu bringen. Er ließ ihm einfache, aber saubere Anziehsachen bringen, der Nazarener durfte sich waschen, seinen Durst löschen und etwas essen. Dann gebot Saphadin dem Templer, sich zu seinen Füßen hinzuknien.

„Deine Brüder“, begann er in der Sprache der Franken, „gingen lieber in den Tod, als ihrem Glauben abzuschwören. Du selbst hast noch gestern das Heilige Kreuz verteidigt. Und schon heute spuckst du Isa, deinem Herrn und Messias, ins Gesicht und nimmst die Religion des Feindes an. Warum?“

Der Templer schien dem ganzen Vorgang nicht zu trauen, hatte sich aber wohl entschieden, zunächst gute Miene zum bösen Spiel zu machen. Er setzte sich ein wenig auf, um Al-Adil direkt ansehen zu können und begann zu erzählen.

„Herr, um diese Frage zu beantworten kann ich nicht nur von der gestrigen Schlacht berichten, ich muss Euch alles erzählen. Wie es dazu kam, dass ich ins Heilige Land kam und was für ein Mensch ich vorher war.“

Al-Adil nickte dem Templer aufmunternd zu. Ihm war gerade nach einer guten Geschichte.

„Geboren bin ich“, fuhr der Gefangene fort, „in Toulouse, im Königtum der Franken. Meine arme Mutter nannte mich Noel. Fragt nicht, was das bedeutet, ich weiß es nicht. Meine Geschwister und ich wuchsen in Armut auf, außer mir schaffte es nur eine Schwester bis ins Erwachsenenalter. Sie ging ins Kloster, dort sorgte man für sie.“ Er rutschte auf seinem Platz hin und her. Dieser war natürlich nicht zufällig so unbequem.

„Ich aber merkte schnell, dass man mehr Münzen machen konnte, wenn man die Leute, statt zu betteln oder sie im Geheimen zu bestehlen, mit vorgehaltenem Messer ausraubte. Bald schon hatte ich eine ganze Bande um mich herum geschart und wir hatten eine richtige Räuberburg, in der Nähe der Stelle, wo die Ariege in die Garonne fließt. Das Leben war gut, die Reisenden reich an Dingen, die wir ihnen wegnehmen konnten und die Büttel des Vogts langsam und dumm.

Doch irgendwann trieben wir es zu weit und der Graf wurde auf uns aufmerksam. Die meisten meiner Getreuen landeten am Galgen, mir aber ließ man, weil man irrtümlich annahm als Anführer der Bande müsste ich ein Adliger sein, die Wahl: Tod durch das Henkersbeil oder Pilgerfahrt ins Heilige Land. Da musste ich nicht lange überlegen.“ Er nahm einen Schluck Wasser und setzte seine Geschichte weiter fort.

„In Jerusalem schloss ich mich dem Templerorden an und die Dienste, die ich dem Orden leistete, unterschieden sich nicht großartig von dem, was ich daheim getan hatte, nur dass man mir hier, statt mit dem Henker zu drohen, das Himmelreich ankündigte, wenn ich genügend muslimische Händler ausgeraubt hätte.“

Bei diesem Teil seiner Geschichte sah Noel angsterfüllt zu seinem neuen Herrn auf. Aber Al-Adil war weit davon entfernt, zornig zu sein. Er wollte nur hören wie dieser Templer niederster Herkunft es geschafft hatte, die Ehre zu erlangen, das Heilige Kreuz zu beschützen.

„Also, Herr“, fuhr sein neuer Sklave mit der notwendigen Ehrerbietung fort, „habe ich mich Rainald von Chatillion angeschlossen.“

Nun wurde Saphadin doch wütend. Dieses Monster! Doch er beruhigte sich schnell wieder und hieß seinen Gefangenen, weiter zu sprechen.

Also setzte Noel seine Erzählung fort: „Rainald war davon besessen, den unsicheren Frieden, den König Balduin IV. mit den Moslems geschlossen hatte, zu brechen. Neben Guido von Lusignan unterstützten ihn viele andere Adlige, die meisten allerdings nur unter der Hand, sie wollten sich wohl nicht beschmutzen. Rainald war nicht das Tier, für das ihn alle hielten, er war ein aufrechter Christ, so aufrecht dass es mir manchmal an den Nerv ging. Er war eben nur der Meinung, dass man alles Mögliche tun müsse, um den Frieden zu brechen. Also scharte er Männer wie mich um sich, Männer, die keine Gnade kannten.“

Al-Adil horchte auf. „Aber wenn er doch so ein guter Christ war, wieso wollte er dann den Krieg um jeden Preis?“

Noel starrte ihn völlig verständnislos an.

„Ich weiß ja nicht, was sie Euch erzählt haben, Herr, oder was Ihr zu wissen glaubt, aber Palästina war, wie Ägypten, Syrien und Kleinasien, früher in christlicher Hand. Das waren die oströmischen Provinzen, die, als das weströmische Reich unter dem Ansturm der Hunnen, Vandalen, Goten und anderen Barbaren zerfiel, das Erbe der Alten erhielt und auch das Christentum, wenn auch das falsche.“

„Das falsche Christentum?“

„Herr, die Griechen, die das Reich des Ostens beherrschten, haben das falsche Christentum, die sogenannte Orthodoxie, aufrechterhalten. Wenn ich mich nicht irre, gibt es auch bei Euch Ketzer, welche Eure Religion falsch auslegen und Anhänger des falschen Propheten Ali sind.“

An dieser Stelle horchte Saphadin auf. „Wie kann ein gemeiner Räuber, auch wenn er zum Raubritter aufgestiegen ist, so viel wissen über die Geschichte des eigenen Reiches, aber auch über das Reich des Islam?“

Noel verzog keine Miene: „Verzeiht, Herr, aber das alles verdanke ich Rainald. Dieser Mann wusste einfach alles über die Geschichte nicht nur der Christenheit, sondern auch über die der Heiden, ich meine des Islams, und er lehrte mich diese Dinge, während wir fünf Schiffe durch die Rote Wüste beförderten. Verzeiht nochmals, aber ich muss noch immer innerlich lachen bei dem Gedanken daran, wie Eure Leute uns für Zauberer gehalten haben müssen, als wir plötzlich mit den Schiffen im Roten Meer auftauchten und den Hafen von Medina plünderten.

In Wahrheit sind sicherlich ein Dutzend Männer und noch viel mehr Maultiere, Pferde und Kamele bei dieser Aktion gestorben. Auf Holzplanken haben wir die Schiffe durch die Wüste gezogen. Als wir im Golf von Akaba ankamen, habe ich mich bei dem Gedanken daran, dass wir wie die Dämonen der Hölle über die Städte der Araber kommen würden, halb irre gelacht. Rainald aber hat sich in den Sand gekniet und zu Gott gebetet. Sein Ziel war, Medina und Mekka dem Erdboden gleichzumachen, doch dafür waren wir einfach zu wenige.

Und zu diesem Zeitpunkt sind wir uns auch das erste Mal auf dem Schlachtfeld begegnet. Habt Ihr Euch nicht gefragt, warum ich Euch beim Kampf um das Heilige Kreuz sofort erkannt habe? Ich war einer der Wenigen, die mit Rainald nach Kerak fliehen konnten, die meisten unserer Leute habt Ihr massakriert, wie ich höre, auf die unwürdigste Art und Weise."

Unwürdig?

„Unwürdig war nur der Raubzug zu den heiligen Stätten, die Schändung der Frauen und Kinder!"

Noel unterbrach ihn. „Verzeiht wiederum, Herr, Ihr werdet mich ohnehin an der ein oder anderen Stelle meiner Erzählung in Rage erschlagen, also was soll es denn!? Ja, meine Ahnen haben Jerusalem zurückerobert und dort furchtbare Dinge getan. Unter Rainald von Chatillion habe ich selbst Unaussprechliches verbrochen. Aber Eure Ahnen, Herr, was taten die, als sie das Heilige Land eroberten, als sie das christliche Iberien unterwarfen, als sie die Griechen bis vor die Tore Konstantinopels bekriegten? Erzählt mir nicht, Ihr hättet in Eurem Harem keine Sklavinnen aus eroberten Provinzen, erzählt mir nicht, Euer Bruder hätte meine Ordensbrüder nach der Schlacht bei Hattin verschont. Ich war dabei, sie alle sind für das Christentum gestorben."

Al-Adil fand Gefallen an der offenen Art des Raubritters. Er hatte noch nie verstanden, warum so viele kluge Menschen – sein Bruder eingeschlossen – die Welt in Schwarz und Weiß einteilen mussten. Es gab einfach so viele Grautöne.

Also ließ er Noel weiter berichten und erhielt viele neue Informationen darüber, wie es bei den Nazarenern zuging. Dass die Griechen sich der Orthodoxie verschrieben hatten und den Papst in Rom nicht ehrten, sich also ähnlich ketzerisch verhielten wie die verfluchten Schiiten, hatte er zwar gewusst. Aber nicht, dass die allermeisten Kreuzritter, selbst Rainald von Chatillion und Guido von Lusignan, nicht mehr viel auf den Papst und seine Befehle gaben, sondern in Palästina eine neue Heimat gefunden hatten. Oder dass das Christentum jeden Gebietsverlust verschmerzen konnte, nur nicht den der Gebiete, in denen ihr Heiland, Isa, gewirkt hatte, oder dass die Muslime vor dem ersten Kreuzzug den Christen das Beten an ihren heiligen Stätten verboten hatten. Sein Bruder war, was diese Dinge anging, sehr milde. Wer mit der Sondersteuer seine Dhimmitude bezeugte, dem wurde genehmigt seinen Glauben auszuführen, zumindest soweit es sich um Schriftbesitzer, also um Juden oder Christen handelte.

Noel berichtete detailliert, wie er unter dem Befehl von Rainald bei den Überfällen auf die Häfen von Medina und Mekka mitgewirkt hatte, wie die Raubritter frustriert feststellen mussten, dass es keine Alternative für sie gab, als sich nach jedem Überfall zurückzuziehen, sodass sie keinerlei Außenposten im Kernland des Islam aufbauen konnten, und wie schließlich er, Saphadin, dem Treiben der Piraten ein Ende bereitet hatte.

Noel fuhr fort: „Herr, ich bin Pragmatiker und zumindest Eurem Bruder sagt man nach, dass er ähnlich gestrickt ist. Ich stehe nun unter Eurem Befehl. Wollt Ihr Jerusalem erobern? Ich weiß, wie Ihr das anstellen könnt, denn ich kenne nicht nur Rainald von Chatillion und den besiegten König Guido, ich kenne auch die, welche die Heilige Stadt nun verteidigen werden! Glaubt mir, es ist mir einerlei, welche Religion gewinnt. Ich habe zu Gott nie ein besonders gutes Verhältnis aufbauen können. Lasst mich am Leben und ich öffne Euch die Tore der Heiligen Stadt! Männer, die mehr Mut und Ehre haben als ich, mögen für ihren Glauben sterben, ich aber will nur leben und genießen, was das Leben und der Krieg mir an Geschenken offerieren. Als mein ehemaliger Erzfeind sehe ich es Euch nach, wenn Ihr mir nicht vertraut, weil Ihr befürchtet, ich könnte jederzeit das Messer gegen Euch erheben – auch wenn Ihr mir keine besseren Waffen als Küchenmesser zukommen lasst. Aber wenn Ihr mich Euch Treue schwören lasst, werdet Ihr keinen treueren Untertan finden."

Al-Adil nickte bedächtig. Dass einfache Soldaten sich gegen ihre alten Herren wandten war keine Seltenheit. Ehre und Loyalität waren schöne Dinge, wenn man sicher in der eigenen Festung saß und genug zu speisen hatte. Auf dem Schlachtfeld, am falschen Ende eines Schwertes aber konnten sie zum Ärgernis werden.

„Erzähl mir von den Verteidigern der Heiligen Stadt!“ befahl Al-Adil. Noel ließ sich nicht lange bitten. „Die meisten Adligen und Generäle von Wichtigkeit sind mit nach Hattin gezogen und nun wahrscheinlich tot, gefangen oder vermisst. Aber einer von ihnen, ein Günstling des verstorbenen Königs Balduin und Rivale Guidos, ist in der Stadt geblieben. Sein Name ist Balian von Iblin, ein Emporkömmling und Betrüger, ja ein Bastard, so munkelt man.

Balians größte Schwäche ist sein Stolz, da werdet Ihr ihn zu packen kriegen. Gebt ihm, was er will, und er wird Euch Jerusalem auf dem Silbertablett servieren.“

„Und was will er?“

„Das, Herr“, antwortete Noel, „müsst Ihr selbst herausfinden.“

Kapitel 4: Al-Quds

(Die Reine)

Jerusalem, 29. September 1187

Al-Adil hatte das Zelt des Sultans vorbereiten lassen. Seine Konkubinen hatten Wasser, Eis und die köstlichsten Speisen, sowie die Krone Guidos und andere Beutestücke, ausgestellt.

Der Mann, der vor ihm stand, beachtete all das nicht. Er war keiner dieser Kuffar, das war Al-Adil sofort klar. Er war kein Monster wie Rainald von Chatillion, kein Emporkömmling wie Guido von Lusignan, er würde nicht zum Islam übertreten, wenn sie ihn besiegten, wie Noel, der mit den Konkubinen, anderen Dienern und Al-Adils Leibwächtern im Hintergrund stand. Der Sklave hatte eine ganz falsche Einschätzung dieses Mannes abgegeben.

Balian von Iblin war ein Krieger, das war deutlich noch bevor er den Mund aufmachte. Ein echter Ritter, so ehrenhaft wie mutig.

Aber Al-Adil sah auch einen sehr, sehr müden Mann vor sich stehen, einen Mann, der in den letzten Tagen vor der Belagerung das Unmögliche versucht hatte: Die Verteidigungsanlagen der Heiligen Stadt so zu verstärken, dass die Reine Saladins Heer standhalten würde. Einen Mann, der nun seit sieben Tagen die Stadt hielt und jede List gerochen, jeden Angriff mit eisenhartem Wehrwillen beantworten hatte.

„Ihr seid nicht der Sultan!“ stellte Balian ohne weitere Begrüßung fest. Er sprach arabisch, also erhielt er seine Antwort ebenfalls in der Sprache der Muslime.

„Nein, ich bin sein Bruder, Al-Adil“

Schon vor Jahren hatte Al-Adil seinen Bruder davon überzeugen können, dass es sicherer war, wenn der Sultan nicht selbst bei Verhandlungen mit dem Feind anwesend war.

„Ah, Saphadin! Das Schwert des Islam! Sagt, seid Ihr stolz darauf, meinen völlig erschöpften und verdursteten Glaubensbrüdern das vergoldete Stück Holz abgenommen zu haben?“

Al-Adil ging nicht weiter auf diese Provokation ein.

„Seit einer Woche habt Ihr nicht geschlafen, Baron von Iblin“, trat er stattdessen in die Verhandlungen ein, „eine Woche, in der wir Eure Mauern verkleinert, Eure Männer dezimiert und Eure Hoffnungen auf Sieg zerschlagen haben. Warum gebt Ihr nicht auf?“

„Was, aufgeben? Kommt nicht infrage! Ich lasse nicht zu, dass Ihr die Frauen und Kinder dieser Stadt massakriert!"

Al-Adil nickte anerkennend. „Aber wer sagt Euch, dass der Sultan das vorhat?"

Balian schnaubte abfällig. „Als die Kreuzfahrer Jerusalem einnahmen, haben sie niemanden in der Stadt am Leben gelassen. Ich weiß, das ist lange her, aber ich weiß auch, dass ihr Moslems ein langes Gedächtnis habt."

Saphadin schüttelte langsam den Kopf. „Der Sultan ist kein Schlächter!" gelobte er.

Doch Balian schnaubte wieder nur. „Ich habe das Schlachtfeld vor Hattin besucht, ich habe die Köpfe der Ordensritter gesehen", behauptete er. „Wenn Saladin kein Schlächter ist, warum hat er sie dann umgebracht, nachdem der Kampf schon beendet war?"

Hier kam er nicht weiter. Natürlich hatten sie die Ordensritter vor diese endgültige Wahl – Konversion oder Tod – stellen müssen, weil es keinen anderen Weg gab. Die Templer und Johanniter und wie sie alle hießen würden, so lange sie lebten, dafür kämpfen, dass ihr Heiliges Land in christlichen Händen blieb.

Balian erwähnte nicht, dass sie die Bauern nicht verfolgt hatten, als sie vom Schlachtfeld flohen und Al-Adil kam es kindisch vor, nun darauf hinzuweisen.

„Ihr seid chancenlos", fuhr er stattdessen fort. „Wie viele Soldaten habt ihr noch innerhalb der Mauern? Ein paar hundert? Wie viele Muslime stehen vor Euren Toren? Tausende!"

Balian grinste kalt. „Bisher sieht es doch ganz gut für uns aus. Jeder Christ, den ihr getötet habt, hat zehn Eurer Männer mit in den Tod genommen."

Das war zwar übertrieben, aber die Verluste waren hoch – zu hoch – was ja der Grund war, warum der Sultan seinen Bruder in die Verhandlung gesandt hatte.

„Auf kurz oder lang wird die Stadt fallen", prophezeite er, „Ihr habt einfach nicht genug Männer, um länger durchzuhalten und Verstärkungen werden nicht kommen."

Der Baron von Iblin sah ihn mit einem müden, traurigen Blick an, in den sich eine Härte und Grausamkeit mischte, die, das konnte Al-Adil spüren, nicht zum eigentlichen Wesen Balians gehörten.

„Dann werden wir sie niederbrennen!“ flüsterte er, „meine Männer haben ohnehin den Befehl das zu tun, wenn ich von diesem Treffen nicht wiederkehre. Wir brennen die Stadt nieder, einschließlich der heiligen Stätten. Den Felsendom, die Grabeskirche, die Klagemauer, die Al-Aksa Moschee – alle Bauten aller Religionen werden in Flammen aufgehen!“

Saphadin schluckte schwer. Das war das größte Sakrileg, das überhaupt nur vorstellbar war! Er musste das verhindern! Und er durfte Balian nicht wissen lassen, dass ihm das so wichtig war. Aber ein Blick in die Augen des anderen verriet, dass der Nazarener wusste, wie seine Drohung bei seinem Gegenüber angekommen war.

„Ihr sagt also, wenn ihr die Stadt nicht haben könnt, soll sie niemand haben“, erwiderte er betont neutral. „Ich aber sage, die Heilige Stadt gehört nicht den Christen oder den Muslimen, nicht den Juden oder sonst wem. Al-Quds, die Reine, ist für alle.“

Balian sah den Bruder des Sultans ungläubig an. „Das wäre das erste Mal, dass nicht die Herren der Stadt entscheiden, wer dort beten darf und wer nicht.“

Saphadin winkte ab. „Auch Euer König Balduin hat Muslime in der Moschee beten lassen“, lenkte er ein. „Er war ein weiser Mann, Balduin.“

„Wollt Ihr nicht spotten, seine Krankheit sei eine Strafe Eures Gottes gewesen?“

Balduin war an der Lepra erkrankt. Wie bei vielen anderen der Franken und sonstigen Fremden aus dem fernen Abendland hatten nicht die muslimischen Klingen, sondern das heilige Land selbst seinen Tod herbeigeführt. Aber dass solcherlei Krankheiten eine Strafe Gottes waren, hatte Al-Adil niemals geglaubt. Sie waren nur die Folge davon, wenn Menschen in eine ihnen völlig fremde Umgebung zogen, egal ob sie dort Eroberungen machen wollten oder nicht. Auch die Händlerkaste kannte dieses Unbill. An einem fremden Hafen am anderen Ende der Welt anzulegen kam einem Glücksspiel gleich. Manch einer blieb gesund, viele wurden krank und genasen wieder, einige starben eben.

„Es gibt nur einen Gott“, belehrte er also den Baron, „und wenn es ihm gefällt uns zu prüfen, indem er uns Krankheiten sendet, die bewirken, dass unsere Körper bei lebendigem Leib verfaulen, dann haben wir Unseligen das nicht infrage zu stellen. Die Lepra macht keinen Unterschied zwischen Kuffar und Rechtgläubigen. Wenn Ihr uns die Stadt übergebt, dann wird jeder Pilger, ob Muslim, Christ oder Jude, soweit er in friedlicher Absicht anreist und ohne Waffen die Stadt betritt, das Recht erhalten nach seinen eigenen Bräuchen an den Stätten, die seiner Religion heilig sind, zu beten. Es wird kein Massaker geben, die heiligen Stätten bleiben intakt."

Diese Worte bedachte Balian mit einem anerkennenden Nicken.

Sie sahen sich einige Augenblicke lang an. Al-Adil wusste, dass Balian von Iblin die Heilige Stadt nicht anzünden wollte. Er war sich aber auch sicher, dass der Baron es tun würde, wenn er keinen anderen Ausweg mehr sah. Was konnte er tun? Er musste ihm ein Angebot unterbreiten, bei dem er sein Gesicht wahren konnte.

„Jeder Mann zahle zwanzig Goldstücke", sprach er also, „jede Frau zehn und jedes Kind fünf. So erkauft Ihr Euren Franken das freie Geleit in christliches Gebiet."

Balian seufzte: „Und die, welche das Lösegeld nicht bezahlen können?"

Al-Adil zuckte die Schultern: „Denen wird widerfahren, was seit ehedem denen passiert, welche die Schlacht verlieren." So war der Weg des Krieges.

Aber er sah in Balians Augen, dass dieses Angebot nicht gut genug war. Also fuhr er fort: „Wenn Ihr selbst und Eure Adligen bereit seid, Euer persönliches Vermögen einzusetzen, um möglichst viele der Gewöhnlichen freizukaufen, dann schwöre ich, dass ich ebenfalls alles tun werde, um so viele Nazarener wie ich kann vor der Sklaverei zu bewahren."

„Warum solltet Ihr das tun?"

„Weil ich Al-Quds nicht in Flammen sehen will."

„Und warum sollte ich Euch glauben?"

„Weil ich es Euch hier und jetzt auf Allah schwöre."

Der Baron rang offensichtlich mit sich, doch nach einiger Zeit senkte er den Kopf, was man genauso als Nicken wie als Kapitulation deuten konnte. In diesem Fall war es beides.

Al-Adil hatte seinem Bruder und dem Islam heute einen Sieg beschert! Und dieser Sieg war noch glorreicher, weil kein Blut daran klebte. Die Einigung mit Balian von Iblin war gerecht und weise. Als Anführer wahrte der Baron sein Gesicht, hatte er doch getan, was seine Aufgabe war und das Leben der Männer und Frauen unter seinem Schutz bewahrt. Die Heilige Stadt würde nicht brennen und der Sultan würde das Versprechen, dass Saphadin dem Iblin gegeben hatte, einhalten und Pilger aller Religionen zu ihren heiligen Städten kommen lassen, um zu beten.

Und doch war die Reine, die Unfassbare, wieder in islamischer Hand!

Balian wandte sich schon zum Gehen, doch Al-Adil hielt ihn zurück. „Schaut!" hauchte er nur und deutete nach Westen.

Die Leibgarde des Sultans ritt in Zweierreihen links und rechts neben dem riesigen Karren, welcher von Sklaven gezogen wurde. Das Heilige Kreuz glänzte in der Sonne.

Balian fiel auf die Knie. Er hatte Tränen in den Augen. „Ihr habt es umgedreht!" fluchte er. „Das ist die größte aller Blasphemien!"

Saphadin sah in Richtung der Prozession. Tatsächlich, die Männer hatten das aufrecht stehende Kreuz in eine halb liegende Position gebracht. Wussten sie denn nicht, dass dies die Nazarener beleidigen würde? War ihr Hass auf die Gegner größer als ihr Respekt vor der Heiligkeit?

Als die Garde herankam, sah Saphadin, wer sie anführte: Natürlich war es niemand anderes als Al-Afdal.

„Neffe!", grüßte Al-Adil.

„Onkel", kam die Antwort in betont gelangweiltem Ton.

„Neffe, erkläre mir dieses Sakrileg!", befahl Saphadin.

Al-Afdal sah ihn verständnislos an.

„Das Kreuz, Neffe, es steht nicht mehr aufrecht!"

Al-Afdal lachte albern in sich hinein. „Natürlich, wir haben es hingelegt! Denkst du wirklich, ich bringe es stehend in unser Lager, damit es seine magischen Kräfte entfaltet? Nein, nein, wir sind vorsichtig und haben es hingelegt und so seiner Magie beraubt."

Magie?

„Wovon sprichst du da, Neffe?"

„Na, das ist doch eine Reliquie, mit Teilen des echten Kreuzes, an dem Isa starb."

„Und?"

„Und die Nazarener glauben, dass das Kreuz sie unbesiegbar macht"; antwortete Al-Afdal.

Saphadin konnte es nicht fassen. „Und weil die Kuffar das glauben, hast du Angst vor einem Stück Holz, Ali?"

Das Gesicht seines Neffen verhärtete sich. „Ich habe vor gar nichts Angst!", behauptete er. „Aber ich werde auch nicht riskieren, dass die Reliquie ihren Zauber in der Stadt entfacht."

Balian war neben Al-Adil getreten. „Jerusalem ist für alle, habt Ihr gesagt. Ich sehe jetzt, wie ernst es Euch damit war."

Al-Afdal hatte das mitbekommen. Voller Hass und Verachtung blickte er den Baron an und spuckte ihm seine Worte geradezu ins Gesicht: „Du hast hier nichts mehr zu melden, Kuffar! Der Islam herrscht jetzt wieder über die Heilige Stadt. Sieh, staune und zittere in Furcht vor der Macht der Ayyubiden!"

Abgesehen davon, dass Al-Afdal ja nicht wissen konnte, dass Balian die Stadt gerade aufgegeben hatte und seine Ansprache, wenn er nur ein paar Augenblicke vorher angekommen wäre, die Verhandlungen hätte platzen lassen können, widersprach diese Respektlosigkeit allem, was die Brüder ihren Erben beigebracht hatten.

Wenn Al-Afdal nur ein paar Jahre jünger gewesen wäre – und nicht auf einem Pferd gesessen hätte – dann wäre eine schallende Ohrfeige hier die einzig richtige Maßnahme zur Erziehung gewesen. So aber zischte Al-Adil seinen Neffen nur an: „Geh, führe deinen Auftrag zu Ende!"

Mit einem weiteren provozierenden Blick auf den Nazarener trollte sich der General, der nur einer war, weil der große Sultan Saladin einst seine Mutter mit seinem Samen gesegnet hatte. Die Leibgarde mit dem Kreuz auf dem Wagen folgte ihm, das standardisierte „Allahu Akbar!" intonierend, das Saphadin langsam begann auf die Nerven zu gehen.

„Vielleicht sollte ich die Stadt doch zerstören", sagte der Baron mehr zu sich selbst.

„Hört nicht auf den unwissenden Knaben, Iblin", antwortete Al-Adil, „Saladin wird sein Versprechen halten. Die Reine ist nicht länger das Objekt von Glaubenskriegen, sondern in der Hand eines guten Mannes."

Balian sah über die Burgmauern zu den Hügeln mit den heiligen Stätten. „Richtet Eurem Bruder aus, er möge gut auf sie aufpassen. Sie glänzt wie ein Diamant, aber sie ist zerbrechlich wie Glas."

Kapitel 5: Allahu akbar

(Gott ist groß)

Jerusalem, 9. Oktober 1187

Selbst im Innern der Moschee konnten sie die Rufe der Männer von draußen noch hören. „Allahu Akbar, Allahu Akbar!“ dröhnte es durch die Straßen der Heiligen Stadt. Al-Quds war erobert!

Saladin hatte die Al-Aksa Moschee, welche die Christen als Kirche benutzt hatten, mit Rosenwasser und herrlichen Düften reinigen lassen. Alles, was an die Nazarener erinnerte, war verschwunden.

Drinnen dankten die Familie der Ayyubiden und die anderen Adligen, Generäle und Würdenträger Allah für den Sieg, draußen hatte Saladin an jeder Straßenecke besonders verlässliche Soldaten, Familienmitglieder und loyale Christen postiert, welche die Männer davon abhalten sollten, gegen die fränkische Bevölkerung vorzugehen, die sich noch in der Stadt befand.

Balian hatte mit den anderen nazarenischen Adligen vor einigen Tagen die Heimreise angetreten. Alle, die er hatte freikaufen können, waren mit ihm gegangen, keiner der Franken legte Wert darauf, weiter in Jerusalem zu verweilen und abzuwarten, ob die Muslime sich das mit der Gnade noch einmal anders überlegten.

Um den Baron von Iblin zu ehren, hatte Saladin hunderte arme Leute auch ohne Lösegeld mit ihm ziehen lassen. Trotzdem waren ihm nicht weniger als 2500 Sklaven in die Hände gefallen.

Der Mann, der sich hier in der Moschee, wo man doch eigentlich den Gottesdienst abhalten sollte, feiern ließ wie einen Propheten, hatte nichts mehr von Al-Adils großem Bruder, wie er war, als er noch klein war. Saladin war alt geworden, alt und weise sagten die einen, alt und zu nachgiebig die anderen.

„Al-Quds!“, sinnierte Al-Asfahani, „wurdest du endlich vom Dreck der schmutzigen Franken gereinigt und hast das Kleid der Erniedrigung ausgezogen, um das Gewand der Ehre wieder anzulegen...“

Der alte Gelehrte nickte zu sich selbst und verschwand, wahrscheinlich um seine Worte direkt niederzuschreiben.

Nicht wenige der Generäle, allen voran Al-Afdal, drängten den Sultan, ein Massaker an den Christen zu begehen, um die Schande reinzuwaschen, welche die Nazarener dem Islam vor knapp hundert Jahren zugefügt hatten, als sie die Stadt eroberten. Als Rache für all die Gräueltaten von Rainald von Chatillion und seinen Templerpiraten.

Al-Adil befürchtete, die aufgeheizte Stimmung während der Feier könnte in dieser Richtung noch die ein oder andere böse Überraschung bringen. Also blieb er dort, wo sein Platz war, an der Seite seines Bruders, die Hand am Schwert, die Augen offen.

Auf dem Vorplatz hatte man alle möglichen Beutestücke zusammengetragen, um sie zur Schau zu stellen. Das Heilige Kreuz, das Al-Adil hatte wieder aufrichten lassen, war auch dabei und knapp die Hälfte von Saladins neuen Sklaven, die Franken, die sich ihre Freiheit nicht hatten erkaufen können.

Al-Adil sah sich die ausgemergelten Kreaturen an. Da war nur Hunger und Verzweiflung in ihren Augen. Aller Stolz, aber auch alle Freude und der Lebenswille war ihnen abhanden gekommen. Sie würden sich ihrem Schicksal fügen und einfache Arbeiten für ihre neuen Herren ausführen, aber sie würden das nicht besonders gut machen. Viele von ihnen würden einen frühen Tod sterben, weil sie sich zu Tode hungerten, von ihrer Trauer überwältigt wurden oder sich selbst das Leben nahmen.

Saphadin schauderte bei diesem Gedanken. Allah gab das Leben, Allah nahm es auch wieder. Auch bei den Nazarenern war es eine der größten Sünden, sich selbst zu töten. Aber was hatten diese armen Kreaturen hier denn sonst noch für Möglichkeiten?

Er schüttelte sich. Nein, das war nicht gottgefällig! Er würde sein Versprechen an den Baron von Iblin ehren.

„Bruder“, rief er also den Sultan zurück, der schon einige Schritte weiter gegangen war.

Saladin drehte sich um, immer noch diese Verklärung im Gesicht, so als hätten sie nicht eine Stadt erobert, sondern den Papst in Rom dazu gebracht abzuschwören und den Islam anzunehmen.

Gut, dann war er vielleicht in Geberlaune.

„Bruder, ich möchte diese Sklaven von dir kaufen“, sagte Saphadin im Plauderton.

Saladin lächelte weiter. „Welche von denen?“ fragte er leichthin.

„Alle!“

Nun stutzte der Sultan und die um ihn herum versammelten Würdenträger und Familienmitglieder fingen an, wie die Waschweiber zu keifen und zu plärren.

„Ich zahle den doppelten Preis, wenn es sein muss", legte Al-Adil nach, aber der Sultan hob abwehrend die Hände.

„Wenn es dein Wunsch ist, Bruder, sind diese Sklaven dein, zum gängigen Preis. Aber sag mir doch, warum verschwendest du dein Vermögen, das du dir hart auf dem Sessel des Emirs und später im Sattel, auf dem Schlachtfeld, erarbeitet hast, für diese Leute? Was willst du mit tausend Sklaven anfangen?"

Saphadin sah seinem Bruder direkt in die Augen. „Sie sind mein? Verkauft?"

Saladin nickte: „Verkauft!"

Auf dem Absatz umkehrend ging Al-Adil zu den Wächtern, welche die Sklaven bewachten, so als wenn das nötig gewesen wäre und bellte seine Anweisungen: „Diese Sklaven gehören jetzt mir! Ihr werdet ihnen in den nächsten Tagen genügend zu essen und zu trinken geben, damit sie stark genug sind!"

Saladin war ihm gefolgt, hinter ihm die Schar aus Söhnen, Adligen und Gesandten.

„Stark genug für was?" wollte der Sultan wissen.

Al-Adil sah sich zu seinem Bruder um. „Na, für den Heimweg!"

Diese Antwort löste einen regelrechten Tumult in der Gesandtschaft aus. Während die einen fluchten und spuckten, schrien die anderen ihr Hurra und Dritte baten die anderen verzweifelt ihnen mitzuteilen, was der Bruder des Sultans gesagt hatte, weil sie es nicht mitbekommen hatten.

Die befreiten Sklaven begannen, nachdem sie begriffen hatten, was der Aufstand bedeutete, Saphadins Füße zu küssen und weinend zu beten. Er ging durch ihre Reihen und ließ sich danken, schüttelte Hände und strich halb verhungerten Kindern über den Kopf, während die Leibwache des Sultans den Aufruhr unter den Muslimen mit nicht mehr ganz sanfter Gewalt beenden musste.

Saladin trat wieder an seine Seite. „Immer für eine Überraschung gut", bemerkte er spitz. „Haben wir den Nazarenern nicht schon genug Gnade gezeigt?"

Al-Adil hatte Tränen in den Augen, als er antwortete, Tränen der Freude über die Befreiung der armen Seelen vor ihm: „Bruder, gibt es das denn, genug Gnade? Wie können wir jemals genug Gnade zeigen? Wir einfachen Sterblichen können Allahs Barmherzigkeit niemals in Gänze erfassen."

Saladin zuckte die Schultern, drehte sich um und ließ sich weiterfeiern. Er tat, als sei ihm diese Episode einerlei, aber Saphadin wusste, dass sein Bruder sich nur schämte, dass er die armen Kreaturen nicht schon selbst auf freien Fuß gesetzt hatte.

Also schritt er die Reihen der Befreiten weiter ab und ein Weib fiel ihm auf. Sie hatte rotes Haar, etwas, das Al-Adil noch nie bei einer Frau gesehen hatte, das machte sie interessant. Und sie dankte ihm nicht, wie die anderen, sondern blickte nur stur geradeaus. Das machte sie geheimnisvoll. Er wies seine Wächter an, die Frau mitzunehmen, verabschiedete sich von seinen Neffen und zog sich in sein Quartier im Königspalast zurück. Als er gebetet, sich gewaschen und umgezogen hatte, ließ er die Frau bringen. Sie sah ihn weiterhin nicht an, sondern fixierte einen Punkt irgendwo hinter ihm.

„Wie heißt du?“, begann er auf fränkisch.

Keine Antwort.

„Woher kommst du?“

Wieder nichts.

„Irgendwann wirst du mit mir reden müssen, weißt du?“, versuchte er es erneut, aber die Frau hatte sich offensichtlich entschieden ihn anzuschweigen.

„Vielleicht hast du es nicht richtig mitbekommen, weil du unsere Sprache nicht sprichst“, probierte er einen anderen Weg, „aber ich habe dich und deine Leute dem Sultan abgekauft und entlasse euch in die Freiheit. Wir werden euch einige Tage lang aufpäppeln müssen, damit ihr den Weg schafft, aber dann geleiteten meine Leute euch durch die Wüste an die Küste und ihr könnt dem Baron von Iblin hinterher in eure Länder gehen.“

Sie reagierte immer noch nicht.

„Willst du das nicht? Willst du nicht zurück nach Hause?“ fragte er.

Endlich zeigte sie eine Reaktion.

Mit einem Hass im Blick, der dem von König Guido – und dem seines Neffen – in nichts nachstand, sah sie ihm direkt in die Augen und antwortete auf arabisch: „Ich bin hier zu Hause. Ich bin in Al-Quds geboren. Also schickt mich wohin Ihr wollt, aber tut nicht so, als wäret Ihr mein Retter.“

Das war ja ein starkes Stück!

„Hör mal, Weib, ich bin kein stolzer Mann, aber ich habe gerade dich und tausend deiner Leute vor einem Leben in Ketten und Knechtschaft bewahrt. Da kann ich doch ein wenig Dankbarkeit verlangen!?"

„Dankbarkeit? Während wir hier sitzen, schänden deine Leute unsere heiligen Stätten! Den Kreuzweg, die Grabeskirche, den Felsendom! Ihr werdet keinen Stein auf dem anderen lassen, oder?"

Saphadin verstand die Angst des Mädchens. Nichts war schlimmer als die Profanisierung der heiligen Stätten. Das war schlimmer als all der Mord und Totschlag, die Vergewaltigungen und Verschleppungen, die der Krieg eben so mit sich brachte, weil es ein Affront gegen Allah war. Ein Menschenleben war kurz, aber die heiligen Stätten würden auch in weiteren hundert Jahren noch die Gläubigen aus allen Himmelsrichtungen anziehen. Al-Adil und sein Bruder waren, wie ihr Vater vor ihnen, der Meinung, dass Allah alle Gebetsstätten heilig waren, nicht nur die der Muslime.

„Mein Bruder wird eure Gebetsstätten nicht schänden", antwortete er also, „er ist Salah Ad-Din, weißt du, was das bedeutet?"

Sie wechselte ins Fränkische: „In etwa so viel wie Heil der Religion. Eurer Religion, nicht meiner. Und wenn du sein Bruder bist, dann bist du der, den sie Saphadin nennen, sein größter Krieger, der das Heilige Kreuz erobert und vernichtet hat. Und ja, ich weiß, Saif Ad-Din bedeutet Schwert der Religion. Ein passender Name für einen Schlächter wie Euch!"

Al-Adil war bisher stolz auf seinen Beinamen gewesen, auch darauf, dass er bei den Christen Bekanntheit erfahren hatte. Das würde er sich von diesem Weib nicht wegnehmen lassen.

Ebenfalls auf Fränkisch antwortete er: „Ich habe Euer Heiliges Kreuz erobert, ja, aber ich habe es nicht zerstört."

Sie horchte auf.

„Nicht zerstört?", wiederholte sie.

„Du hättest es eigentlich sogar sehen müssen, es stand am Platz der Moschee, wo man euch Sklaven auch hingebracht hatte."

Sie schüttelte den Kopf. „Ich habe es nicht gesehen."

„Dann musst du mir glauben, dass es da war. Denn sie fahren es jetzt weg."

„Wo bringen sie es hin?"

„Nach Kairo, in den Palast des Sultans. Dort wird es ausgestellt als Symbol von Saladins Sieg über die Ungläubigen."

Das Mädchen lachte in sich hinein. Auf arabisch antwortete sie: „Nach Kairo! Das ist weise. Saladin hat Angst, wenn er es hier in Jerusalem lässt, dass sie es ihm wieder wegnehmen, so wie sie ihm die Stadt wieder wegnehmen werden."

Saphadin wurde zornig: „Du bist nur ein Weib, sprich nicht über Dinge, von denen du nichts verstehst!"

Sie hielt den Kopf hoch erhoben, schwieg aber. Das gefiel ihm.

„Ich habe mich entschieden", teilte er also mit, „deine Leute sollen, sobald sie bei Kräften sind, in christliche Gebiete geleitet werden. Sie werden sicher dort ankommen, das schwöre ich dir. Aber du, die hier geboren ist und kein anderes zu Hause kennt, du sollst hier bei mir bleiben als meine Konkubine und meinen Harem vergrößern."

Sie sah ihn wieder direkt an, etwas, das er von arabischen Frauen nicht gewohnt war und ihn irritierte.

„Schwört mir noch etwas: Schwört mir, dass das Heilige Kreuz mit Ehrfurcht und Respekt behandelt wird! Es ist aus Teilen des echten Kreuzes, auf dem unser Heiland starb, gebaut! Schwört mir, dass Saladin die Grabeskirche und die übrigen Gebetsstätten der Christen verschonen wird. Dann unterwerfe ich mich Euch!"

Al-Adil grinste: „Ich schwöre, dass das Heilige Kreuz mit Respekt behandelt werden wird und in Kairo einen Ehrenplatz im Thronsaal erhält. Ich schwöre, dass niemand ungestraft die Gebetsstätten der Christen entweihen wird. Ich schwöre – und mein Bruder wird dies in den nächsten Tagen öffentlich verkünden – dass nun, da Jerusalem uns gehört, jeder Pilger, ob muslimisch, jüdisch oder christlich, der friedlich und unbewaffnet an das Tor der Reinen klopft, in Frieden aufgenommen werden wird."

Die Frau warf sich ihm zu Füßen: „Maria vom Tempelberg ist Dein, Herr!"

Kapitel 6: Al-Qustantinyya

(Konstantinopel)

Konstantinopel, 29. November 1187

„Warum seid Ihr hier?"

Kaiser Isaak Angelos sah Al-Adil an, als wäre seine Anwesenheit allein eine Beleidigung.

„Ich bringe Geschenke und ein Angebot des Sultans."

„Geht wieder! Wir können Eure Anwesenheit nicht dulden. Wir ertragen sie nicht."

Der Grieche war genau so, wie Al-Adils Spione ihn beschrieben hatten.

„Richtet Eurem Bruder unsere wärmsten Grüße aus – aber geht! Jetzt!"

„Vielleicht hört Ihr erst an, was ich zu sagen habe?"

Al-Adil hatte seinen Bruder nicht lange überreden müssen, ihn auf diese diplomatische Mission zu schicken. Der Sultan wusste genau wie er, was nun die größte Gefahr war, nämlich dass ihre neuen Eroberungen von aus dem Abendland eintrudelnden Heeren wieder genommen wurden. Die Kriegsanstrengungen waren noch nicht vorbei. Nach der Schlacht von Hattin und der Belagerung von Jerusalem hatte sich der weitere Marsch durch das Königreich Jerusalem zwar als wahrer Spaziergang erwiesen: Arsuf, Akkon, all die Städte der Franken waren nur Früchte, die reif zum Pflücken waren. Aber es war nur eine Frage der Zeit, bis die Nazarener sich wieder einmal aufmachen würden, um sich das anzueignen, was sie irrtümlich für ihr Eigentum ansahen.

Der Kaiser wollte nicht hören. Er tat so, als sei Al-Adil ein Gespenst, ein Dschinn oder der Schaitan selbst. Al-Adil war sich nicht sicher, was er schlimmer fand, die hochnäsige Art des Griechen oder seine Frau. Sie war ein Kind, das sicherlich weniger als ein Dutzend Sommer gesehen hatte, aber neben dem Kaiser auf einem eigenen Thron saß, als wenn sie gemeinsam mit ihm herrschen würde. Und genauso verhielt sie sich.

„Ihr seid ein Gesandter Saladins", stellte sie fest. „Wie ich höre, haben die Ayyubiden Jerusalem erobert?! Das war sicherlich verlustreich."

Dieses Kind war anscheinend verständiger als ihr Mann. Die Verluste unter den Muslimen, die sie angesprochen hatte, waren allerindgs gering. Der Kult um Saladin wuchs. Die meisten Soldaten behandelten den Sultan – und auch Saphadin – nicht mehr nur mit dem Respekt, der ihnen als Feldherren und Generäle zustand, sondern wie Heilige. Trotz weiterer großzügiger Gnadenakte, die der Sultan sich gönnte, wurden die Generäle und Offiziere bei diesem Feldzug reich. Auch die einfachen Soldaten konnten sich ihren Teil der Beute sichern, wenn sie ihre Pflichten erfüllten, sich unnötiger Grausamkeiten enthielten und im Angesicht des Feindes nicht den Mut verloren.

Saladins Selbstbild hatte sich allmählich geändert, er sah sich nicht mehr als Eroberer, sondern als Befreier.

„Nach Euren Siegen im Heiligen Land kommt Ihr, um von uns Zugeständnisse zu fordern?", vermutete die Kindkaiserin.

Al-Adil antwortete nicht. Er wartete ab, was der Kaiser selbst sagen würde. Aber Isaak hatte sich auf seinen Thron gesetzt und eine steinerne Miene aufgesetzt. Wenn er etwas erreichen wollte, würde Al-Adil mit dem Kind sprechen müssen.

„Zugeständnisse? Der Sultan benötigt keine Zugeständnisse. Nicht von Eurem Kaiser. Er dachte lediglich, es gebe eine gemeinsame Interessenlage. Aber ich sehe ja jetzt, dass er sich da geirrt hat. Darum bitte ich höflich, mich entfernen zu dürfen."

Die Kaiserin zog eine Augenbraue hoch. „Ihr wollt schon gehen?"

„Ihr sagtet doch, es gebe aus Eurer Sicht nichts zu verhandeln."

„Das habe ich nicht gesagt."

„Verzeiht, dann habe ich Euch falsch verstanden. Mein Griechisch ist etwas eingerostet."

Ein längeres Schweigen entstand. Irgendwann verlor das Kind die Geduld.

„Was meint Ihr denn nun mit dem gemeinsamen Interesse?"

„Nun ja, wir hörten davon, dass in der Christenheit durchaus Pläne diskutiert werden, unsere Erfolge im Heiligen Land sozusagen rückgängig zu machen."

„Sprecht nicht in Rätseln, Gesandter!" Das kleine Köpfchen der Kaiserin rauchte, das war nur zu deutlich. Auch schien sie nicht zu wissen, wer Al-Adil war, sondern ihn für einen beliebigen Diplomaten zu halten.

Es lief besser, als er erhofft hatte.

„Verzeiht, Hoheit, ich rede davon, dass die Lateiner, allen voran Kaiser Barbarossa, sicherlich eine militärische Antwort auf die Eroberung von Al-Quds erwägen."

„Na und? Was geht uns das an? Sollen sie euch die Heilige Stadt und alle anderen Burgen und Orte da unten wieder abnehmen. Hundert Jahre war Palästina in fränkischer Hand, es war nicht zum Schaden Griechenlands."

„Gewiss, Eure Hoheit, aber..." Er machte eine Kunstpause. „Vielleicht habt Ihr ja Recht. Ich wünsche es sogar."

Der Kaiser, der ohnehin kein Wort des Gespräches verpasst hatte, war nun hellhörig geworden, ließ aber wiederum seine Kindbraut antworten.

„Nun sprecht frank und frei oder ich lasse Euch auspeitschen!"

„Euer Hoheit, der Sultan befürchtet, dass Barbarossa und seine Kreuzritter, wenn sie denn losziehen, sich der alten Feindschaft zwischen Rom und Konstantinopel, dem Graben des Schismas, wenn Ihr so wollt, erinnern werden. Vielleicht nutzen sie diese Unternehmung, um nicht nur ihre eingeschworenen Feinde unter dem Halbmond, sondern auch ihre Rivalen unter dem Kreuz anzugreifen."

„Das wird nicht passieren!", begehrte der Kaiser auf. „Barbarossa ist gar kein richtiger Kaiser. Er nennt sich Römer und hat doch mit den alten Caesaren so wenig zu tun wie ein Fisch mit einem Vogel!"

Al-Adils Miene blieb ausdruckslos. Innerlich feierte er jedoch. Dass Isaak so leicht zu manipulieren sein würde, hätte er nicht erwartet. Das war in der Tat eine angenehme Überraschung.

„Hoheit", sprach er also den Kaiser an, „bei meiner Ankunft kam mir ein Gerücht zu Ohren. Ein heiliger Mann... wie ist das Wort dafür?"

„Prophet", bot die Kindkaiserin an.

„Ja, ein Prophet der Griechen soll eine Weissagung getätigt haben."

Isaak winkte ab. „Ja, wir kennen diese angebliche Prophezeiung. Der alte Alexandros, ein Eremit, soll sie getätigt haben. Barbarossa soll unsere großartige Stadt angreifen, durch das Xylokerkostor in die Stadt eindringen und die Krone an sich reißen."

Die junge Kaiserin nahm den Faden ihres Gemahls auf: „Das haben wir verhindert. Der Kaiser hat das Tor zumauern lassen."

Al-Adil musste sich beherrschen, damit ihm seine Züge nicht entglitten. Waren die Griechen wirklich so dumm oder spielten sie ihm hier eine Scharade vor?"

„Eure Hoheiten, das ist ja schön und gut. Aber das verhindert ja nicht, dass Barbarossa gegen Eure Stadt zieht und sie eventuell auf andere Weise erobert."

Das Ehepaar sah sich an, als wenn dieser Gedanke völlig neu für die beiden wäre.

„Und Ihr wollt uns in dieser Sache beistehen?“

„Euer Argwohn ist unnötig, Hoheit. Wie ich sagte, die Ayyubiden und die griechische Krone teilen ein Interesse. Wenn die Katholiken mobil machen und unter Barbarossa oder einem anderen Herrscher nach Osten ziehen, dann muss ihr Vormarsch möglichst schon vor dem Bosporus, spätestens aber an den Mauern dieser, äh, großartigen Stadt, zum Stehen gebracht werden. Dafür sichert der Sultan Euch jede Unterstützung zu. Auch den Türkenkönig haben wir soweit bearbeiten können, dass er uns geschworen hat die Waffen nicht gegen Euch zu erheben.“

„Ach? Kilic Arslan schwört Frieden? Und wir sollen das glauben?“

„Wenn Ihr dem Seldschuken nicht vertraut, so nenne ich das weise. Aber auf das Wort des Sultans könnt Ihr Euch verlassen!“

Damit war es besiegelt. Al-Adil verhandelte die Details mit der Kindkaiserin. Er musste viel weniger Soldaten schicken als befürchtet. Die Griechen hatten offensichtlich Angst, dass eine größere ayyubidische Garnison sich gegen die Einheimischen wenden könnte. Dafür verlangten sie Gold, Essensrationen und weitere Zugeständnisse. Er ging beinahe verschwenderisch mit seinen Zusagen um. Er hätte der Kaiserin das Blaue vom Himmel versprochen, wenn das nötig geworden wäre. Wenn die Griechen den Lateinern nur den Weg nach Kleinasien verwehrten, war das mehr Wert als Gold.

Ein Wanderer in der Wüste wird das bisschen Wasser, das er hat, langsam verkosten. In der Oase angekommen mag er aber verschwenderisch mit dem Element umgehen, das ihm nun in ausreichender Fülle zur Verfügung steht.

So war es mit diesem Feldzug. Waren die ersten Siege gegen Nur Ad-Dins Truppen und die Beduinen noch mit hohem Blutzoll erkauft und hatte selbst die ungleiche Schlacht von Hattin noch genügend muslimischen Kriegern den Märtyrertod beschert, verloren sie nun bald mehr Männer durch Seuchen und Krankheit, als durch Kämpfe. Gold und Edelsteine, Sklaven und Vieh, Weizen und Wein, sie hatten mehr als genug davon.

Saladin wiederholte immer wieder die Phrase „Allah lächelt uns zu!“ Und bis jetzt schien er Recht damit zu behalten. Wobei die schwierigste Aufgabe, die Eroberung des stark befestigten Tyros, noch vor ihnen lag.

Die größte Gefahr war, dass das Abendland sich die Schande, welche die Ayyubiden ihm zugefügt hatten, nicht kampflos bieten lassen würde, weswegen der Sultan seinen Bruder zu den Griechen geschickt hatte.

Er würde Konstantinopel nicht verlassen ohne einmal in der berühmten Hagia Sophia gewesen zu sein. Begleitet von seiner neuen Sklavin und Noel, seinem Diener und Leibwächter, betrat Saphadin die riesige Kirche im Herzen von Konstantinopel.

Die Kuppel war beeindruckend. Al-Adil wusste, dass sie mehrmals eingestürzt und wiederhergestellt worden war. Auch der Prunk übertraf alles, was er jemals gesehen hatte, überall glänzte es golden. Bildnisse von Heiligen, Propheten und Kaisern säumten die Decken. Die Wände waren aus blank poliertem Marmor. Das Kreuz mit Isa, dem Nazarener, oder Christos, wie die Griechen ihn nannten, war überlebensgroß.

Sie waren nicht allein. Einige Dutzend Nazarener nutzten den riesigen Gebetsraum, trotzdem gerade kein Gottesdienst stattfand. So wie es ihre Sitte war, baten sie Gott und die Heiligen um Gefälligkeiten. Die meisten drehten sich zu dem Trio um, als es das Kirchenschiff betrat. Als sie Saphadins Rüstung sahen und ihn als Muselmanen erkannten, schlich sich Furcht in ihre Blicke.

„Friede sei mit euch", grüßte Al-Adil und sie entspannten sich, fuhren mit ihren Gebeten fort.

Maryam, wie er seine neue Sklavin auf arabisch nannte, hatte Saphadin weiter beschäftigt gehalten. Sie gab sich ihm ohne Gegenwehr hin, zeigte aber auch keinerlei Leidenschaft, was ihn nicht weiter störte. Im Gegenteil, so wie er seine Frauen in Damaskus gelassen hatte, war nun der Rest seines Harems in Jerusalem verblieben.

Sie sprach mit ihm als sei sie ein Mann, stellte ihn infrage, seinen Bruder, seine Religion. Ständig versuchte sie ihn zu provozieren, so wie sie es bei ihrer ersten Begegnung geschafft hatte. Aber Al-Adil war durch dieses Weib nicht mehr aus der Ruhe zu bringen. Ihr rebellischer Geist gefiel ihm, jedenfalls so lange sie in der Öffentlichkeit den Schleier trug, die Augen niederschlug und keinen seiner Familienmitglieder und Gefolgsleute auf ähnlich freche Art ansprach. Sie fügte seiner ohnehin komplizierten Gedankenwelt eine neue Perspektive hinzu, die einer Christin aus Palästina.

Wenn sie ihm nach dem vollzogenen Akt sagte, dass sie ihn verachten würde, antwortete er nur, es hätte ihr wesentlich schlechter ergehen können und sorgte sich nicht weiter darum, was sie von ihm hielt.

Maryam führte ihn zum Altar, erklärte die Anordnung des Allerheiligsten, nannte die Namen der Heiligen, die auf Bilder gemalt oder als Figuren aufgestellt waren.

Vor dem Kreuz blieben sie stehen. Saphadin besah sich den dort hängenden Isa, dargestellt mit einem Lendenschurz. In Wahrheit hatten die Römer die Verbrecher, die sie ans Kreuz nagelten, ihre Blöße sicherlich nicht bedecken lassen. Er hatte eine Krone aus Dornen auf dem Kopf, welche ihm zum Spott aufgesetzt worden war, um seinen Anspruch, der König der Juden zu sein, zu verhöhnen. Auf einem Schild über seinem Kopf standen die Buchstaben INRI, die Abkürzung für Iesus Nazarenum Rex Iudeorum, wie Maryam erläuterte. *Jesus von Nazareth, König der Juden.* Auch das war sarkastisch gemeint. Der Zimmermann war kein König gewesen und hatte keiner sein wollen. Sein Reich, so sollte er gesagt haben, sei nicht von dieser Welt. Sein Kopf war gesenkt dargestellt, so als sei er schon tot oder kurz davor zu sterben.

Plötzlich hatte Al-Adil eine ganz lebendige Vision von dem Propheten, wie er dort in unnatürlicher Pose hing, Nägel durch das Fleisch geschlagen, verzweifelt, durstig und leidend unter Höllenpein.

„Allah, warum hast du mich verlassen?“, schrie der Mann aus Nazareth, der nicht nur den Anspruch erhoben hatte, den Propheten Ibrahim und Musa gefolgt zu sein, sondern gar behauptet haben sollte, der leibliche Sohn Allahs zu sein.

„Was habt Ihr gesagt, Herr?“, fragte Maryam. Hier in Anwesenheit des Feindes zollte sie ihm allen Respekt.

„Isas letzte Worte“, antwortete Saphadin, „Er schrie Allah an, warum er ihn verlassen habe.“

Maryam hatte Tränen in den Augen. „Woher wisst Ihr das?“

Al-Adil hatte zwar dem Bibelstudium nie soviel Aufmerksamkeit gewidmet, wie den Koranstudien und das war seiner Meinung nach auch gottgefällig, aber die Geschichte von der Kreuzigung kannte er auswendig.

„So berichtet der Evangelist Matthäus. Ein Sturm kam auf, weil Allah zornig wurde, dass sie diesen heiligen Mann auf diese Weise töteten. Sie konnten die Delinquenten nicht dort hängen lassen, damit sie in tagelanger Agonie langsam zugrunde gingen, wie es eigentlich vorgesehen war. Die Soldaten mussten Isa und die beiden anderen mit der Lanze töten und die Kreuze abbauen.“

„Die beiden anderen?“, mischte Noel sich ein.

„Ja, Isa wurde zusammen mit zwei gewöhnlichen Verbrechern gekreuzigt. Der eine verhöhnte ihn und forderte ihn heraus, Allahs Macht zu beschwören und sich zu retten, der andere aber sagte, er und sein Kumpan hätten die Strafe verdient, nicht aber Isa. Dieser antwortete dem Reuigen, noch heute werde er mit ihm im Paradies sein."

Maryam war sichtlich beeindruckt von seinen Bibelkenntnissen. Sie lächelte, was sonst nie vorkam.

„Aber das Besondere an der Geschichte ist nicht, dass Jesus gekreuzigt wurde", ergänzte sie leise, „sondern dass er nach drei Tagen wiederauferstanden ist von den Toten."

Saphadin sagte nichts. Er glaubte das nicht und sie wusste es. Und er wusste, dass sie es wusste. Es machte nichts. Alle drei knieten nebeneinander nieder und beteten.

„Mögen die Getöteten beider Seiten ihren Weg ins Paradies finden!" flüsterte Maryam.

„Möge Allah einem jeden Einzelnen von ihnen Gerechtigkeit widerfahren lassen", fügte Saphadin hinzu.

Dann beteten sie schweigend.

Kapitel 7: Audita tremendi

(Höret und fürchtet euch!)

Mainz, 31.November 1187

„Sie badeten im Blute der Unsrigen! Das Grab des Heilands ist geschlossen und wird nie wieder geöffnet werden! Das Heilige Kreuz haben sie auf den Kopf gestellt und angezündet."

Die Stimme des Priesters trug, obwohl er heiser war, durch den ganzen Thronsaal.

Friedrich lief es kalt den Rücken herunter. Sein Vater Barbarossa, Kaiser des Heiligen Römischen Reiches, saß angespannt auf dem Thron, die Hände in die Armlehnen gekrallt, den Oberkörper vorgebeugt. Das Entsetzen und die Verzweiflung in seinem Gesicht spiegelten sich in den Mienen der Adligen, die um Friedrich herum an den Tischen saßen. Albrecht von Löwen rechts neben Friedrich verschluckte sich an seiner Suppe, Leopold von Austria, der ihm gegenüber saß, leerte seinen Weinbecher in einem Zug und winkte dem Mädchen, ihm unverzüglich Nachschub zu bringen und der Bischof von Worms, neben Leopold sitzend, hörte nicht auf, sich zu bekreuzigen.

„Saladin hat tausende Christen umbringen lassen, Männer, Frauen und Kinder!", fuhr der Priester fort. Es war Konrad von Wittelsbach, ein langjähriger Freund und Berater des Kaisers.

„Sein Bruder, Saphadin, das Schwert des Islam, hat dem Sultan tausend christliche Sklaven abgekauft, nur um sie dann einen nach dem anderen auf das Brutalste zu foltern und schließlich dem Tode zu übergeben! Den Männern hat er die Merkmale ihrer Männlichkeit zertrümmert, die Frauen von seiner Leibgarde, die aus Dämonen der Hölle besteht, so lange schänden lassen, bis diese entschliefen. Selbst vor den Kindern hat er nicht halt gemacht, dieser Baron der Hölle! Er ließ sie auf Pfähle spießen oder ihnen einfach alle Knochen im Leib brechen und beobachtete ihre Leiden, die ihm Wollust verschaffen wie einem gewöhnlichen Mann das Liegen bei einer Frau, bis der Herrgott sie endlich von ihren Qualen erlöste!

Flüchtlinge berichten, dass trotz dieser Massentötungen der Preis für Sklaven in Jerusalem so gefallen ist, dass man einen Christen für ein Paar Sandalen bekommen kann!"

Er hielt ein schlecht gemaltes Bild hoch, auf dem Friedrich rein gar nichts erkennen konnte.

„Euer Majestät", sprach er nun den Kaiser direkt an, „seht hier, was ein Augenzeuge festgehalten hat: Wie Saphadin, das Schwert des Islam, sein Ross auf das Heilige Grab urinieren lässt."

Aufruhr brach im Thronsaal aus. Ingeborg, die neben ihm saß, verstand das alles natürlich nicht. Sie sprach zwar mittlerweile recht gut deutsch, aber diese Dinge waren einfach zu hoch für sie. „Friedrich, ich hab Angst", gab seine Verlobte ihm zu verstehen.

Das arme Kind!

Sie war erst zwölf, ihm aber schon seit Jahren versprochen und lebte daher nicht mehr bei ihrem Vater in Dänemark, sondern bei ihm im Reich, hatte eine Kammer im Palast nicht unweit seiner eigenen. Friedrich kümmerte sich um sie, wie um eine kleine Schwester, konnte sich aber nicht vorstellen, dass sie irgendwann sein Eheweib werden sollte.

„Bleib ganz ruhig, Ingeborg, die Ereignisse, über die sie da sprechen, sind weit weg! Das heilige Land ist tausende Meilen entfernt!"

In diesem Moment sprach Konrad, als habe er Friedrich gehört: „Und redet euch nicht damit heraus, das alles sei ja so weit weg! Ich weiß doch, wie sie denken, die feigen Barone und Herzöge an Eurer Tafel, Majestät – nicht Ihr, Ihr seid solcher Gedanken unverdächtig – aber jene: Was soll uns hier im Reich schon passieren, nur weil die Muselmanen die Heilige Stadt zurückerobert haben? Nun, das hat sich Papst Urban vielleicht auch gedacht. Aber sobald die Nachricht eintraf, dass die Heilige Stadt nicht mehr in christlicher Hand ist, da ist er von uns gegangen!"

Wieder gab es Geschrei und Aufruhr, der Wormser Bischof stotterte das Vaterunser vor sich hin, Leopold von Austria musste aufstoßen und Albrecht von Löwen schob seinen Suppenteller von sich – ihm hatte es zumindest den Appetit verdorben.

„Ja, liebe Freunde, der Papst ist tot! Es lebe der Papst! Gregor, von Gottes Gnaden. Seine Heiligkeit hat als allererste Amtshandlung eine päpstliche Bulle verfasst, welche die Christenheit aufruft, die Heilige Stadt – und die übrigen Stätten im Heiligen Land, welche die Heiden an sich gerissen haben – zurückzuerobern. Und bedenkt, meine Herren Grafen und Herzöge, was seine Heiligkeit noch schreibt in seiner Bulle: Nicht die Heiden macht er verantwortlich für den Fall Jerusalems, sondern das sündige Treiben der Kreuzfahrer und den Lebensstil der

Christenheit, der alles andere ist als gottgefällig. An die Anfänge der Kreuzzüge sollen wir uns erinnern, als ein jeder Mann in Waffen aufgerufen war, sich in den Dienst des Heiligen Stuhls zu stellen, als ein jeder Graf und Edelmann seine mickrigen Streitigkeiten mit dem Nachbarn einzustellen hatte, um sich gen Osten zu wenden!

So wollen wir ziehen ins heilige Land. Als Christen und Sünder, als Soldaten und Ritter! Einem jeden, der mit uns kommt, seien alle Sünden auf Erden vergeben und das Himmelreich versprochen! Dies sei nicht der dritte Zug unter dem heiligen Kreuz ins Outremer, sondern die erste wahrhaftige Pilgerfahrt, bei der wir genauso so sehr unserem Herrn Jesus Christus näher kommen wollen, als wir die Heiden von seinem Grab zu vertreiben gedenken!"

Für Friedrich klang das alles so, als wenn man die Fürsten und Barone mal wieder ablenken wollte. Vater kämpfte seit Jahren verzweifelt, um das Reich geeint zu halten, die Fürsten zufrieden zu stellen und das Volk zu beschützen und jetzt, da Friedrich der Herzog von Schwaben war, würde er dabei helfen müssen.

Aber ein Kreuzzug ins heilige Land? Er konnte sich nicht vorstellen, dass sein Vater sich darauf einlassen würde. Er konnte das Reich jetzt nicht einfach sich selbst – oder besser gesagt den Fürsten – überlassen. Friedrich wusste genau, wo das heilige Land war. Es lag im Morgenland, im Herzen des Reiches der legendären Araber, die Christus nicht als Gott verehrten. Sie hatten in den letzten Jahrhunderten, seit ihr Prophet in der arabischen Wüste angeblich mit Gott gesprochen hatte, viele christliche Länder erobert, unter anderem fast die gesamte iberische Halbinsel. Und nachdem sie auch ins heilige Land eingefallen waren, hatten mutige Ritter auf Befehl des Papstes Jerusalem, die ewige Stadt, und einige andere Gebiete dort, für die Christenheit zurückerobert. So weit, so gut, aber nun war das Grab Christi wieder in die Hände der Barbaren gefallen.

Friedrich wusste, was sein Lehrer Degenhard von Hellenstein dazu sagen würde und auch Konrad von Wittelsbach war ja dabei, die Schändlichkeit dieser Entwicklungen in aller Deutlichkeit zu beschreiben.

Aber Friedrich sah einfach nicht die Wichtigkeit für das Reich. Und eines betonte Vater immer wieder: Das Heilige Römische Reich war das Allerwichtigste. Zwischen Jerusalem und dem Reich lagen die immer noch von Christen gehaltenen Kreuzfahrerstaaten Antiochia und Edessa, dann Kleinasien, das riesige Gebiet der muslimischen Seldschuken und natürlich das geschrumpfte, aber immer noch mächtige, uralte Kaiserreich der Griechen. Die Hauptstadt Konstantinopel markierte, zwischen Kleinasien und dem Balkan gelegen, die Grenze der christlichen und der arabischen Welt. Und zwischen dem Reich der Griechen und dem Heiligen Römischen Reich gab es noch einige kleinere Königreiche wie Ungarn und weitere Kleinstaaten.

Saladin würde, um ihnen gefährlich werden zu können, erst eines dieser Länder nach dem anderen unterwerfen müssen.

Ingeborg weinte wieder, weil Konrad von Wittelsbach nicht aufhörte von den Verbrechen der Muslime zu sprechen, wie sie die Männer enthaupteten und die Frauen in die Sklaverei verschleppten und schändeten – sie hatte ja keine Ahnung, das arme Ding, was das alles bedeutete, sondern sah nur den sonst so frommen und ruhigen Mann und seine ekstatische Wut, die langsam aber sicher den ganzen Saal ansteckte.

„Was sagt der Herzog von Schwaben?“ fragte Leopold von Austria so laut in die Runde, dass alle am Tisch ihn hören konnten, er aber nicht das Spektakel des Priesters störte.

Da sich nun ein Dutzend Augenpaare auf Friedrich richteten, sah er keine andere Möglichkeit, als zu antworten. Er erinnerte sich an den Tag, an dem sein Bruder Heinrich und er den Ritterschlag erhalten hatten. Die Erinnerung an dieses Ereignis gab ihm Kraft in Augenblicken wie diesen. Er war Friedrich, der Herzog von Schwaben, Ritter des Reiches und Sohn des Kaisers!

„Verehrter Herzog“, antwortete er also dem Austrier, „es ist noch zu früh, um hier eine Entscheidung zu treffen. Zu frisch sind die Nachrichten aus dem Outremer, zu erhitzt die Gemüter. Mein Vater“, er wählte bewusst nicht den Kaisertitel, „wird heute keine Entscheidung treffen, sondern sich mit dem Konzil der Fürsten beraten, weitere Kunde aus dem Heiligen Land abwarten. Und wie er dann entscheidet, so werden wir tun.“

Er hoffte auf diese Weise dem Herzog einen Strich durch die Rechnung zu machen, denn es war klar, dass der Ältere von ihm eine kopflose Bekundung erwartete, sich einem eventuellen Kreuzzug anzuschließen, um ihn dann später auf diese Aussage festnageln zu können. Leopold versuchte immer, alle in seiner Umgebung schwach, verlogen und feige dastehen zu lassen und strich den eigenen Mut heraus. Mit dem Hinweis darauf, dass Vater als der Kaiser zu entscheiden hatte, hoffte Friedrich, um eine solche Bekundung herumzukommen, ohne ängstlich zu wirken.

Doch Leopold lachte nur hämisch. „Natürlich, natürlich! Während die verfluchten Araber auf das Grab des Heilands pissen, versteckt der Herzog von Schwaben sich hinterm Rock des Kaisers! Ihr seid kein kleiner Junge mehr“, fuhr der Austrier mit Gift in der Stimme fort, „trefft Eure eigenen Entscheidungen!“

Nun sprachen alle gleichzeitig. Albrecht von Löwen stimmte in Leopolds Schmähungen ein, der Bischof von Worms bat darum, in Anwesenheit der jungen Dame nicht solche Sprache zu verwenden und Ingeborg fragte infantil, was denn eigentlich ein Kreuzzug sei.

Friedrich sah seine Ehre in Gefahr. Das durfte nicht sein! Dieser Leopold tat nie etwas ohne Grund. Wenn er ihn so anging, dann nicht nur, um ihn zu demütigen, da steckte noch etwas anderes dahinter.

„Wann darf der Kaiser denn damit rechnen, dass Ihr das Kreuz nehmt, Herzog?“, fragte er also.

Leopold hatte sich genug im Griff, um nicht zu erbleichen oder zu zögern, aber Friedrich merkte sofort, dass er die richtige Antwort formuliert hatte.

„Nun“, sagte Leopold zögerlich, „ich werde natürlich dem Kaiser folgen, wenn er ins Heilige Land zieht.“

„Ich werde Euch beim Wort nehmen, wenn es soweit ist“, antwortete Friedrich und Leopold konnte nicht anders, als eine Verbeugung anzudeuten und sich wieder dem Wein zuzuwenden. Aber Friedrich wusste, dass er sich einen Feind gemacht hatte und die Situation war noch nicht vorbei, denn nun sprach Albrecht von Löwen ihn an.

„Herzog, natürlich folgen wir dem Kaiser, aber die Frage des ehrenwerten Leopold ging ja in eine andere Richtung. Er fragte nach Eurem eigenen Befinden ob der schrecklichen Kunde, die wir hören. Seid Ihr Manns genug, gegen die Araber zu ziehen oder werdet Ihr weiterhin nur darauf schielen, was Euer Vater“, er dehnte den Begriff spöttisch, „zu entscheiden gedenkt?“

Friedrich hasste diese höfischen Gefechte zu Tisch mehr als den Lanzentjost und war auch bei weitem nicht so gut darin. Aber es ging um seine Ehre und damit um die Ehre Schwabens und letztlich des Reiches.

„Geehrter Bischof“, antwortete er also, „ich nehme nicht an, dass Ihr mir Verrat an der Krone vorschlagen wollt. Daher verstehe ich Eure Eingabe eher als von allgemeiner Natur bezüglich meiner Kampfkraft, die ich im Gegensatz zu Euch doch bei so manchem Turnier zu Genüge bewiesen habe. Jeder Araber, der das Reich bedroht, wird den Zorn meiner Klinge zu spüren bekommen, aber – und ich bitte Euch, dies nicht als Ausflucht zu verstehen – ob das Reich bedroht ist oder nicht, das entscheidet immer noch der Kaiser. Und Ihr wollt doch, noch einmal, nicht etwa andeuten, dass wir uns dem Ratschluss der Krone widersetzen sollten, oder etwa doch?"

Zwar konnte auch Albrecht nun nichts mehr erwidern ohne wie ein Verräter zu wirken, aber Friedrich konnte doch spüren, dass die Ansprache der beiden gehässigen Würdenträger ihn in den Augen der um ihn herum Sitzenden einiges gekostet hatte. Daher war er froh, als Ingeborg ihm zu verstehen gab, dass es ihr nicht gut gehe und er ihr anbieten konnte, sie zu ihrem Gemach zu geleiten. Albrecht von Löwen quittierte das nur mit einem mitleidigen Blick, aber Leopold, der Austrier, lachte hämisch in sich hinein.

Die älteren Adligen und Kirchenmänner nahmen den jungen Herzog von Schwaben noch nicht ernst. Friedrich fehlte die Erfahrung mit den höfischen Rededuellen, mit echten Schlachten und dem Regieren. Obschon er das Herzogtum nun seit acht Jahren offiziell selbst regierte, verließ er sich in allen großen Angelegenheiten noch immer auf den Rat von seinem Lehrer Degenhard von Hellenstein, der das Herzogtum schon vorher, als Friedrich noch ein Kind war, für ihn verwaltet hatte und stand auch sonst im Schatten älterer und weiserer Männer, nicht zuletzt seines Vaters, des Kaisers.

Dass Leopold und Albrecht aber einfach davon ausgingen, Friedrich könne mit einer Teilnahme am Kreuzzug Erfahrungen, Ehre und Ruhm sammeln und ihn dementsprechend beraten wollten, das schien ihm doch recht abwegig. Hinter ihren Worten stand noch etwas anderes. Aber was?

Er konnte den Gedanken zunächst nicht zu Ende denken, da Ingeborg seine Aufmerksamkeit einforderte.

„Du bist so still, Friedrich", sprach sie ihn an.

„Ich denke nach, liebe Ingeborg", antwortete er, wiederum daran erinnert, dass er das arme Kind zwar wie eine kleine Schwester lieb hatte, aber bei der Vorstellung sie zu heiraten nichts als Scham empfand, ohne zu wissen warum das so war.

„Über den Kreuzzug?"

„Nein, über die Gefolgsleute meines Vaters und ob sie nicht besser daran täten, ihm einfach zu folgen, statt seinen Ratschluss infrage zu stellen und meine Ehre zu bezweifeln."

„Aber du wirst doch nicht auf den Kreuzzug gehen, Friedrich, oder? Du bleibst hier bei mir?!"

Friedrich nahm sich Zeit mit der Antwort. Er wollte das Kind beruhigen, ihm aber auch keine falschen Versprechungen machen. Nach allem, was er gehört hatte, würde es einen neuen Kreuzzug geben, aber er konnte sich einfach nicht vorstellen, dass Vater sich diesem Abenteuer anschließen würde. Und wenn, dann würde er Heinrich mitnehmen, seinen Erben, nicht ihn.

„Nein, meine Liebe", antwortete er also. „Ich gehe nicht fort. Ich bleibe hier bei dir."

Als er sie, wie es Sitte war, mit einem Handkuss in die Obhut ihrer Magd entließ, hoffte er, dass er dieses Versprechen auch würde halten können.

Kapitel 8: Redemptio omnino
(Allerlösung)

Mainz, 27.März 1188

Der Kaiserthron blieb an diesem Tag leer. Nicht Barbarossa hatte den Vorsitz an diesem Tage, sondern der Heiland Jesus Christus selbst. Dies musste der Kaiser niemandem erklären, die Geste allein genügte.

Friedrich stand in der ersten Reihe, wiederum flankiert von Leopold von Austria und dem Bischof von Worms. Fast war es ihm, als wenn der dicke Herzog ihn verfolgte...

Das Gemurmel der Adligen, kirchlichen und säkularen Würdenträger und Ritter, die sich versammelt hatten, um an diesem von Konrad von Wittelsbach organisierten Hoftag Jesu Christi zu verhandeln, wer dem Aufruf des Papstes folgen und das Kreuz nehmen würde, verstummte augenblicklich, als Barbarossa zu sprechen begann.

„Der Papst hat alle Christen dazu aufgerufen, die Schändlichkeiten, welche die barbarischen Heiden im Heiligen Lande begangen haben, zu rächen. Saladin, der Unbezwingbare und sein grausamer Bruder Saphadin, das Schwert des Islam, haben die Christen in Jerusalem ermordet oder versklavt. Sie haben das Heilige Kreuz, an dem der Messias gelitten hat, erbeutet und zum Spott auf den Kopf gestellt.

Die Christenheit kann es nicht hinnehmen, dass die Stätten des Wirkens unseres Heilands auf diese Art und Weise profanisiert werden." Er legte eine Pause ein. Es war so still im Saal, dass man eine Nadel hätte fallen hören können.

„Doch welche meiner Untertanen soll ich schicken, welchem meiner Fürsten befehlen sie anzuführen, welche Priester, sie zu begleiten?", fuhr Barbarossa fort. „Dies ist ein Affront gegen die gesamte Christenheit und das Heilige Römische Reich ist das größte aller christlichen Länder! Wenn die Engländer und Franken sich dem Kreuzzug anschließen, wenn selbst die feigen Iberer dabei sind, wie kann das Reich danebenstehen und zuschauen? Und wer ist der Kaiser, wenn nicht das Reich in Person? Also sehe ich es als meine Pflicht an, als Christ und als Kaiser, an diesem Tage vor dem versammelten Reichstag das Kreuz zu nehmen und zu schwören, dass ich Saladin eigenhändig aus Jerusalem hinauswerfen werde!"

Jubel erhob sich im Reichstag, aber Friedrich bemerkte schon, dass es verhaltener Jubel war. Er war nicht blöd, er wusste, woran das lag. Natürlich waren die Fürsten und die meisten anderen Adligen über die Pläne ihres Kaisers vorab informiert worden und so fehlte der Rede der Stachel der Überraschung. Überdies waren die wenigsten von ihnen von den Kreuzzugplänen ihres Monarchen begeistert. Die meisten betrachteten die Angelegenheiten, die im Reich vor sich gingen, als wichtiger denn die Dinge, die sich im Outremer abspielten, tausende Meilen entfernt.

Er ließ den Blick durch die Reihen schweifen. Frenetischer Jubel ging vor allem von den welfischen Adligen aus, den Konkurrenten der Kaiserfamilie und von der Fraktion, die sich um den Bischof Albrecht von Löwen geschart hatte. Auch Leopold von Austria neben ihm schrie sein Hurra lauter als die anderen.

Friedrich hatte die Begebenheit, die sich an seiner Tafel abgespielt hatte, als Konrad von Wittelsbach von der Wegnahme Jerusalems berichtet hatte, nicht vergessen, also wandte er sich an den Herzog, um diesen an sein Versprechen zu erinnern.

Gerade hatte er sich seine Worte zurecht gelegt und Leopolds Aufmerksamkeit auf sich gezogen, als der Saal verstummte.

Was hatte er verpasst? Und warum schauten alle auf ihn? Gegen seinen Willen wurde er rot im Gesicht. Sein Vater sah ihn an, als wenn er eine Reaktion von ihm erhoffte und Leopold grinste ihn so hämisch an, als habe Vater gerade verlesen, dass der Papst ihn exkommuniziert habe.

„Ist der Herzog von Schwaben verstummt?“, lästerte Albrecht von Löwen und kicherte.

„Mein Sohn!“, ließ sich nun der Kaiser vernehmen, „ich frage dich noch einmal: Wirst du die Krone auf dem heiligen Kreuzzug begleiten, um deinem Bruder, dem Designierten, die Möglichkeit zu geben, das Reich in unserer Abwesenheit würdig zu verwalten?“

Verdammt! Damit hatte er nicht gerechnet. Jedes weitere Zögern würde ihm als Schande ausgelegt werden. Er kniete in Richtung seines Vaters nieder und gelobte, das Kreuz zu nehmen. Dabei war ihm so unwirklich zumute, wie nie zuvor in seinem Leben. Zum einen vermeinte er, genau zu wissen, worauf er sich einließ: auf ein Abenteuer mit ungewissem Ausgang, mit Strapazen und Mühsal und – vielleicht – der Aussicht auf Ruhm und Erlösung. Zum anderen hatte er keine Ahnung, was das alles wirklich für ihn, für sein Herzogtum, das Reich und die Christenheit bedeutete. Aber er würde seinem Vater folgen.

Friedrich versuchte, die anschließenden Hochrufe zu übertönen und Leopold auf sein gegebenes Versprechen festzunageln, aber Albrecht von Löwen sorgte dafür – in voller Absicht, ihn zum Schweigen zu bringen, wie Friedrich plötzlich aufging – dass einige Ritter ihn auf die Schultern nahmen und wie eine Heiligenfigur durch das Konzil trugen.

Natürlich! Die Fürsten, allen voran die Welfen, arbeiteten schon an einem Plan, das Reich wieder zu spalten, sobald der Kaiser auf dem Kreuzzug war. Leopold und Albrecht waren sicherlich in diese Intrige verwickelt.

Er würde seinen Bruder warnen müssen, bevor er aufbrach. Heinrich musste aufpassen, dass man ihm nicht die Krone oder zumindest Teile des Reiches entriss. Während sie so taten, als wenn sie Feuer und Flamme für diese Unternehmung der gesamten Christenheit waren, dachten sie doch nur, wie sonst auch, an die Ausbreitung der eigenen Macht.

Vater sprach weiter von der Erlösung aller Christen durch den Kriegszug ins Heilige Land, von der heiligen Pflicht der Christenheit, den Arabern das Grab Christi wieder zu entreißen und sogar vom Heiligen Gral, während er weitere Personen benannte, die ihm auf dem Kreuzzug folgen sollten, die in ebensolcher Prozession wie Friedrich durch den Raum getragen wurden.

Friedrich selbst aber war ganz bei den weltlichen Dingen. Er hatte gar keine Angst mehr vor den höllischen Dämonen, als welche die Araber unter Saladin galten, die Furcht vor dem Kreuzzug verblasste in Anbetracht der Sorge um das Reich.

Und in all diesem Trubel war er vor allem unendlich erleichtert, dass er Ingeborg nicht erklären musste, dass er nun doch auf den Kreuzzug ging. Ihr Vater, der König von Dänemark, hatte die Mitgift für das Mädchen nicht gezahlt und irgendwann hatte es dem Kaiser gereicht. Ingeborg musste wieder nach Hause zurückkehren, Friedrich hatte schwören müssen, dass sie unberührt geblieben war. Erst jetzt wurde ihm klar, dass sein Vater schon damals den Entschluss gefasst haben musste, ihn mit auf den Kreuzzug zu nehmen. Und selbstredend war ein unverheirateter junger Herzog von Schwaben auf dem Balkan nützlicher als ein verheirateter.

Friedrich hatte viel mit Degenhard und anderen Beratern über den Kreuzzug gesprochen und sie hatten ihm bestätigt, was er sich gedacht hatte: Zwischen dem Outremer und dem Reich lagen viele andere Königreiche, Fürstentümer und Ländereien, einige christlich, einige muslimisch. Sie würden auf der Reise nicht überall mit offenen Armen empfangen werden. Kaiser Isaak von Byzanz war ein unbeständiger Verbündeter und auch die kleinen christlichen Länder würden eine Armee der Reichsritter nicht unbedingt gerne durch ihre Gebiete ziehen sehen. Nach Konstantinopel waren sie dann im Feindesland: Die Seldschuken waren zwar nicht im Krieg mit dem Reich oder anderen christlichen Ländern, sondern standen im Gegenteil Saladin und seinen Ayyubiden feindlich gegenüber, aber ein Marsch durch Kleinasien würde dennoch kein Spaziergang werden.

Der Kaiser würde also auf dem Marsch verhandeln müssen und es gab keine bessere Möglichkeit, sich fremde Herrscher zu Freunden zu machen, als ihre Töchter mit den eigenen Söhnen zu verheiraten. Sein Bruder Heinrich war seit knapp zwei Jahren mit Konstanze von Italien verheiratet und trug nicht nur den Titel des Königs von Italien, sondern auch den des Caesaren als designierter Nachfolger des Kaisers.

In diesem Moment trugen die Ritter ihn an seinem Bruder vorbei, der ihm stolz die Hand auf die Schulter legte. Vater sah diese Szene und nahm sie zum Anlass, Heinrich die Verwaltung des Reiches in ihrer Abwesenheit zu übertragen.

Zwar war das alles irgendwie nachvollziehbar – Heinrich war der Designierte, seine Verbindung mit Konstanze sicherte dem Reich die italienischen Gebiete und er war auch der Ältere.

Trotzdem blieb ein Stich in Friedrichs Herzen. Er hatte sich immer mit seiner Rolle abgefunden, er stand in der zweiten Reihe und war mit seinem Herzogtum Staufen zufrieden, aber dass Vater nun ihn mitnehmen wollte und Heinrich das Reich überließ, das hatte für ihn schon so einen Anstrich von Verrat. Oder, wenn Verrat ein zu großes Wort war, dann bezeugte Vater damit doch zumindest eine geringe Wertschätzung. Warum wollte er, wenn die Mission für das Reich und die Christenheit so wichtig war, nicht seinen Erstgeborenen an seiner Seite?

Friedrich hätte den Kaiser das nie gefragt, nicht nur wegen seiner Ehre, sondern auch, weil die Antwort so klar auf der Hand lag: Heinrich musste die Angelegenheiten des Reiches sichern und er war dazu aufgrund seiner Stellung, Würde – und seiner Ehefrau – einfach viel besser geeignet als Friedrich, der dazu wieder unversprochen war und mit jeder

Prinzessin vermählt werden konnte, deren Vater zwischen Barbarossa und Saladin stand.

Die Prozession der Ritter, die Friedrich hochhielten, war beim Kaiser angekommen. Barbarossa umarmte seinen Sohn herzlich und flüsterte ihm zu: „Mit dir an meiner Seite werden wir es den Heiden schon zeigen! Du bist der Furchtlose, der Mutige, der Krieger der Familie!“

Gleichzeitig durchfluteten Stolz und Misstrauen das Herz des Herzogs von Schwaben. Vater hatte sich immer bemüht, all seinen Söhnen die gleiche Ehrerbietung zu erweisen. Friedrich auf diese Weise auszuzeichnen konnte nur bedeuten, dass Vater sich seine Loyalität auf diesem Feldzug erkaufen wollte.

Bei den wenigen Gelegenheiten seit Verlesung der Bulle des Papstes und den Horrorgeschichten des Konrad von Wittelsbach, bei denen Friedrich seinen Vater einmal zu packen bekommen hatte, hatte der Kaiser ausweichend auf seine Fragen reagiert. Natürlich war schon vor dem Reichstag klar gewesen, dass Barbarossa den Kreuzzug selbst anführen würde, aber dass Friedrich auch das Kreuz würde nehmen müssen, war niemals direkt zur Sprache gekommen.

Barbarossa hatte Tränen in den Augen, als sein Sohn von den Rittern weitergetragen wurde.

„Wir werden die Heiden besiegen! Ich selbst werde Saladin zum Zweikampf herausfordern und mein Sohn, der Herzog von Schwaben, wird Saphadin, den Stellvertreter des Sultans, besiegen. Wir kehren nicht ohne die Köpfe dieser Dämonen ins Reich zurück, das schwöre ich feierlich.“

So ging es weiter. Der Wein floss in Strömen, immer neue Ritter, Würdenträger und Adlige nahmen öffentlich das Kreuz und schlossen sich der heiligen Aufgabe an. Konrad von Wittelsbach sprach alle Teilnehmer des Kreuzzuges vorab ihrer Sünden frei, die sie währenddessen begehen würden.

Und doch bemerkte Friedrich, dass die lautesten Jubelrufer wie Albrecht von Löwen und Leopold von Austria selbst nicht das Kreuz nahmen. Leider hatte er keine Gelegenheit mehr, sie darauf anzusprechen, sondern wurde, nachdem die Ritter ihn eine weitere Runde durch den Reichstag getragen hatten, von seinem Lehrer Degenhard in Empfang genommen und auf sein Quartier gebracht.

Dort angekommen goss der alte Mann zwei Becher Wein ein, reichte einen Friedrich, stapfte zum Fenster, sah hinaus und nippte an seinem.

„Was für eine Riesensauerei!“ stellt er fest.

Er drehte sich zu Friedrich um und lächelte gequält.

„Nun werden wir wohl eine kleine Reise unternehmen“, fuhr er fort.

Friedrich spiegelte das gequälte Grinsen seines Lehrers.

„Wir?“, fragte er zurück.

„Ihr wisst so gut wie ich, wie weit die Heilige Stadt entfernt ist, wie gefährlich die Reise ist und wie grausam die Feinde“, antwortete Degenhard. „Verzeiht, Herzog, aber ich kenne Euch, seit Ihr in die Windeln geschissen habt, ich lasse Euch nicht alleine da runter ziehen und die Heiden bekämpfen. Ich werde nachkommen.“

Dankbarkeit durchflutete Friedrich. Was hätte er nur ohne seinen Lehrer, der ihm zu einem zweiten Vater geworden war, auf dem Kreuzzug angestellt? Degenhards Schläue und Robustheit, die bisher dem Herzogtum Schwaben zugute gekommen war, würde auch auf der Reise nicht ohne Wert sein.

„Aber warum kommt Ihr nicht gleich mit?“

Degenhard seufzte. „Eine Sache muss ich noch erledigen, dann folge ich Euch unverzüglich.“

Kapitel 9: Suspectio hostitiis

(Feindliche Übernahme)

Dürnstein, 15. März 1190

„Vater, Vater!“, schrie Leopold, der Jüngere. Er und sein älterer Bruder Friedrich hatten den Herzog seit Wochen kaum zu Gesicht bekommen. Zu sehr hatten die Vorbereitungen in und um Dürnstein den Babenberger beschäftigt gehalten.
„Na, ihr Rabauken!“, gab er augenzwinkernd zurück. „Heute schon was ausgeheckt?“
„Ich hab einen verprügelt!“
„Ich hab Essen aus der Küche stibitzt!“
So riefen die kleinen Racker durcheinander.
„Jetzt ist es aber gut! Lasst mich mit eurer Mutter sprechen. Na los, schaut mal, ob ihr dem Bischof auf die Nerven gehen könnt oder so!“
Die Jungs trollten sich. Ilona sah, wie so oft, aus dem Fenster. Die kleine Agnes schlief in ihrer Wiege.
„Ist das klug?“, fragte die Herzogin. Wie so oft.
„Politik ist Männersache“, stellte Leopold fest. „Du bist das pfiffigste Weibsbild, das ich kenne, aber du bist ein Weib und Weiber haben keine Ahnung vom Krieg.“
„Ja, aber Weiber haben eine Ahnung davon wie es sich anfühlt, wenn ihre Männer auf einer Bahre heimkehren.“
Papperlapapp!
„Wenn das alles so gefährlich wäre, dann würde ich da doch gar nicht mitmachen! Heinrich hat gesagt...“
„Bitte nicht das schon wieder! Heinrich der Welfe ist ein Großmaul, aber ihm fehlt der Mut eines echten Reichsherzogs.“
Das stimmte leider.
„Der Rotbart wandert gen Osten und sein verfluchter Sohn ist bei ihm!“
„Und jetzt wollt ihr den anderen Sohn, der daheim geblieben ist, enttrohnen.“
Leopold sah sich verstohlen um. Dies waren zwar seine Privatgemächer in seiner eigenen Burg, aber auch hier hatten die Wände zuweilen Ohren.
„Weib, sprich nicht von Dingen, die du... sprich das nicht laut aus.“

Ilona verdrehte die Augen. Sie sah immer noch aus dem Fenster, aber Leopold kannte sie lange genug, um das zu spüren, obwohl sie ihr Gesicht von ihm abgewandt hatte.
„Warum hasst du ihn überhaupt so sehr?"
„Den Designierten? Ich hasse ihn nicht, er ist uns nur im Weg."
„Nicht Heinrich, Friedrich von Schwaben."
„Na ja, hassen wäre auch hier zu viel gesagt. Der Junge ist ja noch recht grün hinter den Ohren musst du wissen. Aber er hat so was Verschlagenes, eine gerissene Intelligenz. Der hat was geahnt! Also habe ich dafür gesorgt, dass er mitkommt auf dieser selbstmörderischen Mission des alten Kaisers."
Nun sah Ilona ihn doch an: „Und das hast du mal wieder geschickt eingefädelt. Aber was ist, wenn er Heinrich gewarnt hat? Wenn der Jungkaiser Lunte gerochen hat?"
„Frau, du gehst mir auf den Geist. Ich kam zu dir, um noch einmal meine ehelichen Pflichten zu erfüllen und dich, mit Gottes Hilfe, ein weiteres Mal mit einem Kind zu segnen. Aber darauf ist mir nun die Lust vergangen und auch die Zeit ist knapp geworden."
Ilona sah ihn an als habe auch sie keine Lust auf Erfüllung der ehelichen Pflichten und zudem eine eindeutige Meinung dazu, wie viel Zeit für diese Dinge zu veranschlagen sei. Eigentlich sollte ein Ritter sein Weib für solche hintergründigen, aber doch sichtbaren Aufsässigkeiten prügeln, aber Leopold hatte es nie über sich gebracht, Ilonas Starrsinn mit der Faust zu brechen. Sie war Ungarin, die waren eben so. Eigentlich gefiel es ihm sogar, wenn sie die Widerspenstige spielte, so lange das nicht Überhand nahm.
Also fiel die Verabschiedung des herzöglichen Ehepaares knapper aus als geplant und Leopold war wenige Augenblicke später im Hof angekommen und aufgesessen.
Sie hatte ja keine Ahnung, wie gut er alles geplant hatte! Der alte Rotbart war aus dem Weg, sein ständig alles hinterfragender Sohn war mit ihm gegangen und der zurück gebliebene Heinrich war einfältig, geradezu infantil. Es würde ein leichtes sein, ihn zu entmachten. Die Welfen waren genauso mächtig wie die Staufer. Bisher war es Austria gewesen, das den Staufern die Macht gesichert hatte. Und nun würde es an Austria sein, das Machtgleichgewicht zugunsten der Welfen zu verschieben.

Leopold war nicht gierig. Er wollte gar nicht selbst Kaiser werden, er wollte nur einen neuen Kaiser krönen. Natürlich würde ihm das nicht unbeträchtlichen Gewinn einbringen. Das Land der Staufer würde verteilt werden müssen. Das Herzogtum Schwaben war ein gerechter Lohn für seine Treue. Zwar hatte ihm Heinrich der Löwe dies noch nicht zugesagt, aber Leopold war sich sicher, dass er alles von dem Welfen würde fordern können, wenn dieser erst auf dem Thron saß. Durch seine Hilfe auf dem Thron saß.

Leopold grinste in sich hinein. Er wollte schon das Kommando zum Aufbruch geben, da gab es vorne am Tor einen Tumult. Ritter schrien durcheinander, Fußvolk lief panisch hin und her.

Der Herzog gab seinem Pferd die Sporen und ritt los, um nachzusehen, was es damit auf sich hatte.

„Herr, wir können nicht aufbrechen“, informierte ihn ein Hauptmann.

Kerl! Hatte er denn den Befehl zum Aufbruch schon gegeben?

Er drängte sich vorbei an Karren mit Proviant und Waffen, an Bogenschützen und Reitern. Endlich war er in Sichtweite des Tores.

War das..? Das war doch nicht möglich!

„Herzog Leopold“, grüßte Degenhard von Hellenstein, als wenn es sich um eine Begegnung beim Bankett handeln würde.

„Ihr könnt Euch ja gar nicht vorstellen“, fuhr der Lehrer des verfluchten Friedrich von Schwaben fort, „wie froh wir waren, als wir erfuhren, dass Ihr uns auf dem Kreuzzug begleiten werdet! Der Kaiser hat angeordnet, dass ich Euch bei der gefährlichen Seereise eskortiere, schließlich kenne ich mich im Mittelmeer ganz gut aus.“

Degenhard schenkte ihm ein breites Grinsen und Leopold hatte keine andere Möglichkeit, als gute Miene zum bösen Spiel zu machen.

„Ich kann es kaum erwarten, das heilige Land wiederzusehen“, log er und gab den Befehl zum Aufbruch.

Degenhard grinste immer noch dieses bescheuerte Grinsen.

Schachmatt!

Kapitel 10: Bellum universalum
(Totaler Krieg)

Philomelion, 7. Mai 1190

Schon wieder Verrat!

Friedrich, Herzog von Schwaben, saß im Sattel seines Streitrosses und sah sich die Armee der Seldschuken an. Normalerweise wäre dieser Haufen von Heiden keine größere Bedrohung für das riesige Kreuzfahrerheer gewesen, aber die letzten Wochen hatten das Heer des Reiches massiv geschwächt.

Das größte Heer der Christenheit, so hatte Konrad von Wittelsbach behauptet, als sie mit angeblich hunderttausend Mann in Mainz losmarschiert waren. In Wirklichkeit war das mehr als leicht übertrieben, Friedrich schätzte ihre Zahl etwa auf die Hälfte, mit den weiteren Kontingenten, die sich später anschlossen, wuchs diese auf vielleicht sechzig- bis fünfundsechzigtausend. Das war immer noch viel.

Sie waren durch Austria marschiert und obwohl sich weitere Zweitausend dem Kreuzzug anschlossen, fehlte der eine, den Friedrich gerne gesehen hätte. Nicht, dass er Leopold von Austria unbedingt zum Waffenbruder haben wollte, es wäre ihm nur eine Freude gewesen, wenn dieser die Leiden, die ihnen bevorstanden, hätte teilen müssen – und er befürchtete weiterhin, dass der Herzog sich mit den Fürsten gegen die Krone verschworen hatte.

Schon in Ungarn wollte Barbarossa den Einheimischen zeigen, wer stärker war, doch Konrad von Wittelsbach hielt Vater davon ab. Dafür hatte man ja Friedrich mitgenommen! Bevor er das Wort „Heiratsverhandlungen" aussprechen konnte, war er schon mit Konstanze von Ungarn verlobt. Noch ein Kind, mit dem die Ehe zu vollziehen auf einige Jahre undenkbar sein würde, aber dafür wurde die Verbindung ja auch nicht geschlossen. Es ging nur darum, den Kreuzfahrern sicheres Geleit durch das ungarische Königreich zu sichern, welches im Gegenzug einen mächtigen Verbündeten mit dem Heiligen Römischen Reich gewonnen hatte. Wenn – falls – Friedrich dann irgendwann vom Kreuzzug zurückkehrte, würde Konstanze wahrscheinlich schon alt genug für eine Heirat sein.

Konstanze von Ungarn, mit der Friedrich kaum zwei Worte gewechselt hatte, war fast so jung wie seine Ingeborg gewesen war, als diese zu ihm ins Reich kam, aber immerhin von besonderer Herkunft. Ihre Mutter Agnes, die Königin von Ungarn, war die Tochter des berühmten Rainald von Chatillion.

Dieser war, wie man sich erzählte, einer der wenigen Aufrechten gewesen, die sich gegen die nachgiebige Politik des leprakranken Königs Balduin von Jerusalem aufgelehnt hatte. Der kranke König hatte im Königreich Jerusalem Gesetze erlassen, die es den muselmanischen Dämonen erlaubten, sich frei in der Stadt zu bewegen und hatte gar Kreuzfahrer, die ihrem Auftrag nachkamen und Araber töteten, an den Galgen gebracht.

Rainald aber hatte in einem waghalsigen Feldzug versucht die Kernländer der Moslems mit Krieg zu überziehen. Zwar war er trotz großem Geschick in seiner Kriegsführung – er hatte Schiffe durch die Wüste transportiert, und diese im Roten Meer, dem Meer der Araber, wieder zu Wasser gelassen – insofern gescheitert, dass er die heiligen Städte der Moslems nur hatte überfallen, aber nicht einnehmen können. Aber immerhin war er der einzige Kreuzritter gewesen, der nicht nur versucht hatte, das heilige Land wieder einzunehmen, sondern die Araber auch in ihrer Heimat empfindlich zu treffen. Der Baron der Hölle, Saphadin, das Schwert des Islam, hatte den Raubzügen des mutigen Kreuzritters ein blutiges Ende gesetzt. Rainald selbst konnte entkommen, die meisten seiner Männer aber wurden von Saphadin gefangen genommen und auf das Schlimmste gefoltert und getötet. Nach der Schlacht von Hattin, so erzählte man sich, in der die Muselmanen das Heilige Kreuz erobert und angezündet hatten, hatte Sultan Saladin in blinder Rage Rainald zerstückelt und seine Leute beauftragt, die Teile des Leichnams in alle Himmelsrichtungen zu verbringen.

Obwohl der Türkenkönig Kilic Arslan den Reichsrittern freien Zug durch Kleinasien zugesagt hatte, war der griechische Kaiser Isaak, der desgleichen versprochen hatte, zurückgerudert und versagte dem Kreuzheer den Zug durch Konstantinopel und das Übersetzen nach Asien. Er hatte gar gefordert, Barbarossa solle ihm den Lehnseid schwören! Das war eine Prise zu viel Arroganz. Auch wenn Isaak auf dem Thron Ostroms saß und den Kaisertitel trug, Barbarossa war ihm als Kaiser des Heiligen Römischen Reiches und damit als Nachfolger der weströmischen Kaiser mindestens gleichgestellt. Mehr noch: Es gab so viele Gegenkaiser, Usurpatoren und intrigante Fürsten unter den Griechen, dass keiner ihrer Kaiser sich lange hielt. Friedrichs Vater dagegen war ein weiser und gerechter Mann und neigte nicht zu unnötiger Grausamkeit. Aber was zu viel war, war eben zu viel. Da sie Isaak in seiner zur Festung ausgebauten Stadt nicht erreichen konnten, mussten die Kreuzfahrer auf andere Art und Weise dafür sorgen, dass er seine Meinung änderte.

Sie schleiften Adrianopolis und richteten ein grausames Massaker in Dimotika an. Immer begleitet von den Worten des Bischofs von Wittelsbach, welche ihm all seine Sünden vergaben, war es Friedrich, der diese Gemetzel befehligen musste. Sein Vater hielt sich dabei lieber zurück.

Kaiser Barbarossa hasste es, auf diese unchristliche Weise vorgehen zu müssen. Er hatte geflucht, dass Leopold von Austria, den er seit seinem Italienfeldzug sehr schätzte, nicht bei ihnen war. Leopold war der Sohn der Nichte des ehemaligen griechischen Kaisers Manuel und hatte Konstantinopel vor wenigen Jahren besucht und mit Manuels Nachfolger Alexios Freundschaft geschlossen. Ihn hätte man als Unterhändler zu Kaiser Isaak schicken können. Friedrich dagegen hatte auch seinen Vater vor dem Herzog gewarnt, dem er nicht traute. Zwar hatte der Kaiser die Bemerkung ärgerlich mit einer Geste weggewischt, aber Friedrich wusste, dass sein Vater diese Sache trotzdem im Kopf behalten würde.

Nach dem Massaker von Dimotika hatte Isaak eingelenkt. Zwar ließ er die Kreuzfahrer nicht durch Konstantinopel ziehen– er hatte wohl Angst, sie würden die Stadt schleifen, eine Angst, die wahrscheinlich berechtigt war – aber er belästigte die Reichsritter auch nicht weiter, sodass sie am Hellespont nach Kleinasien übersetzen konnten.

Der Türkenkönig Kilic Arslan aber, der dem Heer noch Gesandte entgegen geschickt hatte, um das Bündnis zu bestätigen, hatte ebenfalls sein Wort gebrochen.

Seit Wochen wurden sie von turkmenischen Reiterhorden belästigt. Die Barbaren stürmten meist aus dem Hinterhalt an, schossen Pfeilsalven und zogen sich, wenn die Reichsritter sich formierten, um dem Angriff zu begegnen, direkt wieder zurück. Die wenigen Scharmützel, bei denen die Turkmenen aus Übermut den direkten Kampf angeboten hatten, konnten die Kaiserlichen klar für sich entscheiden. So rückten sie, gepiesackt von den Beduinenangriffen, langsam weiter vor.

Das Land Kleinasien erwies sich bei diesem Vormarsch als noch schlimmerer Feind, als die Reiterhorden, die sie belästigten. Schon wenige Tage nach dem Hellespont begann der Aufstieg ins türkische Hochland. Hier gab es kaum Wasser oder Wild, das sie jagen konnten. Die

Hitze war unerträglich und der Aufstieg daher beschwerlich. Viele Pferde der Ritter, die keine Last- oder Wandertiere, sondern speziell ausgebildete Turnierpferde waren, hielten den Strapazen nicht stand. Immer mehr Reichsritter saßen also ab. Dass der Verzehr von Pferdefleisch eigentlich als unritterlich galt, störte dabei niemanden, Hauptsache man hatte etwas im Magen!

Dazu kam, dass die wenigen Dörfer und Siedlungen auf dem Weg so ärmlich und verkümmert waren, dass die Kreuzritter hier nichts einkaufen konnten. Meistens stahlen sie den Dorfbewohnern einfach das Wenige, was diese hatten. Wer sich wehrte, endete am falschen Ende eines Schwertes. Der ständige Krieg des griechischen Kaiserreichs mit den Türken hatte deren Land, das einst wohlhabend und prächtig gewesen sein sollte, auf eine Art und Weise zerstört, die schauerlich war und sich als ein weiteres Hindernis auf dem Vormarsch erwies: In den Dörfern war jede zweite Hütte verlassen oder verfallen, die Menschen hatten diesen leeren Blick, der von anhaltendem Hunger zeugte – und dementsprechend nicht viel auf den Rippen. Sie sahen keine spielenden Kinder und keine Frauen, die gemeinsam Wäsche wuschen, Blumen pflückten oder Beeren sammelten. Aber das konnte auch daran liegen, dass die Türken, sobald das Heer sich ihrem Dorf näherte, in ihre windschiefen Hütten flohen. Und die Steppenlandschaft zwischen den Dörfern war beinahe noch unterträglicher. Klägliche Versuche der Urbarmachung lösten sich mit Wildwuchs ab.

So waren die Ritter, als die Türken vor der Ortschaft Philomelion endlich die Schlacht anboten, auf seltsame Weise erleichtert und gelöst. Immerhin konnten sie nun tun, wozu sie ausgebildet worden waren.

Friedrichs Vater kommandierte das Zentrum mit den abgesessenen Reichsrittern als Kern der Schlachtreihe, flankiert von den aus Gewöhnlichen bestehenden Pikenträgern. Die verarmten Pilger, die sich nach und nach dem Heer angeschlossen hatten bildeten gemeinsam mit den Priestern und Geistlichen, die im Kampf nicht von großem Nutzen waren, die Nachhut. Der Plan des Kaisers war gewesen nur mit dem professionellen Heer zu ziehen. Aber hatte er die in kleinen bis mittelgroßen Kontingenten dazustoßenden Gläubigen nicht abweisen können. Jetzt waren sie da und mussten mitkämpfen.

Die wenigen Bogenschützen des Heeres hatte Barbarossa vor den Rittern postiert, sie würden sich, sobald die Schlacht richtig anfing, hinter die schwere Infanterie zurückziehen. Friedrich war mit seinen Reitern an der rechten Flanke postiert worden und irgendein Welfe kommandierte die anderen noch berittenen Adligen an der linken Flanke.

Das türkische Heer bestand zu einem großen Teil aus den turkmenischen Mameluken, die sie seit Wochen belästigten, schnelle Reiter, die es gewohnt waren aus vollem Galopp heraus Pfeile zu verschießen, aber kaum gepanzert waren. Dazu hatten sie einige Tausend Mann Infanterie ins Feld geführt. Speerträger, leichte Plänkler und Steinschleuderer, sowie einfache Bauern.

Friedrich konnte sein Ziel für diese Schlacht – den türkischen König mit seiner Leibwache – schemenhaft im Rücken der feindlichen Kolonnen erkennen.

Der Kampf begann mit dem obligatorischen Austausch von Pfeilen, den die Türken für sich entschieden. Ihre wendige Fernkampfkavallerie beharkte die deutschen Bogenschützen unter geringen eigenen Verlusten. Also zogen sich die Männer schnell hinter die Schilde der Reichsritter zurück. Daraufhin befahl Barbarossa den Vormarsch.

Der Welfe teilte seine Abteilung erst in zwei Teile und dann noch weiter auf und griff die Mameluken an, die sich ins Umland zurückzogen, wo die Ritter die türkischen Reiter verfolgen und mit Gottes Hilfe aufreiben würden. Das Hauptheer rückte, erleichtert weil der Pfeilbeschuss endlich aufgehört hatte, mit neuer Energie vor und den Türken blieb nichts anderes übrig, als ebenfalls vorzurücken.

Als die Heere aufeinandertrafen, sah Friedrich seine Chance. Er führte seine Reiter in den Rücken des Feindes und sie machten die türkischen Plänkler nieder, die ihnen nichts entgegenzusetzen hatten. Natürlich erwartete er den Gegenangriff der türkischen schweren Reiterei, aber der gegnerische Anführer zögerte, griff nicht in den Kampf ein. Also befahl Friedrich, an der linken Flanke angekommen, eine Kehrtwende.

„Für das Reich!“ schrie er, als er den darauf nicht vorbereiteten Fußtruppen des Feindes in den Rücken fiel. Es dauerte nur wenige Augenblicke, bis ein Truppenteil der Türken nach dem anderen sein Heil in der Flucht suchte. Friedrich wollte die Fliehenden verfolgen und niedermachen, aber sein Vater gab ihm aus der Mitte der deutschen Schlachtreihe heraus mit Fahnen ein Zeichen. Er befahl ihm, den türkischen General zu verfolgen.

Friedrich sah sich um. Ja, die türkische schwere Reiterei hatte sich entschlossen, den Rückzug anzutreten, angesichts der totalen Niederlage ihrer Hauptstreitmacht war das gar nicht verwunderlich.

„Ritter von Schwaben und Böhmen!“, schrie Friedrich. „hundert Dukaten für den, der mir den Kopf des türkischen Anführers bringt!“

Sie preschten los. Bisher hatte der Kampfrausch Friedrich und den Seinen übermenschliche Kräfte verliehen, aber als sie nun die türkische Kavallerie in gestrecktem Galopp verfolgten, schlug die Erschöpfung zu.

Wie er es gelernt hatte, stählte sich Friedrich für den neuerlichen Kampf, achtete darauf, langsam zu atmen, obwohl ihm eigentlich nach Keuchen und Japsen zumute war und erforschte sein Inneres nach den letzten Kraftreserven, die dort irgendwo schlummerten.

Nach wenigen Minuten begegnete er dem Welfen, der mit einem Gutteil seiner Abteilung auf dem Rückweg war, offensichtlich hatten sich die Turkmenen verstreut oder waren vernichtet worden. Für lange Besprechungen war keine Zeit. Friedrich stellte sich in die Steigbügel und wies mit der Rechten in Richtung der Siedlung, auf welche die türkische Reiterei zuritt. Mit der Linken deutete er hinter sich, in Richtung des Hauptheers, das die fliehende türkische Infanterie verfolgte.

Der Welfe verstand und wies einen Teil seiner Reiter an, den fliehenden Fußtruppen der Türken den Weg abzuschneiden, während er selbst mit der anderen Hälfte Friedrich folgte.

Während die anderen Reiter und Barbarossa also einen Kessel bildeten, aus dem kaum ein Türke entkommen würde, verfolgte Friedrich mit dem Welfen und den übrigen Rittern weiter den Anführer der Feinde. Dieser hatte anscheinend vor, sich in die kümmerliche Festung, die das Dorf überragte, zurückzuziehen und sich dort zu verschanzen, doch soweit kam es nicht. In den Straßen des Dorfes holten die Reichsritter ihre Beute ein und holten die ersten Feinde vom Pferd.

Über den Lärm des Kampfes und das Klirren der Hufe hinweg hörte Friedrich den feindlichen General fluchen, als er sein Ross wenden ließ und zum Angriff überging. Er hob den Schild und galoppierte auf den Feind zu.

Die erste Begegnung entschied Friedrich für sich, sein Schwert fand den linken Arm des Gegners, der kein Schild trug, während dessen Keule harmlos am schwarzen Löwen von Friedrichs Schild abprallte. Ob er den Gegner schwer verwundet hatte, konnte er nicht sagen.

Beide machten kehrt.

Die zweite Begegnung verlief weniger günstig. Friedrich war vom Kampf und Ritt erschöpft, während der Gegner noch relativ frisch wirkte. Ein kurzer Moment der Unachtsamkeit und Friedrich fand sich am Boden wieder.

Alle Luft wurde aus seinen Lungen gepresst und ein fürchterlicher Kopfschmerz stellte sich ein. Als er gleich zwei seiner Zähne in seinen Helm spuckte, realisierte er, dass er am Kopf getroffen worden war.

Zwar war ihm theoretisch bewusst, dass er auf dem Boden liegend ein leichtes Ziel für den Gegner war, aber wie er es praktisch bewerkstelligen sollte, aufzustehen und sich dem Kampf zu stellen, war ihm nicht klar. Das Vordringliche war: Luft! Nach einigen Sekunden mit dem ekelhaften Gefühl ersticken zu müssen, erlaubte sein Körper ihm einen Atemzug. Und noch einen. Und einen dritten.

Während er die Schwärze, die schon nach ihm greifen wollte, mit der neu gewonnenen Atemluft vertrieb, versuchte er die Situation zu erfassen. Durch sein Visier sah er, dass der türkische General abgestiegen war und mit seiner Keule in der Hand auf ihn zu stapfte. Er selbst hatte sein Schwert beim Sturz fallen lassen, ihm blieb also nur der Schild, der an seinem linken Arm befestigt war und der Dolch, den er am Gürtel trug – wenn er an die Waffe herankam, bevor der andere...

Aber schon prasselten die Hiebe des Feindes auf ihn nieder und er musste den Schild verstärken, indem er auch den rechten Arm darunter schob. Seine einzige Hoffnung war, dass einer seiner Ritter ihm zu Hilfe eilen würde.

Und tatsächlich hörten die Schläge plötzlich auf. Friedrich erkannte trotz seines eingeschränkten Gesichtsfeldes seinen Retter an dessen Farben als den Welfen, der die andere Flanke kommandiert hatte. Ein Braunschweiger, den Namen hatte Friedrich vergessen.

Ausgerechnet ein welfischer Ritter sollte seine Rettung sein? Die Welfen waren daheim im Reich die größten Konkurrenten der Staufer.

Aber das alles zählte hier nicht. Nur die kurzen Augenblicke, die sein Waffenbruder ihm verschaffte, bevor der türkische General eine Schwäche in der Rüstung des Welfen fand.

Friedrich verschwendete keine Zeit, sondern rannte im Sturmangriff auf den Türken zu, rammte ihm seinen Schild in die Seite, zog gleichzeitig seinen Dolch und stieß diesen in eine blitzschnellen Bewegung in die ungeschützte Kehle des Feindes.

Mit dem Tod ihres Generals war für die Türken der Kampf vorbei. Die übrigen Reiter flohen oder ergaben sich.

Völlig ermattet zog Friedrich sich den Helm vom Kopf. Die beiden Zähne, die er durch den Keulenschlag des türkischen Generals verloren hatte, plumpsten in den Staub. Friedrich ließ sie dort liegen.

Plötzlich trugen seine Beine ihn nicht mehr und er fiel wenig elegant auf den Hintern. Den meisten seiner Männer, die nicht damit beschäftigt waren, ihre Gefangenen in Schach zu halten, ging es nicht besser.

„Wasser für den Herzog! Holt einen Wundarzt!", schrie einer der Männer.

„Nein, nein, kümmert euch zuerst um die schwer Verwundeten!", befahl Friedrich. Aber da er den Befehl nicht wie gewohnt mit schmetternder Stimme vortrug, sondern sich nur ein kraftloses Krächzen seiner Kehle entwinden wollte, kümmerten sich die Ritter zunächst darum, ihren Anführer wieder auf die Beine zur bringen. Einer von ihnen überreichte Friedrich feierlich seine beiden verlorenen Zähne, die er aus dem Staub geklaubt hatte, als wenn der Herzog jetzt noch etwas mit ihnen würde anfangen können.

Schon war ein weiterer Kommandant bei ihnen und berichtete, dass er gemeinsam mit der Hauptstreitmacht des Kaisers das türkische Heer wie geplant eingekesselt und aufgerieben hatte. Während die Reichsritter nur wenige Gefallene zu beklagen hatten, schätzte der Mann die Verluste des Feindes auf fünf- bis siebentausend Mann. Der Rest des Feindes war geflohen oder gefangen genommen worden.

Da sie nicht wussten, wie sie die Gefangenen auf dem Weitermarsch versorgen sollten – sie hatten ja kaum genug für sich – beschied der Kaiser, dass sie nicht wie es üblich war, Lösegeldforderungen für die ihnen in die Hände gefallenen Feinde fordern würden, sondern trug den Männern auf, es schnell zu beenden. So kam es, dass bis zum Sonnenuntergang mehrere hundert weitere Gegner vor ihrem Schöpfer standen.

Der Kaiser ordnete Gebete und ordentliche Begräbnisse für die gefallenen Reichsritter an. Obwohl Friedrich total erschöpft war und nur noch schlafen wollte, zwang er sich dazu, eigenhändig bei der Aushebung des Grabes für den Welfen, der ihn gerettet hatte, mitzuarbeiten. Es war Lothar von Braunschweig, ein entfernter Verwandter des Welfenführers Heinrich, der bisher der größte Widersacher von Kaiser Barbarossa gewesen war und nun Friedrichs Bruder Heinrich daheim im Reich das Leben schwer machen würde.

Friedrich wies Konrad von Wittelsbach an, die Begräbniszeremonie persönlich zu leiten und am Grab des Welfen zu bestätigen, dass dieser durch seinen heldenhaften Tod in der Schlacht direkten Eingang ins Paradies hatte. Er selbst fand nur wenige Worte für den Waffenbruder, aber es war ihm wichtig, dass die Männer wussten, dass Lothar ihm mit seinem Einsatz das Leben gerettet hatte. Trotzdem er kaum wusste, was er sagte und sich nachher nicht richtig an seine Rede erinnern konnte und alle zu Tode erschöpft waren, brachen die Soldaten in Jubel aus.

Den Kopf des türkischen Generals dagegen hatten sie auf einen Pfahl gespießt und diesen vor Friedrichs hastig aufgerichtetem Zelt in den Boden gerammt. Zusammen mit Konrad von Wittelsbach und dem Kaiser besah sich Friedrich diese Abscheulichkeit. „Das war nicht Kilic Arslan und auch keiner seiner Söhne!“, stellte Barbarossa ohne weitere Gemütsregung fest.

„Die eigentliche Schlacht steht uns also noch bevor“, ergänzte der Kaiser mit einer Müdigkeit in der Stimme, die Friedrich erschreckte, obwohl er sich selbst um keinen Deut besser fühlte.

„Schafft das weg“, befahl er seinen Leuten. Eigentlich gebot es die Ehre, dass man zumindest dem Anführer des Feindes ebenfalls ein anständiges Begräbnis gewährte, aber Friedrich konnte sich nicht dazu durchringen, seinen total erschöpften Männern das Ausheben eines weiteren Grabes zu befehlen. „Wenn die Wachen eingeteilt sind, geht zur Ruhe!“, befahl er und wankte in sein Zelt.

Auf seinem Lager konnte er trotz der Müdigkeit nicht einschlafen. Die Schmerzen am ganzen Körper hielten ihn wach. Seine Zunge glitt immer wieder über die zahnlosen Stellen, die ihm dieser Kampf beschert hatte, in Gedanken ging er jeden Moment der Schlacht wieder und wieder durch und als ihm klar wurde, wie nahe er heute dem Tode gewesen war, wurde ihm schlecht und er übergab sich in seinen Nachttopf.

„Herr“, vernahm er eine Stimme von draußen. War das Konrad von Wittelsbach?

„Tretet ein!“

Der Vorhang glitt zur Seite, der Priester kniete sich neben den Herzog. „Nehmt das hier!“

Die Flüssigkeit schmeckte wie Gift, aber endlich entfloh der Schlaf ihm nicht mehr. Er sank auf das Lager zurück und war sofort weg.

Kapitel 11: Paradiso spero

(Ich hoffe auf das Paradies)

Ikonium, 18. Mai 1190

Ein unwirkliches Gefühl der Wiederholung bemächtigte sich des Herzogs von Schwaben, als er, wiederum im Sattel seines treuen Rosses sitzend, erneut die Worte des Konrad von Wittelsbach hörte, die ihn all der Sünden, die er im Begriff war zu begehen, frei sprachen.

Habe ich das nicht schon einmal erlebt? Wiederholt sich denn alles, drehen wir uns im Kreis?

Und doch waren sie nicht mehr im griechischen Kaiserreich, auch nicht in Philomelion, sondern standen vor Ikonium, der Hauptstadt der Rum-Seldschuken.

Die Türken hatten sie auf ihrem weiteren Vormarsch nicht weiter behelligt, noch hatten sie Abgesandte geschickt und versucht zu verhandeln. Das Heer hatte nichts mehr zu essen, die Hitze war noch unerträglicher geworden als in den Wochen zuvor und das Wasser war ebenso knapp. Nirgendwo konnten sie Lebensmittel rauben, alle Siedlungen waren verlassen. Kilic Arslan hatte alle Menschen aus der Umgebung seiner Hauptstadt zu sich gerufen und sich in seiner Festung verschanzt.

Vor dem Tor dieser Festung stand Friedrich nun mit seinen Rittern und hörte sich an, wie Konrad auch den anderen Kreuzfahrern im Vorhinein alle Schandtaten im Namen des Heilands und der Jungfrau Maria vergab.

Seine Truppe aus Rittern war weiter geschrumpft. Viele hatten ihre Pferde verloren und hatten sich der Hauptstreitmacht der abgesessenen Ritter anschließen müssen, andere hatten sich des nachts aus dem Staub gemacht, in der schalen Hoffnung, in kleinen Verbänden zurück ins Reich vorstoßen zu können. Friedrich rechnete den Deserteuren keine viel größere Chance aus zu überleben, als den Unzähligen, die sich auf dem Marsch einfach auf den Boden gelegt, mit den Armen ein Kreuz geformt und den Märtyrertod erwartet hatten.

Es gab nur eine Richtung: Nach vorn, ins Heilige Land!

Als der Priester fertig war mit seinem Werk, schickte der Herzog sich an, nun seines zu tun. Er gab dem Pferd die Sporen.

Am Tor angekommen mussten sie absitzen und den mitgeführten Rammbock ansetzen. Friedrich ließ es sich nicht nehmen in der vordersten Reihe zu stehen und unter den „Hau-Ruck!“ Rufen seiner Leute seinen Teil dazu beizutragen, dass dieses verfluchte Tor nachgab.

Zwar hatten die Türken kein Pech oder setzten es zumindest nicht ein, aber sie warfen von den Mauern mit Steinen und jeder Ritter, der es nicht vermochte gleichzeitig den Rammbock zu führen und seinen Schild über sich zu halten, wurde von den Geschossen zu Boden gestreckt. Doch andere Ritter übernahmen und schon bald war das Tor durchbrochen.

Sie saßen wieder auf. Der Rest war Blut und Gemetzel. Eigentlich wollte Friedrich sich dafür schämen, dass sie wiederum nicht nur die Verteidiger, sondern auch Frauen und Kinder wie Schlachtvieh dahin mordeten, aber er konnte keinerlei Gewissensbisse mehr aufbringen, sondern schlug nur methodisch auf die Leiber ein, die ihm vor sein Schwert liefen.

Das Massaker war schnell vorbei. Aus dem Inneren der Festung konnten sie beobachten, wie Kaiser Barbarossa und das Hauptheer, das er in einem Verteidigungskreis aufgestellt hatte, die letzten Truppen des Sultans in die Flucht schlugen.

Sie hatten wieder einmal gesiegt! Bei all der Grausamkeit dieses Feldzuges, Gott musste auf ihrer Seite sein. Zwar hielt Friedrich viel auf die Disziplin und den Kampfesmut der Reichsritter, aber alleine damit war nicht zu erklären, dass sie Schlacht um Schlacht gewannen, als wäre das alles ein Kinderspiel.

Zwar mussten sie wiederum Gräber für die gefallenen Kameraden ausheben, aber die getöteten Feinde waren zahllos und die eigenen Verluste gering.

Sultan Kilic Arslan kniete vor Barbarossa nieder und schwor ihm, die Turkmenen hätten auf eigene Faust gehandelt und sein General habe gegen seinen ausdrücklichen Wunsch die Schlacht bei Philomelion befohlen. Er bot an, den Reichsrittern den Basar von Ikonium zu öffnen, wenn sie sich weiterer Grausamkeiten enthalten würden und der Kaiser willigte ein. Blut hatten sie genug an den Händen.

An diesem Abend aßen die Ritter zum ersten Mal wieder richtig und auch Wasser war nun keine Mangelware mehr. Vereinzelte Übergriffe von Kreuzfahrern auf die Stadtbewohner konnte Friedrich schnell unterbinden und er gab auch den Wünschen der Bevölkerung nach, ihre Toten jeweils auf ihre Weise – denn es gab hier nicht nur Muselmanen, sondern auch Armenier, die an Christus glaubten – bestatten zu dürfen.

Mit dem Kaiser, Konrad von Wittelsbach und einigen anderen Anführern, besprach Friedrich im Kommandozelt das weitere Vorgehen.

Während er selbst, wie es seine Aufgabe war, die Verluste durch Unterversorgung, Desertion, Krankheit und Tod in der Schlacht, auflistete und dabei wohl ein so grimmiges Gesicht zur Schau trug, dass sein Vater ihn streng ansah, redete Konrad von Wittelsbach nur von den Fortschritten, die sie gemacht hatten.

„Bei allem Respekt, Herr“, sprach er Friedrich an, „wir sind dem Heiligen Land jetzt schon sehr nahe. Das Heer hat sicherlich 700 Landmeilen zurückgelegt, wenn nicht mehr und bis zur Heiligen Stadt sind es nur noch einhundert oder weniger.“

Das war sicherlich sehr großzügig geschätzt, trotzdem keimte Erleichterung in Friedrich auf. Sie hatten also den Großteil des Marsches hinter sich. Und auch wenn Jerusalem ihr Ziel war, würde, sobald sie im Outremer angekommen waren, der Marsch zunächst leichter werden. Das Fürstentum Antiochia war ein christliches Reich und ein Kreuzfahrerstaat, dort würde man sie mit offenen Armen empfangen. Wenn Konrad also nicht allzu sehr untertrieben hatte, dann blieben ihnen wahrscheinlich dreißig bis fünfzig Meilen in türkischem Gebiet. Das war in wenigen Wochen zu schaffen, vor allem weil die Türken ja nun besiegt waren und sie keine Angriffe mehr von dieser Seite befürchten mussten. Auch das Versorgungsproblem hatte sich erst einmal gelöst. Er schöpfte Hoffnung.

Einer der Kommandanten, er hieß ebenfalls Lothar, wie der gefallene Welfe aus Brandenburg, aber wies darauf hin, dass die Moral der Männer trotz des neuerlichen Sieges stark gesunken war.

„Viele reden von Desertion, natürlich nicht, wenn sie wissen, dass ich mithöre, aber ich bekomme trotzdem so einiges mit. Die Männer sind des Wanderns und Streitens müde.“

„Wir sind nicht soweit gekommen, um jetzt aufzugeben und umzukehren“, widersprach Konrad von Wittelsbach heftig. „Es muss weitergehen, wir sind fast am Ziel!“

„Vater“, mischte Friedrich sich ein, „die Männer brauchen neuen Mut.“

Barbarossa verstand und wies seinen Sohn an, die Männer zu versammeln, was sofort geschah.

„Meine lieben Mitstreiter“, eröffnete der Kaiser seine Rede. Friedrich sah um sich herum verhärmte und teilweise auch böswillige Gesichter, doch schon diese Ansprache, mit welcher der Kaiser verdeutlichte, dass sie alle im gleichen Boot saßen, löste bei einigen diesen Gesichtsausdruck.

„Wir sind noch nicht am Ziel unserer Reise, aber es ist nahe! Das türkische Hochland liegt hinter uns, ab nun heißt es: Abstieg! Es wird kühler werden, vor allem wenn wir das Meer erreichen. Und dann ist es nur noch ein Katzensprung ins befreundete Königreich Antiochia, wo wir auf die Unterstützung von Mitchristen, die unserer Sache wohlwollend gegenüberstehen, vertrauen dürfen. Dort können wir uns mit weiteren Vorräten eindecken und dann ins Heilige Land vorstoßen! Ich möchte Euch zwei Ermahnungen mit auf diese letzte Reiseetappe geben:

Erstens, vergesst nicht, dass wir im Auftrag des Papstes, der heiligen Mutter Kirche und mit Gottes Segen unterwegs sind! All die Strapazen der letzten Monate sind eine Prüfung, der wir uns willentlich und im festen Vertrauen auf die Hilfe unseres Heilands und der heiligen Jungfrau Maria ausgesetzt haben. Ja, Gott hat uns geprüft, mit Hunger, Durst und Hitze! Aber hat er uns nicht in jeder Schlacht, die wir führen mussten, einen glorreichen Sieg geschenkt?"

Jubel war die Antwort. Die meisten derer, die um Friedrich herum standen, wurden von Barbarossas Rede vollständig mitgerissen, nur wenige schauten weiter missmutig und auch diese versuchten das angesichts der Veränderung der allgemeinen Stimmung zu verbergen.

„Zweitens: Vergesst nicht, was euer Kaiser euch in Mainz am Hoftag Jesu Christi geschworen hat: Ich werde Saladin persönlich aus Jerusalem entfernen, ich werde diesen Dämon in die Hölle zurückschicken, aus der er gekommen ist!"

Wiederum brauste Jubel auf. Aber Barbarossa war noch nicht fertig. „Und du, mein Sohn", er sah Friedrich mit diesem verklärten Funkeln in den Augen an, das er seit dem Hoftag fast permanent dort trug, „du wirst Saphadin zur Strecke bringen, den grausamen Barbaren, der das heilige Grab geschändet hat!"

Zwar jubelten die Männer auch an dieser Stelle, aber Friedrich fiel auf, dass die Freudenbekundungen sehr viel gemäßigter ausfielen. Und auch die kaum verhohlenen bösen Blicke, die vielfach in seine Richtung geworfen wurden, entgingen ihm nicht.

Was bedeutete das? Hatte er sich nicht genau wie alle anderen in der Schlacht ausgezeichnet? Ebenso ehrenhaft gekämpft?

Lag es daran, dass es ihm und seinen Rittern vorbehalten gewesen war, die unschöne Arbeit zu machen und die Zivilisten niederzumetzeln, während der Kaiser immer im Zentrum des Hauptheers an der Seite der abgesessenen Ritter gegen den Feind stritt? Vielleicht war er ja auch nur deswegen ein Objekt des Hasses geworden, weil die Männer sich nicht trauten, ihren Kaiser für die Strapazen des Kreuzzuges verantwortlich zu machen?

Dabei war es Barbarossa gewesen, der zuerst das Kreuz genommen, seinen Sohn gezwungen hatte, es ebenso zu halten und mit seinem Beispiel die Kreuzfahrer um sich geschart hatte. Wäre es Friedrich möglich gewesen, die Teilnahme am Kreuzzug ehrenvoll abzulehnen, hätte er das getan und wäre im Reich geblieben!

Vielleicht würde dieser andere Lothar Rat wissen. Er schien immer alle geheimen Motive und Gedanken der Männer, egal ob von Adel oder gewöhnlich, genau zu kennen. Doch darauf angesprochen winkte er nur ab und sagte: „Herzog, meint Ihr denn, mich träfe die Wut der Männer weniger als Euch? Ich kann Euch versichern, dass das Gegenteil der Fall ist. Erfreut Euch lieber daran, dass sie Euch nur finstere Blicke zuwerfen, mir sagen sie ins Gesicht wie absurd sie unser kleines Abenteuer finden. Manche beschweren sich den ganzen Tag und ziehen ihre Mitstreiter damit herunter. Oft muss ich ihnen das Standgericht oder zumindest eine schwäbische Schelle androhen, damit sie endlich das vorlaute Mundwerk schließen. Denkt Euch nichts dabei!“

Friedrich konnte nur nicken, er wusste nicht viel zu erwidern.

„Und wenn der Kaiser uns dann ins heilige Land führt, wir in Antiochia neue Kräfte sammeln können und schließlich die muselmanischen Dämonen in die Hölle zurückschicken – wenn deren Krieger so undiszipliniert und schlecht ausgerüstet und ihre Anführer so feige sind, wie die der Seldschuktürken, kann das ja nicht lange dauern – dann jubeln sie auch Euch wieder zu, egal ob ihr Saphadin eigenhändig von seinem Kopf befreit oder während der Schlacht nur in Eurem Zelt sitzt!“

Lothar klopfte ihm auf die Schulter.

„Vergesst nicht, Herzog, wir sind im Krieg! Nur weil es ein heiliger Krieg ist bedeutet das nicht, dass die Männer nicht wie die Fliegen wegsterben. Das ist in jedem Krieg so. Krieg ohne Tod, Hunger und Schmerz ist wie ein Abendmahl ohne Wein. Euer ganzes Leben lang wurdet Ihr darauf vorbereitet, ein Anführer zu sein. Ritterturniere,

Festivitäten im Palast und das Regieren des Reiches sind nur eine Art Vorschule. Einzig der Krieg ist die wahre Schule der Disziplin."

Friedrich wollte dem Mann schon danken und sich verabschieden, aber er war noch nicht fertig. „Ihr habt Eure höfischen Aufgaben immer erfüllt, niemand kann Euch Ehrlosigkeit oder Pflichtvergessenheit vorwerfen. Und doch fehlte Euch die Leidenschaft eines wahren Herrschers. Diese Leidenschaft habt ihr aber auf diesem Feldzug bewiesen. Wie heilig der ist, sollen die Priester entscheiden, ich bin zu zynisch, um daran glauben zu können, dass wir in Gottes direktem Auftrag handeln. Wenn Ihr mich fragt, ich glaube nicht, dass sich Gott einen feuchten Dreck darum schert, welche Fahne auf den Türmen Jerusalems gehisst wird."

Das versetzte Friedrich einen Stich. Wenn Lothar Recht hatte, dann war das ganze Unterfangen eine leere Geste, all die Leiden und Märtyrertode vergebens.

„Schaut nicht so traurig, Herzog und nehmt einem alten Mann seine Blasphemie nicht übel! Es ist das Vorrecht des Alters, die Dinge nicht mehr so ernst zu nehmen. Ich weiß, ich werde nicht mehr heim ins Reich gehen. Irgendein Pfeil wird mich treffen, irgendeine verdammte Krankheit mich dahinraffen oder irgendein muselmanischer Krieger wird einen stärkeren Griff um sein Schwert haben als ich. Aber Ihr, Herzog, Ihr fangt gerade erst an! Dieser Krieg hat in Euch das Tier geweckt, das in jedem Mann steckt. Ihr seid ein großartiger Feldherr, unter uns, ein viel besserer als Euer Vater, der einfach zu alt und verklärt ist, um sich die Hände richtig schmutzig zu machen, Ihr kämpft in der vordersten Reihe mit und Ihr ehrt das Opfer Eurer Waffenbrüder, selbst wenn es ein verdammter Welfenspross ist!"

Friedrich dachte an den heldenhaften Einsatz Lothars von Braunschweig und seinen Tod durch die Klinge des Seldschukengenerals und konnte es nicht dulden, dass dessen Namensvetter so verächtlich von ihm sprach.

„Hütet Eure Zunge!", ermahnte er ihn. Die Rüge kam allerdings nicht so streng über seine Lippen, wie er es gewollt hatte. Er war einfach zu müde.

„Verzeiht, Herr, ich wollte nicht schlecht von den Toten sprechen. Was ich meine ist, dass Ihr alles mitbringt, um Eurem Vater nachzufolgen! Und wenn Ihr heimkehrt, bis über den Kopf beladen mit Ruhm, die Taschen voller arabischem Gold, wer sollte Euch den Anspruch verwehren, an Heinrichs Stelle zum Kaiser gekrönt zu werden?"

Das ging nun doch zu weit. „Mein Bruder ist der rechtmäßige Thronfolger und wenn er nicht stirbt, was Gott verhüte, bin ich mit dem Herzogtum Schwaben vollkommen zufrieden", behauptete Friedrich.

Und doch schlich sich da so ein Gefühl in sein Innerstes. Ja, wenn sie siegreich ins Reich zurückkehrten und dem Papst die Köpfe der heidnischen Anführer zu Füßen legten, wer würde dann noch behaupten können, dass Friedrich der Staufer der Krone nicht würdig wäre?

Friedrich beschloss, nur den Teil von Lothars Rede, der sich mit seiner Ehre und seinem Ruhm befasst hatte, in sein Herz aufzunehmen und dem alten Mann seine Blasphemien nachzusehen.

Gott war auf ihrer Seite, das hatte er ein ums andere Mal sehr deutlich gezeigt. Wer Augen hatte zu sehen, der musste bezeugen, dass die Reichsritter unter dem Kreuz unbezwingbar waren.

Bald schon würden sie Gelegenheit haben, diese Theorie im Kampf gegen Saladin auf die Probe zu stellen.

<u>Kapitel 12: Interitus ineptus</u>

(Unwürdiger Tod)

Seleukia, 10.Juni 1190

Als habe allein Friedrichs neu gefundener Mut bewirkt, dass das Land weniger feindselig, die Dörfer auf dem Weg mit reichlicherer Ernte gesegnet und die Ritter besserer Stimmung waren, hatten sich die letzten dreieinhalb Wochen als wahre Wohltat für das Heer erwiesen. Der Abstieg aus der Hochebene war nicht weniger hart als der Aufstieg, aber ganz wie Barbarossa prophezeit hatte, wurde das Klima erträglicher und der Fluss Saleph, an dessen Lauf sie mittlerweile in Richtung Meer unterwegs waren, bescherte dem Heer ausreichend Flüssigkeit für die Männer und die verbliebenen Reittiere.

Gut gelaunt nahm er bei der mittäglichen Marschpause einen großen Schluck direkt aus dem Fluss und füllte seine Feldflaschen wieder auf.

Lothar, der dem Herzog von Schwaben nicht mehr von der Seite wich, hatte ein Feuer entzündet und sie rösteten Früchte und Fleisch, das sie mit einigen anderen Rittern unter Scherzen und flapsigen Sprüchen verspeisten. Nicht ein einziges Mal, selbst als sie noch durch das Reich zogen, war die Stimmung im Heer so gelöst gewesen. Vorbeiziehende Männer grüßten die Offiziere am Feuer mit Ehrerbietung und wandten sich dann wieder den eigenen Gesprächen und Heldengeschichten zu, andere legten sich ins Gras und genossen, dass die Sonne nicht mehr wie die unbarmherzigen Feuer der Hölle auf sie niederbrannte, sondern eine angenehme Wärme verbreitete, während ein leichter Windhauch erfrischend dazukam.

Nur Lothar war weiterhin düster und nachdenklich. „Mir gefällt es nicht, dass der Kaiser das Heer in mehrere Abteilungen geteilt hat“, gab er zu Protokoll.

Die Ritter um sie herum nahmen das achselzuckend zur Kenntnis. „Was soll schon noch passieren?“, meinte einer der Männer, es war ein Lothringer, dessen Name Friedrich gerade nicht einfiel.

Lothar wurde richtig gehend wütend. „Kerl“, schalt er ihn, „es geht immer alles gut, bis irgend so ein Hundsfott von einem Idioten sich fragt, was schon schiefgehen soll. Dann geht alles den Bach runter. Immer!“

Alle lachten, auch Friedrich. Aber genau in diesem Moment spürte er einen Stich im Herzen, wie er es noch nie erlebt hatte. Zuerst dachte er, sein Herz sei krank geworden, wie es bei alten Leuten oft der Fall war und es würde sich weigern, weiterhin im Takt zu schlagen.

Aber das war es nicht. Sein Herz raste zwar vor sich hin, aber es war kein körperlicher Schmerz, der ihn befiel, es war eine tiefe und schneidende Sorge, die er noch niemals in dieser Form gefühlt hatte.

„Was ist Euch, Herzog?", fragte Lothar. Die Ritter lachten wieder, sahen nur mäßig interessiert zu Friedrich herüber. Dann aber veränderte sich ihr Gesichtsausdruck in eine Maske aus Schrecken. Er musste aussehen wie ein unheiliger Geist.

„Vater!", stammelte Friedrich.

„Was ist mit Eurem Vater?"

„Ich weiß es nicht. Aber ich muss ihn finden. Jetzt!"

Lothar dicht auf den Fersen klaubte er rasch seine Sachen zusammen, schwang sich auf sein Pferd und galoppierte los.

„Der Kaiser, wo ist der Kaiser?", fragte er jeden, an dem er vorbeiritt. Niemand hatte eine Antwort.

Alles, was Friedrich wusste war, dass Barbarossa, der es kaum abwarten konnte endlich das Meer zu sehen, sich irgendwo an der Spitze des Heereszuges befand.

Also ritten sie weiter, fragten die Soldaten nach dem Kaiser und lösten so vielerorts Panik aus. Wer ein Pferd hatte, folgte ihnen auf ihrem gefährlich schnellen Ritt den Abhang hinunter.

Nach einer Ewigkeit kamen sie an einer Furt an, wo sich schon eine gute Hundertschaft von Soldaten, Kreuzrittern und Pilgern versammelt hatte. Friedrich wusste sofort, was das bedeutete, noch bevor er mit den Männern sprach.

Wie im Traum saß er ab und wankte auf die Schar zu, die sich sehr unsoldatisch benahm. Erwachsene Männer heulten wie die Weiber, Priester rissen ihre Gewänder in Fetzen, viele knieten in Richtung des Flusses, das Schwert vor sich und in Gebet vertieft.

„Der Kaiser, wo ist der Kaiser?" sagte Friedrich seinen Spruch auf, obwohl er die Antwort wusste, schon bevor einer der Priester – es war Konrad von Wittelsbach – sie formulierte.

„Herzog, der Kaiser ist tot!"

Unendliche Trauer lag in Konrads Stimme und diese Trauer ereilte nun auch Friedrich, mächtiger als der Keulenschlag des Seldschuken, der ihn gleich zwei Zähne gekostet hatte.

„Wo ist er? Ich will ihn sehen!" befahl Friedrich. Doch der Wittelsbacher schüttelte nur langsam den Kopf und führte Friedrich zu einer weiteren Gruppe von Männern, die sich komplett nackt ausgezogen hatten und ganz nass waren.

„Herr", sprach ihn einer der Männer an, ein gewöhnlicher Soldat, den Friedrich nicht kannte. Er machte sich keine Mühe, seine Blöße zu bedecken. „Herr, wir haben versucht den Kaiser herauszufischen, aber er war plötzlich wie vom Erdboden verschluckt. Auch einige meiner Männer sind nicht zurückgekehrt. Ich weiß, der Fluss sieht vom Ufer her harmlos aus, aber glaubt mir, in der Mitte gibt es heftige Strömungen und Strudel."

Friedrich war nicht bereit, dieses Geschwätz zu glauben. „Aber warum sollte der Kaiser..?", begann er und brach dann hilflos ab.

Konrad von Wittelsbach neben ihm antwortete trotzdem: „Herzog, der Kaiser war den ganzen Vormittag in einer Hochstimmung. Er segnete die Soldaten, sprach viel vom Heiligen Gral und von der Einnahme Jerusalems. Dann zur Mittagszeit gibt er seinem Pferd die Sporen und lässt es in den Fluss trotten. In voller Rüstung! Ich habe noch gescherzt, wenn er sich abkühlen wolle, solle er doch zunächst den Panzer ablegen, da war es auch schon geschehen. Als habe ein Ungeheuer am Grund des Flusses sein Pferd ergriffen, sackte es plötzlich unter ihm weg und der Kaiser..."

„Springt noch einmal rein, sucht ihn!", befahl Friedrich und die Männer schickten sich an, ihm zu gehorchen, doch Lothar hielt sie mit einer Geste zurück und legte Friedrich den Arm auf die Schulter.

„Seht", flüsterte er nur und deutete auf die Oberfläche des Flusses.

Der Saleph wirkte vom Ufer tatsächlich wie ein milder Strom, aber wenn man genau hinsah, entdeckte man diverse Strudel und konnte sehen, wie schnell die Strömung dahinfloss. Das war ja auch kein Wunder bei diesem Gefälle!

Keiner der Ritter war daher auf die dämliche Idee gekommen, tiefer in den Fluss zu gehen, waschen konnte man sich auch am Ufer, die Feldflaschen auffüllen ebenso. Warum aber war sein Vater..?

„Das ergibt doch keinen Sinn!", schrie Friedrich den Priester an. „Nach all den Strapazen und Leiden?! Er ist noch am Leben, hört Ihr?

Wir ziehen weiter und ich verspreche Euch, wir finden ihn irgendwo weiter unten an der Böschung liegend, ein Liedchen pfeifend und sich in der Sonne trocknend!"

Aber sie fanden ihn nicht. Jedenfalls nicht lebendig. Kaiser Friedrich Barbarossa, der Rotbart, Kaiser des Heiligen Römischen Reiches, Rex Romanorum und Nachfolger des Augustus, lag ein paar Meilen flussabwärts am Ufer, die Augen aufgequollen und mit einem Ausdruck unwürdiger Überraschung auf dem Gesicht eingebrannt.

Die Sonne ging unter und mit der Nacht legte sich die Trauer über das Heer. Die Nachricht vom Tod des Kaisers verbreitete sich wie ein Lauffeuer. Einige nahmen diese Kunde zum Anlass, unverzüglich zu desertieren. Verräter, allesamt! Friedrich würde sie aufknüpfen lassen!

Was wollte Gott ihnen mit diesem Schicksalsschlag zu verstehen geben? War er doch nicht auf ihrer Seite, war der Kreuzzug eine Farce, so wie Lothar behauptet hatte? Warum hatte Vater ihm nicht genauere Anweisungen für den Fall seines Todes hinterlassen? Natürlich wurde von ihm nun erwartet, dass er das Heer anführte. Aber sollte er es weiter Richtung Jerusalem peitschen oder war dies der Zeitpunkt, an dem sie den Kreuzzug für gescheitert erklären und nach Hause gehen sollten?

Einen weiteren Tag und eine weitere Nacht verbrachte Friedrich im stummen Gebet und Zwiegespräch mit Gott und seinem dahingegangenen Vater, dann wusste er, was zu tun war. Er würde das Heer nach Jerusalem führen, das hätte sein Vater so gewollt. Also befahl er den Aufbruch.

Kapitel 13: Lues horrenda

(Furchtbare Seuche)

Akkon, 1. Oktober 1190

Die Tore Akkons! Friedrich konnte kaum glauben, dass sie endlich angekommen waren. Zu viel war passiert, seit sein Vater in dem verfluchten Fluss Saleph in Kleinasien ertrunken war. Er sah sich um. Von den Tausenden Männern, die in Mainz aufgebrochen waren, waren nur noch ein paar hundert übrig geblieben, diejenigen, die Friedrich am treuesten ergeben waren und dazu noch jung und abgehärtet.

So viele waren von ihnen gegangen! Sobald sie das Meer erreicht hatten, segelten die ersten Verbände nach Hause, statt dem Hauptteil des Heeres nach Tarsus zu folgen.

Dort hatte Friedrich das Herz und die Eingeweide seines Vaters bestattet. Den Rest des Leichnams hatte er in der Hoffnung mitgenommen, ihn in der Heiligen Stadt beisetzen zu können.

Doch in der Kreuzfahrerstadt Antiochia, von der sie sich Unterkunft, Verpflegung und die Möglichkeit, sich vor der nächsten Etappe auszuruhen, erhofft hatten, wütete eine furchtbare Seuche. Zunächst ließ man die Kreuzritter gar nicht hinein, aber als die Stadtoberen nach zähen Verhandlungen doch nachgaben und die Ritter in die Stadt strömten, als sei sie der Garten Eden, verschlimmerte sich die Situation. Fast alle wurden krank, auch Friedrich. Aber er überlebte die furchtbare Gottesgeißel, viele andere, vor allem die Älteren, nicht. Auch sein meuer Freund Lothar starb daran und immer mehr Teilnehmer des Kreuzzuges buchten sich eine Passage, verließen das heilige Land und den Kreuzzug.

Friedrich war gezwungen, das Fleisch seines Vaters dort zu lassen, nur die Knochen des Kaisers konnte er mitnehmen.

Akkon aber war in Saladins Hand, wurde jedoch immerhin von den Christen belagert. Als Friedrich ihren Spähern sagte wer er war und warum sie hier waren, führten sie ihn zu ihrem König.

Guido von Lusignan war Friedrich sofort unsympathisch. Der sogenannte König von Jerusalem hatte etwas Verschlagenes, Ehrloses an sich, das er nicht, wie die meisten seines Schlages, verbergen konnte. Jedenfalls nicht vor Friedrich.

„Da haben mir meine Späher wohl einen Bären aufgebunden", begann er das Gespräch. „Ich hörte, der von uns lang ersehnte Kaiser des Heiligen Römischen Reiches, Friedrich, der uns hunderttausend Kreuzritter versprach, um gegen die Heiden zu helfen, sei eingetroffen." Er lächelte süffisant. „Und doch sehe ich nur einen verarmten Ritter." Er studierte Friedrichs Farben. „Helft mir aus, wer seid Ihr und warum verschwende ich meine kostbare Zeit mit Euch? Ich muss eine Festung belagern, wisst Ihr!?"

„Ich bin Friedrich, Herzog von Schwaben und Befehlshaber der Reste des Kreuzfahrerheers, das mit Kaiser Barbarossa vor 13 Monaten in Mainz aufbrach, um Saladin die Stadt wieder wegzunehmen, die Ihr an ihn verloren habt."

Guido ließ sich etwas von seinem Berater einflüstern. „Ah, der Herzog von Schwaben, Friedrichs Zweitgeborener! Ihr seid Eurem Vater gefolgt, habt das Kreuz genommen?! Ausgezeichnet! Sprecht, was ist mit Eurem Vater, können wir seine Ankunft in den nächsten Tagen erwarten."

Zornesröte schoss Friedrich ins Gesicht.

Dieser impertinente... Aber er kann es ja nicht wissen!

Also antwortete er: „Der Kaiser ist in Kleinasien gefallen." Die unrühmlichen Umstände des Todes seines Vaters verschwieg er. Sollte die Nachwelt doch glauben, er sei im Gefecht mit den Seldschuken getötet worden, immer noch besser als...

„Und das Heer?"

Friedrich wurde wieder rot, diesmal vor Scham. „Ich bringe Euch fünfhundert Mann, allesamt gestählte Veteranen und ehrenhafte Kreuzritter im Dienste des Papstes und der heiligen Mutter Kirche."

Guido verzog das Gesicht. Er hatte natürlich mit viel mehr Männern gerechnet. Und Friedrich hätte ihm gerne viel mehr mitgebracht. Aber es war eben so, wie es nun einmal war.

„Und werdet Ihr mir die Treue schwören?" näselte Guido.

Jetzt ging dieser Raubritter aber zu weit!

„Ich bin schockiert, dass ich Euch das erklären muss, aber als Nachfolger meines Vaters mit dem Amt des Kommandos über die Reichsritter ist mein Rang der eines Kaisers, auch wenn mein Bruder Heinrich dieses Amt daheim im Reich ausführt und, sobald die Nachricht von Vaters Tod ihn erreicht hat, auch gekrönt werden wird. Daher kann ich nicht dem König eines Outremerstaates, den er obendrein zum guten

Teil an den Feind verloren hat, die Treue schwören, sondern nur ein Bündnis schließen."

„Das ist enttäuschend", war die Antwort.

„Was hättet Ihr denn von meinem Vater erwartet, etwa auch den Treueschwur?"

Guido kratzte sich am Ohr und ließ selbst diese harmlose Geste wie ein Zeichen der Verachtung wirken.

„Nun, wenn der große Kaiser Barbarossa mit seinem mächtigen Heer an meine Tore geklopft hätte, wäre er sicherlich in einer Position gewesen, in der er Bündnisverhandlungen hätte aufnehmen können. Ihr, mein Freund, seid das nicht."

„Und was schlagt Ihr vor, wie wir nun weiter verfahren sollen?"

„Nun, ich werde diese Festung einnehmen und mir dann Stück für Stück das zurückholen, was mein ist. Ich habe mit Saladin und seinem Bruder noch eine Rechnung offen, die ich zu begleichen beabsichtige. Was Euch angeht, nun, ich kann Euch und Eure Männer, wenn sie ebenso ausgezehrt und krank sind, wie Ihr, nicht gebrauchen. Also geht, geht wieder nach Hause."

Friedrich war sprachlos. Nach all dem Erlittenen sollte er unverrichteter Dinge wieder von dannen ziehen? Das war undenkbar. Aber wie sollte er gegen Guidos Willen an der Belagerung teilnehmen? Den arroganten Franken zumindest um Quartier zu bitten war ihm ebenfalls zuwider.

Guido ließ ihn noch ein wenig zappeln, dann lenkte er ein. Er zeigte Friedrich einen Brief mit dem Siegel von Austria.

„Seht her, das ist gerade eben eingetroffen. Euer Waffenbruder und Mitherzog Leopold von Austria ist auf dem Weg hierher. Seine Schiffe sind im Sommer in Venedig ausgelaufen und sollten um das Weihnachtsfest herum hier eintreffen. Ich stehe schon länger in Verhandlungen mit ihm über die Teilnahme an unserer Sache und sehe keinen Grund, Euch nicht in diesen Vertrag miteinzubeziehen.

Ich erlaube Euch, mit Euren Leuten ein eigenständiges Lager zu errichten und die Ankunft Eurer Landsmänner vorzubereiten. Wer von Euch dann – Leopold oder Ihr – das Kommando über die Reichsritter führt, könnt Ihr untereinander ausmachen."

Unendlich erleichtert musste Friedrich sich bemühen, seinen Dank formal und nicht zu unterwürfig auszusprechen.

Kapitel 14: Ojos que no ven, corazón que no siente

(Augen die nicht sehen, Herz, das nicht fühlt)

Pamplona, 3. Oktober 1190

„Ich glaube an Gott, den Vater, den Allmächtigen, den Schöpfer des Himmels und der Erde, und an Jesus Christus, seinen eingeborenen Sohn, unsern Herrn."

Berengaria von Navarra intonierte das Glaubensbekenntnis mit der gleichen Inbrunst wie die anderen Betenden in der königlichen Kapelle, obwohl ihre Gedanken heute nicht ganz bei der Sache waren.

„Empfangen durch den Heiligen Geist, geboren von der Jungfrau Maria, gelitten unter Pontius Pilatus, gekreuzigt, gestorben und begraben."

In ihrem Leben als Prinzessin, Tochter Sanchos des Weisen, König von Navarra, hatte sie nicht viele Entscheidungen selbst treffen können und den Hof von Pamplona nur selten verlassen.

„Hinabgestiegen in das Reich des Todes, am dritten Tage auferstanden von den Toten, aufgefahren in den Himmel; er sitzt zur Rechten Gottes, des allmächtigen Vaters; von dort wird er kommen, zu richten die Lebenden und die Toten."

Nur eine Sache hatte sie sich immer gewünscht: Ins Kloster gehen zu können. Von ihrer Mutter zu einer guten Christin erzogen und dem lauten und brutalen Treiben der Männer abgeneigt, hatte sie sich immer ein solches Leben gewünscht. Seit sie wusste, dass es Orte gab, an denen Frauen unter sich im Einklang mit Gott und in Frieden leben konnten, wollte sie das. Dass sie dafür nicht nur auf die Annehmlichkeiten des königlichen Hofes verzichten, sondern auch den Kontakt mit ihrer Familie weitgehend einschränken würde müssen, war ihr einerlei. Ihr Vater behandelte sie wie einen Gegenstand, ihre Mutter war vor zehn Jahren in den Himmel gekommen, nur mit ihrem Bruder Sancho dem Starken hatte sie ein inniges Verhältnis.

„Ich glaube an den Heiligen Geist, die heilige katholische Kirche, Gemeinschaft der Heiligen, Vergebung der Sünden, Auferstehung der Toten und das ewige Leben. Amen."

Ihr Bruder stand beim Aufsagen der heiligen Worte, die er heraus schmetterte wie einen Possengesang, neben ihr. Er überragte sie mindestens um drei Haupteslängen. Sancho war größer als alle anderen Männer, die Berengaria je gesehen hatte, sogar Vater, der selbst größer war als die meisten seiner Untertanen, sah aus wie ein Zwerg, wenn er neben seinem Sohn stand. Sancho grinste sie an, ließ seine riesigen weißen Zähne aufblitzen und Berengaria verstand, warum jede Hofmaid ihm hinterher sah. Das lag nicht nur an seinem Titel, er hatte ein lockeres und fröhliches Wesen, das einen jeden für ihn einnahm. Und als seine ältere Schwester hatte Berengaria einen festen Platz in seinem riesigen Herzen.

Ja, ihn würde sie vermissen, wenn sie dem Heiland das Eheversprechen gab und sich in die Abgeschiedenheit des Klosters zurückzog. Aber sie war nicht naiv, sie wusste, dass sie zwar formell ihren Adelstitel ablegen, trotzdem aber Vorrechte genießen würde, die gewöhnlichen Nonnen nicht zustanden. Sie würde Sancho sicherlich besuchen dürfen.

Und dass Vater sie ins Kloster gehen ließ, dafür war nun endlich gesorgt! Seit einem Turnier vor einigen Jahren, zu dem ihr Bruder den englischen Thronerben eingeladen hatte, warb dieser aus der Entfernung um Berengaria. Vater wollte nichts sehnlicher als sie mit Richard von England zu verloben. Nicht etwa, weil er glaubte, dies sei das Beste für sie, nein, er brauchte die englische Unterstützung gegen Onkel Alfons, der – frech wie er nun einmal war – Anspruch auf große Teile des Königreichs Navarra erhob und diese auch immer wieder mit Kriegszügen durchzusetzen versuchte.

Aber Berengaria scherte das nicht. Das Königreich zu beschützen, das war Vaters Aufgabe, nicht ihre und der Engländer war beim Turnier so dermaßen von sich selbst eingenommen und warb so unbeholfen um sie, wie es nur ein Mann aus dem hohen Norden tun konnte. So kam es, dass sie seine Avancen nicht erwidern konnte. Im Gegenteil, sie ekelte sich bei dem Gedanken daran, mit diesem Mann verheiratet zu sein. Sie wusste, dass sie dann auch das Bett mit ihm teilen musste und auch wenn ihr nicht ganz klar war, was das bedeutete, wurde sie beim Gedanken daran ganz rot im Gesicht und ihr Magen krampfte sich zusammen.

Zwar war ihr bewusst, dass die Kinder nicht vom Storch gebracht wurden, sondern Eheleute gewisse Verrichtungen zu vollbringen hatten, um Erben zu zeugen, aber das ganze Thema wurde von den Leuten am Hofe mit einem solchen Nebel umhüllt, alle dementsprechenden Aktivitäten nur hinter vorgehaltener Hand und mit kokettem Grinsen angedeutet, dass sie fürchtete, sie müsste tot umfallen, wenn sie tun musste, was die Leute da durchblicken ließen.

Vor allem wenn sie das mit einem ungewaschenen Engländer auszuführen hätte! Wenn ihr Galan wenigstens ein echter Iberer gewesen wäre, ein Stier von einem Mann, wie ihr Bruder, vielleicht wäre sie da weniger abgeneigt gewesen. Aber Richard wirkte auf sie plump und hochnäsig und sah neben ihrem Bruder stehend aus wie ein Gnom.

Außerdem hatte er sich seit dem Turnier nicht blicken lassen, sondern ihr nur laienhaft verfasste Gedichte und allerlei Tand geschickt, der sie nicht interessierte, um anzuzeigen, dass er weiter an ihr interessiert war.

Doch nun war alles anders! Richard hatte gemeinsam mit dem Frankenkönig Philipp das Kreuz genommen und würde ins heilige Land fahren, um die Araber dort zu besiegen. Diesen Pakt hatten die beiden Könige damit besiegelt, dass Richard die Schwester des Franzosen, Prinzessin Alix, heiraten sollte. Gerüchteweise war der Engländer ohnehin seit Jahren mit Alix verlobt und hatte die Heirat nur vor sich hergeschoben.

Sie war froh, dass er sich nun endgültig für die Französin entschieden hatte, wünschte den beiden viel Glück miteinander und freute sich darauf, endlich das Leben führen zu können, das sie sich immer gewünscht hatte und dann vor allem weit weg von ihrem Vater zu sein.

Nach dem Glaubensbekenntnis folgte noch die Eucharistie, dann war der Gottesdienst beendet. Sancho wartete nicht einmal ab, bis sie die Kapelle verlassen hatten. „Berengaria, meine teure Schwester, du darfst so nicht denken!", behauptete er. Natürlich hatte er, wie immer, in ihren Gedanken lesen können wie in einem Buch. Wie stellte er das nur an?

„Vater findet einen besseren Mann als diesen Engländer für dich", fuhr er im Plauderton fort, ignorierend, dass der halbe Hofstaat ihn hörte und der Bischof tadelnd den Kopf zur Seite legte. „Eine solche Blume wie du darf nicht in der Abgeschiedenheit eines Klosters verdorren!"

Jetzt hob der Bischof sogar mahnend die Hand, aber Sancho grinste den Priester nur an und der Gesichtsausdruck des Geistlichen entspannte sich sofort. Blume, so nannte er sie häufig und tat so, als wenn sie die Schönste unter allen Frauen sei. Aber Berengaria wusste, dass sie im Gegensatz zu den anderen Hofdamen, die auch viel mehr Wert darauf legten, von den Männern wahrgenommen zu werden als sie, eher unscheinbar wirkte. Wieso dieser Engländer an ihr einen solchen Narren gefressen hatte, konnte sie sich nicht erklären – außer mit politischen Ambitionen. Und dass er sie nun für die Fränkin zur Seite geschoben hatte bewies ja, dass er kein Interesse an ihrer angeblichen Schönheit gehabt hatte, sondern in ihrem Vater nur einen lohnenden Verbündeten gegen die Franken gesehen hatte. Da er nun mit dem Frankenkönig verbrüdert war, brauchte er das Bündnis mit Sancho nicht mehr und sie musste nicht heiraten.

„Nicht alle Männer sind schlecht, Berengaria“, fuhr Sancho der Jüngere fort – es war seine ewig gleiche Litanei, die sie genauso auswendig kannte wie das Glaubensbekenntnis. „Es gibt auch gute, edle Junker, die sehr wohl dazu taugen sie zu heiraten und ihnen Erben zu schenken!“ Er sah sich um und senkte nun doch die Stimme. Wenn Sancho flüsterte, dann war er im Begriff ein Geheimnis zu erzählen, das es wert war zu hören.

„Auf meinem Zug in den Norden habe ich einen Mann kennengelernt, der wäre nach deinem Geschmack. Ein echter Iberer und“, er wurde noch leiser, „sogar ein Ketzer!“

Berengaria sah sich ängstlich um. Thronerbe oder nicht, solche Reden konnten Sancho einiges kosten, sogar seinen hübschen Kopf. Also zog sie ihn aus der Kapelle und in eine der Lauben, welche in den Palastgärten verstreut lagen. Hier waren sie ungestört.

„Erzähl mir alles!“ bat sie nun, begierig an den Geheimnissen ihres Bruders teilzuhaben.

„Ich dachte mir schon, dass dich das aus deinen trüben Gedanken reißen wird, Schwesterchen“, lächelte Sancho. „Hör zu! In den Pyrenäen gibt es eine Reihe von Burgen, die sowohl dem Schutz der iberischen Halbinsel vor den Begehrlichkeiten der Franken, als auch umgekehrt als Trutz gegen die Muselmanen fungieren können, sollten diese auch im nördlichen Teil Fuß fassen und in die Kernländer der Christenheit vorstoßen wollen.“

Berengaria wusste, dass die Muselmanen nicht nur im fernen Heiligen Land wüteten, sondern auch im Süden, gleichsam direkt vor der Haustüre. Zwar herrschte seit Jahren ein unsicherer Frieden mit den Mauren, wie die westlichen Muselmänner genannt wurden, aber es gab keinen Ritter in Vaters Hofstaat, der nicht unruhig wurde, wenn diese Barbaren zur Sprache kamen.

„Obschon einige dieser Burgen auf unserem Land liegen und formal Vater gegenüber zu Lehenstreue verpflichtet sind, regieren die

Burgherren dort wie Könige in eigenen Ehren und so lange sie Vater ihren Zins entrichten und ihm Soldaten schicken, um das Heer von Navarra zu verstärken, lässt er sie gewähren", fuhr Sancho fort. „Dort oben in den Bergen fühlt es sich an, als wäre man der Herr der Welt. Von den Burgtürmen aus kann man in alle Richtungen meilenweit sehen, sowohl in unser eigenes Königreich als auch in das der Franken und die englischen Gebiete auf dem Kontinent.

Auf einer dieser Burgen traf ich Ronald von Alion. Der Normannensproß ist der Burgherr dort und er schuldet weder Vater, noch dem fränkischen König offiziell Gefolgschaft, schickt aber seine Ritter und regelmäßig Geldgeschenke an beide Herrscher und sichert sich so seine totale Unabhängigkeit.

Ich war eigentlich dort, um dem Burgherren einen direkten Lehnseid zu entlocken, gab dieses Vorhaben aber bald auf, weil er mich schließlich überzeugen konnte, dass er bei allem Bestreben nach Unabhängigkeit seine Burg sowohl als Bastion gegen eventuelle Einfälle der Franken, als auch gegen Eroberungsversuche der Mauren ansieht, von denen er befürchtet, dass sie eher früher als später kommen werden."

Im Verlaufe der Erzählung hatte sich Berengarias Stimmung aufgehellt, sie war ganz Feuer und Flamme für dieses Abenteuer ihres Bruders, aber die Mauren interessierten sie so wenig wie die Franken.

„Sag, Bruder, du hast ihn als Ketzer bezeichnet, was hat es damit auf sich?", bat sie.

„Gemach, gemach, Schwester, es ist wichtig, dass du verstehst, was diese Burg für einen strategischen Wert hat! Vor den Franken habe ich keine Angst. Gott hat die Pyrenäen in weiser Voraussicht zwischen uns und deren Land gesetzt und es ist lange her, dass sie versucht haben, sich südlich der Berge breit zu machen und die iberischen Königreiche zu überfallen. Aber die Mauren, das ist was anderes! Du weißt, dass sie den ganzen Süden der iberischen Halbinsel besetzt halten und die Christen dort unter ihrer Herrschaft leiden. Sie sind Ungläubige, die statt unseres Heilands einen Araber als Propheten verehren, der vor fünfhundert Jahren in großen Kriegszügen das heilige Land erobert hat. Seine Nachkommen haben dann von Nordafrika aus nach Spanien übergesetzt und auch hier christliche Gebiete besetzt.

Die Mauren sind nicht wie wir, sie interessieren sich nicht für ihre Heimat, haben kein Vaterland, sie sind nur auf Eroberung aus. Wenn der große Karl Martell sie damals nicht geschlagen hätte, wir wären heute alle ihre Sklaven! Wir Christen dagegen sind so versessen auf unsere kleinen Bündnisse und Rivalitäten, dass wir mal wieder aus den Augen verloren haben, dass dies alles im Angesicht des noch größeren Feindes keine Rolle spielt! Insofern solltest du zumindest Respekt vor deinem Galan Richard haben, dass er nun ins heilige Land geht und dort gegen Saladin kämpft, denn auch wenn die Ayyubiden und die Mauren zwei verschiedene Völker sind – und sich gegenseitig alles andere als grün sind, nebenbei – eint sie doch ihr Glaube, so wie uns Christen unser Glaube einen sollte."

„Das ist ja alles schön und gut, aber du redest um den heißen Brei herum", mäkelte Berengaria.

„Nein, das tue ich nicht, Schwesterlein, ich versuche dir begreiflich zu machen, was die Zukunft unserem Königreich bringen kann – bringen wird, wenn Ronald von Alion richtig liegt. Früher oder später werden die Mauren, die derzeit unter sich zerstritten sind, weshalb wir ihnen einige Gebiete, die sie schon erobert hatten, wieder abluchsen konnten, sich unter einem großen Anführer zusammenschließen, ganz so wie die Ayyubiden unter Saladin nun wieder gegen die Christenheit ziehen. Kastilien und Navarra sind dann ihre ersten Ziele.

Ronald von Alion meint, Kalif Abu Yaqub, der momentane Herrscher der almohadischen Mauren, könnte so ein Anführer werden. Er hat Marrakesch in Afrika zur Festung ausgebaut, in Sevilla die große rote Moschee errichten lassen und man munkelt, dass er vorhat, das Königreich Kastilien anzugreifen."

Berengaria nickte befriedigt: „Der Frechdachs Onkel Alfons hat nichts anderes verdient", sagte sie, wohl wissend, dass sie nur die Worte ihres Vaters wiedergab.

„Aber das ist es ja, was ich versuche Dir begreiflich zu machen, Schwesterlein: Frech oder nicht, unsere Zwistigkeiten mit Kastilien, ja selbst den Streit um die Vorherrschaft mit Leon und Aragon muss man bewerten wie den Streit von Lämmern, während der Wolf in Gestalt der Mauren schon im Gebüsch hockt! Das almohadische Reich ist riesig und sie haben besseres Kriegsgerät als wir. Während der Papst, der eigentlich dafür sorgen sollte, dass die Christenheit vereint im Kampf gegen die Ungläubigen ist, sich wie ein weltlicher König aufspielt, dem irgendwelche Besitzungen in Italien wichtiger sind als der Kampf gegen die Barbaren, und mal dieses, mal jenes Königreich unterstützt, während er Vater gar die Königswürde verweigert und vom Herzogtum

Navarra spricht, ersinnen die maurischen Kriegsmeister immer neue Belagerungsmaschinen, schmieden bessere Waffen und Rüstungen als wir.

Bei den Mauren dürfen selbst Christen und Juden Ämter bekleiden, wenn sie auch Bürger zweiter Klasse sind. Dem Papst aber sind die Ketzer ein größerer Dorn im Auge als die Muselmanen, er verfolgt sie wie die Ratten im eigenen Haus, während er die Füchse ignoriert, die um das Gebäude herumschleichen."

Auch wenn sie es liebte, wie ihr Bruder in Bildern sprach, um ihr die komplizierten politischen Begebenheiten zu verdeutlichen und sie unbedingt wissen wollte, was es denn nun mit diesen Ketzern, die Sancho nun erneut erwähnt hatte, auf sich hatte, bekam Berengaria es langsam mit der Angst zu tun. So wie Sancho von den Mauren redete, waren sie nicht nur dem kleinen, aber stolzen Navarra, überlegen, sondern auch den anderen iberischen Königreichen.

„Aber dann sollte Vater sich doch schnellstmöglich mit Onkel Alfons verbünden, statt mit ihm um die Grenzgebiete zu streiten wie die Kinder!", rief sie aus.

„Ich sehe, du hast das Wichtigste begriffen, meine kluge Berengaria. Ich habe Ronald geschworen, dass ich das Königreich Navarra auf diesen Einfall der Ungläubigen vorbereiten werde. Wenn ich Papa auf den Thron folge, werde ich endlich mit Alfons Frieden schließen und einen Kreuzzug ins maurische Reich unternehmen. Vorsicht ist besser als Nachsicht!"

Sie fragte nicht danach, warum Sancho ihren Vater nicht in seine Pläne einweihte und schon vor seiner Thronbesteigung mit dieser wichtigen Unternehmung begann. Der alte Mann war so starrsinnig wie stolz und der Herrscher von Kastilien hatte ihn mit seinen ständigen Forderungen beleidigt – mal wollte er alle Ostgebiete Navarras, dann den Lehnseid geschworen haben. Aber ein König unterwarf sich keinem König, so behauptete Vater jedenfalls immer.

„Ronald ist unverheiratet und sucht nach einer Braut. Ich habe dich ins Gespräch gebracht", überfiel ihr Bruder sie.

Ein anderer Mann? Nein! Sie wollte ins Kloster und das sagte sie ihrem Bruder, auch wenn er das wissen musste.

„Meine Liebe, höre mich erst zu Ende an. Wenn die Mauren einfallen, bevor ich Spanien gegen sie einen kann, dann sind wir alle in Gefahr. Auf Usson, in den Pyrenäen, bist du sicher! Glaube mir, Ronald ist keiner dieser Krummbärte, die du so verachtest. Er ist ein aufrechter Christ, der sich nur um den Bestand der Christenheit sorgt. Und deshalb ist er ein Feind der Kirche. Du brauchst nicht zu erbleichen, wir wissen beide, dass der Papst unfähig ist, die Christenheit zu einen oder auch nur die arroganten Franken oder die Römer in die Schranken zu weisen. Die Römer besitzen mittlerweile fast ganz Italien, der heilige Stuhl ist von ihren Burgen umzingelt. Wie lange wird es dauern, bis ein Kaiser, der nicht so fromm ist wie der Rotbart, der aktuell dort auf dem Thron sitzt, den Lateran besetzt?"

Berengaria schüttelte sich. Von Römern und Italienern verstand sie noch weniger als von Franken. Aber eines wusste sie doch:

„Der Papst ist der Stellvertreter Christi auf Erden!", wandte sie ein und kam sich kindisch dabei vor. Sancho wusste so viel mehr über die Politik in als sie. Und natürlich hatte er eine Antwort auf ihren Einwand.

„Der Papst ist der Stellvertreter Petri, wenn wir es genau nehmen und das auch nur, weil die Kurie in Rom das so sagt. Welch Anmaßung, sich dem Heiland gleichzustellen oder seine Nachfolge zu beanspruchen!" Er wischte diese Idee mit der Hand beiseite. „Sieh her, Schwester, der Papst ist der wahre Ketzer! Die Lehre der Kirche ist nicht die Lehre Jesu Chrsti. Ronald hat mir erklärt, wieso die Katholiken falsch liegen: In Wahrheit ist es nämlich so, dass Gott zwar Herrscher über das Himmelreich ist, unsere Welt aber vom Teufel erschaffen wurde. Es gibt nicht eine Sache auf Erden, die mich vom Gegenteil überzeugen kann. Du bist hier im Palast behütet aufgewachsen, meine Liebe, aber ich habe gesehen, welch kümmerliches Dasein das einfache Volk fristet, unter welchen Mühen es die Felder bestellt und wie es die Früchte seiner Arbeit an ihre Herrscher, die Kirche und zuweilen an Raubritter und Banditen abgeben muss. Nur ein Teufel kann eine Welt gemacht haben, die so ungerecht ist, die wenigen, wie uns, ein gutes Leben beschert, aber der Mehrheit ein Dasein voller Qual, Krankheit und Entbehrung!

Wenn ich die Priester von der Hölle predigen höre, dann denke ich nur: Was soll ich fürchten, wo doch die Hölle schon hier auf Erden existiert?"

Berengaria war zwar in dem Glauben aufgezogen worden, dass alles Irdische vergänglich und alles Körperliche der Feind der reinen Seele war, aber die Ausführungen ihres Bruders gingen nun doch ein wenig über ihren Verstand hinaus.

„Und deshalb verweigern Ronald und seine Leute dem Papst die Gefolgschaft?“

Sancho nickte eifrig. „Das politische Ziel der Katharer, so nennt sich diese Gruppierung, die in Nordiberien und Südfranken immer mehr Anhänger um sich scharen kann, ist die Einigung des Christentums unter dem Banner des Kreuzes, der endgültige Sieg über die muselmanischen Barbaren und die Vorherrschaft des Kreuzes in der ganzen Welt. Für Adlige ist es schwer bis unmöglich, bei ihnen Mitglied zu werden, denn man muss auf alle weltlichen Titel und auf Nachkommen verzichten und wir brauchen Nachkommen, um unsere Reiche zu stabilisieren. Aber es gibt mehr und mehr Männer von Rang und Namen, die mit der katharischen Bewegung sympathisieren und dem Papst, dem man nachsagt, er verfüge im Lateranpalast über einen Harem, der dem von Saladin in nichts nachstehe, zumindest insgeheim die Gefolgschaft verweigern.“

Zwar wusste Berengaria nicht, was ein Harem war, aber das Wort klang, als hätte es etwas mit dem Thema zu tun, das sie am Liebsten mied, also fragte sie nicht nach.

„Ich will, dass du das alles weißt, liebe Schwester, bevor du deine Entscheidung triffst. Wenn du einverstanden bist – und nur wenn du einverstanden bist – werde ich Ronalds Verlobungsangebot an Vater weiterleiten. Wenn er sich so die Loyalität der Burgherren in den Bergen sichern kann, wird der alte Mann schon zustimmen. Dann kämpfe ich gegen die Mauren und wenn ich zwischenzeitlich nicht dazu komme, einen Erben zu zeugen, dann schenkst du Ronald einfach ganz viele Kinder, die dann auf den Thron von Navarra Anspruch haben!“

Der Plan ihres Bruders gefiel ihr ganz und gar nicht, aber mehr als sich Bedenkzeit zu erbitten, konnte Berengaria zunächst nicht tun. Das ganze politische Drumherum war ihr auch zu hoch, sie konnte nicht einschätzen ob die Mauren wirklich gefährlicher waren als das verfluchte Kastilien, was die Franken oder Engländer antrieb oder ob der Papst wirklich ein Sünder vor dem Herrn war.

Aber ein Gedanke blieb ihr aus dem Gespräch: Wenn dieser Ronald Recht hatte und die irdische Welt tatsächlich vom Teufel geschaffen und regiert wurde, dann klärten sich recht viele Fragen, die sie seit ihrer Kindheit mit sich herumtrug. Warum die Weiber den Männern untergeordnet waren, wo sie doch dafür Sorge trugen, dass es auch in Zukunft noch Männer und Frauen gab. Warum die Männer stärker und klüger sein sollten. Warum sie nicht selbst über ihr Schicksal entscheiden durfte, obschon sie mittlerweile mehr als zwanzig Winter gesehen hatte. Schon immer war ihr das alles so erschienen, als wenn nicht der gütige Gott, sondern ein fieser Dämon es so eingerichtet hatte.

Und wenn es stimmte, dass nicht Jesus Christus, sondern der Teufel der Herr über die irdische Welt war, ergab das alles einen Sinn. Dann waren all die Leiden, sowohl ihre eigenen, als auch die viel schlimmeren der Gewöhnlichen, die Sancho so plastisch beschrieben hatte, das Werk Satans. Und Gott war nicht fähig, dem Einhalt zu gebieten, war nicht allmächtig. Alles, worauf man hoffen konnte, war nach dem Tode ins Paradies einzugehen. Im Grunde waren das alles Dinge, die ihr auch ihre Mutter vor ihrem Ableben so beigebracht hatte, Dinge, die der Bischof so ähnlich in seinen Predigten in der höfischen Kapelle ausbreitete.

Nur bestanden sie alle auf der Allmacht Gottes. Wenn Gott aber allmächtig war und gleichzeitig voller Güte, woher kam dann das ganze Böse in der Welt? Wenn der Satan nur ein böser Geist war, der Gott vollkommen untertan war, war es dann nicht Gott, der diesen Dämon wirken, die Menschheit quälen ließ? Warum, wenn er so gütig war, ließ er das Leid zu? Warum hatte er es so gefügt, dass die Menschen altern und sterben mussten? Sie erinnerte sich an eine Stelle aus dem alten Testament aus der Lesung des Bischofs, in der behauptet wurde, dass die Leute früher bis zu tausend Jahre alt geworden waren, bis Gott entschied, das sei nicht richtig.

Nur wenn Luzifer der eigentliche Herrscher über alles Irdische war und Gott nicht mehr tun konnte, als Erlösung im Jenseits zu versprechen, konnten der Tod und das Leid der Welt – und ihre eigene Qual – erklärt werden. Berengaria bedrängte ihren Bruder, weiter von Ronald und seinen ketzerischen Gedanken zu berichten, doch er musste sie vertrösten.

„Vater erwartet uns im Thronsaal“, sagte er sanft.

Allein die Vorstellung, ihrem Vater gegenüber treten zu müssen, wieder ganz die brave Prinzessin, statt an den Abenteuern ihres Bruders teilhaben zu können, sorgte dafür, dass die Galle in ihr hochkam.

Kapitel 15: Del tal palo, tal astilla.

(dieser Splitter kommt vom gleichen Pfahl)

Pamplona, 10. Oktober 1190

Wie so häufig in letzter Zeit verschmähte Berengaria die Gesellschaft ihrer Hofdamen und Sancho nahm umgekehrt nicht an den ewig gleichen Gelagen und Prahlereien der Ritter teil, sondern vertiefte sich in das vertraute Gespräch mit ihr. Da sie Geschwister waren, konnte eigentlich niemand etwas dagegen sagen, aber Berengaria fiel auf, dass man doch nicht wenig tuschelte und stellte sich vor, dass die Weiber ganz unschickliche Dinge darüber sagten und die Männer Sanchos Ehre infrage stellten.

Aber es war ihr einerlei, was die Höflinge dachten. Nur ihrem Bruder vertraute sie noch, alle anderen waren zu potentiellen Feinden und Verrätern geworden.

Sancho hatte sie weiter in die Lehre der Katharer eingeführt. Der Gott des Alten Testaments, der in den Lesungen immer wieder vorkam, war nach den Katharern nicht der gleiche, den Jesus Christus als Vater ansprach. Dieser grausame Tyrann war bar jedes Mitleids und jeder Vergebung, er stand den Israeliten im Kampf gegen ihre Feinde bei, statt die Konfliktparteien zu einen. Doch auf jede Verfehlung seines auserwählten Volkes reagierte er mit Sintflut, Feuer und Schwefel und noch schlimmeren Strafen.Das war nicht Gott Vater. Nein, er war der Teufel! Und sagte Jesus nicht im Evangelium – sie wusste nicht mehr genau in welchem – die Juden hätten den Teufel zum Vater?

Die Juden waren es auch gewesen, die den Heiland ans Kreuz gebracht hatten, die Römer hatten die Wünsche des Hohepriesters Kaiphas und der Pharisäer nur ausgeführt, um einen Aufstand zu vermeiden.

Die Geschichten von David, Moses und Abraham, die der Bischof in seinen Lesungen vor ihnen ausbreitete – welche sie im Gegensatz zu den meisten anderen Laien verstehen konnte, weil ihre Mutter dafür gesorgt hatte, dass sie Latein, die Sprache der Priester, erlernte – waren ihr schon immer grausam und fremd erschienen. Dieser Jahwe oder Jehova, von dem sie sprachen, hatte so gar nichts mit dem gütigen Gott gemeinsam, den der Heiland als seinen Vater ansah und wie den König der Könige beschrieb. Wie anders waren doch diese Geschichten aus den Evangelien, in denen Jesus in leicht verständlichen Gleichnissen erklärte, was das Wesen Gottes war!

So wie in dem Gleichnis vom Weinberg, in dem der Besitzer desselben dem Mann, der erst mittags gekommen war, um zu arbeiten, den gleichen Lohn auszahlte wie denen, die schon morgens mit ihrem Tagewerk begonnen hatten. Als die Arbeiter sich beschwerten, sie hätten doch immerhin doppelt so lange gearbeitet wie der Neue, erwiderte dieser kluge Mann nur, dass auch der zu spät Gekommene sein Essen und seine Unterkunft würde bezahlen müssen.

Gerechtigkeit bedeutete nicht, jedem Manne das gleiche, sondern jedem das seine zukommen zu lassen. Das wurde durch dieses Gleichnis ganz klar.

Doch der Gott der alten Schrift war das genaue Gegenteil, er führte sich auf wie ein eifersüchtiger Rachegeist. Berengaria war nie klar geworden, was das Erste Gebot des Moses implizierte. Sancho erklärte es ihr: Wenn Jahwe sich als ein eifersüchtiger Gott beschrieb und den Juden auftrug, keine Götter neben ihm zu haben, dann bedeutete das, dass es Götter neben ihm gab!

Sancho dachte dabei nicht an den Gott der maurischen Heiden oder die alten Götter ihrer Vorfahren, die mit Blitz und Donner auf ihren Streitwagen durch den Himmel gefahren sein sollten – eine kindische Vorstellung – sondern eben daran, dass der Vater Christi nicht identisch mit Jahwe war, sondern sein Gegenspieler. Das war natürlich nichts weniger als Blasphemie, aber Berengaria war mittlerweile für die Lehre der Katharer so eingenommen, dass sie das gar nicht mehr bekümmerte. Zwar hatte sie schon ein wenig Angst, aber das war alles so neu, fühlte sich so gut an, so richtig! Ein Geheimbund, der dem wahren Wesen Gottes auf der Spur war!

Sie wurden unterbrochen von der Ankündigung einer englischen Gesandtschaft.

„Was wollen denn die Engländer hier?", fragte Berengaria ihren Bruder, aber dieser gebot ihr nur mit einer Geste zu schweigen und beugte sich wie alle anderen vor, um besser sehen zu können, wer vor den Thron ihres Vaters treten würde.

Der Ausrufer verkündete: „Eleonore, Herzogin von Aquitanien und Königin von England."

Alles, was Berengaria zu der Frau einfiel, die – in Begleitung von nur zwei Leibwächtern – den Thronsaal betrat, war das Prädikat „uralt."

Sie ging gebeugt, ihre Haare waren vollständig ergraut und ihr Gesicht war voller Falten. Sie wirkte nicht wie eine Herrscherin, sondern eher wie eine dieser Frauen, die ihr Leben hinter sich hatten und im Kloster gepflegt wurden, bis sie dahinschieden, um hoffentlich Eingang ins Paradies zu finden.

Bei näherem Hinsehen strahlte sie aber eine Kraft aus, die Berengaria, gerade wegen des hohen Alters der Frau, sofort imponierte. Die Höflinge und Zofen, die noch leichter zu beeindrucken waren, tuschelten und gaben Laute der Überraschung und des Wohlwollens von sich.

Eleonore wartete, bis sie die volle Aufmerksamkeit aller im Thronsaal Versammelten hatte, führte dann einen perfekten höfischen Knicks aus, als wäre sie erst dreißig und nicht mehr als doppelt so alt und fixierte Sancho den Weisen. Dieser hatte, wie es seine Gewohnheit war, sich in lässiger Weise auf seinen Thron sinken und den Hofstaat seine Langeweile spüren lassen. Innerhalb eines Lidschlags saß er nun kerzengerade.

„Wir begrüßen die Regentin des englischen Königtums, unsere hochverehrte Freundin, die Herzogin von Aquitanien“, sprach ihr Vater. Dass er sie nicht direkt als Königin ansprach musste irgend etwas bedeuten, aber Berengaria konnte den Gedanken nicht zu Ende denken. Wie alle anderen folgte sie gespannt der Erwiderung der Engländerin und dem sich daraus ergebenden Austausch.

Krächzend antwortete Eleonore: „Und ich grüße dich, Sancho, Herzog von Navarra.“ Die meisten Höflinge kommentierten diese Beleidigung – auch wenn Navarra klein war, es war ein Königreich, egal, ob der Papst das anerkannte oder nicht – mit indignierten Geräuschen und auch die Kinder des Königs erschraken darüber, aber Sancho der Weise blieb ganz ruhig.

Eleonores Augen geisterten im Publikum herum, bis sie Sancho den Jüngeren und Berengaria gewahr wurde. „Und ich grüße Euren Erben, den Stier von Pamplona und“, ihr Blick wanderte zu Berengaria und schien die Prinzessin gefangen zu nehmen, „die liebliche Berengaria, die noch schöner ist, als sie mir beschrieben wurde.“ Sie lächelte Berengaria an, aber es war keinerlei Wärme darin. Sancho stand auf und verbeugte sich vor der Gesandten, also tat seine Schwester es ihm gleich.

„Oh“, machte Eleonore und wandte sich wieder Sancho zu, „ich sehe, nicht nur die Gerüchte von der Schönheit Eurer Schwester sind untertrieben, sondern auch die Berichte über Eure Körpergröße. Ihr messt ja sicherlich fünf Ellen!“

Der Große verbeugte sich wiederum, erwiderte aber nichts. Ihr Bruder sprachlos, das war neu für Berengaria.

Eleonore wartete nicht weiter auf eine Antwort, sondern wandte sich wieder dem König zu.

„Wollt Ihr, dass wir hier vor allen Leuten verhandeln oder wählen wir lieber den kleinen Kreis?“, fragte sie spitz. Sancho der Weise klatschte in die Hände und die Hofdamen, Pagen und Ritter verließen den Thronsaal. Eleonores Leibwächter schlossen sich ihnen an.

Sancho der Jüngere löste sich aus seiner Starre, bot Eleonore den Arm und geleitete sie zu einem Tisch nahe des Thrones, wo er sie Platz nehmen ließ. Nachdem er ihr Wein eingeschenkt und weitere Erfrischungen angeboten hatte, setzte er sich, wie es seine Gewohnheit war, auf die Stufen, die zum Thron führten, und Berengaria tat es ihm gleich.

„Mein Kind“, sprach die Alte, „würdest du die Freundlichkeit haben, einer alten Frau Gesellschaft zu leisten?“ Berengaria sah zu ihrem Vater hoch, der sie mit ungeduldigen Gesten aufforderte, der Bitte der Gesandten Folge zu leisten. Also setzte sie sich der Aquitanerin schräg gegenüber, sodass sie auch noch ihren Bruder und Vater im Blick hatte. Eleonore goss ihr ebenfalls Wein ein und reichte ihr nachlässig die Schale mit Trauben, die Sancho ihr kredenzt hatte.

„Iss Kind, du brauchst das noch. Ich selbst bin mit einem Becher Wein zufrieden.“

Die Alte prostete Vater zu, die Geste wirkte aber in keiner Weise freundschaftlich oder auch nur höflich, sondern mehr wie Spott. Sie schüttete den Inhalt des Bechers in sich hinein und gab ein wohliges „Aah!“ von sich. Dann füllte sie den Becher direkt wieder auf, trank aber nicht mehr, sondern fixierte Berengaria.

„Ihr seid ein schönes Kind“, behauptete sie, „wie alt seid ihr?“

Wieder sah Berengaria ihren Vater an, der ebenso hektisch wie zuvor signalisierte, dass sie der Herzogin Rede und Antwort zu stehen hatte.

„Ich habe zwanzig Winter gesehen, Senóra.“

„Nicht mehr die Allerjüngste, nun, was spielt das für eine Rolle?“ Eleonore wartete wiederum keine Antwort ab. „Kind, wann habt Ihr das erste Mal geblutet?“

Berengaria wurde rot, aber sie musste nicht noch einmal Blickkontakt mit ihrem Vater aufnehmen, um sich zu versichern, dass sie auch diese Frage zu beantworten hatte.

„Vor vier Wintern, Senóra.“

Eleonore nickte eifrig, als habe Berengaria ihr etwas äußerst Wichtiges und Befriedigendes mitgeteilt. „Gut, gut, mein Kind, Ihr wart also spät dran mit der Blutung der Frau, das ist keine Schande. Im Gegenteil, mein Leibarzt versichert mir, dass sich das unter diesen Umständen nur positiv auswirken kann."

Von welchen Umständen sprach sie denn? Was sollte das alles?

Bevor Sancho etwas sagen konnte, fuhr die Alte fort: „Und sagt mir, Eure Mutter, Gott hab sie selig, hat sie nur diesen Bären von einem Mann und Euch in die Welt gesetzt?"

„Nein, Senóra, wir haben zwei kleine Geschwister, Fernando und Blanka. Fernando ist zurzeit in Saragossa, Blanka weilt bei ihrem Verlobten Theobald von..."

Die Alte ließ sie nicht einmal ausreden. „Das bedeutet, Eure eigene Fruchtbarkeit ist zwar nicht bewiesen, aber wir können doch, ausgehend von Eurer Mutter, annehmen, dass Ihr fähig seid, Erben zu empfangen."

Berengaria verstand immer weniger. Ihr Vater, der es nicht gewohnt war, dass man ihn einfach ignorierte, mischte sich ein und rang sichtlich mit sich, die höfische Etikette zu wahren.

„Werte Herzogin, verzeiht mir, aber ich muss schon sehr bitten..."

Eleonore winkte ab, als sei der König nur eine lästige Fliege und blieb weiter auf Berengaria fokussiert. „Kind, Ihr kennt meinen Sohn Richard? Er war mal hier, hat die Lanze mit Eurem Bruder gekreuzt und Euch im Nachgang mit seiner schlichten Poesie und weiteren Geschenken belästigt."

Berengaria wurde bleich und sie nahm wahr, dass der Alten das keinesfalls entging. Sie ärgerte sich über sich selbst, dass sie so leicht zu durchschauen war, aber sie hatte der Art der Herzogin einfach nichts entgegenzusetzen, war weiterhin völlig überrumpelt.

„Ich muss mich für meinen Sohn entschuldigen", fuhr Eleonore fort, „er ist ein Krieger, kein geschliffener Poet und was die Minne angeht ein wahrer Trottel, auch wenn er von sich behauptet, ein wahrer Troubadour zu sein. So sind sie die Männer, denken, sie könnten alles."

Die Alte seufzte, als wenn dieser Umstand sie wirklich bekümmern würde, fuhr dann allerdings heiter fort: „Aber er ist tapfer und reinen Herzens, ein echter Christ, wie Ihr, wenn Ihr dafür Beweise braucht, seinem Ansinnen entnehmen könnt, Saladin die Heilige Stadt zu entreißen. Aber an Euch hat er nicht wohl getan! Wir Frauen sollten nicht wie Ware behandelt werden, die man verschachert, sondern von den Männern umworben werden, als wären wir größere Schätze als Gold und Diamanten. Denn das sind wir."

Berengaria wusste immer noch nichts zu erwidern und war sich, auch wenn sie eine Ahnung hatte, worauf die Engländerin hinaus wollte, auch noch immer nicht sicher, was die alte Frau genau mit diesem Auftritt bezweckte. Und so konnte sie dem folgenden Duell der Worte zwischen ihrem Vater und der Aquitanerin auch nur mit vor Überraschung und Furcht geweiteten Augen folgen, strafte die Alte doch all das, was sie gerade gesagt hatte, Lügen, indem sie um sie zu feilschen begann wie um ein Stück Vieh.

„Sie ist älter als ich mir wünschen würde. Schade dass die Jüngere schon einem anderen versprochen ist", begann Eleonore.

„Was ist mit Alix von Franken?", erwiderte König Sancho.

„Richard wird dieses Flittchen nicht heiraten, er liebt sie nicht und er braucht sie nicht, um das Bündnis mit Philipp aufrecht zu erhalten. Die Könige befinden sich schon auf dem Weg ins heilige Land, eine Heirat zur Bestätigung der Freundschaft ist nicht mehr nötig. Alix kommt nicht infrage, entweder ihr kennt die Vorgeschichte dazu oder ihr befragt Eure Berater. Ich werde über diese... Frau... keine weiteren Worte verlieren."

Obwohl die Alte ein Spucken auf den Boden nur andeutete, hatte diese Geste etwas so furchtbar Vulgäres, dass Berengaria einen Schrei unterdrücken musste und ihr Bruder die Luft scharf zwischen den Zähnen einsog.

Sancho der Weise dagegen wollte etwas erwidern, aber Eleonore fuhr ungerührt fort: „Richard liebt Eure Berengaria und ich muss zwar keine Rücksicht nehmen auf die amourösen Gefühle meines Sohnes, komme aber nicht umhin eine Verbindung unserer Häuser durch Heirat als einen für beide Seiten vorteilhaften Pakt anzusehen. Navarra ist die fehlende zweite Hälfte der Zange, die wir benötigen, um Philipp den Einfältigen in seine Schranken zu weisen."

Sancho der Jüngere mischte sich ein: „Und wir sind die letzte Bastion gegen die Heiden! Wenn wir fallen, dann ist Aquitanien ihr nächstes Ziel!"

Eleonore sah den Thronerben an wie ein lästiges Insekt.

„Junger Prinz, Ihr wisst vielleicht nicht, dass ich selbst schon im Heiligen Lande war und dort meinen damaligen Gemahl im Kampf gegen die Ungläubigen unterstützt habe. Fragt Euren Vater, er hat Ludwig den

Franken, meinen ersten Mann, noch persönlich kennen gelernt. Zweifelt also besser nicht an meinem Einsatz für die Sache der Christenheit!"

Die Alte schüttete den zweiten Becher Wein in sich hinein, als sei es Wasser, und fuhr ungebremst fort, wobei sie Sancho den Jüngeren keines weiteren Blickes würdigte, sondern wieder den König anstarrte: „Aber was rede ich von den Vorteilen, die England diese Verbindung bringen wird? Reden wir von den Euren! Ihr habt keinerlei Verbündete gegen das freche Kastilien, jedenfalls keine, die es wert wären, sie zu erwähnen. Euer Vetter Alfons ist allerdings unser Verbündeter, jedenfalls bildet er sich das ein. Ich sehe ihn eher als Vasall Englands an. Wir haben ihm eine meiner Töchter gegeben, diejenige, die nach mir benannt wurde, damit er tut, was wir ihm sagen. Er wird von jeglichen Anmaßungen gegenüber Euch absehen, wenn wir diese Verbindung trotz der unglücklichen Vorgeschichte doch noch schließen können. Das gleiche gilt für Leon und Aragon."

Konnte es wirklich Zufall sein, dass die Alte das Wort „frech" benutzte, um Onkel Alfons zu beschreiben, genau das Wort, das ihr Vater auch immer verwendete? Nein, Berengaria war sich sicher, dass die Königin keines ihrer Worte dem Zufall überließ, sondern sich sehr sorgfältig nicht nur zurecht legte, was sie sagte, sondern auch wie sie es ausdrückte.

Sancho rutschte unruhig auf seinem Thron hin und her. Er tat so, als wenn er das Angebot Eleonores noch großartig bedenken musste, aber Berengaria wusste, dass die Alte ihn mit „das freche Kastilien" - und leider ihren Bruder ebenso mit „Kampf gegen die Ungläubigen" - längst überzeugt hatte.

„Wie also geht es weiter?", fragte Sancho, nachdem er es aufgegeben hatte gegenüber der Frau, die sich als viel mächtiger und beredter als der König von Navarra erwiesen hatte, den kompetenten Herrscher zu mimen.

„Ich nehme das Kind mit nach Italien. Wir reisen Richard hinterher. Wenn Gott alles so fügt, wie ich es mir zu erwarten gestatte, wird Eure Tochter in der wieder gewonnenen Heiligen Stadt mit meinem Sohn verbunden werden und ihm in der Folge viele, viele Erben schenken. Navarra wird unabhängiges Königreich bleiben, Euer Stier von einem Sohn wird Euch beerben, Berengaria aber wird mir als Königin von England nachfolgen, mit allen Ehren, Titeln und Pflichten. Unsere Länder werden durch diese Verbindung ein Bündnis schließen, das über Generationen halten soll."

Sancho war nun ganz in seinem Element. „Die Mitgift?", fragte er knapp.

„Nun, ich habe mir vorgestellt, dass Ihr Eurer Tochter die weitgehend unabhängigen Burgen in den Pyrenäen überlasst. Es liegt nun genauso in unserem Interesse wie dem Euren, dass die Franken nicht einmal auf den Gedanken kommen ihr Reich nach Süden hin erweitern zu wollen."

Sancho der Jüngere sprang auf und flüsterte ihrem Vater etwas ins Ohr.

„Sehr gut!", bestätigte der König das so eben Gehörte. An Eleonore gewandt fuhr er fort. „Es liegt gar nicht in meiner Macht, all diese Burgen zur Mitgift auszusetzen und das solltet Ihr wissen. Usson und die meisten anderen Befestigungen in den Bergen sind, wie Ihr selbst sagt, weitgehend unabhängig und zahlen ohnehin schon Aquitanien ebenso Tribut wie uns. Die ganzen Pyrenäen herzugeben erscheint mir auch ein wenig zu freigiebig, wenn ich ehrlich sein darf. Aber Santa Maria Cabo el Puente nahe der Küste des großen Ozeans sollte eine faire Aussteuer darstellen."

„Und Rocabruna!"

Sancho der Ältere holte sich mit einem kurzen Blick die Bestätigung seines Sohnes ab. Dieser hatte ja gerade die Berge bereist und wusste anscheinend besser als sein Vater, welche Burgen in welchem Verhältnis zur Krone standen.

„Gemacht. Das Wittum?"

„Die Gasconge südlich der Garonne."

„Das ist in der Tat großzügig."

„Mein Sohn ist so weise wie gerecht und möchte Sancho dem Weisen die Ehre erweisen, die ihm gebührt."

Natürlich! Ihn als den Weisen zu bezeichnen war die Art Schleimerei, die bei ihrem Vater gut ankam.

„Einverstanden!"

Ohne ein weiteres Wort stand Eleonore auf und verließ den Thronsaal. Der König schickte seinen Sohn hinterher, um der alten Frau ein Quartier zuzuweisen, das ihrem Stand entsprach.

„Hast du alles verstanden?", fragte er seine Tochter, als sie allein waren. Sie antwortete nicht. Der König seufzte tief.

„Du wirst mit Eleonore von Aquitanien ins Heilige Land gehen und dort Richard von England heiraten“, belehrte sie ihr Vater. „Du wirst deinem neuen Mann eine treue Ehefrau sein und ihm viele Erben schenken. Du musst dafür nichts weiter tun, als Richard in allem zu gehorchen, was er dir befiehlt. Vergiss nur nie, dass du ein Spross Navarras bist! Ich habe ausgehandelt, dass zwei sehr wichtige Burgen nach der Hochzeit dir gehören und die Königsmutter hat im Gegenzug versprochen, dass der südliche Teil Aquitaniens, bis zum Fluss Garonne, ebenfalls in deinen Besitz übergeht. So lange Richard lebt spielt das alles für dich keine Rolle, er wird diese Ländereien für dich verwalten. Aber sollte er vor dir sterben und es noch keinen Erben der englischen Krone geben, hast du Anspruch auf diese Gebiete, verstehst du das?“

Berengaria antwortete wieder nicht, aber das wurde anscheinend auch gar nicht von ihr erwartet.

„Unser Bündnis mit England gibt uns die Möglichkeit, Kastiliens Unverschämtheiten nicht weiter hinnehmen zu müssen, also wirst du tun, was einer Prinzessin zu tun obliegt. Verstehst du das?“

Diesmal wurde eine Antwort von ihr erwartet, aber sie fiel anders aus, als ihr Vater sich das vorgestellt hatte.

„Ich will diesen plumpen Engländer nicht heiraten, Vater, ich will ins Kloster gehen. Oder zumindest mit einem echten Spanier verheiratet werden.“ Ihr kam ein Einfall. „Gebt mich doch dem Burgherren Ronald von Alion! Dem gehört die Burg Usson. Im Gegensatz zu diesem Engländer ist das ein Ehrenmann und ein wichtiger Verbündeter.“

Ihr Vater sah sie zunächst völlig überrascht an, dann brach er in schallendes Gelächter aus. „Ein einsamer Burgherr in den Pyrenäen soll eine bessere Partie für dich sein als der verdammte König von England? Richard gebietet nicht nur über die Insel seiner Vorfahren, seine Länder erstrecken sich auch über die ganze Westküste des großen Ozeans nördlich von uns!“

„Aber ich will ihn nicht heiraten!“

Jetzt wurde Sancho rot vor Zorn. „Du bist meine Tochter, ich kann mir dir verfahren, wie ich es für richtig halte! So eine Gelegenheit erhalten wir nie wieder! Du bist mein Eigentum, so wie das Vieh auf den Weiden der Bauern und alles andere in diesem Königreich! Du wirst gehorchen oder ich schwöre bei Gott, ich lasse dich auspeitschen!“

Berengaria konnte nicht mehr. Sie brach in Tränen aus. „Peitscht mich, geißelt mich, aber bitte, schickt mich nicht mit dieser schrecklichen Frau in die Fremde, um einen Mann zu heiraten, den ich nicht mag!"

„Mögen oder nicht, das gibt sich schon. Nur noch ein einziges Widerwort und ich lasse Dich in deinen Gemächern einsperren, bis die Reise losgeht!"

Damit war alles gesagt. Berengaria wusste nicht mehr, wie sie sich ihrem Vater weiter widersetzen sollte und hatte wenig Hoffnung, dass ihr Bruder ihr in dieser Sache beistehen würde. Der große Kreuzfahrer Richard, der König von Aquitanien und den englischen Inseln, war sicherlich ein noch besserer Verbündeter im Kampf gegen die Mauren als der einsame Burgherr Ronald von Alion.

Sie senkte den Kopf und bat darum, von ihrem Vater Urlaub nehmen zu dürfen, was er herrisch gewährte.

Auch wenn sie befürchtete, dass es nichts bringen würde, sie musste mit ihrem Bruder reden!

Sie fand ihn auf den Zinnen des Südturms, seinem Lieblingsplatz. Er schaute nach Süden, als wenn er die Mauren schon kommen sehen könnte.

„Bruder, ich will das nicht!", schluchzte Berengaria und warf sich in seine Arme. Sein kräftiger Griff und sein ruhiger Herzschlag, den sie an seiner Brust spürte, gaben ihr neue Kraft.

„Kannst du nicht mit Vater reden? Ihm das Angebot von Ronald schmackhaft machen?"

Sancho ließ sich Zeit mit der Antwort, hielt sie fest, bis sie aufhörte zu zittern. Dann schob er sie ein wenig weg und sah ihr in die Augen. Er sprach ganz langsam: „Hör gut zu Berengaria, meine Blume! Ich weiß, dass du jetzt verzweifelt bist, aber ich bitte dich inständig, versuche das große Ganze zu sehen! Versuche zu sehen, was wir beide erreichen können!"

Berengaria sah zu ihrem Bruder auf. Kaum konnte sie sein Gesicht erkennen, so sehr vernebelten die Tränen ihre Sicht.

„Du hast die Gelegenheit bekommen, Richard auf den Kreuzzug zu begleiten. Dieser Kreuzzug ist sehr wichtig für die Christenheit. Erst wenn das Outremer und vor allem die Heilige Stadt Jerusalem wieder in christlicher Hand sind, werden die anderen Länder, ja wird der Papst selbst bereit sein, uns gegen die Mauren zu unterstützen. Ich habe Richard kennen gelernt. Er mag dir plump erscheinen, er ist ein wenig zu klein geraten, ja geradezu unscheinbar, wenn man die Maßstäbe eines

Königs anlegt. Aber er ist ein guter Krieger, mutig, entschlossen und verbissen im Kampf. Unterstütze ihn, wo du kannst, bei seiner Rückeroberung der heiligen Stätten! Und wenn ihr dann ins Abendland zurückkehrt, sorge dafür, dass deine Burgen und die Gascogne, die dir überschrieben wird, bereit sind für den Einfall der Mauren! Wenn du, was nicht unwahrscheinlich ist, auf deiner Reise dem Papst begegnest, öffne dem alten Narren die Augen dafür, dass die Mauren genauso gefährlich sind wie die Ayyubiden!“

Zur Antwort konnte Berengaria nur schluchzen: „Aber ich will das alles nicht!“

„Dein persönliches Glück ist leider zweitrangig, meine liebe Schwester. Als Adlige und Herrscher haben wir die Pflicht unser Volk zu beschützen. Und wer stellt die größte Gefahr dar, nicht nur für unser Volk, sondern für alle Christen?“

„Die Heiden“, antwortete Berengaria zähneknirschend.

„Genau.“

„Aber wenn es wahr ist, was die Katharer sagen“, versuchte sie es von einem anderen Winkel aus, „wenn der Teufel die Welt beherrscht und Gott nur für das Jenseits zuständig ist – und daran glaube ich mittlerweile ganz fest – was hat das dann alles für einen Sinn?“

Sancho seufzte tief. „Gerade weil wir nicht hoffen dürfen, dass Gott die Dinge schon für uns richtet, müssen wir unsere Pflicht erfüllen. Ich die meine und du die deine. Schwester, ich werde in das Land der Mauren reisen und mich dort umsehen. Ihre Sitten und Gebräuche kennen lernen, ihre Kriegskunst, ihren Kampfstil. Und wenn ich nach Navarra zurückkehre, dann weiß ich, was ich tun muss, um sie aufzuhalten. Aber wenn ich scheitere, wenn Navarra fällt, dann bist du durch diese Heirat zur Herrscherin der nächsten Front geworden. Überzeuge Richard, dass er dir bei der Befestigung deiner Besitztümer zur Hand gehen muss. Und höre nicht auf das alte Weib! Eleonore sieht die Verbindung mit Navarra nur als Möglichkeit an, den Frankenkönig Philipp einzukreisen, sie denkt nicht an die maurische Bedrohung, sondern ist wie die meisten anderen Christen leider in ihrem Denken beschränkt auf die kleinlichen Konflikte untereinander.

Schwesterchen, ich werde dir regelmäßig schreiben. Wir koordinieren unsere Bemühungen für die Christenheit und wenn irgend jemand einst die Geschichte der iberischen Halbinsel und die Geschichte des christlichen Kampfes gegen die heidnischen Barbaren niederschreibt, dann wird er nicht umhin kommen, unsere Namen in dieser Chronik zu erwähnen. Jeder Christenmensch soll wissen, wer Sancho und Berengaria von Navarra waren und was sie für den wahren Glauben getan haben!“

Warum konnte ihr Bruder nicht einsehen, dass sie all das nicht interessierte? Sie wollte doch nur ein einfaches Leben als Nonne, den armen Leuten helfen und ihr Leid mindern. Von Politik und Krieg, vom großen Konflikt zwischen Christenheit und Islam verstand sie nichts.

Aber alles Bitten und Flehen war vergebens. In ihren Gemächern weinte sie sich in den Schlaf.

Kapitel 16: El saber no es poder, sin embargo el saber hacer sí es poder

(Nicht Wissen ist Macht, Können ist Macht)

Pyrenäen, 15. Oktober 1190

Eines musste Berengaria der greisen Frau lassen: Sie war rüstig und für ihre vielen Jahre ausgesprochen wendig und ausdauernd. Andere in ihrem Alter hätten die Kutsche genommen, die selbstredend nicht das richtige Fortbewegungsmittel für die Pyrenäen war, oder hätten jemand Jüngeren geschickt, diese Reise voller Strapazen und Risiken zu unternehmen.

Eleonore lief voraus und selbst die Leibwächter hatten Mühe, mit ihr Schritt zu halten. An den ersten Tagen fiel Berengaria immer wieder zurück. Eleonore drehte sich dann immer irgendwann zu ihr um und warf ihr einen so bösen Blick zu, dass sie nicht anders konnte als wieder aufzuschließen und zu versuchen, Schritt zu halten, was ihr dann eine oder zwei Stunden gelang, bis sie wiederum zurückfiel.

So weinte sie sich des Abends völlig entkräftet, die Füße voller Blasen, in den Schlaf. Eleonore tat so, als wäre die ganze Unternehmung das Normalste von der Welt und nicht die pure Folter. Sie sprach nicht mit Berengaria, aber was gab es auch schon zu sagen?

Nach einigen Tagen hatte sich Berengaria an die Art des Marschierens gewöhnt, welche Eleonore vorlegte, und blieb nicht mehr zurück. Ein paar Wanderstunden und die Alte nickte anerkennend, begann so plötzlich zu sprechen, dass Berengaria fast gestolpert wäre.

„Du weißt nicht, was es bedeutet, bei einem Kreuzzug dabei zu sein", begann sie ihre Rede, „aber ich weiß es. Ich habe an einem teilgenommen, das ist jetzt schon über vierzig Jahre her. Die Männer reden viel davon, wie sie den Ungläubigen die Köpfe abschneiden werden, aber wenn es dann wirklich zum Kampf kommt, scheißen sie sich in die Hosen. Schau nicht so, ich spreche nur die Wahrheit. Ohne mich und meine Amazonen wäre es gar nicht so weit gekommen! Reden konnten die Männer schon immer viel, aber Taten lassen sie ungern folgen. Ich weiß noch genau, wie wir uns weiße Gewänder, auf denen wir rote Kreuze gestickt hatten, überzogen und mit gezückten Schwertern durch die Menge ritten. Da mussten sie dann das Kreuz nehmen, diese Feiglinge, weil es ihrer Ehre", sie spukte das Wort beinahe aus, „zuwidergelaufen wäre, nun noch einen Rückzieher zu machen. Wenn wir Frauen keine Angst vor den Strapazen des Weges und den Arabern im Heiligen Land hatten, dann durften die ehrenhaften", sie hüstelte, „Männer das auch nicht." In ihrem Blick war nur Härte. „Mein Ludwig war der schlimmste von ihnen. König der Franken, dass ich nicht lache! Er verhielt sich eher wie ein Bettelmönch, trug nur einfache Kleider, kannte die Freuden der Ausschweifung nicht und blieb die meiste Zeit über keusch." Sie sah Berengaria an, als wäre das etwas ganz Schlimmes. „Er lebte also mehr wie ein Priester, denn wie ein König. Aber als der Papst dazu aufrief unseren Freunden im Outremer gegen die Türken zu helfen, die mal wieder frech geworden waren, hat er sich in die Hose geschissen wie die anderen, ähm, mutigen, Männer auch. Wäre ich nicht gewesen, es hätte keinen Kreuzzug gegeben! Und jetzt Richard! Ich weiß, du warst nicht beeindruckt von seiner Werbung. Und das mit gutem Recht! Er ist ein Krieger, kein Poet oder Galan, ich habe ihn so erzogen. Troubadour, was für ein Titel! Er singt schief und dichtet wie ein Kind! Naiv ist er und wankelmütig! Was glaubst du, was das für eine Arbeit war, ihn erst gegen seinen Vater zu unterstützen und dann mit Philipp zu verbünden, Wäre ich nicht gewesen..."

So ging es weiter, Eleonore hielt einen endlosen Monolog, während sie weiterhin ein Tempo vorlegte, als seien sie auf der Flucht. Fast als wenn sie befürchtete, dass Berengarias Bruder doch noch zur Vernunft kommen und seine Schwester aus den Klauen der Engländerin befreien würde – wovon die Prinzessin des Nachts auch träumte.

So wirr ihre Geschichten waren und so unglaublich ihre Schilderungen darüber, wie die alte Frau alleine und gegen die Feigheit der Männer ein ums andere Mal politische oder sogar militärische Siege errungen hatte, der Jüngeren erschienen, ihre Berichte lehrten das Mädchen, das bisher nur die behütete Umgebung des Palastes in Pamplona gekannt hatte, doch so einiges. Berengaria brauchte zwar eine lange Zeit, um Hintergründe zu verstehen, die Eleonore einfach ausließ, aber nach uns nach ergab sich ein immer klareres Bild.

Denn selbst wenn Eleonore ihre eigene Rolle in der fränkischen und englischen Politik maßlos übertrieb, wovon Berengaria ausging, zeigte sich doch, dass eine Frau mehr tun konnte als ihrem Ehemann zu gehorchen und ihm viele Erben zu schenken. Das war ein neues Konzept für die Ibererin.

Nach vielen Stunden des Zuhörens verstand sie dann auch mehr und mehr die Hintergründe von Eleonores Geschichten: Zwar war die Herzogin mit dem ehemaligen fränkischen König Ludwig verheiratet gewesen. Und sie hatte Ludwig damals, vor über vierzig Jahren, auf seinen Kreuzzug begleitet. Aber Richard war nicht Ludwigs Sohn, denn kurz nach dem Kreuzzug hatte Eleonore sich von dem Franken scheiden lassen und stattdessen den englischen König geheiratet, der wie so viele andere Normannen und Lateiner den Namen Heinrich trug. Dieser Heinrich von England war also Richards Vater, während der Frankenkönig Ludwig mittlerweile verstorben war und sein Sohn Philipp auf dem Thron saß. Jener wiederum nannte sich hochtrabend Philipp Augustus, als wenn diese Benennung nach dem großen römischen Kaiser der alten Zeit ihn über andere erheben würde. Philipps Schwester Alix schließlich, die eigentliche Verlobte von Richard, war folgerichtig auch nicht Richards Schwester – eine solche Verbindung zwischen Geschwistern wäre ja auch nicht richtig gewesen.

Auf Alix war Eleonore gar nicht gut zu sprechen, sie verdächtigte die französische Prinzessin gar mit ihrem eigenen Mann, Heinrich von England, der mittlerweile ebenfalls verstorben war, ein Verhältnis gehabt zu haben. Daher hatte sie, obwohl die Verbindung von Richard und Alix das Bündnis mit Philipp gestärkt hätte, darauf bestanden, um Berengaria als Braut für ihren Sohn zu verhandeln.

Auch von Richards Geschwistern erzählte sie viel. Sein älterer Bruder war gestorben, hatte aber einen Erben hinterlassen, den kleinen Arthur, den Richard liebte wie einen eigenen Sohn. Außerdem war da noch Johann, der jüngste Bruder, den Eleonore für seine Kaltschnäuzigkeit und Klugheit lobte. Sie sprach von ihrer Tochter Mathilda, die irgendeinen Herzog geheiratet hatte, der ebenfalls Heinrich hieß. Da gab es die junge Eleonore, die Berengaria kannte, weil sie mit Onkel Alfons vermählt worden war. Am meisten sprach die alte Eleonore aber von ihrer Tochter Johanna, die durch Heirat die Königin von Sizilien geworden war. Diese war ein naives Mädchen, wie Eleonore versicherte, das ihrer Mutter nie zuhörte, was die Alte mit der Ermahnung verband, Berengaria solle doch bitte nicht den gleichen Fehler machen und aufmerksam ihren Geschichten lauschen, damit sie lerne, was sie als zukünftige Ehefrau des englischen Königs wissen müsse. Ihr würden nicht nur Burgen und Ländereien zustehen, sondern auch eine eigene Schatzkammer, welche ihr die Möglichkeit gab, Soldaten anzuheuern, die ihr den persönlichen

Treueeid leisteten. Eleonore riet ihr aber davon ab, sich offen in Kämpfe verwickeln zu lassen, diese Torheit solle sie den Männern überlassen. Wenn Feinde oder Konkurrenten sie ärgerten, so versicherte die in die Jahre gekommene Königin, gäbe es andere Möglichkeiten, sich derer zu entledigen. Sie sprach wohl von Meuchelmord...

Bei Gott und den Heiligen!

Berengaria konnte sich nicht vorstellen einen Mörder zu beauftragen, jemanden umzubringen. Das war ihr so fremd wie das Liegen bei einem Mann.

Noch als sie abends am Lagerfeuer saßen, redete Eleonore ohne Unterlass, wobei sie sich hemmungslos einen Becher Wein nach dem anderen in die Kehle goss, ohne dass sie Anzeichen von Trunkenheit zeigte. Wobei ihre Geschichten schon vorher so wirr vorgetragen waren, dass Berengaria das Gefühl hatte, die Königin wurde über Nacht gar nicht nüchtern. Ob diese Verwirrung am Alter lag oder am üppigen Weinkonsum der Königin oder einer Kombination daraus, wusste die junge Prinzessin nicht.

Endlich versiegte der Strom der Worte. Die beiden Frauen wärmten sich am Feuer.

Berengaria war froh über die Leibwächter, die sie begleiteten. Auch wenn es Engländer waren und keine Spanier, ganz alleine hätte sie furchtbare Angst vor Räubern gehabt.

Eleonores plötzliches Schweigen gab Berengaria die Möglichkeit, das Gehörte noch einmal zu sortieren und sich Fragen zurecht zu legen. Zwar brauchte sie einige Zeit, bis sie den Mut fand, diese zu stellen, aber schließlich sprach sie die Königin an: „Senóra..."

„Es ist vielleicht angemessener, wenn du mich ab heute als deine Mutter anredest, Kind", unterbrach die Aquitanerin.

Das fiel Berengaria schwer. Ihre eigene Mutter Sancha lebte zwar schon lange nicht mehr, hatte jedoch nach wie vor einen besonderen Platz in ihrem Herzen. Aber wenn sie ihre Fragen beantwortet haben wollte, musste sie wohl mitspielen und die Alte nicht merken lassen, wie sehr sie diese für ihr berechnendes und kaltes Wesen und für die Entführung aus ihrem Zuhause verachtete.

„Mutter", sagte sie also, „was ich nicht verstehe ist, warum Richard überhaupt ins heilige Land geht. Ihr habt diesen Salhudin erwähnt und auch mein Bruder hat mir von ihm erzählt. Ist das denn ein großer König der Heiden, so wie Abu Yusuf von den Mauren?"

Eleonore sah sie misstrauisch an, aber nach kurzem Zögern antwortete sie bereitwillig: „Saladin ist der Sultan der Araber, ihm gehört das Ägyptenland und ein guter Teil der arabischen Länder. Er hat in einem brutalen Feldzug das heilige Land angegriffen und das christliche Königreich Jerusalem fast vollständig vernichtet. Deswegen hat der Papst die Anführer der Christenheit aufgerufen, ihrem internen Zwist ein Ende zu setzen und die heiligen Stätten zurückzuerobern. Auch Friedrich, der römische Kaiser, hat sich dem Kreuzzug angeschlossen und müsste mittlerweile mit seinen Rittern eigentlich schon im Heiligen Land sein."

„Aber ist nicht der Papst der Herrscher in Rom?"

„Ja, Kind. Friedrich ist der Kaiser des römischen Reiches. Ihm gehören nicht nur die Länder der Teutonen, Welfen und Staufer, sondern auch ein Großteil der italienischen Halbinsel und er erhebt sogar Anspruch auf Sizilien. Er nennt sich der römische Kaiser, weil die Staufer den Anspruch darauf erheben, dass ihre Anführer sozusagen die Nachfolger von Caesar und Augustus sind. Bitte sag mir, dass ich dir nicht auch noch erklären muss, wer Augustus war!"

Das musste sie nicht, mit den Geschichten vom alten Rom kannte Berengaria sich aus, dafür hatte ihre echte Mutter gesorgt. Also sonnte sich nicht nur der Frankenkönig, sondern auch der Stauferkaiser dieses angeblich römischen Reiches, unverdient im Ruhm der alten Römer. Fast kam es Berengaria so vor, als wenn diese Herrscher keine eigenen Leistungen ihr Eigen nennen konnten und sich deshalb nach größeren Herrschern, die lange tot waren, benannten. Aber vielleicht war das auch nur Eleonores Zynismus gegenüber dem Mannsvolk, der langsam auf sie abfärbte. Nicht, dass sie vorher eine hohe Meinung von den Männern gehabt hätte. Neu war ihr nur, dass sie als Frau die Möglichkeit hatte, das Wirken der Männer zu hinterfragen.

„Mutter, ihr sagt, diesem Kaiser Friedrich würde auch Sizilien gehören. Aber habt Ihr nicht eben erwähnt, dass Eure Tochter Johanna über Sizilien herrscht?"

Eleonore versuchte gleichzeitig zu nicken und den Kopf zu schütteln, was die Alte beinahe sympathisch erscheinen ließ.

„Ich habe gesagt, dass er Anspruch auf die Insel erhebt, das ist etwas anderes! Sein Sohn Heinrich hat Konstanze von Sizilien geheiratet und deswegen schreien die Römer, die Insel gehöre ihnen – vor allem seit Wilhelms Tod..."

So ging es weiter, Berengaria fragte und Eleonore gab Antwort. Sie erfuhr, dass Wilhelm, Johannas Mann, der König von Sizilien, eigentlich mit Richard und Philipp auf den Kreuzzug hatte gehen wollen. Nur war er während der Vorbereitungen dafür überraschend verstorben und Heinrich, der Sohn des römischen Kaisers, erhob qua Heirat Anspruch auf die Insel.

Die Leibwächter waren eingeschlummert, was die Königin nicht zu stören schien. So übernahmen die Frauen die Wache und redeten bis tief in die Nacht und bis zum Morgengrauen. Irgendwann beschied Eleonore: „Leg dich noch kurz zur Ruhe! Ich selbst finde ohnehin keinen Schlaf mehr!"

Das tat Berengaria. Kaum war sie eingeschlafen, wurde sie auch schon wieder geweckt. „Wir reisen weiter!", befahl Eleonore und ging erneut voraus.

An diesem Tag ging es nicht mehr um Politik, sondern Eleonore befragte sie nach ihrem Glauben. Sie achtete peinlich darauf, ihr nicht von den ketzerischen Gedanken zu erzählen, die sie mit ihrem Bruder geteilt hatte und versuchte es so darzustellen, als wenn sie in allem der Lehrmeinung der Kirche und dem Willen des Papstes folgen würde. Aber Eleonore war viel zu schlau, um das nicht zu durchschauen. Berengarias Befürchtungen, sie könnte mit ihr schimpfen oder Schlimmeres, erwiesen sich aber als unbegründet. Im Gegenteil, die Schwiegermutter schien sehr zufrieden mit ihrem neuen Zögling.

„Ich muss sagen, ich habe dich unterschätzt, Kind! Ich dachte du bist eine gedankenlose Pute, wie die meisten Prinzessinnen, aber du machst dir deine eigenen Gedanken. Das mag ich. Und du bist klug genug zu wissen, dass es gefährlich ist, eigenständige Gedanken zu haben, gerade als Frau. Das gefällt mir noch besser. Merk dir: Je älter du wirst, desto mehr wird dein Wort Gewicht haben! Zwar verlieren die Männer das amouröse Interesse an dir, wenn dein Körper anfängt zu altern, aber auf der anderen Seite wirst du eine geistige Klarheit erreichen, die du dir jetzt noch nicht vorstellen kannst. So lange du jung bist, musst du die Waffen einer Frau einsetzen, du weißt, was ich meine?!"

Berengaria schüttelte den Kopf. Zwar konnte sie, wenn sie sich kindisch und niedlich verhielt, ihrem Bruder Sancho zuweilen Versprechen abnehmen, die er sonst nicht gegeben hätte, aber sie hatte sich nie getraut, das auch bei fremden Männern – oder gar bei ihrem Vater – anzuwenden. Waren das die Waffen einer Frau?

Eleonore lachte in sich hinein. „Du bist noch nie mit einem Mann zusammen gewesen?“

„Ich rede viel mit meinem Bruder.“

„Nein, ich meine, du hast nie das Bett mit einem Mann geteilt?“

„Ich war noch nie verheiratet.“

Eleonore lachte wieder. „Es ist zwar Sitte, bis zur Heirat zu warten, aber nicht zwingend nötig. Weißt du denn, was geschieht, wenn du bei einem Mann liegst?“

Berengaria wurde rot. *Nicht dieses Thema!*

„Also nicht. Nun, deine Mutter ist wohl zu früh verstorben, sie hätte dir das eigentlich erklären müssen. Die Männer machen ein großes Gewese darum, haben aber keine Ahnung, was das für uns Frauen bedeutet. Also höre mir zu!“

Und ihre Schwiegermutter erläuterte ihr im Detail, was in der Hochzeitsnacht vor sich ging. Sie drückte sich dabei sehr plastisch aus, benutzte Wörter wie „eindringen“ und „pflügen.“ Berengaria wurde übel bei dem Gedanken, dass ein Mann nicht nur, wie sie bisher angenommen hatte, nah bei ihr liegen würde, sondern auf diese Weise ihren Körper attackieren würde, wo dieser am Empfindlichsten war. Und wenn sie sich vorstellte, dass Richard von England das mit ihr tun würde, dann wollte sie laut schreien, was sie sich in Anwesenheit Eleonores aber zu verkneifen wusste.

Die Alte fuhr fort zu berichten: Dass es auch Gelegenheiten gab, wo Leute, die nicht verheiratet waren, solche Dinge taten. Dass den Männern diese Verrichtung so einen Spaß machte, dass man sie quasi damit erpressen konnte. Und – so viel hatte Berengaria ja gewusst – dass aus solcherlei Tun Erben entstanden.

Eleonore nahm das Gespräch über dieses peinliche Thema zum Anlass, wieder von ihren eigenen Kindern zu erzählen. Richard war ihr Abgott, sie erzählte von ihm als sei er genau das Gegenteil dieser Hosenscheißer – wie sie die meisten anderen Männer bezeichnete – ein Krieger ohne Furcht und Tadel mit dem Herz eines Löwen, wenn auch naiv, wankelmütig und dumm oder zumindest hilflos ohne den Rat seiner Mutter.

Für ihre Tochter Johanna hatte sie noch immer keinerlei freundliche Worte übrig und ihren Sohn Johann beschrieb sie quasi wie Richards Gegenteil.

„Du kannst deine Kinder nur erziehen, nicht formen, musst du wissen! Sie kommen auf die Welt und Gott hat ihnen schon bestimmte Eigenschaften mitgegeben. Diese kannst du nähren, du darfst aber nie dagegen arbeiten. Deswegen habe ich Richards Ritterlichkeit immer unterstützt, gleichzeitig aber Johanns Hang zur Intrige gefördert."

Die Sonne stand mittlerweile im Zenit, Eleonore ordnete eine Rast an. Sie aßen schweigend. Eleonore trank ihren ersten Wein, Berengaria blieb, wie sonst auch, bei Wasser.

„Kind", fuhr die Alte fort, als sie ihren Becher geleert hatte, „wir haben uns jetzt ein wenig kennen gelernt. Ich sehe, du hast immer noch Angst vor dem, was vor dir liegt, und das solltest du auch. Ein Kreuzzug ist keine Vergnügungsreise und die Ehe ist noch gefährlicher als ein Kreuzzug. Du bist jung und unschuldig, ja, ich möchte sagen naiv, aber du bist klug und lernfähig. Ich bin überzeugt, du wirst eine gute Ehefrau für meinen Sohn sein."

Endlich zeigte die alte Frau mal ein wenig Wärme! Berengaria hätte darin ertrinken können. Vielleicht würde es doch alles nicht so schlimm werden, vielleicht konnte sie von Eleonore lernen, wie man sich als Frau in der Welt der Männer durchsetzen konnte.

„Nur eines müssen wir noch unbedingt besprechen", fuhr die Königin im Plauderton fort. „Ich erwarte von dir, dass du nach und nach die wichtigen Leute des Abendlands studierst, die Adligen, die Bischöfe und Kardinäle. Ich will, dass du über jeden von ihnen Bescheid weißt, ihre Stärken und Schwächen herausfindest. Und dann wirst du deine Konkurrenten gegeneinander ausspielen, du wirst Bündnisse schließen, wo sie dir nützlich sind und Verrat begehen, wenn das opportun erscheint. Nur eine Sache darfst du dir nie einfallen lassen..."

So schnell, dass Berengaria zuerst gar nicht verstand, was passierte, war die alte Frau zu ihr gesprungen und verdrehte ihr schmerzhaft den Arm. Eine Klinge blitzte auf und war plötzlich direkt vor ihrem Auge. Mit einer Stimme, die keinerlei Wärme mehr hatte, ja nicht einmal mehr menschlich klang, schrie Eleonore ihr direkt ins Ohr: „Niemals darfst du dir einfallen lassen gegen mich oder gegen Richard vorzugehen! Wenn ich Wind davon bekomme, dass du gegen das Königshaus arbeitest – und ich werde davon Wind bekommen – dann schlitze ich dich auf wie ein Stück Vieh!"

Die Angst griff nach Berengaria. Sie traute sie sich nicht, etwas zu entgegnen oder sich auch nur zu rühren, geschweige denn zu atmen.

„Du wirst tun was ich sage, jeden meiner Befehle befolgen und alles dafür tun, dass dein Mann seine Macht ausbauen kann!“ krächzte die alte Hexe.

In ihrer Panik schrie Berengaria nun doch um Hilfe. Sie blickte zu den Leibwächtern. „So helft mir doch!“, bat sie. Doch wie in einem Alptraum taten die Soldaten so, als sei nichts Besonderes geschehen, aßen weiter ihr Wildbret, scherzten miteinander und achteten nicht auf das Schreckliche, das gerade geschah.

„Niemand wird dir helfen können, wenn du dich gegen mich stellst, niemand, merk dir das!“, beendete Eleonore ihren Ausbruch von Wahnsinn. Dann setzte sie sich wieder an ihren Platz, als sei nichts geschehen.

Kapitel 17: A falta de pan, buenas son tortas

(wenn es kein Brot gibt, schmeckt auch Kuchen)

Savona, 3. November 1190

Vor dem kleinen Kloster warteten sie, dass Eleonore wieder herauskam. Die Leibwächter wirkten nachlässig, wie immer, aber Berengaria wusste mittlerweile, dass ihnen nichts entging. Sie wussten eben nur allzu gut, worauf sie reagieren mussten und was sie lieber ignorieren sollten.

Es hatte keinen zweiten Ausbruch der alten Königin gegeben, aber der eine war genug, um Berengaria den weiteren Weg über die Berge wie im Traum erleben zu lassen. Sie war vollständig paralysiert, hielt zwar Schritt mit Eleonore und hörte weiter ihren Ausführungen über Politik, Kirche und Erziehung zu, traute sich aber nicht mehr, zu antworten oder Zwischenfragen zu stellen.

Endlich wieder in der Zivilisation verschwendete sie kaum einen Gedanken daran, jemanden um Hilfe zu bitten. Zwar wünschte sie sich nichts sehnlicher, als von der grausamen Königin befreit zu sein, aber sie getraute sich nicht, jemanden anzusprechen und sie kannte hier auch niemanden. In diesem Landstrich sprachen die Leute italienisch und obwohl sie aufgrund ihrer Lateinstudien so einiges verstand, schien es ihr unmöglich, sich an irgendeinen Fremden zu wenden. Sie würden, da war sie sich sicher, genauso reagieren wie die Leibwächter damals am Feuer und so tun, als wäre alles in Ordnung. Aber sie würde Eleonores Wut auf sich ziehen und vor ihrer neuen Schwiegermutter hatte sie noch viel mehr Angst, als sie je vor ihrem jähzornigen Vater gehabt hatte.

Endlich kam die alte Hexe wieder aus dem Kloster. Berengaria beobachtete, wie sie dem Abt ein Bündel Gold zusteckte, dann ging die Königin wieder vor und überließ es Berengaria und den Wachen, wie sonst auch, ihr zu folgen.

Sie war auffallend schweigsam, auch als sie in einem Wirtshaus einkehrten und ein ordentliches Mahl zu sich nahmen, wie sie es seit vielen Tagen nicht gehabt hatten. Der Prinzessin fiel außerdem auf, dass die Königin sich des Weines enthielt. Was konnte das bedeuten?

Eleonore schickte die Leibwächter Proviant holen und „ein wenig Spaß zu haben“, wie sie den Männern sagte. Berengaria wusste mittlerweile, was das bedeutete. Die Männer würden in ein Freudenhaus gehen und bei Frauen liegen, die sie dafür bezahlten. Ein unheimlicher Brauch!

Seit Eleonore ihr so bildgewaltig davon erzählt hatte, plagten Berengaria Alpträume davon, wie ein Mann in sie „eindrang." Am Schlimmsten war für sie dabei, dass diese Träume zwar von Horror und Schrekken dominiert waren, sie aber beim Erwachen eine warme Feuchtigkeit in ihrem Schritt bemerkte. Zwar wusste sie aus den Ausführungen der Priester, dass kein Weib der sogenannten Fleischeslust zu widerstehen imstande war, aber zuvor hatte ihr Körper kaum solche Regungen gezeigt. Sie erinnerte sich noch gut an ihren Schock, als sie das erste Mal geblutet hatte und wie ihre Zofe ihr versichert hatte, dass sie nicht krank war, sondern von nun an als heiratsfähig galt. Da diese verfluchte Blutung dann regelmäßig wiederkehrte, wenn Vollmond war, hatte sie den Bischof in der Beichte darauf angesprochen. Der Kirchenmann hatte so getan, als wenn er keine Ahnung hatte, was das alles bedeuten könnte. Erst jetzt wurde Berengaria klar, dass er wahrscheinlich gelogen hatte und ganz genau Bescheid darüber wusste. Nur war ihm das Thema anscheinend so peinlich gewesen, dass er Unwissenheit vortäuschte. Ihren Bruder zu fragen hatte sie sich nicht getraut und so blieb dieses Thema ein Mysterium – zumindest bis zu dem Zeitpunkt, als Eleonore sie entführte und ihr all das in widerlicher Detailtreue erläuterte.

In ihrem Quartier holte die Königin einige Briefe hervor, die sie wohl von den Mönchen erhalten hatte und las diese mehrmals. Berengaria hütete sich, etwas zu sagen und wartete ab, bis die Alte das Wort ergriff.

„Es ist zum Heulen, Kind", begann das runzlige Weib irgendwann, „du weißt ja, dass Richard fürchterlich hohe Steuern nehmen musste, um seinen Kreuzzug zu finanzieren. Den Saladinzehnt haben sie es genannt! Er sagte einmal zu mir, er hätte auch London verkauft, wenn sich ein Käufer gefunden hätte." Sie kicherte albern, was überhaupt nicht zu ihr zu passen schien. „Als er abreiste ging ein regelrechtes Aufatmen durch die verdammte Insel! Nun aber hat der Papst ihn eingeladen, nach Rom zu kommen. Liegt ja auf dem Weg! Der alte Mann auf dem heiligen Stuhl ist noch schlimmer und gieriger als seine Vorgänger – die wechseln sich mittlerweile im Monatstakt ab, weil sie alle so alt sind, dass sie sterben, kaum dass sie Pontifex geworden sind! Ich komme kaum noch hinterher, muss ich zugeben..."

Berengaria verstand wieder nur die Hälfte, lauschte aber wie immer aufmerksam.

„Clemens hat er sich genannt. So, und was macht der Irre? Weil er Angst hat, dass Heinrich – nicht meiner, der ist tot, sondern der Thronerbe Friedrichs – das Patrimonium Petri umstellt, hat er ihm Sizilien verweigert. Das gehört ja, wie wir besprochen haben, seit Wilhelms Tod eigentlich ihm, musst du wissen, weil er – ein guter Schachzug des alten Barbarossa, bevor er das Kreuz nahm – Konstanze von Sizilien geheiratet hat. Aber der Papst hat dem Usurpator Tankred Sizilien überschrieben!“

Das waren einfach zu viele Namen! Noch ein Heinrich? Friedrich Barbarossa war ja der Stauferkaiser, der genauso wie der Frankenkönig den Anspruch erhob, ein Nachfolger des großen Augustus zu sein, indes ohne diesen großen Namen selbst zu tragen. Wenn dieser Heinrich sein Erbe war, dann war er der Anwärter auf den römischen Kaiserthron. Eleonore hatte ja schon erzählt, dass die Stauferkaiser auch in Norditalien Gebiete hielten und auch ihr Bruder hatte das mal erwähnt. Wenn sie also noch Sizilien bekämen, dann wäre der Lateran tatsächlich eingekreist. Also machte es ja aus Sicht des Papstes Sinn, Süditalien jemand anderem zu überschreiben. Aber Eleonore ging es natürlich nicht darum, was der Papst wollte, sondern was das für Richards Kreuzzug bedeutete.

„Richard ist davon ausgegangen, dass er in Sizilien landen und sich mit Proviant ausrüsten kann. Seine Schwester Johanna war ja bisher dort Königin. Und selbst nach dem Tod ihres Mannes wäre das noch gegangen. Heinrich, der nun Anspruch auf Sizilien erhebt, hätte ihm das nicht verwehrt, weil sein Vater Barbarossa ja unser Waffenbruder im Kreuzzug ist – aber jetzt ist das nicht mehr möglich! Richard hatte sogar vorgeschlagen, dass wir schon in Messina zu ihm stoßen und nicht erst im Heiligen Land. Daraus wird jetzt nichts mehr. Und wenn der gutmütige Trottel nach Rom geht, wird diese gierige Natter von einem Pontifex ihn nicht weiterreisen lassen, bevor er nicht mindestens die Hälfte des Vermögens, das eigentlich für den Kreuzzug bestimmt ist, eingesackt hat. Dann können wir auch gleich wieder nach Hause gehen, dann kommen wir höchstens bis Zypern! Dort werden wir noch Gold brauchen, um uns die Weiterreise zu erkaufen.“

Berengaria hatte geglaubt, dass sie in den letzten Wochen viel über das Abendland gelernt hatte. Sie kannte nun den Unterschied zwischen Aquitanien und dem Frankenland, wusste, dass das erste von beiden wegen Eleonores Heirat mit König Heinrich zu England gehörte und der östliche Teil unter König Philipps Kontrolle stand, dem Frankenkönig, der sich Augustus nannte und der Sohn Ludwigs war, aber nicht der von

Eleonore, sondern Ludwigs dritter Frau Adele. Eleonore hatte Ludwig dem Franken keinen Erben geschenkt, sondern nur zwei Töchter geboren, aber in zweiter Ehe Richard, Johanna und zwei weitere Söhne bekommen.

Sie hatte sogar verstanden, dass es zwei Prinzessinnen mit dem Namen Alix gab. Die eine war Eleonores Tochter und die Frau des Stellvertreters des Frankenkönigs, dem Seneschall Theobald von Blois. Die andere, ihre ehemalige Konkurrentin um Richards Hand, war die Tochter Ludwigs und seiner zweiten Frau und somit die Halbschwester des Philipp Augustus.

Auch dass das Heilige Römische Reich eigentlich das Reich der Teutonen war und der Stauferkaiser Friedrich Barbarossa, der sich wie Richard dem Kreuzzug angeschlossen hatte, seinen Sohn – diesen anderen Heinrich – als Regenten im Reich gelassen hatte, konnte sie sich zusammenreimen.

Nun aber gab es quasi einen Gegenkönig auf der Insel Sizilien und Zypern, eine weitere Insel, war anscheinend auch mehr oder weniger feindlich gesinnt! Und irgendwo dahinter befand sich dann ihr Ziel, das sagenhafte Outremer mit den Kreuzfahrerstaaten, die im Krieg mit dem Heiden Saladin standen. Das waren einfach zu viele Länder, Parteien und Personen, die da mitspielten, Berengaria verstand noch immer nicht, wer Freund und wer Feind war.

Sollte der Papst, Clemens – sie merkte sich diesen Namen – Richard nicht unterstützen bei seinem Kreuzzug? Hatte er nicht selbst dazu aufgerufen oder einer seiner Vorgänger im Amt des Pontifex?

Warum machte sich Eleonore Sorgen, der Papst könnte das Unternehmen verhindern, zu dem er aufgerufen hatte?

Eleonore schimpfte noch weiter, beruhigte sich aber irgendwann. „Kind, wie ist deine Handschrift?“, fragte sie unvermittelt. Berengaria zuckte die Schultern. Sie schrieb so gut wie die nächste.

Also diktierte die Königin ihr einen Brief an ihren Sohn. „Mein lieber Richard. Ich habe, ganz wie du es befohlen hast, aus Navarra deine Braut geholt.“ Berengaria konnte den Impuls, fragend zu Eleonore aufzusehen, nicht unterdrücken. „Ja, Kind, ich weiß, das war meine und nicht seine Idee. Hast du denn gar nichts gelernt? Lass die Männer nie spüren, dass sie deine Pläne ausführen, lass sie immer in dem Glauben, ihnen sei selbst die Idee dazu gekommen. Alles andere kränkt ihren Stolz. Weiter!“ Nun goss sie sich doch einen Wein ein. „Dieser Brief ist in ihrer Handschrift verfasst. Ich sitze mit ihr in einem fürchterlich ärmlichen Quartier in Savona...", Berengaria sah wieder überrascht auf. Die Herberge war sicherlich die Beste in der ganzen Stadt, der Raum war sauber, das Bettzeug frisch und es gab kein Ungeziefer. Diesmal ging Eleonore nicht auf ihre Verwunderung ein, sondern diktierte stur weiter. „...und lasse sie Dir diese Zeilen schreiben. Schon bald werden wir uns sehen und wir können die Heirat vornehmen, sie freut sich schon darauf."

Berengaria war zu klug – und zu eingeschüchtert – um auf diese neuerliche Ungeheuerlichkeit zu reagieren und schrieb wie ein Esel einfach weiter, was die Königin ihr vorsprach. „Aber eines musst du bedenken: Geh nicht nach Rom! Der Papst wird dich nicht ziehen lassen ohne dass du ihm einen Großteil unseres Goldes gibst! Und geh nicht nach Messina! Dort herrscht Tankred, der verräterische Pontifex hat Heinrich sein gottgegebenes Erbrecht verwehrt! Wie dem auch sei, du musst sowohl Rom, als auch Messina umschiffen! In herzlicher Liebe. Deine alte Mutter."

Nun fasste Berengaria doch den Mut, eine Nachfrage an die Alte zu richten.

„Was ist denn mit meiner Schwester?", wollte sie wissen.

„Deine Schwester? Was spielt das für eine Rolle? Ist die nicht irgendeinem Iberer versprochen?"

„Ich meine nicht meine leibliche Schwester, Blanka, sondern Eure Tochter Johanna."

„Die ist in der Gewalt des Usurpators Tankred."

„Wird Richard dann nicht alles daran setzen, sie zu befreien?"

Eleonore schlug sich vor den Kopf.

„Kind, was bist du nur für eine Füchsin! Ich alte Närrin habe das doch tatsächlich vergessen. Wir streichen den letzten Absatz. Schreib: Wie dem auch sei, du musst Rom umschiffen! Dann gehst du nach Messina, befreist deine Schwester und presst soviel Gold aus Sizilien, wie du nur kannst. Nimm ein neues Blatt, schreib alles noch einmal ordentlich und ohne Fehler auf!"

Berengaria tat, wie ihr befohlen worden war.

Als die Leibwächter wiederkamen, wies die Königin einen von ihnen an: „Hier hast du Gold, kauf dir das schnellste Pferd, das du in dieser gottverlassenen Stadt kriegen kannst und reite Richtung Rom. Irgendwo auf dem Weg wirst du den König finden und ihm diesen Brief übergeben. Es ist äußerst wichtig, dass er ihn bekommt, also enttäusche mich nicht. Du weißt, was mit Männern geschieht, die mich enttäuschen." Der Soldat schluckte schwer, nahm aber Brief und Gold an und machte sich unverzüglich daran, seinen Auftrag auszuführen.

Kapitel 18: Quien bien oye, bien responde

(Wer gut zuhört, antwortet gut)

Brindisi, 14. Februar 1191

Berengaria von Navarra saß über eine Stickerei gebeugt, Eleonore von Aquitanien las Briefe und trank mal wieder zu viel Wein. Das Quartier war einfach und warm, genügte Berengaria also, während Eleonore sich zwischendurch immer wieder über die angeblich fehlenden Annehmlichkeiten beschwerte.

Seit ihre Reise ein so plötzliches Ende genommen hatte, hatte sich Berengaria angewöhnt, zu sticken. Zu Hause hatte sie nie große Begeisterung für diese Tätigkeit aufbringen können, aber hier in Brindisi, in ihrem Quartier, das ihr wie ein Gefängnis vorkam, hielt sie diese Aktivität bei Verstand. Sie stickte einfache Sachen, rote Kreuze auf weißen Tunikas, nach Eleonores Anweisungen, aber auch schwierigere, wie drei gelbe Löwen auf rotem Grund – das Wappen ihres zukünftigen Ehemannes.

Eleonore beteiligte sich nicht an dieser Arbeit, lobte Berengaria aber dafür, dass sie etwas Sinnvolles tat.

Nachdem sie in Savona in See gestochen und Richtung Sizilien gesegelt waren, waren sie dort, ganz wie Eleonore es befürchtet hatte, schroff abgewiesen worden. Warum die Alte es überhaupt probiert hatte, wusste Berengaria nicht. Wahrscheinlich hatte sie gehofft, ihren Sohn dort anzutreffen. Dieser hatte zwar, glaubte man den Gerüchten, die sie aufschnappten, dort ein Kloster geplündert und schickte sich an, Messina zu erobern, der Königin schien es aber sicherer, auf dem italienischen Festland abzuwarten, bis die Männer fertig mit der Gewalt waren. Auch war es wohl wieder zu Streitigkeiten mit dem französischen König gekommen, der weiterhin von Richard forderte, seine Halbschwester zu ehelichen.

Berengaria wagte aber nicht mehr zu hoffen, dass sie doch noch die Verbindung mit Richard würde lösen können. Die alte Hexe hatte klar gemacht, dass sie zu verhindern wissen würde, dass ihr Sohn die „fränkische Hure“, wie sie Prinzessin Alix mittlerweile bezeichnete, zur Frau nähme.

Dabei fürchtete Berengaria die ganze Zeit, dass Eleonore einen weiteren Anfall des Wahnsinns haben würde, wie damals in den Pyrenäen, aber ein solcher wiederholte sich nicht.

Trotzdem war ihr klar, dass sie würde handeln müssen, sobald sich die Gelegenheit ergab. Sie konnte sich nicht selbst gegen die alte Königin wehren, also musste sie hoffen, dass ihr Bräutigam ihr irgendwie helfen würde, wenn sie ihn denn jemals sehen würde.

Also sammelte Berengaria ihren Mut, beschäftigte sich mit ihren Stikkereien und ließ sich zwischendurch immer wieder Briefe von der alten Königin diktieren, meistens an Richard, manchmal an andere Akteure. Daran, dass die alte Vettel auch aus der Entfernung die Ereignisse so lenken konnte, dass sie schließlich ihren Willen kriegte, hatte Berengaria keinen Zweifel.

Über die Briefe erfuhr Berengaria, dass Sizilien, wo die Könige eigentlich überwintern wollten, nun Schauplatz eines Krieges zwischen Richard und seinen Leuten und Tankred, dem Usurpator, geworden war. Philipp versuchte zunächst, sich aus den Scharmützeln heraus zu halten, aber Richard zwang ihn, so wie es seine Mutter ihm in ihren Briefen riet, einzugreifen.

Die Kreuzritter gingen dabei nicht gerade zimperlich mit der Bevölkerung von Sizilien um. Während Richard Gewalttätigkeiten seiner Männer hart bestrafte, schien Philipp unfähig zu sein, das ebenso zu halten. Schon nannten die Sizilianer die beiden ungleichen Könige den Löwen und das Lamm.

Wann sie aber nach Messina reisen können würden, war weiterhin ungewiss.

Eine Wache kam herein, überreichte Eleonore einen Brief.

„Endlich!“ schrie die Königin, nachdem sie, wie es ihre Gewohnheit war, den Brief mehrmals gelesen hatte, wobei sie wegen ihrer schlechten Augen die Briefe immer ganz nah an ihr Gesicht hielt.

Berengaria sah nicht einmal von der Stickerei auf, sie wusste, dass Eleonore ihr ohnehin bald alles erzählen oder ihr einen Brief an Richard diktieren würde, aus dem dann hervorging, was Sache war.

„Richard ist Herr von Sizilien! Er hat sich mit Tankred geeinigt und Philipp zehn mal Tausend Mark gezahlt, damit er endlich aufhört von der Verlobung mit Alix zu faseln! Wir werden in den nächsten Tagen aufbrechen können!“

Hatte sie es doch gewusst!

Bei all dem Hin und Her, den Forderungen des Franken, dem Streit mit dem Sizilianer, hatte Eleonore es doch aus der Entfernung hinbekommen, dass Richard hart blieb und die ihr so unliebsame Verbindung mit der fränkischen Prinzessin endgültig löste. Nun würde sie den englischen König tatsächlich heiraten müssen! Im Geheimen hatte sie natürlich ihre eigenen Pläne gemacht. Berengaria war sich zwar immer noch nicht sicher, ob Richard wirklich in sie verliebt war oder die Sache mit der Heirat einfach nur politische Gründe hatte, aber sie würde versuchen müssen, ihn auf ihre Seite zu ziehen. Sie wusste zwar noch nicht genau wie, aber irgend etwas würde ihr schon einfallen.

Nur blöd, dass auch Richards Schwester Johanna in Messina weilte. Der Usurpator Tankred hatte sie ja nach dem Tod ihres Gemahls dort eingesperrt und Richard hatte sie nun befreit. Entweder wären sie dann, wenn Berengaria es richtig anstellte, zu dritt gegen die alte Hexe oder die Tochter würde zu ihrer Mutter halten.

Eleonore redete zwar davon, dass sie selbst auch mit ins heilige Land reisen würde, aber Berengaria hatte schon so eine Ahnung, wie sie Richard davon würde überzeugen können, dass das keine gute Idee war. Zwar hatte sie selbst gesehen, dass die Greisin noch sehr rüstig war, aber ein Kreuzzug war ja noch einmal eine ganz andere Sache als eine Wanderung über die Pyrenäen. Sie würde dem König den Floh ins Ohr setzen müssen, dass Eleonore zu alt dafür war. Aber sie durfte das auf keinen Fall zu offen tun! Er musste denken, dass es seine eigene Idee war.

Und wenn die alte Frau erst einmal nicht mehr da war, würde sie aufatmen können. Ausgerechnet die Angst vor der Königin, die zu ihrem ständigen Begleiter geworden war, hatte sich als ihr größter Verbündeter herausgestellt, trieb sie nun zur Handlung an.

Endlich erreichte sie auch der lang ersehnte Brief von ihrem Bruder Sancho. Zwar las Eleonore diesen zuerst, bevor sie ihn an die Prinzessin weitergab, aber nachdem Berengaria das Schriftstück ihrerseits dreimal gelesen hatte, war sie sicher, dass die Alte keinerlei Verdacht schöpfen würde, sondern Sanchos bildgewaltige Sprache einfach darauf schieben würde, dass die Iberer sich eben blumig ausdrückten. Zwar sprach die Alte natürlich die iberische Zunge, aber sie würde nicht in der Lage sein, Sanchos Metaphern zu durchschauen.

Oberflächlich gelesen sagte Sancho Folgendes: „Meine liebe Schwester, ich hoffe Du hast den Vogelflug über die Berge gut überstanden und bist nun schon mit deinem Löwen vereint. Ich bedaure bei Eurer Hochzeit im wiedergewonnenen Jerusalem nicht anwesend sein zu können, denn meine Pflichten binden mich an die Heimat, so wie der Dachs seinen Bau beschützt. Das Wetter ändert sich und die Vögel ziehen gen Süden, auch Vater hat keine Macht darüber, wo sie hinfliegen. Wie ich Dir immer wieder gesagt habe wirst Du Deinem Löwen eine würdige wie unterwürfige Löwin sein. Ich kann kaum erwarten Dich in hoffentlich wenigen Jahren, wenn Eure Jagd auf die Araber zu Ende ist, wiederzusehen, Du wirst dann die Königin von England sein und ich bin Vater vielleicht schon auf den Thron gefolgt. Der alte Fuchs erfreut sich zwar bester Gesundheit, ist ja aber nicht mehr der allerjüngste. Liebe Grüße – Dein Bruder."

Neben dieser offensichtlichen Botschaft enthielt der Brief aber noch eine zweite, geheime, die nur Berengaria entziffern konnte. Die Hälfte des Puzzles konnte man lösen, wenn man die iberischen Bezeichnungen für Tiere in ihrer Doppeldeutigkeit kannte, die andere Hälfte war Geheimsprache unter Geschwistern. In Wirklichkeit hatte Sancho geschrieben:

„Meine liebe Schwester, ich hoffe Du hast die beschwerliche Reise über die Pyrenäen mit dieser schrecklichen Alten gut überstanden und bist nun schon bei Richard von England, der nicht so furchtbar ist wie diese Vettel. Ich werde schon bald ins Maurenland aufbrechen, wie wir es besprochen haben, um ihre Kriegstaktiken kennen zu lernen. Vater kann mich nicht aufhalten. Versuche Dich mit Richard von England zu arrangieren, er ist ein mächtiger Verbündeter! Wenn Du vom Kreuzzug zurückkehrst, befestigen wir unsere Länder gegen die Mauren. Vater ist sehr krank und lebt wahrscheinlich nicht mehr lange."

Mehr noch als diese versteckte Bedeutung erregten Berengaria die Implikationen dieser Entwicklungen. Wenn Vater endlich fort war und Sancho zum König gekrönt würde, dann würde sich die Politik ihres Bruders auf die Bedrohung durch die Heiden aus dem Süden konzentrieren und ihr Bruder forderte sie auf, ihren baldigen Gemahl darauf vorzubereiten, dass es nicht nur die Front im Osten gab, sondern auch im Westen gekämpft werden würde...

Kapitel 19: Barriga llena, corazón contento

(Voller Bauch, glückliches Herz)

Messina, 21. März 1191

Fast hatte Berengaria erwartet, zum zweiten Mal abgewiesen zu werden und weitere Monate mit Eleonore in der kleinen Zelle in Brindisi verbringen zu müssen, aber ihr Verlobter hatte ihr und seiner Mutter einen herzlichen Empfang bereitet.

Ganz der König hatte er seine Braut mit einem eleganten Handkuss begrüßt und sie dann wie eine Trophäe herumgezeigt.

Eleonore hatte dafür gesorgt, dass die beiden ungleichen Frauen die elegantesten Kleider und absurd viel Goldschmuck trugen, was auf die Ritter einen großen Eindruck machte. Sie klopften Richard auf die Schulter und beglückwünschten ihn zu der gelungenen Partie und knieten vor Berengaria nieder, als wenn sie der Kaiser des Römischen Reiches und der Papst in einer Person wäre.

Berengaria überreichte Richard die Stickereien mit seinem Wappen und die weiße Tunika mit dem Kreuz und er legte beides direkt an.

Obwohl Fastenzeit war, saßen sie nun zu viert – denn auch Richards Schwester Johanna war dabei – vor einer üppig gedeckten Tafel mit Süßigkeiten, Kuchen, Brot und Früchten. Nur Fleisch gab es natürlich nicht.

Wie Eleonore es sie gelehrt hatte, aß sie nur verhalten, auch wenn sie bei all den Köstlichkeiten am Liebsten geschlemmt hätte wie ein Wildschwein.

Sie saß neben Eleonore, Johanna und Richard ihnen gegenüber. Außer einigen Pagen und Dienern, bereit, auf jeden Wunsch der Königsfamilie gleich zu reagieren, war niemand sonst anwesend.

Berengaria konnte sich kaum an Johanna satt sehen. Sie war so eine richtige Prinzessin, graziös und fein, dabei trug sie aber ein warmherziges Lächeln auf den Lippen und lachte zu jedem Witz, den ihr Bruder machte.

Auch Richard erschien Berengaria nicht mehr so gnomenhaft, wie sie ihn in Erinnerung hatte. Ja, er war viel zu klein, verglich man ihn mit Sancho, hatte keine Farbe im Gesicht – dafür aber einen vollen, braunen Bart und seine Haare konnten sich offenbar nicht entscheiden, ob sie rot, braun oder blond sein wollten. Aber ihn zeichnete die gleiche

Herzlichkeit aus wie seine Schwester und er tat wirklich alles dafür, dass Berengaria sich wohl fühlte. Er ließ es sich nicht nehmen, ihr und seiner Mutter selbst die Becher nachzufüllen und schalt die Pagen, sie mögen sich bitte zurückziehen und ihn das Wiedersehen mit seiner Familie genießen lassen.

Selbst Eleonores Stimmung war gelockert. Sie hatte ja jetzt, was sie haben wollte! Ihr selbst auferlegter Auftrag, Berengaria an Richards Seite zu bringen und ihre Konkurrentin Alix auszustechen, war erfüllt, die Hochzeit in greifbarer Nähe, das heilige Land nur noch eine weitere Schiffsreise entfernt.

Berengaria hatte die alte Hexe genügend kennengelernt, um das Lächeln, das sie auflegte, als bar jeder Wiedersehensfreude zu deuten. Nein, das, was da in den Augen der Königin aufblitzte, war nichts als Triumph.

„Welcher Priester ist verfügbar?", schoss die Alte ihren ersten Pfeil ab. Sie wollte die Hochzeit also direkt hier auf der Insel vollziehen lassen und nicht erst warten, bis sie Jerusalem erobert hatten.

Doch nun – Berengaria bekam zwar Bauchschmerzen bei dem Gedanken, hatte sich aber den ganzen Weg von Brindisi hierher auf diesen Moment vorbereitet – würde sie ihr einen Strich durch die Rechnung machen.

Sie hatte alle möglichen Entwicklungen des Gespräches, das nun folgen würde, in ihrem Kopf durchgespielt. Sie durfte nicht zu forsch vorgehen, sondern musste hoffen, dass Richard und Johanna die Bälle, die sie ihnen zuspielen würde, aufnahmen und auf ihre Mutter zurückwarfen.

„Aber Mutter...", hauchte sie mit gespielter Empörung.

Eleonores Kopf ruckte herum wie der einer Eidechse. „Was?", zischte sie scharf.

Berengaria senkte den Kopf und schwieg.

„Teuerste", mischte Richard sich ein, „sprecht nur frank und frei, wir sind hier unter uns."

Berengaria sah Richard kurz an und schlug die Augen direkt wieder nieder. Ein bisschen schämte sie sich für das Theaterstück, dass sie hier aufführte – aber wirklich nur ein wenig.

„Herr", sprach sie ihren Mann an.

„Richard!", verbesserte dieser.

„Lieber Richard, natürlich möchte ich Euch auch so schnell wie möglich ehelichen, aber...“ Sie brach wieder ab.

„Aber was?“, fauchte Eleonore, den Blick weiter auf Berengaria fixiert, wie eine Katze, die eine Maus entdeckt hat.

Berengaria schwieg wieder.

Und da passierte es! Johanna mischte sich ein. „Mutter, hast du vergessen, dass Fastenzeit ist? Es ist nicht daran zu denken, die beiden jetzt zu vermählen, wir müssen bis nach Ostern warten.“

„Paperlapapp, Fastenzeit!“ schnappte Eleonore.

Richard sah aus, als wenn ihn diese Wendung völlig überrascht hätte. „Aber natürlich!“ Er schlug sich mit der flachen Hand an die Stirn. „Wie konnte ich das vergessen!?“

Eleonore krallte die Finger in die Lehnen ihres Stuhles und fixierte jetzt ihren Sohn. „Fastenzeit, was soll das? Was geht uns das an, wir sind die königliche Familie von England.“

„Aber Mutter“, mischte sich nun wiederum Johanna ein, „wie würde das denn beim Volk ankommen?“

„Ist mir doch egal!“

„Mir aber nicht!“, schmetterte Richard. „Wir befinden uns immerhin auf einem Kreuzzug für die Christenheit, da ist es nur recht und billig, wenn wir uns an die üblichen Bräuche des Christentums halten, Mutter. König oder nicht, die Fastenzeit muss ich einhalten, also kein Fleisch – und keine Hochzeit!“

Vor ihrem geistigen Auge sah Berengaria einen Pfeil direkt ins Schwarze treffen. Dieses war ihr erster Streich gegen die Hexe!

Eleonore blickte nun wieder mit Gift in den Augen ihre Schwiegertochter an und obwohl Berengaria wiederum nicht aufsah, fühlte sie das eiskalte Grauen, das die Königin aussandte.

„Nun gut“, lenkte die Königsmutter ein. „Dann auf Zypern. Dort werden wir ja Etappe machen.“

Und nun folgte der zweite Streich.

„Wir?“, fragte Berengaria unschuldig.

„Ja, wir, Kind, was willst du wieder andeuten?“

„Ach, nichts, Mutter.“

„Sprich Kind und wage es nicht, meine Geduld in dieser Weise auf die Folter zu spannen!“

„Mutter!“, riefen jetzt Richard und Johanna gleichzeitig.

„Mäßige dich!“, ereiferte sich der König weiter, „sie wird doch nichts Böses im Sinn haben! Ihr habt doch nichts Böses im Sinn, Teuerste?“

„Nein, Herr... ich meine Richard. Ich habe nur an Euren Bruder gedacht.“

Schweigen am Tisch.

„Du musst schon etwas deutlicher werden“, sagte Johanna nach einer langen Pause, aber in ihrer Stimme lag kein Vorwurf, nur Güte und Wärme.

„Nun, Mutter hat mir erzählt, dass Johann für Euch das Reich verwaltet... Richard... und ich hatte angenommen...“

„Ich schwöre, wenn du nicht gleich auf den Punkt kommst...“, krächzte Eleonore böse.

„Und ich mahne dich noch einmal, Mutter“, erwiderte Richard ebenso kalt, „lass sie sagen, was sie sagen will. Dies ist ein Familienrat und Berengaria gehört jetzt zur Familie! Also lass sie gefälligst sprechen.“

Eleonore schluckte eine scharfe Erwiderung herunter, was ihr sichtlich schwer fiel.

Berengaria ließ sich wiederum Zeit, bis sie antwortete, während die drei anderen gespannt wie die Flitzebögen auf ihren Stühlen saßen und sie anstarrten.

„Nun, Mutter, du hast mir doch von Johanns, ähm, schwierigen Charakter erzählt und wie er jede Gelegenheit nutzt, um Richard...“

Der König brauste auf: „Mutter, was weißt du da, was ich nicht weiß? Hat der kleine Scheißer schon wieder hinter meinem Rücken Mist gebaut?“

Eleonore hatte das nicht kommen sehen, wie Berengaria mit Genugtuung feststellte. Aber noch hatte sie nicht gewonnen. Wenn sie nun vorschlug, dass Eleonore, statt mit auf den Kreuzzug zu gehen, nach England zurückkehren sollte, dann würde sie alles wieder verlieren. Sie wusste, dass Richard zwar nach außen hin den starken König mimte, aber immer genau das tat, was seine Mutter sagte. Das ging allein aus den Briefwechseln der beiden hervor, die Berengaria ja aus vorderster Reihe mitbekommen hatte.

„Nun“, schaltete sie sich also ein, bevor Eleonore die Fassung wieder gewonnen hatte, „fest steht, dass wir es nicht wissen. Johann kann sonst etwas anstellen, so lange wir auf dem Kreuzzug sind. Also muss jemand nach England und dort nach dem Rechten sehen.“

In Eleonores Augen blitzte der Hass auf. Sie meinte verstanden zu haben, worauf Berengaria hinauswollte.

„Ich werde nicht...“, begann sie, aber Berengaria unterbrach sie.

„Mutter, ich habe nicht an Euch gedacht. Ihr kennt das heilige Land, schließlich wart Ihr schon einmal dort, vor vierzig Jahren. Ihr müsst Richard dort helfen Bündnisse zu schließen und das Kommando zu übernehmen, damit die Kreuzritter sich nicht gegenseitig aufreiben. Ihr müsst ein Auge auf Philipp den Frankenkönig haben, damit er Richard nicht in den Rücken fällt.“

Wieder war Eleonore völlig überrascht. „Aber wer... aber wie?“, stammelte sie.

Berengaria sah Richard jetzt fest in die Augen. „Richard, mein lieber Bräutigam, es ist klar, was wir tun müssen. Wir müssen die Eheschließung noch weiter verschieben, denn ich werde nicht mit nach Zypern kommen, sondern für Euch in England nach dem Rechten sehen. Zunächst werde ich meine Mitgift und mein Wittum bereisen und dann in Aquitanien Johann auf die Finger schauen. Oder, wenn er gegen Eure Anweisung auf der Insel ist, ihm auch dorthin folgen.“

Eleonore brach in schallendes Gelächter aus. „Du? Du bist noch ein Kind, naiv wie ein Küken und hilflos, wenn Johann eine seiner Intrigen gegen dich spinnt oder mit Gewalt seinen Willen durchsetzen will!“

Berengaria sah wieder zu Boden. „Ich weiß, Mutter. Deshalb wollte ich meine liebe Schwägerin bitten, mich zu begleiten, als Beraterin und Beschützerin. Als Witwe und als Schwester des Königs hat sie einen ganz anderen Status als eine einfache Jungfer wie ich.“

Richard erhob sich von seinem Stuhl: „Nein, nein, nein! Ich habe so lange auf diese Hochzeit gewartet, habe so viel von diesem feigen, arroganten Frankenaugust einstecken müssen, ich werde nicht... Ich warte die Fastenzeit ab, das ist recht und billig, aber dann will ich meine Braut zum Traualtar führen!“

Johanna nahm den Faden auf: „Und mich ehrt dein Vertrauen, liebe Schwester, aber ich kenne mich in England nicht aus. Ich war seit Jahren nicht mehr dort. Vielleicht ist dir das nicht bewusst, aber ich war mit Wilhelm von Sizilien verheiratet, und residiere daher seit nunmehr fünfzehn Jahren hier auf der Insel. Ich wüsste nicht, wie ich dir bei deinem Vorhaben, meinen kleinen Bruder in die Schranken zu weisen, helfen könnte, auch wenn ich das sicherlich genießen würde.“

Berengaria zwang sich, weiter wie das schüchterne und naive Mädchen zu wirken, dass sie vor ihrer Begegnung mit der alten Hexe gewesen war. Innerlich war sie bis zum Zerreißen gespannt. Sie wusste, sie durfte jetzt weder in die eine, noch in die andere Richtung Druck machen, sonst würde Eleonore einfallen, dass es natürlich noch einen dritten Weg gab.

Und selbstredend war die Königin schlau genug, um diesen direkt zu sehen.

„Paperlapapp!", sagte sie also erneut. „Johann ist ein Schlitzohr und Versager vor dem Herrn, aber er gehört zur Familie. Er wird uns nicht hintergehen, während wir für die Christenheit streiten. Wir gehen alle gemeinsam nach Jerusalem!"

„Ich mache mir auch gar keine Sorgen darum", antwortete Johanna, „dass Johann sich offen gegen Richard stellt. Aber du sagst es selbst Mutter, er ist ein Versager und das Volk liebt ihn nicht. Es muss jemand auf ihn aufpassen."

Richard ergänzte: „Du hast es selbst gesagt, Mutter, man kann ihn nicht alleine lassen. Ich war zu beschäftigt mit dem heiligen Kreuzzug, ich hätte das bedenken müssen. Das ist mein Fehler, also werde ich ihn wieder ausbügeln müssen."

Eleonores Kiefer knackte hörbar. „Dann schick doch deine Braut, wie sie es vorschlägt!"

Aber Richard war anderer Meinung. „Mutter, du weißt genau, dass sie keinen Einfluss auf die Adligen ausüben können wird, wenn sie, eine Unbekannte, nach England kommt. Und noch nicht einmal offiziell mit mir verheiratet ist! Selbst wenn Johanna mitkommt, die lachen sich tot." Er wandte sich an die jungen Frauen. „Verzeiht mir, wenn ich das so offen sage, ich möchte euch nicht beleidigen. Aber das funktioniert nicht."

Nach einer kurzen Pause fuhr er fort. „Andererseits, Mutter, du kennst sie alle, die Hundsfötte, sowohl auf der Insel, als auch in Aquitanien. Die meisten von ihnen haben Angst vor... äh, ich meine natürlich sie respektieren dich. Und, das nur nebenbei, kann ich dir in deinem Alter wirklich noch zumuten, die beschwerliche Reise ins heilige Land anzutreten? Ich weiß noch, wie du immer von eurem Kreuzzug erzählt hast, damals mit dem Frankenkönig, wie entbehrlich das war und wie du auf alle höfischen Annehmlichkeiten verzichten musstest. Willst du dir das wirklich alles noch einmal antun?"

Eleonore antwortete nicht, hockte nur wie eine Harpyie auf ihrem Stuhl.

„Andererseits, wenn du, wie Berengaria es vor hatte, zunächst in den Ländern ihrer Mitgift und ihres Wittums nach dem Rechten siehst und die Barone auf die Ankunft ihrer Lehnsherrin vorbereitest, dann in Aquitanien sicherstellst, dass die Franken sich benehmen und schließlich auf die Insel übersetzt und aufpasst, dass Johann auf dem Festland bleibt, da hast du die ganze Reise über Burgen und Schlösser, die du ansteuern kannst, wo dir jeder Wunsch von den Augen abgelesen wird."

Noch gab sich Eleonore nicht geschlagen. „Und du, mein Sohn? Was wirst du im Heiligen Land ohne mich machen?"

Darauf grinste Richard breit. „Das, was ich am Besten kann, Mutter. Ich nehme mir mein Schwert und trete den Heiden in den Arsch. Und nebenbei auch jedem Christen, der meiner heiligen Mission im Wege steht, sei es ein Inselherrscher wie Tankred, ein Baron oder Herzog, der sich einbildet, er könnte dem König von England Steine in den Weg legen oder der verdammte König der Franken!"

Er wurde wieder sanfter. „Mutter, lass mich tun, was ich am Besten kann und tue du, worin du die Beste bist. Erhalte mir England und Aquitanien und pass auf, dass Johann das Königreich nicht beim Würfeln verspielt!"

Geschlagen und mit einem Gesichtsausdruck, der ihre Wut und ihren Hass nicht verbergen konnte, verließ Eleonore ohne ein weiteres Wort den Saal.

Johanna wandte sich an Richard. „War das klug, sie so zu verärgern?"

Richard winkte ab. „Sie wird sich schon damit abfinden. Den Kreuzzug hätte sie wahrscheinlich nicht überlebt, sie ist ja nicht mehr die Jüngste. Vielleicht hat sie sich auch vorgenommen im Heiligen Land zu sterben. Aber so lange sie noch alle Sinne beisammen hat, brauche ich sie. Zu Hause, wo sie nach dem Rechten sehen kann." Er wandte sich an Berengaria. „Danke, dass Ihr darauf hingewiesen habt, Teuerste. Das muss alles sehr schwer für Euch sein, aber ich habe gesehen, dass Ihr, obwohl wir noch nicht offiziell vermählt sind, das Wohl unseres Hauses im Blick habt. Auf dem Turnier in Pamplona habe ich mich in das unscheinbare Mädchen verliebt, heute verbeuge ich mich vor der klugen Frau, in die sich dieses Mädchen verwandelt hat."

Und mit einer tiefen Verbeugung nahm auch der König Abschied von den Damen.

„Endlich allein!", lachte Johanna. „Du musst mir alles von dir erzählen, ich möchte, dass wir richtige Schwestern werden!"

Und unter Tränen erzählte Berengaria ihrer Schwägerin alles. Von ihrem Unwillen, Richard zu heiraten über die fürchterliche Behandlung, die sie von Eleonore erfahren hatte bis zu ihren ketzerischen Gedanken. Sie wusste, dass sie eine große Gefahr einging, dieser Fremden zu vertrauen, aber sie war so froh, sich endlich jemandem anvertrauen zu können, endlich aus Eleonores Klauen entkommen zu sein, dass ihr dieses Risiko egal war. Wie eine ältere Schwester ließ Johanna sie weinen, unterbrach sie nicht in ihrem Erzählfluss, auch wenn sie zwischen Orten und Ereignissen hin und hersprang und brachte sie schließlich in ihre Kammer, setzte sich neben ihr Bett und sagte: „Ich werde heute Nacht über dich wachen, Schwesterlein. Schlaf du nur, das brauchst du jetzt! Ich werde dich beschützen und nicht zulassen, dass dir irgend ein Leid geschieht."

Und zum ersten Mal seit ihrem Aufbruch in Pamplona schlief Berengaria von Navarra einen erholsamen und traumlosen Schlaf.

Kapitel 20: Camarón que se duerme se lo lleva la corriente

(Wenn du ein Nickerchen machst, hast du verloren)

Pegeia, 12. April 1191

„Wach auf, Berengaria!"

Die Panik in Johannas Stimme ließ die Ibererin auffahren. Sie wusste zunächst nicht, wo sie war und was geschehen sein konnte. Dass Johanna bei ihr war, das war immerhin eine gute Nachricht. Aber wovor hatte ihre Schwester solche Angst?

Langsam kehrte sie aus dem Schlaf zurück, spürte das Stroh auf ihrem Lager und das Holz darunter. Richtig, sie war auf der Schiffsreise ins heilige Land! Aber das Schiff, es war so still, es wog sich nicht in den Wellen, wie sonst.

„Sind wir schon in Akkon?", fragte sie schläfrig.

„Nein, wir sind auf Grund gelaufen, die Männer wissen nicht, wo wir sind. Wir sollen das Schiff verlassen, bis die Matrosen nach dem Rechten gesehen haben. Zieh dich schnell an und komm mit!"

Es war mitten in der Nacht und trotzdem Berengaria sich ihren Pelzumhang umgeworfen hatte, fror sie bitterlich, sobald sie das Schiff verließen und an den Strand traten.

Wo waren sie nur?

Egal, Johanna war bei ihr! Die Schwester des Königs hatte sich als wahre Lebensretterin für Berengaria erwiesen. Nicht nur hatte sie verhindert, dass Eleonore sie vor ihrer Abreise nach England noch einmal alleine sprechen und sich auf irgendeine Weise an ihr rächen konnte, sie war ihr auch sonst in allem eine treue Freundin gewesen. Sie hatte sogar Verständnis für ihren Widerwillen ausgedrückt, ihren Bruder zu heiraten. Sie selbst hatte Wilhelm von Sizilien auch nicht heiraten wollen und sich geweigert, bei ihrem Mann zu liegen! Berengaria hatte gar nicht gewusst, das so was möglich war...

Daher hatte Johanna ihrem Mann keine Erben geschenkt. Dieser konnte sich nicht von ihr scheiden lassen, weil er dann das Bündnis mit England verloren hätte und hatte ihre Entscheidung daher zähneknirschend akzeptieren müssen.

Letztendlich hatte das zwar dazu geführt, dass Tankred der Usurpator Johanna nach dem Tode Wilhelms eingekerkert und die Krone an sich gerissen hatte. Aber, welch Glück, Richard war zu der Zeit ohnehin auf dem Weg nach Sizilien gewesen und konnte sie retten! Johanna glaubte nicht, dass das reines Glück war, sondern ging von göttlicher Fügung aus. Sie verehrte ihren Bruder mindestens ebenso wie Berengaria Sancho, redete aber nie auf Berengaria ein, dass sie ihrem zukünftigen Gemahl zu gehorchen habe, sondern sprach ihr im Gegenteil Mut zu, ihre ehelichen Pflichten nur dann zu erfüllen, wenn sie selbst das wollte.

Als sich die Männer mit den Waffen in der Hand um sie herum am Strand aufstellten, wusste Berengaria, dass etwas nicht stimmte.

„Herrin“, sprach der Kapitän Johanna an, „es kommt jemand.“

Es war eine Gesandtschaft unter weißer Flagge. Einer der Diplomaten löste sich von der Gruppe, die in respektvoller Entfernung stehen blieb und ging auf die Frauen zu, blieb aber am Rande des Kreises aus Schwertern stehen.

„Hört die Worte des Kaisers“, intonierte der Mann. „Isaak Komnenus, Kaiser von Zypern, Abkömmling Ostroms, überbringt der Braut und der Schwester des Königs von England seine Grüße.“

Berengaria wurde sofort misstrauisch. Woher wusste dieser angebliche Kaiser, wer sie waren? Ein kurzer Blick zu Johanna bestätigte ihr, dass ihre Schwester den gleichen Gedanken hatte.

„Der Kaiser lädt die edlen Damen ein, sich in seinem Palast an seinen Speisen zu laben, seinen Wein zu trinken und auch ansonsten seine werte Gastfreundschaft zu genießen. Dieses Angebot wird in Frieden und unter der weißen Fahne ausgesprochen.“

Berengaria zögerte. Da war etwas faul, ganz sicher. Aber auf der anderen Seite, warum mit weißer Fahne und Gesandten erscheinen, wenn man direkt hätte Bewaffnete schicken können? Vielleicht war das Angebot ja doch ernst gemeint?!

Johanna war weniger unentschlossen. „Die Schwerter und Schilde hoch und zu mir!“, befahl sie im Ton eines echten Feldherrn. Sie reichte Berengaria einen Gegenstand – es war ein Dolch!

Wenn Johanna so reagierte, dann stimmte hier etwas ganz und gar nicht.

Die Männer bildeten einen Schiltron um die beiden Damen.

„Langsamer Rückzug auf das Schiff!“, kommandierte Johanna.

Und noch während sie sich in Richtung Luke bewegten zogen die angeblichen Gesandten ihrerseits Keulen und Äxte aus den Gewändern und rannten unter Kampfgeheul auf sie zu. Aus den Wäldern schoben sich weitere Schemen, die Berengaria bald als Ritter erkannte, mit Schwert und Schild.

Die Engländer verteidigten ihre Damen tapfer, aber nicht wenige von ihnen fielen, bevor sie das Schiff erreichten.

„Sichert die Zugangsbrücke!“, befahl Johanna.

Obwohl draußen gekämpft wurde, fühlte sich Berengaria im Schiff sicherer. Ihr war nicht mehr so kalt und die direkte Gefahr war vorbei. Doch Johanna blieb angespannt, also erlaubte auch Berengaria sich nicht, die Aufmerksamkeit von den Kampfhandlungen abzuziehen.

Nach einiger Zeit hörten das Schwertgeklirr und die Kampfschreie auf. Die Männer trugen Verwundete an ihnen vorbei, aber der Kapitän informierte sie, dass die Gegner sich vorerst zurückgezogen hatten. Die Engländer zogen die Landungsbrücke hoch.

Auch wenn es auf Grund lag, das Schiff war nun eine Festung, die vom Land her kaum einzunehmen sein würde.

Aber was sollten sie jetzt tun? Wo war Richard? War er auch gestrandet oder sogar gekentert? Oder war er noch auf dem Weg ins heilige Land und würde erst dort erfahren, was den Frauen passiert war?

Berengaria lachte in sich hinein.

„Was ist dir, Schwester?“, fragte Johanna.

„Ist schon amüsant“, antwortete sie, „da wünsche ich mir seit Monaten, dass ihm irgend etwas zustößt, damit ich ihn nicht heiraten muss und jetzt will ich nichts sehnlicher, als das er hier ist, uns beschützt und den Zyprioten zeigt, was für ein Löwe er ist!“

Trotz der furchtbaren Situation musste Johanna auch lächeln. „Er wird kommen!“, versprach sie. „Er lässt nicht zu, dass diese Barbaren uns gefangennehmen und...“

Sie sprach nicht weiter.

Band II

Der Löwe, das Lamm und das Schwert (1191-1192)

Kapitel 21: Nasara
(Die Christin)

Akkon, 13. April 1191

„Wo ist dein Mut geblieben, Saphadin? Nennen sie dich nicht das Schwert der Religion? Und jetzt sitzt du hier, bei mir, und suhlst dich in der Verzweiflung."

Diese Worte seiner Sklavin Maryam waren vielleicht ein wenig übertrieben, aber Al-Adil Saif Ad-Din Abu Bakr ibn Ayyub wusste tatsächlich nicht weiter.

Die Franken unter dem verräterischen Guido von Lusignan, der sein Versprechen, das heilige Land zu verlassen, gebrochen hatte, belagerten die Hafenstadt Akkon. Und das Heer der Ayyubiden unter dem Kommando von Sultan Saladin belagerte wiederum die Belagerer. Ein klassisches Patt, das die Muslime allerdings früher oder später für sich würden entscheiden können. Auf kurz oder lang würde Guido schlicht der Proviant ausgehen, während Saladins Heer sich im Umland versorgen konnte.

Aber neben den gewöhnlichen Problemen, an die Saphadin, der Bruder und Stellvertreter des Sultans, sich in seiner Rolle als Nummer zwei in der Befehlskette schon gewöhnt hatte – Desertionen oder gar höfliche Bitten der Männer, nach Hause gehen und ihre Felder bestellen zu dürfen, Seuchen und Krankheiten, Streit zwischen den verschiedenen Fraktionen der Familie – kam nun der Umstand dazu, dass die Nazarener einen erneuten Kreuzzug ausgerufen hatten. Und so waren nicht nur der König der Franken und der König der Engländer auf dem Weg nach Akkon, sondern auch der römische Kaiser hatte sich mit seinem Heer durch Kleinasien durchgeschlagen und stand irgendwo zwischen Antiochia und Tripolis.

Seine Sklavin sprach schon seit einiger Zeit über die Verstärkungen aus dem Abendland. „Kaiser Barbarossa ist ein Rotschopf, wie ich", plapperte Maryam weiter. „Du weißt, dass man uns Roten besondere Kräfte nachsagt? Ich selbst habe solches nie verspürt, aber Kaiser Barbarossa ist wahrlich etwas Besonderes. So sanft und gerecht er im Frieden seine Herrschaft führt, so unerbittlich ist er im Kampf. Auch wenn er mittlerweile sicherlich sechs mal zehn Winter gesehen hat, ist er noch immer rüstig wie ein junger Mann. Noch immer übt er sich jeden Morgen im Schwertkampf, reitet regelmäßig zur Jagd und nimmt an Turnieren teil.

Barbarossa ist der größte Feldherr der Christen und das Heer, das er um sich geschart hat besteht nicht aus verarmten Pilgern und verzweifelten Bauern, sondern aus den Reichsrittern, den gefürchtetsten Kriegern des Abendlandes.

Als der griechische Kaiser Isaak sie nicht nach Kleinasien übersetzen lassen wollte, ließ Barbarossa seinen Sohn Friedrich, den Herzog von Schwaben, ein Massaker an der griechischen Bevölkerung anrichten. Hunderttausende wurden dahin gemetzelt, bevor Isaak einlenkte und die Reichsritter den Hellespont überqueren ließ. In Kleinasien haben sie in mehreren Gefechten die Armee der Rum-Seldschuken vollständig vernichtet. Sultan Kilic Arslan musste vor dem Kaiser und seinem Sohn, dem Schlächter von Dimotika, niederknien und sich in den Staub werfen.“

Saphadin hatte diese Geschichten über die Römer schon häufiger gehört. „Aber warum sind sie dann noch nicht hier?“, konterte er, „warum sehe ich nichts von den unbezwingbaren Reichsrittern, ihrem mächtigen Kaiser und seinem grausamen Sohn?“

Maryam ließ sich von der Gegenrede nicht beeindrucken. „Barbarossa kommt, das spüre ich genau! Und er ist nicht der einzige: Die Könige Philipp von Frankreich und Richard von England haben ihre Streitigkeiten beiseite gelegt und steuern ebenfalls Akkon an. Guido hält doch nur so lange durch, weil er weiß, dass Entsatz auf dem Weg ist!

Wenn die Franken, die Angeln und die Teutonen des römischen Reiches sich verbünden, dann können auch die gefürchteten Ayyubiden nichts weiter tun als davonzulaufen.“

Al-Adil lachte in sich hinein. Seine Sklavin wollte ihm ganz eindeutig den Mut nehmen, ihn dazu veranlassen eine Dummheit zu begehen, noch bevor die fremden Könige eingetroffen waren – wenn sie jemals eintrafen!

Trotzdem er sie nachgiebig behandelte, ihr gestattete offen zu reden und sie mittlerweile nur noch selten aufsuchte, um sich zu nehmen, was sein war, sie also im Grunde ein angenehmes Leben als Teil seines Harems hatte, trotzdem er sie ihre Religion hatte behalten lassen und sie nicht gezwungen hatte zum Islam zu konvertieren, trotzdem er seinem Schwur treu geblieben war, die christlichen Stätten in Al-Quds zu verschonen, war sie immer noch gegen ihn, gegen die Sache der Ayyubiden und sympathisierte mit den Kreuzfahrern.

Es konnte zumindest nicht schaden, wenn sie die Truppen, die Guidos Belagerer belagerten, verstärkten. Das würde Saladin einiges kosten. Die meisten Männer wollten einfach nur nach Hause. Jerusalem war erobert, alles andere erschien wie unwichtiges Nebengeplänkel – aber das war es nicht.

Al-Adil verließ das Zelt und ließ Maryams Geplapper hinter sich. Er besah sich die Türme Akkons, den inneren Belagerungsring und den äußeren Verteidigungsring, den Guido hatte aufbauen müssen, um Saladins Truppen abzuwehren.

Wenn die Nazarenerkönige kamen, dann würde das Kräftegleichgewicht zu Ungunsten der Muslime verschoben werden. Akkon würde fallen, früher oder später. Und dann würden die Christen alles daran setzen, die Reine zurück zu erobern.

Viel wichtiger als die Verstärkung der Belagerungstruppen war also jetzt die Befestigung des Hinterlandes. Nur wenn sie den Nazarenern die Nachschubwege abschneiden konnten, würden sie Al-Quds halten können.

Ja, so würden sie die Könige des Abendlandes und den mächtigen Kaiser des Römischen Reiches besiegen! Nicht durch größere Stärke im Kampf, sondern indem sie die Gegebenheiten des Landes Palästina für sich nutzten.

Saphadin gestattete sich ein Lächeln. Im Krieg war Vorbereitung alles. Sollten sie doch kommen, die Anführer der Christenheit! Die Ayyubiden würden ihnen ein Rückzugsgefecht liefern, das ihre Kräfte vollständig aufzehren würde.

Er ging in das Zelt seines Bruders, um den Sultan über seine Pläne zu informieren und Saladin war sofort einverstanden, ihn ins Hinterland zu schicken, um alles für den Fall des Falles von Akkon vorzubereiten, wenn er auch wenig begeistert von der Aussicht auf ein Rückzugsgefecht war.

„Wie kann es sein, dass wir, kaum dass wir das heilige Land erobert haben, schon wieder über Rückzug sprechen müssen?“, wollte er wissen.

„Mit Guido wären wir fertig geworden...“, begann Saphadin.

„Den hätte ich töten sollen, damals, nach der Schlacht von Hattin!“

„Was ist aus ´ein König tötet keinen König´ geworden?“

Saladin winkte ab.

„Du hast Recht, Bruder, Guido alleine hätte früher oder später aufgeben müssen, aber mit der Unterstützung aus dem Abendland wird er sich nicht nur halten, er wird auch die Stadt einnehmen."

„Wir werden sie nicht bis Jerusalem kommen lassen!", versprach Al-Adil seinem Bruder.

„Das hoffe ich. Sag mir, wer sind denn diese Könige des Abendlandes?"

Al-Adil zählte sie auf: „Da gibt es Richard von England und Philipp, den König der Franken. Man nennt sie den Löwen und das Lamm, weil Richard als mutiger Krieger und strenger Feldherr gilt, während Philipp anscheinend weniger durchsetzungsstark ist. Eigentlich sind die beiden Feinde, die um die Vorherrschaft im Frankenland streiten, aber gegen den großen Feind – also gegen uns – haben sie sich nun verbündet. Vielleicht können wir das an irgendeiner Stelle ausnutzen."

„Was, dass sie eigentlich Feinde sind oder dass Philipp als schwach gilt?"

„Beides, Bruder. Dann gibt es da noch den römischen Kaiser Friedrich und seinen Sohn."

„Wie heißt der Sohn?"

„Auch Friedrich."

Saladin lachte. „Diese Christen! Ihre Namen sind alle gleich!"

Al-Adil erwiderte ungerührt: „Den Kaiser nennen sie Rotbart, weil er... nun ja, weil er eben rote Haare hat und sein Sohn ist der Herzog von Schwaben. Beide tragen als Wappen den stehenden Löwen, aber des Kaisers Wappen ist rot auf weiß und die Farben des Herzogs sind schwarz auf gelb."

„Und wie ist er so, dieser Kaiser?"

„Barbarossa gilt als weise und gerecht, aber auch als einer der besten Feldherrn der Christenheit. Seine Reichsritter sind diszipliniert und professionell, sie kämpfen bis zum Tod und sollen in Kleinasien die Armee der Rum-Seldschuken unter geringen eigenen Verlusten vollständig aufgerieben haben."

Saladin winkte wieder ab. „Die Seldschuken wissen nicht, an welcher Seite man ein Schwert anfassen muss."

„Des Kaisers Sohn, der Herzog von Schwaben, ist ein genauso guter Kämpfer wie sein Vater und dessen Ritter, aber dazu ist er grausam und herzlos. Er hat hunderttausende griechische Dörfler geschlachtet, um den griechischen Kaiser Isaak dazu zu zwingen, die Kreuzfahrer über den Hellespont zu lassen und dann eine wahre Vernichtungsorgie in Kleinasien angefangen, obwohl das Land ohnehin vom ständigen Krieg gegen die Griechen verwüstet war."

„Ein Möchtegern-Sultan weniger, der uns herausfordert", kommentierte Saladin ungerührt.

„Kaiser Barbarossa soll geschworen haben, dich eigenhändig zu töten", beendete Al-Adil seinen Bericht, „und der Herzog von Schwaben soll meinen Kopf als persönliches Kriegsziel benannt haben."

„Sollen sie doch kommen, diese Römer und Angeln und Franken! Sollen sie versuchen, sich unsere Köpfe zu holen. Allah wird entscheiden, wer den Sieg davontragen wird!", beendete Saladin die Besprechung.

Al-Adil war lange genug Soldat und General, um sich von dieser Drohung der Römer ebenfalls nicht aus der Ruhe bringen zu lassen. Und doch nahm er sich vor, sehr genau darauf zu achten, ob er unter den Nazarenern ein Wappen ausmachen könnte, das einen schwarzen Löwen auf gelbem Grund zeigte.

Kapitel 22: Persona corporis

(Der Leib Christi)

Akkon, 15.April 1191

Der Schild mit dem schwarzen Löwen auf gelbem Grund lag in der Ecke des Zeltes, neben dem Schwert, das so viel Blut vergossen hatte, dass Friedrich, der Herzog von Schwaben, das Gefühl hatte, er würde es nie wieder abwaschen können – auch wenn er es so blank geputzt hatte, dass es glänzte, sobald ein kleiner Lichtschein darauf fiel.

Aber Licht sah Friedrich dieser Tage nicht sehr häufig. Nachdem er schon geglaubt hatte, die schreckliche Krankheit, die ihn seit Antiochia verfolgte, überwunden zu haben, war er wieder schwer krank geworden und ans Bett gefesselt.

Zwei, wenn er Glück hatte dreimal am Tag, kamen Nonnen oder Mönche, um seinen Nachttopf zu leeren, seine Stirn zu befeuchten und ihm Wasser einzuflößen – feste Nahrung verweigerte er, weil sie ohnehin direkt wieder herauskam.

Friedrich hatte sich noch lange an der Vorstellung festgehalten, er würde wieder genesen und die wenigen Ritter, die ihm geblieben waren, nachdem sein Vater in dem verfluchten Fluss in Kleinasien ertrunken war, gegen die Festung Akkon führen. So würde er den Kreuzfahrern den Sieg bescheren, den der arrogante Guido von Lusignan, der die Stadt seit beinahe zwei Jahren belagerte, nicht erreichen konnte.

Aber seit einigen Tagen, seit es noch schlimmer geworden war und er selbst dann erbrechen musste, wenn er nur Wasser zu sich genommen hatte, wusste er, dass es zu Ende ging. Er hatte seine Offiziere losgeschickt einen Adligen des Reiches zu finden, der das Kommando über die Reichsritter würde übernehmen können, wenn Friedrich an die Pforte des Paradieses klopfte.

Und tatsächlich hatten sie einen gefunden, allerdings war dieser Mann der letzte, dem Friedrich das Kommando über seine Kreuzfahrer übergeben wollte.

Mit gespieltem Mitleid näherte sich Leopold von Austria Friedrichs Bett – aber nicht zu nahe. Der Babenberger verbeugte sich umständlich, nahm sich einen Hocker und setzte sich, immer noch auf eine sichere Entfernung bedacht, als wenn Friedrich ihn anstecken würde, wenn er ihm zu nahe kam – was durchaus sein konnte. Eine Krankheit wie diese hatte Friedrich noch nie gesehen. Die meisten seiner Leute, die nicht nach Hause gesegelt waren, hatte sie in Antiochia und auf dem Weg nach Akkon dahingerafft. Andere hatten sich eine Passage zurück ins Abendland gekauft und hatten den Kreuzzug feige verlassen. Der Babenberger berichtete ihm nun, dass auch sein Mentor und Lehrer Degenhard von Hellenstein ein Opfer der Seuche geworden war. Friedrich verspürte nicht einmal mehr Trauer. Er hatte keine Kraft mehr dafür.

Leopold beäugte Friedrich wie Fisch, von dem er annahm, dass er nicht mehr frisch sei. „Lange habt Ihr nicht mehr“, stellte er ohne Umstände und ohne übermäßiges Gefühl in der Stimme fest.

„Deswegen seid Ihr hier“, antwortete Friedrich. „Jemand muss das Kommando über meine Ritter übernehmen. Zwar sind die römischen Einheiten stark zusammengeschrumpft, aber ein paar hundert Männer sind noch da.“

Leopold rümpfte die Nase. „Ich habe mein eigenes Kontingent mitgebracht, alles Austrier, die mir treu ergeben sind. Was soll ich mit Euren Reichsrittern?“

Was für eine Unverschämtheit! Leopold konnte sich mehr als glücklich schätzen, dass Friedrich ihm seine Leute anbot, die für ihre Disziplin und ihren Kampfesmut berühmt waren. Wieso sollte er dieses Angebot ablehnen?

Friedrichs Gedanken brauchten länger als gewöhnlich, um sich einen Weg in seinen Kopf zu bahnen. Die Krankheit und die damit verbundene unterbrochene Nahrungsaufnahme hatten nicht nur seinen Körper, sondern auch seinen Geist geschwächt.

Natürlich dachte Leopold, er könnte weitere Zugeständnisse aus ihm herauslocken. Geld, Titel, Ehren, was auch immer.

Aber Friedrich hatte keine Ehren und Titel mehr zu vergeben. Das Geld war ihm schon lange ausgegangen, die meisten Leute desertiert und weggelaufen.

„Nehmt meine Ritter und befehligt sie! Lasst sie unter dem Banner des Kaisers kämpfen! Vertretet die Interessen des Reiches! Das befehle ich Euch als ihr Kommandant und Stellvertreter des Kaisers!“

Leopold senkte den Kopf. „Natürlich, Herzog, natürlich!“, sabberte er unterwürfig.

„Eines noch: Ihr solltet den Rat des Konrad von Wittelsbach einholen und erwägen. Er ist ein kluger Mann und loyal wie kein zweiter.

Die meisten anderen von Rang und Namen haben früher oder später aufgegeben, aber er ist immer noch hier und wird mich bis zum Unvermeidlichen pflegen. Wenn Ihr Vergebung Eurer Sünden benötigt, die Ihr vielleicht im Dienst des Kaisers und Gottes auf dem Kreuzzug begeht, fragt ihn nur. Er ist sehr großzügig mit seiner Absolution. Er ist im Übrigen im Besitz der Gebeine des Kaisers, die Ihr bitte in der Heiligen Stadt beisetzt, sobald sie für die Christenheit zurückgewonnen ist."

Wieder verbeugte sich Leopold. „Und, äh, Eure eigenen Gebeine, Herr?"

Ein Hustenkrampf schüttelte den Herzog von Schwaben.

„Ich habe in dieser Sache keine Wahl. Die Toten werden hier verbrannt, damit die Seuche nicht noch mehr um sich greift. Meine Asche aber soll mit Vaters Knochen Jerusalem als letzte Ruhestätte finden. Und jetzt geht! Ich will meinen Frieden machen mit Gott, bevor ich hinübergehe."

Der andere Herzog verbeugte sich wieder und verschwand rückwärts gehend aus dem Zelt. Konrad von Wittelsbach, der kam, um ihm die letzte Beichte abzunehmen, schickte er fort. Er hatte genug gebeichtet, Konrad hatte ihm seine Sünden schon im Namen des Heilands und der heiligen Gottesmutter vergeben, bevor er sie beging.

Nur konnte er sich nicht selbst vergeben. Er war als Ritter erzogen worden. Ja, ein Ritter lernte zu töten, aber er lernte auch, dass er die Unschuldigen zu beschützen hatte. Wie viele dieser Unschuldigen hatte Friedrich auf dem Weg ins heilige Land getötet? Er wusste es nicht. Immer waren diese Massaker als Notwendigkeit erschienen, immer hatte man ihm zugeredet, es sei nicht nur verzeihlich, sondern geradezu geboten, das unschuldige Blut zu vergießen, damit der Kreuzzug weitergehen könne.

Und gerade an dem Punkt, an dem Friedrich angefangen hatte zu glauben, dass sie tatsächlich im Auftrag Gottes unterwegs waren, nach dem schicksalhaften Sieg in Ikonium und dem vorläufigen Ende der Strapazen, hatte sein Vater sein Pferd in den Fluss geführt und war von der tückischen Strömung mitgerissen worden.

Warum ließ Gott zu, dass ihrem Kaiser und Anführer so etwas passierte? Der Kreuzzug war doch Gottes Wille gewesen, nicht Friedrichs oder Vaters! Jedenfalls hatte Konrad von Wittelsbach das immer wieder gepredigt.

Nicht nur Friedrich war von dieser Tragödie in tiefe Zweifel gestürzt worden, die allermeisten Kreuzritter hatten durch den Verlust ihres Kaisers den Mut verloren und hatten sich schon in Kleinasien, andere später von Antiochia aus, auf den Weg zurück in die Heimat gemacht. Dann noch die Seuche, eine weitere Gottesgeißel!

War das hier seine Strafe? All seine Kräfte zu verlieren und – unfähig seine Körperfunktionen zu kontrollieren – unter Schmerzen langsam dahinzusiechen? Oder würde seine Strafe erst noch kommen? Wenn Gott den Kreuzzug nicht gewollt hatte, was er ja seit Seleukia recht deutlich zu verstehen gegeben hatte, dann waren auch die Morde an den griechischen und türkischen Dörflern kein notwendiges Übel, sondern schwere Sünden, die kein Ablass, keine Beichte, keine vorgezogene Absolution jemals reinwaschen könnte. Auch das Fieber war zurückgekehrt. Oder waren das schon die Flammen der Hölle, die ihn schwitzen machten, ihm das Atmen erschwerten?

„Ich werde brennen!“, stellte Friedrich fest und diese Erkenntnis hatte eine Endgültigkeit, die ihn gleichzeitig ganz ruhig werden ließ und ihm eine Angst einjagte, die er nie gekannt hatte. Das ewige Höllenfeuer! Nie hatte er angenommen, es sei auch für ihn bestimmt, immer hatte er gedacht, er würde sich vor Gott, dem Kaiser und dem Reich auszeichnen und in der Stunde seines Todes in der Gewissheit Ruhe und Frieden finden, dass er ins Paradies eingehen würde.

Er bekam kaum noch mit, wie Konrad von Wittelsbach wieder ins Zelt kam und sich ohne Scheu vor der Krankheit zu ihm setzte.

„Ich brenne, ich brenne!“, delirierte Friedrich.

„Nein, Herr, Ihr werdet nicht brennen. Noch heute werdet Ihr den Heiland und die Jungfrau Maria sehen und mit den Heiligen an Gottes Tafel speisen.“

„Aber ich habe so viele getötet!“, wandte Friedrich ein.

„Alles, was Ihr getan habt, habt Ihr im Auftrag der heiligen Mutter Kirche, des Heilands und des Ewigen Gottes getan“, sprach Konrad. „Ihr müsst nichts befürchten. Seht, das Himmelreich öffnet Euch seine Pforten.

Der Bischof hatte Tränen in den Augen.

„Das Himmelreich? Komme ich doch noch in den Himmel?“

„Ja, Herzog, das werdet Ihr?“

„Versprecht Ihr das?“, schrie er. „Versprecht mir das, schwört es!“, waren die letzten Worte Friedrichs, des Herzogs von Schwaben. Der

Priester konnte den Kranken nur noch halten, warten, bis die Krämpfe sich legten und der Herzog aufhörte zu schreien. Seine Antwort, „ich schwöre bei allen Heiligen und der Unschuld der Gottesmutter“, hörte Friedrich schon nicht mehr.

Es wurde still im Zelt.

„Requiescat in pace!“, flüsterte der Bischof über dem Leichnam. „Möge Gott seiner Seele gnädig sein!“

Kapitel 23: Cuando el río suena, agua lleva

(Wenn man den Fluss hört, ist Wasser drin)

Nikosia, 16.April 1191

Ihr Schiff lag noch immer auf Grund. Seit Tagen wurden die Zyprioten immer frecher, schossen auf alles, was sich an Deck bewegte und suchten Schwachstellen im Rumpf, von wo sie ins Innere vordringen konnten, um die Frauen zu entführen, die sie zunächst voller Falschheit im Namen ihres angeblichen Kaisers begrüßt und empfangen hatten.

Gut, dass Johanna so schnell reagiert hatte! Die Schwester des englischen Königs war mit Berengaria gereist und hatte rechtzeitig den Rückzug ins Schiff befohlen.

Adelig oder nicht, Berengaria brauchte nicht viel Phantasie, um sich auszumalen, was die Barbaren mit ihnen anstellen würden, wenn sie an sie herankamen. Von „werter Gastfreundschaft des Kaisers von Zypern" hatten sie gesprochen und dabei schon die Dolche hinter dem Rücken gewetzt!

Wo war Johanna jetzt? Berengaria suchte das ganze Schiff ab, fand sie aber nicht. Sie musste an Deck sein! Aber sie hatte doch gesagt, das sei zu gefährlich angesichts des Beschusses durch die Zyprioten...

Berengaria wägte ab. Was war schlimmer, hier unten allein zu sein oder sich der Gefahr an Deck auszusetzen? Sie öffnete die Luke – und vor ihr stand Eleonore von Aquitanien, die alte Hexe, die sie aus dem heimatlichen Palast in Pamplona entführt und auf dem beschwerlichen Marsch über die Berge bedroht und eingeschüchtert hatte!

„Ich habe dir doch versprochen, dass du nirgendwo sicher bist, wenn du mich verraten würdest", keifte die Königsmutter. Ihr runzliges Gesicht wurde noch fahler, fiel ein, bis es nur noch ein Totenschädel war. „Jetzt wirst du sterben!"

Schreiend wachte Berengaria auf. Johanna saß neben ihrem Bett und nahm sie sofort in die Arme.

„Ruhig, Kleines, du bist jetzt in Sicherheit", flüsterte sie.

Es dauerte einige Zeit, bis Berengaria ganz aus dem Traum in die Wirklichkeit gefunden hatte und aufhörte wild um sich zu schlagen. Sie weinte an der Brust ihrer Schwester, weinte, bis sie keine Tränen mehr in sich hatte.

Es war anders gekommen. Die Zyprioten hatten sie nicht geschändet und Eleonore war nicht zurückgekehrt, um sich zu rächen, sondern in England, um Richards Reich in seiner Abwesenheit zu verwalten. Das hatte Berengaria so eingefädelt, um die alte Vettel endlich los zu sein.

Richard hatte die Frauen gerettet. Sein Flaggschiff war am zweiten Tag der kleinen Belagerung, mit welcher die Zyprioten das auf Grund gegangene Schiff der Frauen belegt hatten, plötzlich am Strand erschienen.

Richard war der Erste gewesen, der vom Schiff in den Sand sprang, seinen roten Schild mit den drei goldenen Löwen und das königliche Schwert hoch erhoben. Noch bevor seine Leute ihm folgen konnten, hatte er die ersten Feinde niedergestreckt. Der Angriff der Engländer war so heftig ausgefallen, dass die Zyprioten schon nach wenigen Augenblicken die Flucht ergriffen.

Richard hatte nicht lange gewartet und nahm, nachdem er sich davon überzeugt hatte, dass seiner Braut und seiner Schwester nichts geschehen war, direkt die Verfolgung auf. Nach weiteren Gefechten, welche die Engländer alle rasch für sich entscheiden konnten, hatte Richard die Burg des Inselherren, der sich hochtrabend als Kaiser anreden ließ, umstellt.

Isaak von Zypern hatte Gesandte geschickt und seine Kapitulation unter der Bedingung erklärt, dass Richard ihn nicht in Eisen legen würde und der König von England hatte zugestimmt.

„Komm, Schwester, es wird Zeit“, mahnte Johanna. Sie machten sich frisch, zogen sich standesgemäß an – seit sie unter der Obhut der englischen Krone war, durfte sie nur noch die feinsten Kleider tragen, wenn sie sich in der Öffentlichkeit sehen ließ – und machten sich auf in den Thronsaal.

Richard saß selbstzufrieden auf dem Thron des falschen Kaisers, während dieser gefesselt neben ihm stand. Richard hatte sein Versprechen insofern gehalten, dass die Ketten des Verlierers nicht aus Eisen waren, sondern aus Silber. Der Engländer war stolz auf diesen kleinen Schachzug, aber Berengaria kam das trotz der Hinterlist des Zyprioten unehrenhaft vor. Sie konnte sich noch immer nicht entscheiden, ob sie ihren Zukünftigen für seinen Kampfesmut bewundern und ihm für ihre Rettung vor den Barbaren dankbar sein sollte oder sich weiter an ihren geheimen Wunsch klammern wollte, er möge im Gefecht fallen, bevor sie ihn heiraten musste. Dann könnte sie doch noch nach Pamplona zurückkehren!

Zwar war Johanna ihr zu einer echten Schwester geworden und Eleonore, die unheimliche Schwiegermutter, war aufs Festland zurückgekehrt, aber noch immer sträubte sich alles in Berengaria, wenn sie daran dachte, mit diesem Mann, der nach wie vor ein Fremder für sie war, das Bett teilen zu müssen.

„Meine Damen", begrüßte sie der König, ohne vom Thron aufzustehen.

„Lieber Bruder", antwortete Johanna und Berengaria nuschelte auch etwas vor sich hin.

„Zypern ist mein!", prahlte Richard, als wenn er das noch einmal extra verkünden müsste. „Ich habe den Männern versprochen, dass wir über das Osterfest ausruhen werden. Bevor wir dann nach Akkon aufbrechen, wird, wenn Ihr, meine Teuerste, einverstanden seid, noch Hochzeit gefeiert." Berengaria schluckte schwer. „Natürlich, mein lieber Richard", zwang sie sich zu antworten.

Sie sah zu, dass sie sich möglichst bald wieder in ihre Kammer zurückziehen konnte. Dort begann sie einen Brief an ihren Bruder zu schreiben:

Mein lieber Sancho, ich bin nunmehr auf der Insel Zypern, die Richard eingenommen hat und mein Verlobter hat beschlossen, dass wir derweil die Heirat abschließen und die Ehe vollziehen sollen. Noch immer ekelt es mich davor. Lieber Bruder, bitte, komm nach Zypern und rette mich vor diesem Mann, vor diesem Monster!

Sie seufzte, hielt das Blatt an die Kerze und sah zu wie es zu Asche zerfiel.

Mein lieber Bruder, begann sie erneut, *ich bin nunmehr auf der Insel Zypern und werde hier nun endlich mit Richard vermählt werden. Ich denke viel an Dich und an unsere Gespräche über Gott, die Christenheit und die Heiden. Ich habe die Ehre genossen, eine neue Schwester kennen zu lernen, Johanna von England. Sie ist warm und klug und kümmert sich gut um mich. Ich hoffe nun die Kraft zu haben zu tun, was von mir erwartet wird. Für Navarra und für die Christenheit. In ewiger geschwisterlicher Liebe, Berengaria.*

Sie las noch einmal, was sie geschrieben hatte. Ja, das war besser, das konnte sie abschicken.

Es war ihr zwar klar, dass sie als Richards Frau dem König so einiges würde ins Ohr flüstern können und Eleonore war ja der Beweis, dass eine Frau mit genügend Haaren auf den Zähnen auch darüber hinaus Einfluss ausüben konnte. Das wollte sie ebenfalls anstreben.

Auf der anderen Seite hatte sie keine Ahnung, wie sie Richard für die Bedrohung durch die Mauren sensibilisieren sollte. Alle redeten nur vom Outremer, vom Heiligen Land und der Wiedereroberung Jerusalems, alle Augen waren nur auf diesen schmalen Landstrich am Ostrand des Mittelmeers gerichtet. Dass das Reich der Almohaden sich von der Südgrenze Navarras über den Norden des riesigen afrikanischen Kontinents erstreckte, bis es in Ägypten an das Reich der Ayyubiden, das Herrschaftsgebiet Saladins, grenzte, davon sprach niemand. Die meisten Ritter in Richards Gefolge wussten nicht einmal, wer die Mauren waren, für sie waren die muslimischen Araber ein einziges Volk.

Unter all den Rittern, die Richard um sich versammelt hatte, fand Berengaria nur einen, der überhaupt gewillt war mit ihr zu sprechen und gleichzeitig offen für eine Diskussion ihrer Pläne war.

Robert von Sable genoss keinen guten Ruf unter den Rittern. Er hatte auf dem Seeweg um die iberische Halbinsel herum mit dem portugiesischen König, der wie Berengarias Vater und Bruder Sancho hieß, Streit angefangen und in Portugal regelrechte Raubzüge durchgeführt. Zwar kamen die Plünderungen dem Kreuzfahrerheer und Richard zugute, denn der englische König war chronisch pleite. Der Kreuzzug verschlang einfach sehr viel Geld und alle nahmen gerne das Geld an, egal, wo es herkam. Doch Robert galt als unehrenhaft und hinterlistig.

Berengaria störte dieser Ruf nicht, im Gegenteil, ein wenig Hang zur Intrige war ja für das, was sie vorhatte, sehr von Nutzen und Robert versprach ihr, sobald sie im Heiligen Land angekommen waren, seine Spione auszusenden.

Da Robert auch in Iberien gekämpft hatte, kannte er die Mauren. Er berichtete Berengaria ,dass es in der muslimischen Welt sogar insgesamt fünf große Reiche gab, deren Bewohner sich in Kultur, Aussehen und teilweise auch Sprache unterschieden. Nur die Religion verband sie. Doch ähnlich wie bei den Christen war dieses Band nicht stark genug, um interne Konflikte zu verhindern und sie stritten beständig um die Vorherrschaft, ganz so wie die Länder auf dem abendländischen Kontinent es auch taten.

Als der größte Anführer galt derzeit Sultan Saladin von der Familie der Ayyubiden. Dem gehörten Ägypten, Syrien und Teile des Zweistromlandes – und mittlerweile immer größere Teile des vormals christlichen Outremers, inklusive der Heiligen Stadt und ihrer Umgebung.

Dann gab es die Zengiden, die nomadisch lebten und die arabische Wüste ihr Eigen nannten. Bevor Saladin sich gegen die Christen gewandt hatte, musste er zuerst die Zengiden besiegen.

Im südlichen Zweistromland herrschte ein Kalif, dessen Namen sie sich nicht merken konnte, aber seinen Stamm nannte man die Abbasiden

In Kleinasien herrschte der Türkenkönig Kilic Arslan von den Seldschuken, wobei den Gerüchten nach Kaiser Barbarossa auf seinem Weg ins heilige Land die Armee der Seldschuken vernichtend geschlagen und Kilic Arslan einen Kopf kürzer gemacht hatte.

Und zuletzt gab es noch die Almohaden oder Mauren, die in Nordafrika und Südiberien herrschten.

Vielleicht war es gar möglich, die verschiedenen Fraktionen der Muslime gegeneinander aufzubringen? Sie erinnerte sich an ihre Lektüre des Kriegsberichtes des großen Caesar – des echten römischen Feldherrn aus der alten Zeit, der im Frankenland einen großen Krieg geführt hatte.

Caesar hatte beinahe jede seiner militärischen Operationen damit gerechtfertigt, dass er einem der gallischen Stämme bei seinem Kampf mit einem anderen zur Hilfe kam. Und bevor die Gallier sich versahen, hatte er fast ihr ganzes Land erobert. Ihr letzter Versuch, das römische Joch abzuschütteln, endete in der furchtbaren Belagerung von Alesia, bei der die Gallier ihre Frauen und Kinder aus der Burg warfen, weil nichts mehr zu essen da war. Da die Römer sich weigerten, sie aufzunehmen, mussten sie im Niemandsland zwischen den gallischen Mauern und den römischen Belagerungswällen elendig verhungern. Obwohl Krieger aus dem ganzen Frankenland nach Alesia ritten, um den Belagerten zu helfen, gewann Caesar die Schlacht, indem er einen zweiten Wall bauen ließ, um sich auch nach außen hin verteidigen zu können.

Vielleicht war es weise, wenn Richard Spione und Unterhändler zu den Abbasiden und Zengiden schickte. Vielleicht konnte man sie zum offenen Krieg gegen Saladin bewegen oder zumindest Söldner anwerben, die das Land und seine Begebenheiten kannten.

Richard schienen solche Ränke nicht weiter zu interessieren. So wie er mit seinen Rittern sprach, ging er davon aus, dass er im Outremer vor Anker gehen und es ebenso leicht einnehmen würde wie zuvor Zypern.

Berengaria verstand nun besser, warum Eleonore trotz ihres fortgeschrittenen Alters und den Entbehrungen, welche die Reise bringen würde, gerne mitgekommen wäre. Ihrem Sohn war die Verstellung fremd, er war nicht gemacht für die Intrige. Insofern entsprach er zwar dem Ideal des christlichen Ritters, aber Berengaria war nicht so naiv zu glauben, dass es ausreichen würde, wenn die Männer tugendhaft streiten würden. Die Ritter des englischen Königs allerdings standen, was das betraf, ihrem Herrscher nicht nach. Vielmehr stritten sich die hochrangigen Barone und Grafen darum, wer sich mit welchem der Ayyubidenführer duellieren würde, während Richard natürlich Anspruch darauf erhob, mit Saladin selbst die Klingen zu kreuzen.

Berengaria war vielleicht nur ein Weib und verstand nicht viel von der Kriegskunst, aber es fiel ihr nicht schwer diese Vorstellung der Kreuzritter von einem Krieg, der aus noblen Duellen zwischen ehrenhaften Kriegern bestand, die sich gegenseitig respektierten, als unrealistisch zu entlarven.

Wenn die Berichte stimmten, die bei Richard eingingen – immer wenn sie konnte, lauschte Berengaria aufmerksam, was die Spione zu erzählen hatten – dann konzentrierte sich das Kriegsgeschehen derzeit auf die Hafenstadt Akkon. Die wurde von den Kreuzrittern, die schon im Heiligen Land waren, belagert, während Saladin wiederum das Kreuzfahrerheer eingeschlossen hatte. Ganz ähnlich wie Caesar bei Alesia.

Nach Akkon wollte Richard auch direkt reisen, ohne einen Umweg über Antiochia zu machen. Die Einnahme Zyperns, die ja zunächst geschehen war, um sie und Johanna zu retten, erwies sich in dieser Hinsicht als Segen. Richard würde alles an Gold, Proviant und Ressourcen aus der Insel herauspressen und musste auf diese Weise nicht noch einen Zwischenstopp einlegen, sondern konnte direkt ins Kriegsgeschehen segeln.

Vielleicht würde sie weitere Verbündete finden, wenn sie endlich in Akkon waren. Aber zunächst einmal stand die Hochzeit an. Zwar wollte Berengaria Richard immer noch nicht ehelichen, andererseits würde sie als Königin sicherlich mehr Einfluss haben, denn als Verlobte des Königs.

Also schwor sie sich, ihre Verzweiflung zu überwinden, die Zähne zusammenzubeißen und ihre Pflicht zu tun. So furchtbar das alles war, noch schlimmer wäre es, ihren Bruder zu enttäuschen.

Kapitel 24: Dasisa
(Intrige)

Akkon, 21.April 1191

Da stand er wieder vor ihm, der sogenannte König von Jerusalem!

Guido von Lusignan hatte seine Niederlage vor Hattin anscheinend erfolgreich verdrängt. Er grinste schon wieder sein arrogantes Grinsen und tat so, als habe er alle Trümpfe in der Hand. Al-Adil würde ihn an diese Schmach erinnern müssen, wie der Franke gezittert hatte, als Sultan Saladin seinen Raubritter Rainald von Chatillion exekutiert hatte. Und auch an seinen Schwur, das heilige Land für immer zu verlassen...

Weder Guido, noch der Sultan, hatten um dieses Treffen gebeten. Es war der Anführer der in Akkon eingeschlossenen Muslime, der Wesir Abu Ali, der verhandeln wollte.

Außer den drei Männern waren noch ein Berater Guidos im Zelt, der sich vermummt hatte, augenscheinlich, weil er wie so viele Kreuzritter an irgendeiner ansteckenden Krankheit litt. Doch Al-Adil wusste es besser, wusste genau, wer sich unter der Kapuze versteckte.

Der Wesir hatte seinen Stellvertreter mitgebracht und Saphadin hatte einige seiner Haremsdamen dabei, um der Gegenseite zu zeigen, welchen Luxus er außerhalb des doppelten Belagerungsringes genoss. Auch die rothaarige Sklavin Maryam war dabei, aber da sie wie die anderen Huris den Schleier trug, sah man ihre feurige Mähne nicht.

Sowohl für die in ihrer Stadt eingeschlossenen Muslime, als auch die vom Sultan in doppelter Belagerung gefangen gehaltenen Christen waren die letzten Monate entbehrlich gewesen. Auch in Saladins Heer mehrten sich Unmut und Desertionen, was aber nichts war im Vergleich zu dem Hexenkessel aus Krankheit, Hunger und Durst, den die Eingeschlossenen erdulden mussten.

Al-Adil begann die Verhandlungen.

„Guido von Lusignan“, fing er an, „ich sehe, Ihr ehrt das eigene Wort nicht. Ihr habt meinem Bruder geschworen, das heilige Land zu verlassen und nie wieder zu kommen. Das war, wenn ich mich recht erinnere, nachdem er Euer Heer vor Hattin vernichtend geschlagen hatte. Ihr wisst doch noch, dieses kleine Gefecht vor fast vier Jahren, in dem ich das Heilige Kreuz der Christenheit erbeutet habe. Dieses steht übrigens mittlerweile in Kairo im Sultanspalast, als Mahnmal für die Stärke der Ayyubiden und des Islam. Aber bevor wir verhandeln, muss ich Euch fragen: Seid Ihr überhaupt noch der rechtmäßige Befehlshaber der Christen in Akkon?“

Der falsche König wurde rot vor Zorn, aber Al-Adil fuhr ungerührt fort. „Mir scheint, dass sowohl Konrad von Montferrat, der Euch ja nun als König von Jerusalem nachgefolgt ist – obschon Jerusalem weiterhin in unserer Hand ist, falls Ihr das vergessen habt – als auch der wahre König der Franken, Philipp Augustus, der gerade eingetroffen ist, viel eher diesen Anspruch erheben könnten. Oder haben Eure Lehnsherrn Euch zur Verhandlung geschickt, so wie mein Bruder es vorzieht, mich diese Gespräche führen zu lassen?“

Guido wurde zunehmend wütender, das war gut.

„In diesem Zusammenhang muss ich Euch mein ehrliches Bedauern darüber ausdrücken, dass Eure Frau und Eure Tochter verstorben sind. Ich weiß, das ist nun schon einige Monate her, aber wir hatten ja noch nicht die Gelegenheit, persönlich zu sprechen, also kann ich Euch mein Beileid erst jetzt aussprechen.“

Echte Trauer mischte sich in die Miene des Franken. Er war also zu echten Gefühlen fähig, dieser Teufel, der Al-Adil sonst immer wie ein Tier erschienen war, das nur Wut oder Furcht, Rache oder Flucht kannte.

„Ihr steht jetzt seit fast zwei Jahren vor der Stadt. Der Sultan hat Euch komplett eingeschlossen. Alle möglichen Herrscher der Christenheit, der König von Sizilien, Dänen, Flamen, Teutonen und Franken, haben Truppen geschickt, um Euch zu unterstützen. Sie alle sind wieder abgezogen oder wurden durch Seuchen und Hunger dezimiert.“

Guido hatte versucht, die Fassung zu wahren, aber er konnte seine Verzweiflung ebenso wenig verbergen wie seinen Hass auf Al-Adil, den er seit der Schlacht von Hattin wie eine Reliquie vor sich her trug.

„Aber jetzt ist Philipp von den Franken hier, und ja, auch Konrad von Montferrat. Kaiser Barbarossa ist mit seinen Reichsrittern unterwegs und ebenso Richard von England!“, spuckte der falsche König. „Die ganze Christenheit hilft mir bei meinem heiligen Krieg, mir das wiederzuholen, was Ihr mir genommen habt, Saphadin!“

„Ach, und ich dachte, Konrad von Montferrat verachtet Euch und wird von Philipp unterstützt. Und was die anderen angeht: Kaiser Barbarossa ist niemals in Akkon angekommen, nur sein Sohn Friedrich, der Herzog von Schwaben. Und der ist letzte Woche an der Seuche gestorben. Wem hat er noch einmal das Kommando über die paar hundert Reichsritter übertragen, die es mit ihm bis Akkon geschafft hatten? Sagt mir doch, Guido, wie heißt dieser Austrier, der wie ein Pfau auf Euren selbstgebauten hölzernen Mauern herumstolziert, aber nicht weiß, an welchem Ende er sein Schwert anfassen muss? Leonard? Leofreud? Ein Fürst oder Herzog ist er, ja? Ist ja auch egal, weil fast alle Reichsritter nach dem Tode ihres eigenen Herzogs lieber den Weg in die Heimat antraten, als unter diesem Witz von einem Krieger zu dienen!"

Die rötliche Farbe wich aus Guidos Gesicht und er sah zunehmend aus, als sei er krank.

„Ihr seht, ich bin bestens informiert über das, was in Eurem Lager so vor sich geht. Also frage ich Euch: Wo ist denn dieser legendäre Richard von England, der beste Feldherr der Christenheit? Den haben meine Spione bisher nicht ausmachen können. Es heißt, er habe genug damit zu tun, seine Schwester aus den Fängen des Sizilianers Tankred zu befreien, nachdem ihr Mann Wilhelm von Sizilien den Tod fand, bevor er Eure angeblich so heilige Sache hier unterstützen konnte. Wo sind die zweihundert Ritter, die Wilhelm vor seinem Dahinscheiden nach Akkon schickte? Diejenigen, die überlebt haben, sind nach seinem Tod direkt wieder in ihre Heimat zurückgekehrt."

Nun mischte sich der Wesir ein. „Das mag alles so sein, Herr, aber ich habe nicht um dieses Treffen gebeten, damit Ihr und der Frankenführer Euch im Weitspucken messt! Akkon ist am Ende! Ihr wisst ja gar nicht, wie es bei uns zugeht! An einem Tag singen und tanzen meine Leute mit den Kreuzrittern, am nächsten schlagen sie sich wieder die Köpfe ein. Die meisten glauben, dass das Ende der Welt gekommen ist."

Als Guido zu dieser Eingabe hämisch grinste, ergänzte der Wesir: „Die meisten auf beiden Seiten!"

„Die Armee der Ayyubiden ist so stark wie immer", log Saphadin, „lasst alle Herrscher des Abendlandes ihre besten Soldaten schicken, wir fürchten den Kampf nicht. Allah hat uns Al-Quds, die Reine, geschenkt, Allah wird uns auch Akka schenken."

„Dann gibt es nichts mehr zu verhandeln", stellte Guido fest und verließ ohne weitere Verabschiedungen das Verhandlungszelt.

Der Wesir tobte vor Wut. „Na das ist ja großartig gelaufen! Und was sollen wir jetzt tun?"

Al-Adil hob besänftigend die Hände. „Der Sultan hat Euch bisher geholfen, er wird es auch weiterhin tun. Wir werden nicht aufhören

Euch mit Nachschub zu versorgen, die christliche Flotte wird immer schwächer."

„Aber es reicht nicht!"

Al-Adil verstand den Mann nur zu gut. In Akkon mussten Zustände wie in Dschehenna herrschen. Aber er musste hart bleiben, vor allem weil Guidos Berater, der Vermummte, im Zelt geblieben war und alles mitbekam.

„Fürchtet nichts, Wesir, Allah ist mit uns! Die Söhne des Sultans wurden ausgesandt, um im ganzen ayyubidischen Reich und bei unseren Verbündeten weitere Truppen auszuheben. Wenn Ihr nur noch wenige Monate durchhaltet, wird die Umma diesen Konflikt für sich entscheiden!"

„Wenige Monate? Wir halten kaum noch zwei Wochen durch! Ich bin hierhergekommen, um mit den Christen über eine Kapitulation zu verhandeln, ob Saladin damit einverstanden ist oder nicht."

„Hört zu, Wesir, hört mir zu! Ihr kriegt es doch mit: Die Christen werden ebenso von Hunger, Durst und Seuchen geplagt, wie Eure Stadt. Ihre Generäle kämpfen untereinander um die Vorherrschaft. Und wir haben die Truppen des Belagerungsringes schon verdoppelt. Wenn unsere Generäle mit weiteren Truppen eintreffen, dann wird kein Richard von England, kein römischer, griechischer oder iberischer Kaiser das Blatt mehr wenden können!"

Auch der Wesir verließ wutschnaubend das Zelt.

Al-Adil ließ sich Zeit, bis er das Offensichtliche zur Sprache brachte. „Ihr seid noch hier, Leopold von Austria?!", sprach er den Vermummten an.

Der Maskierte zuckte zusammen.

„Ja, ich weiß wer Ihr seid, habt Ihr nicht aufgepasst? In dieser Stadt passiert nichts, was ich nicht früher oder später erfahre. Wenn Ihr es genau wissen wollt, meine arabischen Spione kosten mich mehr als die Informationen, die ich von Euren eigenen Leuten erhalte. Diese sind oft bereit, meinen Männern für ein gutes Stück Fladenbrot oder eine Flasche Wein alle Details über Eure Truppen zu verraten, derer sie gewahr sind. Soll ich Euch Namen nennen, Herzog? Werdet Ihr diese Soldaten dann an den Strick bringen? Oder braucht Ihr nicht vielmehr jedes Schwert, auch wenn derjenige, der es hält, ein verräterischer Mistkäfer ist?"

Leopold war ebenso rot vor Zorn wie zuvor Guido. „Einen Pfau nennt Ihr mich? Einen Witz von einem Ritter? Holt die Parlamentärsflagge vor Eurem Zelt ein und ich zeige Euch jetzt sofort, wer ein Witz ist.“

Saphadin klatschte in die Hände und seine Leibwächter kamen ins Zelt, die Hand am Schwert. „Männer, holt die weiße Fahne ein, bringt mir mein Schwert und holt den Gelehrten Al-Asfahani, damit er mir bei einem Duell sekundiert!“, befahl er.

Genau so wie zuvor bei Guido, änderte sich die Farbe von Leopolds Gesicht von einem wütenden rot in ein käsiges Weiß. Es war sehr offensichtlich, dass der Christ im Zorn gesprochen hatte, sich aber nicht wirklich mit Al-Adil duellieren wollte.

Also hielt Al-Adil seine Wachen zurück, indem er die Hand erhob.

„Es sei denn der Herzog von Austria ist hiergeblieben, um separat mit dem Sultan zu verhandeln“, schlug er vor.

Leopold nickte eifrig dazu. „Ja, dazu bin ich hier, großer Saphadin!“, schmeichelte er. Der dicke Herzog hatte augenscheinlich nicht damit gerechnet, dass Al-Adil seine Duellforderung annehmen würde. Und beide wussten, dass es ein ungleicher Kampf geworden wäre, den der Ayyubide schnell für sich entschieden hätte. Also würden sie weiter verhandeln.

„Und ich kann Euch versichern“, lenkte Al-Adil daher ein, „dass ich Euch nur vor Guido in diesen schändlichen Worten geschildert habe, um ihn in Sicherheit zu wiegen und nicht, um Euch zu beleidigen. Ich wusste ja, dass Ihr derjenige unter der Maskerade wart und dachte mir schon, dass Ihr nicht hier seid, um Guido zu beraten, sondern in eigener Mission.“

„Ja, ja“, stammelte Leopold. „Ich bin hier im Auftrag Konrads.“

Saphadin gab seinen Wächtern einen Wink, das Zelt zu verlassen. „Erzählt!“, forderte er ihn auf. Keine Bitte, ein Befehl.

„Konrad von Montferrat ist der neue König von Jerusalem und ja, bevor Ihr das wiederholt, die Heilige Stadt ist nach wie vor in Eurer Hand. Philipp Augustus unterstützt den Markgrafen.“

„Und warum Ihr?“

„Nun, er ist ein Vetter des Kaisers Barbarossa und ich bin des Kaisers Stellvertreter in Akkon.“

„Also ist es wahr, dass der Kaiser nie das Heilige Land erreicht hat, dass Friedrich der Staufer, der Herzog von Schwaben, unlängst hier in Akkon der Seuche zum Opfer gefallen ist?“

„Ich dachte, Ihr wüsstet...“, stammelte Leopold.

„Ich habe Gerüchte gehört. Jetzt weiß ich und dafür gebührt Euch mein Dank. Friedrich hat Euch also zum Befehlshaber der Reichsritter gemacht. Wie viele sind denn noch an Eurer Seite?“

Der Austrier wand sich sichtlich. „Zwei Dutzend nur sind geblieben!“, fluchte er. „Aber ich habe mein eigenes Kontingent, meine Austrier sind mindestens so gut wie die Ritter von Staufen! Ich bin der Stellvertreter des Kaisers in Akkon“, wiederholte er, „und als dieser und im Auftrag von Philipp und Konrad bin ich hier, um einen Separatfrieden auszuhandeln. Macht mit Guido, was Euch beliebt, den liefern wir Euch aus. Ihr wisst, dass er täglich schwört, Euren Kopf auf einen Pfahl zu spießen?“

„Und wie soll dieser Frieden aussehen?“

„Gebt uns Akkon und wir erkennen Euren Anspruch auf Arsuf, Askalon, Jaffa und Jerusalem an. Akkon wird die neue Hauptstadt des Königreichs Jerusalem, Konrad erhält die Krone, aber nicht die Heilige Stadt. Wir schließen einen Waffenstillstand, zunächst befristet auf ein Jahr, wenn der Sultan sich persönlich mit dem König trifft, kann eine längere Zeit vereinbart werden.“

Al-Adil lachte in sich hinein.

„So lange er sich König von Jerusalem nennt, werden wir kaum Waffenstillstand haben. Ihr seid eingeschlossen, habt nichts zu essen, kaum zu trinken und Allah straft Euch mit den schlimmsten Krankheiten, die man sich vorstellen kann.“

Al-Adil glaubte noch immer nicht daran, dass die Seuche eine Strafe Gottes war, aber das musste der Nazarener ja nicht wissen.

„Auch Ihr seht aus, als wenn Ihr die letzten Wochen auf dem Feldbett verbracht habt. Es wird keinen Frieden geben, so lange die Christen Anspruch auf Palästina erheben. Diese Länder gehören nun uns. Wenn es zur Entscheidungsschlacht kommt, werden alle Eure Könige, Herzöge und Fürsten mit ihren Männern sterben.“

Eine der Frauen sprach. Beide Männer zuckten zusammen, beide hatten vergessen, dass Saphadins Konkubinen noch im Zelt saßen. Ihnen war das Sprechen in Anwesenheit der Männer nicht gestattet, sie hatten nur hübsch auszusehen.

Natürlich war es der Rotschopf, Maryam. „Ein schlechter Friede ist besser als ein guter Krieg!“, waren ihre Worte.

Al-Adil ging betont langsam auf seine Sklavin zu und schlug ihr mit dem Handrücken ins Gesicht. Normalerweise würde er bei einer solchen Erziehungsmaßnahme, die er ohnehin fast nie anwendete, nur mit halber Kraft schlagen und statt des Gesichtes den Hals oder die Schulter wählen. Alles andere war haram. Aber diese Unverschämtheit erforderte eine harte Gegenmaßnahme, allein um seinen anderen Konkubinen zu zeigen, dass er Maryam nicht mehr durchgehen ließ als ihnen.

Maryam fiel zu Boden und spuckte Blut auf den staubigen Boden. „Herzog Leopold“, sprach sie nun den dicken Austrier an, „ich bin eine Christin, die dieser Unmensch zu seiner Sklavin gemacht hat. Er schändet mich jede Nacht!“

Das war nicht nur übertrieben, sondern eine weitere Ungeheuerlichkeit. Al-Adil hatte nach seiner anfänglichen Begeisterung für den Rotschopf bald wieder Sorge getragen, dass keine seiner Haremsdamen zu kurz kam.

„Bietet ihm eine Summe Gold für mich!“, forderte sie nun. „Kauft mich frei und ich will die Eure sein!“

Al-Adil sah von Maryam zu Leopold. Dieser war vollkommen überrumpelt.

„Nun?“, fragte er den Herzog. „Wollt Ihr ein Angebot machen?“

Aber Leopold sah nur zu Boden und schüttelte den Kopf. „Überbringt Eurem Bruder das Angebot Konrads und Philipps. Vielleicht ist er einsichtiger, als Ihr. Behaltet Eure Sklavin.“

Und nach Guido und dem Wesir verließ der dritte Würdenträger Saphadins Verhandlungszelt ohne weitere Grüße oder Gesten.

Es waren keine anderen Männer mehr anwesend, also sprach Aischa, seine Hauptkonkubine, ihn direkt an: „Herr, genug ist genug! Wir haben uns Eurem Willen gebeugt, diese Nasara zu einer von uns zu machen. Vom ersten Tage an hat sie schlechte Stimmung verbreitet, uns gegeneinander aufgehetzt und unsere Gebete mit ihren Ketzereien gestört. Wir haben das vorgebracht, es war Euch einerlei. Fein, Ihr seid der Herr, wir dienen nur. Aber diese Peinlichkeit dürft Ihr Euch nicht bieten lassen.“

Sie hatte Recht.

„Was schlägst du vor, meine Liebe?“

„Lasst uns nur gewähren.“

„So sei es!“

Ohne weitere Anweisungen abzuwarten oder zu benötigen stürzten sich die Huris auf Maryam. Die Jüngeren hielten sie fest, die Älteren zogen ihr den Schleier vom Kopf, griffen sich Essmesser und schoren ihr Haar. Als sich die Christin wie eine Löwin wehrte, drückten sie ihren Kopf auf den Boden und knieten sich auf ihre Schultern. Sie schnitten die rote Mähne bis auf die Kopfhaut herunter und verbrannten das Haar im Feuer der Fackeln, als wenn Zauberei davon ausgehen würde. Dann traten und bespuckten sie das Mädchen, bevor sie eine nach der anderen das Zelt verließen. Maryam blieb zusammengerollt da liegen, wo man sie zurückgelassen hatte, schluchzte und rief Isa an.

Als habe Al-Adil nicht geschehen lassen, was gerade passiert war, barg er seine Sklavin in seinem Arm, flößte ihr Wein ein und strich ihr sanft über das nun kahle Haupt. Eine Weile lang saßen sie so da, sie schluchzend und er tröstend.Dann riss er ihr das Kleid vom Leib und nahm sie. Und das erste Mal, seit sie sein war, zeigte sie ihm auch Leidenschaft. Aber auf welche Weise! Wie eine Furie begegnete sie seinen Liebesbemühungen, zerkratzte seinen Rücken und biss ihm in den Nacken. Als Antwort schlug er sie wieder ins Gesicht, diesmal zurückhaltend, nicht in der Absicht sie zu verletzen, und sie reagierte, indem sie, plötzlich zärtlich, an seinem Ohr knabberte. Ihr Mund bewegte sich zu seinen Lippen. Schon war ihre Zunge in seinem Rachen, nahm ihm den Atem. Dann biss sie ihm in die Unterlippe und zog ihren Kopf ganz langsam nach hinten. Vom neuerlichen Schmerz beflügelt schloss Al-Adil seine Hände um die Kehle seiner Sklavin. Und während er ihren Leib weiterhin mit rhythmischen Bewegungen traktierte, griff er immer fester zu. Kurz vor der Ohnmacht erreichte sie den Höhepunkt ihrer Begierde. Ihr Körper krampfte sich zusammen und sie stöhnte so laut, dass der Papst in Rom es noch hören musste – zumindest würden die Wachen vor dem Zelt wissen, was ihr Anführer gerade tat.

Al-Adil aber war weit davon entfernt, fertig mit dieser Liebesnacht zu sein. Er drehte seine Sklavin auf den Bauch und nahm sie wie ein Tier, bis er ebenfalls seine Befriedigung erhalten hatte.

Er glitt auf das Lager, Maryam legte ihren Kopf auf seine Brust. Hatte er die Verhandlung nicht in voller Rüstung geführt? Wo war sein Brustpanzer nur abgeblieben?

„Warum liegen Himmel und Hölle so nah zusammen?“, fragte sie ihn nach einer Weile.

„Was?“

„Warum hasse und liebe ich Euch gleichzeitig? Warum ertrage ich Eure schreckliche Anwesenheit, Eure lustvollen Angriffe genauso wie die Demütigungen und das Gezeter Eurer Waschweiber? Warum stürze ich mich nicht von einem Turm oder schneide mir die Adern auf, dass ich verblute?“

„Gott gibt das Leben, Gott nimmt es. Es ist eine Sünde, sich selbst...“

„Belehrt mich nicht! Antwortet lieber auf meine Fragen! Wie kann es sein, dass ich gleichzeitig größten Schmerz und tiefste Lust empfinde? Wie ist es möglich, dass ich es genieße, im Bett des Feindes zu liegen?“

„Inschallah!“, antwortete Al-Adil. „Alles ist so, wie Gott es will.“

Kapitel 25: Scandalum moralis

(Moralischer Eklat)

Akkon, 23. April 1191

„Nein, nein, nein!“, schrie der Bischof. Leopold zuckte zurück. Er kannte Konrad von Wittelsbach. Wenn er eine seiner moralischen Episoden hatte, dann war er gefährlich. Er schrie und drohte mit dem Höllenfeuer. Also ließ der Herzog ihn herum keifen, bis die Wut des Kirchenmannes sich gelegt hatte.

„Aber wir können Guido nicht unterstützen“, wandte er ein, als der Priester seinen Zorn einigermaßen gebändigt hatte. „Schon seit seiner schändlichen Niederlage bei Hattin steht er auf brüchigen Planken und jetzt, da Euer Namensvetter die Königin geheiratet hat...“

„Das ist es doch, wollt Ihr das denn nicht verstehen? Ihr zwingt die arme Isabella, ihre rechtmäßige Ehe mit Humfried von Toron aufzulösen!? Auch Konrad von Montferrat war verheiratet!“

„Aber seht Ihr nicht die Weisheit dieses Arrangements? Philipp von Franken, der das alles – mit meiner bescheidenen Hilfe – organisiert hat, bewies mit diesem Schritt doch größte Weitsicht. Guido von Lusignan ist nichts mehr, seit seine Frau Sibylla nicht mehr unter uns weilt. Sein gesamter Thronanspruch beruhte auf dieser Verbindung. Nun kann Konrad den gleichen Anspruch über ihre Schwester Isabella ins Feld führen.“

„Aber dazu habt Ihr nicht nur eine, nein, gleich zwei rechtmäßig geschlossene heilige Ehegelübde aufgelöst! Genau das hat der Papst doch an unseren Vorgängern hier im Heiligen Land so scharf kritisiert, dass sie Moral und Christentum für machtpolitische Zwecke mit Füßen getreten haben!“

„Philipp Augustus hat gesagt, kirchenrechtlich seien diese Ehen beide ohnehin bedenklich ge-...“

„Der König der Franken kann mich gerne haben! Nie darf irdische Macht das himmlische Gesetz stechen oder auch nur infrage stellen!“

„Aber was schlagt Ihr denn vor? Konrad wird der neue König von Akkon, äh, ich meine von Jerusalem und wenn wir die Araber erst geschlagen haben...“

„Das!", schmetterte Konrad von Wittelsbach, „muss sich ja wohl erst noch zeigen!"

Und wütend verließ er das Zelt.

Leopold war es einerlei. Von wegen, er solle auf den Rat des Kirchenmannes hören! Dieser Friedrich von Schwaben war ein kleines Kind gewesen. Und wo war er nun? Tot, verbrannt zu Asche, wie so viele andere.

Leopold von Austria hatte Wichtigeres zu tun.

Er zog seinen Waffenrock über, legte Schwert und Schild an und stolzierte, begleitet von seinen Leibwächtern, in Richtung Zelt des Königs.

Plötzlich erinnerte er sich an die Bezeichnung des unverschämten Ayyubiden. „Pfau", hatte der gesagt! Also bemühte sich Leopold, wie ein einfacher Mann zu gehen, auch wenn er nicht wusste, wie einfache Männer es anstellten, von A nach B zu kommen.

Das christliche Lager glich jeden Tag mehr einem Hexenkessel. Leopold beobachtete so unglaubliche Dinge wie Würfelspiele, welche die christlichen Soldaten gemeinsam mit Arabern durchführten. Die Männer, die sich schon bald wieder als Feinde auf den Mauern begegnen würden, tranken Wein zusammen – auch die Muslime schienen diesem Getränk nicht mehr so abgeneigt zu sein, wie sie immer behaupteten – und tauschten Silberlinge aus, wenn einer von ihnen das Spiel gewann.

Zwischen den Zelten standen Priester, die vom Ende der Welt, der Apokalypse, faselten, während Soldaten aller Farben – wiederum nicht nur Christen, sondern auch Feinde – im Schneidersitz um die Prediger herumsaßen und ihnen zuhörten.

Vor Philipps Zelt ließ man ihn einige Zeit warten, aber nicht so lange, dass es beleidigend geworden wäre.

Als er eintrat wurde er gewahr, dass Konrad von Montferrat und seine neue Frau ebenfalls schon da waren. Gut! So konnten sie gleich zur Sache kommen.

Philipp Augustus von Franken begrüßte den Babenberger mit einem Kopfnicken, Konrad und seine Frau hatten nur Augen füreinander.

Leopold lachte in sich hinein. Dafür, dass sie angeblich gegen ihren Willen von diesem Gottfried geschieden worden war – oder Hermfred? Nein, Humfred oder wie hieß der noch gleich..? - zeigte sie sich gegenüber dem Markgrafen doch recht willig.

Der König begann die Unterredung: „Nun, wo alle hier sind: Herzog Leopold, es wird Euch freuen zu hören, dass Papst Coelestin das heilige

Osterfest zu nutzen wusste, um Heinrich zum neuen Kaiser des Heiligen Römischen Reiches zu krönen."

Verdammt!

Was bedeutete das für seine eigene Stellung hier im Heiligen Land? Er hatte sich darauf verlassen, dass Barbarossas kaiserliche Autorität, die nach dessen Tode auf den jungen Friedrich übertragen worden war – auch wenn das nicht hatte verhindern können, dass die meisten römischen Kreuzfahrer die Heimreise antraten – nun durch Friedrichs Testament auf ihn übergegangen war. Wenn Heinrich nun Kaiser war, bedeutete das dann, dass Leopold keine kaiserliche Autorität mehr besaß?

Etwas anderes fiel ihm auf.

„Papst Coelestin sagt Ihr? Meint Ihr nicht Papst Clemens?"

„Nein. Papst Clemens ist vor zwei Wochen von uns gegangen. Lang lebe der Papst Coelestin!"

Die Päpste wechselten ja derzeit wirklich häufiger als ein Franke die Unterwäsche. Leopold grinste in sich hinein.

„Den Herzog amüsiert die Veränderung in Rom?", näselte Philipp

Dieser arrogante Franke! Ich brauche irgendwas, um ihn zum Schweigen zu bringen.

„Nein, Majestät, eine reine Namensverwechslung. Wer kann sich schon merken wie der amtierende Pontifex gerade heißt? In seinem Letter an mich erwähnte Heinrich nicht einmal den Namen des Papstes, der ihn gekrönt hat, sondern setzte mich nur generell von der Krönung in Kenntnis und bestätigte das Testament des Herzogs von Schwaben, das mich zum Vertreter des Kaisers und zum Anführer aller Truppen des Heiligen Römischen Reiches im Heiligen Land bestimmt hat."

Das sollte gesessen haben!

Aber der breitspurige Frankenkönig ließ sich so schnell nicht um den Finger wickeln.

„Diesen Letter würden wir gerne einsehen, wenn Ihr es einrichten könnt. Er wäre eine, ähm, befriedigendere Bestätigung Eurer immer wieder vorgebrachten Ansprüche auf die Befehlsgewalt über die Reichsritter, als dieses ominöse Testament, das, soweit ich informiert bin, nur mündlich und zufällig ohne Zeugen ausgesprochen wurde."

„Wenn Ihr Zweifel habt, fragt den Bischof Konrad von Wittelsbach. Der Priester ist weithin als Mann der Ehre bekannt. Er wird meinen Anspruch bestätigen."

„Das werden wir tun. Und wir werden diesen Brief lesen, den Ihr uns zukommen lasst, ja?“

„Oder wollt Ihr die Gebeine des Kaisers sehen, die mir anvertraut wurden?“

„Igitt, bitte nicht!“

Zum Glück wechselte Konrad von Montferrat das Thema.

„Das ist doch alles jetzt nicht wichtig! Ich will lieber hören, was die Verhandlungen mit Saphadin ergeben haben.“

Ja, das war ein weiterer Trumpf, den Leopold im Ärmel führte.

„Erklärt mir“, befahl Philipp, „dieser Saphadin! Was bedeutet dieser Name? Saladin und Saphadin, wie soll man sich das merken? Und der frühere Sultan der Türken hieß wie? Nuradin? Brr.“ Der König tat, als zittere er vor Kälte. „Und dann klärt uns doch auch gleich darüber auf, warum Ihr nicht mit dem Sultan selbst gesprochen habt, sondern nur mit seinem Stellvertreter. Seinem Bruder, wenn wir recht informiert sind, zugegeben, aber nicht mit dem großen Saladin selbst. Sagt uns, ob wir überhaupt etwas als von Gewicht betrachten können, was dieser Heide von sich gibt, ja?“

Leopold ließ sich Zeit mit der Antwort. Hier musste er sich jedes Wort gut zurecht legen. Also begann er mit den unwichtigen Dingen, um mehr Zeit zu haben, seine Strategie bezüglich der entscheidenden Ergebnisse der Verhandlungen zu überdenken. Damit, dass Philipp die Autorität Saphadins infrage stellen könnte, hatte er nicht gerechnet. Vielleicht würde er den König ja mit seinen durchaus nicht kleinen Kenntnissen der arabischen Sprache beeindrucken können, was dann seine leider nicht wirklich herausragenden Verhandlungserfolge mit Saphadin in ein besseres Licht rücken würde.

„Majestät, das arabische ´Ad-Din´ bedeutet so viel wie ´der Religion´, wobei die Heiden natürlich nicht unser Christentum meinen, sondern ihre eigene falsche Glaubenspraxis. All die Namen der großen Anführer bedeuten also irgendwas mit ´der Religion´. Nur Ad-Din bedeutet ´das Licht der Religion´, Salah Ad-Din ist `das Heil der Religion` und Saif Ad-Din ist `das Schwert der Religion´.“

„Aber sprechen die Araber es nicht Salahudin und Saif Eidin aus?“, mischte sich Konrad von Montferrat ein.

Zur Überraschung der Männer sprach nun Isabella von Jerusalem. „Das liegt daran, dass die Schrift der Araber keine Vokale kennt, sondern nur Konsonanten. Niedergeschrieben wird also zum Beispiel bei der Vorsilbe Al nur ein arabischer Buchstabe, der unserem L entspricht. Ob man dieses dann als Al oder El oder Ul ausspricht folgt Regeln, welche jemand, der nicht von Geburt an die arabische Sprache beherrscht, nicht so leicht lernen kann."

Alle drei starrten die Königin von Jerusalem mit offenem Munde an. Leopold gewann als erster die Fassung wieder und konnte glücklicherweise so tun, als wenn er den Faden nur wieder aufnehmen würde.

„Namen wie Saladin und Saphadin sind natürlich Ehrennamen", beeilte er sich also, das Heft wieder in die Hand zu nehmen, „in Wirklichkeit heißen die Al-Sonstwas oder Ali Irgendwie, oft noch mit einem Nachnamen, der mit der Silbe ´ibn´ eingeleitet wird."

„Ibn heißt Sohn von", ergänzte Isabella äußerst hilfreich.

„Die Ehrennamen sind aber nicht zufällig gewählt. Nur Ad-Din wurde das Licht der Religion genannt, weil er den Islam angeblich in besonders strahlender Weise verkörperte, Saladin ist das Heil der Religion, weil er unter seine Leuten als jemand gilt, der Ungläubige – also auch uns – zu seiner falschen Religion bekehren könne und Saphadin ist das Schwert der Religion, weil er auf dem Schlachtfeld die Drecksarbeit für Saladin erledigt."

Ganz so wie Friedrich von Schwaben für Barbarossa! Das lasse ich besser aus...

„Neben dieser Aufgabe, seine grauenhaften Befehle mit dem Schwert auszuführen, ist Saphadin auch der Chefunterhändler des Sultans. Saladin verhandelt nie persönlich, sondern schickt immer seinen Bruder. Die beiden eint nicht nur das Blutband, sondern auch ein alter Schwur, das heilige Land von der nazarenischen Pest zu säubern – das sind wiederum wir, falls es daran Zweifel gab."

Der König sah aus, als würde er gleich einschlafen. Zeit, zum Wesentlichen zu kommen.

„Saphadin ist also nicht irgendein Unterhändler, sondern das direkte Sprachrohr des Sultans. Er verhandelt nichts, ohne es nicht mit seinem Bruder abgesprochen zu haben, die beiden sind absolut loyal zueinander und frühere Versuche sie zu entfremden sind kläglich gescheitert."

Er sah Konrad von Montferrat an und ergänzte: „Fragt doch Euren Konkurrenten Guido von Lusignan, ob er Erfolg mit dieser Kabale hatte!"

Zwar wusste er nicht, ob Guido so etwas tatsächlich versucht hatte, aber eine solche Episode passte ins Gesamtbild.

„Nun sprich er schon“, befahl der König ungeduldig, „was ist herausgekommen bei der Verhandlung mit diesem Schaffardin!“

Wie ein Diener angeredet zu werden war fast zu viel für Leopold. Aber das hier war immerhin der König der Franken!

„Saphadin, Euer Majestät!“, stellte er richtig. „Sein eigentlicher Name ist Al-Adil und er war sich nicht zu schade, bei den Verhandlungen mit Guido von Lusignan und Abu Ali, dem Wesir von Akkon, seinen Harem mitzubringen, um mit seinem Luxus und seinem sündhaften Lebensstil zu prahlen. Ich selbst war in Maskerade dort, Guido hielt mich für einen Mönch und beachtete mich nicht weiter, Saphadin hielt mich für einen Gefolgsmann Guidos und war total überrascht als ich nach dessen Abgang die Larve herunternahm und mich zu erkennen gab.

Ich bot ihm natürlich sofort ein Duell auf Leben und Tod an, um die Sache mit Akkon zu entscheiden, aber er lehnte – überaus diplomatisch, muss ich zugeben – mit der Begründung ab, er könne nicht für die Sache seines Bruders einen Zweikampf führen. Ich nehme an, genau aus diesem Grund schickt Saladin ihn, um Verhandlungen zu führen, statt selbst dorthin zu gehen. Wie einfach wäre unsere Sache, wenn sie nur des Zweikampfes zwischen einem europäischen Adligen und eines arabischen Räuberhauptmannes bedürfte!“

Nun wurde auch Konrad von Montferrat ungeduldig. „Und was war nun das Ergebnis?“

„Natürlich wand Saphadin sich wie eine Viper, versprach aber, unser Angebot an den Sultan weiterzuleiten. Ich gehe davon aus, dass es keine zwanzig Tage mehr dauert, bis wir ein Angebot von Saladin erhalten. Er wird unmögliche Bedingungen stellen, um Akkon aufzugeben, darauf sollten wir vorbereitet sein. Wenn ich wiederum mit Saphadin verhandle muss ich wissen, wie unsere Position ist, was ich zugestehen kann und was nicht.“

Philipp erhob sich von dem Schemel, auf dem er gesessen hatte und schrie in unverhohlener Wut: „Zugeständnisse? Zugeständnisse wollt Ihr diesen Heiden machen? Ich schwöre hier und jetzt, ich werde Akkon schon genommen haben, wenn Richard von England hier eintrifft. Der wird dumm aus der Wäsche schauen und sich nur noch meinem Heer anschließen können, das die Reste von Saladins Truppen durch die Wüste bis in die Heilige Stadt verfolgt!“

Er machte eine kurze Pause. „Ihr werdet mir doch folgen, Herzog von Austria und Abgesandter des Kaisers?“

„Ich werde an Eurer Seite kämpfen!", versprach Leopold.

„Dann ist ja alles geklärt", stellte Konrad von Montferrat fest. „Erst nehmen wir die Stadt, dann wenden wir uns Saladins Truppen am äußeren Belagerungsring zu."

Wenn sie so vorgingen konnten sie gar nicht verlieren und der dämliche König der Engländer würde nur noch blöd aus der Wäsche schauen können, wenn er endlich eintraf und Akkon schon in christlicher Hand war. Guido von Lusignan wäre dann aus dem Rennen und Richard könnte nur noch die zweite Geige bei der Rückeroberung des restlichen Heiligen Landes spielen.

Leopold würde als großer Held nach Hause zurückkehren!

Ihm war nach etwas Abwechslung. Er verließ Philipps Zelt und sah sich im Lager um. Es waren nicht mehr viele Frauen da, die halbwegs ansehnlich waren, aber er fand eine. „Du!", befahl er, „komm mit mir!"

Die Frau, ein Waschweib, das wie viele andere den Kreuzzug begleitete und niedere Aufgaben übernahm, schüttelte den Kopf.

„Ich will nicht", flüsterte sie und blickte sich hilfesuchend um. Aber es gab keinen Ausweg. Leopold packte sie grob am Arm und zog sie in sein eigenes Zelt. Dort angekommen stand sie da wie eine Salzsäule, während er seinen Waffengürtel und den Rock ablegte. Sie zitterte am ganzen Leibe.

„Stell dich nicht so an, das wird doch nicht das erste Mal sein, dass du einem Adligen zu Diensten bist", blaffte Leopold.

Das Luder spielte die Unschuldige, sah zu Boden. So mochte er es! Er grapschte nach ihrem Gewand und zog es herunter. Sie war nicht mehr die Jüngste, aber sie hatte pralle Brüste, die aufreizend wippten, während die Frau versuchte, sich wieder zu bedecken. Jetzt fing sie auch noch an zu weinen!

„Hier, nimm das!", forderte er sie auf und gab ihr Wein. Das machte sie gefügiger.

Kapitel 26: Quien fue a Sevilla perdió su silla

(Wer nach Sevilla ging, verlor seinen Stuhl)

Limassol, 12.Mai 1191

Berengaria trug ein weißes Kleid, einen weißen Schleier und fühlte sich wie der letzte Mensch auf Erden. Da weder ihr Vater, noch ihr Bruder bei der Zeremonie dabei sein konnten, hatte Berengaria vorgeschlagen, dass Johanna sie zum Altar führen solle. Das hatten aber alle Beteiligten abgelehnt, das war gegen den Brauch. Stattdessen hatte Lothar von Segni diese Aufgabe erhalten. Er war ein Kardinal oder Diakon – oder war er Kardinalsdiakon? Sie kannte sich nicht gut genug mit der Kirchenhierarchie aus. Der Papst hatte ihn gesandt, um der Hochzeit beizuwohnen und auf diese Weise zu signalisieren, dass die Kirche und der Papst die Trauung guthießen.

Und dort, am Altar, stand Richard, in voller Rüstung. Darüber trug er ihre Stickereien, die weiße Tunika mit dem roten Kreuz und das Band mit seinem Wappen. Den Helm hatte er zumindest abgelegt, sodass alle sein selbstzufriedenes Grinsen, umrandet von seinem Bart, sehen konnten.

Dieses Grinsen wurde noch breiter, als seine Männer den in silberne Ketten gelegten falschen Kaiser, Isaak von Zypern, vorführten. Er war als Geschenk an die Braut gedacht. In Richards Welt war das wohl nicht so absurd, wie es Berengaria vorkam. Was sollte sie nur mit einem gefesselten Möchtegern-Herrscher anfangen?

für Richard war das der öffentliche Beweis, dass er seine Braut auch auf dem Kriegszug vor jeder Gefahr beschützen konnte.

Der König überraschte sie allerdings mit einem weiteren Geschenk: Die Tochter des Kaisers, Dorothea, ein kleines Ding, das kaum die Geschlechtsreife erlangt hatte, wurde mit ihrem Vater vorgeführt und zu Berengarias Mündel erklärt.

Das war allerdings eine interessante Wendung. Zwar fühlte Berengaria sich hier, zwischen all den Rittern, Kirchenmännern und Würdenträgern, selbst noch wie ein Kind, aber nach dem, was sie in den letzten Monaten durchgemacht hatte, konnte sie sich schon vorstellen, ein Mädchen an die Hand zu nehmen und auf das Leben vorzubereiten – vor allem auf den Schmerz, auf die Einsamkeit und Hilflosigkeit, die sie würde durchleiden müssen.

Also brach sie das Protokoll, machte vor dem gefesselten Kaiser einen Knicks und nahm das zitternde Kind in den Arm.

„Hab keine Angst, bei mir bist du in Sicherheit“, flüsterte sie ihr zu, strich ihr über den Kopf und schritt erst dann an die Seite ihres Bräutigams.

Die Worte des Priesters waren, wie Johanna ihr erklärt hatte, nur dazu da, damit die ganze Zeremonie etwas Feierliches hatte. Die eigentliche Eheschließung übernahm ein englischer Beamter, der dem Brautpaar allerlei Fragen stellte. Berengaria musste angeben, dass sie der legitime Spross von Sancho von Navarra und seiner rechtmäßig angetrauten Gattin war, schwören, dass sie jungfräulich in die Ehe ging und versprechen, dass sie die Pflichten einer Ehefrau, die der Beamte nicht näher definierte, erfüllen würde. Richard überreichte dem Beamten den Brief mit dem Siegel ihres Vaters, den er Eleonore mitgegeben hatte und in dem die Mitgift geregelt war und ein eigenes Schreiben mit den Regelungen zu Berengarias Wittum.

Der Beamte verlas die Schriftstücke laut und fragte Berengaria, ob diese Dokumente dem zuvor ausgehandelten Vertrag und ihren Vorstellungen entsprechen würden und sie konnte nur nicken. Sie hatte schon lange vergessen, wie diese Burgen in den Pyrenäen hießen, die sie erhalten sollte und wusste auch nicht mehr, welchen Teil Aquitaniens man ihr zugesprochen hatte. Die Hauptsache war, dass sie nach dem Kreuzzug ihre Ländereien gegen die Mauren befestigen würde können.

Dann begann die eigentliche Hochzeitsfeier, die sich für Berengaria wie eine Ewigkeit hinzog. Richard trank viel – sie wagte zu hoffen, dass er später am Abend zu betrunken sein würde, um von ihr ihre ehelichen Pflichten einzufordern – plauderte mit seinen Rittern über die bisher geleisteten Erfolge wie die Eroberung Zyperns oder Johannas Befreiung aus den Klauen Tankreds in Messina und über die bevorstehenden Abenteuer im Heiligen Land.

Jeder seiner Ritter, Barone und sonstigen Gefolgsleute, der wichtig war oder sich wichtig nahm , machte ihr seine Aufwartung, küsste ihre Hand und forderte sie zum Tanz auf. Johanna hatte ihr geraten, möglichst vielen die Freude zu machen, mit der Braut tanzen zu können, aber auch darauf zu achten, dass sie zwischenzeitlich wieder an ihren Platz zurückkehrte, sich erholte, etwas aß und weitere Ehrbezeugungen über sich ergehen ließ und sie beherzigte diesen Rat.

Nach einer schier unendlich langen Zeit, die aus Tanzen, Handküsse entgegennehmen und essen bestand, setzte sich dieser Kardinal neben sie.

„Ihr erlaubt doch, dass ich kurzzeitig hier den Platz Eures Gatten einnehme?“, leitete er das folgende Gespräch ein.

Sie nickte nur und schlug die Augen nieder.

„Ihr kennt mich nicht, Eure Majestät, und Ihr werdet Euch vielleicht fragen, was ein einfacher Mann der Kirche Euch an diesem Eurem Festtage mitzuteilen wünscht. Vielleicht fragt Ihr Euch das auch nicht und sitzt hier nur in der sehnlichen Erwartung der kommenden Vereinigung des Fleisches.“ Dabei grinste er schief, als sei sein eigener Witz ihm irgendwie peinlich.

„Wie dem auch sei, Ihr seid jetzt die Königin von England und der heilige Vater, mein Herr, hat dieser Verbindung zugestimmt. Das bedeutet aber nicht, dass er Euren Mann nicht mit Argusaugen beobachtet. Ja, ich weiß, was Ihr sagen wollt, er ist immerhin dem Kreuzzuggesuch gefolgt und handelt im Namen der Kirche. Aber weder das, was in Messina passiert ist, noch diese Usurpation Zyperns fand die Zustimmung des heiligen Vaters. Wäre Euer Richard der Einladung des heiligen Stuhls gefolgt, zunächst in Rom Quartier zu beziehen, dann hätte man all diese Dinge vorbesprechen und zu einer Einigung kommen können. So entfällt dem Lateran kein einziges Goldstück von diesen Eroberungen und das ist, wie Ihr zugeben müsst, nicht rechtens.“

Berengaria hütete sich, dazu etwas zu sagen.

„Also bittet der heilige Vater Euch als Tochter der Christenheit, Richard gegenüber diese Delikatesse zu erwähnen. Der Papst ist mit einer kleinen Ausgleichszahlung zufrieden, es ist mehr eine symbolische Geste, versteht Ihr?“

„Warum besprecht Ihr diese Dinge nicht mit meinem Mann?“

Lothar von Segni lachte ein humorloses Lachen in sich hinein.

„Als Gesandter und Diplomat des Papstes habe ich die Erfahrung gemacht, dass solche Dinge, vorgetragen von einer Ehefrau, ganz anders das Herz eines weltlichen Herrschers erreichen, als wenn ein Mann der Kurie sie vorträgt, versteht Ihr?“

Sie verstand es nicht, schwieg aber wieder.

„Majestät, ich weiß nicht, wie gut Ihr Euch in der Politik auskennt, Ihr seid ja noch jung“, fuhr daher der Kirchenmann fort, „aber mit dem heutigen Tage seit Ihr eine der mächtigsten Frauen des Abendlandes geworden. Eure Brautgeschenke sind dabei viel wichtiger als Eure Herkunft, auch wenn der Papst Navarra als Bastion gegen die Ungläubigen zu schätzen weiß und nur Gutes über Euren Vater und Euren Bruder zu sagen hat."

Weder der ältere, noch der jüngere Sancho hatten ihr jemals davon erzählt, den Papst persönlich getroffen zu haben. Auch wusste sie, dass der heilige Stuhl seit Generationen den Herrschern von Pamplona die Königswürde absprach und das kleine Navarra lediglich als „Herzogtum" ansah. Woher also nahm Lothar von Segni diese Gewissheit, dass der Kirchenvater solche Sympathie für ihre Familie empfand? Sie wurde zunehmend misstrauisch. Da war etwas faul...

„Ihr müsst verstehen, Majestät, dass es dem Papst vor allem um die Einheit der Christenheit geht. Diese Einheit ist kein Selbstzweck. Im Lateran sieht man besorgt nicht nur ins heilige Land, sondern auch auf die iberische Halbinsel. Die Barbaren sind auf dem Vormarsch! Die meisten Herrscher des Abendlandes sind sich der großen Gefahr durch den Islam nicht bewusst, aber Ihr – wenn Ihr Eure Ländereien selbst verwalten wollt, wie die Mutter Eures Mannes es mit ihren gehalten hat und Richard diese Aufgabe nicht komplett überlasst – müsst dieser Bedrohung gewahr sein. Während Euer Hauptaugenmerk sein wird, Euer Land gegen die Zumutungen dieses arroganten Schnösels Philipp zu verteidigen, dürft Ihr nie vergessen, dass Euer Heimatland Navarra eine der letzten Bastionen gegen die Heiden darstellt und Eure eigenen Ländereien, wenn es zum großen Sturm kommt, den der Papst befürchtet, die zweite Frontlinie darstellen."

Das alles kannte sie aus den Berichten ihres Bruders, sie hatte nur noch nicht bedacht, was das für sie selbst bedeuten würde, weil ihr trotz aller Vorbereitungen durch Eleonore, die alte Hexe, bisher noch gar nicht klar geworden war, dass sie nun wirklich über diese Landstriche regierte, die Vater und Richard ihr als Brautgeschenk überlassen hatten. Sie war also plötzlich als Verteidigerin der Christenheit gegen die Heiden wichtiger geworden als Roland von Alion oder gar ihr eigener Vater! Das würde Sancho dem Jüngeren gefallen...

„Aber sagt mir, Hochwürden", wagte sie nachzufragen, „ist dem Papst denn wirklich bewusst, was die weltlichen Herrscher von Seiten des Lateran benötigen, um die von Euch geschilderte heilige Aufgabe zu erfüllen?"

Lothar sah sie an, als wenn ihr plötzlich Teufelshörner gewachsen wären.

„Hochwürden, ich bin nur eine Frau und die Politik ist fremdes Gelände für mich. Aber ich bin ja nicht blind. Was Richard am meisten für diesen Kreuzzug benötigt, ist Gold. Er hat England so hart besteuert, dass die Gewöhnlichen an der Schwelle des Aufstandes waren, nur um sein Heer in Bewegung setzen zu können. Und diese Eroberungen, die Ihr illegitim nennt, und die ich ablehne, weil so viele Menschen deswegen sterben mussten, sie dienen doch nur dem Zweck diesen Kreuzzug, der so unendlich viel Gold verschluckt, am Laufen zu halten."

Lothars Miene war zu Stein erstarrt. „Ihr werdet trotzdem das Anliegen des Papstes mit Eurem Mann besprechen", sagte er und Berengaria war nicht klar, ob das eine Frage war, ein Befehl oder eine Drohung.

„Ich trage Richard vor, was Ihr gesagt habt, kann Euch aber keinerlei eigene Zugeständnisse machen."

Es war fast hörbar, wie Lothar diesen Punkt in seinem Kopf abhakte.

„Dann lasst mich Euch, als Brautgeschenk, nur noch einen weiteren Rat mit auf den Weg geben, Majestät", sagte er mit einer Unterwürfigkeit, die sie ohne große Mühe als gespielt wahrnehmen konnte. „Die eheliche Vereinigung ist ein notwendiges Übel, um Nachkommen zu zeugen, Erben für die Herrscher der Christenheit, Soldaten für den Kampf gegen die Ungläubigen. Man sagt, dass die Männer an dieser Verrichtung nicht unwesentliche Freude haben und es soll selbst Frauen geben, welche den Akt nicht nur erdulden, sondern herbeisehnen. Aber ich sage Euch, alles Irdische ist nur eine Illusion des Teufels. Ich sehe Euch an und ich sehe nur einen Sack, der Organe, Kot und Urin enthält. Schaut nicht so indigniert, Ihr erhaltet hier keine persönliche Lektion, sondern werdet über die offizielle Linie der Kurie aufgeklärt."

Auf Berengaria wirkte Lothar, als wenn diese verbale Verdammung der Fleischeslust ihm ebendiese Lust verschaffen würde.

„Was ist denn der Mensch"; ereiferte er sich weiter. „Aus Erde geformt, empfangen in Schuld und geboren zur Pein. Er handelt schlecht, gleichwohl es ihm verboten ist, er verübt Schändliches, das sich nicht geziemt, und setzt seine Hoffnung auf eitle Dinge. Er endet als Raub der Flammen, als Speise der Würmer, oder er vermodert."

Das unstete Funkeln in den Augen des Priesters machte Berengaria Angst. Grob griff er nach ihrem Arm und drückte schmerzhaft zu.

„Und allen voran ist es das Weib, welches die Sünde in die Welt brachte, als sie sich von der Schlange, dem Inkubus des Satans, verführen ließ zum Verrat an Gott!“

Endlich rettete ihr Angetrauter sie vor dem schrecklichen Kirchenmann. „Teuerste“, sprach er sie an, den Priester überhaupt nicht beachtend, „nun habt Ihr mit meinem halben Hofstaat getanzt, aber noch nicht mit mir. Das müssen wir ändern. Was würden denn die Leute sagen, wenn der König und die Königin auf der eigenen Hochzeit nicht miteinander tanzen?“

Er trat einen Schritt vor und reichte ihr seine Hand, sodass Lothar Segni zurückweichen musste, wenn er nicht die massive Schulterplatte des Königs ins Gesicht bekommen wollte. Der Kleriker trat zurück und ließ dabei endlich auch ihren Arm los. Richard führte Berengaria von ihrem Sitz hoch und zwei Meter in Richtung Tanzfläche, dann blieb er urplötzlich stehen. „Verzeiht mir Teuerst, wie vergesslich von mir!“ Schnell wie eine Katze sprang er auf den Priester zu, der immer noch auf dem Stuhl des Bräutigams saß, und griff mit seiner riesigen, behandschuhten Pranke unter den Arm des völlig Überraschten. Während das Gesicht des Kirchenmannes sich vor Schmerz verzog, tönte Richard für alle hörbar: „Hochwürden, verzeiht mir, ich erkannte Euch nicht gleich. Welch große Ehre, Euch heute hier zu haben, als Gesandter des Heiligen Stuhles und als Versicherung, dass der Papst diese Ehe gutheißt! Ich danke Euch dafür, dass Ihr die Pflicht des Brautvaters, der heute leider nicht bei uns sein konnte, übernommen habt.“

Der König sah sich im Saal um und nickte den Gästen aufmunternd zu. Einer nach dem anderen begann, dem Kirchenmann, den Richard immer noch in seinem Schraubstockgriff gefangen hielt – was aber niemandem außer Berengaria aufzufallen schien – zu applaudieren. Richard flüsterte dem Gesandten des Papstes noch etwas ins Ohr, dann ließ er ihn los und ging mit Berengaria tanzen, als wäre nichts geschehen.

Beim Tanzen lächelte er wieder so selbstzufrieden, als wolle er er sagen: *Hier, siehst du, alles, die dir Böses wollen, kriegen von mir ganz dolle Prügel! Ich bin der Größte, wie könnte eine Frau mich nicht begehrenswert finden?*

Doch obwohl Berengaria ihrem Mann nicht nur dankbar für die Rettung in Zypern, sondern in ebensolchem Maße für die gerade geschehene Aktion mit dem Priester war, fand sie an ihm nichts, was sie begeisterte, sie halb in Ohnmacht fallen ließ.

Und Johanna hatte ihr erzählt, dass es bei ihr und ihrem Wilhelm auch nicht so gewesen war und Eleonore hatte für Johannas und Richards Vater – das musste einer dieser Heinrichs sein – nichts als Spott über, wobei sie mit noch größerer Verachtung von ihrem ersten Mann Ludwig, dem Franken, gesprochen hatte.

Vielleicht gab es das mit der Minne und der Begeisterung füreinander ja gar nicht?! Die Ehe war ein Vertrag zur Produktion von Erben, zur Sicherung von Allianzen und doch tat jeder so, als wäre dieser Tag ein besonderer Freudentag. Für Berengaria war er das nicht.

Als die meisten Ritter, voll bis in die Haarspitzen, ihren Urlaub von der Festveranstaltung genommen hatten, löste Richard die Reste der Feier kurzerhand auf, nahm Berengaria auf den Arm und trug sie in sein Burgzimmer. Dort setzte er sich auf einen Schemel und wartete, offensichtlich dass sie ihm beim Ausziehen seiner Rüstung behilflich war. Als sie keine Anstalten dazu machte, sondern genau dort, wo er sie abgesetzt hatte, wie eine Steinfigur stehenblieb, schälte er sich selbst aus dem Brustpanzer und den schweren Stahlstiefeln.

Sein Körper unter der völlig durchgeschwitzten Unterkleidung war weiß und voller Haare. Mit seinen 34 Jahren war er kein junger Mann mehr, aber auch noch nicht alt. Und doch wirkte er ohne seine Rüstung und den Tand mindestens zehn Jahre älter und gewiss nicht wie ein König.

Als wenn er keine völlig lächerliche Erscheinung abgeben würde in seinen am Körper klebenden Unterklamotten, kam er auf sie zu und wollte sie umarmen.

Berengaria schloss die Augen. Tausend Bilder schossen gleichzeitig vor ihrem geistigen Auge vorbei. Eleonore, wie sie ihr das Messer vorhielt, Johanna, wie sie ihr das Haar aus dem Gesicht strich, Richards selbstzufriedenes Grinsen, als er den falschen Kaiser in silbernen Ketten vorführte. Ihr Bruder Sancho, seine schneeweißen, riesigen Zähne, die er nur zu gerne zeigte, weil er eben so gerne lächelte, ihr Vater, der in ihrer Vorstellung ebenso wenig wie Richard jetzt, Krone und Rüstung trug, sondern wie ihr Gemahl in Unterkleidung dastand und sein grausames Grinsen grinste. Ihre Mama, die sie festhielt und vor allem Bösen beschützte – damals, als sie noch klein war. Und immer wieder Eleonore, Eleonore, Eleonore. Das alte Weib. Die Hexe.

„Nein!“, zischte Berengaria und sah Richard direkt in die Augen.

Es war nur ein Wort, nur ein Blick, aber sein geöffneter Mund und die in hilfloser Abwehr erhobenen Arme zeigten ihr, dass sie es nicht würde wiederholen müssen.

Sie würde heute nicht beim König liegen. Es würde keine Hochzeitsnacht, keine Vereinigung des Fleisches geben.

Ob Lothar von Segni, der verrückte Kirchenmann, diesen Schritt von ihr wohl begrüßt hätte? Beinahe hatte er wie ein Katharer geklungen, so sehr lehnte er das Irdische ab. Aber dann tat er das irgendwie... anders als sie – jedenfalls anders als Sancho. Berengaria kannte ja gar keine Katharer persönlich, sondern nur die Geschichten ihres Bruders.

Bei Sancho wurde die Gewissheit, dass alles Irdische vergänglich und diese Welt die Domäne des Teufels war, zu etwas ungeheuer Tröstlichem, Heilsamen. Denn die spirituelle Welt, die Welt Gottes, stellte sich gegen die Welt der Materie und bot einen Ausweg aus dem Leiden.

Segni aber redete nur von der allgegenwärtigen Sünde des Körperlichen, von der Schlechtigkeit der Menschen und dass sie durch den Geist Gottes gereinigt werden mussten.

Das war unheimlich: Das gleiche Konzept auf so völlig unterschiedliche Weise vertreten und interpretiert!

Unheimlich war wohl auch dem König seine neue Braut geworden. Er machte keine halben Sachen, blieb nicht einmal mit ihr im Raum, um den Anschein zu wahren, sondern schnallte sein Schwert wieder um, zog einen Morgenmantel über und ließ sie in der Kammer alleine.

Berengaria verschloss die Tür, zog sich aus und kuschelte sich in das riesige Himmelbett. Es dauerte nur wenige Augenblicke, bis sie in einen tiefen, traumlosen Schlaf fiel.

Kapitel 27: Iidhlal
(Erniedrigung)

Akkon, 8. Juni 1191

„Er ist hier", berichtete Al-Adil dem Sultan.

Das Zelt war gerappelt voll. Neben Al-Afdal, Ghazi und Uthman waren weitere Generäle anwesend, der Gelehrte und Chronist Al-Asfahani und einige der Konkubinen des Sultans saßen wie lebendige Schmuckstücke in den Ecken.

„Der große König von England. Der Löwe, der den König der Franken wie ein Lamm wirken lässt", ergänzte Saladin. „Ja, wir haben mit ihm gerechnet. Jetzt ist der also endlich angekommen. Und nun, was ändert das? Ein weiterer König des Abendlandes. Wie viele ihrer Könige, Kaiser und Herzöge sind jetzt hier? Wie viele von ihnen waren schon hier und sind wieder abgereist? Wie viele von ihnen haben sich auf den Weg gemacht und sind nie angekommen?"

„Es geht nicht so sehr darum, wer er ist oder welche Kräfte er mitbringt. Richard ist zu einem Symbol geworden. Er ist der perfekte christliche Ritter – oder spielt diesen zumindest so überzeugend, dass die Leute ihn verehren wie...", er brach ab.

„Ja, ja, sprich weiter, Bruder!", befahl der Sultan.

„Sie verehren Richard so, wie unsere Leute dich verehren, Bruder. So wie sie meinen Namen bei den Hörnern von Hattin riefen, als ich Guido das Heilige Kreuz abgeluchst habe. Wie sie deinen Namen geschrien haben, als du ihnen Jerusalem geschenkt hast. So rufen sie ihm zu: Heil der Christenheit, Retter Akkons!"

„Mit einem Unterschied", fuhr Saladin scharf dazwischen, „wir haben am See Genezareth wirklich über die Nazarener gesiegt! Wir haben Jerusalem wirklich erobert. Und Askalon. Und Jaffa. Und Arsuf. Was hat dieser perfekte christliche Ritter denn geleistet, außer irgend eine Insel zu erobern?"

„Zypern, daran muss ich dich nicht erinnern, ist nicht irgendeine Insel", erwiderte nun Saphadin.

Ghazi nahm den Faden auf: „Das ist ein perfekter Rückzugsort für die Kreuzfahrer und ein idealer Umschlagplatz für Nachschub in die Outremerstaaten."

„Aber ich gebe dir Recht, Bruder“, lenkte Al-Adil ein, „sein Ansehen als Ritter, seine Ehre, ist ihm viel wichtiger als jeder strategische Gedanke. Vielleicht hätte er gar nicht daran gedacht, die Insel zu nehmen, wenn der Kaiser derselben nicht seine Braut und seine Schwester bedroht hätte. Das allerdings konnte er nicht auf sich sitzen lassen.“

Auch Al-Afdal wollte etwas zu dem Gespräch beitragen: „Die Ungläubigen sind alle gleich. Feige wie Hasen, falsch wie Schlangen.“

Alle verdrehten die Augen, die meisten so, dass der Kronprinz es nicht mitbekam, sein Vater aber ganz offen.

„Das Entscheidende ist, Neffe, die Leute glauben an ihn. Und er glaubt selbst daran, der perfekte Ritter zu sein“, erwiderte Al-Adil.

Der Sultan fuhr wieder auf. „Der perfekte Ritter? In welchem Zusammenhang habe ich das schon einmal gehört? Ach ja, Balian von Iblin! Auch ihm sagten sie das nach. Und wo ist er jetzt? Leckt sich in irgendeinem Schloss im hintersten Winkel Frankens die Wunden!“

Al-Adil lachte auf. Es war ein humorloses Lachen. „Nein, Balian ist hier. Ich weiß nicht, ob er mit Richard wieder gekommen ist oder wie Guido nie weggegangen ist.“

„Sei es, wie es sei, unsere Männer sind der fortgesetzten Belagerung müde, sie wollen nach Hause und die Felder bestellen“, ergänzte Ghazi.

„Sie werden tun, was ich ihnen sage!“

„In die Schlacht folgen sie dir ohne zu Zögern. Aber mittlerweile sind viele Monde vergangen und es passiert einfach nichts. Warum geben wir Guido die Stadt nicht einfach?“

Der Sultan wurde puterrot im Gesicht. „Ihm die Stadt... bist du von Sinnen?“

Ghazi schlug vor: „Oder wir gehen auf das Angebot Konrads ein. Dieser Römer, Leopold, hat gesagt, sie liefern uns Guido sogar aus, wenn wir die Belagerung abbrechen.“

„Abbrechen? Wir haben einen Sieg nach dem anderen errungen und jetzt, wo es ein wenig schwierig wird, sollen wir aufgeben?“

So ging es eine Zeitlang weiter. Al-Adil und Ghazi spielten die Stimme der Vernunft, der Sultan regte sich auf und zwischendurch äußerte sich Al-Afdal unqualifiziert.

Irgendwann wurde es Saphadin zu viel: „Bruder, du bist der Sultan, du musst entscheiden, wie wir mit der neuen Situation umgehen.“

„Ich weiß“, schnappte Saladin. Eine längere Pause entstand.

„Du gehst nach Akkon“, beschied der Sultan dann, plötzlich emotionslos. „Schau Dir diesen wahren Ritter, diesen Löwen, von Nahem an. Schau, was er anzubieten hat. Wenn er auf Konrads Seite ist, dann biete ihm an, das Angebot des Herzogs von Austria anzunehmen: Guido für Akkon. Diesen ehrlosen Bastard will ich persönlich in die Hölle befördern, so wie ich es vor Hattin schon hätte tun sollen. Wir verlieren nichts, wenn wir die Belagerung abbrechen und einen Waffenstillstand mit den Nazarenern schließen, wir heben neue Truppen aus. Wie weit ist dein Sohn in Ägypten?“

Al-Adil hatte seinen Sohn, Al-Kamil, der kaum das Mannesalter erreicht hatte, in die Heimat geschickt, um neue Mamelukenkrieger zu rekrutieren. Diese Soldaten waren die besten, die man kriegen konnte. Als Sklaven geboren oder als Kinder in die Sklaverei verschleppt, erhielten sie eine rigide Kampfausbildung. Wenn sie diese abgeschlossen hatten, wurden sie zu freien Männern gemacht. Nichts anderes als den Krieg kennend waren sie beinharte Kämpfer, die nicht wie die meisten gewöhnlichen Soldaten nach Hause zur Familie zurückwollten.

Al-Adil hatte noch keine Nachricht von seinem Sohn, ging aber davon aus, dass dieser mit den neuen Truppen bald eintreffen würde. Ob das reichen würde, um das Kräftegleichgewicht zu ihren Gunsten zu verschieben, stand in den Sternen.

Also wies er seine Diener an, die Pferde vorzubereiten und wählte seine Eskorte aus. Natürlich würde der alte Al-Asfahani mitkommen, auch Al-Afdal und Ghazi, dazu drei verlässliche Soldaten. Zwei Kundschafter schickte er voraus.

„Warum verhandeln wir?“, wollte Al-Afdal wissen, kaum dass sie außer Hörweite seines Vaters waren. „Die Kreuzritter sind in erbärmlichem Zustand, viele von ihnen sind krank, die anderen trinken und huren sich ihren Weg in ein frühes Grab. Wir brauchen nur abzuwarten.“

Al-Adil seufzte. „Die Männer...“

„Das sind alles Verräter und Ketzer! Vater soll ein paar derjenigen, die am Lautesten meckern, auf Pfähle spießen, dann fügt sich der Rest schon.“

Sie saßen auf.

„Wenn du ein guter Sultan werden willst, bedenke eines, Neffe“, versuchte Saphadin zum tausendsten Male, Al-Afdal etwas Wichtiges beizubringen, „bedenke, dass deine gesamte Macht sich nur auf deine Männer stützt. Ohne die Armee bist du nichts. Schulden sie dir Gefolgschaft, darfst du sie bestrafen, wenn sie deine Befehle nicht ausführen? Sicherlich! Aber gehören sie dir? Nein! Sie sind keine Sklaven oder Diener, sie sind freie Männer. Viele von ihnen haben Familien, Land, das sie bestellen müssen. Warum folgen sie dir? Weil du ihnen Ruhm und Ehre versprichst, weil es eine Ehre ist, für den Islam in den Tod zu gehen?"

„Genau deshalb!", behauptete Al-Afdal und ritt los.

Al-Adil schloss zu seinem Neffen auf und musste sich zusammenreißen, um ruhig weiter sprechen zu können. „Nein, Neffe, sie folgen dir, weil sie wissen, dass sie im Krieg unfassbar reich werden können, wenn sie es richtig anstellen. Sie wollen mit Gold, Sklaven und weiterer Beute nach Hause reiten und ihren Familien ein gutes Leben bieten – oder mit dem erlangten Reichtum eine Braut kaufen und eine Familie gründen."

„Ehrlos", war die Antwort.

„Sieh es so: Der Krieg ist wie ein Würfelspiel. Wenn man sich geschickt anstellt und Allah dafür sorgt, dass das Glück einen nicht verlässt, dann wird man reich. Oder man endet als Leiche im Sand."

„Beim Würfelspiel?"

„Nein, beim Würfeln wird man nur arm. Du verstehst nicht, was ich dir sagen will. Die Männer kalkulieren das Risiko ein, zu sterben, weil sie so viel gewinnen können durch den Krieg. Und ja, wenn ein Anführer wie dein Vater in der Lage ist, sie zu inspirieren, ihnen Zuversicht im Glauben zu vermitteln, dann gehen sie noch größere Risiken ein und stehen nicht nur in der hinteren Reihe herum und hoffen, dass sie nicht kämpfen müssen. Aber das Versprechen himmlischer Belohnung allein reicht nicht aus. Ein Feldherr ist seinen Soldaten wie ein Vater und ein Vater kümmert sich um seine Söhne."

„Aber sie schulden ihm Gehorsam."

Es war hoffnungslos.

„Eine harte Hand ist wichtig, gerade im Krieg, aber du musst deinen Männern auch die Gelegenheit geben, den Sieg auszukosten, sich zu bereichern und den gewonnenen Kampf gebührend zu feiern. Wenn sie wissen, dass sie nach der Schlacht die Taschen voller Gold haben und die Frauen des Feindes nehmen oder Huris kaufen können, dann folgen sie dir auch ohne Wasser durch die Wüste. Wahre Loyalität kannst du nicht einfordern, du musst sie dir verdienen."

„Pferdemist! Wir Ayyubiden haben die Herrschaft erlangt, indem wir alle anderen Herrscherfamilien übertroffen haben. Wir regieren die

Kernlande des Islam und alle, die sich uns in den Weg stellen, werden sterben!“

Saphadin holte zu einer letzten erzieherischen Maßnahme aus. „Dies prophezeie ich dir, mein lieber Neffe: Wenn du deine Armee so führst, dann wird sie dich eines Tages im Stich lassen und geschlossen zum Feind überlaufen!“

„Das werden wir ja sehen!“

Ja, das würden sie wohl.

Al-Adil zweifelte immer mehr daran, damals am See Genezareth die richtige Entscheidung getroffen zu haben, als er die Nachfolge seines Bruders abgelehnt hatte. Al-Afdal war nicht nur ein arroganter Narr, der es nicht verstand, Härte und Gnade in Einklang zu bringen, er war auch ein unfähiger Kommandant. Seine Mutter war anscheinend schrecklich auf den Bauch gefallen, als sein Neffe noch darin war. Zum Glück waren Saladins andere Söhne und auch seine eigenen mit mehr Verstand gesegnet worden! Aber Al-Afdal war der älteste Sohn Saladins und damit der rechtmäßige Nachkomme, sonst könnten sie ja gleich alle zur Schia übertreten...

Schon waren die Burgen Akkons in Sichtweite und die Kundschafter kamen in gestrecktem Galopp auf sie zugeritten.

„Als sie uns sahen, haben sie Reiter losgeschickt“, berichteten sie.

Eine Staubwolke kündete von dem kleinen nazarenischen Kontingent, das kurze Zeit später bei der Delegation angekommen war. Der Parlamentärsflagge ansichtig hob der Anführer des Trupps die Hand. Die anderen Reiter zügelten die Pferde und der Mann kam alleine auf sie zugeritten.

Saphadin erkannte ihn von Weitem, es war Leopold von Austria, der Mann, der ihm den Separatfrieden angeboten hatte. Obwohl das Pferd des Herzogs kräftig war, schien es Al-Adil als wenn es fast unter der Leibesfülle des Christen zusammenbrechen würde.

„Saphadin!“ grüßte der Austrier.

„Eine Freude, Herzog“, erwiderte Al-Adil in der Sprache der Franken.

„Ihr seid hier, um mein großzügiges Angebot im Namen Eures Bruders anzunehmen“, spekulierte der Nazarener. Sein Arabisch war kantig, aber verständlich.

„Ich bin hier, um mit Richard von England zu verhandeln.“

Der Herzog stutzte.

„Warum?"

„Uns erreichte die Nachricht seiner Ankunft und da die Kunde seiner Taten dem König von England voraus eilt, hielt mein Bruder es für angebracht..."

„Ihr seid ja mehr als...", begann Leopold, brach aber wohlweislich ab, bevor etwas Beleidigendes aus seinem Munde kam. „Auf ein Wort unter vier Augen?", schlug er vor.

„Dies ist Al-Afdal, der Erbe des Sultans", stellte Saphadin sein Gefolge vor, „und hier reitet Ghazi, ein weiterer Sohn Saladins. Al-Asfahani, den Gelehrten, kennt Ihr ja schon. Ich habe keine Geheimnisse vor diesen Männern meiner Familie und ich habe keine Geheimnisse vor der Geschichte, deren Scholar Al-Asfahani ist."

Leopold sah ihn an, als habe er den Verstand verloren. „Saphadin", stotterte er, „ich bitte Euch noch einmal, sprecht unter vier Augen mit mir!" Ohne eine weitere Reaktion abzuwarten, führte er sein Pferd außer Hörweite und ließ Al-Adil so keine Wahl, als ihm alleine zu folgen.

„Seid Ihr von Sinnen?", keifte Leopold so laut, dass das muslimische Gefolge es trotz der Distanz würde hören können.

„Mäßigt Euch!", kommandierte Al-Adil.

Leiser fuhr der Römer fort: „Es ist offenkundig, dass Ihr viel weniger wisst, als Ihr behauptet. Guido von Lusignan ist ein Vasall Richards von England. Weder er, noch Richard, werden mit Euch verhandeln. Und weil Ihr so lange gewartet habt, mein Angebot anzunehmen, muss ich dieses unter den gegebenen Umständen auch zurückziehen. Nicht auszudenken wie Richard reagiert, wenn wir Guido ausliefern!"

„Dann liefert Richard mit ihm aus", schlug Al-Adil vor.

„Ha! Das würde ich nur zu gerne, dann hätte ich aber die halbe Kreuzfahrerstadt gegen mich! Richard ist nicht irgendwer, er ist der König von England."

England. Franken. Das Römische Reich...

Irgendwann, wenn es keinen Krieg mehr gab, würde Al-Adil all diese Länder der Christenheit bereisen und sich ein Bild davon machen. Al-Asfahanis Karten reichten ihm nicht aus, sich diese vorzustellen.

„Wie geht es also weiter?"

„Macht Konrad das Angebot, Akkon aufzugeben. Zieht Eure Armee ab und schließt einen Waffenstillstand. Für ein halbes Jahr, ein Jahr oder vielleicht zwei. Alle erholen sich und lecken ihre Wunden. Wenn Frieden herrscht, selbst auf Zeit, verliert Guido die wenige Macht, die er als erster Kommandant der Belagerung von Akkon hat, Konrad wird als König von Jerusalem bestätigt und Richard wird nach Hause segeln, weil es dann hier erst einmal nichts mehr für ihn zu tun gibt."

„Der Streit um die Heilige Stadt ist damit aber nur verschoben", wandte Al-Adil ein.

„Nichts ist ewig in dieser Welt", erwiderte Leopold, „am wenigsten Friedensverträge."

„Und Guido?"

„Um den kümmere ich mich persönlich, wenn Ihr Akkon aufgegeben habt."

Das war nicht richtig, das war nicht gut!

Laut sagte er: „Herzog von Austria, ich werde Eure Worte bedenken. Einstweilen eskortiert mich doch bitte zur Wehrmauer, damit ich meinen Auftrag ausführen und mit dem König von England sprechen kann."

„Habt Ihr mir denn nicht zugehört?", ereiferte sich Leopold, „Richard wird nicht mit Euch reden. Guido wird nicht mit Euch reden. Die planen nicht nur den Sturm auf Akkon, die wissen auch schon auf welcher Route sie nach Jerusalem vordringen wollen! Wenn Ihr Frieden wollt, dann nur unter meinen Bedingungen."

„Ich fürchte, werter Herzog, ich muss darauf bestehen."

Leopold rümpfte die Nase. „Wie Ihr wollt."

Und so begleitete die nazarenische Einheit die muslimische Gesandtschaft bis vor das Wehrtor der Belagerer von Akkon. Al-Afdal wollte sofort wissen, was Al-Adil mit dem Herzog von Austria gesprochen hatte, aber er warf ihm nur böse Blicke zu, die ihn zum Schweigen brachten. Der Feind ritt an ihrer Seite und hörte mit, dies war nicht die Zeit für Diskussionen über das Vorgehen.

Am Tor angelangt verabschiedete sich Leopold und versicherte, Richard persönlich von der muslimischen Delegation zu berichten.

Es dauerte nicht lange, bis niemand anderes als Guido von Lusignan auf dem Wehrgang erschien.

„Saphadin!", schrie er zu ihnen herunter, „ich habe geträumt Ihr wäret der Malaria zum Opfer gefallen und doch sehe ich Euch jetzt hier vor mir. Prüft Gott meine persönliche Geduld oder die der gesamten Christenheit?"

Während der Austrier aus Respekt vor Al-Adil arabisch gesprochen und dieser umgekehrt auf fränkisch geantwortet hatte, ließ Guido sich nicht dazu herab, die Sprache der Muslime zu sprechen, obwohl er sie beherrschte.

Also rief Al-Adil auf arabisch zurück: „Allah prüft uns alle, jeden Tag, jede Stunde. Er prüft unseren Mut, unsere Standfestigkeit und unsere Ehre. Der Erzengel schreibt alle unsere Taten in sein großes Buch, die guten wie die bösen. Was steht über Euch in des Erzengels Buch, Guido von Lusignan?"

Ein herzliches Lachen war die Antwort. „Was wollt Ihr, alter Feind?"

„Ihr seht, ich reise unter der Parlamentärsflagge, das bedeutet ich bin in friedlicher Absicht hier und suche das Gespräch. Mit Euch. Mit Konrad, dem neuen König von Jerusalem. Und mit Richard dem Löwen, dem König von England."

Wieder lachte Guido, diesmal nicht herzlich, sondern eher gekünstelt. „Ihr enttäuscht mich, Saphadin, ich hätte Euch mehr Verstand zugetraut."

Auf einen Wink des Franken schütteten einige Männer fässerweise Unrat unter das Tor. Der Gestank war so ekelerregend, dass die Pferde der Gesandtschaft scheuten.

„Das ist das Angebot Richards von England an Euren Sultan!", ereiferte sich Guido. „Lasst die Welt wissen, dass die Christenheit Akkon nicht aufgeben wird. Erst erobern wir diese Siedlung, dann holen wir uns die anderen Städte meines Königreiches zurück, die Ihr uns genommen habt."

„Eures Königreiches? Ihr seid vieles, Guido, aber sicher kein König!", erwiderte Al-Adil.

„Ihr habt es gehört", wandte sich Guido an seine eigenen Leute auf den Wehrgängen, „Saphadin hat unter der Friedensflagge meine persönliche Ehre infrage gestellt und uns bedroht. Damit hat er seinen Status als Gesandter verwirkt und darf als Feindkraft behandelt werden."

Armbrustschützen, die natürlich schon vorher versteckt in Stellung gegangen waren, nahmen nun Aufstellung rechts und links neben Guido. Al-Adil blieb keine Wahl als seine kleine Truppe zur Flucht anzutreiben.

In seinem Kopf stanken die Bolzen, welche die Läufe der Pferde teilweise nur um die Länge einer Hand verfehlten, genauso wie der verschüttete Unrat.

Zum Glück schafften sie es ohne Verluste und mit nur leichten Verletzungen zurück ins Lager. Al-Afdal, der die Demütigung am schlechtesten weggesteckt hatte, ließ sich eine Peitsche geben und schlug auf irgendeinen wahllos ausgesuchten Sklaven ein, um sich zu beruhigen, Ghazi nahm seinen Gebetsteppich und zog sich alleine in die Wüste zurück. Der Sultan tobte vor Wut.

Als Al-Adil in sein Zelt zurückkehrte, versuchte Aischa, ihn abzulenken, aber er war nicht in Stimmung.

„Herr, soll ich dir die Nasara schicken?“, fragte seine Konkubine. Aber er winkte ab. Was er jetzt brauchte war ein Krug Wein, haram hin oder her.

Kapitel 28: Senex onerosus

(der lästige Greis)

Nottingham, 9.Juni 1191

Der alte Mann wird es irgendwann auch noch verstehen!

Prinz Johann konnte die Verachtung in den Augen des Älteren sehen. Wie so viele vor ihm unterschätzte er den jungen Prinzen, den Erben ohne Land, dem sein Vater nichts vermacht hatte. Und doch war er, seit sein Bruder im Heiligen Land den Helden spielte, faktisch der König von England.

Richards Reise hatte aber nicht nur Gutes gebracht. Johann musste den Saladinzehnt einziehen, eine Sondersteuer für Richards Kreuzzug, welche gerade die einfache Bevölkerung empfindlich traf. Und wen machten sie verantwortlich für die hohen Steuern? Richard und sein Abenteuer? Nein, natürlich nicht! Sie taten so, als wenn Johann das Gold einfach in die eigene Tasche stecken würde, ohne Not so hohe Abgaben einfordern würde. Während das Volk auf diese Weise den Statthalter des Königs inbrünstig hasste, liebten sie zugleich Johanns Bruder über alles. Was, fragte sich Johann immer wieder, hatte der nur getan, um diese Liebe zu verdienen? Ja,. Richard war ein mutiger Kämpfer und keiner konnte seine Ehre infrage stellen, aber ansonsten hatte er nicht viel Großes geleistet. Die erste Rebellion gegen ihren tyrannischen Vater Heinrich war kläglich gescheitert, die zweite nur mit der Hilfe Philipps von Franken ein Erfolg geworden.

Undank ist der Welten Lohn!

Er hatte zu Richard gehalten, die ganze Zeit und nun hatte dieser niemand anderen als Arthur, ihren weibischen Neffen, per Testament zu seinem Erben gemacht. Keine Erklärung an Johann, er tat wie immer einfach das, was er wollte.

Johann hatte dem Bruder schwören müssen, während dessen Abwesenheit keinen Fuß auf die Insel zu setzen und sich nur in den aquitanischen Gebieten aufzuhalten. Aber er fühlte sich nicht mehr an diesen Eid gebunden, seit Richard ihn auf diese Weise verraten hatte. Außerdem schlich ihre Mutter Eleonore in Aquitanien herum, besuchte diverse Adlige und Würdenträger. Welche Pläne sie dabei verfolgte, wussten nur der Teufel und die alte Frau selbst! Also war er auf die Insel ausgewichen, auch wenn Richard ihm das verboten hatte...

Der Greis vor ihm aber, Longchamp nannten sie ihn, Wilhelm, Bischof von Ely, Justiziar und Lordkanzler Englands, war Richards wahrer Stellvertreter während dessen Vergnügungsreise. Er, Johann, war nur als Sündenbock gedacht, als jemand, den das Volk aus vollem Herzen hassen durfte.

Dabei war es Longchamp, der die Verachtung des Volkes verdient hätte! Der unfähige, arrogante Alte sprach noch nicht einmal die englische Sprache, sondern nur das säuselnde Fränkisch der Normannen! Er huldigte geradezu dem Nepotismus, setzte am Liebsten Mitglieder seiner Familie oder Männer, die ihm auf dubiose oder gar amouröse Art gefällig waren, in wichtige Positionen und Ämter.

Aber wie so häufig, wenn es um die Thronfolge ging, war alles ganz verkehrt. Statt ihm zu huldigen, belagerte Longchamp seine Burgen, statt ihn als König anzuerkennen, stritt er für Richard – Richard, der wahrscheinlich nie aus dem Morgenland zurückkehren würde!

„Ihr habt versprochen, die Insel in Abwesenheit Eures Bruders nicht zu betreten!“, fing Longchamp die Verhandlung an.

Shortchamp wäre der bessere Name!

Er war ja nun einmal hier, was wollte der alte Sack schon dagegen tun? Johann ließ sich nicht einmal zu einer Antwort herab.

„Eure Truppen belagern gerade in der Normandie die Burgen...“ - wollte der jetzt wirklich alle Burgen aufzählen, strategisch wichtig oder nicht, die Johann belagerte, um den Lordkanzler kleinzukriegen? - „... und in der Bretagne...“ - dass die Begegnung so langweilig werden würde, hatte Johann zwar befürchtet, aber er hatte große Hoffnungen darauf gesetzt, dass ihm noch vor dem Treffen etwas einfallen würde, um Longchamp kaltzustellen. Er gähnte demonstrativ.

„Das ist kein Witz“, indignierte sich der Alte, „es sterben gute Männer, während wir hier reden.“

Johann lachte laut auf. Bei diesen Belagerungen, von denen alle wussten, dass sie nichts als ein Druckmittel waren, starb kaum jemand und wenn, dann aus Blödheit oder weil er vom Blitz getroffen wurde. Das Spiel war ganz einfach: Die Belagernden legten ihren Ring um die Burg. Wenn die Belagerten genug Gold für Bestechungen parat hatten, konnte sich die Belagerung ewig hinziehen, weil die Belagerer an bestimmten Zufahrtswegen einfach wegsahen und Lieferungen an die Belagerten einließen. Spätestens wenn den Belagerten Gold, Wasser, Essen und andere Rohstoffe knapp wurden, schickten sie einen Unterhändler zu den Belagerern, die dann das Angebot ihres Herrn unterbreiteten, meist Aufgabe der Burg im Austausch gegen das Verschonen von Leben und freies Geleit, oft mussten auch Geiseln gestellt werden. Häufig trug es sich so zu, dass die eine Seite irgendwann die Burgen der anderen Seite einnahm, während sie wiederum die eigenen Burgen verlor. Das alles hatte viel weniger mit Krieg, als mit Willenskraft und Durchhaltevermögen zu tun, aber wenn der alte Mann sich deswegen in die Hose pisste, dann konnte Johann das ja auch ausnutzen!

„Ja, ähm, Lordkanzler, es steht ziemlich schlecht um Eure Besitzungen und um die Moral Eurer Männer. Einige haben schon aufgegeben, die anderen folgen sicherlich vor dem nächsten Vollmond. Ihr spielt dieses Spiel schon viel länger als ich, also wisst Ihr, dass Ihr Euch geschlagen geben solltet."

„Geschla...? Ihr seid nicht nur ein Wicht, Ohneland, Ihr überschätzt Eure militärische Stärke auch gewaltig. Und die Loyalität Eurer Männer! Wisst Ihr, wie viele von ihnen ich einfach bestechen konnte? Nicht nur einfache Soldaten – auch Hauptmänner, Generäle und Feldherren?" Er grinste sein überhebliches Altmännergrinsen. „Auf dem Festland solltet Ihr Euch vielleicht in nächster Zeit nicht sehen lassen, sonst..."

Ah, daher wehte der Wind. „Sonst was?", antwortete Johann eisig.

„Nun, ich habe doch Eurem Bruder versprochen, Eure Sicherheit zu garantieren."

Die offene Drohung brach einen Damm in Johanns Kopf. Wie brodelndes Wasser ergoß sich die Wut in sein Herz.

„Meine Sicherheit? Garantiert Ihr? Meinem Bruder?"

Longchamp rutschte unruhig auf seinem Pferd hin und her. Das Tier bemerkte sofort, dass sein Reiter irritiert war, legte die Ohren an und tänzelte leicht zur Seite.

Johann aber schwang sich von seinem eigenen Ross herunter, ging ganz ruhig auf das Pferd des Lordkanzlers zu, nahm es am Zügel und streichelte es sanft am Nasenrücken. Weißer Qualm stieg aus den Nüstern des Pferdes auf und erinnerte Johann daran, wie verflucht kalt es selbst im Frühsommer auf der Insel sein konnte. Er selbst spürte die Kälte nicht.

Das Tier beruhigte sich sofort, merkte überhaupt nichts von Johanns teuflischen Absichten. Auch der Lordkanzler wusste nicht viel mit Johanns Handeln anzufangen und brabbelte irgendwelches Zeugs vor sich hin, das von Johanns einem Ohr wie ein Wirbelsturm direkt in das andere fuhr, ohne sein Gehirn auch nur zu streifen. Er war ganz damit beschäftigt, das Pferd nicht ahnen zu lassen, was als Nächstes passieren würde. In einer langsamen, aber flüssigen Bewegung, zog er seinen Dolch, fasste gleichzeitig mit der Linken die Mähne des Tieres und schnitt mit dem Werkzeug am Hals des Tieres entlang, von der Drosselrinne bis zum Kehlgang.

Bevor Pferd und Reiter – oder Longchamps Begleiter – überhaupt verstanden, was passiert war, lag der Lordkanzler hilflos halb begraben unter seinem zu Boden geglittenen Reittier, das den alten Mann in seinem Todeskampf noch weiter in den Schlamm drückte. Der Lordkanzler konnte sich augenscheinlich nicht entscheiden, ob er über sein Schicksal schimpfen oder um Hilfe rufen sollte, daher kamen nur unartikulierte Laute aus seiner Kehle.

König Johann war nichts passiert, außer dass er rot war von Pferdeblut. So mussten sich die Kelten gefühlt haben, seine Vorfahren, die noch nicht dem Christus huldigten, sondern den alten Göttern. Johann kannte die nunmehr verbotenen Bräuche aus den Erzählungen der Alten. Sie hatten lieber Stiere oder Ochsen benutzt als Pferde, aber eines ihrer mächtigsten Rituale war gewesen, sich vollständig mit dem Blut eines solchen Tieres zu besudeln.

Johann erkannte in diesem Moment die Macht dieser alten Rituale. Nicht nur weil Longchamp ihn ansah, als wenn er der Tod persönlich wäre und die Leibwächter des alten Mannes vor dem jungen König, der ein Bad im Pferdeblut genommen hatte, flohen wie vor dem Teufel, sondern auch weil ihn tatsächlich eine Vision heimsuchte.

Die Zukunftsschau war so klar und rein, als erlebe er das Geschehen wirklich, hatte nicht die Verschwommenheit einer fast vergessenen Erinnerung oder den verräterisch unlogischen Aufbau eines lebendigen Traumes.

Johann sah nicht nur Longchamp und viele andere seiner Gegner, sondern auch seinen Bruder Richard unter der Erde und sich selbst auf dem Thron. Unangefochten!

So sicher er in diesem Augenblick war, dass er diesen Moment, den er sich schon immer erträumt hatte, tatsächlich erleben würde, so klar war ihm aber gleichzeitig, was er alles würde tun müssen, um diese Vision Wirklichkeit werden zu lassen. Er würde nicht nur Intrigen spinnen und alte Männer erschrecken müssen, indem er ihre Reittiere schlachtete, eine Menge Leichen würden den Weg zum Thron pflastern, das war ganz deutlich.

Aber Johann zagte nicht. Was hatte Mutter immer gesagt? Wer hadert, den wird der Feind von hinten überraschen, wer Milde gewährt, ruft das Volk zur Rebellion auf und wer König sein – und vor allem bleiben – will, der darf nicht zögern sein Gewissen mit den schändlichsten Taten zu belasten.

Das alles hatte Mutter ihn gelehrt und ihre Erziehung hatte ihm einmal mehr den Vorteil gegenüber seinen Feinden verschafft, den er benötigte. Der alte, arrogante Lordkanzler hätte sich keinem Argument gebeugt, keinen Kompromiss unterzeichnet, keine Zugeständnisse gemacht. Aber jetzt, wo er unter seinem Pferd begraben lag und untätig mit ansehen musste wie es starb, während der blutüberströmte König von England ihn angrinste wie der Teufel persönlich, jetzt war klar, wer hier das Sagen hatte! Der alte Mann würde es nicht mehr wagen, den wahren König herauszufordern, so wie seine Männer nicht wagten, sich dem blutüberströmten Johann zu nähern. Diese Demütigung würde der Lordkanzler nicht mehr loswerden, sie würde an ihm haften bleiben wie ein scheußlicher Geruch.

Kapitel 29: Más vale pájaro en mano que cien volando

(Ein Vogel in der Hand ist mehr wert als tausend fliegende)

Akkon, 11. Juni 1191,

Die kleine Dorothea hatte die ganze Nacht geweint. Akkon war kein Ort für eine Frau und erst recht keiner für ein kleines Mädchen. Daher waren Johanna und Berengaria schon vor Sonnenaufgang wach und wanderten mit der Kleinen und ihren Leibwächtern durch die verschlafene Zeltstadt der Kreuzritter.

Was sie sahen, verschlug ihnen die Sprache. Aus jedem zweiten Zelt drang Husten oder Stöhnen zu ihnen. Viele Ritter waren auf offenem Platze eingeschlafen, offensichtlich vom Wein zu benebelt, um noch ihr Zelt zu finden. Selbst einige Araber, die sich anscheinend ebenfalls ins Reich des Vergessens getrunken hatten, lagen zwischen den Christen.

Das einzig Wohltuende war, dass noch niemand wach war und sie so zumindest für diesen Spaziergang von den endlosen Predigten der Priester verschont blieben, die seit ihrer Ankunft am Nachmittag des letzten Tages bis spät in die Nacht hinein das Ende der Welt herbei phantasiert hatten.

Zurück im Zelt gab es ein spartanisches Frühstück für die Damen, kurz darauf erschien Richard. Er umarmte seine Schwester und gab Berengaria einen förmlichen Kuss auf die Wange.

„Da seid ihr ja endlich“, stellte er fest und wandte sich schon an seinen Berater Humfried. „Wie sieht es aus?“

Es sah so schlimm aus, wie es sich anfühlte, wenn man durch die Siedlung der Belagerer, die wiederum von Saladin belagert wurden, spazieren ging. Seuchen rafften Hunderte dahin, an der Front tat sich nichts. Amüsiert erzählte ein Ritter, der behauptete dabei gewesen zu sein, die Episode, als Guido von Lusignan dem Bruder des Sultans, der gekommen war, um zu verhandeln, Unrat vor die Füße gegossen und seine Delegation dann hatte beschießen lassen.

„Dieser Guido, ist das nicht einer deiner Vasallen, Richard?“, fragte Johanna.

Die Berater sahen die Damen pikiert an, als wenn sie nicht das Recht hätten, Fragen zu stellen, aber ein einziger Blick Johannas, der Berengaria sehr an Eleonore erinnerte, genügte. Die Männer sahen zu Boden und Richard antwortete.

„Ja, das ist er. Ich hatte mich darauf verlassen, dass er die Heilige Stadt weise regiert und den Frieden mit Saladin aufrecht erhält, aber er suchte die offene Schlacht, wurde geschlagen und verlor das Heilige Kreuz – und Jerusalem! Wenn er nicht mit der Belagerung von Akkon begonnen hätte, dann wäre er gar nicht mehr wichtig, seine Frau ist verstorben, sodass er keinen Anspruch mehr auf die Krone von Jerusalem hat."

Das verwirrte Berengaria und sie musste sich erklären lassen, dass die Krone Jerusalems von Balduin dem Leprakranken, der keine Erben gezeugt hatte, auf seine Schwester Sibylla übergegangen war, welche wiederum ihren Ehemann Guido zum König der Heiligen Stadt gekrönt hatte. Das war aber noch nicht alles: Sibylla und Balduin hatten eine weitere Schwester, Isabella, die nun Konrad, den Markgrafen von Montferrat, geheiratet hatte.

„Aber ist Isabella nicht die Frau Humfrieds?", fragte Berengaria.

Da hatte sie mit ihrer Naivität in ein regelrechtes Wespennest gestochen. Humfried schien platzen zu wollen, so rot lief er an, Richard konnte ihn kaum beruhigen.

Johanna erklärte es ihr: „Sie haben Isabella mit Konrad verheiratet, gegen Humfrieds Willen. Er wurde massiv unter Druck gesetzt und bedroht. Wenn er sich geweigert hätte, wäre das fragile Bündnis zwischen den Kreuzfahrern vielleicht zerbrochen."

„Sie ist mein Weib!" rief Humfried dazwischen.

Irgendwann beruhigte sich der Ritter, zog sich in eine Ecke zurück und brabbelte resigniert vor sich hin.

„Und Augustus?", fragte Johanna, den weinenden Ritter ignorierend. Wer war das schon wieder? Einer der sich auf die alten Römer berief, so viel stand fest. Also wahrscheinlich einer der Römer!

„Lass mich bloß mit diesem aufgeblasenen Ballon in Ruhe!", schalt Richard.

Jetzt verstand Berengaria. Johanna musste Philipp, den König der Franken meinen, von dem Berengaria immer noch nicht wusste, ob er Richards Feind, Konkurrent oder Verbündeter war. Wahrscheinlich von allem ein wenig. Dieser König glaubte ja ebenfalls, dass er mehr Autorität haben würde, wenn er den alten römischen Titel des Erhabenen benutzte.

„Auf welcher Seite steht er in diesem Konflikt?“, hakte Johanna nach.

„Unterstützt offen den Markgrafen“, antwortete Richard. „Womit sich das Kräftegleichgewicht verschiebt.“

„Und der römische Kaiser?“, fragte Berengaria dazwischen, „Dieser Friedrich?“

„Der ist tot. Ist nicht rauszubekommen, ob er im Kampf gefallen ist, gemeuchelt wurde oder ertrank. Sein Sohn ist mit einem Bruchteil des Reichsheeres noch in Akkon angekommen, erlag aber der verfluchten Seuche!“ Richard fuhr sich nervös mit der Hand durchs Haar. „Der Rotbart hätte zwischen Philipp und mir vermitteln können. Er war nicht gerade mein Freund, aber er war ein wahrer Christ, der diese Sache hier“, er wedelte mit den Händen herum, um anzuzeigen, dass er den gesamten Kreuzzug meinte, „ernster nahm als irgendein anderer. Manche hielten ihn für einen Heiligen. Dass er gestorben ist, bevor er überhaupt im Outremer ankam, hat vielen den Mut genommen, nicht nur seinen eigenen Leuten.

Die restlichen Römer sind zu nichts zu gebrauchen, irgend so ein Reichsherzog schwirrt die ganze Zeit um Philipp herum und flüstert ihm wer weiß was ins Ohr. Wenn es also auch nicht mehr viele sind, die Römer haben sich klar Konrads Lager zugeordnet.“

„Was ist das für ein Herzog?“, wollte Johanna wissen.

Richard machte eine obszöne Gebärde.

„Irgend so ein Bayer oder Schwabe“, ereiferte er sich, „ein wahrer Fettwanst und eitel bis in die Haarspitzen. Tut so, als wäre er der Kaiser persönlich.“

Humfried löste sich aus seiner Starre. „Das ist Leopold von Austria, ein Babenberger. Er ist ein Wicht und ein Aufschneider, aber Friedrichs Sohn hat ihn in seinem Testament zu seinem Nachfolger gemacht und Heinrich hat das bestätigt.“

Johanna sah Berengaria am Gesicht an, dass sie nicht mehr mitkam. „Friedrichs Sohn, der Herzog von Staufen, ist der, der mit den restlichen Reichsrittern hier in Akkon ankam, aber an der Seuche starb. Heinrich ist sein älterer Bruder, der neue Kaiser des Heiligen Römischen Reiches.“

„Und wie hieß dieser Herzog von Staufen?“

„Friedrich“, antwortete Humfried ungerührt.

Berengaria stöhnte auf.

„Ihr habt einfach zu viele Friedrichs und Heinrichs“, seufzte sie. „Ihr solltet mal überlegen ihnen Nummern zuzuweisen, damit man sie unterscheiden kann!“

Sie erschrak fast zu Tode, als Richard diese Bemerkung zum Anlass nahm, laut loszuschreien. Nein, er schrie nicht, er lachte wie toll!

Alles sah den König von England verwirrt an. Was war das für ein Witz, über den nur er zu lachen vermochte?

Als Richard sich einigermaßen beruhigt hatte und der fragenden Gesichter gewahr wurde, erläuterte er, immer noch kichernd: „Teuerste, nehmt es mir nicht übel, aber Euer Vater heißt Sancho, Euer Bruder heißt Sancho, jeder dritte Ritter im Gefolge Navarras heißt Sancho, genauso wie der portugiesische König – und Eure Mutter, Gott hab sie selig...“

Johanna sah von Richard zu ihr.

Berengaria sah zu Boden. „Mama hieß Sancha“, gab sie traurig zu Protokoll, was Richard zu einem neuen Lachkrampf anregte, der anhielt bis der König merkte, dass niemand mitlachte.

„Wie dem auch sei“, fuhr er verkniffen fort, „dieser Leonard...“

„Leopold!“, berichtigte Humfried.

„Wie auch immer! Dieser Reichsherzog mag ein Tunichtgut und Aufschneider sein, aber er gibt Philipp das Gefühl, dass der Kaiser auf seiner und Konrads Seite steht.“

„Was ist“, schlug Johanna vor, „wenn du Guido deine Unterstützung entziehst?“

Die Männer sahen sie ähnlich an wie zu Beginn des Gesprächs, als sie sich zum ersten Mal eingemischt hatte und diesmal senkte sie den Blick. Berengaria verstand: Auch wenn Guido in einer schwachen Position war und große Fehler gemacht hatte, es passte nicht in Richards Bild von ritterlicher Ehre, den ehemaligen König von Jerusalem einfach fallen zu lassen und selbst wenn der König nicht so denken würde, seine Ritter würden ihm einen solchen Verrat nicht verzeihen.

Richard wechselte das Thema. „Zypern?“

„Schiffe mit Gold und Proviant sind auf dem Weg hierher, Euer Majestät“, beeilte sich nun Robert von Sable zu antworten, „die Männer haben alles aus der Insel herausgepresst. Die Schwierigkeit liegt vielmehr darin, die Güter an der arabischen Flotte vorbeizuschmuggeln.“

„Kümmert Euch darum und kümmert Euch leise darum!", befahl Richard. Robert verbeugte sich vor dem König, fasste Humfried am Arm und zog ihn mit nach draußen.

Als die beiden Ritter aus dem Zelt getreten waren, schickte der König seinem Berater eine anstößige Geste hinterher. „Dieser Feigling!", murmelte er. „Er hätte die Duellforderung annehmen sollen, sich Isabella nicht wegnehmen lassen dürfen! Dann wäre er jetzt der König von Jerusalem."

„Verzeih Bruder, ich kenne Konrad von Montferrat nicht gut, aber Humfried hat nicht das Zeug für einen König. Er mag die Sprache und Kultur der Heiden kennen wie kein anderer und ist auch ansonsten oft nützlich, aber er ist kein..."

„Ja, er ist kein König. Aber er ist mein getreuer Berater und Freund und dieser Angeber Philipp hätte das Nachsehen, wenn..."

„In Iberien gibt es ein Sprichwort", unterbrach Berengaria. „Más vale pájaro en mano que cien volando."

Der König und seine Schwester schauten sie verständnislos an. „Ein Vogel in der Hand ist mehr wert als tausend fliegende", erläuterte Berengaria, aber die Gesichter der beiden blieben leer. „Das heißt so viel wie, na ja, dass man sich keine Gedanken darum machen soll, was man hätte haben können, sondern damit arbeiten muss, was man eben hat."

Johanna schlug sich auf die Stirn: „Wir sagen: Lieber den Spatz in der Hand als die Taube auf dem Dach!", lachte sie.

Richard klatschte vor Begeisterung in die Hände. „Das hätte von Mutter sein können!" lobte er und bemerkte nicht, dass Berengaria bei der Erwähnung Eleonores zusammenzuckte. „Ihr habt Recht, Teuerste, wir dürfen uns nicht mit verpassten Gelegenheiten aufhalten, sondern müssen nach vorn sehen. Mit Philipp werde ich schon fertig. Der hat sich übrigens angekündigt und müsste jeden Moment hier sein."

Ein Ausrufer verkündete, als habe er nur auf Richards Stichwort gewartet, vor dem Zelt, der König der Franken sei eingetroffen, was Berengaria an ein weiteres Sprichwort erinnerte: *Hablando del diablo – wenn man vom Teufel spricht...*

König Philipp Augustus schritt in das Zelt als wäre er mindestens der Papst, vielleicht sogar der Heiland persönlich, ließ die Damen höflich Knickse machen und erwartete anscheinend auch von Richard irgendeine Demutsbekundung. Der König von England scherte sich aber nicht darum, senkte nicht einmal respektvoll den Kopf, sondern starrte dem König von Frankreich direkt in die Augen.

„Philipp!“ sagte er und es klang weniger wie eine Begrüßung und mehr wie ein Fluch.

„Seine Majestät von England“, erwiderte Philipp aufgeblasen, „stelle mich doch bitte vor. Ich bin leicht verwirrt. Welche der beiden Damen ist nun Eure Schwester und welche die spanische Prinzessin, die Ihr meiner Schwester vorgezogen habt?“ Er stierte die Frauen an wie Verbrecher, über die er zu Gericht sitzen würde. Als Richard anhob zu sprechen, hob der Franke die Hand.

„Nein, sagt es mir nicht! Ich erkenne doch die Züge Eurer Familie!“ Er gab Johanna einen perfekt ausgeführten Handkuss.

„Und Ihr seid der Spross von Navarra, der den König von England so bezaubert hat, dass er ein Verlobungsversprechen gegenüber seinem Freund und Verbündeten gebrochen hat! Nun, ich sehe jetzt, warum!“, fuhr er mit einem Handkuss, der ebenfalls jeder Etikette entsprach, fort, „ihr seid ja wirklich ein Juwel, meine Liebe!“

Wenn er nicht so blasiert gewesen wäre, hätte Berengaria diese Komplimente und Gesten sicherlich positiver aufgenommen. Tatsächlich, wenn sie sich vorstellte, ein echter Spanier wie ihr Bruder oder auch nur ein durchschnittlicher Mann wie ihr Ehemann, würde so sprechen, es gäbe wohl kaum eine Frau, die dem widerstehen könnte.

Aber das Auftreten Philipps war alles andere als erhaben, sondern vielmehr eine Zumutung, so als wenn jede seiner Gemütsregungen vom Teufel persönlich ins Dutzendfache übertrieben würde und der arme Frankenkönig müsste sich nun bemühen, wieder zu wirken wie ein normaler Mensch. Dieses Verhalten war nicht nur anstrengend, sondern in höchstem Maße irritierend. Berengaria wusste, dass die meisten Personen bei Hofe neue Begegnungen sehr schnell einschätzten. In den kostbaren wenigen Sekunden eines ersten Eindrucks konnten sich Diplomaten, fremde Würdenträger oder potentielle Verbündete in den Augen der heimischen Adligen entweder ewigen Respekt erkämpfen oder mussten für immer Einbußen in ihrer Reputation hinnehmen.

Berengaria war sonst gar nicht so wie die meisten anderen Adligen, hatte kein geheimes Notizbüchlein, in dem sie eintrug, ob eine Hofdame einen schlauen Spruch zustande gebracht oder sich blamiert hatte. Sie bewertete nicht nach dem ersten Eindruck, auch nicht nach dem zweiten, weil sie ihren Gesprächspartnern normalerweise gar nicht als Bewertende gegenüber saß, sondern als Wohlwollende.

Aber Philipp verlor mit seiner furchtbaren Art direkt alle Sympathiepunkte bei ihr, die er vielleicht noch übrig gehabt hatte, weil er als Richards Rivale und Gegenstück galt.

Sie bemühte sich also auf seine Schmeicheleien hin zu lächeln und die Augen niederzuschlagen, so wie es von ihr erwartet wurde, obwohl sie den Franken eigentlich ebenso nieder starren wollte, wie Richard es zuvor getan hatte.

„Eine echte Blume!" kommentierte Philipp ihre damenhafte Reaktion gegenüber Richard. Dieser blickte finster drein.

Dieser Truthahn! Berengaria hatte natürlich mitbekommen, wie der Frankenkönig sich auf diesem Kreuzzug, der ja noch nicht einmal richtig begonnen hatte, immer wieder blamiert hatte. Schon auf Sizilien hatte sich gezeigt, dass seine Männer keine Disziplin hatten, weil er sie schwach führte, während Richard ebenso gnadenlos beim Bestrafen von Verfehlungen war, wie gütig beim Verteilen von Belohnungen. Den Löwen und das Lamm hatten die Männer schon damals die beiden Könige genannt.

Als Philipp kurz vor ihnen in Akkon angekommen war, hatte er, wie Humfried von Toron zu berichten wusste, eine Riesensache aus den sieben Belagerungsmaschinen gemacht, die er aus Frankreich mitgebracht hatte. Die Dinger waren allerdings schon beim Entladen in Brand geraten und nicht mehr zu gebrauchen gewesen.

„Trotzdem wir Eure Entscheidung also nun, da wir Eure neue Königin kennenlernen durften", das Lächeln, das Philipp ihr dabei zuwarf, war so falsch wie eine Schneeflocke im Sommer, „selbstverständlich nachvollziehen können, bleibt die Tatsache, dass wir unser Bündnis nicht durch Heirat besiegelt haben. Das ist für den König der Franken und einen Ehrenmann so wenig ein Problem wie für Euch, denn auch Eure Ehre infrage zu stellen würde uns nicht einfallen, aber die Berater des Königs, schlangenhafte Kreaturen allesamt, drängen uns, Euch ein anderes Zugeständnis abzuringen, um unsere Gleichberechtigung in dieser Geschichte mit dem Kreuzzug zu zementieren und jeden Zweifel an Eurer Person und Euren ehrlichen Intentionen auszulöschen."

„Sprecht!", erwiderte Richard nur.

„Ihr habt ja sozusagen *en passant* Zypern erobert." Philipp wandte sich wieder an Berengaria. „*En passant* ist in unserer fränkischen Sprache ein Ausdruck für ´im Vorbeigehen´ und ist tatsächlich ein Begriff, der beim Schachspiel verwendet wird, um das Schlagen allzu frecher Bauern, die zwei Felder statt einem vorrücken, zu beschreiben."

Berengaria war nicht nur gegenüber ihrem Vater, sondern auch gegenüber dem jüngeren Sancho immer chancenlos im Schach gewesen. Die Männer ihrer Familie waren einfach zu gewitzt, wussten die Figuren auf eine Art und Weise einzusetzen, die sie jedes Mal so frustrierte, dass sie lange vor ihrer definitiven Niederlage dem König auf dem Brett einen Stoß mit dem Daumen verpasste. Aber wenn sie diesen Albatros dort nicht in diesem Spiel schlagen könnte, dann schätzte sie ihn völlig falsch ein!

Dieser plötzlichen Eingebung folgend gab sie Johanna zu verstehen, dass sie eine Partie spielen wolle und die Damen, die schon auf Zypern und während der Reise gerne ihre Zeit auf diese Weise vertrieben hatten, setzten sich ans Brett, was gleichzeitig ein gutes Signal für die Könige war, nun unter vier Augen zu sprechen – auch wenn die spielenden Frauen natürlich jedes Wort mitbekamen.

Philipp tat so, als wenn er das gar nicht bemerkt hätte und schilderte Richard nun in weitschweifiger Rede seine Forderungen, die er zum Ausgleich dafür erhob, dass dieser Berengaria seiner Schwester Alix vorgezogen hatte.

Philipp wollte die Hälfte Zyperns, also nicht nur die Kontrolle über die Hälfte der Insel, sondern auch eine Beteiligung von genau 50 Prozent an allen Reichtümern, die Richard sich dort angeeignet hatte. Anscheinend wusste er nicht, wer die kleine Dorothea war, die wie immer der sich zwischen Johanna und Berengaria entfaltenden Schachpartie mit großen Augen folgte, sonst hätte er wahrscheinlich auch noch gefordert, man solle die zypriotische Prinzessin mit dem Schwert in zwei Hälften teilen und ihm eine davon in sein Zelt bringen.

Während Berengaria also mit einer klassischen, wenn auch nicht einfallsreichen Eröffnung Johanna in die Defensive trieb – Richards Schwester war vom Gespräch der Könige viel zu abgelenkt, um gut zu spielen, eigentlich war sie Berengaria ebenbürtig, wenn nicht sogar leicht überlegen – stellte Philipp seine Forderungen und Richard lehnte höflich, aber bestimmt ab. Der König der Franken sei an Zyperns Eroberung nicht beteiligt gewesen, er habe keinen Anspruch auf die dort erbeuteten Reichtümer und im Übrigen habe er, Richard, schon vorher sehr klar zum Ausdruck gebracht, dass Alix aufgrund ihres Verhältnisses mit seinem Vater Heinrich für ihn nicht mehr infrage gekommen sei.

Was? Alix hatte wirklich ein Verhältnis mit Richards Vater gehabt? Berengaria war davon ausgegangen, dass diese Episode nur in Eleonores Phantasie stattgefunden hätte. Gab es denn keine Scheußlichkeit, welche der Adel nördlich der Pyrenäen ausließ?

Berengaria hatte Johanna mit einem einfachen Springermanöver in eine Zwangslage gebracht. Sie würde ihre Dame retten müssen und so ihren Turm verlieren. Und nicht einmal das sah sie, sie bewegte die Dame nicht, sondern zog einen Bauern.

Philipp ereiferte sich, die Sache mit Alix und Heinrich sei nie bewiesen worden, alles seien nur Gerüchte, verbreitet von Feinden beider Kronen.

Verdammt!

Berengaria war zu abgelenkt vom Gespräch der Männer gewesen. Johannas Zug war gar nicht blöd gewesen. Entweder sie ließ sich jetzt auf einen Damentausch ein und verlor dabei auch den Springer oder sie musste hoffen, dass sie ohne Dame, aber mit dem Springer, wenn dieser in der Ecke den Turm geschlagen hatte, besser dastand.

Das Gesicht ihres Bruders erschien vor ihr, deutlich, als wenn es keine Einbildung wäre: „Opfere niemals deine Dame, es sei denn das Opfer bringt Dir einen sicheren Gewinn der Partie!“

Sie rechnete die Folgezüge aus und bekam deshalb nicht wirklich mit, was Philipp und Richard weiter besprachen. Nur dass es um Guido und Konrad ging.

Also hatte sie nach Johannas gelungener Reaktion auf ihr Manöver zwar noch ihre Dame, verlor aber den Springer und musste beim anschließenden Figurentausch – Johanna spielte Schach wie ein Pirat – dabei zusehen, wie ihr gesamter Angriff sich in Luft auflöste.

Die Partie war im Grunde vorbei, das gab Berengaria aber die Gelegenheit, den Männern wieder aufmerksam zuzuhören, während sie das Netz, das Johanna nun um ihre Figuren spannte, nur halbherzig mit Verteidigungszügen beantwortete, die ihr Zeit bis zum unvermeidlichen Matt verschafften, aber das Spielglück nicht mehr herumreißen konnten.

Natürlich ging es beim Gespräch der Könige nur oberflächlich darum, ob Konrad oder Guido den rechtmäßigen Anspruch auf irgend etwas haben sollten, in Wirklichkeit war es ein direkter Machtkampf, den sie eben nur auf dieser Ebene ausfochten, um nicht offen sagen zu müssen, dass sie dem jeweils anderen die Position als erster Anführer des Kreuzzugs nicht geben wollten.

Als Johanna mit schadenfrohem Grinsen das „Matt" verkündete, hatten die Könige sich darauf geeinigt, dass der Sturm auf die Stadt von Richard angeführt werden würde und er für diese Zeit auch den Befehl über die französischen Kontingente haben würde, während Philipp es vorzog, den Angriff von seinem Zelt aus zu koordinieren. Trotzdem verpflichtete sich Richard, das fränkische Banner neben dem englischen auf der eroberten Mauer zu hissen und den Ruhm für die gewonnene Schlacht mit Philipp zu teilen.

Wie hatten die Sizilianer die beiden Könige genannt? Den Löwen und das Lamm!

Richard war immer bereit als Erster in die Schlacht zu stürmen und sich der gleichen, wenn nicht größeren Gefahren auszusetzen, als seine Männer. Er wusste, dass er den feigen Franken, seinen Einfluss, seine Ritter, brauchte, um zu gewinnen. Und Philipp kalkulierte, ohne sich zu schämen, dass Richard ihm den Sieg bringen, er aber an den Lorbeeren würde teilhaben können.

Die kleine Eingebung, die Berengaria gehabt hatte, als der König von Frankreich sie im Schachspielen belehrte, wurde zu einer Gewissheit.

„Eure Majestät", hauchte sie, als die Männer mit ihrer Besprechung fertig waren. Ihr weißer König lag noch immer besiegt auf dem Feld, wie ein Omen oder zumindest eine Einladung. „Erweist mir die Ehre, mich nicht nur mit Worten, sondern auch mit Taten im Schachspiel zu unterrichten! Ihr seht, ich verliere gegen meine Schwägerin. Vielleicht kann ich ja von Euch lernen und dieses Teufelsweib dann bei der nächsten Partie schlagen?!"

Dass Philipp seine Sorge, er könnte die Partie gegen ein Weib verlieren, nicht verbergen konnte, war eigentlich schon ausreichend als Genugtuung. Berengaria hätte es dabei bewenden lassen.

Aber der große König der Franken gab ihr, nachdem sein Stolz sich eingeschaltet und die Angst überflügelt hatte, tatsächlich eine Partie.

Berengaria eröffnete nicht wie sonst konservativ, von der Mitte ausgehend, sondern tat so, als sei sie ein totaler Anfänger und versuche die Türme schon zu Anfang der Partie in Stellung zu bringen. Ein Anfängerfehler, den ihr Bruder ihr gehörig ausgetrieben hatte, indem er jedes

Mal die wendigeren Figuren benutzt hatte, um ihr die im Endspiel so wichtigen Türme frühzeitig wegzunehmen.

Jeder Zweifel wich aus Philipps Miene, wie erwartet brachte er ganz orthodox, die Mittelbauern, die Läufer und Springer in Stellung und grinste sie gönnerhaft an.

Berengaria hatte sich zwar in eine schwächere Ausgangsposition manövriert, achtete aber nun darauf, dem Franken keine Angriffsfläche zu bieten. Daher zog sich die Eröffnung ewig hin. Philipp spielte nicht wie Johanna, die von Richard gelernt hatte und auch dann Figuren austauschte, wenn es ihr keinen direkten Vorteil brachte. Die Engländer waren es gewohnt die Partie voranzubringen und im Endspiel nach Lükken zu suchen, Philipp dagegen spielte auf Sicherheit.

Nach endlosen Abwartezügen sah Berengaria ihre Chance. Zwar konnte sie nicht zu hundert Prozent vorausberechnen, was passieren würde, wenn sie in voller Absicht einem ihrer Türme die Blöße gab, aber Philipp ging so dermaßen geradlinig darauf ein, dass er die zweite Front, die sie aufgebaut hatte, gar nicht bemerkte.

Es dauerte nur noch wenige Runden, bis er sich in eine Situation manövriert hatte, in der jeder normale Spieler aufgegeben hätte. Trotzdem focht er die Partie bis zum Ende aus, wahrscheinlich bis zum letzten Zug hoffend, dass sie einen schwerwiegenden Fehler machen würde.

Nach ihrem dritten Schachgebot und endlosen Rückzugskämpfen seinerseits gab er dann doch auf, indem er einfach das komplette Brett umwarf.

„Ihr Iberer seid alle Betrüger und Hexen“, bemerkte er, bevor er wie ein Wirbelwind das Zelt verließ.

Stille senkte sich über den Raum.

Es war Johanna, die das Schweigen brach und in Gelächter ausbrach, in das Berengaria und Richard bald einstimmten.

„An dieser Demütigung wird er noch lange zu kauen haben, der alte Hund!“, prustete Richard.

„Habt ihr sein Gesicht gesehen, als er endlich merkte, dass er verloren hat?“, ergänzte Johanna kichernd.

Berengaria sagte nichts, lächelte aber zufrieden, während Dorothea wie ein kleines Kind auf ihren Schoß kroch und sich ankuschelte.

„So, genug mit der Politik für heute!“, beschloss Richard, obwohl es noch nicht einmal Mittag war. „Lasst das Königspaar allein!“

Die Berater und Diener entfernten sich, Johanna zog die kleine Dorothea, die lieber bei ihrer Ziehmutter geblieben wäre, mit sich und winkte Berengaria zum Abschied.

Richard goss zwei Becher Wein ein und reichte ihr einen davon. Sie konnte kaum an ihrem Getränk nippen, da hatte er seines schon geleert und goss sich nach.

„Teuerste", fand er dann endlich seine Worte, „ich bin Euch sehr dankbar für diese kleine Vorstellung Eures Witzes und bin froh, dass Ihr wohlbehalten angekommen seid. Ich...", Er druckste herum. „Ich habe mich gefragt, ob wir vielleicht heute nachholen, was wir nach der Hochzeit nicht..."

„Nein!", schnitt sie ihm eisig das Wort ab.

„Wie lange soll das denn noch... ich meine, ich habe Euch Zeit gelassen, Euch an die neue Situation zu gewöhnen, war ein nachsichtiger Ehemann. Seht her, es geht ja hier nicht um das königliche Vergnügen allein, ähm, Ihr wisst doch sicher, dass so keine Erben..."

„Ihr werdet mich nicht haben. Da müsst Ihr mich schon mit Gewalt nehmen!"

Richard wurde rot. „Vielleicht tue ich das ja?!", drohte er halbherzig. Aber sie wussten beide, dass er das nicht tun würde.

„Das ist nicht recht!", stammelte der König von England. Er sah aus wie ein kleines, beleidigtes Kind. „Ihr tut mir Unrecht! Ich habe doch alles..."

Er sah ihr in die Augen und sie sandte ihm einen weiteren dieser eiskalten Ich-bin-fieser-als-Eleonore Blicke. Resigniert sah er weg.

„Sei es drum!" Er schnallte sich sein Schwert an. „Vielleicht hilft es mir ja, wenn ich ein paar Araber mein Schwert spüren lasse."

Er verließ das Zelt und Berengaria hörte, wie er draußen die Männer zusammenrief.

Allein in dem riesigen Zelt, das von innen nicht von einem Burgsaal zu unterscheiden war, gönnte sie sich einen zweiten Becher Wein und ein zufriedenes Grinsen.

Kapitel 30: Hazima
(Niederlage)

Akkon, 12. Juli 1191

„Richard hat Akkon genommen."

Al-Adils Worte standen im Raum wie ekeliger Nebel. Der Sultan saß auf seinem Diwan, bisher schien er guter Laune gewesen zu sein, das änderte sich jetzt.

„Was?"

„Der Wesir hat sich nach harten Kämpfen an der inneren Mauer ergeben. Die Banner der Franken und Engländer wehen auf den Zinnen. Abu Ali hat den christlichen Königen 200.000 Goldstücke, alle Güter und Reichtümer der Stadt und die Freilassung der nazarenischen Gefangenen geboten, damit die Kreuzfahrer das Leben seiner Männer verschonen."

„Bringt mir diesen Verräter!"

„Bruder, er war klug genug nicht zu uns zu kommen, sondern mit seinen Leuten ein Schiff zu nehmen."

„Verfolgt ihn!"

„Das tun wir schon."

„Es mag ja angehen, dass er seine Stadt und sein Gold bietet, aber nun soll ich die Gefangenen freilassen? Er hatte kein Recht dazu, den Nazarenern dieses anzubieten!"

„Und es liegt bei dir, Bruder, ob du ihn nachträglich zum Lügner machst oder die Zähne zusammenbeißt und die Bedingungen akzeptierst. Akkon ist gefallen."

„Als ich das letzte Mal nachgesehen habe, da gab es noch einen muslimischen Belagerungsring um die Stadt. Ist der über Nacht verschwunden?"

Al-Adil setzte sich nun seinerseits hin. „Nein, wir können die Belagerung aufrecht erhalten, wenn du das befiehlst. Aber ich rate davon ab."

„Warum?"

„Weil jeder Tag der Belagerung uns mehr schwächt, als die Nazarener. Die haben jetzt wieder die volle Kontrolle über den Hafen. Unsere Flotte ist nicht mehr so stark, wie sie einmal war, es kommen immer mehr Christen aus Zypern, Sizilien, Genua und Pisa über das Meer. Ich konnte nur wenige Schiffe hinter dem Verräter Abu Ali herschicken, allein das schwächt unsere Position zur See weiter. Die Desertionen nehmen auch an Land zu. Die Männer sind müde."

„Und die zweite Front?"

„Mein Sohn bringt frische Truppen aus Ägypten, vor allem Mameluken, aber sie müssen sich den Weg freikämpfen, die Zengiden und die anderen Beduinenstämme haben schon wieder vergessen, dass sie uns Gefolgschaft schulden."

Saladin verdrehte die Augen. „Wie oft müssen wir die noch unterwerfen, bis sie endlich gehorchen?"

„Die gehorchen eben nur ihren uralten Gesetzen und der Wüste selbst. Mir würde es ja schon reichen, wenn sie unsere Truppen nicht behelligen, aber sie kennen eben nur das eine Leben, sich durch Raub und Brandschatzung zu ernähren. Zu Ackerbauern taugen sie nicht.

Ghazi und Al-Afdal allerdings haben den Weg nach Jerusalem wie geplant vorbereitet. Wenn die Nazarener auf die Heilige Stadt ziehen – und das werden sie, sobald sie Akkon soweit befestigt haben – können wir sie wie geplant in Rückzugsgefechten mürbe machen. Entweder klopfen wir sie so weich, dass sie zu Verhandlungen bereit sind oder wir stellen uns ihnen in Arsuf, da ist Al-Afdal, oder in Askalon, wo ich Ghazi zum Befehlshaber gemacht habe."

„Und in der Zwischenzeit soll ich meine wertvollen Gefangenen an den Feind ausliefern?"

Noel betrat das Zelt, verbeugte sich vor dem Sultan und vor seinem Herrn und flüsterte Saphadin ins Ohr: „Abu Ali hat nur die Hälfte des vereinbarten Goldes gezahlt."

Al-Adil stöhnte auf. „Die Gefangenen und 100.000 Goldstücke. Der Verräter hat..."

„Ja, ja, du musst mir nicht alles wie einem Kind erklären", erwiderte Saladin gereizt. „Nur der eigenen Familie kann man vertrauen", ergänzte er.

Wenn es doch nur so wäre! Saphadin fürchtete um Arsuf. Es war immer weise, Al-Afdal einen zweiten Mann zur Seite zu stellen, aber sein Bruder Ghazi war in Askalon, den anderen Bruder, Uthman, hatte er Richtung Bagdad geschickt, um zu verhindern, dass der Kalif die momentane Schwäche der Ayyubiden ausnutzte und sein eigener Sohn, Al-Kamil, musste sich mit den verfluchten Beduinen herumschlagen. Nach Al-Adils Berechnungen würden die Mameluken erst in Askalon dazustoßen – es sei denn, sie konnten den Vormarsch der Nazarener gründlicher aufhalten, als er es für realistisch hielt.

Wenn Al-Afdal sie also nicht alle überraschte, würde Arsuf fallen und die Entscheidungsschlacht erst um Askalon geführt werden, es sei denn der Sultan vereinte ihr verbliebenes Heer in Arsuf mit dem seines Sohnes und stellte sich den Kreuzrittern dort, was funktionieren konnte, aber nicht musste. Sicherer wäre es, wie von ihm geplant, weiter im Hinterland zu bleiben und die Kreuzritter auf dem Marsch zu schwächen.

„Wir sammeln das Heer in Arsuf!“, beschloss Saladin, als habe er seine Gedanken gelesen. „Dort wird sich das Schicksal des Heiligen Landes entscheiden.“ Er sah seinen Bruder herausfordernd an.

„Oder“, schlug Saphadin vor, „wir halten uns an den Plan. Arsuf ist unbedeutend. Lass deinen Sohn zeigen, dass er fähig ist eine Schlacht alleine zu gewinnen. Wenn nicht, dann piesacken wir die Kreuzritter weiter auf dem Weg. Askalon ist besser befestigt, bietet Platz für mehr Truppen und wird mit viel mehr Proviant ausgestattet sein.“

„Und mein Erbe fällt als Geisel in die Hand der Nazarener? Niemals!“

„Dann befehlen wir Al-Afdal, Arsuf aufzugeben und sich ebenfalls nach Askalon zurückzuziehen. Dann sind die Heere, ist die Familie vereint und wir zeigen diesen nazarenischen Hunden gemeinsam, aus welchem Holz die Ayyubiden geschnitzt sind. Genau wie damals vor Hattin.“

„Und das Gold? Die Gefangenen?“

„Abu Ali hat das ohne unser Wissen angeboten, aber das weiß Richard von England nicht. Selbst wenn wir es ihm sagen, er wird behaupten das sei eine Ausrede und Kriegslist. Gib ihm, was der Wesir ihm versprochen hat, was kümmert es uns?“

„Jeder der Freigelassenen wird sich dem Zug nach Süden anschließen“, behauptete der Sultan, „jedes Goldstück gibt Richard die Möglichkeit, weitere Soldaten einzukaufen.“

Damit war alles besprochen. Sie gaben die Belagerung von Akkon auf und zogen die Armee ins Hinterland zurück.

Kapitel 31: Heros fortis
(Der mutige Held)

Akkon, 13. Juli 1191

In der Reihe vor Leopold kämpfte eine Frau mit, die ihm seltsam bekannt vorkam. Er zerbrach sich den Kopf, woher er das Weib kennen könnte, doch er kam nicht dahinter.

Erst als sich ein ayyubidischer Speer in die Seite der Frau bohrte, Leopold die Stürzende auffangen musste und in ihr direkt ins Gesicht sehen konnte, erinnerte er sich wieder: Es war dieses Waschweib, das seinen Forderungen, bei ihm zu liegen, so keck Widerstand geleistet hatte, bis er ihre rebellischen Lippen mit Wein verschlossen hatte.

„Hoheit", stöhnte sie, „es geht zu Ende mit mir. Werft meinen Leichnam in den Graben, sodass ich im Tode dem Kreuzzug genauso dienen möge wie im Leben."

Der Herzog von Austria schluckte schwer, tat aber, wie die Frau ihm befohlen hatte und warf sie in den Graben, den die Kreuzritter mit allerlei Schutt und Erde aufzufüllen trachteten.

Diese Episode und andere Erinnerungsfetzen lösten sich in Leopolds Kopf gegenseitig ab, während er Konrad von Wittelsbach berichtete, wie Akkon endlich gefallen war:

„Einen Araber nach dem anderen habe ich niedergeschlagen!", erzählte er dem Bischof, der sein engster Berater geworden war, „wie viele von diesen Bastarden ich in die Hölle geschickt habe, weiß ich selbst nicht mehr zu sagen. Irgendwann habe ich das Zählen aufgegeben. Da war mein Mantel schon so voller Blut, dass kein Weiß mehr zu sehen war! Nach dem Kampf nahm ich den Waffengürtel ab und sah an mir hinunter. Und da wurde mir klar, dass Rot-Weiß-Rot meine neuen Farben sein werden, die neue Flagge von Austria."

„Ihr wisst, dass Ihr dafür die Genehmigung des Kaisers benötigt?!", antwortete Konrad von Wittelsbach.

„Ja aber genau deshalb erzähle ich Euch das doch! Ihr müsst den Kaiser von meinen Heldentaten in Kenntnis setzen und erreichen, dass er den neuen Wappenfarben zustimmt."

„Ich gehe nach Mainz?"

„Ihr geht nach Mainz! Und nicht nur wegen des Wappens. Das Wichtigste habe ich ja noch gar nicht erzählt. Also hört mir zu!"

Leopold berichtete dem Priester von der heldenhaften Einnahme der Stadt. Ohne Neid musste er zugeben, dass es vor allem Friedrichs Reichsritter gewesen waren, welche das römische Kontingent zu den wahren Helden der Schlacht gemacht hatten. Diese Männer waren Berserker, ob sie klassisch mit Schwert und Schild kämpften, ihre riesigen Zweihandschwerter schwangen, welche durch die leichten Rüstungen der Araber schnitten wie Butter oder mit Hellebarden, denen selbst die feindlichen Speerträger nichts entgegenzusetzen hatten, eine Bresche durch die feindlichen Reihen schnitten. Aber auch seine Austrier hatten keine Feigheit gezeigt, angespornt vom Mut der Reichsritter hatten sie deren Flanken und verwundbaren Rücken geschützt und keinen Feind die Formation sprengen lassen. Leopold, in der Mitte der Formation, flankiert von seinen Leibwächtern, hatte zwischenzeitlich geradezu darum betteln müssen, dass man ihm auch noch Feinde übrig ließ.

Wie ein Wirbelsturm waren sie über die Heiden gekommen, den Schlachtruf des verstorbenen Kaisers, der sicherlich vom Papst heilig gesprochen werden würde, übernehmend.

„Rom!“ hatten sie also geschrien, auch „Tod den Heiden!“ und „Für Gott und Vaterland!“ hatten sich eingebürgert.

An einer Stelle der Schlacht hatten sie ein französisches Kontingent, das umzingelt worden war, aus seiner misslichen Lage befreit und ganz am Schluss der Schlacht, als Richard, der die Vorhut übernommen hatte, mit seinen Engländern einfach keinen Meter mehr vorankam, hatte Leopold die Ritter aufgeteilt, den Reichsrittern befohlen den Grafen Philipp von Flandern, dessen eigene Truppe auf ein halbes Dutzend Franken geschrumpft war, an der rechten Flanke zu unterstützen, während er mit seinen Austriern die linke Flanke ansteuerte. Dem klassischen Zangenmänover hatten die Araber nichts mehr entgegenzusetzen und so hisste der Stadtvogt die weiße Fahne in dem Moment, als der letzte Widerstand auf der Mauer zusammenbrach.

„Und nun hört gut zu, Bischof“, fuhr Leopold fort, „hört, was dann geschah! Richard ging mit seiner Leibwache den Stadtvogt gefangen zu nehmen und ich befahl meinen Männern, meinen Panther, schwarz auf Silber, neben der Reichsfahne auf den Mauern zu hissen. Leider hatten die Reichsritter ihre Fahne schon anders eingesetzt – aus Ehrerbietung gegenüber dem Grafen von Flandern, der sie so tapfer angeführt, aber unglücklicherweise während des Angriffs tödlich verwundet worden war, hatten sie den Leichnam in ihre Farben gewickelt und den Gefallenen auf diese Weise symbolisch zu einem Adligen des Reiches erhoben.

Gleichzeitig stellten die Engländer Richards Banner und auch das des Königs der Franken auf. Aber nur kurze Zeit wehte der schwarze Panther neben den drei goldenen Löwen auf rotem und den goldenen Lilien auf blauem Grund. Es vergingen nur wenige Augenblicke bis die Engländer mein Banner von der Brüstung in den Schlamm warfen."

„Was?"

„Natürlich habe ich sofort protestiert, die schamlosen Engländer zur Rede gestellt. Richards Hauptmann gab lapidar zu verstehen, mein Banner könne nicht gleichberechtigt neben dem der beiden Könige stehen, schließlich sei ich lediglich ein Vasall des Kaisers. Meinen Erklärungen, warum die kaiserliche Fahne nicht wehen konnte, schenkten sie eben sowenig Beachtung wie meiner Erläuterung, dass ich ein Abkömmling der griechischen Kaiserlinie bin oder meiner Forderung, mit Richard persönlich zu sprechen. Stellt Euch nur diese Schande vor!"

„Das ist mir kaum möglich, Herr!"

„Dafür muss dieser aquitanische Emporkömmling bezahlen! Ihr müsst sofort ins Reich aufbrechen. Wenn Heinrich erfährt, was hier passiert ist, wird er wegen des Wappens zustimmen. Ich kann den Panther nicht mehr tragen, nachdem er so geschändet worden ist! Und das neue Wappen soll aller Welt für alle Zeiten den Beweis des Blutes erbringen, das Austria hier in Akkon für die Christenheit vergossen hat."

„Und was wird mit Richard?"

„Ich weiß noch nicht wie, aber ich werde mich an ihm rächen. Sprecht mit dem Kaiser, er wird verstehen, was auf dem Spiel steht. Richard darf nicht siegreich ins Abendland zurückkehren, das Gleichgewicht der Kräfte auf dem Kontinent wäre in Gefahr."

„Ich lebe um zu dienen!", antwortete der Bischof. „Aber sagt mir, was wird hier in Akkon geschehen?"

„Was soll werden? Wir haben gesiegt. Konrad ist der rechtmäßige König von Jerusalem und so lange wir die Heilige Stadt nicht halten ist er eben der Exilkönig im wiedergewonnenen Akkon."

„Was ist mit Guido?"

„Der ist nicht mehr wichtig. Von dem hören wir nie wieder etwas."

Kapitel 32: No hay mal que por bien no venga

(Alles Schlechte hat auch seine gute Seite)

Akkon, 31. Juli.1191

„Ich bin der König von Jerusalem!“, schrie Guido von Lusignan. Dass er dabei halb hinter Richard von England stand, verlieh dem Ausruf eine gewisse Lächerlichkeit.

„Mein lieber Freund“, antwortete Konrad von Montferrat, „Ihr seid gar nichts mehr, seit Eure Frau, Gott hab sie selig, nicht mehr unter uns weilt.“

Konrad wiederum wurde flankiert vom französischen König und diesem ekelhaften Herzog, der immer nach Wein roch und sich anscheinend nie wusch.

Alle Generäle, Grafen, Barone und Würdenträger, die sich in Richards Zelt versammelt hatten, wussten ihren Teil zum Streit beizutragen. Humfried, der seinen Hass auf Konrad nicht verbergen konnte, schalt ihn zum wiederholten Male einen Frauenräuber und Aufschneider. Herzog Hugo von Burgund, Philipps Stellvertreter, zählte die Liste von Guidos Niederlagen und Fehlern auf. Wie eine Horde grunzender Schweine kamen die Ritter der jungen Königin vor.

Berengaria beobachtete auch, dass weder Philipp, noch Richard sich zu Wort meldeten. So war es bei all diesen ermüdenden Besprechungen, die Könige ließen ihre Vasallen den Konflikt austragen, steuerten selbst aber nichts bei. Seit Tagen ging das schon so. Doch heute würde die Entscheidung fallen, das wussten alle. Humfried hatte mit Richards Getreuen gesprochen und Balian von Iblin überreden können, dass er derjenige sein würde, der die Könige um eine Entscheidung angehen würde. Iblin war der perfekte Kandidat dafür. Seine Ehre konnte nach seiner heroischen Verteidigung der Heiligen Stadt gegen Saladin niemand infrage stellen. Zwar hatte er die Stadt verloren, aber durch erbarmungslosen Widerstand und die Drohung, die heiligen Stätten anzuzünden, hatte er freies Geleit für die meisten Christen der Stadt erkaufen können. Da er ein notorischer Feind von Guido war, sich aber auch nicht Konrads Seite angeschlossen hatte, ging er als Neutraler durch.

Und so sprach Iblin irgendwann die Könige direkt an. „Eure Majestäten, dieser Streit zerfrisst die Einigkeit unter den Rittern. Also muss ich Euch, auch im Namen meiner Mitstreiter, darum bitten, diese Sache hier und jetzt zu entscheiden. Wenn Ihr mich fragt, sind beide Kandidaten nicht würdig, bestimmt einen Dritten! Aber beendet diese Scharade hier und jetzt!"

Guido und Konrad wollten Balian beide an die Kehle springen, wurden aber zurückgehalten. Philipp und Richard sahen sich an wie zwei Steinböcke, bevor sie das Geweih aneinander stoßen. Es war soweit.

„Die Hälfte von Zypern!", forderte Philipp, „damit ich Euren Kandidaten akzeptiere."

Richard schüttelte erbost den Kopf. „Keinen Heller!", antwortete er.

„Dann müsst Ihr Konrads Anspruch anerkennen."

„Ich werde ihn anerkennen, wenn Ihr Guidos Anspruch anerkennt."

„Aber es kann nicht zwei Könige geben."

„Dann soll Guido König sein bis zu seinem Tode und Konrad ihn beerben."

Die Könige stritten noch lange herum, Philipp brachte alle möglichen Kleinigkeiten zur Sprache, von der gelösten Verlobung mit seiner Schwester Alix, ungelösten Grenzstreitigkeiten im Frankenland und zählte dann seine Verluste auf.

Aber die Mehrheit der Ritter schien anzuerkennen, dass es einen Kompromiss geben musste und Richard hatte einen Vorschlag gemacht, bei dem beide Männer – Guido und Konrad – ihr Gesicht wahren konnten.

Der Frankenkönig allerdings benahm sich, als wäre dieses Angebot eine direkte Beleidigung seiner Person und sprühte weiter Gift. Die Ritter ließen ihn schimpfen, er war immerhin ein König.

„Es reicht!", schloss er seine Tirade, „wir können ohnehin nicht länger bleiben. Unsere Namensvetter und werter Vasall Philipp, der Graf von Flandern, ist auf den Zinnen dieser verfluchten Burg gefallen. Wir müssen seinen Nachlass regeln und werden baldmöglichst in Richtung Heimat abreisen. Verfahrt Ihr mit dieser Sache, wie Ihr wollt. Ich wünsche viel Erfolg beim Kampf gegen diesen verfluchten Sultan!"

Die versammelten Ritter starrten ihn sprachlos an. Hatte der König der Franken tatsächlich gerade angekündigt, dass er den Kreuzzug abbrechen wollte? Durfte er das überhaupt?

„Bevor Ihr geht, Philipp", rief Richard, ehe der Frankenkönig aus dem Zelt stürmen konnte. Er nahm eine dicke Bibel in die Hand. „Schwört auf das Evangelium, dass Ihr meinen Besitz auf dem Festland nicht angreifen werdet, so lange ich nicht zurück bin."

Philipp verdrehte die Augen, legte aber die Hand auf die Bibel und sprach: „Ich schwöre, dass ich den Besitz Richards von England nicht angreifen werde, so lange dieser sich im Heiligen Land aufhält.“

Und wie ein Geist huschte er aus dem Zelt und war verschwunden, bevor noch jemand ein weiteres Wort sagen konnte. Die Ritter blickten auf den Zeltausgang, den der König gerade genommen hatte. Humfried kratzte sich am Kopf, als ob er so eine Idee zu Tage fördern könnte, wie man mit dieser absurden Situation umgehen sollte. Richard hielt noch immer die Bibel in der Hand.

Balian von Iblin war es, der das erschrockene Schweigen brach: „Ihr habt den König gehört, Männer. Guido von Lusignan bleibt bis zu seinem Tode König der Heiligen Stadt...“

-„...die Ihr verloren habt!“, unterbrach Guido.

Balian machte sich keine Mühe zu erklären, dass ohne Guidos blindwütigen Angriff auf die Araber Jerusalem wahrscheinlich noch in christlicher Hand wäre.

„.. und Konrad von Montferrat wird hiermit als Guidos Erbe eingesetzt.“

Zwar war keines der beiden Lager wirklich zufrieden, aber Konrad hatte durch Philipps schmachvollen Abgang gerade seinen größten Verbündeten verloren und musste daher mit der Spatz in der Hand vorlieb nehmen.

„Die eigentliche Frage“, warf Robert von Sable ein, der zum neuen Großmeister des Templerordens gewählt worden war, „ist doch: Wann ziehen wir gegen Saladin?“

Damit verwandelte sich die Versammlung der Ritter wieder in eine Ansammlung von Waschweibern. Den einen konnte es nicht schnell genug gehen. Guido von Lusignan wäre am Liebsten gestern aufgebrochen, er gierte nach Rache an Saladin und seinem Bruder, den er abgrundtief hasste und rechnete sich wohl aus, wenn Jerusalem erst zurückerobert wäre, würde er die Sache mit der Thronfolge schon noch zu seinen Gunsten arrangieren können. Konrads Lager dagegen war gegen einen raschen Aufbruch, sprach davon, die Stadt Akkon weiter zu befestigen und den Männern Zeit zu geben, sich auszuruhen. Aber der König von England war kein geduldiger Mann.

„Trefft eure Vorbereitungen, lasst die Männer sich ein paar Tage erholen! Aber sobald Saladin die Tribute für Akkon geleistet hat, ziehen wir ihm hinterher.“

„Und wenn er nicht zahlt?", erkundigte sich Humfried.

„Dann wird er meine ungnädige Seite kennenlernen", gelobte Richard. Er tat es dem Frankenkönig gleich und huschte aus dem Zelt, ohne seinen Rittern die Gelegenheit zu geben, noch etwas zu sagen.

Die meisten Ritter verließen nach und nach ebenfalls das Zelt. Humfried blieb bei den Frauen und auch Leopold der Reichsherzog machte keine Anstalten zu gehen.

„Ist noch was?", herrschte Humfried ihn an.

„Majestät, auf ein Wort!", bat der Babenberger an Berengaria gewandt, wobei er so tat als sei Humfried auch weggegangen.

Berengaria winkte ihm, näher zu treten. Obwohl der dicke Herzog zwei Schritt vor ihr stehen blieb, überwältigte der Geruch nach Schmutz und Wein ihre Sinne und sie musste sich zusammenreißen, ihren Ekel nicht zu zeigen.

„Majestät, Ihr seid bei allen Verhandlungen zugegen gewesen, Ihr wisst was der Aufbruch des Frankenkönigs bedeutet."

„Dass Euch die Verbündeten ausgehen?", antwortete Johanna an Berengarias Stelle.

Der Herzog sah die Schwester des Königs an, als wolle er sie verspeisen – sein Magen war sicherlich groß genug dafür – erwiderte aber nichts, sondern sprach weiterhin Berengaria an.

„Euer Mann ist zu stolz für einen Rückzug – und zu engstirnig für einen Frieden. Auch ohne Philipp von Frankreich wird er gegen die Ayyubiden ziehen."

Berengaria nickte. Daran gab es keinen Zweifel.

„Aber mit den Streitigkeiten unter den Rittern, dieser Lagerbildung im Rücken, wird das ein unsicheres Unternehmen, ja, ich möchte sagen ein Himmelfahrtskommando."

Berengaria nickte wieder. Das hier war schließlich ein Krieg, sie machte sich keine Illusionen darüber, wie die Chancen der Kreuzritter standen.

„Eurem Mann kann ich also meinen Vorschlag nicht antragen, der ist viel zu vernarrt in diesen Emporkömmling Lusignan. Wisst Ihr eigentlich, was der vor dem Kreuzzug..." Er brach ab. „Er wird mir nicht zuhören, Euer Mann."

Die Frauen sahen sich an und konnten es nicht vermeiden ein Grinsen zu teilen. Richard wusste ja nicht einmal genau, von welchem Land Leopold der Herzog war.

„Aber ich wage zu hoffen", fuhr Leopold fort, als habe er den stummen Austausch der Damen nicht mitbekommen, „dass Ihr mir zuhören werdet. Entweder wir schließen Frieden mit dem Sultan oder keiner von uns wird das heilige Land lebend verlassen, das sollte Euch klar sein. Und es wird keinen Frieden mit Saladin geben, so lange Guido von Lusignan lebt!"

Johanna sprach wieder für Berengaria: „Was wollt Ihr andeuten, werter Herzog?"

Der Austrier verbeugte sich ungeschickt: „Gar nichts, werte Dame. Gestattet mir nun, Urlaub von Euch zu nehmen." Von Berengaria verabschiedete er sich mit einem genuschelten „Eure Majestät."

„Was war das denn?", fragte Johanna mehr sich selbst, als Leopold das Zelt verlassen hatte.

„Ich glaube, der Herzog wollte doch etwas andeuten", vermutete Berengaria.

Johanna lachte ihr glockenhelles Lachen. Auch die kleine Dorothea lachte, wusste aber offensichtlich so wenig wie Berengaria, was der Witz an der Sache war.

„Wenn Richard mit Saladin Frieden schließt", fuhr sie also fort, „können wir alle nach Hause! Ich wünsche mir das, du wünscht dir das und der dicke Herzog hat anscheinend auch nur dieses eine Ziel im Sinne. Die Männer werden das unritterlich finden, aber ich kann es ihm nicht verdenken."

„Vielleicht nimmt er ja endlich ein Bad, wenn er heim in Austria ist", warf Johanna ein. Nun lachten alle drei Frauen.

„Er scheint zu glauben, dass Guido aus dem Weg geräumt werden muss", spann Berengaria den Faden weiter, „ist aber zu feige selbst etwas in dieser Richtung zu unternehmen. Also versucht er mich zu manipulieren, selbst etwas Derartiges einzufädeln."

Johanna sah schockiert drein. „Nein, glaubst du wirklich?"

„Aber das war doch ganz offensichtlich!"

Johanna verdrehte die Augen. Endlich schien der Groschen auch bei ihr gefallen zu sein. „Natürlich, liebste Schwester, wollte er genau das andeuten", sagte sie. „Die Frage ist nur: Fehlt ihm bloß der Mut oder auch der Verstand? Er muss doch damit rechnen, dass wir nicht zögern, Richard von diesem plumpen Versuch der Beeinflussung seiner Königin zu berichten. Und dieser wird sich den Fettwanst dann sicherlich vorknöpfen – vorausgesetzt er vergisst nicht wieder, wer er ist und erschlägt aus Versehen irgendeinen Pisaner oder Genuesen."

Die Vorstellung wie Richard irgendwelche Herzöge verschiedener Länder verdrosch, weil er Leopold nicht zuordnen konnte, war schon amüsant, aber Berengaria blieb ernst.

„Deswegen erzählen wir ihm auch nichts davon!"

Johanna sah sie an, als habe sie den Verstand verloren. „Und warum nicht, wenn ich fragen darf?"

„Der Herzog denkt, er könnte mich als Instrument seiner Pläne benutzen. Nun, dieses Vorhaben lässt sich auch umkehren. Wenn der Herzog glaubt, wir sind ihm wohlgesonnen und würden uns hinter Richards Rücken mit ihm verbünden, dann tut er sicherlich gerne, was wir ihm auftragen."

„Und das wäre?"

„So weit bin ich noch nicht. Aber im Moment sehe ich da eine Gelegenheit. Der Herzog möchte nach Hause gehen und ich will das auch, selbst wenn ich mein neues Zuhause noch nicht kenne. Aber wenn wir noch länger in diesem verfluchten Land bleiben, an dem ich so gar nichts Heiliges finden kann, dann werden wir nur krank oder fallen am Ende in die Hände der Araber."

Johanna seufzte. „Ich sehe nur einen Dickbauch, der zu viel Wein trinkt. Aber ich will dir in dieser Angelegenheit vertrauen. Wir sagen Richard vorerst nichts." Mit einem Seitenblick auf Humfried fragte sie: „Aber was ist mit ihm?"

Humfried hatte, von allen Anwesenden ignoriert, die ganze Unterhaltung mitbekommen.

„Der Herr von Toron wird seiner Königin einen Eid der Verschwiegenheit leisten", beschloss Berengaria.

Und das tat der Herr von Toron unverzüglich.

Berengaria dagegen überlegte, was als nächstes zu tun war und kam schnell auf eine Idee.

„Holt mir den Templerführer, Robert von Sable", befahl sie.

Kapitel 33: Fawz

(Sieg)

Netanja, 5. September 1191

Das war er also. Richard von England, der große Held der Christenheit! Al-Adil kam dieser Mann nicht wie ein König vor. Er war klein, untersetzt und wirkte müde.

Bei ihm war Humfried von Toron, der bei den Ayyubiden als redlicher Verhandlungspartner galt. Er war nahezu der einzige christliche Ritter, der des Arabischen einigermaßen mächtig war.

„Salam alaikum, Saif Ad-Din!", war seine Begrüßung, die er so freudig aussprach, dass es fast wirkte, als käme das von Herzen.

„Und Friede sei mit Dir, Humfried von Toron", antwortete Al-Adil etwas zurückhaltender.

„Ich darf Euch die Damen des Königs vorstellen", fuhr Humfried ungerührt auf arabisch fort. „Dies ist Berengaria von England, die Blume von Navarra, erst kürzlich mit dem König vermählt."

Die schwarzhaarige, schlanke Frau, die Kleider trug wie bei den europäischen Frauen von Stand üblich, sah ihm nicht in die Augen, knickste vor ihm und zog sich direkt wieder zurück.

Eine Knospe vielleicht, aber noch keine Blume!

„Und hier ist Johanna von England, des Königs Schwester!"

Die Königsschwester war von einem anderen Kaliber. Sie hatte helles Haar, helle Augen und lächelte Al-Adil offen an, als wenn sie sich seit Jahren kennen würden.

„Salleam Allaiakum, Malik!", hauchte sie.

Saphadin machte sich nicht die Mühe die Europäerin darüber aufzuklären, dass „Malik" ein Königstitel war, der eigentlich nur seinem Bruder Saladin zustand, noch verbesserte er ihre holprige Aussprache.

„Es freut mich sehr, Eure Bekanntschaft zu machen", antwortete er daher in der Sprache der Franken.

Johannas Augen wurden größer. Sie hatte wohl nicht damit gerechnet, dass er ihre Sprache sprechen würde.

„Zuletzt begrüßt Dorothea von Zypern, das Ziehkind der Königin!"

Ja, diese war noch ein Kind. Aber dass sie einst aufblühen würde, daran bestand kein Zweifel – im Gegensatz zu der Königin, die ihm schüchterner zu sein schien als ihr Mündel.

Humfried sagte auch die anderen Würdenträger an, die mit zur Verhandlung gekommen waren.

„Leopold von Austria."

Dem Herzog war die Belagerung in Akkon offensichtlich nicht gut bekommen, er war schmutzig und anscheinend vom Wein benebelt, grinste Al-Adil aber frech an, wie um zu betonen, dass er noch immer bereit sei, hinter dem Rücken der anderen Christen einen Separatfrieden auszuhandeln.

Während er weitere Ritter und Bischöfe begrüßte, wurde Saphadin klar, dass es genauso war: Der Reichsherzog verfolgte noch immer seine eigene Agenda. Das würde man vielleicht noch ausnutzen können...

„Und schließlich Balian von Iblin!"

Wie ein getretener Hund näherte sich der Baron, sah nicht einmal auf, sondern deutete nur eine Verneigung an.

„Mein Freund", rief Saphadin freudig aus und umarmte den Christen wie einen Bruder. Dieser war von dieser Geste ganz verwirrt.

Al-Adil hielt Balian mit einem Arm fest, während er sich seinem eigenen Aufgebot zuwandte.

„Dies sind meine Leute", sagte er einfach. Auf arabisch fügte er hinzu: „Seht, der Baron von Iblin, tapferer Verteidiger von Al-Quds."

Sein Sohn Al-Kamil umarmte Iblin ebenfalls und hauchte „eine Ehre, Euch persönlich kennenzulernen. Vater hat mir von Euren Heldentaten berichtet." Dann schritt er die Reihe der Christen ab und begrüßte die anderen weit förmlicher, als zuvor den Baron.

Al-Asfahani war der nächste, er versuchte den Baron direkt in eine Diskussion über die Ansprüche des Fürstentums Antiochia zu verwikkeln, aber Saphadin gebot ihm mit einem Blick, zunächst die Etikette zu wahren.

„Ghazi, Sohn des Saladin", stellte er den nächsten in der Runde vor und war froh, dass Al-Afdal in Arsuf war, um dort Truppen auszuheben. Seine Anwesenheit an diesem Tage wäre alles andere als förderlich gewesen, wahrscheinlich hätte er mit seiner Arroganz und seinem Hass das christliche Kontingent so beleidigt, dass an Verhandlungen gar nicht mehr zu denken gewesen wäre.

So rechnete sich Saphadin gute Chancen aus, heute einen dauerhaften Frieden auszuhandeln. Richard war in einer schwierigen Position. Seit dem Aufbruch des Kreuzfahrerheers in Akkon hatten die von Al-Kamil rekrutierten und nunmehr von Uthman befehligten Mameluken die Nazarener mit beständigem Pfeilbeschuss und kleinen Überfällen geärgert und mürbe gemacht. Der König sah aus, als wenn er keine zwei Meter mehr marschieren könnte.

Saphadin hatte eine Tafel reichlich mit allerlei Köstlichkeiten decken lassen. Die Christen, die es gewohnt waren auf Stühlen zu sitzen, taten sich mit den Kissen schwer und waren auch zu viele, um alle an der Tafel Platz zu finden, sodass sie ratlos in der Gegend herumstanden, bis Leopold von Austria den Anfang machte und sich einfach auf den Hosenboden setzte. Die anderen taten es ihm gleich.

Maryam und die anderen Konkubinen brachten, im Schleier, aber in seichten Gewändern, die erahnen ließen, was sich darunter verbarg, jedem Christen frisches Wasser, das mit Eis gekühlt war und alle nahmen das Getränk dankbar an. Alle, bis auf Leopold. „Habt ihr keinen Wein?“, herrschte er Aischa an, die daraufhin panisch zu ihrem Herrn hinüber sah. Al-Adil winkte nur Noel zu und dieser gab dem Herzog einen Schlauch mit seinem Wunschgetränk. Dass der Wein ausgezeichnet war, wusste der Herzog zumindest in der Weise zu würdigen, dass er den Schlauch innerhalb kürzester Zeit leerte.

Al-Adil winkte Noel noch einmal und Musik erklang. Die Christen schauten sich verwundert um, da man die Musiker nicht sehen konnte.

In einer Prozession brachten nun weitere Konkubinen – die seines Neffen – Geschenke für die Christen. Der englische König bekam ein aus Elfenbein geschnitztes Pferd, das einen Schild mit dessen Wappen an der Schulter trug. Die Königin erhielt ein Diadem aus Diamant und Saphir, das ihrer Schwägerin sicherlich besser gestanden hätte. Diese wurde mit Datteln und anderen Früchten beschenkt, als wenn die Tafel vor ihr noch nicht genügend gedeckt wäre. Auch für alle anderen Mitglieder der Delegation gab es, wenn auch kleinere, Geschenke. Ein weiteres Winken und Noel brachte dem dicken Herzog noch einen Schlauch Wein.

Nun schauten die Christen, allen voran Richard, ein wenig beschämt drein. Sie selbst hatten wohl nicht daran gedacht, ihre Gastgeber mit Geschenken zu ehren.

Eine bessere Position, um die Verhandlung zu beginnen, würde er nicht kriegen.

„Richard von England, Ihr seid ein Schlächter unschuldiger Frauen und Kinder und ein Eindringling in das Land der Ayyubiden“, begann er.

Die empörte Reaktion der Gegenseite hatte er einkalkuliert, ignorierte sie aber geflissentlich.

„Ihr habt zweitausend und siebenhundert Geiseln kalten Blutes dem Tode übergeben“, stellte er fest.

Richard brauste auf: „Euer Bruder hat sein Versprechen gebrochen und das Heilige Kreuz nicht zurückgegeben! Auch das Lösegeld ist nicht...“

Al-Adil ließ den König nicht einmal ausreden. „Saladin hat gar nichts versprochen! Die Aufgabe Akkons hat der Verräter Abu Ali nicht mit uns abgesprochen. Den Kopf des Betrügers hat mein Sohn mir gebracht.“

Al-Kamil setzte sich ein wenig auf und verbeugte sich vor dem König. „Wenn Ihr ihn sehen wollt, hole ich ihn her“, hauchte er auf seine sanfte Art.

„Wen?“´, fragte Richard erstaunt.

„Den Kopf des Verräters“, antwortete Al-Kamil, ruhig, als würde er über das Wetter sprechen.

„Warum sollte ich den Kopf..?“, begann Richard mit Entrüstung in der Stimme.

„Verzeiht, König der Christen, ich dachte dies würde Euch Genugtuung verschaffen“, unterbrach ihn Al-Kamil.

„Ich bin nicht der König der Christen, nur der von England“, erwiderte Richard erbost. „Und ich ziehe keine Genugtuung aus der Anschauung abgehakter Köpfe.“

„Und doch“, nahm Al-Adil den Faden wieder auf, „habt Ihr in Akkon ein Massaker ohne Gleichen veranstaltet!“

„Und was habt Ihr getan, als Ihr den Christen Jerusalem weggenommen habt?“ ereiferte sich der König.

Al-Adil wandte sich an Balian. „Baron von Iblin, wollt Ihr Eurem König nicht berichten, was sich zutrug, nachdem Ihr die Reine zwei Wochen lang tapfer gehalten habt? Ihr wisst schon, als der Sultan Jerusalem zurückerobert hat.“ Die Betonung legte er auf das Wort *zurück*.

Also erzählte Balian die Geschichte von der Belagerung und Übergabe Jerusalems. Er ließ nichts aus, sprach die Wahrheit, so wie ein Ritter es tun sollte. Er berichtete nicht nur davon, wie Saladin das Lösegeld für das Ziehen lassen der Franken halbiert hatte, sondern auch wie Saphadin die tausend Sklaven seines Bruders gekauft hatte, nur um sie ebenfalls in die Freiheit zu entlassen.

Als Balian fertig war, ließ Al-Adil den König von England gar nicht erst reagieren, sondern schnippte mit dem Finger. Maryam war sofort bei ihm.

„Oder hört aus dem Munde einer Frau, die unter mir als ihrem Herrn nicht wenig gelitten hat, wie der Sultan die Gebetsstätten der Christen behandelt hat.“ Er gab ihr einen weiteren Wink.

Maryam warf sich vor Richard zu Füßen. „Herr, ich bin eine von den tausend Sklaven, die Saphadin freikaufte und die einzige von ihnen, die in seinem Besitz blieb. Der Mann, der dort vor Euch sitzt, ist grausam und böse, aber er ist kein Lügner. Die Araber haben allen Pilgern, ob Moslem, Jude oder Christ, die Tore der Heiligen Stadt geöffnet.“

„Eine Maßnahme, die wir leider aufheben mussten, als Ihr mit Eurem Heer losgezogen seid, um Al-Quds ein weiteres Mal zu rauben“, ergänzte Al-Adil. Und einer Eingebung folgend fuhr er so fort: „Maryam, willst du den König von England nicht bitten, dich freizukaufen? Oder fürchtest du, er könnte ablehnen, wie damals Leopold von Austria.“

Der Herzog, bisher ausschließlich mit seinem Wein und den Speisen beschäftigt, die Saphadin aufgefahren hatte, sah sich plötzlich im Zentrum der Aufmerksamkeit.

Zwischen zwei Bissen stieß er hervor: „Ja, will sie oder will sie nicht?“

Nun sahen alle wieder Maryam an. Diese erhob sich betont langsam und nahm ihren Platz zwischen den Konkubinen wieder ein.

„Oder hört von dem Ritter, dem ich das Heilige Kreuz abgeluchst habe, am See Genezareth an den Hörnern von Hattin!“

Noel erzählte ebenfalls seine Geschichte, von den Überfällen auf Medina am Roten Meer unter Rainald von Chatillion bis zur Schlacht vor Hattin, und endete damit, wie er Al-Adil die Treue geschworen hatte.

Richard rümpfte die Nase. „Der Baron von Iblin, der Jerusalem verloren hat, eine Hure und ein verräterischer Ritter...“ sinnierte er. „... das sind Eure Zeugen für Eure Ehrenhaftigkeit und Gnade?“

Die üble Stimmung, die sich wegen dieser Bemerkung am Tisch gegen den König von England sammelte – auch unter den Christen – war greifbar. Richard war nicht so herrisch, das nicht zu bemerken, also lenkte er ein.

„Nun gut, streiten wir nicht über das Gestern, reden wir über das Morgen.“

„Ich höre!“

Richard lachte. „Ja, wollt Ihr mir denn kein Angebot unterbreiten?"

Al-Adil schüttelte betont den Kopf. „Majestät, Ihr habt um diese Verhandlung gebeten, weil Ihr müde seit von dem Marsch und den Frechheiten, die sich unsere Mameluken Eurem Heer gegenüber herausgenommen haben"

„In Eurem Auftrag!" ereiferte sich Leopold.

„Natürlich in meinem Auftrag, Herzog Leopold. Wir sind schließlich im Krieg, falls Ihr das vergessen habt..."

Ein längeres Schweigen entstand. Dann raffte Richard sich auf und sprach feierlich: „Im Namen des Königs von Jerusalem..."

Al-Adil ließ ihn wiederum nicht ausreden.

„Welchen meint Ihr, es gibt ja doch so einige unter euch Christen, die diesen Titel für sich beanspruchen. Und wo wir gerade dabei sind, wo sind diese Männer eigentlich?"

Natürlich war Guido nicht mitgekommen und auch Konrad war offenkundig zu feige, um dieses Zelt zu betreten. Für noch wahrscheinlicher hielt Al-Adil, dass Richard die beiden bewusst nicht mitgebracht hatte. Ihre Anwesenheit wäre genauso förderlich für die Verhandlungen gewesen wie die Al-Afdals.

„Im Namen der Christenheit", formulierte Richard um, „fordere ich, Richard von England, von Eurem Bruder Sultan Saladin, Herrscher der Ayyubiden, die Herausgabe des Landes Palästina mit allen Burgen, Städten und Ländereien. Von Kerak bis Askalon, von Jerusalem bis Antiochia soll das heilige Land wieder in christlicher Hand sein. Von jetzt bis in alle Ewigkeit."

Al-Adil hatte mit einigem gerechnet, weitere Forderungen nach dem Heiligen Kreuz oder der Herausgabe Jerusalems, aber nicht mit dieser Unverschämtheit. Doch bei Richard gab es wohl keine halben Sachen. Alles oder nichts schien das Motto des Engländers zu sein.

Unwillkürlich musste Al-Adil lachen. Er prustete los und musste sich beherrschen, keine Dattelreste auf die Tafel zu spucken. Alle anderen Anwesenden, Christen wie Moslems, blieben todernst, was seinem Lachen, wie er hoffte, weiteres Gewicht verlieh.

Richard wurde puterrot, stand auf und verließ das Zelt. Sein Elfenbeinpferdchen ließ er auf dem Tisch stehen. Die meisten anderen Christen beeilten sich, ihrem König zu folgen. Die schöne Schwester Richards nahm das Mädchen unter den Arm und huschte hinaus. Humfried stolperte, so schnell versuchte er seinem König nachzufolgen. Er murmelte nur irgendwas von „Salam!“ und war verschwunden.

Balian war sitzen geblieben. Er sah Al-Adil mit ernster Miene an. „Es mag nicht so aussehen, aber Ihr habt Euch heute den Respekt des Königs von England verschafft. Ich bete, dass wir uns nicht auf dem Schlachtfeld begegnen werden, aber einem möglichen Frieden habt Ihr ja nun den Todesstoß verpasst.“

„Mein lieber Freund“, antwortete Al-Adil, „es gibt immer noch einen Weg: Verlasst unsere Länder und geht zurück in eure eigenen!“

Balian stand auf, verbeugte sich förmlich und ging ebenfalls.

„Ihr seid noch da?!“, fragte Al-Adil in Richtung Leopolds, aber es war eher eine Feststellung. Dass der Herzog noch da war, konnte ja niemand übersehen.

„Lasst mich raten“, ergänzte der Ayyubide, „Ihr wollt immer noch einen Separatfrieden mit mir aushandeln? Mir Guido ausliefern, damit wir Konrad als Herrscher Akkons anerkennen?“

Leopold bleckte die Zähne. Das war wohl ein Ja.

„Und wie glaubt Ihr Richard von England davon abhalten zu können, weiter gegen uns zu ziehen?“

Leopold lächelte listig. „Vielleicht ist Euch aufgefallen, dass ich nicht der Einzige bin, der Eure großzügige Gesellschaft weiterhin genießt.“

Al-Adil sah sich um. Tatsächlich, die Königin von England war noch da. Das war ihm in der Tat verborgen geblieben, weil Richards Frau weiterhin großes Talent darin bewies so zu tun, als sei sie nicht sichtbar.

Auf seinen fragenden Blick antwortete Berengaria nur flüsternd: „Unter vier Augen!“

Also schickte er seine Gefolgschaft weg, bis auf Noel, Aysche und Maryam, während Leopold sich ebenfalls verabschiedete, ein Grinsen im Gesicht, das mit seiner Gehässigkeit und Siegesgewissheit nach Intrige roch.

Die Königin setzt sich das Diadem auf, das er ihr zum Geschenk gemacht hatte.

„Steht es mir?“, fragte sie mit gespielter Unschuld. Nun, da sie ihn direkt ansah, konnte Al-Adil ihre innere Kraft spüren.

Eine Blume, die sich als Knospe tarnt!

„Ich weiß, bei euch Arabern ist das anders, aber bei uns Christen haben auch die Frauen das Recht an Verhandlungen teilzunehmen.“

Sie machte eine dramatische Pause. „Zumindest wenn sie Königinnen sind.“

Hier war mit Schmeichelei so wenig zu gewinnen wie mit einem Eiertanz, also griff Saphadin direkt an: „Und was wollt Ihr über den Kopf Eures Mannes hinaus mit mir verhandeln?“

„Den Frieden natürlich!“

„Ihr habt die Forderungen des Königs gehört. Ihr wisst, dass ich das nicht annehmen kann.“

„Natürlich nicht, Sultan“, erwiderte die Königin.

„Ich bin nicht der Sultan, nur sein Bruder und Stellvertreter.“

„Und wie rede ich Euch dann formal korrekt an?“

„Mein Name ist Al-Adil. Die Christen nennen mich Saphadin, das bedeutet...“

„...Schwert der Religion, ich weiß.“

„Majestät...“

„Nun“, unterbrach die Blume ihn, „mein Name ist Berengaria.“

„Also gut, Berengaria, genug der Andeutungen, was schwebt Euch vor?“

„Ist das nicht offensichtlich?“

Da er nicht antwortete, fuhr sie fort. „Ihr habt meinen Mann kennengelernt. Er ist ein Hitzkopf, er entscheidet aus dem Bauch heraus, was er als nächstes tut. Glaubt mir, wenn ich gekonnt hätte, ich hätte das Abschlachten Eurer Leute verhindert! Natürlich reute es ihn direkt danach, aber er war so wütend, dass Euer Bruder sein Versprechen gebrochen hatte...“

„Der Sultan hat nichts versprochen.“

„Wie auch immer, was ich sagen will ist: Richard ist ein Hitzkopf, aber er ist ein Ritter. Ich weiß, dass nicht nur bei uns, sondern auch im Araberland, Ritter ihre Differenzen mit dem Schwert klären. Ein Gottesurteil. Denn wer den anderen im Kampf besiegt, dem gibt Gott ja scheinbar Recht.“

Al-Adil schmunzelte. „Liebe Berengaria, das ist ja das, was wir nun seit vielen Jahren hier im Heiligen Land mit großer Sorgfalt und Umsicht durchführen. Wir versuchen herauszufinden, ob Allah auf der Seite der Ayyubiden oder auf der Seite der Christen steht, indem jede Seite alle ihre Kräfte, alle ihr bekannten Kriegstaktiken und alle denkbaren Intrigen anwendet und dem Feind möglichst keinen Meter Boden preisgibt.

Was soll ich sagen? Bisher haben wir Muslime noch jede Schlacht gewonnen, während die Christen von Hunger und Krankheit geplagt werden. Die Könige und Herzöge der Christenheit kommen und gehen wie Leute auf dem Basar – wenn sie nicht schon auf dem Weg umkommen, wie der römische Kaiser Friedrich und sein Sohn. Der König der Franken ist nach Hause zurückgekehrt und auch Euer Herzog Leopold sieht mir so aus, als wenn er es nicht mehr lange aushält."

„Aber Richard wird kämpfen, bis er tot umfällt."

„Inschallah! So sei es denn!"

„Warum aber das Leben so vieler guter Männer auf beiden Seiten riskieren, wenn es so viel einfacher geht? Al-Adil, das mit dem Gottesurteil habe ich wörtlich gemeint. Zwei Könige, bewaffnet nur mit dem Schwert. Ein ehrenvoller Zweikampf. Richard gegen Euren Bruder – oder gegen Euch, wenn Saladin sich auch darin von Euch vertreten lassen will! Gewinnt mein Mann, gebt ihr ihm sein blödes Jerusalem. Die Heilige Stadt ist doch der Grund, warum wir hier sind, nicht diese unwichtigen Burgen und Städte drumherum!"

„Und Guido wird wieder König?"

„Guido wird gar nichts mehr, das verspreche ich Euch. Wie auch immer, gewinnt Ihr, so ziehen sich die Kreuzfahrer zurück nach Akkon und gehen von dort aus nach Hause."

„Und wie kommt Ihr darauf, dass Euer Mann sich darauf einlassen wird?"

„Wegen seines Stolzes. Was gäbe es denn Glorreicheres als die Heilige Stadt mit einem Schwertstreich wiederzugewinnen und gleichsam nebenbei den großen Anführer der Heiden – oder zumindest seinen Stellvertreter – zu besiegen?"

„Ich werde das mit dem Sultan besprechen. Ihr aber müsst dann auch etwas für mich tun: Ihr müsst Richard wieder an den Verhandlungstisch bringen. Ich hatte eben nicht den Eindruck, dass er das noch einmal erwägen würde."

„Lasst Richard meine Sorge sein. Fordert ihn zum Duell und egal wie dieses dann ausgeht, wir alle werden nach Hause gehen können."

Die Blume, die sich als Knospe tarnte, stand auf, sah sich noch einmal auf der Tafel um und nahm dann das Pferd aus Elfenbein mit, das ihr Mann achtlos stehen gelassen hatte.

Kaum war sie draußen, sprachen Noel, Maryam und Aischa gleichzeitig.

Saphadin verdrehte die Augen. „Ich verstehe kein Wort, wenn alle gleichzeitig sprechen", klärte er sie auf. „Also bitte in der richtigen Reihenfolge – nein, Maryam, die richtige Reihenfolge geht anders."

Also sprach Noel zuerst. „Ihr dürft weder dem Herzog von Austria, noch dieser Natter einer Königin auch nur eine Elle weit vertrauen."

„Aber was könnte sie denn mit diesem Duell aushecken? Mir scheint das gerecht. Ich gegen Richard. Ihr habt den Mann gesehen. Er mag mutig sein und ist das Kriegshandwerk gewohnt, aber er ist kleiner als ich und die Strapazen der letzten Wochen haben ihn aufgezehrt."

„Ich weiß nicht, was sie sich davon verspricht, aber ich kann mir nicht vorstellen, dass sie wirklich hinter Richards Rücken so einen Vorschlag macht. Königin oder nicht, sie ist nur eine Frau! Eher wahrscheinlich ist, dass sie im direkten Auftrag Richards gehandelt hat."

„Aber wenn der König selbst den Krieg per Duell entscheiden will, warum lassen wir ihm nicht seinen Willen?"

„Bereitet Euch auf eine Falle vor, Herr, das ist alles, was ich sagen will."

Somit war Aischa an der Reihe.

„Herr, wir fordern nicht viel von Euch", begann sie, wie immer, wenn sie etwas von ihm wollte. Meistens bekam sie das dann auch, wenn ihre Wünsche nicht überzogen waren.

„Herr, auch wir wollen nach Hause. Wenn wir nicht in der Wüstensonne schwitzen, bewirten wir die Nazarener. Das ist haram. Behaltet die Nasara bei Euch" - sie sah Maryam dabei voller Verachtung an - „Ihr teilt ja ohnehin nur noch mit ihr das Lager."

„Und in Damaskus wollt ihr sie nicht, nehme ich an?"

„Herr, sagen wir so, in Damaskus werde ich nicht für ihre Sicherheit garantieren können."

„Inschallah! Deine Bitte ist gottgefällig. Die Eunuchen mögen Euch nach Hause begleiten."

„Danke, Herr!"

Aischa war sich nicht zu schade, Maryam die Zunge herauszustrekken. Natürlich waren die Konkubinen nicht müde von der Sonne und Al-Adil wusste, dass sie es genossen, seine Gäste zu bewirten – egal ob er Araber oder Christen empfing. Der eigentliche Grund war, dass sie Angst hatten, Angst davor was mit ihnen passieren würde, wenn Richard siegte. Sollten sie sich doch in die Heimat verkriechen, Al-Adil war derzeit nicht nach ihrer Gesellschaft. Seit der heftigen Demütigung, die sie

Maryam hatten erleiden lassen, hatte er tatsächlich nur bei ihr gelegen. Ihr Liebesspiel hatte sich verändert, sie ließ nun nicht mehr passiv seine Bemühungen über sich ergehen, sondern ersann immer neue Wege, ihm und auch sich selbst größere Lust zu verschaffen. Damit konnten die gehorsamen, aber langweiligen Frauen in Aischas Gefolge nicht mithalten.

„Und was möchtest du mit mir bereden?", fragte er also Maryam. Auch wenn er keine Genugtuung daraus schöpfte, hielt er es doch für notwendig, sie zwischendurch spüren zu lassen, dass sie in der Rangordnung ganz unten stand.

Aber Maryam wollte nicht reden. Sie hatte ganz andere Dinge mit ihm vor...

Kapitel 34: Cor leonis
(Löwenherz)

Akkon, 11. September 1191

„Ja, das hätte ich Euch gleich sagen können“, ereiferte sich Leopold von Austria. „Dieser Saphadin ist ein Feigling. Ich habe ihn selbst schon einmal, in einer früheren Verhandlung, zum Duell gefordert, weil er frech geworden war, aber er lehnte das ab! Was für ein Mann lehnt eine Duellforderung ab?“

Die Königin sah ihn an, als wenn sie ihm nicht ganz glauben würde, also fragte er herausfordernd. „Zweifelt Ihr etwa an meinem Wort?“

„Nein, Herzog, ich glaube Euch“, antwortete das Kindchen, „aber ich habe Al-Adil ganz anders kennengelernt, im Zelt in der Wüste vor einigen Tagen.“

„Al wen?“

„Al-Adil. Saphadin. Über wen reden wir denn hier?“

„Ach diese Araber, die heißen doch alle gleich! Saladin, Saphadin, Nuradin die Herrscher. Al-Dings und Al-Bums ihre Söhne. Und sie sehen alle gleich aus! Man sollte sie mit Nummern versehen, die man ihnen aufbrennt, wie dem Vieh! Was ist denn so komisch? “

„Entschuldigt, Herzog, Ich habe nur gerade ein Muster erkannt.“

Ein Muster? Wovon redete die Tolle da? Vom Stricken?

„Wie habt Ihr denn Saphadin kennengelernt?“ fragte er stattdessen.

„Als Ehrenmann. Ich hätte niemals gedacht, dass er sich vor einem Duell drücken würde.“

„Na, Ihr werdet das beurteilen können, Kindchen“, antwortete Leopold. „Fakt ist, er hat Euren Vorschlag nur zum Schein angenommen. Sonst hätte Richard ja angenommen und wir stünden nicht da, wo wir jetzt sind.“

„Richard indes“, antwortete das Mädchen, „hat in Arsuf Saladins Sohn eine schmachvolle Niederlage beschert. Wie ein Dieb schlich sich der Erbe des Sultans aus dem südlichen Stadttor, während Richard wieder einmal als einer der ersten auf den Zinnen stand.“

„Welch freudiger Tag!“

„Kennt Ihr Eberhard von Salisbury?“

„Nur flüchtig.“

„Ihm wurde von einem Ayyubiden die rechte Hand abgehackt, aber er biss die Zähne zusammen und kämpfte mit der Linken weiter. Die Schlacht muss riesig gewesen sein, einhunderttausend Kreuzritter gegen dreimal so viele Araber. Saladin griff persönlich mit seiner Leibwache ein. Als sie bis auf siebzehn Krieger reduziert worden war, floh der Sultan, selbst schwer verwundet."

„Möge Gott dafür sorgen, dass die Wunden tödlich sind!"

„Sie nennen Richard jetzt das Löwenherz. Ein schöner Titel, findet Ihr nicht?"

„In der Tat..."

„Mehr und mehr erhält er den Ruf des Unbezwingbaren. Unter diesen Umständen werden sich die Araber sowieso nicht mehr auf ein Gottesurteil per Duell einlassen."

„Ich sage Euch doch, diese Araber sind feige wie Kaninchen! Seitdem wir Akkon eingenommen haben, hat Saladin sich nur zurückgezogen und die Städte, die in unsere Hände fallen würden, zerstört – und wir haben sie wieder aufgebaut. Außer Arsuf und einigen kleineren Scharmützeln und Überfällen gab es keine größeren, ernsthaften Gefechte."

„Was bleibt uns also?", fragte die Königin. Typisch! Es blieb wieder an ihm hängen, das Offensichtliche zu verbalisieren, seine Pläne so wortgewandt darzustellen, dass die Königin anbiss.

„Vielleicht erwägt Ihr ja nun meinen Vorschlag, Guido von Lusignan für immer loszuwerden", schlug er also vor.

„Dann müssten wir aber Konrad gleichzeitig loswerden. Er ist jetzt Guidos Erbe."

„So sei es denn!"

„Vielleicht gibt es ja einen eleganteren Weg?!" mutmaßte die junge Königin.

Was sollte das sein? Was war eleganter als Meuchelmord?

„Wie schließen wir denn daheim in den christlichen Ländern normalerweise Bündnisse?", fragte Berengaria.

„Na, durch Heirat!"

„Genau!"

Leopold überlegte angestrengt. Wollte Berengaria ihre Ehe mit Richard lösen und Saladin heiraten? Nein, das konnte nicht sein. Wollte sie ihr Mündel, die kleine Dorothea von Zypern, an den Sultan binden? Das war auch unwahrscheinlich, das Mädchen war noch zart und auch noch nicht lange in Berengarias Obhut. Wenn sie es jetzt an die Araber gab, dann war das kein stabiles Fundament für ein Bündnis. Aber wer?

„Natürlich!“, sprudelte es aus ihm heraus. „Des Königs Schwester!“ Johanna war verwitwet, aber noch jung und attraktiv genug, um eine gute Partie abzugeben.

Berengaria lächelte nervös. „Eigentlich hatte ich dabei an Euch gedacht“, ließ sie ihn wissen.

Naives Ding!

„Ich würde mich ja sofort hergeben, eine von Saladins Töchtern, Nichten oder Tanten zu heiraten, gern“, gab er frei heraus zu, „auch mehr als eine, eben ganz nach islamischem Brauch, aber Ihr müsst wissen, ich bin schon verheiratet, mit Helena von Ungarn. Seit nunmehr siebzehn Jahren.“

„Schaut Euch doch Konrad an. Bei ihm war es auch nicht wichtig, dass er schon verheiratet war.“

Jetzt fing sie schon an wie der Bischof von Wittelsbach!

„Außerdem“, fuhr er also fort, „habe ich ein schlechtes Gefühl bei der Vorstellung, dass ein christlicher Ritter eine arabische Dame heiratet – selbst wenn sie zum Christentum konvertiert. Bei den Arabern gelten die Frauen nichts, während unsere Frauen zuweilen großen Einfluss ausüben können. Wir suchen also eine Christin – und wer ist besser geeignet als des Königs eigene Schwester?“

„Aber“, wandte die Königin ein, „ist Saladin nicht zu alt für sie?“

Ja, die Königin war wirklich noch ein Kind.

„Majestät“, belehrte er sie, „zum einen spielt das nicht wirklich eine Rolle, zum anderen kann sie ja gar nicht den Sultan selbst heiraten. Geben wir sie Saphadin! Ihr sagtet selbst, Ihr haltet ihn für einen Ehrenmann, also müsst Ihr nicht fürchten, dass Eure Schwester unglücklich mit ihm wird.“

„Warum meint Ihr, kann sie nicht Saladin heiraten?“

„Das liegt doch auf der Hand, Kin... äh, Majestät! Der Sultan kann unmöglich dem Islam abschwören. Saphadin wird zum Christentum konvertieren müssen, um mit Johanna zum Königspaar von Jerusalem gekrönt zu werden.“

Berengaria sah nicht überzeugt aus. „Und wer sagt uns, dass Al-Adil diesen Schritt auch gehen wird?“

Leopold grinste die Königin so frech an, dass es schon fast als Beleidigung aufgefasst werden konnte. „Nun, ich denke mal, dass die Aussicht auf eine Waffenruhe den Feigling schon überzeugen wird. Wenn nicht lässt er sich vielleicht von den Reizen der Königsschwester umstimmen?!“, schlug er vor.

Er wusste nicht, warum, aber die Vorstellung von Johanna und Saphadin gab ihm so ein warmes, wohliges Gefühl.

„Ich muss nicht daran erinnern“, wandte er ein, um das zu überspielen, „dass auch für diesen Plan ein lebendiger Guido ein großes Hindernis darstellt.“

„Und ein lebendiger Konrad ebenso“, stellte Berengaria fest. Dann verabschiedete sich die Königin und verließ sein Zelt.

Sie ließ den Herzog ratlos zurück. Würde die Königin also etwas unternehmen oder musste er wieder mal alles selbst erledigen? Dafür, dass sie so jung war, war sie ganz schön gewitzt. Wenn ihre kleine Kabale ans Tageslicht kam, konnte sie alles abstreiten.

Was die Möglichkeit anging, dass Saphadin die Königsschwester ehelichen würde, das hielt er in Wahrheit für ausgeschlossen. Dieser Al-Adil war viel zu stolz auf seine falsche Religion, um sich auf so einen Handel einzulassen und die Witwe des Königs von Sizilien würde sich auch weigern, einen dreckigen Araber zu heiraten. Im Großen und Ganzen war eine solche Verbindung auch gar nicht wünschenswert, weil ja dann doch wieder Richard Einfluss auf das Königreich Jerusalem haben würde. Es sei denn ihm geschah ein Unglück.

Leopold hielt es gar nicht für so unwahrscheinlich, dass alle drei – Konrad, Guido und Richard – im Kampf fallen oder an einer Krankheit dahinsiechen würden. Seit er im Heiligen Land war, hatte er die Getreuen um sich herum wie die Fliegen wegsterben sehen. Er befürchtete aber doch, dass er an der ein oder anderen Stelle würde ein wenig nachhelfen müssen. Also beschloss er, zunächst weiter auf Konrads Seite zu bleiben – jedenfalls zum Schein – offen gegen Guido und versteckt gegen Richard vorzugehen und natürlich dessen junge Königin weiter zu bearbeiten, bis sie irgendwann denken würde, die Attentatspläne seien ihrem eigenen kleinen Köpfchen entsprungen.

Ja, er musste sich schon gratulieren, dass er, obwohl im fortgeschrittenen Alter, ja doch einen gewissen Eindruck bei der Königin hinterlassen hatte. Dass sie ihm gleichsam aus der Hand fressen würde, wäre eine Übertreibung gewesen, aber sie ließ sich doch zu immer größeren Zugeständnissen ihm gegenüber herab. Bald würde er sie soweit haben!

Während er noch seinen Gedanken nachhing, bekam er kaum mit, dass seine Diener Konrad von Montferrat ankündigten und erschrak dann ein wenig, als der Markgraf tatsächlich in sein Zelt geschritten kam wie ein... nun, wie hatte Saphadin das genannt? Wie ein Pfau!

Er selbst dagegen hatte sich mittlerweile von den Gewöhnlichen abgeschaut, ganz normal zu gehen und ihm fiel auch bei anderen Adligen immer häufiger auf, dass sie gingen, als müssten sie sich aller Welt präsentieren. Bescheidenheit war eine der ritterlichen Tugenden, die der Herzog sich in seiner Zeit im Heiligen Land zu eigen gemacht hatte.

„Leopold, mein Freund, wie soll es nur weitergehen?“, fragte Konrad ohne große Begrüßungsformalitäten. „Richard heimst den ganzen Ruhm für sich ein, er schließt uns geradezu von dem Kreuzzug aus. Wie ich höre hat Richard die Verhandlungen mit Saladin abgebrochen, nachdem der Stellvertreter des Sultans eine Duellforderung ausgeschlagen hat.“

So in etwa.

„Genau so war es. Saphadin ist ein Feigling. Die Araber ziehen sich nur noch zurück und hinterlassen verbrannte Erde hinter sich. So geben sie zwar Richard nicht die Entscheidungsschlacht, die er will, aber seine Leute sehen ihn leichte Siege erringen. Seine Legende wächst, bald machen sie einen Heiligen aus ihm...“ Ein plötzlicher Ekel überfuhr den Babenberger bei diesem Gedanken und er musste auf den Boden ausspucken, um sich Luft zu machen.

Konrad sah ihn an, als habe er etwas Unwürdiges getan. Aufgeblasenes Pack, allesamt!

„Gibt es Neuigkeiten aus dem Reich? Wird Kaiser Heinrich weitere Truppen schicken? Wird er sich selbst dem Kreuzzug anschließen?“

Das war ja leider der Haken. Aus der Heimat würde keine Unterstützung kommen, Heinrich hatte genug damit zu tun, die Fürsten – vor allem die Welfen – den Papst und die Nachbarn des Reiches gleichzeitig beschäftigt zu halten, immer in Gefahr von der einen oder anderen Partei in den Rücken gestochen zu werden. Er würde nicht kommen. Er würde keine Truppen schicken. Das hatte er Leopold, der selbstverständlich nicht müde wurde, per Brief im Reich nachzufragen, nun mehrmals in Antwortbriefen wortreich kundgetan.

„Gehen wir davon aus, dass wir zunächst nur auf die Ritter zählen können, die hier sind.“

Er kannte diesen Ausdruck in Konrads Gesicht. Der Markgraf war nicht begeistert, das zu hören. Also setzte Leopold nach: „Aber meine Austrier und die verbliebenen Reichsritter sind jetzt Veteranen. Sie bilden neue Truppen aus, die wir aus den einheimischen Christen rekrutieren."

„Söldner...", Konrad spuckte das Wort geradezu aus.

„Sie schwören dem Kaiser die Treue."

„Dem Kaiser, nicht Euch?"

„Ich bin immer noch der Stellvertreter Heinrichs im Heiligen Land!"

„Aber Ihr habt selbst nicht den Königstitel."

„Ihr ja auch nicht. Jedenfalls noch nicht."

Was eine Einleitung hätte darstellen sollen, mit Konrad über eine Beseitigung dieses frechen Guido von Lusignan zu konferieren, brachte den Markgrafen statt dessen auf die Palme.

„Hütet Eure Zunge, sonst...", er sprach die Drohung nicht aus.

„Guido hat nichts geleistet bei der Belagerung. Ich habe ihn jedenfalls nicht gesehen, als ich im Rund meiner Ritter und neben den Kontingenten der Engländer und Franzosen dort um mein Leben focht."

„Ja, aber es waren die Engländer, welche uns den Sieg beschert haben", behauptete Konrad, „also fällt dieser Ruhm nur Richard zu." Er grinste spöttisch. „Er soll sogar eigenhändig Euer Banner in den Schmutz geworfen haben, um Euch zu lehren, dass Ihr Euch nicht auf die Stufe der Könige stellen sollt."

Jetzt wurde Leopold selber langsam wütend. „Und das wird dieser Witz von einem König noch bitterlich bereuen", schwor er.

Konrad schüttelte den Kopf. „Lasst die Hände von Richard", sagte er im Befehlston, „der ist einfach zu wichtig. Jedenfalls so lange er gegen Saladin gewinnt. Viel bedeutender ist, dass wir unsere eigene Position stärken."

„Was schlagt Ihr vor?"

„Schwört mir den Lehnseid! Fügt Eure Reichsritter, Austrier und einheimische Christen in meine Armee ein. Gemeinsam sind wir stark genug, um ein Gegengewicht zu Richard und den Franzosen zu bilden."

Das überraschte Leopold. Den Kaiser verraten? Daran hatte er noch nie gedacht. Nicht, dass er moralische Bedenken hätte, Heinrich hatte ja für ihn auch noch nie einen Finger krumm gemacht. Aber bisher war seine größte Stärke immer gewesen, dass sein Banner unter dem des Heiligen Römischen Reiches geweht hatte. Auch wenn Barbarossa und sein Sohn aufgrund ihres verfrühten Ablebens nicht selbst in den Kreuzzug hatten eingreifen können, ihre Namen hatten dem Wirken Leopolds in Akkon doch eine gewisse Aura der Macht verliehen, die er immer trefflich auszunutzen gewusst hatte.

„Und was würde für mich dabei herausspringen?"

„Ihr würdet mein Adjutant und Stellvertreter im Feld. Ihr rühmt Euch doch gerne der Tapferkeit. Beweist Euch, übernehmt den Befehl über unsere vereinten Streitkräfte und fordert von Richard, beim nächsten Gefecht die Gelegenheit, als Vorhut der Truppe Ruhm zu sammeln. Ich kümmere mich derweil darum, dass Hugo von Burgund mit den restlichen Franzosen auf unsere Seite wechselt."

Leopold war verwirrt. Waren die Franzosen nicht ohnehin auf ihrer Seite?

„Sind die Franzosen nicht ohnehin auf unserer Seite?"

„Philipp war das, aber Philipp ist weg, zurück im Frankenland. Hugo von Burgund ist ein Ritter der alten Schule. Er respektiert nur Stärke. Und Richard erscheint im Moment als derjenige, der am meisten davon hat."

„Aber wenn wir unsere Kräfte vereinen..."

„...dann sind wir die stärkste christliche Kraft im Heiligen Land", beendete der Markgraf den Satz.

Nun, um Richard eins auszuwischen würde Leopold mit dem Teufel selbst einen Pakt schließen. Warum also nicht mit Konrad von Montferrat?

Also schwor der Herzog von Austria auf der Stelle dem Markgrafen und zukünftigen König des Königreichs Jerusalem die Treue.

Konrad weihte ihn nun voll in seine Pläne ein. Das alte Schlitzohr hatte separat mit Saladin beziehungsweise wiederum mit dessen Bruder, verhandelt. Er hatte angeboten sich mit den Arabern gegen Richard und Guido zu verbünden, wenn Saladin seinen Anspruch auf den Thron Jerusalems anerkannte. Das hatte Al-Adil zwar abgelehnt, aber Konrads Kompromissvorschlag, ihm Arsuf zu lassen und die neue Grenze bei Jaffa zu ziehen, das zur neutralen Stadt werden sollte, während es einen einjährigen Waffenstillstand geben würde, sobald Richard und Guido unter der Erde lagen, wollte Saphadin mit seinem Bruder besprechen.

„Das ist genial", murmelte Konrad vor sich hin. „Wir verbünden uns mit den Arabern gegen unsere Rivalen, erholen uns von den Strapazen und im nächsten Jahr ziehen wir frisch und guten Mutes gegen Jerusalem und vertreiben die Heiden ein für alle Mal aus dem Heiligen Land."

Dieser Plan hatte so seine Schwächen, wenn man es milde betrachtete. Genauer besehen war er eine Mischung aus Hochmut und absoluter Dummheit. Richard stand doch schon fast vor Jerusalem, wieso also sollten sie das gewonnene Land wieder preisgeben? Außerdem würden die Araber ihnen bei der ersten Gelegenheit in den Rücken fallen, das waren eben keine zivilisierten Christen, sondern stumpfe Barbaren, die nicht in Ehre und Ruhm, nicht einmal in Gold und Silber, sondern in Blut und Schmerz zu rechnen pflegten. Außerdem war es die allergrößte vorstellbare Sünde sich mit den Ungläubigen gegen die eigenen Leute zu stellen und auch wenn Leopold die theologischen Implikationen nicht wirklich störten, mussten sie doch daran denken, wie das bei den Gewöhnlichen ankommen würde.

Aber die Aussicht, Richard endlich für seine Taten büßen zu lassen, war einfach zu verlockend.

„Wir müssen paktieren", beschloss Leopold, „erst hier mit Guido, dann in Arsuf mit Richard. Er hat uns jetzt lange genug von den Kämpfen ausgeschlossen, die Christen müssen wieder vereint marschieren."

„Habt Ihr mir nicht zugehört, Ihr Narr?", erwiderte Konrad.

Aber Leopold blieb ganz ruhig. „Natürlich habe ich das. Nennt mir eine bessere Gelegenheit, Richard in den Rücken zu fallen, als dann, wenn wir Seite an Seite mit ihm kämpfen."

Konrads ärgerliche Miene entspannte sich, als er verstand, worauf der Herzog hinauswollte.

Kapitel 35: Al mal tiempo, buena cara

(In schlechten Zeiten eine gute Miene)

Latrun, 25. Dezember 1191

Die Wände des Burgzimmers waren mit Immergrün geschmückt, im Kamin loderte ein wohliges Feuer, die reich gedeckte Tafel war von Kerzen beleuchtet. Fast fühlte Berengaria sich zu Hause, aber nur fast, an diesem Weihnachtsmorgen.

Denn sie wusste nur allzu genau, dass sich hinter der Wand, hinter den steinernen Mauern der Burg Latrun, in der sie das Winterquartier bezogen hatten, keine schöne iberische Landschaft befand. Zwar war die Umgebung beinahe ebenso üppig und dicht bewachsen wie die des Palastes in Pamplona, doch waren Flora und Fauna ihr fremd.

Die Heilige Stadt war nur noch wenige Meilen entfernt und doch hatte Richard bisher jeden Versuch – es hatte mehr als einen gegeben – dorthin zu marschieren, abgebrochen. Zuletzt hatte der hereinbrechende Winter ihm eine Ausrede geliefert, das Unternehmen, für das sie eigentlich hergekommen waren, wieder einmal abzublasen.

Es war wie in einem Alptraum, in dem man am Boden festklebt und nicht von der Stelle kommt. Fast schien es Berengaria, als wolle ihr Mann die Heilige Stadt gar nicht mehr einnehmen, auch wenn er wieder und wieder davon sprach.

Richard war wankelmütig geworden, was vor allem daran lag, dass er schwer erkrankt war. Auf dem Marsch hatte man ihn, wie Humfried ihr berichtet hatte, teilweise in einer Trage schleppen müssen, was ihn nicht davon abhielt mit der Armbrust auf die Mameluken zu schießen, welche den Marsch des Heeres weiterhin begleiteten und von Zeit zu Zeit Überfälle durchführten oder einfach Pfeilsalven auf die Ritter schossen.

Die Frauen waren von Akkon aus nachgereist, als die Nachricht eintraf, Latrun sei eingenommen und gesichert worden.

Nun feierten sie die Geburt des Herrn, doch es kam keine rechte weihnachtliche Stimmung auf. Richard saß in seinem Sessel und hustete viel, Johanna war ebenfalls erkältet und die kleine Dorothea lag mit hohem Fieber im Bett. Nur Berengaria war nicht krank, sie schien die einzige unter den Christen zu sein, die sich im Heiligen Land nicht eine Seuche nach der anderen zuzog.

Die Königin hatte viel an Richards Bett gewacht und mit ihm Pläne geschmiedet. Oder vielmehr hatte sie versucht in ihm den Eindruck zu erwecken, dass ihre eigenen Pläne eigentlich auf seinem Mist gewachsen waren.

Zwar hatte sie große Angst auf diesem Wege ihre neue Schwester zu verlieren und ohne sie – aber mit Richard – nach England gehen zu müssen, aber sie sah einfach keinen anderen Weg. Al-Adil und sein Bruder, der Sultan, hatten sich als gute Strategen erwiesen. Dies war ihr Land, sie kannten sich aus und konnten auf Zeit spielen, während Richards Ritter mehr und mehr verluderten und die schlechten Sitten der Kreuzfahrer, die schon länger im Heiligen Land waren, übernahmen. Berengaria würde jede Wette eingehen, dass selbst Leopold von Austria vor seiner Ankunft in Akkon weniger fett und weniger dem Wein zugeneigt gewesen war. Der Herzog war noch naiver als Richard, er glaubte wirklich, sie um den Finger wickeln und für seine Zwecke manipulieren zu können.

Dass Richard auf ihre Einflüsterungen hereinfiel, war das eine. Er sehnte sich ja noch immer danach, mit ihr eine richtige Ehe führen und viele kleine Prinzen zeugen zu dürfen. Der Herzog dagegen spielte auf dem Schachbrett, welches das heilige Land in Berengarias Augen war, nur die Rolle eines Bauern, während er sich selbst für eine viel mächtigere Figur hielt.

Sie lachte in sich hinein. Ein Bauer konnte ja zur Dame werden. Aber der Herzog war zu plump dafür. Und Richard konnte ihn immer noch nicht von den anderen Reichsrittern unterscheiden – oder selbst von den Pisanern und Genuesen, die gerade in Massen in Akkon ankamen, um den Kreuzzug zu unterstützen.

Also redete sich Berengaria ein, sie würde schon einen Weg finden entweder mit Johanna in Jerusalem bleiben zu können oder umgekehrt ihre Schwester doch mit in die neue Heimat nehmen zu können.

Ja, sie träumte gar davon, dass sie Al-Adil, wenn er erst einmal konvertiert war, die Länder der Christenheit zeigen würden. Über Italien würden sie nach Pamplona reisen und ihrem Bruder einen Besuch abstatten. Sancho und Al-Adil würden sich prächtig verstehen, beide waren Krieger, beide hatten sie Stil und Humor. Vielleicht würde der mächtige Saphadin gar mit den Mauren verhandeln und den iberischen Reichen Sicherheit vor einem neuen islamischen Ansturm garantieren.

Dann würden sie über die Pyrenäen ziehen, Roland von Alion in Usson und die anderen Katharer in ihren Burgen besuchen und die Weisheit ihrer Auslegung des Christentums zu schätzen lernen.

Ihre eigenen Ländereien in Aquitanien wären dann die nächste Etappe und schließlich würden sie auch die Insel kennen lernen, deren Königin sie war, ohne jemals einen Fuß auf dieses Land gesetzt zu haben.

Wenn Al-Adil dann ins Ayyubidenreich zurückkehrte würde er Saladin – oder seinem Nachfolger – die Schönheit des Abendlands schildern, die Erhabenheit der Kirchen und Kathedralen, die mönchische Schlichtheit der Klöster loben und schließlich den Islam und das Christentum versöhnen.

Einige dieser Träume hatte sie mit dem fiebernden Richard, der oft wirkte als sei er dem Tod näher denn dem Leben, geteilt, andere lieber für sich behalten.

Auf jeden Fall war jetzt der Augenblick gekommen, ihre Schwester zu überzeugen, dass der Frieden nur geschlossen werden konnte, wenn sie dem Plan zustimmte.

Johanna war von Al-Adil, seinen Geschenken und dem zur Schau gestellten Reichtum beeindruckt gewesen, konnte aber nicht fassen, dass er sich wie die anderen Anführer der Araber mehr als ein Dutzend Konkubinen hielt. Sie hatte Berengaria gestanden, dass sie versucht gewesen war, dieses arme Sklavenmädchen Maria selbst freizukaufen, aber die Ereignisse im Verhandlungszelt hatten sich ja überschlagen und so war sie nicht mehr dazu gekommen, Al-Adil dieses Angebot zu machen.

Also begann Berengaria das weihnachtliche Gespräch, indem sie an diese Unterredung erinnerte. Richard, der das Pferd aus Elfenbein, das Al-Adil ihm geschenkt und Berengaria mitgenommen hatte, mittlerweile wie einen Talisman immer bei sich trug, winkte nur ab.

„Dieser Saphadin ist ein Schelm!“, hustete er. „Beleidigt mich, nimmt aber meine Duellforderung nicht an! Ein Gottesurteil hätte alle unsere Schwierigkeiten beseitigt!“

Wie bei vielen anderen Dingen war Richard mittlerweile überzeugt, die Idee mit dem Kampf Mann gegen Mann, um über das Schicksal des Heiligen Landes zu entscheiden, sei seine eigene gewesen.

„Ich frage mich immer noch, wie er das mit seinen Konkubinen macht“, erwiderte Johanna. „Er kann doch unmöglich die Energie haben, sich um all diese Frauen gleichzeitig zu kümmern!“

Richard lachte auf, aber sein Lachen verwandelte sich in einen Hustenkrampf. „Manchmal bist du doch recht naiv, Schwester. Diese Frauen sind nichts als Sklavinnen, er verfährt mit ihnen, wie er will, bevorzugt, welche er will und verschmäht, welche ihn langweilt. Angeblich hat er darüber hinaus vier legitime Frauen, bei den Arabern, zumindest bei den reichen und adligen, ist so was möglich."

Johannas Augen weiteten sich: „Er muss eine Menge... Leidenschaft in sich haben", sinnierte sie.

„Du magst ihn", behauptete Berengaria.

„Mögen? Ich kenne ihn ja kaum. Aber ich bewundere ihn. So wie man einen Feind eben bewundern kann."

Richard mischte sich mit gebrochener Stimme ein: „Es sind schon Ehen auf brüchigerem Fundament als Bewunderung geschlossen worden."

Da! Er hatte den ersten Zug gemacht. Nicht sie, Berengaria, sondern Richard. Das war gut, denn so glaubte Johanna, sie würde die Partie mit ihrem Bruder ausfechten, während in Wahrheit die Königin die Züge ihres Mannes überwachte.

„Was willst du damit sagen, Bruder?", fragte Johanna fast ängstlich.

„Richard hat da so eine Idee, die er mit sich herumträgt", vermittelte Berengaria höflich.

„Eine Idee? Was für eine Idee? Richard, warum sagst du nichts?"

Richard musste wieder husten, erholte sich allerdings rasch. Er blickte seine Schwester mit diesem Ich-bin-der-König Blick an und sagte: „Du bist Witwe, aber noch jung an Jahren. Wenn du den Saphadin heiraten würdest..."

„Heiraten? Saphadin? Was redest du da?"

„Richard glaubt, Saladin würde sich darauf einlassen, Euch beide als Königspaar von Jerusalem einzusetzen. So wäre die Heilige Stadt ohne Krieg wieder in christlicher Hand."

„Christlich? Was? Aber Saphadin ist ein Heide!"

Richard winkte wieder ab. „Er wäre nicht der erste Heide, der zum rechten Glauben übertritt. Wir müssen ihm diesen Schritt nur... äh... ein wenig schmackhaft machen."

„Und wie?"

Berengaria lächelte ihre Schwester an. „Nun, da kommst du ins Spiel. Fühlst du dich in der Lage, die, wie hast du es genannt, Leidenschaft Al-Adils zu..."

Johanna ließ sie nicht ausreden. „Wie bitte? Ein Mann, der vier Frauen und einen Harem von der Größe einer englischen Kleinstadt hat?“

Richard konnte vor Husten nicht sprechen, also antwortete Berengaria: „Du wärst ja in der Lage, ihm seinen Harem zu verbieten, wenn ihr verheiratet seid. Von seinen Frauen kann er sich nach dem islamischen Recht problemlos scheiden lassen, wenn er sie ordentlich entschädigt.“

„Und woher weißt du das jetzt?“

„Von Humfried. Der lebt doch schon so lange hier, dass er die Sprache der Araber perfekt beherrscht, ihre Bräuche kennt wie unsere eigenen und sogar aus ihrem heiligen Buch besser zitieren kann als aus der Bibel.“

„Ist das nicht Verrat?“, wandte Johanna ein. „Den Feind heiraten?“

Richard hatte sich einigermaßen erholt. „So werden Bündnisse eben geschlossen. Und wenn Saphadin sich zu Christus und der heiligen Jungfrau bekennt, ist es auch kein Frevel mehr. Er wird seinem heidnischen Lebensstil abschwören müssen und fortan nur noch mit dir das Bett teilen, aber ich kann mich des Gefühls nicht erwehren, dass diese Vorstellung dir gar nicht so unangenehm ist.“

„Richard!“

Der König lachte ein krächzendes Lachen.

„Schwester“, fuhr Berengaria fort, „sieh dabei nicht nur auf deine eigenen Wünsche, sondern auch, was diese Verbindung für das Christentum bedeuten würde! Eine Allianz mit dem mächtigen Saladin, ein rechristianisiertes Jerusalem!“

„Richard hat dich ja ganz schön eingelullt mit seinen Plänen! Und alles hinter meinem Rücken“, beschwerte sich Johanna.

Berengaria musste sich beherrschen, nicht ebenfalls laut loszulachen. Natürlich, all das waren Richards Pläne! Zwar hasste sie es, ihre Schwester auf diese Weise zu hintergehen, aber in diesem Fall heiligte der Zweck doch die Mittel. Wenn alles so kam, wie sie sich das ausgemalt hatte, dann hätte Richard das Löwenherz, der König von England, erreicht, was noch keiner vor ihm geschafft hatte: Einen dauerhaften Frieden mit den Heiden zu schließen ohne die Christenheit dabei zu schwächen.

Und im Gesicht ihrer Schwester sah sie, dass diese sich langsam mit dem Gedanken anfreundete.

„Er muss konvertieren“, legte sie fest, „das ist meine unumstößliche Bedingung. Ich heirate keinen Heiden und ich teile meinen Mann nicht mit anderen Frauen.“

Richard nickte, Berengaria nickte und das Königspaar ließ die Königsschwester die Idee in sich aufnehmen und Gefallen an ihr finden.

„Aber er“, sagte Johanna nach einer Weile, „Al-Adil, warum sollte er das tun? Die Religion seiner Väter aufgeben?“

„Für den Frieden?“, schlug Berengaria vor.

„Für, dich, liebste Schwester“, ergänzte Richard.

Nach einigem Nachdenken antwortete Johanna: „Nein, das reicht nicht. Wir müssen ihm noch mehr bieten. Richard, ich will weder deine Taten, noch deine Ehre in Zweifel ziehen, aber allen ist klar, dass wir Jerusalem nicht mit Gewalt werden nehmen können. Saladin ist in der besseren Position. Und der Sultan muss ja genauso überzeugt werden wie sein Bruder! Was können wir ihm schon bieten?“

„Der Sultan ist nicht mehr der Krieger, der er einmal war“, behauptete Richard. „Er ist alt geworden. Er überlässt das Kämpfen seinen Söhnen, das Verhandeln seinem Bruder und auch wenn Saphadin dem Saladin nicht an Größe nachsteht, den Erben des Sultans habe ich in Arsuf mit dem kleinen Finger besiegt. Ich bin durch die leere Burg gezogen und habe seinen Namen gerufen. ´Al-Afdal von den Ayyubiden, ich bin es, Richard von England, das Schwert der Christenheit! Zeig dich mir und stell dich zum Kampfe!´, schrie ich. Doch wie seine Männer hat er sich feige davon gemacht, als wir die Zinnen der Burg erstürmt hatten. Und der Sultan selbst ist nach seinem gescheiterten Versuch, seinem Sohn von außerhalb der Burg beizustehen, ebenfalls geflohen wie ein getretener Hund.“

Berengaria nahm Richards Faden dankbar auf: „Saladin ist von Feinden umgeben“, erklärte sie, „nicht nur die Kreuzfahrer bedrohen sein Reich, auch die Zengiden sind unzuverlässige Verbündete und es erreichen uns Gerüchte aus Bagdad, dass der Kalif diese Schwäche ebenfalls gerochen hat und danach trachtet, die heiligen Stätten des Islam für sich zu beanspruchen. Einen Krieg im Hinterland kann der Sultan sich nicht leisten, nicht so lange wir ihn hier bedrohen. Ein Frieden mit dem Kreuz ist vielleicht seine einzige Chance, das Reich, das er in den letzten Jahren aufgebaut hat, zu halten.“

„Und wer hat dich zu Richards militärischem Berater befördert?“, fragte ihre Schwester leicht eingeschnappt.

Tja, der Umstand, dass Berengaria oft die einzig ansprechbare Person in Richards Gefolge war, während er und die meisten seiner Ritter und Berater auf dem Krankenbett lagen, hatte ihr tatsächlich die Möglichkeit eröffnet, die Nachrichten der Spione und Diplomaten, die im Kommandozelt oder der Burg, in der sie gerade weilten, ein und aus gingen, selbst in Empfang zu nehmen. Oft gab sie ihnen gar Aufträge und Befehle im Namen Richards mit und manchmal waren das sogar tatsächlich Missionen, die Richard selbst befohlen hatte. Immer häufiger allerdings verfolgte Berengaria bei diesen Gesprächen ihre eigene Agenda und weil der König meist unabkömmlich war gab es auch wenig Gelegenheit für die Würdenträger, sich ihre Befehle vom König bestätigen zu lassen – und Richard hätte sich eher die rechte Hand abgehackt, als zuzugeben, dass seine Frau hinter seinem Rücken seinen Gefolgsleuten eigene Befehle gab.

Als hätten diese Gedanken ihn herbeigerufen, erschien ein Bote im Raum. Berengaria kannte den Mann, er hieß Franklin und war Richard treu ergeben, hatte sich allerdings daran gewöhnt, alle Neuigkeiten, die er brachte, mit der Königin zu besprechen.

Also lief er auch diesmal zielstrebig auf sie zu, verbeugte sich tief, wie es sich für einen Untertan gehörte und flüsterte ihr die Nachrichten ins Ohr. Erst danach machte er auch gegenüber Johanna und Richard ähnliche Demutsgesten, die Geschwister nahmen ihn aber kaum wahr – Richard, weil er wieder husten musste und Johanna, weil sie mit ihren Gedanken ganz woanders war. Hoffentlich bei Al-Adil!

Als Franklin weg war, fragte Richard: „Teuerste, welch schlechte Kunde bringt der Kerl an diesem heiligen Tag?"

Und schlechte Kunde musste Berengaria in der Tat weitertragen: „Philipp der Frankenkönig hat versucht, sich Gebiete anzueignen, die dem Recht nach dir zustehen. Mutter ist, wie es ihre Gewohnheit ist, persönlich nach London gepilgert und hat Johann geschickt, mit Philipp zu verhandeln."

„Aber hat der kleine Aufschneider nicht geschworen, die Insel nicht zu betreten, so lange Richard im Heiligen Land ist?", ereiferte sich Johanna, die von den Neuigkeiten aus ihren Tagträumen gerissen worden war.

„Schon", antwortete Berengaria, „aber Philipp hat ja auch in unserem Beisein auf die Bibel geschworen, währenddessen nicht die Hand nach Richards Gebieten auszustrecken."

Aus Berengarias Sicht hatte die alte Hexe richtig gehandelt, indem sie Johanns Verrat nicht weiter beachtet, ihn aber in politischer Mission aufs Festland geschickt hatte. Irgendwer musste dem aufgeblasenen Franken ja Einhalt gebieten!

Aber Johanna war anderer Meinung. „Ich kann die beiden schon vor mir sehen, wie sie gegen dich konspirieren, Richard!"

Der König aber hatte die Nachricht schlecht verkraftet. Er war nicht mehr ansprechbar, wand sich in Krämpfen. Berengaria musste die Johanniter rufen, die den König ins Bett trugen.

„Richard muss so schnell wie möglich nach England zurückkehren!", ereiferte sich Johanna. „Wenn er hierbleibt, wird er sterben. Nicht im Kampf, dazu ist er zu starrsinnig, sondern an den Krankheiten, die hier ja anscheinend in der Luft liegen..."

„Das sehe ich auch so", erwiderte Berengaria, „und deshalb habe ich Al-Adil gebeten uns hier auf der Burg zu besuchen. Er wird spätestens zum Dreikönigsfest hier eintreffen."

„Und dann handeln wir die Heirat aus?"

„Du weißt, weder Richard noch ich würden dich bitten, etwas zu tun, das du nicht willst. Aber, verzeih mir, wenn ich das so sage, hat dein Bruder nicht ein wenig Recht damit, dass du den Gedanken gar nicht so verkehrt findest? Heirate Al-Adil, herrsche mit ihm über Jerusalem, dann kann Richard nach Hause gehen."

„Und du?"

Also erzählte Berengaria ihrer Schwester von ihren Träumen. Wie sie mit Al-Adil die christlichen Länder bereisen würden, neue Bündnisse schließen, neue Abenteuer erleben würden. Wie die beiden Religionen schließlich zu Geschwistern werden würden, angespornt durch die Brüderschaft des Richard Löwenherz und Saphadins. Und Johanna träumte mit ihr. Es war ein schöner Traum, den die beiden Frauen an diesem Weihnachtstag teilten, der Traum von einer besseren Welt, in der die Rivalitäten der Fürsten ihre Untertanen nicht mehr in Not und Elend stürzten und die Führer der großen Religionen gemeinsam an einem Tisch saßen – die Katholiken und Orthodoxen zusammen mit den Katharern und Muslimen – und ihre Differenzen in Rededuellen, statt mit dem blanken Schwert beilegten.

Aber je länger sie träumten, desto sicherer wurde Berengaria, dass dieses Wunschgebilde sich in Rauch auflösen würde, noch bevor es richtig Form und Gestalt angenommen hatte. Alle Erfahrungen ihres kurzen Lebens hatten sie gelehrt, dass es kein Paradies auf Erden geben konnte, ja dass die irdische Sphäre das Reich des Teufels war. Sie wusste von Humfried, dass die Moslems wie die Christen fürchteten, nach dem Tode in die Hölle zu gehen. In ihrem heiligen Buch stand, dass der Erzengel Gabriel selbst ein großes Buch hatte, in dem er alle guten und schlechten Taten der Menschen niederschrieb. Und am Jüngsten Tage würde dann die Entscheidung fallen: Himmel oder Hölle, Paradies oder Verbannung.

Die großen Religionen waren sich so gleich in ihren zentralen Glaubenssätzen und unterschieden sich so sehr in den einzelnen Regelungen, Bräuchen und Ansichten! Wenn Gott Macht über das Geschick der Welt hätte, dann würde er den Frieden, den sie heute planten, sicherlich dem ewigen Krieg vorziehen. Aber Gott war machtlos, das irdische Geschehen zu beeinflussen, das wusste Berengaria von den Katharern Nur der Teufel hatte überall seine Hand im Spiel! Aber ihr ganzes Hoffen ins Jenseits zu legen, dafür war Berengaria mittlerweile zu bodenständig geworden. Nein, sie brauchte einen alternativen Plan, für den Fall, dass ihre Kabale nicht aufging. Aber alles, was sie sah, wenn sie sich das vorstellte, waren Schlachtfelder voll mit Leichen, hungernde Menschen, plündernde Barbaren und verängstigte Frauen und Kinder. Wie war es nur dazu gekommen, dass die kleine Prinzessin von Navarra plötzlich das Schicksal der Welt in ihren Händen trug? Und vor ihrem geistigen Auge mitansehen musste, wie diese Welt sich in Schutt und Asche auflöste? Es musste einen Weg geben, nur konnte sie ihn nicht sehen.

Kapitel 36: Taqdir

(Schicksal)

Latrun, 1. Januar 1192

Richard Löwenherz hatte gar nichts mehr von dem heiteren, aber zielstrebigen Monarchen, als den Al-Adil ihn kennengelernt hatte. Als sie sich das letzte Mal gesehen hatten, vor etwa drei Monden, hatten sie sich gegenseitig ihr Leibgericht gekocht und dem anderen die Lieder ihrer Väter vorgesungen. Zwar waren sie mit den Verhandlungen nicht weitergekommen, aber sie hatten, so seltsam das für Todfeinde, die sie nun einmal waren, scheinen mochte, auf eine gewisse Art Freundschaft geschlossen.

Heute sah der König von England furchtbar aus, mehr tot als lebendig. Er hatte sich auf den Turm geschleppt, um Al-Adil seine Aufwartung zu machen, aber er war kaum in der Lage zu sprechen.

„Majestät", begrüßte Saphadin den Kranken, „der Sultan sendet seine Grüße."

Richard lächelte nur schwach.

„Mein Bruder schickt Euch zwei seiner Leibärzte und eine Kiste mit Eis, dass Ihr schnell genesen mögt."

Der König deutete eine Verbeugung an, schien aber der Ohnmacht nahe, also trugen seine Pfleger ihn wieder ins Innere. Stattdessen suchte nun die Königin seine Gesellschaft, die Blume, die sich als Knospe tarnte.

Berengaria war ebenfalls kaum wieder zu erkennen. Äußerlich war sie noch dasselbe unscheinbare Mädchen wie damals im Verhandlungszelt, aber nun verbarg sie ihr inneres Feuer nicht mehr, gab den Dienern mit befehlsgewohnter Stimme Anweisungen, Al-Adil und seinen Leuten Erfrischungen zu bringen und sah ihm direkt in die Augen.

„Al-Adil", begrüßte sie ihn, „schön, dass Ihr gekommen seid."

„Eure Majestät, es ist mir eine Ehre, die Königin von England wieder zu sehen", antwortete er und verbeugte sich tief.

„Ich heiße noch immer Berengaria, vergesst das nicht!" Mit diesen Worten reichte sie ihm ein Geschenk, einen Mantel, wie ihn die christlichen Ritter trugen. Auf angenehmen Beige waren auf die linke Brust Mond und Stern in Gold angebracht worden. Er betrachtete das Kleidungsstück näher und entdeckte, dass an beiden Armen eine Reihe gekreuzter Schwerter gestickt war und das gleiche Motiv in Groß auf den Rücken.

Er pfiff anerkennend. „Da haben Eure Schneider ja ganze Arbeit geleistet“, lobte er.

Die Königin lächelte. „Den Mantel hat Euch des Königs Schwester zusammengenäht, die Stickereien sind von mir.“

„Dann ist das Geschenk noch gottgefälliger und würdiger.“ Er probierte den Mantel sofort an und er passte wie angegossen und wärmte in der nächtlichen Kälte aufs Angenehmste.

„Wie habt Ihr nur...“, begann er. „Maß genommen?“, unterbrach Berengaria. Ihr Lächeln wurde breiter. „Nun, das war leicht. Damals, im Verhandlungszelt, als Ihr neben Balian von Iblin standet, wurde sichtbar, dass Ihr fast genauso groß seid wie er. Also stand der Baron uns beim Anpassen des Mantels zur Verfügung.“

Nun musste auch Al-Adil lächeln. „Wie geht es dem alten Iblin?“

Berengaria wurde ernst. „Auch er ist krank. Nicht ganz so schlimm wie Richard, aber fast alle Ritter liegen ans Bett gefesselt in diesen Tagen.“

„Dann werden die Leibärzte des Sultans, wenn Sie bei Eurem Mann waren, auch Balian ihre Aufwartung machen.“

„Ich danke Euch!“

„Maschallah, möge es Euch gut gehen!“ Mit diesen Worten zog Al-Adil einen edlen Langdolch aus seiner Tasche. Die Scheide der Waffe mit geschwungener Klinge war mit Gold und Silber verziert, die Waffe selbst aus herrlichem Damaszener-Stahl.

„Ein Geschenk für die Königin“, bemerkte Al-Adil überflüssiger Weise.

Sie sah sich die Klinge an. Diese Waffe war unbezahlbar! Selbst ohne die Scheide aus Gold und Silber war der Dolch ein Vermögen wert. Niemand wusste mehr, wie man diese Art Stahl herstellte.

„Ich danke Euch!“, hauchte sie und hatte sichtlich das Gefühl, sein Geschenk würde ihres in den Schatten stellen, was ihm wiederum einen günstigen Ausgangspunkt für die folgenden Verhandlungen beschert hatte.

„Bitte sagt mir eines“, wechselte die Königin daher das Thema, „warum habt Ihr meinen Vorschlag, Euch mit Richard zu duellieren, nicht angenommen? Ich hatte Euch nicht für einen Feigling gehalten?“

„Einen Mann hätte ich alleine für diese Aussage zum Zweikampf gefordert“, antwortete Saphadin. Aber er war mehr frustriert als verärgert. Er erinnerte sich, wie er im Zelt seines Bruders auf und ab gegangen war.

„Du musst mich gegen ihn kämpfen lassen! Das Angebot seiner Königin ist ehrenhaft und weise. Bedenke doch wie viele Leben wir retten können, wenn wir den Krieg auf diese Weise beenden“, hatte er gesagt.

„Und wenn du verlierst? Du wirst auch nicht jünger“, hatte Saladin gekontert.

„Diesen kleinen Mann verprügle ich mit links.“

„Er hat Al-Afdal ganz schön gedemütigt in Arsuf.“

„Ja, weil dein Sohn sich nicht einmal zum Kampf gestellt hat. Lass mich kämpfen! Wenn ich falle verlierst du nichts. Mach es wie bei Abu Ali, behaupte ich hätte auf eigene Faust gehandelt. Aber wenn ich gewinne...“

„Du glaubst doch nicht, dass die anderen Kreuzfahrer sich an die Abmachung halten und friedlich abziehen werden, wenn du Richard besiegst?“

Nein, das glaubte er tatsächlich nicht.

Er erzählte Berengaria von der Unterredung mit seinem Bruder, jedes Wort, getreu wie er sich daran erinnerte.

„Ihr seht also, nicht in Ermangelung des Mutes habe ich Euer Angebot ausgeschlagen, sondern weil mein Bruder, der immer noch auch mein Sultan ist, es mir verboten hat. Und wahrscheinlich war seine Entscheidung eine weise. So wie ich ihm vorschlug, sich nach einem verlorenen Duell nicht an die Abmachungen zu halten, würden es sicherlich auch die anderen Kreuzfahrer tun. Oder glaubt Ihr etwa, Guido von Lusignan würde freiwillig abziehen?“

Bei der Erwähnung seines Namens verdrehte Berengaria die Augen. „Der König ohne Heilige Stadt hat sich mit den Pisanern verbündet, welche dieser Tage in Horden in Akkon ankommen“, berichtete sie.

Al-Adil wusste das natürlich, sagte aber nichts.

„Und sein Rivale Konrad von Montferrat hat mit den Männern Genuas, den Konkurrenten Pisas, die ebenfalls zahlreich geworden sind wie die Schmeißfliegen, einen Vertrag geschlossen. Jetzt bekriegen sich die beiden untereinander.“

„Während Richard nicht aufgibt und weiter auf die Heilige Stadt marschiert“, ergänzte Al-Adil.

„Ach, Ihr habt meinen Mann doch gesehen! Wer weiß, ob er nochmal irgendwohin marschiert. Es ist die Zeit gekommen, Frieden zu schließen."

„Männer wie Konrad und Guido schließen nur dann Frieden, wenn beide bekommen, was sie wollen. Oder zumindest etwas Vergleichbares. Der König muss einen Kompromiss finden, bei dem beide ihr Gesicht wahren."

Berengaria lachte laut auf. „Ja, schon wieder! Aber ich rede nicht von Akkon, ich rede von unserem Streit, von Jerusalem."

„Liebe Berengaria, in dieser Sache muss ich hart bleiben. Unsere Krieger sind zahlreich und mutig, das Kreuzfahrerheer dagegen schwindet dahin."

„Und Ihr seht die grassierenden Seuchen natürlich als Strafe Eures Gottes an."

„Es gibt nur einen Gott, Berengaria und Mohammed ist sein Prophet. So wie Isa von Nazareth, Musa von den Israeliten und der Stammvater Ibrahim vor ihnen. Ist die Seuche eine Strafe Allahs, weil er die Christen nicht in unserem Land sehen will? Ist es das Land selbst, das sich gegen die Fremden wehrt? Oder ist es einfach so, dass ihr Nordländer unser Klima nicht vertragt? Sei es, wie es sei, das Schicksal hat bestimmt, dass der Sultan mal wieder in der überlegenen Position ist. Was hat Richard von mir gefordert, damals in Netanja? Ganz Palästina. Eine vermessene Forderung, schon damals, als sein Stern noch hell glühte. Doch der Glanz seines Ruhmes verlischt jeden Tag, an dem die Reine in unserer Hand bleibt, ein wenig mehr."

Berengaria wandte sich zu ihren Dienern und befahl ihnen, Wein zu bringen. Sie musste sich wohl erst eine Antwort zurechtlegen. Gut, dann hatten seine Worte so gewirkt, wie es beabsichtigt gewesen war.

„Araber trinken keinen Wein, sagt man mir?!", wandte sich die Königin ihm wieder zu.

„Der Genuss von Alkohol ist haram", bestätigte Al-Adil, „das bedeutet so viel wie tabu. Der Koran verbietet ihn."

„Und doch habe ich bei der Belagerung von Akkon Eure Soldaten mit den christlichen Rittern trinken sehen", bemerkte die Königin.

Al-Adil fand Gefallen an diesem Geplänkel mit der Königin. „Die Römer hatten ein Sprichwort: Quod licet Iovi, non licet bovi!"

„Was Jupiter erlaubt ist, das darf der Ochse noch lange nicht", übersetzte Berengaria.

„Ihr sprecht Latein?"

„Meine Mutter lehrte es mich. Und Ihr wollt sagen, dass das, was für den gemeinen Soldaten eine schwere Sünde ist, einem Sultan oder sagen wir, dessen Stellvertreter, zuweilen gestattet sei?!"

Al-Adil erwiderte das Grinsen der Königin. „Nur wenn er in diplomatischer Mission bei den Ungläubigen ist und sich ihren Gebräuchen anpassen muss."

Also ließ Berengaria auch ihm einen Becher Wein bringen und sie tranken schweigend.

„Ihr sagt, Saladin ist in der besseren Position", nahm Berengaria den Gesprächsfaden wieder auf, nachdem sie sich einige Zeit genommen hatte, ihre Worte zurecht zu legen, „aber Richards Gesandte berichten davon, dass der Sultan an allen Fronten mit den Frechheiten seiner unzuverlässigen Verbündeten zu kämpfen hat. Der Kalif von Bagdad, die Zengiden, die Seldschuken – mir scheint, die Kreuzritter sind gar nicht Euer Hauptproblem in diesen Tagen."

„Nicht mehr als ein Wespenstich, da habt Ihr Recht, Berengaria. Ein Grund mehr, keinen Fußbreit nachzugeben."

„Ihr seid mindestens so stolz wie mein Mann!"

„Das Löwenherz nennen sie ihn jetzt."

„So ist es. Aber wenn es nicht der Friede an sich ist, der Euch als lohnendes Ziel erscheint, dann vielleicht die Möglichkeiten einer Waffenruhe mit den Kreuzfahrern. Die Möglichkeit, sich anderen Bedrohungen zuzuwenden, ohne dass Richard Euch in den Rücken fällt, sobald Ihr Euch um die Zengiden kümmern müsst?!"

„Eben sagtet Ihr noch es sei unwahrscheinlich, dass er sich überhaupt erholt."

Berengaria sah ihn ernst an. „Das liegt in Gottes Hand! Aber wie ich meinen Mann kenne, wird er aus reiner Sturheit überleben. Und er wird auch dann noch auf die Heilige Stadt ziehen, wenn alle anderen Kreuzritter die Sache aufgegeben haben. Notfalls nimmt er die Mauern alleine"

Al-Adil erwiderte: „Während der feige König der Franken ihm zu Hause seine Ländereien wegnimmt. Mir scheint, Richard täte gut daran, besser heute als morgen ins Abendland zurück zu gehen."

Berengaria ging zur Brüstung des Turmes und sah in die Nacht hinaus. „Das sehe ich auch so. Aber ich sage Euch noch einmal: Der König ist stur wie ein Esel. Er wird die Sache hier nicht abbrechen, selbst wenn Philipp nach England übersetzt und die Insel okkupiert."

„Und was schlagt ihr vor? Warten, bis Richard sich erholt hat und das nicht stattgefundene Duell nachholen? Ich habe Euch gesagt, warum das nicht geht, so sehr ich auch meinem Schwert vertraue."

„Ihr seid das Schwert, Saif Ad-Din!", antwortete Berengaria. „Ich hätte nicht an Eurer Ehre zweifeln dürfen, das tut mir leid. Vielleicht habt Ihr Recht und ein Duell kann keinen Frieden schaffen. Im Abendland besiegeln wir Bündnisse mit ehelichen Verbindungen."

Wovon redete die Königin da? Al-Adil war plötzlich auf der Hut. Er sagte nichts. Sollte die andere ausführen, was sie damit meinte.

„Nehmen wir an, Richard wäre bereit, Euch in seine Familie einheiraten zu lassen", fuhr sie, immer noch in die Nacht starrend, mit leiser Stimme fort, sodass er sie kaum verstehen konnte. „Nehmen wir an, Euer Bruder würde der Verbindung zustimmen. Ihr und Eure Braut würdet das neue Königspaar von Jerusalem und im Namen beider Reiche, beider Religionen, über die Heilige Stadt herrschen."

Al-Adil hatte seine Schwächen, aber Langsamkeit des Geistes zählte nicht dazu. „Ihr bietet mir die Hand der Königsschwester, Johanna von England."

Er beschwor das Bild der Christin vor seinen Augen. Sie war schön, noch jung genug um Kinder zu bekommen und vor allem reichlich mit Witz und Charme ausgestattet. Aber war sie nicht die Königin von Sizilien? Er wusste nicht, ob der König von Sizilien auch mit im Heiligen Land war, also fragte er Berengaria danach.

„Sie ist Witwe", war die Antwort.

Er betrachtete die Idee von allen Seiten. Es war klar, dass diese Lösung für die Christen ideal wäre. Sie war schnell, elegant, kam ohne Blutvergießen aus. Aber es gab da ein Problem.

„So interessant Euer Plan ist, nach islamischem Recht wäre sie meine fünfte Frau. Eigentlich sind nur vier Frauen vorgesehen, aber es gibt Ausnahmen. Nur wäre sie eben keine Königin, sondern lediglich meine fünfte Frau."

„Nach christlichem Recht sähe das anders aus", erwiderte Berengaria.

Das traf ihn ins Mark. Auf diese Weise würden die Christen die Herrschaft über die Heilige Stadt sich auf ewig sichern – oder zumindest eine lange Zeit. Und Richard würde nach Hause fahren können, um seine Angelegenheiten dort zu regeln. Neutral betrachtet gab es also nichts an dem Angebot auszusetzen. Aber zum einen war die Frage, wie die islamische Welt darauf reagieren würde – würden die anderen Herrscherfamilien Saladin nicht Verrat an der Umma vorwerfen? Und zum anderen...

„Ihr wollt, dass ich dem Islam abschwöre? Der Religion meiner Väter den Rücken kehre?“

Sie drehte sich wieder zu ihm um. „Für den Frieden!“, stieß sie aus.

Es kam nicht oft vor, dass ihm die Worte fehlten, aber jetzt war er sprachlos.

„Glaubt mir“, fuhr also Berengaria fort, „ich hatte diese Begegnung ganz anders geplant. Meine Schwester versteht sich durchaus darauf, Männer für sich einzunehmen und war daher heute als meine Hauptattraktion für Euch geplant. Aber da sie ebenso krank ist wie die Männer und in, na sagen wir nicht unbedingt einem vorzeigbaren Zustand, muss eben mein Appell an Eure Vernunft leisten, was ihre Warmherzigkeit und ihr Charme hätten erreichen sollen.“

Al-Adil war immer noch so benommen, als wenn er einen Knüppelschlag auf den Helm bekommen hätte. Berengaria schwärmte ihm vor, wie diese Heirat endlich Frieden ins heilige Land bringen würde und dem Kampf der Religionen ein Ende bereiten sollte. Wie der Austausch der Kulturen sich nach dem langen Krieg für beide Seiten als vorteilhaft und segensreich erweisen würde. Aber alles, woran er denken konnte, war die Schahadda, die er geschworen hatte. In Ermangelung anderer Worte murmelte er also nun diese vor sich hin.

„Wie war das?“, fragte die Königin.

„Ich bezeuge dass es nur einen Gott gibt und Mohammed ist sein Prophet!“, wiederholte Al-Adil lauter und fester. „Dies ist der Grundsatz unserer Religion, alles andere folgt daraus. Ihr mögt mich für einen Pragmatiker halten, weil ich mit Euch dem Wein zuspreche und weil mir das Predigen nicht liegt, aber mein Bruder und ich wurden sehr fromm erzogen. Der Islam ist unsere ganze Welt. Ohne Islam sind wir keine Ayyubiden mehr, sondern nur Wüstenkrieger ohne Identität.“

„Es soll ja nicht Euer ganzes Volk konvertieren“, erwiderte Berengaria, nun mit kaum zurückgehaltenem Ärger in der Stimme, „nur Ihr! Ich weiß, dass Ihr ein frommer Mann seid und ich respektiere das, aber erkennt Ihr nicht, was wir hier erreichen können, was wir erschaffen können?“

„Ich erkenne eine gütige Königin und ich respektiere Euren aufrichtigen Wunsch, Frieden zwischen unseren Völkern zu schließen. Und glaubt mir, ginge es nur um meine persönliche Ehre, ich würde nicht zögern eine solche Verbindung einzugehen, um diesen Krieg endlich zu beenden. Nun, ich würde zögern, aber ich würde zustimmen. Aber es geht nicht nur um mich. Es geht um die Familie der Ayyubiden."

„Saladin hat doch genug Söhne! Und Euer Sohn, ich meine er heißt Al-Kamil, das war der mit den guten Manieren, könnte ja auch Eure eigene Linie weiterführen. Aber Eure Kinder mit Johanna würden Euch als Könige Jerusalems nachfolgen."

„Ihr sprecht, als sei das alles so einfach, aber Euch ist nicht klar, was das in der islamischen Welt auslösen würde. Die Umma würde das als Verrat ansehen, als de facto Übergabe der Reinen an das Christentum. Und irgendwie wäre sie das ja auch, spätestens nach meinem Ableben."

„Müssen denn immer die Schwerter sprechen, können wir uns nicht einfach die Hand reichen?"

Al-Adil seufzte. „Meine liebe Berengaria, Königin von England! Ich wünschte wirklich, das garantiere ich Euch, aus tiefstem Herzen, dass das möglich wäre. Aber das ist es nicht. Nicht heute und nicht morgen. Vielleicht übermorgen, ich meine in der fernen Zukunft. Vielleicht wird es dann möglich sein, Vernunft und Logik gegen Glaubenszwist und Hader einzutauschen, den Frieden zu feiern statt endlos Krieg zu führen. Aber nicht heute."

Berengaria tat etwas, das er nicht für möglich gehalten hätte: Sie fing an bitterlich zu weinen. „Also ist es wahr", schluchzte sie, „Gott ist machtlos auf Erden und nur der Teufel regiert das Irdische."

Auch wenn es jeder Etikette widersprach, Al-Adil konnte die junge Monarchin nicht mit ihrem Leid alleine lassen. Er nahm sie in den Arm und hoffte, sie würde dies so auffassen, wie es gemeint war, als brüderliche Geste.

„Der Schaitan ist mächtig. Er flüstert einem jeden von uns Böses ins Ohr. Und im Krieg scheint es zuweilen, dass er nicht flüstern, sondern schreien würde. Doch es gibt auch eine andere Stimme in uns, die Güte und Liebe befiehlt. Das ist die Stimme Allahs. Ihr, Berengaria, hört diese Stimme sehr laut in eurem großen Herzen, andere stellen sich taub. Ich bin kein Hodscha, kein religiöser Gelehrter, aber nach allem, was ich gelernt habe, wird der Erzengel das nicht vergessen, sondern getreulich in sein Buch schreiben und Ihr werdet wie alle Rechtschaffenen am Jüngsten Tage ins Paradies eingehen und Allahs Angesicht schauen dürfen."

Berengaria stieß ihn weg. „Aber das genügt nicht!", schrie sie ihn an.

„In dem Fall, meine Liebe, müsst Ihr Mittel und Wege finden, schon auf Erden dafür zu sorgen, dass der Schaitan seine Macht über die Menschen verliert. Aber gestattet einem alten Mann, der viel von der Welt gesehen hat, Euch dabei einen Ratschlag zu geben: Fangt im Kleinen an! Der ewige Friede zwischen den Religionen, dieses Ziel ist zu groß, selbst für die Königin von England. Egal, wie unsere Sache hier ausgeht, kehrt in die Heimat zurück, tut Gutes für Euer Volk. Und wenn Ihr in See stecht, tut Euch selbst einen Gefallen: Vergesst das heilige Land, vergesst den Kreuzzug und vergesst den alten Al-Adil, den Narren, der Euch nicht dabei helfen konnte, Euren Traum vom Frieden zu verwirklichen!"

Sie weinte wieder heftiger. „Ich schwöre, ich werde dieses Land nicht vermissen, wenn wir erst nach Hause können, ich werde keinen Blick zurück werfen auf diese ungastliche Küste, wenn wir erst nach Hause segeln. Aber Euch, Al-Adil werde ich nicht vergessen! Ihr seid mein Feind und mir doch zu einem Bruder geworden in diesen bewegten Zeiten. Wie gerne hätte ich Euch meinen eigenen Bruder, Sancho von Navarra vorgestellt! Ihr würdet ihn mögen!"

„Maschallah! Er sei gesegnet, Euer Bruder Sancho von Navarra! Er ist sicherlich ein Mann von Ehre und Mut und wenn sein Herz nur halb so groß ist wie Eures, wird er das Königreich Eures Vaters einst weise regieren."

Jetzt nahm Berengaria ihn doch wieder in den Arm. Einige Augenblicke standen sie so da, dann löste Al-Adil sich von der Königin, verbeugte sich und ging seiner Wege.

Er erreichte das Lager einige Meilen vor der Burg, in welchem er seine Getreuen zurückgelassen hatte, schon nach kurzem Ritt. Die Nachtluft erfrischte ihn. Trotzdem er Berengarias Frieden eine Absage hatte erteilen müssen, fühlte er sich auf seltsame Weise befreit.

Die Christen, die zu hassen er erzogen worden war, nicht alle von ihnen waren wie Guido von Lusignan oder Rainald von Chatillion.

Er stieg ab, übergab sein Pferd einem Diener und betrat das Zelt. Noel schnarchte schon in seinem mit einem Tuch abgehangenen Ruheplatz, aber Maryam war noch wach.

„Wein?", fragte sie.

Er zuckte die Schultern. Wenn er schon sündigte, dann lieber zweimal in einer Nacht als regelmäßig.

„Was sagt der englische König?"

„Nicht viel. Aber seine Frau hat mir Bedingungen für einen Frieden gestellt. Bedingungen, die ich nicht annehmen konnte."

Er erzählte Maryam alles und erwartete, dass sie sich auf Berengarias Seite schlagen und ihn zur Konversion überreden wollen würde, aber sie schlug die gegenteilige Richtung ein: „Ihr habt richtig gehandelt, es kommt nicht infrage, dass Ihr abschwört!", behauptete sie.

„Ich hätte gedacht, dass dich diese Idee begeistern würde. Ich als Christ."

„Christ oder Moslem, wir alle leben die Religion unserer Väter. Und wenn ich eine Sache unter Eurer Knute gelernt habe, die mir nicht unendliches Leid beschert hat, dann diese, dass es nicht darauf ankommt, welche Farben das Banner eines Mannes zieren oder welches Buch er für heiliger hält, sondern nur auf seine Taten."

Al-Adil durchschaute seine Sklavin sofort. „Es geht dir überhaupt nicht um meine Ehre oder um die Reinheit der Religionen, du weißt nur, dass ich dich verstoßen müsste, wenn ich eine Christin heirate."

Sie tat so, als wäre er auf der falschen Fährte: „Ich würde es lieben, wieder frei zu sein. Oder auch in der Hand eines weniger grausamen Mannes", log sie.

„Du hast kein Talent für die Verstellung", stellte Saphadin das Offensichtliche fest. Er zog Berengarias Mantel und seinen Brustpanzer aus, setzte sich auf den Diwan und ließ Maryam ihm die Stiefel von den Füßen ziehen.

„Was wollt Ihr damit sagen?"

Das sollte rebellisch klingen, aber Maryam konnte sich ein Grinsen kaum verkneifen.

„Ich will damit sagen, dass ich jede Wette eingehe, dass du mir erst die Füße waschen wirst, wie es einer Sklavin gebührt und später auf meinem Lager wieder allerlei Dinge mit mir anstellst, die nicht dem Brauch entsprechen."

Das Grinsen wurde breiter. „Ach ja? Eure Hochnäsigkeit ist grenzenlos", schalt sie ihn.

Aber natürlich kam es genauso, wie er vorhergesagt hatte und sie verbrachten die restliche Zeit bis zum Sonnenaufgang damit, sich gegenseitig Lust zu verschaffen.

Wie immer störte das den tiefen Schlaf von Noel nicht im Mindesten. Der ehemalige Raubritter würde sogar verschlafen, wenn eine Legion Kreuzritter das Zelt stürmen würde, um seinen neuen Herren um die Ecke zu bringen.

Aber in diesem Moment war das Al-Adil so egal wie alles andere. Frieden und Krieg, Sieg und Niederlage, die ungewisse Zukunft. All das verblasste untere Maryams Liebkosungen.

Kapitel 37: Caementarius novus
(Der neue Zimmermann)

Askalon, 20. Februar 1192

„Und Du, Ritter, willst du nicht mit anpacken?“

Leopold von Austria erstarrte. Hatte dieser infame König es tatsächlich gewagt, ihn als gewöhnlichen Ritter zu adressieren?

„Nun sprich schon, dein König hat dir eine Frage gestellt“, komplettierte Eberhard von Salisbury Richards erneute Beleidigung. Der Einhändige sah den Herzog an, als wolle er ihn auspeitschen lassen, wenn er nicht gleich antwortete.

„Ich bin Leopold, Herzog von Austria, Patriarch des Geschlechts der Babenberger und Stellvertreter Heinrichs, des Kaisers des Heiligen Römischen Reiches, im Heiligen Land!“ rief er aus.

„Und wenn Ihr der Papst persönlich wärt“, spottete Richard weiter, „ich würde Euch immer noch bitten, Euch einen Spaten zu nehmen und mir zu helfen.“

Zwar hatte er jetzt immerhin in die formelle Anrede gewechselt, aber trotzdem war diese Herausforderung zu viel. Mochte der König von England sich nicht zu fein sein wie ein gewöhnlicher Bauarbeiter beim Wiedererrichten einer weiteren Burg, die Saladin dem Erdboden gleichgemacht hatte, zu helfen, das lag durchaus unter der Würde eines Herzogs des Reiches.

„Ich muss Eure Majestät informieren“, erwiderte er zwischen zusammengebissenen Zähnen, „dass mein Vater keineswegs ein Zimmermann gewesen ist, noch ein Maurer!“

Er wartete Richards Antwort gar nicht ab, sondern drehte sich auf dem Absatz um und lief zu seinem Zelt.

Genug ist genug!

Seit Guido und Konrad mit ihren Kontingenten wieder zu den Kreuzfahrern um Richard herum aufgeschlossen hatten, hatte sich die Lage fast täglich zugespitzt. Die meisten Ritter waren noch krank gewesen, hatten sich trotzdem mitgeschleppt, einige Adlige hatten sich auf Tragen befördern lassen, weil sie nicht kräftig genug waren, selbst zu gehen – ein gefundenes Fressen für die dreisten Araber, die das Heer weiterhin piesackten, ohne eine Schlacht anzubieten.

Keine Tagesreise vor der Heiligen Stadt dann der Schock: Saladin hatte seine gesamte Armee zusammengezogen, die Kreuzritter waren heillos in der Unterzahl. Der von Konrad geplante Verrat kam nicht mehr infrage, nicht nur weil Al-Adil sich nicht zurückgemeldet hatte, um das Angebot des Markgrafen zu bestätigen, auch weil sie damit rechnen mussten nach der Vernichtung von Richard und Guido vom Sultan eingekesselt und aufgerieben zu werden.

Endlose Diskussionen zwischen den Führern des Heers waren losgebrochen. Die einen hielten es für möglich, die Araber zu besiegen – die Templer unter Robert von Sable zweifelten trotz der Schmach von Hattin und dem Verlust Jerusalems weiterhin nicht daran, dass ein Heer unter dem Kreuz nicht zu besiegen war, führten aber an, dass die meisten Pilger nach Eroberung der Heiligen Stadt und abgelegtem Gebet am Grab des Heilands wieder nach Hause fahren würden und die Stadt dann nicht mehr zu halten wäre.

Für das Gefolge war der Abbruch der heiligen Mission so kurz vor dem Ziel wie ein Faustschlag ins Gesicht. Was hatten sie nicht alles erleiden müssen auf dem Marsch! Hungrig und ausgezehrt, froh über jeden Schluck Wasser, den sie finden konnten, kriegsmüde – und feige, wie es die Gewöhnlichen nun einmal waren, war ihre Stimmung von kaum verhohlenem Ärger und Meckerigkeit gesunken zu mehr oder weniger offener Rebellion.

Statt unter diesen Umständen eine direkte Konfrontation mit Saladin zu riskieren, hatten die Anführer der Kreuzritter sich darauf geeinigt, Richards Vorschlag, die Burg Askalon wieder aufzubauen, anzunehmen und dort, hinter sicheren Mauern, auf Saladins Vorstoß zu warten. Zwar war das militärisch gesehen das einzig Vernünftige, aber über strategischen Geist verfügten Untertanen ja eher nicht.

Achtlos warf Leopold seinen Waffenrock mit dem aufgestickten neuen rot-weiß-roten Banner auf seine Pritsche und peitschte die Diener, den Aufbruch vorzubereiten.

Diese neuerliche Beleidigung war einfach zu viel für den Babenberger, er würde nicht mehr unter dieser Karikatur eines Königs dienen. Seine Reichsritter waren in der Großzahl Richard mittlerweile geneigter als ihm – sollten sie hierbleiben und ihr Blut im Wüstensand vergießen, er, Leopold von Austria, würde nach Hause gehen!

Er, ein Abkömmling derer von Komnenus, der griechischen Kaiser, der freundschaftliche Beziehungen mit Alexios von Konstantinopel gepflegt hatte!

Verdammt! Das hätte ich diesem Frechdachs ins Gesicht schleudern sollen!

Jetzt war es zu spät dafür. Er wusste nicht wie, er wusste nicht wann, aber seine Stunde würde schlagen. Die Stunde, in der er sich an Richard würde rächen können!

Was fanden die Leute nur an diesem zu klein geratenen, unbeständigen Mann, der viel zu beschäftigt war, sich selbst im Spiegel anzusehen und zu huldigen, um ein echter Anführer zu sein? Richard galt als der perfekte Ritter – warum war ihm selbst denn, sogar wenn er tapferer handelte als der König von England, ein anderer Ruf beschieden? Er war hier der Tapfere! Ja, so und nicht anders würde er sich von nun an nennen lassen. Leopold von Austria, der Tapfere. Das hatte er sich redlich verdient. Genau wie Richard führte er ein Raubtierwappen – oder hatte es geführt, bevor der König von England es entehrt hatte – genauso wie er war er immer ganz vorne bei den Kämpfen dabei. Und doch galt Richard als Held und er selbst nicht. Das war wirklich ungerecht.

Nein, er würde nach Hause gehen und ein Netz spinnen, ein Netz, in dem Richard sich einfach verfangen musste, wenn er ebenfalls ins Abendland zurückkehrte. Und dann würde er diesen impertinenten Dackel um die Ecke bringen. Koste es, was es wolle!

Kapitel 38: El que madruga coge agua clara

(Wer früh aufsteht, bekommt klares Wasser)

Askalon 5. August 1192

„Der heilige Stuhl klagt Berengaria von Navarra an, den Markgrafen Konrad von Montferrat durch gemeine Meuchelmörder vom Leben zum Tode befördert zu haben, ferner mit dem Feind konspiriert zu haben, gegen den Willen ihres Mannes, des Königs von England und diesem die ehelichen Pflichten verweigert zu haben. Die Strafe für diese Verbrechen ist der Tod."

Berengaria sah sich im päpstlichen Audienzsaal um. Alle waren sie gekommen, um gegen sie auszusagen. Leopold von Austria, Hugo von Burgund, Guido von Lusignan, selbst Balian von Iblin und Humfried von Toron standen auf Seiten der Anklage. Sie traten zur Seite und gaben den Blick auf Richard frei.

Da wurde Berengaria klar, dass ihr Mann selbst die Anklage erhoben und dieses Gerichtsverfahren in Gang gebracht hatte.

Als sie wieder zum heiligen Stuhl sah, saß dort nicht mehr der Papst, sondern Eleonore von Aquitanien. Auch wenn sie in diesem Moment gewahr wurde, dass das alles ein Traum sein musste, minderte dies ihre Furcht leider überhaupt nicht.

Die Versammlung hielt sich gar nicht damit auf, ihre Schuld zu beweisen, sondern ging direkt zur Diskussion über, ob man sie mit heißem Pech begießen, sie in Gold baden lassen oder einfach vierteilen wollte. Richard fand all diese Maßnahmen nicht grausam genug. „Es gibt nur eine einzige Strafe, welche für die Verbrechen der Königin angemessen erscheint", schmetterte er, „ihr sollen alle Finger und Zehen abgehackt werden, bevor man sie auf den Scheiterhaufen schleppt und als die Hexe verbrennt, die sie nun einmal ist."

Jubel und Applaus brandete auf, die Ritter packten sie und schleiften sie zu Richard, der das Urteil selbst vollstrecken würde.

„Nein, nein!", schrie sie und schlug um sich.

Richard, das Gesicht und Hemd schon voller Blut, redete auf einmal sanft auf sie ein: „Beruhige dich Teuerste, du hast geträumt!"

Plötzlich war sie wach. Sie war nicht in Rom, vor Gericht, sondern in ihrem Zelt. Hinter Richard, der tatsächlich blutüberströmt war, kauerte Johanna, die kleine Dorothea – die wieder einmal heulte – im Arm.

Berengaria hörte auf, um sich zu schlagen, war aber auf der Hut. Ihre Schwester war offensichtlich in Panik und auch Richard wirkte besorgt.

„Du bist besudelt“, stellte Berengaria fest.

„Die Araber“, erwiderte Richard hektisch, „ein Hinterhalt.“

Erst jetzt wurde Berengaria vollumfänglich klar, wo sie sich befand und was passiert war. Al-Adil hatte neuerliche Verhandlungen angeboten, nachdem ein weiterer Marsch der Kreuzritter auf Jerusalem gescheitert war.

Richard wollte die Heilige Stadt gar nicht mehr erobern, er hatte andere Probleme. Zu Hause in England hatte sich, so wie sie es alle erwartet hatten, sein verräterischer Bruder Johann mit dem aufgeblasenen Frankenkönig Philipp verbündet und machte Richard nicht nur seine Ländereien, sondern auch den Königstitel streitig. Es war höchste Zeit, dass er wieder zurückkehrte.

Also hatte Richard die Frauen gebeten aus Latrun zu ihm zu stoßen, um an den Verhandlungen teilzunehmen.

Und nun griffen Al-Adils Leute mitten in der Nacht das Lager an? Das passte so gar nicht zu dem Ayyubiden! Aber schon hörte sie draußen Rufe und bevor sie sich ganz sortieren konnte, drangen gleich drei Araber in das Zelt ein.

Richard wandte sich um, hob sein Schwert und machte die drei so schnell nieder, dass Berengarias Augen dem Geschehen kaum folgen konnten. Innerhalb weniger Augenblicke lagen alle drei Feinde am Boden.

„Ich gehe nach draußen“, keuchte Richard, den der Kampf nicht unwesentlich angestrengt hatte, „ihr bleibt im Zelt. Bewaffnet Euch! Wenn sie mich geschlagen haben, werden sie euch nachstellen!“

Er gab den Frauen keine Möglichkeit zu antworten und verschwand umgehend durch den Zeltausgang.

Berengaria überlegte nicht lange. Seitdem Richard immer wieder krank gelegen und sie mehr und mehr die täglichen Geschäfte des Königs übernommen hatte, trug sie immer ein Messer im Strumpf. Den Langdolch, den Al-Adil ihr geschenkt hatte, führte sie offen im Gürtel. Johanna hatte ihren eigenen Dolch schon gezogen.

Berengaria blickte ihrer Schwester ernst in die Augen: „Überlass die Kleine nicht dem Feind!“

Johannas Augen weiteten sich. „Und du?“

Wortlos schlug Berengaria sich einen Mantel um, zückte Al-Adils Dolch und folgte Richard in die sternlose Nacht. Die Kälte traf sie trotz Mantel wie ein Faustschlag. Es dauerte einige Momente, bis sich ihre Augen an die Dunkelheit gewöhnt hatten. Dann sah sie Richard, ein wenig links von sich, wie er wiederum gegen mehrere Araber kämpfte.

Der Anblick war so grotesk wie brutal. Mit einem einzigen Schwertstreich fällte Richard gleich zwei der Angreifer, hieb dem dritten den Pommel seines königlichen Schwertes unters Kinn, drehte sich herum und hielt die Klinge dem nächsten Angreifer hin, der in sie hinein lief wie ein Lemming.

Schon stürzten sich weitere Feinde auf den König, doch einer von ihnen hatte Berengaria entdeckt und rannte auf sie zu.

Die Königin kauerte sich hin und fing an zu weinen und zu flehen, woraufhin der Araber sein Schwert wegsteckte, offensichtlich in der Absicht, sie zu packen und zu binden. Ihre Finte war also erfolgreich gewesen. Wie sie den kräftigen Soldaten aber nun loswerden sollte, wusste sie dennoch nicht. Sie hatte nur die Chance, ihn ganz nah herankommen zu lassen.

Wie auf ein wildes Pferd redete er beruhigend auf sie ein, während er ein Seil um seine Hände wickelte. Schon spürte sie seinen Atem auf ihrer Haut, seine Arme umschlangen sie – und sie stieß den Dolch aus Damaszenerstahl nach oben, in seine Kehle.

Eine warme Flüssigkeit spritzte ihr auf Kopf und Schultern und die Worte des Arabers verwandelten sich zu einem erstickten Röcheln.

Der Mann fiel zu Boden, zuckte noch ein wenig. Dann lag er bewegungslos und mit offenen Augen da.

Berengaria hatte noch nie jemanden getötet – jedenfalls nicht mit eigenen Händen – und auch nicht damit gerechnet, das jemals tun zu müssen und war ein wenig überrascht darüber, dass ihr das gar nichts ausmachte. Sie hatte nur Angst, dass ein weiterer Krieger Richards Verteidigung durchbrechen und sie überwältigen würde.

Ihr Mann hatte sich einige Schritte von ihrem Zelt entfernen müssen und kämpfte noch immer wie ein Löwe gegen die auf ihn eindringenden Angreifer.

Berengaria bemerkte, dass zwei von denen, die er verwundet hatte, zwar im Staub lagen, aber sich noch regten. Mit einer Kaltschnäuzigkeit, die sie sich selbst niemals zugetraut hätte, schritt sie auf den ersten Verletzten zu, griff mit der Linken unter seinen Arm, hob den zuckenden Körper ein wenig an und schnitt mit der Rechten seine Kehle durch.

Der zweite Versehrte hatte das allerdings mitbekommen und robbte nun von ihr weg. Sie setzte sich auf seinen Rücken und stach ihm den Dolch durch die Lederrüstung immer wieder in den Körper, bis er sich nicht mehr regte.

Sie blickte sich gehetzt um. Wo waren nur die anderen Ritter? Warum kam ihnen keiner zu Hilfe?

Berengaria schrie um Hilfe, so laut sie konnte, machte so aber einen weiteren Angreifer auf sich aufmerksam. Richard konnte ja nicht überall gleichzeitig sein und sie war zwar, auch wenn es sie überraschte, sehr wohl fähig einen Verwundeten ins Jenseits zu befördern, aber im offenen Kampf gegen einen Krieger rechnete sie sich keinerlei Chancen aus. Umso mehr, da er ein mächtiges Schwert schwang, neben dem des Saphadins Dolch aussah wie ein Kleinwüchsiger neben einem Riesen.

Da der Neue mitbekommen hatte, was sie seinen auf dem Boden herum rollenden Kameraden angetan hatte, war er auf der Hut. Er hielt das Schwert vor sich – eine unüberwindliche Barriere. Wenn sie angriff, würde die Klinge sie sicherlich treffen. Also wich sie zurück, den Dolch am ausgestreckten Arm vor sich.

Der Schurke führte einige Hiebe, die Berengaria als nicht ernst gemeint erkannte. Er ließ sich Zeit, testete sie und suchte nach einer Öffnung. Sie wich zurück, bis sie vor ihrem Zelteingang stand.

Wenn sie hineinging, würde sie Johanna und Dorothea gefährden, aber wenn sie hierblieb, war sie tot, so viel war klar.

Sie linste zu Richard herüber. Dieser war verwundet worden, sein linker Arm hing nur noch nutzlos herab, aber seine Rechte führte weiter mächtige Schwerthiebe aus, als wenn er gerade erst so richtig warm würde.

Das war der Moment, auf den ihr Gegner gewartet hatte, er schnellte vor und ließ das Schwert in einem großen Bogen auf sie niedersinken.

Berengaria von Navarra war eine Prinzessin. Sie hatte nie formales Kampftraining erhalten. Aber als sie noch jung genug war, dass es niemanden störte, hatte Sancho gerne mit ihr Ringkämpfe ausgefochten – die er natürlich immer gewann, es sei denn er ließ seiner Schwester von sich aus den Sieg.

Aber aus diesen Tagen hatte sie sich anscheinend doch einige Reflexe erhalten, denn sie dachte nicht nach – was auch ihr Tod gewesen wäre –

sondern warf sich zur Seite, rollte sich ab und kam wieder zum Stehen. Obwohl sie sich blitzschnell wieder zum Gegner drehte, wäre das wohl trotzdem ihr Ende gewesen, wenn das Schwert des Arabers nicht in der Zeltwand aus mehrlagigem Fell stecken geblieben wäre. Und ihr Angreifer machte auch noch den Fehler, es wieder herausziehen zu wollen, statt sich nach einer anderen Waffe umzusehen. Das war ihre Chance! Sie preschte vor, zog kreischend Al-Adils Dolch nach oben und traf den Feind unter der linken Achsel.

Dieser schrie zwar vor Schmerzen und fluchte in der Sprache der Araber – jedenfalls nahm Berengaria an, dass er sie nicht für ihre Schnelligkeit lobte, der Tonfall war recht eindeutig – setzte aber der nun wieder zurückweichenden Königin nach, packte sie mit der Rechten, griff ihr an die Kehle und würgte sie.

Der Mann war so viel größer als sie und sie so schmächtig, dass er sie sogar leicht anheben konnte und sie auf den Zehenspitzen stand, nach Luft ringend. Sie versuchte den eisernen Griff mit beiden Händen zu lösen – vergeblich.

Schon tanzten bunte Punkte vor ihren Augen und der Rand ihres Gesichtsfeldes wurde erst rot, dann schwarz.

Die Panik, die sie bisher verschont hatte, griff nun nach ihr.

Ich werde sterben!

Der Griff schien ihr immer fester und grausamer zu werden.

Gott, so hilf mir doch!

Und plötzlich – war sie frei. Sofort sank sie zu Boden, röchelte, hielt sich die wunde Kehle, hustete, röchelte wieder.

Sie brauchte einige Augenblicke, bis sie ihre Umgebung wieder wahrnehmen konnte. Ihr Peiniger lag neben ihr, sein Kopf und die halbe Schulter vom Rest des Leibes abgetrennt, den Schock über diese plötzliche und endgültige Wendung des Kampfes noch in die toten Augen gemeißelt.

Richard stand über ihm, den Wahnsinn des Berserkers ins Gesicht geschrieben. Er half ihr hoch, sagte nichts, sondern reichte ihr nur ihren Dolch, den sie fallen gelassen hatte. Die Rücken an der Zeltwand erwarteten sie weitere Gegner und diese kamen auch direkt angerannt.

Wie um Gottes Willen sollten sie es nur mit einem halben Dutzend weiterer Schurken aufnehmen? Sie waren beide völlig ausgelaugt, verletzt und zumindest Berengaria war so panisch, dass der Dolch ihr schon wieder aus der Hand zu fallen drohte.

Obwohl es ihm sichtlich tierische Schmerzen bereitete, legte Richard seinen verwundeten linken Arm auf ihre Schulter und wie von Zauberhand fiel die Angst von ihr ab. Sie sah die Angreifer an.

Kommt nur her! Einen von Euch nehme ich noch mit in den Tod!

Aber die Angreifer rückten nicht vor, sondern sahen das mit Blut besudelte kampfbereite Königspaar an wie Hyänen, die einem Pärchen Prärielöwen gegenüberstehen und nicht wissen, ob ihr Hunger größer ist als ihre Angst.

Als einer von ihnen die Courage fasste, einen Schritt auf sie zuzugehen, hob Richard bedrohlich sein Schwert und der Mut verließ den Araber direkt wieder. Er blieb stehen, die anderen wichen sogar ein, zwei Schritte zurück.

Doch als hätten Himmel und Hölle sich gegen das Paar verschworen, kamen weitere Mordbuben dazu. Nun waren es über ein Dutzend Feinde, die sie umringten.

Berengaria büßte nichts von ihrer Entschlossenheit ein, auch wenn es ihr nun zur Gewissheit wurde, dass sie den Sonnenaufgang nicht mehr erleben würde.

Die Gegner gingen koordiniert vor, näherten sich gleichzeitig von vorn und den Flanken, bevor sie zuschlugen.

Plötzlich erklang ein „Allahu Akbar!“ hinter den Feinden, gleichzeitig ein „Deus vult!“ von rechts und ein „Für Gott und Vaterland!“ von links.

Das Dutzend war so schnell niedergemacht, dass Berengaria erst begriff, dass es vorbei war, als sie in die Arme Balians von Iblin fiel.

Wie im Zeitraffer sah sie die vergangene Szene noch einmal vor sich. Der Baron war von rechts gekommen, hatte die Männer auf seiner Seite von hinten mit dem Schwert in mehrere Teile geteilt und sich selbst so sehr mit Blut besudelt, dass es aussah, als trüge er dunkelrote Kriegsbemalung. Von links war Eberhard von Salisbury mit einigen Rittern gekommen, ihn schien es weiterhin nicht zu stören, dass er mit der linken Hand kämpfen musste, wobei er mittlerweile lieber mit dem eisernen Knüppel zuschlug, weil dieser für ihn einfacher zu handhaben war als ein Schwert. Und von hinten hatte Humfried mit dem „Allahu Akbar!“ für totale Verwirrung gesorgt. Er und seine Leute hatten die restlichen Angreifer mit ihren Piken aufgespießt und waren gerade dabei, den Verwundeten den Rest zu geben.

„Lasst den hier am Leben!", befahl der Herr von Toron und eilte zu seinem König. Richard deutete nur auf Berengaria und Humfried kümmerte sich zuerst um sie.

„Majestät, seid ihr verletzt?" Sie wusste es nicht. Außer dem schrecklichen Würgeangriff hatte sie eigentlich keine...

Humfried begann sie unsanft zu begrabschen. Sie war zu schwach, um sich über diese unritterliche Behandlung zu beschweren. Das Chaos in ihrem Kopf löste sich langsam auf und sie begriff, dass Humfried hier nichts Unsittliches im Sinne hatte, sondern nach Wunden suchte. Und tatsächlich war seine Hand rot, nachdem er ihren linken Arm abgetastet hatte.

Erst jetzt, wo sie die Wunde sah, setzte der Schmerz ein. Sie konnte sich nicht daran erinnern, wer ihr die Wunde wann zugefügt hatte, sondern war nur dankbar, als Humfried mit geschickten Händen einen Verband anlegte und bemerkte, das sei nur ein Mückenstich.

Richard musste ausführlicher behandelt werden, man legte ihn auf eine Bahre und mehrere Johanniter kümmerten sich um die zahlreichen Wunden des Königs.

Da fand Berengaria ihre Sprache wieder: „Wo wart Ihr nur?", herrschte sie den ihr am Nächsten stehenden an. Es war der blutüberströmte Baron von Iblin. Sie hatte in strengem Ton sprechen wollen, aber die Worte kamen als Schluchzen aus ihrem Mund.

„Eine Ablenkung! Sie haben einen Scheinangriff im Norden des Lagers durchgeführt, mehrere Zelte entzündet und..."

„Und Ihr seid darauf hereingefallen!", ergänzte sie schwach.

Balian senkte den Kopf. „Ja, Majestät."

„Das ist unentschuldbar!", kreischte sie. Sie war gar nicht wütend auf den Baron, aber die Angst griff jetzt nach ihr, nun, da alles vorbei war.

Lieber in Rage als in Panik!

Balian straffte sich: „Ich übernehme die volle Verantwortung!"

Humfried, der das mitbekommen hatte, mischte sich ein: „Was soll das, Iblin, Ihr wart es doch, der Hugo von Burgund mit seinen Franken geschickt hat, Richards Zelt und das seiner Frauen zu schützen!"

Der Baron von Iblin sah den Herrn von Toron vielsagend an. „Ja, eben...", flüsterte er nur.

Berengaria konnte sich schneller einen Reim darauf machen als Humfried. „Der Herzog war nicht hier", stellte sie fest, „das bedeutet..."

Jetzt fiel der Groschen auch bei Humfried: „... er steckt mit dem Feind unter einer Decke!“, beendete er den Satz. Schon bellte er neue Befehle und die Ritter schwärmten aus.

Berengaria nutzte die Pause – sie konnte gerade nicht viel tun, um beim Finden der Verräter zu helfen – und sah nach Johanna und Dorothea. Ihrer Schwester und ihrer gemeinsamen Ziehtochter war zum Glück nichts geschehen. Das Kind heulte wieder, als wenn es niemals etwas anderes gelernt hätte, Johanna war kreidebleich, aber gefasst. Unendliche Erleichterung durchströmte Berengaria. Sie sackte auf ihrem Lager zusammen und schloss die Augen.

Ihr Schlaf war traumlos, aber kurz. Johanna weckte sie unsanft.

„Es tut mir leid, Schwester, aber wir müssen in Richards Zelt kommen, Iblin war gerade hier.“

Es hatte nicht lange gedauert, bis man Hugo von Burgund gefunden und entwaffnet hatte. Die meisten seiner Franken waren geflohen oder im Kampf gestorben – im Kampf gegen die anderen Kreuzritter, nicht gegen die Araber, wie herauszufinden war. Berengaria schickte Franklin, das Zelt des Burgunders zu durchsuchen und machte sich mit Johanna und Dorothea auf ins Zelt ihres Mannes.

Das Tribunal, dem sich der Stellvertreter Philipps nun stellen musste, bestand aus Berengaria, Johanna, Humfried, Balian, Eberhard von Salisbury, sowie dem Großmeister der Templer, Robert von Sable, der auch die Johanniter und der kleineren Ritterorden vertrat. Richard war zu schwer verwundet, um aufzustehen, ja, sein Medikus ließ ausrichten, man möge Gott um ein Wunder bitten, denn ohne ein solches würde der König die nächsten Tage sicherlich nicht überleben. Die folgenden Reden wurden immer wieder von dem schmerzvollen Stöhnen des Königs, bei dem nicht nur die Frauen zusammenzuckten und sich ängstigten, unterbrochen.

„Ihr wart es, Hugo von Burgund“, begann Berengaria die improvisierte Verhandlung. „Ich hatte schon längere Zeit Kenntnis davon“, berichtete sie, „dass es einen Verräter in unseren Reihen gibt. Aber ich wusste bisher nicht, wer es war.“

„Und aus welchen Quellen schöpft die Königin dieses Wissen?“, wollte der Frankenherzog wissen. Er sprach im Plauderton, so als wenn sie gemeinsam tafeln und nicht über sein Schicksal zu Gericht sitzen würden.

„Der König hat viele Augen“, erwiderte sie spitz. Niemand der anderen stellte ihre Berechtigung infrage, für Richard zu sprechen.

„Ihr habt keine Beweise“, flötete der Burgunder, wiederum den Eindruck erweckend, er wäge sich auf einem Weinfest und nicht kurz vor der Enthauptung.

„Ich habe Euch befohlen, die Zelte von König und Königin zu bewachen“, bellte Balian von Iblin ihn an. „Wenn Ihr uns nicht verraten habt, wo wart Ihr?“

„Im Frankenland war ich, mein treuer Kamerad!“ Sabber am Mundwinkel klebend fuhr Hugo fort: „Ich habe dort Blumen für die bevorstehende Hochzeit gesammelt.“

„Was für eine Hochzeit?“, mischte Humfried sich ein.

„Fragt doch die Königin“, lachte der Herzog von Burgund. „Sie weiß es, sie hat die Ehe doch arrangiert! Die Königsschwester heiratet Saphadin!“

Dies löste größere Empörung im Zelt aus, als Berengaria lieb war. Natürlich wussten Richards engste Vertraute über den Plan Bescheid, sie hatten es aber bisher geschafft, ihn weitestgehend geheim zu halten.

„Ihr habt mit dem Feind paktiert, Königin!“ - er sang fast, mit einer Fröhlichkeit, die dem ganzen Gespräch den Anstrich des Absurden gab.

Mittlerweile war ihr Diener Franklin ins Zelt getreten. Er hielt sich zwar vorsichtig hinter den hohen Herrschaften, nickte ihr aber zu.

„Und was ist mit diesen Beweisen, dass Ihr selbst Geschenke von Saladin angenommen habt?“, erwiderte sie also. Der Diener wurde vorgelassen und stellte Gold und eine Schale mit köstlichem Weihrauch vor dem Herzog ab.

„Meine Geschenke!“, jauchzte dieser erfreut und schnappte nach dem Gold. Dass Balian ihn daran hinderte, indem er ihm einen kräftigen Hieb in den Bauch verpasste, quittierte der Herzog nur mit einem erstickten Lachen.

„Er gibt es zu!“, stellte Humfried unnötigerweise fest.

„Ihr habt also mit Saladin paktiert, ausgemacht, dass Ihr bei dem gerade geschehenen Überfall die Seiten wechseln würdet!“, folgerte Berengaria.

„Saladin? Saphadin? Die Brüder sind doch längst genauso korrupt geworden wie der König und seine iberische Braut!“, spuckte er und schien gar nicht zu bemerken, dass er eben jene ansprach. „Ich habe mit dem einzigen verhandelt, der überhaupt noch weiß, wer Freund und wer

Feind ist, mit Al-Afdal, des Sultans Sohn. Die Köpfe des Löwenherz, seiner Frau und Schwester und als Zugabe das kleine Köpfchen der Prinzessin von Zypern! Als Gegenleistung versprach mir der Designierte die Herrschaft über Akkon. Dieser Posten ist ja unbesetzt, seit der König von England den großen Konrad von Montferrat um die Ecke gebracht hat."

„Dafür gibt es keinerlei Beweise und das wisst Ihr auch!", ereiferte sich Humfried.

Berengaria, die sehr genau wusste, wer Konrad auf dem Gewissen hatte, hielt sich fürs Erste lieber geschlossen.

„Ein Pakt mit dem Feind, der nicht nur einen Regizid, sondern auch die Tötung unschuldiger Frauen und Kinder beinhaltet, ist nicht nur Hochverrat, sondern auch eine schwerwiegende Sünde", stellte Balian fest.

„Und was ist eine Heirat mit dem Feind?", erwiderte Hugo, immer noch bester Laune. „Wenn das kein Verrat ist, dann weiß ich auch nicht."

„Ist das wahr?", wollte Robert, der Anführer der Templer, wissen.

Humfried, der Narr, antwortete: „Wir haben in diese Richtung Verhandlungen aufgenommen. Saphadin wäre zum Christentum konvertiert, die Erben seiner Verbindung mit Johanna hätten eine neue Königslinie gebildet und über Jerusalem geherrscht. Ein guter Frieden!"

Der Templer schüttelte den Kopf. „Das will Gott nicht!", schmetterte er im Brustton der Überzeugung.

„Und Ihr wisst, was Gott will?", herrschte Balian ihn an.

„Gott will, dass wir die Ungläubigen endlich besiegen! Saladin, Saphadin, Al-Afdal und wie ihre Führer alle heißen mögen, unter die Erde bringen. Schluss machen mit der Herrschaft des Islam über das Heilige Land. Keine eheliche Verbindung mit diesen Barbaren und erst recht kein Frieden."

Das Wort Frieden spuckte Robert aus, als wenn er damit ganz und gar unanständige Dinge verbinden würde.

„Ich will Wein!", unterbrach Hugo von Burgund. Er sprach die Worte infantil aus, wirkte jetzt wie ein kleines Kind.

„Du kannst froh sein, wenn wir dir Wasser geben!", brüllte Humfried ihn an, der über die Reaktion des Templers auf seine Enthüllung rote Flecken im Gesicht bekommen hatte.

Berengaria zuckte nur die Schultern und goss dem Herzog von Burgund einen Becher Wein ein. Doch als sie ihm diesen reichte und er, ohne die Augen von ihr abzuwenden, trank, wanden sich die anderen Ritter plötzlich in Ekel. Sie sprang einen Schritt zurück, als sie selbst bemerkte, dass Hugo sich beim Trinken des Weines einnässte.

„Der ist ja völlig irre!“, rief Eberhard von Salisbury aus, als wenn das noch nötig gewesen wäre.

Hugo begann zu lachen. Er urinierte weiter, bis seine Beinkleider völlig durchnässt waren, lachte und lachte.

„Es reicht!“, schrie Robert von Sable. „Dieser Feldzug stand von Anfang an unter einem schlechten Stern. Unser Orden ist mitgekommen, weil es eben unsere Aufgabe ist, die Heilige Stadt zu nehmen. Aber Richard von England hat gezeigt, dass es ihm entweder an Mut und Entschlossenheit fehlt oder er tatsächlich gemeinsame Sache mit dem Feind machen will. Wir werden einige Männer hier lassen, die sich um die Verwundungen des Königspaares und der Ritter kümmern, aber noch vor Sonnenuntergang ziehen wir ab und gehen zurück nach Akkon!“ Er sah sich gehetzt um. „Das gilt auch für die Johanniter“, fügte der Templer hinzu.

Wie war es nur soweit gekommen? Wenige Wochen zuvor hatte Al-Adils Sohn Al-Kamil sie in Latrun besucht und ihr gestanden, dass Saladin sich in die große Moschee Jerusalems zurückgezogen hatte und dort betend und weinend den unvermeidlichen Fall der Stadt erwartete. Al-Adil hatte ihr über seinen Sohn ausrichten lassen, dass sie ins Lager der Kreuzritter kommen und den Friedensverhandlungen beiwohnen solle. Sein Vater sei nun bereit, zum Christentum zu konvertieren, hatte Al-Kamil, nicht ohne Scham und unverhohlenen Ärger berichtet.

War das alles nur eine List gewesen, um sie dann hinterrücks des nachts zu meucheln? Waren die Ayyubiden so verräterisch und hinterlistig, wie die Templer behaupteten? Hatte der Ritterschlag, mit dem Richard Al-Kamil nach einem der vielen Scharmützel geehrt hatte, so wenig Wirkung gehabt wie die intimen Treffen von Richard und ihr selbst mit Al-Adil? Oder hatte Al-Afdal, der Sohn des Sultans, tatsächlich auf eigene Faust gehandelt?

Das alles würden sie wohl bald herausfinden. Die Templer und Johanniter zogen ab, wie angekündigt, sie nahmen den nur noch wirr vor sich hin faselnden Herzog von Burgund mit sich. Die geschrumpfte Truppe, über die sie noch verfügten, würde Jerusalem nicht einnehmen und wenn Saladin und Al-Adil es wollten, würden sie die verbliebenen Kreuzritter in der Schlacht zerquetschen wie lästige Fliegen.

Kapitel 39: Tasalah

(Versöhnung)

Jaffa, 2. September 1192

Es war schon eine illustre Gesellschaft, die sich in Al-Adils Zelt zusammengefunden hatte. Sein Sohn, den Richard nach einem besonders mutigen Angriff zum Ritter geschlagen hatte, was in der arabischen Welt nicht viel bedeutete, saß neben dem König von England, scherzte mit ihm und zeigte so, dass zumindest er persönlich die Geste des Ritterschlages zu schätzen wusste. Uthman erzählte Johanna eine Geschichte aus Mohammeds Leben, während Ghazi die kleine Dorothea unterhielt, indem er die Belagerung von Jerusalem mit Holzfiguren nachspielte.

Balian von Iblin und Humfried der Sprecher waren ihrerseits in ein tiefes Gespräch mit Noel, Maryam und einem dritten Person, welche die beiden Ritter wohl für einen weiteren Großonkel oder Schwager der Ayyubidenfamilie halten mochten, vertieft. Al-Adil hatte für heute seiner Konkubine erlaubt wie eine Gleichgestellte am Festmahl teilzunehmen.

Al-Asfahani dagegen kaute der Königin von England ein Ohr ab, während diese gleichzeitig versuchte Al-Adil, der die schwarzen Figuren genommen hatte, in eine Falle zu locken, indem sie ihre Springer und Läufer auf der linken Flanke sammelte.

Al-Asfahani hatte der Eheschließung Isabellas mit Heinrich von Champange beigewohnt und berichtete in blumigen Worten, wie der neue König von Jerusalem über die Frau, die nun zum dritten Mal verheiratet war, hergefallen war, obwohl sie ein Kind in sich trug. Auf die Frage, wessen Kind denn zur Welt kommen würde, seines oder das des verstorbenen Konrad von Montferrat, habe der Herzog nur geantwortet, es werde das Kind der Königin von Jerusalem sein.

In Berengaria hatte der alte Chronist eine dankbare Zuhörerin, sie verzog das Gesicht und schien sich genau so zu ekeln, wie Al-Asfahani es beabsichtigt hatte.

„Alter Mann“, sprach Al-Adil den Chronisten an, „du lenkst meine Gegnerin ab! Nicht, dass sie später vorgibt, nur deine Reden von Unkeuschheit hätten ihre Niederlage verursacht. Schau lieber, ob du dich nützlich machen kannst. Wir brauchen noch mehr Datteln.“

Diese Früchte liebten die Christen und aßen sie so schnell weg, dass die Diener kaum nachkamen. Al-Adil beantwortete Berengarias Bemühungen, eine starke Front aus leichten Figuren aufzubauen, indem er seinerseits die schweren Figuren in Stellung brachte.

Auch sonst war die Tafel wieder reichlich gedeckt. Es gab Ziegenkäse und Hammelfleisch, Trauben und exotische Früchte aus dem Ägyptenland. Die Christen waren gut mit Wein versorgt und auch Al-Adil machte wieder mal eine Ausnahme und genehmigte sich einen kleinen Becher des sündhaften Getränks, was seinen Sohn dazu veranlasste, die Augenbrauen hochzuziehen. Aber er sagte nichts.

„Patt!“ stellte Berengaria plötzlich fest.

Besser hätte die Partie nicht ausgehen können, jedenfalls nicht für das, was Al-Adil vorhatte. Er stand auf.

„Hohe Herrschaften“, leitete er also die Verhandlung ein, welche, da war er sich sicher, die letzte mit den Christen sein würde. Einerseits war das eine große Erleichterung. Die Befehle für seinen Sohn und seine Neffen, welche sich um die Zengiden, Seldschuken und anderen Vasallen kümmern würden, die immer frecher geworden waren, während Saladin mit Richard stritt, waren schon geschrieben. Andererseits war Al-Adil auch ein wenig traurig. Sie würden sich wahrscheinlich nie wiedersehen. Feinde wie diese hatte er noch nie gehabt, Freunde wie diese erst recht nicht.

Nach und nach sahen sie alle zu ihm auf.

„Hohe Herrschaften“, wiederholte er, nachdem er sichergestellt hatte, dass jeder im Zelt ihm zuhörte. Nur Ghazi ließ er weiter mit der kleinen Dorothea die winzigen Belagerungstürme und Katapulte hin und herschieben, die eigentlich gar kein Spielzeug waren, sondern ihm zur Planung entsprechender Schlachten dienten.

„Lasst uns diese Partie ein Omen sein, ein Zeichen des allmächtigen Gottes. Denn nicht nur auf dem Schachbrett liegt ein deutliches Patt vor, auch im Feld können wir nur von einem Unentschieden sprechen.“

Er beschrieb den neuerlichen Vorstoß der Christen gen Jerusalem in den vergangenen Sommermonaten aus seiner Sicht und ließ keinen Zweifel daran, dass aus seiner Perspektive Richards taktischer Rückzug das einzig Richtige gewesen war.

„Wie ich dem Königspaar schon unter sechs Augen versichert habe“, fuhr er fort, „habe ich das Angebot Hugos des Verrückten“, - so nannten die Christen den Franken nach seinem absurden Auftritt im Anschluss an seinen Verrat - „sich mit ihm gegen den König von England zu verbünden, zurückgewiesen. Das feige Attentat auf das Königspaar und die Königsschwester war weder von mir, noch vom Sultan legitimiert. Die Verantwortlichen werden wir zur Rechenschaft ziehen."

Er musste sich beherrschen, seine Wut auf Al-Afdal, der diese Freveltat zu verantworten hatte, nicht zu deutlich zu zeigen. Er erwähnte den Namen seines Neffen nicht, es wussten sowieso alle Bescheid, wer dahinter steckte. Al-Afdal war nach dem gescheiterten Attentat mit seiner Leibgarde und der ihm treuen Truppe Richtung Damaskus aufgebrochen, bisher hatten sie nichts von ihm gehört. Al-Adil wartete noch darauf, dass Saladin sich durchringen würde, ihn zu schicken, seinem Sohn endgültig Manieren beizubringen. Der Sultan hatte beschlossen, dass zunächst die Friedensverhandlungen mit Richard gelingen mussten und man sich dann darum kümmern würde, die inneren Zwiste beizulegen.

„Es ist deutlich geworden, dass keine der beiden Seiten einen endgültigen Sieg erringen kann", fuhr er fort, „und keiner von uns möchte einen endlosen Krieg, der weitere sinnlose Tode fordert, ohne eine Entscheidung herbeizuführen. Deshalb hört das Angebot des Sultans: Es wird keine Hochzeit zwischen unseren Häusern geben, Jerusalem bleibt in der Hand der Ayyubiden. Aber wir werden jedem Pilger, der seine Waffen am Stadttor abgibt, erlauben an den Stätten zu beten, die ihm heilig sind und wenn er will auch an unseren eigenen heiligen Stätten. Jerusalem soll wieder offen für alle rechtschaffenen Schriftbesitzer sein, seien sie Juden, Moslems oder Christen."

Bisher sahen sie noch recht freundlich drein, aber jetzt kamen die Zugeständnisse, die der stolze König würde machen müssen. „Im Gegenzug werden die Christen die Burg Askalon wieder zerstören und sich verpflichten, weder diese, noch eine andere Befestigung südlich von Jaffa in den nächsten drei Jahren wieder aufzubauen. In dieser Zeitspanne soll keine noch so kleine Ansammlung christlicher Ritter weiter nach Süden vordringen als bis Netanja. In diesen drei Jahren soll es Frieden zwischen dem Kreuz und dem Halbmond geben."

Al-Adil sah Richard an, dass er Einspruch erheben wollte, also fuhr er schnell fort: „Der Sultan bittet den König von England, die Heiratspläne, die im Gespräch waren, ebenso zu verwerfen wie den Gedanken daran, die Heilige Stadt auf anderem Wege einzunehmen." Nun sah er den König direkt an: „Richard, mein Freund, alle wissen, dass Ihr nach Hause wollt, nach Hause müsst. Die Probleme in Eurem eigenen Königreich sind wichtiger als die Einnahme der Heiligen Stadt. Ich bin davon überzeugt, dass Ihr sie einnehmen könntet, wenn Ihr es wirklich wolltet, aber ebenso überzeugt bin ich davon, dass Ihr sie nicht würdet halten können. Lasst uns hier und jetzt dem Blutvergießen ein Ende bereiten und im Frieden auseinandergehen."

Der König von England erhob sich umständlich. Er blickte links und rechts in die Runde, räusperte sich. „Saphadin, Eure Ehre und Integrität stehen dem eines christlichen Ritters in nichts nach. Ich glaube Euch, dass Ihr nichts mit dem Anschlag auf mein Leben und das der Frauen zu tun hattet. Und ich bin geneigt, das Angebot Eures Bruders, des Sultans, anzunehmen. Aber ich stelle Bedingungen."

Natürlich tat er das!

„Zu aller erst möchte ich diesen Friedenspakt mit Saladin selbst schließen. Der Sultan möge sich uns zeigen und mir seine Hand reichen als Zeichen, dass die Waffen schweigen werden. Als zweites kann ich nur garantieren, dass der Dreijahresfrieden von meinen beiden treuesten und feinsten Rittern, Balian von Iblin und Humfried von Toron überwacht werden wird, ihn aber nicht selbst zusagen, da ich tatsächlich vorhabe das Heilige Land so schnell wie möglich zu verlassen. Und drittens soll mich der Teufel holen, wenn ich mich in ein Schiff setze ohne mich auf die eine oder andere Weise mit Euch gemessen zu haben, Al-Adil. Ich fordere Euch heraus, die Waffen wählt Ihr, Fäuste, Übungsklingen, Weinschläuche, was Ihr wollt. Ich wette eine Stange Gold, dass ich Euch in jedem Wettkampf schlagen kann, ob Kampftrinken oder Ringen! Nur eine Einschränkung: Bitte kein Schachspiel oder sonstiger Weiberkram, sondern echtes Männergeschäft, wenn Ihr so gütig wäret."

„Mein Bruder!", erklang daraufhin eine andere Stimme. Der neben Noel sitzende Mann, der von keinem weiter beachtet worden war, erhob sich nun und ging auf Richard zu, „mein Bruder", wiederholte er, „wird seine Waffen weise wählen. Ich aber will vorher dem König von England den Frieden geben, den er sich wünscht, sodass alle Welt wisse, dass der Wettkampf zwischen Saphadin und dem Löwenherz einer unter Freunden ist."

Saladin lächelte Richard an. „Ich nehme den Frieden zu den hier und heute vor den Augen und Ohren vieler ehrenhafter Männer und Frauen ausgehandelten Bedingungen an. Niemand kann an der Ehre von Iblin, dem Schwert der Christenheit und Toron dem Sprecher zweifeln, sie werden dafür sorgen, dass auch die anderen Kreuzritter den Frieden einhalten."

Richard und der Sultan umarmten sich feierlich. Al-Adil aber war ein wenig ins Hintertreffen geraten, fast wirkte die Herausforderung des Königs leicht spöttisch, als erwarte er gar keinen Wettkampf. Er sah Berengaria an, doch diese grinste nur in sich hinein. Das sagte ihm nichts und damit sagte es ihm doch alles. Im Kampftrinken würde Richard ihn sicherlich schnell besiegen und er fürchtete selbst im waffenlosen Kampf wäre der König überlegen, wenn er es nur schaffte Al-Adil zu Boden zu ringen, was ihm sicherlich gelingen würde, wenn Al-Adil nicht mit voller Kraft zuschlug, was er nicht tun würde in einem Freundschaftskampf.

Also blieb nur der Schwertkampf. Darin waren sie sich, soweit Al-Adil das beurteilen konnte, ebenbürtig, wobei er der Größere war, was ihm einen kleinen Vorteil verschaffte.

Es dauerte nicht lange, bis der König und der Bruder des Sultans in Lederrüstungen gezwängt worden waren und jeweils ein Holzschwert erhielten. Richard fragte nach einem Schild, aber Al-Adil entgegnete, er wolle ohne Schild kämpfen und so näherten sie sich nur mit dem Holzschwert einander, während ihr jeweiliges Gefolge in bunter Mischung um sie herumstand und anfeuerte.

Es dauerte einige Zeit bis der passende Schiedsmann gefunden worden war. Al-Adil schlug Al-Asfahani vor, der ja sonst auch alles für den Sultan und seinen Bruder bezeugte, aber Richard passte der alte Mann nicht. Sein Vorschlag war Humfried, dieser sei ein echter Ritter. Das behagte aber wiederum Al-Adil nicht, weil Humfried zwar ohne Zweifel ehrenhaft, Richard aber komplett ergeben war. Also schlug er seinen Sohn vor, den Richard ja immerhin auch in den Stand eines Ritters erhoben hatte und der Engländer hatte ähnliche Probleme mit dem Anerkennen Al-Kamils wie Al-Adil zuvor mit Humfried. Schließlich einigten sie sich auf Iblin. Der war zwar auch ein Christ, aber kein direkter Vasall Richards. Balian gab das Startsignal und es ging los.

Der englische König tastete sich zunächst heran, schlug ein paar Mal in Al-Adils Richtung, jedes Mal nur in der Absicht, eine Reaktion herauszukitzeln und nicht, einen ernsthaften Treffer zu landen. Al-Adil ließ das eine Weile mit sich machen, dann reagierte er mit einem Ausfallschritt und dem Versuch, Richard am Fuß zu treffen. Aber schneller, als er es dem Engländer jemals zugetraut hätte, zog dieser sich aus der Reichweite seiner Übungsklinge und ging zu einem Konterangriff über, den Al-Adil noch gerade so parieren konnte. Schon atmeten beide Kontrahenten schwer.

Aber der Tanz hatte gerade erst begonnen...

Kapitel 40: Consilium sapiens

(Ein weiser Ratschluß)

Paris, 3. Januar 1193

Auf einem prächtigen Streitross, das volle Rüstung trug, die Pferdedecken in blau mit goldenen Lilien, ritt der König der Franken auf ihn zu, selbst nicht in Rüstung, sondern in ebenfalls blaue Gewänder, die mit goldenen Lilien bestickt waren, gehüllt. Inmitten der großzügigen Rasenflächen und perfekt getrimmten Büsche des Schlossgartens fühlte sich Johann klein und unelegant, ja fast ein wenig schmutzig, wenn er sich mit dem Monarchen verglich.

Dabei war er nicht weniger König als dieser! Zwar war er nur Richards Stellvertreter, aber sein Bruder war schon seit einer Ewigkeit weg und je länger er weg war, desto größer wurde die Chance, dass er niemals wiederkehren würde.

Aber Philipps Erscheinung hatte eben etwas Imposantes, Majestätisches und Johann wusste, dass er selbst nicht so auf andere wirkte. Da halfen auch regelmäßige Bäder und die feinsten Kleider nichts. Wenn er sich in Purpur und Seide kleidete, fühlte er sich jedes Mal wie eine Katze, die ein Hundefell trägt – und wirkte dann auch so. Daher kleidete er sich lieber einfach, eine feste Reithose, gute, aber schlichte Lederstiefel, einen Wams in englischem Rot, das zugegebenermaßen mittlerweile sehr verwaschen war und eher zu einem Burgundton tendierte, darüber ein Fuchspelzmantel. Er trug keine königlichen Insignien bis auf seinen Ring, der ihn bei Adligen, die ihn nicht kannten, als Richards Stellvertreter auswies. Man hätte ihn für einen niederen Baron oder vermögenden Ritter halten können.

Statt sich aber darüber zu beklagen, hatte Johann gelernt, diesen ungünstigen Umstand für sich zu nutzen. Die meisten Verhandlungspartner unterschätzten ihn zunächst oder erkannten ihn nicht, was er dann gegen sie verwenden konnte.

Er wusste, dass er auf diese Weise niemals die Liebe des Adels gewinnen würde, aber um Liebe ging es ihm auch nicht. Er wollte Respekt und den sicherte man sich nur durch Furcht.

Auch mit dem einfachen Volk war es so. Kaum kehrte man ihm den Rücken, schon fingen sie wieder an sich zu verschwören und geheime Goldvorräte anzulegen. Man musste die ganze Zeit ein Auge auf sie haben und weil er das als König selbstredend nicht selbst und allein tun konnte, hatte er sich ein Netzwerk aus Beamten angelegt, die genauso seine Augen und Ohren waren wie seine verlängerten Arme.

Natürlich flüsterten die Gewöhnlichen, wenn kein Offizieller hinhörte, die neuerlichen hohen Abgaben seien nur eine Schikane Johanns, aber sie taten ihm Unrecht. Er musste ja das Lösegeld für seinen Bruder zusammen kriegen, der sich törichter Weise im römischen Reich hatte gefangen nehmen lassen.

Nicht dass er vorhatte, dem Kaiser das Lösegeld tatsächlich auszuzahlen, aber sammeln musste er es ja, alles andere hätte nicht gut ausgesehen.

Richard war so dumm gewesen, nicht in Südfrankreich an Land zu gehen, sondern über das adriatische Meer zu segeln und sich im Heiligen Römischen Reich wiederzufinden, was der Grund für dieses Treffen war.

Kaiser Heinrich war kein Freund Richards, weil dieser mit dem Namensvetter des Kaisers, Heinrich dem Löwen, durch dessen Heirat mit Richards älterer Schwester Mathilda verbunden war und die Welfen, welche die größten Konkurrenten der Kaiserfamilie, der Staufer, waren, in ihren Ansprüchen auf den römischen Thron unterstützt hatte.

Auf dem Kreuzzug musste sich Richard viele weitere Feinde gemacht haben, wie Johann jetzt von dem Franken erfuhr. König Philipp sprach den Namen seines Konkurrenten gar nicht mehr aus, sondern sagte nur „Euer Bruder" oder sprach von „diesem dort". Auch der Herzog von Austria war Richards Todfeind geworden. Dieser war es gewesen, der Richard auf seiner Durchreise erkannt und eingesperrt hatte, bevor er Bayern und damit das Gebiet der Welfen erreichen konnte.

Man erzählte sich, dass Richard sich zwar als Stallknecht verkleidet, aber allzu sehr wie ein König aufgeführt hatte, das gute Essen nicht verschmäht und seine goldenen Ringe nicht abgenommen hatte. So war der Reichsherzog auf ihn aufmerksam geworden, hatte ihn mit seinen Männern umzingelt und in seine Burg gebracht.

Der Frankenkönig hatte sogar noch weitere Neuigkeiten für ihn: Der Kaiser würde Richard öffentlich den Prozess machen. Zwar munkelte man, der Papst sei gar nicht erfreut, dass Heinrich einen Kreuzritter gefangen hielt, aber was sollte der alte Mann auf dem heiligen Stuhl schon dagegen tun?

„Wisst Ihr, was das bedeutet?“, fragte Philipp ihn. Natürlich wusste er das. Er würde der König von England bleiben, so lange sein närrischer Bruder in römischen Zellen schmachtete und er würde Zeit haben, das Volk und die Adligen auf seine Seite zu ziehen. Wenn der Kaiser Richard dann gehen ließ – falls er ihn gehen ließ – würde er keinerlei Unterstützung mehr haben, weder auf der Insel, noch auf dem Festland.

Aber Philipp dachte noch viel weiter: „Wir müssen uns natürlich offiziell verbünden“, stellte der König fest, „und mit offiziell meine ich, per Heirat. Nehmt mein Angebot an, meine Schwester zu ehelichen, vereinigen wir die Häuser Englands und Frankens und unsere Länder – und dann schlagen wir los!“

Diese Wendung kam überraschend für Johann.

„Losschlagen, gegen wen?“

„Na gegen das Römische Reich!“, ereiferte sich Philipp „Seht Ihr denn nicht die Chance, die sich uns bietet? Wenn wir die Welfen auf unsere Seite ziehen, dann werden wir den Staufern sicherlich drei zu eins überlegen sein! Wir fallen ins Reich ein – ich von der nördlichen Seite, Ihr von Süden her. Heinrich wird vollkommen überrascht sein. Er ist momentan mit seinen Problemen in Sizilien beschäftigt, hat den Papst mit Richards Gefangennahme erzürnt und nicht nur die Welfen, auch die anderen deutschen Adelsgeschlechter mokieren sich seit Barbarossas Tod mehr und mehr über den jungen Kaiser. Hölle nochmal, wir können das Ganze sogar als Rettungsmission für Euren Bruder, oder besser noch, wenn er verstirbt, als Racheakt legitimieren!“

Das war ein wenig viel für Johann. Mutter hatte immer gesagt, die erste Regel des Machtspiels im Abendland wäre, sich die Gunst des römischen Kaisers zu sichern und erst die zweite, den Papst nicht zu verärgern. Zwar wünschte sich Eleonore sehnlichst ihren Sohn zurück und half daher auch fleißig beim Eintreiben der Steuern in den aquitanischen Provinzen, aber die Alte war fest davon überzeugt, dass man das Lösegeld dann zahlen würde und so eine friedliche Lösung mit dem Kaiser erreichen könnte.

Johann dachte nicht daran. Sollte Richard doch im Reich vor sich hin schmoren, bis er verrottete wie verdorbenes Gemüse! Dann würde er, Johann, Regent bleiben und musste nur noch seinen Neffen Arthur loswerden, den Richard unsinniger Weise zum Thronerben bestimmt hatte.

Aber das Römische Reich herausfordern? Das war ihm zu unsicher.

„Ihr zögert“, bemerkte der König spitz.

Ja, natürlich, er würde ihm das als Feigheit auslegen. Aber Johann war nicht feige, er war nur zu klug, um solch ein Himmelfahrtskommando zu unternehmen, vor allem weil er wusste, dass Philipp es irgendwie schaffen würde ihn vorzuschicken, damit er bei einer Niederlage Johanns wie Pontius Pilatus die Hände in Unschuld waschen, bei einem Sieg aber die Beute würde teilen können. Das ging so nicht an! Er musste improvisieren.

„Die Welfen sind ein Haufen verräterischer Bastarde“, behauptete er. „So lange die Freundschaft mit uns ihnen gegen die Staufer hilft, werden sie diese pflegen, aber wehe wir strecken die Finger nach ihren Gebieten aus! Heinrich der Löwe heißt ja nicht umsonst so, er wird Euch niemals als Lehnsherr anerkennen oder Euch die Treue schwören.“

Diese Bemerkung schien den Franken nicht unwesentlich zu beleidigen. Gut so!

„Wenn wir aber besonnen vorgehen, dann können wir die Welfen und die anderen Familien vielleicht dazu bewegen offen gegen den Kaiser zu rebellieren. Wir müssen dann nur warten, bis das Reich sich selbst zerfleischt hat und wenn der Bürgerkrieg vorbei ist, nehmen wir uns die Reste.“

„Und was tun wir in der Zwischenzeit?“

„In der Zwischenzeit beenden wir das, was meine Mutter und ich schon angefangen haben: Eleonore hat schon einige der Gebiete, welche Richards Gattin Berengaria zugesprochen wurden, bereist und dort Stimmung gegen sie gemacht. Ob sie als Richards Frau oder als Witwe in Aquitanien ankommt, sie wird es sehr schwer haben, sich zu etablieren. Gleichzeitig bieten diese Gebiete einen Puffer gegen die Iberer. Auf der anderen Seite stehe ich selbst in Verhandlungen mit den Schotten und Iren. Wir können es uns nicht leisten, dass unsere Vasallen frech werden, wenn wir gegen die römische Krone ziehen.“

Philipp gähnte gekünstelt. „Sei es, wie es sei, das sind alles Eure Probleme. Ich brauche nur Eure Zusage, wie erwähnt in Form einer Heirat, dann marschiert die fränkische Armee nach Westen.“

„Majestät, habt doch ein wenig Geduld! Lasst die Teutonen sich gegenseitig die Schädel einschlagen, das können sie doch am Allerbesten! Und wenn das Reich in Schutt und Asche liegt, ist es reif, genommen zu werden wie eine läufige Hündin. Wir brauchen den Welfen bloß zu versprechen, dass sie aus dem Westen keinen Angriff zu befürchten haben und ihnen unsere heimliche Unterstützung gegen Heinrich anzubieten, dann werden sie schon losschlagen."

Daraufhin sah Philipp ihn mit dieser Miene an, die er so hasste. So schaute auch Richard immer. Diese Mischung aus Mitleid und Verachtung, diese Herablassung! Der Plan war nicht geradlinig genug für Philipp, zu durchdacht, zu konspirativ, nicht ritterlich.

„Ihr dürft nicht vergessen, dass Richard", begann Johann und ließ sich nicht aus der Ruhe bringen, als der König bei der Erwähnung dieses Namens laut aufstöhnte, „noch viele Freunde hat. Bei den Welfen, den Aquitanern und auf der Insel. Diesen Narren Longchamp habe ich ja ausmanövrieren können, aber da gibt es immer noch..."

Der König unterbrach ihn: „Und wiederum sage ich: Das ist Euer Problem! Regelt Eure Angelegenheiten, vereint Eure Leute hinter Euch, ich kümmere mich darum, im Reich für Unruhe zu sorgen. Wenn die Zeichen günstig stehen, schlagen wir zu." Der Blick des Königs schweifte in die Ferne, wurde glasig. „Dann wird das Frankenland sich vom Atlantik bis zum Ostmeer erstrecken, von der Nordsee bis nach Rom! Ihr werdet ein neuer Wilhelm, der Eroberer und ich, ich werde ein neuer Karolus Magnus sein!

Unsere vereinten Familien werden über Länder ungeahnter Größe herrschen und unsere Erben werden unser Einflussgebiet noch vergrößern, über die Pyrenäen hinaus, bis nach Sizilien, in den hohen Norden und weit in die Gebiete der heidnischen Litauer und Polen hinein! Das neue Frankenreich wird das einzige christliche Königreich sein, stark genug, um den Arabern das heilige Land wieder zu entreißen, die Mauren in die afrikanische Wüste zurückzutreiben und den Papst aus Angst vor der Macht des Königs – oder sagen wir besser des neuen Kaisers des Frankenreiches – nicht schlafen lassen. Wenn England und Franken zusammen streiten, dann könnten der Papst und der römische Kaiser selbst dann nichts mehr dagegen unternehmen, wenn sie sich nicht spinne feind wären!"

Aber Johann durchschaute die Pläne Philipps, erkannte die eigentliche Absicht hinter allem. Er wollte sich England unter den Nagel reißen und würde Johann in den Rücken fallen, sobald er eine Schwachstelle sah. Mutter hatte ihn gewarnt. Immer wieder hatte sie ihn beschworen, keinen Pakt mit dem Teufel – sie meinte Philipp – einzugehen.

Ihre Worte hallten in seinem Kopf nach. „Er wird dich verraten, sobald sich eine Gelegenheit dafür ergibt" und „er ist vielleicht genauso schwach, wie sein Vater, aber viel gerissener." Sie musste es ja wissen, sie war schließlich mit Ludwig verheiratet gewesen.

Und Mutter Eleonore lag ohnehin meistens richtig. Die Jahre, die ihre Haare ergraut, ihren Rücken gebeugt und ihr Gesicht in Falten gelegt hatten, waren immerhin so gnädig gewesen, ihr im Gegenzug eine Weisheit mitzugeben, auf die Johann zu vertrauen gewohnt war.

Aber in diesem Moment spielten all diese Überlegungen keine Rolle. Entweder er verbündete sich mit Philipp, um seine Herrschaft zu konsolidieren und alles heimliche Geunke über den „wahren König" Richard, das „Löwenherz" ein für alle mal zu stoppen oder er folgte Mutters Rat und befreite Richard, womit er nicht nur die Krone los wäre. Er würde Richard auch so einiges erklären müssen, angefangen mit der Kaltstellung Longchamps über verschwundenes Gold und merkwürdig leere Stadtkassen bis hin zum mehrmaligen Bruch seines an Richard geleisteten Schwurs, während dessen Abwesenheit die Insel nicht zu betreten, sondern auf dem Festland zu bleiben.

Johann kannte seinen Bruder nicht als jemanden, der einfach so vergab, vor allem wenn es um die Ehre ging. Da war Richard ganz der Ritter.

Also würde er den Teufelspakt schließen, sich mit König Philipp verbünden, mit dessen Hilfe die eigene Herrschaft konsolidieren und schließlich beim Feldzug gegen das Heilige Römische Reich genau das tun, was Philipp eigentlich vorhatte: Den anderen vorschicken und sich im Kampf aufreiben lassen.

Er hatte keine so hochtrabenden Pläne wie der Franke. Die Herrschaft über die Insel und Aquitanien – ein Aquitanien, das über Paris hinaus bis an den Rhein reichte – ein Bündnis oder Waffenstillstand mit dem Reich, welches nach Philipps Feldzug geschwächt genug sein würde, keine Gefahr mehr für die englische Krone darzustellen. Diese bescheidene Vorstellung genügte ihm voll und ganz.

Band III

Himmel und Hölle
(1193-1218)

Kapitel 41: A donde fueres, haz lo que vieres

(Andere Länder, andere Sitten)

Rom, 6. Januar 1193

„Berengaria von Navarra, der heilige Stuhl klagt Euch an, Konrad, den Markgrafen von Montferrat durch Mordbuben vom Leben zum Tode befördert zu haben, gegenüber Eurem Mann, Richard von England, Eure ehelichen Pflichten unerfüllt gelassen zu haben, ferner dessen Schwester Johanna von England in einer besonders bösartigen Intrige gegen ihren Willen mit dem Feind, namentlich Saphadin, dem Schwert des Islam, verheiratet zu haben, wodurch die Heilige Stadt für die Christenheit verloren ist für immer und ewig.

Weiters klagen wir Euch an, eine Ketzerin zu sein, die sträflichen Lehren der sogenannten Katharer angenommen und gegen die Kirche Roms und den päpstlichen Anspruch auf Hoheit über die gesamte Christenheit intrigiert zu haben. Sagt Kind, bekennt Ihr Euch schuldig oder nicht?“

Berengaria sah sich mit dem Gefühl im Audienzsaal des Papstes um, das alles schon einmal erlebt zu haben, in einem anderen Leben.

Alle waren sie hier, um ihrer Verurteilung beizuwohnen. Humfried von Toron, Balian von Iblin und die Kreuzritter, der Frankenkönig Philipp Augustus, der sogar seinen verrückt gewordenen Stellvertreter Hugo von Burgund mitgebracht hatte und diesen an der Leine führte wie einen Hund, während der Frankenherzog sich auch wie ein solcher benahm, auf allen Vieren ging, sabberte und sich am Bein des Königs rieb. Eleonore von Aquitanien, die alte Hexe, mit der alles angefangen hatte, hielt ihren Sohn Richard in einem und ihre Tochter Johanna im anderen Arm. Johanna wiederum hielt die Hand ihres Mündels Dorothea von Zypern.

Auch Leopold von Austria und seine Reichsritter waren da, sie umringten einen rotbärtigen hochgewachsenen jungen Mann, der nur Heinrich, Kaiser des Heiligen Römischen Reiches sein konnte. Auch ihr eigener Vater, Sancho von Navarra, war gekommen. In seinem Gesicht zeigte sich die gleiche Häme und Schadenfreude über ihren Niedergang wie in all den anderen. Neben ihm stand Sultan Saladin, wiederum flankiert von seinen Söhnen und seinem Neffen Al-Kamil, den Richard zum Ritter geschlagen hatte. Ein wenig abseits stand Al-Adil, Saphadin, wie die Christen ihn in einer Verballhornung seines Ehrennamens Saif Ad-Din – Schwert des Glaubens – zu nennen pflegten und neben ihm ihr Bruder Sancho der Jüngere. Die beiden waren die Einzigen, die ein trauriges Gesicht aufgesetzt hatten.

„Ich bin schuldig!“, flüsterte Berengaria.

Applaus und Jubel brandeten auf und die päpstliche Garde musste die Anwesenden zurückhalten damit sie das Urteil, das der Papst noch gar nicht gesprochen hatte, nicht auf der Stelle vollzogen.

Unter dem Tumult war die Fistelstimme des Papstes kaum zu verstehen: „Somit verurteile ich Berengaria von Navarra, ehemals Königin von England, zum Tode durch schlimmste Foltern. Das Urteil wird heute in drei Tagen auf der Gemonischen Treppe in aller Öffentlichkeit vollstreckt, sodass die gesamte Christenheit teil habe an der Läuterung dieser gefallenen Seele.“

Die Wachen packten sie unsanft und brachten sie in ihre Zelle. Die versammelten Ankläger verfolgten sie bis zur Tür. Als diese ins Schloss fiel, hörte Berengaria noch immer ihre aufgebrachten Rufe von draußen, sie nannten sie eine Hexe, Ketzerin und Hure. Aber jetzt war sie allein. Und sie würde alleine bleiben bis zu ihrem Tode, das wusste sie. Niemand würde sie besuchen, nicht einmal Johanna.

Sie beugte sich über den Waschtrog mit dickflüssigem, dreckigen Schmutzwasser, in dem sie trotzdem ihr Gesicht besser erkennen konnte, als ihr lieb war. Sie war alt geworden in den letzten zwei Jahren, musste sie feststellen, schrecklich alt. Ihre Haare waren grau, ihre Wangen runzlig, die Stirn voller Falten. Das war gar nicht ihr Gesicht, das sie aus dem Trog ansah, es war das von Eleonore!

Gott sei dank erwachte sie in diesem Moment. Sie schrie und schlug um sich, bis sie starke, aber warme Arme spürte und eine Frauenstimme wohltuend auf sie einredete.

„Es war alles nur ein Traum, meine liebe Schwester, alles nur ein Traum.“

Unter dem sanften Zureden beruhigte sich Berengaria ein wenig. Sie nahm den Wein, der ihr gereicht wurde, dankbar an, aber das Getränk konnte die Nachwirkungen des Traumes nicht ganz vertreiben. Erst als Dorothea zu ihr und Johanna ins Bett kroch und sich ebenfalls an sie kuschelte, verflogen die Bilder allmählich und machten der karg erleuchteten und ebenso spartanisch eingerichteten Kammer Platz, in der sie sich befanden.

„Mutter hat oft böse Träume“, stellte das Mädchen fest.

„Jetzt ist ja alles wieder gut“, erwiderte Johanna, als wenn das stimmen würde.

Nichts war gut!

Im gleichen schleichenden Tempo, in dem der Traum endgültig verblasste, kamen die Erinnerungen wieder. Sie waren tatsächlich in Rom, hatten hier halt gemacht, um den Papst darum zu bitten, sich für Richard einzusetzen, der von Leopold von Austria, diesem ekelhaften Reichsherzog, im Auftrag des Kaisers Heinrich entführt worden war und nun im Heiligen Römischen Reich den Prozess erwartete. Es war nicht einmal klar, was man ihm vorwarf! Außer dass er den dicken Herzog auf dem Kreuzzug geschnitten und sich nicht einmal dessen Namen hatte merken können, hatte er nichts getan, was der Kaiser ihm als Verrat hätte auslegen können. Ja, er unterstützte den Namensvetter des Kaisers, Heinrich den Löwen, einen Welfen. Dieser war schließlich mit seiner älteren Schwester verheiratet gewesen. Die Welfen waren die Konkurrenten der Staufer, welche die Kaiserfamilie stellten. Aber Richard war kein Vasall des Kaisers, als König von England war er der Regent eines vom Reich vollständig unabhängigen Königtums und hatte jedes Recht mit ausländischen Fürsten zu verhandeln, was er wollte. Er stand einfach nicht unter der kaiserlichen Gerichtsbarkeit.

Heinrich musste sich mit Philipp dem Frankenkönig und Richards jüngerem Bruder Johann verschworen haben. Dem Prinzen ohne Land, wie das Volk ihn nannte, seitdem er beim Erbstreit leer ausgegangen war. Philipp würde auf diese Weise Richards Gebiete auf dem Festland annektieren können, während Johann über die englischen Inseln herrschte und der Kaiser würde keinen Angriff von Westen her befürchten müssen, während er sich um die Heiden im Osten, die umstrittenen Gebiete auf der italischen Halbinsel und die inneren Konflikte im Reich mit den Welfen kümmerte.

Die Frauen hatten beschlossen, sich an den Heiligen Stuhl zu wenden, als sie von Richards Gefangennahme erfuhren. Der Papst war der einzige Mann in der gesamten christlichen Welt, der eine ähnliche Autorität hatte wie der römische Kaiser. Und Heinrich hatte den Pontifex durch seine fortgesetzten Bemühungen, sich immer größere Teile des Stiefels in das ohnehin schon aufgeblähte Römische Reich einzuverleiben, verärgert.

Das alles wäre Berengaria weniger nahe gegangen, als sie selbst ihrer Wahlschwester Johanna gegenüber zugegeben hätte, wenn der Kreuzzug nicht auf diese unrühmliche Weise geendet hätte. Zwar hatten sie Frieden mit Saladin und seinem Bruder und Stellvertreter Al-Adil geschlossen und waren mehr als Freunde, denn als Feinde auseinandergegangen, aber Berengarias große Vision anhaltender guter Beziehungen mit dem Reich der Ayyubiden durch eine Heirat Johannas und Al-Adils war an dessen Weigerung gescheitert, zum Christentum zu konvertieren. So sehr sie den stolzen Muselmann für seine Entscheidung, die Religion seiner Väter nicht zu verraten, schätzen musste, so sehr schmerzte es sie, dass nur ein dreijähriger Waffenstillstand und eine unsichere Grenzziehung das Ende der Verhandlungen gewesen waren. Ihr Traum davon, Al-Adil das christliche Abendland zu zeigen und das Bündnis mit den Ayyubiden auszunutzen, um auch die maurische Front in ihrem Herkunftsland Iberien zu sichern, ihr Traum von einem ewigen Frieden war geplatzt, ganz so wie sie es schon seit dem Moment, da sie zaghaft angefangen hatte, ihn zu träumen, befürchtet hatte.

Als sie sich an das Traumbild erinnerte, in dem sie ihr Gesicht im Wasser gesehen hatte und plötzlich ausgesehen hatte wie Eleonore, die furchtbarste Frau, der sie je begegnet war, fing sie wieder an zu zittern.

Johanna fütterte sie weiter mit Wein und brabbelte beruhigendes Zeug vor sich hin. Die Worte waren unwichtig, es ging nur um den beschwichtigenden Klang, als sei Berengaria ein scheuendes Pferd.

Sie wusste, was ihr Traum zu bedeuten hatte, konnte die Botschaft lesen, als sei sie in einem Buch niedergeschrieben. Während Richard im Heiligen Land die meiste Zeit bettlägerig war, geschüttelt von den verschiedenen Krankheiten, die sich fast alle zuzogen, die ins heilige Land gingen – mit der Ausnahme ihrer eigenen Person – hatte sie nach und nach die Aufgabe übernommen, das Netz aus Spionen, Diplomaten und Spähern des englischen Königs zu koordinieren und zu befehligen. Zunächst hatte sie noch bei jeder Begegnung betont, sie habe die Befehle direkt von Richard, der nur zu krank war, um Besuch zu empfangen, doch schnell war es für die Untergebenen eine Normalität geworden, der Königin und nicht ihrem Mann zu berichten.

Obwohl sie immer nur das Beste für die Christenheit, ein Ende des Krieges um das heilige Land und einen guten Frieden mit den Ayyubiden um Saladin, im Sinn gehabt hatte, wusste sie, dass sie sich im Verlauf des Kreuzzuges vieler Sünden schuldig gemacht hatte. Die schlimmste davon war sicherlich der Mordauftrag, den sie über den Templerführer Robert von Sable den Assassinen gegeben hatte. Konrad von Montferrat war ein Narr und ein Kriegstreiber und sie hatte ihn als den größten Störfaktor für die Friedensbemühungen angesehen. Der Meuchelmord war ihr damals gar nicht als das Sakrileg erschienen, das er tatsächlich war, sondern als Notwendigkeit, was vielleicht auch – sie schämte sich vor sich selbst, das einzugestehen – an den ständigen Einflüsterungen des Herzogs Leopold gelegen hatte. Und eben dieser hatte jetzt Richard gefangen genommen wie einen gemeinen Strauchdieb.

Eigentlich hätte Berengaria froh sein können, dass der Mann, den sie trotz ehelichen Gelübdes nicht in ihr Bett ließ, in Austria in einer Zelle verrottete. Aber Johanna bestand natürlich darauf, dass ihr Bruder befreit werden musste. Sie wusste von Berengarias Verweigerung der ehelichen Pflichten, ja, sie war es gewesen, die Berengaria überhaupt darauf gebracht hatte, dass so etwas möglich war, aber sie liebte ihren Bruder und ging davon aus, dass Berengaria, wenn sie auch unglücklich in der Ehe war, trotzdem alles für England tun würde. Und das war der Kern des Problems: Berengaria fühlte sich schon lange nicht mehr wie eine Prinzessin von Navarra, sondern war in ihrer Rolle als Königin von England voll aufgegangen, auch wenn sie noch nie einen Fuß in ihr eigenes Königreich gesetzt hatte. Ihr Endziel bestand weiterhin darin, ihre Ländereien und Trutzburgen gegen einen möglichen Ansturm der Mauren auszubauen. Aber dafür brauchte sie zunächst ihren Mann zurück.

Ihr Traum hatte ihr also nicht nur ihre Schuldgefühle für die Taten, die sie begangen hatte, gespiegelt, sondern auch dass sie mit jedem Schritt, den sie unternommen hatte, um nicht mehr die ängstliche Prinzessin zu sein, die sie einst gewesen war, ein Stück weit den Charakter Eleonores von Aquitanien, der Königsmutter, angenommen hatte.

Sie war hart geworden. Hart zu Richard, zu seinen Männern, hart in den Verhandlungen mit dem Feind, hart sogar gegenüber ihrem Mündel Dorothea, die zunehmend Angst vor ihrer Ziehmutter hatte und sich immer häufiger in die Arme ihrer Tante Johanna flüchtete. Allein dass die Kleine Berengaria als Mutter und Johanna als Tante ansah, war fast zu viel für die Königin. In Wahrheit hatte Richard das Mädchen als Geisel genommen, als er Zypern erobert und ihren Vater in silberne Ketten gelegt hatte – silbern, weil er dem Herrscher der Insel, der sich selbst den Titel eines Kaisers gegeben hatte, versprochen hatte, ihn nicht in Eisen zu legen. Was hatte Richard sich über seinen kleinen Streich amüsiert! Wie so häufig hatten die Untergebenen des Königs mitgelacht, weil Richard eben der König war. Wahrhaft belustigt über diese Demütigung des Tyrannen war aber niemand außer dem Löwenherz selbst.

Das war Berengarias nächstes Problem: Richard hatte sich diesen Ehrennamen leidlich verdient. Der kleine Mann, der ihr in der ehelichen Kammer, bar seiner Rüstung und Insignien, nur Ekel bereitet hatte, war zwar weder in der Lage gewesen Jerusalem zu erobern, noch einen echten Frieden zu schließen, aber er hatte wirklich wie ein Löwe gekämpft. In Arsuf, als er Al-Afdal, Saladins Erben, beschämt und sogar den Sultan selbst in die Flucht geschlagen hatte. In Askalon, das er mit den eigenen Händen wieder aufgebaut hatte. So erzählten es sich die Ritter, in Wahrheit war der König sich nur nicht zu schade gewesen, einen Spaten in die Hand zu nehmen und hatte symbolisch mit angepackt. Die Geste allein war aber genug für einen König, jedenfalls genug, um ihm die Verehrung der Gewöhnlichen einzubringen und den Herzog von Austria, der sich die Hände nicht schmutzig machen wollte – jedenfalls nicht auf diese buchstäbliche Art und Weise – dazu zu veranlassen, dem Kreuzzug den Rücken zu kehren.

Und als die Schergen Al-Afdals sie des Nachts im Zeltlager überrascht hatten, war er noch einmal über sich hinausgewachsen, hatte Johanna, Dorothea und sie alleine gegen Dutzende arabischer Mordbuben mit dem Schwert beschützt, während seine Ritter auf einen Ablenkungsangriff hereingefallen waren.

Auch teilten die Eheleute mittlerweile die Bewunderung für die Herrscher der Ayyubiden, zumindest für die meisten von ihnen. Für den Sultan selbst, für seinen Neffen Al-Kamil. Und besonders Al-Adil war beiden zum Freund geworden. Der Bruder des Sultans hatte sich als Ehrenmann erwiesen, der sich bei einem Vergleich mit einem echten christlichen Ritter nicht schämen oder verstecken musste, während auf der anderen Seite die meisten Kreuzfahrer in ihrer Zeit im Heiligen Land bewiesen hatten, dass sie viele Bezeichnungen verdienten, allerdings nicht die eines Ritters.

Es war langsam hell geworden in der kleinen Zelle, die sie zu dritt bewohnten. Von königlicher Unterbringung hatte der päpstliche Diener gesprochen, da kam die Frage auf, wie Gäste niedrigeren Standes im Lateranpalast untergebracht wurden.

„Es ist Zeit!", bemerkte Johanna, nun nicht mehr in beruhigendem Ton, sondern mit deutlich spürbarer Anstrengung in der Stimme.

Ja, es war soweit. Sie hatten endlich ihre Audienz beim Papst an diesem Tag. Berengaria wusch sich, zog das beste Kleid an, das ihr verblieben war. Sie hatte es mehrmals umnähen müssen, damit es überhaupt noch präsentabel war, wie bei allen anderen ihrer Kleider waren die Schmutz- und Blutflecken nicht mehr herauszuwaschen gewesen. Sie hatte einen Umweg über Venedig machen wollen, um sich und ihre Gefährtinnen neu einzukleiden, aber abgesehen davon, dass Johanna gedrängt hatte, es sei keine Zeit dafür, hatten sie auch nicht das Geld dazu. Der Kreuzzug war vom monetären Aspekt her eine wahre Verschwendungsorgie gewesen und Richard hatte den Frauen nur spärliche Goldvorräte mitgegeben, wohl in der Hoffnung, dass man sich bald in der Heimat wiedersehen und dort die leeren Kassen wieder auffüllen können würde.

Während sie Dorothea Zöpfe flocht. machte sich Johanna daran, ihr zerzaustes Haupthaar zu bändigen. Alle drei legten Schleier an, wie es im Lateran für Frauen obligatorisch war. Eine heuchlerische Sitte des Kirchenstaates, dessen Vertreter allesamt angeblich der Fleischeslust abgeschworen hatten.

Berengaria war nicht mehr so naiv wie vor dem Kreuzzug, sie war sich sicher, dass der Papst und seine Kardinäle das lateinische Sprichwort *qoud licet Iovi, non licet bovi* genauso wenig Lügen straften wie die weltlichen Adligen, die sich auch allesamt Dinge herausnahmen, welche sie hart ahndeten, wenn einer ihrer Untertanen sich solcherart erdreistete.

Leopold von Austria zum Beispiel, den sie hatte beobachten lassen, seit er zum ersten Mal mit seinen Kabalen an sie herangetreten war, redete gerne in höchsten Tönen von seiner Frau und der Heiligkeit seines Ehegelübdes und doch lag er bald jede zweite Nacht bei einer Hure, die er zu Praktiken anwies, die mehr als unchristlich waren.

Obwohl sie Richard bis zu ihrer Abreise aus dem Heiligen Land weiterhin nicht an sich herangelassen hatte und somit noch jungfräulich war, hatte sie während des Kreuzzugs viel über dieses Thema lernen können. Im Heiligen Land verschwommen die Unterschiede zwischen den Gewöhnlichen und den Adligen, sie alle waren Männer und hatten ihre Bedürfnisse und Berengaria war aufgegangen, wie sie das für sich nutzen konnte. Die Waffen einer Frau hatte die alte Eleonore das genannt. Manch einen Würdenträger oder Boten musste sie nur auf eine bestimmte Art und Weise ansehen und er fraß ihr förmlich aus der

Hand. Anderen gegenüber erwiesen sich diese Waffen als stumpf, sei es, weil sie die Königin von England zu sehr als Autorität ansahen, sei es, weil sie nicht auf Berengarias Reize ansprachen.

Sie wusste, dass sie im Gegensatz zu Johanna eher als unscheinbar wahrgenommen wurde und sie setzte auch lieber ihre Autorität als Königin oder Eleonores Todesblick ein, um sich Gehorsam zu verschaffen, als mit den Augen zu klimpern wie eine Dirne, aber sie konnte mittlerweile recht sicher vorhersagen, bei welchem Mann welches Vorgehen am schnellsten zum Erfolg führte.

Sie begutachteten sich gegenseitig. Wie die Königin von England und ihre Hofdamen sahen sie vielleicht nicht aus, aber Johannas Nicken bestätigte ihr, dass ihre Erscheinung zumindest mit dem Wort präsentabel beschrieben werden konnte.

Der päpstliche Diener holte sie ab. Ohne Frühstück führte man sie in den päpstlichen Audienzsaal, wo sie in der Reihe der Bittsteller stehen gelassen wurden. Zwar kamen nach und nach noch viele, die nach ihnen an die Reihe kommen würden, aber wenn jeder derjenigen, die vor ihnen standen, nur eine kurze Audienz gewährt bekommen würde, wäre es trotzdem nach Mittag bevor sie an die Reihe kämen.

Als Papst Coelestin erschien und sich in seinen Stuhl fallen ließ, wollte Berengaria zunächst nicht glauben, dass dieses Skelett von einem Mann der unangefochtene Anführer der Christenheit sein sollte. Er war mindestens hundert Jahre alt, doppelt so faltig wie Eleonore und strahlte nichts als Schwäche, Krankheit und Tod aus.

Trotzdem näherten sich die Bittsteller dem Greis, als wäre er der Heiland persönlich. Brachten ihre Bitten vor, beugten sich dem entweder in heiserem Ton gesprochenen oder durch seine Berater übermittelten Urteil des Pontifex. Einen der beiden Männer, die um den Papst herumschwirrten wie Bienen um ihre Königin, erkannte Berengaria als Lothar von Segni. Das war der päpstliche Gesandte, der ihr an ihrem Hochzeitstag angetragen hatte, Richard möge doch dem Papst einen Anteil an dem auf Zypern eroberten Reichtum überlassen und ihr dann Predigten über die Sünden des Fleisches gehalten hatte. Den anderen kannte sie nicht, sie vermutete dass es Cencio Savelli war, die rechte Hand des Papstes, ein gefährlicher Mann, wie ihre Spione ihr berichtet hatten.

Die meisten Personen und Anliegen an den heiligen Stuhl interessierten Berengaria nicht, mit einer Ausnahme:

Noch so ein Lothar, der Bischof von Lüttich, der aber als Lothar von Hochstaden angekündigt wurde, wahrscheinlich weil er diesen ererbten Titel trotz seiner kirchlichen Laufbahn behalten hatte, warf sich, als er an der Reihe war, dem Papst zu Füßen und flehte um Vergebung.

Sein Namensvetter, der unheimliche von Segni, rekapitulierte für den Papst oder die Anwesenden die Sünden des Bittstellers: Dieser war vom Papst exkommuniziert worden, weil man ihm eine Verbindung mit dem frühzeitigen Ableben seines Vorgängers im Bischofsamt, Albrecht von Lüttich, hatte nachweisen können.

Angesichts der Schwere dieser Tatvorwürfe kam Berengaria die Vergebung des Papstes, die Lothar von Segni in blumigen Worten aussprach, irgendwie seltsam vor. Die Machtverhältnisse im Heiligen Römischen Reich waren ihr noch immer ein Buch mit sieben Siegeln, aber Johanna klärte sie flüsternd darüber auf, dass der ermordete Albrecht ein Blutsverwandter Heinrichs des Löwen war, das war diese welfische Herzog, der ein Freund ihres Mannes war. Hatte der Kaiser Heinrich vielleicht hier seine Finger im Spiel gehabt? Lothar von Segni deutete das in seiner Versöhnungsrede zumindest an, eine offizielle Anklage in Richtung des römischen Kaisers folgte aber nicht. Was wurde hier gespielt? Warum vergab der Lateran diesen Mord, für den der Papst immerhin den Kirchenbann ausgesprochen hatte, so leichtfertig? Das war auf jeden Fall kein gutes Zeichen.

Die folgenden Ereignisse bestätigten Berengarias düsteren Gedankengang. Als sie endlich an der Reihe waren, halb wahnsinnig vor Hunger und Durst und gemeinsam das Unrecht vortrugen, als das der Papst Richards Einkerkerung ansehen musste, zeigte sich der Greis zunächst sehr bewegt. Er schüttelte fortwährend den Kopf, während die Damen beschrieben, wie Leopold, der im Heiligen Land mehr oder weniger unter Richards Befehl gestanden hatte, dem König und dem Kreuzzug den Rücken gekehrt und diesen dann bei der Rückreise in einem Akt niederträchtiger Revanche festgesetzt und dem Kaiser für viel Geld als Geisel angeboten hatte.

Aber Lothar von Segni flüsterte dem Pontifex nur kurz etwas ins Ohr und die Miene des Alten verhärtete sich.

„Die wohlgeborenen Damen von England“, ließ er seinen anderen Stellvertreter vortragen, „erhalten weiterhin den Schutz des Laterans und Gastrecht in unseren heiligen Hallen. Was das Schicksal des Königs von England angeht – dieses wird zu einem späteren Zeitpunkt entschieden werden. Wir danken den Majestäten für die Ehre, die ihr Besuch für den heiligen Stuhl darstellt."

Das war es! Damit waren sie entlassen. Frustriert und ärgerlich stapfte Berengaria dem Diener hinterher, der sie wieder in ihr Gemach führte, in dem man immerhin ein einfaches Mahl für die Frauen bereitet hatte, auf das die kleine Dorothea sich sofort stürzte. Auch Johanna aß etwas, aber Berengaria war nicht nach fester Nahrung, sie goss sich lieber einen Becher Wein ein und stürzte ihn – ganz die zweite Eleonore, wie in ihrem Traum – herunter wie Wasser. Natürlich wurde ihr sofort schwindlig und sie musste sich aufs Bett setzen. Wahlschwester und Ziehtochter versorgten sie liebevoll mit Brot und Wasser – die Früchte, die sie ihr dazu reichten, bekam sie nicht herunter – und Johanna redete ihr zu: „Ich habe einen Brief von Mutter erhalten", enthüllte sie.

Was? Von Eleonore der alten Hexe?

Sie hütete sich diesen Gedanken laut auszusprechen.

„Konrad von Wittelsbach ist in Rom", fuhr ihre Schwester fort.

„Noch ein Konrad?"

Johanna zuckte nur die Schultern: „Das ist ein Bischof des Reiches, aber Mutter sagt, wir können ihm vertrauen. Wir sollten ihn ansprechen und nach seiner Meinung zu den ganzen Entwicklungen fragen. Wir brauchen unbedingt einen Verbündeten in diesem Schlangennest oder der Papst lässt uns hier in seiner angeblichen Gastfreundschaft alt und grau werden!"

Berengaria zuckte zusammen, weil sie das wieder an ihren Traum erinnerte. Johanna bemerkte das anscheinend nicht, zumindest sagte sie nichts dazu.

Ein Bischof des Reiches? Als Verbündeter empfohlen von Eleonore? Was kann da schon schiefgehen…

Dann erinnerte sie sich: Der Bischof von Wittelsbach war niemand anderes als ein Vertrauter des Herzogs von Austria! Was plante Eleonore da?

Sie wollte sich an Berengaria rächen, so viel war klar. Weil diese sie durch geschickte Manipulation ihres Mannes und ihrer Schwester dafür gesorgt hatte, dass die Alte nicht mit auf den Kreuzzug kam. Aber ihren heißgeliebten Sohn würde die alte Vettel mit allen Mitteln aus den Klauen des Kaisers reißen wollen, auch wenn er es gewesen war, der sie letztendlich nach Hause geschickt hatte. Nur ihre Schwiegertochter würde sie strafen, wenn sie konnte.

Wurde denn alles immer nur noch schlimmer? Gab es denn wirklich keine Erlösung, keinen einzigen Moment der Ruhe für sie? War der Teufel wirklich, wie die Katharer lehrten, der Herr über die irdische Welt und Gott saß machtlos im Himmel und drehte Däumchen?

Mit diesen Gedanken im Kopf, die Augen schon wieder nass vor Tränen, schlief Berengaria ein, obwohl der Tag nicht einmal zur Hälfte herum war. Aber das wohlige schwarze Vergessen, das sie sich erhofft hatte, blieb wieder einmal aus.

„Berengaria von Navarra, der heilige Stuhl klagt Euch an..."

Kapitel 42: Cría cuervos y te sacarán los ojos

(Wer Raben aufzieht, dem hacken sie die Augen aus)

Rom, 20. Januar 1193

Wie ein Schuljunge, dem eine Gardinenpredigt bevorsteht, rutschte der Bischof auf dem Hocker hin und her, den Berengaria ihm angeboten hatte. Den Becher mit Wein, den er von Johanna erhalten hatte, ließ er von der einen Hand in die andere und wieder zurück gleiten. Er trank nichts, sondern sah von der einen Dame zur anderen, die sich absichtlich so nah an den Kirchenmann gestellt hatten, dass es ihm unangenehm werden musste.

Stotternd, aber soweit Berengaria das beurteilen konnte wahrheitsgemäß, berichtete der Alte von den Strapazen, die er miterlebt hatte, während er mit Barbarossa und seinem Sohn Friedrich von Schwaben über den Balkan und Kleinasien ins heilige Land gereist war. Als er vom unrühmlichen Tod des Kaisers berichtete, der im Fluss Saleph ertrunken war, hatte er Tränen in den Augen. Auch Friedrichs schwere Krankheit und sein Tod in Akkon waren nicht spurlos an Konrad von Wittelsbach vorbeigegangen. Als treuer Diener der Kaiserkrone hatte er den Herzog von Schwaben bis zu seinem letzten Atemzug begleitet und es dann als seine Aufgabe angesehen, Leopold von Austria zu beraten, dem Friedrich die Fortsetzung des Kreuzzugs und das Kommando über die Reichsritter, die nicht gefallen, an Krankheit verendet oder desertiert waren, übertragen hatte.

Zwar sprach er aufgeregt von den zahlreichen Demütigungen, die Richard dem Austrier angeblich zugefügt hatte, aber dass er den Herzog nicht für einen guten Mann hielt, konnte Berengaria doch heraushören.

Also beschrieb nun Berengaria ihre und Richards Seite der Geschichte, was der Bischof mit weiteren Tränen und viel Nicken quittierte.

„Ihr seht, werter Bischof", beendete Berengaria ihren Vortrag, „mein Mann und ich hatten immer nur das Beste für die Christenheit im Sinne, während Leopold bei der erstbesten Gelegenheit das Handtuch geworfen hat und mit eingekniffenem Schwanz nach Hause gegangen ist."

„Das mag alles so sein, Eure Majestät, ich spüre, dass Ihr die Wahrheit sprecht. Aber sagt mir doch: Was wollt Ihr jetzt von mir? Ich werde meinen neuen Kaiser und seine Gefolgsleute nicht verraten, wenn etwa das Eure Absicht ist."

Johanna übernahm: „Wer spricht denn von Verrat, werter Bischof? Es geht uns lediglich darum, auf den Papst einzuwirken, dass er sich für Richards Befreiung einsetzt.“

„Und genau dabei zu helfen würde mir sicherlich im Reich als Verrat ausgelegt werden.“

Berengaria und Johanna tauschten einen Blick. Eine harte Nuss, dieser Bischof von Wittelsbach, aber immerhin ein ehrenvoller Mann. Eleonore hatte recht getan, sie auf seine Fährte zu setzen.

„Euer hochverehrter Kaiser“, knüpfte sie den Faden weiter, „nutzt doch nur die Situation aus! Er will die Welfen schwächen, mit denen Richard befreundet ist und sich mit Philipp von Franken gut stellen. Aber es gibt keine legitimen Anklagepunkte gegenüber Richard, ja ich muss Euch gestehen, dass es mich sehr wundert, dass der Kaiser überhaupt einen Prozess gegen den Monarchen eines anderen Landes anstrebt. Dafür gibt es keine Rechtsgrundlage und soweit ich weiß auch kein Beispiel. Hat der Herzog einen Feind gefangen genommen, fein! Dann werten wir das als Kriegserklärung des Reiches gegen England und zahlen ein Lösegeld, um den König zurück zu erhalten. Aber ein Prozess gegen einen König? Einen Kreuzritter, der sich im Heiligen Land zu Recht den Namen Löwenherz erkämpft hat? Als Mann der Kirche seid Ihr dem Papst genauso Gefolgschaft schuldig wie Eurem Kaiser.“

Von Wittelsbach stöhnte auf. „Das ist ja das Problem! Wie kann man zwei Herren dienen, wenn diese Herren seit Jahren versteckt und mittlerweile immer offener in Feindschaft stehen?“

Nun sprach wieder Johanna: „Was würdet Ihr sagen, werter Bischof, trumpft das weltliche Recht das geistliche oder umgekehrt?“

Der Bischof wand sich wie ein Wurm. „Ja, ja, ich weiß, was Ihr sagen wollt. Natürlich steht die Autorität von Mutter Kirche über derjenigen der Fürsten und Könige. Und ich habe Barbarossa stets beraten, sich nicht auf eine Stufe mit dem Papst zu stellen. Der alte Kaiser war ein sehr frommer Mann. Er sah sich zuerst als Christ und erst dann als Kaiser. Aber sein Sohn ist anders, er ist ein Machtmensch. Durch Heirat hat er Anspruch auf den Thron Siziliens, wenn er das durchsetzt ist der Lateran vollkommen vom Reich eingeschlossen und der Papst verliert jegliche Macht.“

Johanna stöhnte auf. Sie war immerhin die ehemalige Königin Siziliens, was ihr nach dem Tod ihres Mannes aber nicht geholfen, sondern sie in Gefangenschaft gebracht hatte, bis Richard sie aus den Klauen des Usurpators Tankred befreit hatte.

Berengaria dagegen musste sich ein siegessicheres Grinsen verkneifen. „Und bei aller Kaisertreue, das könnt Ihr doch als Diener der Kirche nicht gutheißen!"

Konrad von Wittelsbach gab sich geschlagen und sagte zu, die Damen zu unterstütztzen, wenn sie erneut beim Papst vorsprachen.

„Das war ja fast zu einfach", bemerkte Johanna, nachdem der Bischof sie allein gelassen hatte.

„Fürchtest du, dass er sein Versprechen nicht halten wird?"

„Nein, ich halte ihn für einen Ehrenmann. Er wird uns helfen. Ich glaube es geht ihm weniger um das, was er gesagt hat, um Sizilien und den Einfluss des Reiches auf den Lateran und mehr darum, Leopold von Austria eins auszuwischen. Auch wenn er es so nicht gesagt hat, er verachtet den Herzog, das war spürbar."

Berengaria nickte zustimmend. „Der macht es einem ja auch leicht ihn zu verachten. Er ist ein Feigling und Lügner."

„Und ein Trunkenbold, der unmäßig isst."

„Und ein Hurenbock."

„Berengaria, mäßige dich, Doro hört mit!"

Das Mädchen, das mit den Holzfiguren gespielt hatte, die Al-Adil ihr zum Abschied geschenkt hatte – eigentlich keine Spielzeuge, sondern seine Hilfsmittel für die Planung von Schlachten – schaute erst auf, als sie ihren Namen hörte. Aber natürlich fragte sie prompt: „Was ist denn ein Hurenbock, Mutter?"

Johanna sah von dem Mädchen zu ihrer Schwester. „Was sage ich?!", bemerkte sie spitz.

Berengaria aber wollte ihr Mündel nicht über diese Dinge belügen, so wie sie selbst immer im Unklaren darüber gelassen worden war, was es mit den Begierden der Männer auf sich hatte, also nutzte sie die Gelegenheit, das Kind darüber aufzuklären.

„Dorothea, mein Schatz", sprach sie die Kleine an, „Du weißt wo die kleinen Kinder herkommen?"

Das Mädchen wurde rot.

„Nun?"

„Die wachsen im Bauch der Mütter heran", stammelte die Kleine.

„Und wie kommen sie dahin?"

„Berengaria!“, schalt Johanna erneut. Aber diese ließ sich nicht von ihrem Vorhaben abbringen und erklärte Dorothea genau, was es mit dem Verkehr von Mann und Frau auf sich hatte. Ihr Mündel sah sie nur aus weit aufgerissenen Augen an, den totalen Unglauben ins Gesicht geschrieben.

„Merk dir dies“, beendete Berengaria die Lektion, „trau dem Mannsvolk nicht. Deine Ehre ist das Einzige, was dir wirklich gehört, lass sie dir nicht wegnehmen!“

„Und wenn ich einmal heirate?“

„Ich verspreche dir, ich suche dir einen Mann aus, den du mögen wirst. Und wenn du das dann möchtest, dann schenkst du ihm ganz viele Söhne und Töchter.“

„Und warum schenkst du Vater Richard keine Söhne und Töchter?“, wollte das Mädchen in aller Unschuld wissen.

Berengaria hätte auch diese Frage wahrheitsgemäß beantwortet, aber Johanna schritt ein, erklärte die Lektion für beendet und dieses Thema für verschoben. Das Mädchen widmete sich wieder den Reiterfiguren, die noch immer den Beistelltisch belagerten. So wie sie nun auch die Katapulte zusammenzog, würde es bald zum Sturm auf das Möbelstück kommen.

„Das ist unsittlich, das Kind so mit diesen Dingen zu überfordern“, flüsterte Johanna ihr zu.

Berengaria winkte ab. „Ach was, sie ist jetzt in dem Alter, sie wird bald ihre erste Blutung haben und dann ist sie heiratsfähig. Sie sollte wissen, was das bedeutet.“

Johanna wollte offenkundig noch etwas dazu sagen, schluckte die Erwiderung aber herunter.

„Und nun?“

„Nun warten wir auf Lothar von Segni. Auch dieser hat sich für heute angekündigt. Mit dem werden wir ein wenig anders vorgehen müssen.“

Der päpstliche Berater ließ nicht lange auf sich warten. Johanna und Dorothea verschwanden in der kleinen Nebenkammer des Zimmers. Berengaria wollte Lothar das Gefühl geben, mit ihr allein zu sein, hatte Johanna jedoch angewiesen an der Tür zu lauschen und hereinzuplatzen, wenn sie ihr Signal gab.

„Hochwürden, es ist mir eine Ehre, Euch wiederzusehen“, begrüßte Berengaria den unheimlichen Gast und hoffte, dass sie ihren Ekel vor diesem Mann, der sie auf ihrer eigenen Hochzeit mit Predigten über die Sünde des Fleisches belästigt hatte, bis Richard ihn unsanft von ihr weggezerrt hatte, halbwegs würde verbergen können.

„Es ist mir eine Ehre, dass die Königin von England mich empfängt", stellt von Segni fest. Seine Stimmlage strafte die Worte Lügen, dies war keine Ehre für ihn, sondern eine lästige Pflicht.

„Ich habe Euch hergebeten, um eine erneute Audienz beim Papst zu erbitten."

„Ich bin untröstlich, edle Königin, aber der Pontifex ist sehr beschäftigt mit so allerlei wichtigen Dingen, weltlichen wie theologischen. In den nächsten Wochen haben wir nicht einen freien Platz während der Audienzzeit."

Natürlich, damit hatte sie gerechnet. Sie schluckte ihren Ekel herunter und fuhr dem Kirchenmann sanft mit der Hand über den Arm. „Nicht einmal für eine Königin?", fragte sie so unschuldig sie konnte und klimperte mit den Augen.

Der päpstliche Gesandte reagierte überhaupt nicht darauf. „Was glaubt Ihr, wer alles eine Audienz beim Papst haben möchte? Bischöfe, Fürsten, Könige und Generäle. Ihr müsst verzeihen, dass in diesen stürmischen Zeiten das Klagen eines Weibes über ihren in Gefangenschaft geratenen Mann nicht die allerhöchste Priorität genießt."

Unter Aufbietung all ihrer Willenskraft schmiegte sich Berengaria noch näher an den Kirchenmann.

„Wenn es mir aber gar nicht um Richards Freilassung geht?", flüsterte sie.

„Worum soll es Euch denn sonst gehen?", fragte Lothar zurück, immer noch unbeeindruckt von ihren Annäherungsversuchen.

„Ihr müsst wissen, Eurer Exzellenz", fuhr sie fort und rang sich ein paar falsche Tränen ab, „der König behandelt mich nicht wie eine Königin. Ich bin viel eher eine Sklavin für ihn."

„Das ist die Stellung des Weibes. Sie hat dem Manne zu dienen, das lehrt uns schon die Genesis!"

„Und dienen wollte ich meinem Manne wie es eine gute Ehefrau eben tut. Aber Richard ist ein grausamer Mann, nicht nur im Krieg und gegen seine Feinde, sondern auch gegen seine Familie und besonders..." Sie brach ab und schluchzte.

„Nun...", erwiderte von Segni, nun sichtlich irritiert, „wenn äh, das Weib all seine Pflichten zu genüge erfüllt, dann ist der Mann aufgerufen sie, äh, gut zu behandeln."

„Und genau das tut er nicht“, weinte Berengaria und zeigte dem Legaten die Narbe auf ihrem Arm, die sie sich beim Kampf gegen die Mordbuben zugezogen hatte, die Al-Afdal, der grausame Erbe Saladins, gesandt hatte, um Richard und die Frauen zu töten. Aber das wusste ja der päpstliche Gesandte nicht.

„Er verlangt von mir die unmöglichsten Dinge“, log Berengaria das Blaue vom Himmel herab, „Dinge, die so furchtbar sind, dass ich sie nur meinem Beichtvater anvertrauen könnte.“

Endlich zeigte Lothar die erwünschte Reaktion, was sicherlich auch daran lag, dass Berengaria viel mehr Haut gezeigt hatte, als zur Inspektion der Wunde nötig war.

„Ich kann Euch hier und jetzt die Beichte abnehmen, wenn das Euer Gewissen reinigt, Kind“, bot er an. Unbewusst leckte er sich dabei die Lippen, was Berengaria nicht entging.

„Das ehrt Euch, Eure Eminenz, aber helfen wird es mir ja doch nicht, wenn Richard erst wieder freigelassen worden ist. Und der Kaiser wird ihn freilassen, er hat schon Lösegeldforderungen gesandt.“

„Warum also wollt Ihr, dass der Papst sich einmischt?“

„Wie sähe es denn aus, wenn ich als Ehefrau gar nichts täte, um meinen Mann wiederzubekommen? Aber Ihr habt Recht, soll Richard im Reich in einer Zelle verrotten! Doch bin ich ja weiterhin seine Frau. Wenn auch seinen brutalen Zudringlichkeiten entzogen, bindet mich doch der eheliche Eid.“

„Also was schwebt Euch vor?“

„Bitte, Eure Eminenz, verschafft mir eine Audienz beim Papst, nur er kann eine königliche Ehe annullieren. Dann werde ich endlich frei von diesem Monster sein, nicht mehr an den Heiratsschwur gebunden. Und ich würde...“, Berengarias Magen krampfte sich zusammen, aber sie zwang sich, die Hand des Legaten zu ergreifen, „...demjenigen, der mir das ermöglicht hat, gegenüber sehr, sehr... dankbar sein.“

„Hab ich es doch gewusst!“, trumpfte Lothar von Segni auf. „Euer unschuldiges Getue auf der Hochzeit, Eure vorgebliche Keuschheit, alles nur gespielt! Ihr seid eine Sünderin, wie alle Weiber!“

Zwar sprach er die Worte ärgerlich, als halte er eine Strafpredigt, aber seine Wangen waren rot und er fing an zu keuchen.

„Der Teufel hat Euch in der Hand“, fuhr er im gleichen wütenden Ton fort, fing aber an, mit seinen Fingern an ihrem Haar herumzuspielen. „Die Fleischeslust, die übelste aller Sünden...“, faselte er weiter während er unbeholfen begann, ihren Körper anzufassen.

„Gegen den Teufel sind wir machtlos...“, flüsterte Berengaria.

Bevor von Segni sie packen und sein Verlangen stillen konnte, riss Johanna die Türe auf und schritt wie die leibhaftige Furie ins Zimmer.

„Was geht denn hier vor sich?“, schrie sie in – vorgeblich – gerechtem Zorn.

„Äh, was?“, war von Segnis unrühmliche Reaktion. Er ließ Berengaria nicht einmal los, sie aber löste sich jetzt mit einem Ruck von dem Kirchenmann, sah zu Boden und stammelte: „Schwester, ich... er... ich konnte nicht... er wollte...“

„Wagt es nicht, mich anzuklagen, ich bin die rechte Hand des Papstes! Ihr seid hier in den heiligen Hallen des Laterans und nicht in Eurem Königspalast!“

Berengaria musste sich ein Lachen verkneifen, nicht nur weil von Segni das Spiel so schön mitspielte, sondern auch weil sie noch nie in Richards Königspalast gewesen war.

„Ihr wollt mir drohen?“, kreischte Johanna, „wo ich Euch gerade in flagranti dabei erwischt habe, wie Ihr der Königin von England nachstellt?“

„Niemand wird Euch glauben! Meine Ehre ist...“

„Ihr wagt es von Ehre zu reden, Ihr Weiberschänder?“

Das war der Zeitpunkt, einzuhaken. „Beruhige dich, liebe Schwester und auch Ihr, Eure Eminenz! Es ist ja weiter nichts passiert. All das kann hier im Raum bleiben, wenn...“

„Wenn was?“, fragten die beiden wie aus einem Munde.

„Wenn Ihr die Audienz beim Papst arrangiert und für die Auflösung meiner Ehe sorgt.“

Von Segni zögerte keinen Augenblick. „Topp! So wird es geschehen. Haltet Euch bereit“, sagte er, nun wieder ganz geschäftsmäßig. Er floh beinahe aus dem Quartier.

„Ob das klug war?“, fragte Johanna.

Berengaria zuckte die Schultern. „Hat doch funktioniert!“

Johanna sah sie bitter an. „Du ähnelst Mutter von Tag zu Tag mehr, liebe Schwester. Wo ist nur die spanische Unschuld hin, die ich in Messina kennen und lieben gelernt habe?“

Berengaria seufzte. Die letzten Reste dieser Person, die sie einmal gewesen war, hatten sich im Wüstensand des Heiligen Landes in ihr Grab begeben.

„Wir haben die Audienz, alles andere ist unwichtig."

Johanna setzte sich aufs Bett, stützte den Kopf auf die Arme und flüsterte. „Du willst die Ehe mit Richard wirklich auflösen, nicht wahr? Ich kann es dir nicht verdenken. Ich weiß ja am Besten, wie es ist, unglücklich verheiratet zu sein. Aber vergiss nicht, liebe Schwester, dass du dich dann auch von mir scheiden lässt, mit der ganzen Familie brichst. Eleonore wird..."

Berengaria sprang, plötzlich einen Stich im Herzen fühlend und mit einem Kloß im Hals, an Johannas Seite. Sie umarmte ihre Schwester, die daraufhin anfing zu weinen.

„Meine liebe Schwester, bitte drohe mir nicht mit eurer furchtbaren Mutter! Es besteht kein Grund dazu. Wie ich dir gesagt habe, das alles ist nur eine List. Wir werden keine Annullierung fordern, sondern mit der Hilfe des Bischofs von Wittelsbach den Papst überzeugen, dass er sich für Richard einsetzt. Ich will bei dir bleiben, bei Dorothea und..."

Berengaria sah auf, das rote Gesicht voller Tränen. Sie hatte es sich kaum selbst eingestehen können, wie sollte sie es also ihrer Schwester gegenüber laut aussprechen? Sie zögerte.

„Und?", wiederholte Johanna lauter.

„Und ich will auch nicht mehr weg von Richard", gab Berengaria zu. „Ich liebe ihn vielleicht nicht – wobei ich ja gar nicht weiß, wie sich das anfühlt, einen Mann zu lieben. Aber ich muss anerkennen, dass er ein Ehrenmann ist, mindestens so einer wie mein Bruder Sancho oder Al-Adil, der Ayyubide."

Johannas trauriges Gesicht hellte sich auf. „Er ist auf seine Weise ein ganz toller Kerl", stellte sie fest.

„Du hättest ihn sehen sollen, als er uns vor Al-Afdals Attentätern beschützt hat! Der Titel Löwenherz wird dem nicht gerecht, kein Löwe kann so kämpfen, nicht einmal ein Drache oder sonst ein Tier! Wie ein Engel des Herrn, der Dämonen unter seinen Füßen zerquetscht, als seien sie Schmeißfliegen, kam er mir vor in dieser Nacht! Trotz schwerster Verwundungen hielt er das Schwert aufrecht und beschützte uns."

Johanna nickte. „Das hat dich beeindruckt. Aber du selbst hast in dieser Nacht ebenfalls gezeigt, dass mehr in dir steckt als wir hätten erwarten können. Ich habe dir nie richtig dafür gedankt, dass du dich in diese Gefahr begeben hast, das will ich jetzt nachholen. Verzeih, dass ich an dir gezweifelt habe!"

„Ist längst vergeben und vergessen!"

Sie blieben so, Arm in Arm, auf dem Bett sitzen und auch Dorothea kam nun dazu und kuschelte sich an ihre Ziehmütter. Vielleicht war ja doch noch nicht alle Hoffnung verloren. Und Johanna hatte natürlich Recht, sie hatte von Eleonore viel gelernt, mehr als die alte Hexe sich wohl hatte erträumen können, als sie Berengaria gedemütigt und ihr die Angst ihres Lebens verpasst hatte. Ja, sie war bereit für die unausweichliche Begegnung mit der Königsmutter. Sie würde die Alte in ihre Schranken weisen, sie kaltstellen, wenn es sein musste, Richard ihrem Einfluss entziehen und die Herrschaft über ihre Ländereien übernehmen. Aber im Gegensatz zu dieser furchtbaren Frau würde sie eine gerechte Herrscherin werden, das schwor sie sich.

Kapitel 43: El que quiera pescado que se moje el culo

(Wer Fische fangen will, bekommt einen nassen Hintern)

Rom, 4. Februar 1193

Seit der kleinen Kabale mit Lothar von Segni und der Aussprache mit Johanna hatte Berengaria keine schlimmen Träume mehr gehabt. Natürlich hatte der päpstliche Gesandte sie noch zwei Wochen warten lassen, bis sie die Audienz beim Papst bekamen, wohl um seine Macht zu demonstrieren, aber nun standen sie wieder vor dem Uralten, der, wenn das überhaupt möglich war, noch kranker und leichenhafter wirkte als bei ihrer ersten Begegnung.

„Berengaria, Königin von England, tritt mit einem gewichtigen Anliegen an den Pontifex heran“, intonierte von Segni, „welchem Gehör zu schenken wir dem heiligen Stuhl ans Herz legen.“

Dieser Narr glaubte doch tatsächlich, sie würde wie vereinbart die Annullierung erbitten. Natürlich tat sie das nicht.

„Euer Heiligkeit!“, sprach sie den Greis direkt an, „wie ich Euch schon vor einigen Tagen vortrug, sitzt mein Mann, Richard von England, im Römischen Reich in unrechtmäßiger Haft. Der König von England ist kein Vasall des Kaisers und noch dazu ein Kreuzritter, der Saladin, den gefürchteten Anführer der Heiden, in mehreren Schlachten besiegt hat. Wenn er auch die Heilige Stadt nicht zurückerobern konnte, hat er doch einen für die Christenheit vorteilhaften Waffenstillstand von drei Jahren aushandeln können, sodass die Outremerstaaten sich von den Kriegen gegen die Araber erholen können und sogar erreicht, dass jeder christliche Pilger, sofern er keine Waffen trägt, an den heiligen Stätten beten darf, was seitdem Tausende dankbar wahrgenommen haben. Aus keinem anderen Grund als persönlichem Hass hat der Herzog von Austria meinen Mann auf seiner Heimreise gefangen gesetzt und Kaiser Heinrich zieht nun seine Vorteile aus dieser Situation. Ich muss Euch ja nicht daran erinnern, dass eben dieser Kaiser sich nicht nur anmaßt, über der Autorität des heiligen Stuhles zu stehen, sondern auch immer mehr Gebiete in Italien in sein Reich einverleibt. Was das strategisch für den Lateran bedeutet zu verstehen, dazu brauche selbst ich als in Kriegsdingen unwissende Frau keine weitere Erläuterung. Ich bitte Euch daher, den Kaiser und seinen Lakaien, den Herzog von Austria, mit dem Kirchenbann zu belegen und Legaten ins Reich zu senden, welche die Freilassung meines Mannes erreichen."

Lothar von Segni war rot vor Zorn geworden, er hatte aber keine Wahl als mitzuspielen.

„Gibt es unter den Anwesenden solche, die die Rede der Königin unterstützen oder eine Gegenrede vorbringen wollen?"

Lothar von Hochstaden und Bischof Konrad meldeten sich gleichzeitig, der Wittelsbacher setzte sich schließlich durch.

„Ich unterstütze das Anliegen der Königin, einen Kreuzfahrer, der in der gesamten Christenheit den Ruf eines Gerechten hat, aus der unrechtmäßigen Haft zu befreien. Ich hatte das Missvergnügen unter Leopold von Austria zu dienen und dieser Mann verdient den Kirchenbann wie kein Zweiter. Allerdings muss ich dem heiligen Stuhl raten, eine direkte Konfrontation mit dem Kaiser zu vermeiden. Die Gründe dafür sind allen hier wohlbekannt und einsichtig."

Nun war Lothar von Hochstaden an der Reihe, der umgekehrt für einen Prozess gegen Richard und eine Nichteinmischung des Papstes sprach. Da dieser aber ja durch den Mord an Albrecht von Löwen beim Papst in Ungnade gefallen war, wirkte seine Rede eher als Bestätigung der Forderung Berengarias, war der Bischof doch aufgrund des ihm angehängten Mordes an Albrecht von Löwen im Büßergewand unterwegs.

Nun sprach ein weiterer Priester, der sich als Petrus Capuanus vorstellte. Er behauptete, beim Kreuzzug dabei gewesen zu sein, unterstützte Lothar von Hochstaden in seiner Rede und stellte es so dar, als wenn Richard im Outremer die ganze Zeit gegen die anderen christlichen Kräfte gearbeitet, mit den Ayyubiden gegen das Kreuz konspiriert und sich auch ansonsten wie der leibhaftige Teufel aufgeführt hatte.

„Ich bitte Euch flehentlich, Euer Heiligkeit, tut etwas!" rief Berengaria daher, sich nochmals an den Papst wendend.

Doch der alte Mann blieb hart, wahrscheinlich weil Lothar von Segni ihm weiter Gift ins Ohr flüsterte. Dieser Peter von Capua war sicherlich einer seiner Lakaien, was er über Richard gesagt hatte, war ihm vom Kardinalsdiakon eingeflüstert worden. Auf dem Kreuzzug hatte sie ihn jedenfalls nicht gesehen, wahrscheinlich war er nicht einmal im Heiligen Land gewesen, sondern log einfach für Lothar von Segni das Blaue von Himmel hinunter. So wäre auch diese Audienz vergebens geblieben, wenn Berengaria nicht von ganz und gar unerwarteter Seite Unterstützung erhalten hätte.

„Die Königin von England!“, kündigte der päpstliche Ausrufer die neu Eingetroffene an. Alles schaute verwirrt zum Eingang und wieder zu Berengaria zurück. Sie hatte keine Antwort für die fragenden Gesichter. War die Königin von England denn nicht längst hier im Audienzsaal fragten die in ihrer Konfusion vereinten Augenpaare.

Das konnte nur eines bedeuten:

Sie ist hier!

Ihr schlimmster Alptraum war in Rom angekommen. Eleonore von Aquitanien kam nicht als Bittstellerin in den Saal, das machte ihr Auftreten deutlich. Sie zeigte Lothar von Segni ihr königliches Siegel, das ihn anscheinend genauso beeindruckte wie ihre arrogante Art.

„Ich fordere im Namen der Krone von England, dass der Papst die Feinde meines Sohnes mit dem Kirchenbann belegt!“, intonierte sie. Niemand wagte es, sie zu unterbrechen, nicht einmal von Segni oder der Pontifex selbst. „Ich fordere, dass der heilige Stuhl Legaten ins Reich schickt, um über die Freilassung Richards zu verhandeln! Wie kann der heilige Vater zögern, nachdem die Ehefrau des Königs seine mutigen Taten während des Kreuzzugs für die Christenheit geschildert hat? Wie kann es sein, dass der Kaiser einen König wie einen gewöhnlichen Verbrecher gefangennimmt und ihm den Prozess macht, als wäre er ein Straßendieb oder Lump? Der Kaiser hat keine Autorität über Richard, mag er ihn auch in der Gewalt haben. Ich erwarte, dass der heilige Stuhl seine besten Männer schickt, um diese Schande reinzuwaschen.“

Und so geschah es. Der Papst sprach über Herzog Leopold von Austria die Exkommunikation aus, der Babenberger sollte so lange nicht mehr als Mitglied der christlichen Gemeinschaft angesehen werden, bis er für das Unrecht, dass er Richard angetan hatte, gebüßt hatte. Lothar von Segni, der Stellvertreter des Papstes, würde ins Reich reisen, um über Richards Freilassung zu verhandeln und den Kaiser unter Druck zu setzen.

Eleonore verließ den Audienzsaal mit hoch erhobenem Kopf, nicht ohne zuvor Peter von Capua anzusehen wie ein Raubtier die Beute und ihm etwas ins Ohr zu flüstern, dass ihn erst erröten und dann aus dem Saal fliehen ließ.

Die anderen Bittsteller machten erst ihm amüsiert und dann Eleonore respektvoll Platz, verbeugten sich und murmelten Ehrbezeugungen. Berengaria und Johanna konnten nicht anders, als sich der Alten anzuschließen und sie in ihr Gemach zu begleiten, das – wie konnte es anders sein – im krassen Gegensatz zu der kargen Kammer, die sie die letzten drei Monate bewohnt hatten, ein halber Palast war, in dem sich gleich mehrere Diener tummelten, um der Königsmutter jeden Wunsch von den Augen abzulesen.

Ohne weitere Begrüßung wandte sich die Alte an Berengaria: „Du hast noch viel zu lernen, Kind! Der Impuls, beim Papst um Hilfe zu bitten, war richtig, aber ihr habt euch hinhalten lassen. Ja, ja, ich weiß, wir sind schließlich im Lateranpalast und der Papst ist der Herrscher der Christenheit. Kuhmist! Wenn du jemals eine richtige Königin werden willst, musst du lernen nicht nur mit den normalen Männern umzugehen, sondern auch mit diesen Kreaturen, die nur äußerlich Männer sind."

Berengaria stotterte irgend etwas vor sich hin.

„Kind, jetzt beruhige dich mal, ich bin ja jetzt da. Und habe ich nicht alles zu unseren Gunsten geregelt, wie sonst auch immer? Auch mein Impuls, diese Angelegenheiten nicht dir allein zu überlassen, war anscheinend richtig."

Sie sah ihre Tochter streng an. „Von der da habe ich nichts anderes erwartet, die braucht noch ein paar Jahre, bis sie gelernt hat, sich richtig zu präsentieren, aber von dir Johanna, bin ich richtig enttäuscht. Hättest du das Kind nicht besser beraten können, nicht selbst für deinen Bruder sprechen können? Oder zumindest für angemessene Garderobe sorgen? Seht euch an, wie die Bettler tretet ihr vor den heiligen Stuhl. Kein Wunder, dass ihr nicht ernst genommen werdet!"

Sie ließ Johanna, die Tränen in den Augen hatte, gar nicht antworten.

„Nein, Mutter musste wieder mal alles regeln. Gut, so sei es denn! Wir haben heute eine wichtige Etappe genommen, sind aber noch nicht am Ziel. Der Kaiser fordert die unmögliche Summe von 150.000 Goldstücken für Richards Freilassung, Geiseln will er auch haben. Papst oder nicht, wir werden zahlen müssen. Wir haben drei naheliegende Probleme: Erstens wird Johann, der kleine Bastard, sicherlich weiter die Sondersteuern für Richard einziehen, aber ebenso fest steht, dass er kein einziges Goldstück freiwillig herausrücken wird. Sich selbst arm rechnen kann er am Besten, dieses Schlitzohr. Zweitens müssen wir die Geiseln akquirieren. Die Adligen überschlagen sich mit Treueeiden, wenn es sie nichts kostet, aber wenn sie dem König wirklich helfen sollen, dann verstecken sie sich in ihren Schlössern wie die Mäuse im Loch. Und drittens müssen wir deine Gebiete sichern, Kind. Du warst ja wegen des Kreuzzuges noch nicht in deinen eigenen Ländern. Ich habe getan, was ich konnte, um dort für Ruhe und Ordnung zu sorgen, aber Johann macht es einem nicht leicht, die Loyalität der Untertanen einzuholen. Er hat etwas an sich, das Rebellion und Verrat geradezu herausfordert."

Sie setzte sich, nahm einen Becher Wein und bot auch den Schwestern an, sich zu setzen und Erfrischungen zu sich zu nehmen. Die kleine Dorothea beachtete sie gar nicht, selbst als diese fragte, wer die keifende Alte sei und Johanna sie als „Großmutter" vorstellte.

„Nun", fuhr Eleonore fort, „Kind, dann zeig mal, was du auf dem Kreuzzug gelernt hast! Wie gehen wir vor?"

Während Berengaria überlegte, versuchte sie sich nicht anmerken zu lassen, dass sie noch immer Riesenangst vor Eleonore hatte. Egal, was sie vorschlagen würde, die Hexe würde ihr den Vorschlag um die Ohren hauen, so viel stand fest. Obwohl sie Eleonores Aufrichtigkeit beim Versuch, Richard zu befreien, nicht in Zweifel zog – ihren Sohn liebte diese ansonsten kalte Person abgöttisch – roch Berengaria hinter der gelieferten Lagebeschreibung schon wieder eine Intrige. Natürlich wäre es am Sinnvollsten, wenn Eleonore sich um Johann und das Geld kümmern würde, Johanna bei den Adligen darum warb, Geiseln zu stellen und sie selbst ihre Ländereien besuchte, um sich dort als Herrscherin zu etablieren. Aber irgend etwas sagte ihr, dass Eleonore nur auf einen solchen Vorschlag wartete. Vielleicht, um ihr dann zu unterstellen, sie wolle nur ihre Ländereien besuchen, um diese gegen Aquitanien zu befestigen. Aber jede andere Kombination war auch sinnlos. Johanna würde weder ihren Bruder überreden können, das Lösegeld herzugeben, noch wäre es sinnvoll, sie nach Südfrankreich zu schicken, um Berengarias Besitz zu überwachen. Berengaria könnte versuchen sich um Johann zu kümmern, glaubte aber auch hier nicht an den Erfolg, sie kannte Richards Bruder ja nicht einmal persönlich. Vielleicht wäre es der alten Hexe am Liebsten, wenn Berengaria sich um die Stellung der Geiseln kümmern würde, damit Eleonore ihren ohnehin schon angedeuteten Einfluss auf die Ländereien ihrer Schwiegertochter weiter ausdehnen könnte? Aber wenn sie das vorschlug, würde Eleonore darauf bestehen, dass nur sie mit Johann verhandeln konnte und Berengaria sich selbst um ihre Mitgift und ihr Wittum zu kümmern hatte.

Eleonore stöhnte auf. „Es wäre schön, wenn du noch vor dem Jüngsten Tag mit deinen Überlegungen zum Ende kämst, Kind", neckte sie mit bösartigem Grinsen und goss sich schon wieder Wein nach.

Endlich fiel es Berengaria wie Schuppen von den Augen: „Wir fangen in meinen Ländereien an, um Geiseln zu bitten und gehen dann gemeinsam nach Norden“, beschied sie.

Eleonore lachte. Natürlich war auch diese Option – dass sie alle drei zusammenblieben – nicht gut genug für die Königin. „Das wird uns viel Zeit kosten, vielleicht ein ganzes Jahr“, stellte sie fest.

„Aber wir können auf dem Weg weitere Steuern einziehen“, bot Johanna an.

„Und wenn wir zusammenbleiben, vermeiden wir weitere Fehler“, ergänzte Berengaria.

So gefiel es der Alten: Sie hatte alle Trümpfe in der Hand, entschied, wer was wann tat und hatte die totale Kontrolle über alles.

„Mutter, sag mir noch eins. Was hast du diesem Priester zugeflüstert, diesem Peter von Capua?“

„Dem Sprachrohr des Lothar von Segni?“

Die Alte grunzte amüsiert. „Ich habe ihm gesagt, dass ich ihm die Eier abschneiden lasse, wenn er es noch einmal wagt, sich gegen die Krone von England zu stellen.“

Die Frauen lachten. Doch ein bitterer Geschmack, der nicht vom Wein kam, machte sich in Berengarias Kehle breit. Sie war wieder genau da, wo sie angefangen hatte, nachdem Eleonore sie aus ihrem zu Hause gerissen und über die Pyrenäen entführt hatte. Vollständig ausgeliefert an das Willen und Wollen der alten Hexe. Aber eines schwor sich die junge Königin: Sie war nicht mehr das naive Dummerchen, das Eleonore in Navarra vorgefunden hatte. Sie hatte zwei Jahre unter widrigsten Umständen im Krieg überlebt, die Geschäfte ihres Mannes geführt, ja für ihn – wenn auch ohne sein Wissen – Assassinen beauftragt, einen Markgrafen um die Ecke zu bringen.

Sie schwor sich, nicht wieder in Eleonores Schatten zurückzukehren, sondern die Alte auszubooten und kaltzustellen. Koste es, was es wolle!

Kapitel 44: Captivus impudens
(der freche Gefangene)

Dürnstein, 15. Februar 1193

Wenn es eine Sache gab, die Leopold von Austria mehr erfreute als die Wehrmauern, die verwinkelten Treppenaufgänge und die geheimen Bereiche seiner Burg Dürnstein abzugehen, dann war es das neue Banner, das er überall hatte aufhängen lassen. Heinrich hatte ihm genehmigt die neuen Farben als die seinen zu reklamieren.

Die Geschichte hinter dem Rot-weiß-roten Banner war eines Herzogs und Ritters würdig. Nach der Schlacht von Akkon war sein Hemd so voller Blut gewesen, dass es, nachdem er den breiten Kampfgürtel abgenommen hatte, eben diese Farbkombination gezeigt hatte, die sein neues Wappen zierte. Der Panther war Geschichte – musste es sein, nachdem Richard darauf gespuckt hatte.

Und wie glorreich hätte der ganze Kreuzzug sein können, wenn der freche König von England nicht gewesen wäre! Der Tod des Kaisers hatte den Weg geebnet und die Krankheit, die seinen Sohn befiel, das Tor geöffnet. Leopold war des Kaisers Stellvertreter im Heiligen Land gewesen, hatte agieren können wie der Kaiser selbst – zumindest für diese Zeit.

Er hatte Saphadin in ihren Vier-Augen Verhandlungen gedemütigt, die naive Ehefrau Richards dahin manipuliert, dass sie den nervigen Konrad von Montferrat um die Ecke gebracht hatte – wie genau sie das angestellt hatte, wusste er nicht und er hätte seinen linken Arm dafür gegeben, es zu erfahren!

Er hatte beinahe im Alleingang mit den Reichsrittern Akkon erobert, in Arsuf den entscheidenden Angriff gegen Saladin koordiniert, während Richard auf der Suche nach dem Erben des Sultans die eigentliche Schlacht aus den Augen verloren hatte und in Askalon hatte er den englischen König, nachdem dieser ihn ein weiteres Mal erniedrigen wollte, die Stirn geboten und sich nicht zum Bauarbeiter degradieren lassen.

Aber seinen größten Coup hatte er nach der Rückkehr in die Heimat vollbracht! Jedes Mal, wenn er daran dachte, zauberte die Erinnerung ein breites Grinsen auf sein Gesicht. Es war klar gewesen, dass Richard nicht westlich an Rom vorbei segeln würde, weil er dann durch Philipps

Gebiete hätte marschieren müssen. Also war er durch das adriatische Meer östlich am Stiefel vorbeigezogen und musste so durch Leopolds Einflussgebiet. Der Babenberger hatte überall Spione und kleinere Kontingente von treuen Rittern postiert, die nach dem König von England Ausschau hielten.

Und Richard war so blöde gewesen sich zu verraten, weil er zu arrogant und verwöhnt war, um wie ein Gewöhnlicher zu reisen.

Leopolds Lachen wurde von den Wänden Dürnsteins zurückgeworfen, während er sich Richards Zelle näherte. Was hatte den König am Ende verraten? Dass er das gute Essen nicht sein lassen konnte! Ein Spion war misstrauisch geworden und weil Richard auch seinen königlichen Ring nicht abgenommen hatte, war er schnell erkannt und umstellt. *Dieser Dummkopf!*

Leopold näherte sich dem Verlies und drang in den Zellentrakt vor.

Doch was war das? Gelächter und Schabernack? Auf leisen Sohlen schlich Leopold weiter in Richtung der Zelle seines einzigen Gefangenen – die Diebe und Mörder, die vorher hier eingesperrt waren, hatte er zur Sicherheit exekutieren lassen.

Aber Richard hatte trotzdem Gesellschaft gefunden, in niemand geringerem als seinen Wärtern. Statt auf ihn aufzupassen, spielten sie ein Würfelspiel mit ihm, lachten und feierten, als sei Richard nicht der größte Verräter am Heiligen Römischen Reich seit dessen Bestehen! Ja, sie tranken gar Wein mit dem Gefangenen!

Zorn stieg in dem Herzog auf. *Diese Nattern!*

„Was geht hier vor sich!“, verlangte er zu wissen, als er in die Zelle trat. Die Wachen zuckten zusammen und standen stramm, aber Richard lachte nur.

„Mein lieber Herzog, vergebt Euren Getreuen! Mir war so fad hier in dem Gästezimmer, das Ihr mir zugewiesen habt, also habe ich ihnen befohlen, mir ein wenig Zerstreuung zu gewähren. Warum schließt Ihr Euch nicht an, ich habe gerade eine Glückssträhne!“

Leopold konnte es nicht fassen. *Dieser räudige...*

„Ihr zwei, meldet euch beim Hauptmann, um eure Bestrafung zu erhalten!“, wies er die Wachen an und diese gehorchten umgehend.

Richard spielte den Enttäuschten. „Zu viert spielt es sich besser“, schmollte er, „wenn ich nur gegen Euch antrete, gehört mir bald nicht nur Eure Burg und Euer Herzogtum, sondern auch Eure Frau und Eure Unterkleidung...“

„Euch ist wohl nichts heilig“, bemerkte Leopold.

Richard lachte wieder. „Die Gottesmutter und ihr heiliger Sohn. Das Königtum England. Der Schwur des Ritters und das Wohlergehen der Christenheit. Aber Eure muffigen Mauern, Eure schale Gastfreundschaft, Euer falsches Wappen? Nein...“

„Wagt es nicht...“, begann Leopold.

„Was, Eure Ehre in Zweifel zu ziehen? Was soll ich denn anderes tun? Hätte ich Euch in Akkon auf den Mauern oder sonst während des Kreuzzuges auch nur ein einziges Mal in der Schlacht gesehen, dann wäre ich vielleicht bereit, Euch, wenn auch nicht als Gleichberechtigten, so doch als Ritter anzuerkennen. Aber es gibt nur eine Situation im Heiligen Land mit Euch, an die ich mich erinnere, und das ist Euer schimpflicher Abgang, als ich Euch bat, beim Aufbau Askalons mit Hand anzulegen. Ich muss Euch gestehen, ich hatte immer Achtung vor dem Römischen Reich und seinen Rittern – bis ich Euch kennen gelernt habe.“

Leopold wusste gar nicht, wie das passiert war, aber plötzlich hatte er das Schwert in der Hand. Das war vielleicht auch sicherer, die Wachen hatte er ja weggeschickt.

„Na los, traut Euch, geht einen Unbewaffneten mit diesem schlecht geschmiedeten Stück Stahl an, schaut, was dabei herauskommt“, spottete Richard.

„Es scheint mir, dass Ihr Eure Lage noch immer verkennt“, erwiderte Leopold.

„Meine Lage? Ach ja, ich bin ja Euer Gefangener! Verzeiht, ehrenwerter Herzog, ich will versuchen mich dementsprechend zu benehmen und Euch nicht mehr zu verspotten. Ob mir das gelingen wird?“

Der Frechdachs kicherte wie eine Hofdame. Dann wurde er plötzlich ernst. Er sah aus dem vergitterten Fenster nach draußen, statt Leopold anzusehen, als er weitersprach.

„Wisst Ihr eigentlich, dass ich die ganze Episode mit Eurem Pantherbanner erst hier auf Dürnstein erfahren habe? Ja, vor einigen Tagen, als ich wie gewöhnlich mit Euren Wachmännern getrunken und gewürfelt habe. In diesem Zusammenhang muss ich Euch bitten, die beiden armen Seelen, die Ihr heute erwischt habt, nicht allzu hart zu bestrafen. Alle Eure Wachleute trinken und spielen mit mir, manche lassen sich sogar auf eine Wette ein, wer beim Raufen gewinnt, sodass ich guter

Dinge bin, mein Lösegeld bald selbst zusammengebracht zu haben, nur aus Gewinnen im Würfeln und Raufen mit Euren Leuten."

Leopold erhob zur Antwort das Schwert, allerdings ohne den König von England damit nachhaltig zu beeindrucken.

„Meine Leute haben Euer Banner in den Dreck geworfen, war es nicht so? Ihr macht mich dafür verantwortlich, aber ich schwöre Euch, ich wusste nichts davon. Ich wusste ja nicht einmal, wer Ihr seid. Ihr müsst wissen, im Kampf zieht es mich immer in die vordersten Reihen und nur die Ritter, die mir dort zur Seite stehen, erhalten einen Platz in meinem Gedächtnis. Ihr dagegen..."

„Das spielt keine Rolle mehr, der Kaiser hat mein neues Banner genehmigt", erwiderte Leopold. Sollte der freche Engländer doch den Ratschluss des Kaisers in Frage stellen, schon bald würde er sich vor eben diesem verantworten müssen.

„Ja, ich hörte davon. Euer blutiges Gewand. Ich tippe eher darauf, dass Ihr Euch beim Trinken von oben bis unten mit Wein besudelt habt! Jedem Austrier sollte es peinlich sein, diese Farben zu tragen."

Jetzt reichte es aber!

„Fragt doch mal Eure Frau, ob sie sich an mich erinnert!", schoss Leopold einen Pfeil ab, von dem er wusste, dass er sitzen würde. Und das tat er! Die Miene des perfiden Engländers verdüsterte sich.

„Herzog", flüsterte er zornig, „sprecht nicht von meiner Frau!"

„Ha! Die Königin hält sich für so klug. Glaubte, mich manipulieren zu können. Aber letztendlich habe ich sie ausgebootet."

Richard stand auf, die Mordlust ins Gesicht geschrieben.

Leopold rief nach den Wachen – nach neuen Wachen. Bis sie kamen hielt er Richard mit seiner Schwertspitze auf Abstand und als die Männer da waren, wusste er, wie er seinem Gefangenen neue Demut würde beibringen können.

„Die Zelle wird auf den Kopf gestellt, alles Gefundene, mag es Wein sein oder versteckte Gold- und Silbermünzen, dokumentieren und konfiszieren. Der König von England fühlt sich nicht gut und ist bis auf weiteres auf strenge Diät gesetzt. Nur Wasser und Brot! Und um Himmels Willen kein Würfelspiel und keine Ringkämpfe, das würde die Gesundheit des Gefangenen gefährden!"

Leopold drehte sich auf dem Absatz um und stiefelte, von Richards hämischen Lachen begleitet, hinaus.

Aber dieses Lachen würde seinem aufmüpfigen Gefangenen noch vergehen. Die Reisevorbereitungen waren in vollem Gange, bald würde es nach Mainz gehen. Und der Kaiser würde Recht sprechen über Richard von England, den König mit der losen Zunge.

Das zu erwartende Lösegeld würde Leopold unendlich reich machen, so reich, dass er nie wieder fürchten musste, dass die Bayern oder die Schwaben auf ihn herabsahen. Oder noch besser: Heinrich würde beschließen, dass Richard ein Feind des Reiches war und seinen Tod befehlen. Dann würde Leopold sich anbieten, die Exekution – denn bei einem König kam nur Enthauptung infrage – selbst auszuführen.

Er stellte sich vor, wie Richards Kopf sich durch einen sicher geführten Streich von dessen Leib löste und zu des Kaisers Füßen rollte. Auch in diesem Fall würden die Bayern und Schwaben sich hüten, noch einmal über Leopold von Austria, den Henker des Königs von England, in schlechter Weise zu sprechen.

In diesem Zusammenhang war es sehr wichtig, dass jemand die Geschichten aus dem Heiligen Land bestätigte. Seine eigenen Leute waren nicht genug. Aber es gab ja noch Konrad von Wittelsbach! Der Bischof würde sein Leumund sein. Das würde ihn zwar wahrscheinlich eine nicht geringe Summe kosten, aber entweder würde er über das Lösegeld verfügen oder, im Falle von Richards Ableben, dem Bischof einfach drohen können, dass er der nächste wäre, der die Klinge des Herzogs spüren würde, wenn er dessen Heldenmut im Heiligen Land nicht bestätigen würde.

Kapitel 45: Vectigal invidiosum

(Die verhasste Steuer)

Caen, 22. Februar 1193

Frauen waren für Johann schon immer ein zweischneidiges Schwert gewesen. Einerseits fand er sie faszinierend und hatte, seit seine älteren Brüder ihm zu seiner ersten Begegnung mit einem leichten Mädchen verholfen hatten, große Freude daran, seine Begierden von ihnen stillen zu lassen. Andererseits waren sie ihm unheimlich. Die Bibel stellte klar, dass sie unter dem Manne standen und doch hatte Johann es anders erlebt. Seine Mutter hatte nicht nur seinen Vater und seine älteren Brüder zeitlebens an einer recht sicheren Leine geführt, sondern auch ihn. Und wenn es auch wenige Frauen gab, die Eleonore an Macht und Ausstrahlung nahe kamen, befürchtete Johann doch bei jeder Begegnung mit einer Tavernenmagd, diese könnte sich zu ähnlichen Höhen aufschwingen und war froh, wenn die Huren, die er sich regelmäßig kommen ließ, ihre Bezahlung nahmen und verschwanden.

Seine eigene Frau war auch so ein Fall. Sie war äußerlich vollkommen gehorsam und hatte nie ähnliche Ambitionen gezeigt wie Mutter, aber wenn sie etwas wollte konnte sie ebenfalls zur Furie werden. Meistens ging es dabei aber nur um Kleider, Gold oder anderen Luxus

Und jetzt saß er an der königlichen Tafel und war von diesen Frauen umgeben!

Isabel wirkte eher gelangweilt, mokierte sich über das Essen, das wirklich schlecht war, und hielt sich ansonsten zurück. Seine ältere Schwester Johanna, die er seit Jahren nicht mehr gesehen hatte, da sie den König von Sizilien geheiratet hatte, verhielt sich ähnlich passiv, kümmerte sich um ihr Mündel, irgendeine Inselprinzessin, die Richard ihr geschenkt hatte. Mutter dagegen sah aus wie ein Habicht, der auf Beute aus ist, und – das machte Johann am meisten Sorgen – Richards kleine Braut hatte genau den gleichen Gesichtsausdruck wie Mutter aufgesetzt.

„Ihr wisst ja gar nicht wie das ist“, beklagte er sich, „die Gewöhnlichen tun so, als wenn nur mein eigener Geiz der Grund für die übermäßigen Steuern wäre! Da können wir noch so viel daran erinnern, dass Richard in Gefangenschaft ist, es hilft nichts.“

„Und wo sind diese Steuereinnahmen?“, fragte seine Schwägerin ohne Scheu.

„Na, in meinen Schatztruhen!“, erwiderte Johann.

„Und wann können wir erwarten, diese Schatztruhen zu erhalten?“, fragte Eleonore.

Natürlich! Die Frauen waren nur hier, um das Geld für Richards Befreiung einzutreiben. König Philipp von Franken hatte ihn gewarnt. Seine Berater hatten ihn gewarnt. Er selbst hatte sich gesagt, dass er Richard nur loswerden würde, wenn er auch Eleonore würde kaltstellen können. Und in den letzten Jahren hatte er alles dafür getan, seiner Mutter die Stirn zu bieten, aber ihr Einfluss war einfach zu groß. Sie kannte jeden älteren Lord, Baron oder Grafen, ob auf der Insel oder auf dem Festland, teilte mit jedem von ihnen irgendeine skurrile Geschichte, und den jüngeren jagte sie, wenn sie ihr begegneten, mühelos eine Heidenangst ein.

Leider hatte sie eine ähnliche Wirkung auf ihren jüngsten Sohn. Jedem anderen, egal welche Titel und Würden er anführte, hätte er die Stirn geboten, Aber seiner Mutter hatte er noch nie etwas verheimlichen können, schon in seiner Kindheit hatte sie jeden seiner Streiche durchschaut und ihn, je nachdem, ob sie seine Kindereien guthieß, entweder fürchterlich bestraft oder für seine kleinen Kabalen gelobt. Dabei war ihre Willkür immer ihre schlimmste Waffe gewesen. Warum hatte sie ihn nicht bestraft, als er Gottfrieds Bett mit Schafdung präpariert hatte, aber grün und blau geschlagen, nachdem sie herausbekommen hatte, dass er hinter der Anekdote steckte, die man sich bis heute im Königspalast erzählte, welche zur Folge gehabt hatte, dass der damals noch junge Richard nur mit einem improvisierten Lendenschurz bekleidet am Nebentor den Wachen einiges zu erklären hatte?

Und jetzt dieses! Wollte sie Richard denn tatsächlich aus den Klauen des Kaisers befreien? Oder ging es ihr nur um das eingesammelte Gold? Johann wurde nicht schlau aus seiner Mutter.

Seine Schwester war ihm ein ebensolches Rätsel. Seit Jahren hatten sie sich nicht gesehen und sie tat nun so, als wenn sie wieder Kinder wären – wobei Johann sich nicht daran erinnern konnte, in der Kindheit ein warmes Verhältnis zu seiner Schwester gehabt zu haben.

Und dann diese Ibererin, die Richard geheiratet hatte! Die schaute zwar aus wie die Unschuld vom Lande, aber Johann ließ sich nicht täuschen. Die war mindestens ebenso ruchlos wie seine Mutter, wenn nicht schlimmer. Und ihre Loyalitäten lagen sicherlich bei Richard, während Eleonore immer versucht hatte, zwischen ihren Söhnen zu vermitteln.

Gott helfe dem Mann, der von den Frauen seiner Familie umzingelt ist!

Johann lavierte noch ein wenig herum, musste dann aber die Goldlieferung versprechen und Mutter drängte ihn sogar dazu, dieses Versprechen schriftlich zu geben, als wenn sein Wort nichts wert sei.

„Und du denkst, wenn ihr Frauen einfach so ins Reich geht, dem Kaiser die Geiseln und das Lösegeld abliefert, lässt er Richard so mir nichts, dir nichts frei? Da wäre er ja ganz schön bescheuert! Richard hat nie einen Hehl daraus gemacht, dass er die Welfen in ihrem Anspruch auf die Kaiserkrone unterstützt."

Eleonore gebot ihm mit einem Blick zu schweigen. Es wurmte ihn sehr, dass die stumme mütterliche Mahnung ihre Wirkung nicht verfehlte.

Aber letztlich war das egal. Er würde sich sein Gold zurückholen. Er würde einfach seine irischen Söldner schicken, die Frauen und ihre Eskorte zu überfallen, das Gold zu stehlen – und bei solchen Aktionen passierten ja auch zuweilen schreckliche Dinge. Die Männer waren roh, machten keinen Halt davor, auch Frauen und Kinder zu töten. Eine Tragödie wäre das, aber eine nützliche, die Johann nicht nur von diesem Gespann von Weibern, die nicht wussten, wo ihr Platz war, befreien, sondern auch jede Hoffnung Richards, jemals wieder auf freien Fuß zu kommen, zunichte machen würde.

„Ich gehe allein nach Mainz", beschied Eleonore und Johann musste sich beherrschen, damit sie seine Enttäuschung nicht mitbekam.

Aber er war ja nicht einfältig. Wenn Johanna und Berengaria hier bei ihm blieben, wären sie im Grunde seine Geiseln.

„Und du gehst mit deiner Schwägerin wieder nach Süden!", wandte sich Eleonore an die junge Königin.

Verdammt! Wenn Berengaria in ihren eigenen Provinzen weilte, würde es nicht so leicht sein, sie kalt zu stellen. Johann hatte nicht die Männer, um auch im Süden militärisch tätig zu werden, seine Truppe war ohnehin schon zu weit verstreut.

Mit einem Gefühl, das dem bei einer Niederlage in der Schlacht gleichkam, musste Johann sich eingestehen, dass seine Mutter ihn einfach zu gut kannte. Sie vertraute ihm nicht und sie hatte ja auch allen Grund dazu.

Also entließ der die Frauen und ließ stattdessen Philipps Spion kommen, der schon seit einigen Tagen auf der Burg weilte.

„Habt Ihr über das Angebot des Königs nachgedacht?“, fragte der Mann ohne weitere Begrüßung.

Johann stöhnte auf. „Ich werde meine Ehe nicht auflösen!“, beharrte er, „es gibt keine Notwendigkeit für ein offizielles Bündnis. Es ist viel sicherer, wenn keiner davon weiß.“

„Ein misstrauischer Mann würde vermuten, dass Ihr Euch den Weg offen lassen wollt, das Arrangement mit dem König straflos zu brechen, wenn Euch das Vorteile bringt.“

„Wie gut, dass ich dem König der Franken nie Gelegenheit gegeben habe, mir gegenüber Misstrauen zu entwickeln.“

Der Spion verabschiedete sich mit einer Verbeugung.

„Schickt mir den Hauptmann der irischen Söldner“, befahl Johann seinem Diener.

Ganz gegen seine Gewohnheit trank er mehr als nur einen Becher Wein. Die Begegnung mit den Frauen hatte ihn irgendwie angefressen. Er mochte es nicht, wenn seine Befehlsgewalt angezweifelt wurde. Er war de facto der König von England und so lange Richard in den Zellen des Kaisers verrottete, würde er das auch bleiben!

Der Diener kam zurück. „Die Iren sind weg!“, berichtete er.

„Was soll das bedeuten?“

„Sie sind abgezogen!“

„Aber der Kontrakt ist noch nicht ausgelaufen!“

„Wie auch immer, die Iren haben sich im Schutz der Nacht aufgemacht und sind Richtung Norden marschiert. Wahrscheinlich kehren sie auf ihre Insel zurück.“

Natürlich! Jeder wusste, dass die Iren allesamt verräterische Bastarde waren. Das Gold Englands hatten sie genommen, ihre Pflicht zu Ende zu erfüllen, das kam ihnen aber nicht in den Sinn.

„Warum hat man mich nicht früher informiert?“, wollte er wissen.

Der Diener wand sich unter seinem Blick: „Ich hatte keine Kenntnis von...“

Aber Johann ließ ihn gar nicht ausreden. Am Liebsten hätte er ihn auspeitschen, an den Pranger stellen und dann vierteilen lassen, diesen unfähigen Bückling, aber wenn er jeden seiner Untergebenen, der einen Fehler machte, um die Ecke bringen würde, säße er schon längst allein in seinem Schloss.

Er war umgeben von Verrätern, inkompetenten Versagern und Dummköpfen. Alles musste er selbst erledigen!

Aber diese Sache mit Eleonore konnte er nicht in die eigene Hand nehmen. Wenn er mit seinen eigenen Leuten die Königsmutter überfiel, würde das im Volk nicht gut ankommen. Vor allem da die Gewöhnlichen eh schon wieder an jeder Ecke die Köpfe zusammensteckten und Verrat an ihm planten.

Nein, er musste zurück auf die Insel und dort wieder Ruhe und Ordnung herstellen, indem er die Rädelsführer der Fraktionen, die Richard immer noch als den angeblich wahren König ansahen, festnehmen und zu Tode foltern ließ. Mit Philipps Hilfe würde er dann auch auf dem Festland wieder geordnete Verhältnisse herstellen können.

Es wurmte ihn sehr, dass er so abhängig vom Frankenkönig war, aber das war nicht seine Schuld, sondern die von Longchamp und den anderen Getreuen Richards, die im Volk Lügen über Johann verbreiteten und sie zur Rebellion aufstachelten.

Kapitel 46: Abolitio inmerita

(Unverdiente Begnadigung)

Mainz, 7. März 1193

„Richard von England, die kaiserliche Krone klagt Euch an und wirft Euch folgendes vor: Ihr habt auf Sizilien den Usurpator Tankred unterstützt, dem rechtmäßigen Kaiser von Zypern, Isaak, auf verbrecherische Weise dessen Insel entrissen, Konrad von Montferrat ermordet und die römischen Kreuzritter misshandelt, das Banner Austrias beschimpft und in den Schmutz geworfen und das Heilige Land an Sultan Saladin verraten. Zudem habt Ihr Verrat gegenüber Eurem Lehnsherrn Philipp von Franken begangen!"

Heinrich war nicht sein Vater. Zwar war er mit jeder Faser seines Körpers ein Monarch und Herrscher, aber die entrückte Aura des frommen Barbarossa, die den Rotbart beim Volk und seinen Getreuen so beliebt gemacht hatte, fehlte dem Sohn. So enthielt die Anklage auch nur weltliche Dinge. Leopold hätte sich noch Punkte wie Verrat am Christentum und Ketzerei gewünscht.

Aber auch so war die Anklage gut formuliert. Da würde sich dieser Hund nicht so leicht herausreden können!

Richard war anscheinend überhaupt nicht bewusst in welch dramatischer Lage er sich befand. Ganz ruhig hörte er sich die Anklage des Kaisers an und ließ sich viel Zeit, bevor er antwortete. Er sprach ruhig und klar, ohne Aufregung, aber doch mit Gefühl. Aber das würde ihm auch nicht helfen!

„Eure Majestät, hohe Herrschaften", begann Richard, „ich werde mich nicht damit aufhalten die Legitimität dieses Prozesses infrage zu stellen, denn dass es sich nur um einen Schauprozess handelt, bar jeder Rechtsgrundlage, ist ja für jedermann vollkommen klar und ersichtlich. Auch werde ich keine Zeit darauf verschwenden, die Behandlung durch den dort zu beklagen."

Er zeigte auf Leopold, welcher sich als Reaktion streckte, damit alles sehen konnte, dass ihn Richards arrogante Art in keiner Weise beeindruckte und er auch kein schlechtes Gewissen wegen der Festnahme des englischen Königs hatte

„Ich will Euch hier gerne als Ritter, Christ und König Rede und Antwort stehen und Euch ehrlich Zeugnis ablegen über die Dinge, die sich während des Kreuzzuges ereigneten.“

Richard hatte die einleitenden Worte gleichsam an den ganzen Saal gerichtet, nun sah er Heinrich direkt an. „Ihr werft mir vor, mit Tankred gemeinsame Sache gemacht zu haben und ich frage Euch, kaiserliche Hoheit, was hättet Ihr getan, wenn ein Unmensch wie dieser, den Ihr zu Recht einen Usurpator nennt, Eure eigene Schwester in der Gewalt gehabt hätte? Hättet Ihr das Leben Eures eigenen Fleisches und Blutes aufs Spiel gesetzt oder verhandelt? Vielleicht sind die Staufer in dieser Hinsicht härter als ich, mir war nur wichtig, meine liebe Schwester Johanna, die gerade ihren Mann und ihre Krone verloren hatte, wieder in die Arme schließen zu können!

Doch warum, frage ich Euch, redet Ihr von Isaak, der ein ebensolcher Usurpator wie Tankred war, als wäre er Euch ebenbürtig und habe sich zu Recht mit dem Titel eines Kaisers geschmückt? Dieser Verbrecher hat meine Verlobte und wiederum meine Schwester, als deren Schiff vor Zypern strandete, mit dem Tode und Schlimmerem bedroht und ich habe abermals nur als besorgter Bruder und Bräutigam agiert, als ich ihn für diese Frechheit büßen ließ.“

Er machte eine kurze Pause. Das hatte er sich ja schön zu Recht gelegt! Leopold sah in den Augen des Kaisers, dass Richard mit der Erwähnung der Anmaßung Isaaks, sich als Kaiser zu benennen, ins Schwarze getroffen hatte. Die offizielle Politik des Reiches war, nur den griechischen Kaiser als ebenbürtig anzuerkennen und selbst diese Maxime hatte gelitten, seit Isaak von Konstantinopel Barbarossa den Zug durch seine Stadt verwehrt und ihn gezwungen hatte, den Weg über den Hellespont zu nehmen.

„Was Konrad von Montferrat angeht gebe ich Euch meinen Eid als Ritter, dass ich nicht weiß, wer dessen Mord in Auftrag gab. Ja, er war ein Rivale meines Vasallen Guido von Lusignan, aber indem ich Guido Zypern und Konrad Akkon gab, war der Zwist der beiden zumindest für mich geklärt. Ich hatte meinen Mann dort platziert, wo er mir am Nützlichsten war – und Zypern, das muss ich vielleicht auch noch erwähnen, hat sich als großartiger Stützpunkt für die Kreuzfahrer erwiesen – und die Gegenseite hatte ihren Mann dort, wo sie ihn haben wollte. Da ich nie vorhatte, selbst über Jerusalem zu herrschen, wenn wir die Heilige Stadt denn zurückerobert hätten, war es mir ganz Recht, Montferrat im

Outremer zu haben, der per Heirat Anspruch auf die Krone der Heiligen Stadt erheben konnte."

Das waren natürlich alles Lügen. Richard hätte Konrad gerne tot gesehen. Dass er ihn nicht selbst um die Ecke gebracht hatte, wusste Leopold allerdings nur zu genau und er würde einen Teufel tun, seinen Anteil an dem Mord ans Licht zu bringen, indem er Berengaria öffentlich beschuldigte.

„Nun klagt Ihr mich weiter an, ich hätte Eure Reichsritter schlecht behandelt. Da muss ich Euch leider sagen, dass ich kaum einen Reichsritter gesehen habe, in der ganzen Zeit im Heiligen Land! Nachdem Euer Vater und Euer Bruder so tragisch von uns gegangen sind, begleiteten uns kaum ein Dutzend von ihnen. Diese kämpften aber tapfer, so wie man es von Rittern des Reiches erwarten kann. Denn dass das Heilige Römische Reich die tapfersten Ritter von allen hervorbringt, darüber herrscht Einigkeit in der Christenheit und selbst bei den Heiden."

Jetzt versuchte er, dem Kaiser Honig in den Bart zu schmieren! Aber Heinrich war zu klug, um sich auf diese Weise einwickeln zu lassen. Das hoffte Leopold zumindest.

„Und was das Banner Austrias angeht: Ich wusste nicht einmal, dass Austria beim Kreuzzug mitmarschiert, bis der da mir in Askalon die Gefolgschaft verweigerte, weil er seine feinen Hände nicht mit niederen Arbeiten schmutzig machen wollte."

Er zeigte wieder auf Leopold, ohne ihn anzusehen.

„Lüge!", schrie der Herzog.

Aber Richard fuhr unbeeindruckt fort.

„Noch wusste ich bis zu meiner Ankunft dort, wo Austria liegt", ergänzte Richard.

Ein kurzes Lachen ging durch den Saal, verstummte aber schnell wieder. War das jetzt gut oder schlecht?

Leopold hatte keine Zeit, die selbst gestellte Frage zu beantworten, denn Richard fuhrt fort: „Ich darf ergänzen, dass ich die Geschichte mit dem neuen Banner, das Ihr den Austriern genehmigt habt, teilweise bestätigen kann."

Leopold horchte auf. War das eine Falle?

„Wenn der Herzog abends seinen Gürtel abnahm, zeigte sich tatsächlich der weiße Streifen zwischen den mit roten Flecken übersähten Teilen seines Gewandes." Nun sah Richard ihn direkt an und grinste hämisch. „Nur kamen die Flecken vom Wein, den der Herzog im Übermaß zu sich nahm und nicht vom Blut der getöteten Feinde."

Ganz langsam entwickelte sich nun ein Gelächter im Saal, wurde immer lauter und lauter und ebbte nicht, wie das vorige Lachen, nach kurzer Zeit ab.

Leopold war sich plötzlich des Weinkrugs in seiner rechten Hand – und der Flecken auf seinem Hemd – sehr bewusst. Ja, er hatte im Heiligen Land ein wenig übertrieben mit dem Trinken, weil es so wenig zu tun gab, aber da war er ja in guter Gesellschaft gewesen. An die Mengen, die sich zum Beispiel Richards treuer Berater Humfried in die Kehle gegossen hatte, war er sicherlich nicht heran gekommen.

Er spürte wie seine Wangen brannten und sandte einen Blick an den Kaiser, der hoffentlich auffordernder und weniger flehentlich war, als er sich anfühlte.

Der Kaiser hob die Hände und das Gelächter erstarb. Richard sprach weiter.

„Damit komme ich zu den beiden Punkten Eurer Anklage, die mich am meisten schmerzen, weil sie nicht nur gelogen sind wie die anderen, sondern die Wahrheit so vollständig verdrehen, dass es mir schwerfällt die gebotene Ruhe zu bewahren. Auch tut Ihr anderen Personen und nicht nur der meinen großes Unrecht, nämlich den Königen Saladin von den Ayyubiden und Philipp von Frankreich!"

Egal, wie schlecht es bisher gelaufen war, seine Kollaboration mit den Heiden würde Richard eingestehen müssen, ebenso den Verrat am Frankenkönig. *Schachmatt!*

„Saladin ist ein Heide, er lebt nach den Gesetzen der Heiden und er hat der Christenheit die Heilige Stadt geraubt. Aber der Sultan ist ein großer Mann. Niemand, der je in seiner Nähe oder der seines Bruders war, kann das bestreiten. Und selbst wenn er das Untier wäre, zu dem ihn die Pfaffen in ihren Hetzreden gemacht haben, wie hätte ich ihn besiegen können? Erst verweigerten sich Guido und Konrad, die beide den Anspruch auf den Thron Jerusalems erhoben, mit uns in Richtung der Heiligen Stadt zu ziehen, dann verließ Philipp von Franken den Kreuzzug und zuletzt entzogen auch noch die Templer und Johanniter mir die Unterstützung. Ja, vielleicht hätte ich Jerusalem trotzdem nehmen können, ich wäre auch noch alleine auf die Zinnen geklettert, wenn ich mir davon etwas versprochen hätte. Aber all die Pilger, auf deren Klingen wir angewiesen gewesen wären, wenn wir die Stadt hätten halten wollen, sie hätten ihre Gebete an den heiligen Stätten gesprochen und wären dann nach Hause gegangen. Auch ich selbst hätte nach der Eroberung der Stadt wieder in die Heimat reisen müssen. Ich bin nämlich der Herrscher des Königtums England, wie Euch vielleicht bekannt ist.“

Richard machte eine dramatische Pause. Der Saal hing an seinen Lippen, so als wäre er kein räudiger Verbrecher, sondern ein alter Geschichtenerzähler, der Kindern am Lagerfeuer Schauermärchen vorträgt. Das war jetzt gar nicht mehr gut.

„Saladin hätte die Heilige Stadt innerhalb weniger Wochen wieder zurückerobern können. Nein, alles, was mir blieb, war die Verhandlung. Und welchen Erfolg habe ich für die Christenheit erwirken können! Nicht nur gibt es nun eine Waffenstillstandslinie für die nächsten drei Jahre, sodass die Christen in Outremer sich von den ständigen Kriegen erholen können, nein, der Sultan lässt – das war meine unverbrüchliche Bedingung – auch jeden christlichen Pilger, der am Tor seine Waffen abgibt, in die Stadt, gewährt freies Geleit und die Möglichkeit an den heiligen Stätten zu beten. Ich selbst habe diese Möglichkeit wahrgenommen und am heiligen Berg Golgotha meine Gebete gesprochen, bevor ich ins Abendland zurückkehrte. Und ist nicht genau das der Grund für den Kreuzzug gewesen? Dass christliche Pilger wieder an den heiligen Stätten ihre Gebete sprechen können? Sagt mir, kaiserliche Hoheit, was ein gerechter Frieden ist, wenn nicht der, den ich mit Saladin verhandelt habe?“

Ein langes Schweigen folgte. Der Kaiser antwortete nicht, Richard sprach nicht weiter.

„Wollt Ihr nicht auch auf den letzten Anklagepunkt eingehen?“, ereiferte sich also Leopold.

Er musste ja fürchten, dass solche Reden den Kaiser gnädig stimmen könnten, auch wenn Richard die Wahrheit verdrehte wie ein Heide. Und zu einem solchen war er ja anscheinend geworden, so wie er vom Sultan und dessen verfluchten Bruder sprach!

„Ich dachte, das wäre schon durch meine vorherige Rede geschehen“, erwiderte Richard, ohne Leopold anzusehen. „Philipp hat dem Kreuzzug auf eigene Initiative hin den Rücken gekehrt. Er ist es, der nicht nur mich, sondern auch die Christenheit verraten hat. Er hat seinen Stellvertreter, Hugo den Verrückten, beauftragt, mit dem Sohn des Sultans ein Mordkomplott auf mich und meine Frauen zu planen und durchzuführen – ich meine damit mein Eheweib, meine Schwester und deren Mündel, nur damit man mich nicht falsch versteht. Vielleicht hat Hugo auch auf eigene Faust gehandelt, beweisen kann ich nicht, dass Philipp dahinter steckt. Ich weiß nur, dass wir plötzlich von Dutzenden arabischer Mordbuben umzingelt waren, während Hugo meine Ritter in einem Ablenkungsmanöver aus dem Lager gelockt hatte und mein Eheweib, die Königin, mit dem Dolch meine Schwester und ihre Ziehtochter vor den Attentätern beschützen musste, während ich von den Schergen Al-Afdals umzingelt war. Diese Schande wird Philipp mir büßen."

Heinrichs Gesichtsausdruck hatte sich im Laufe von Richards Apologie verändert. Fast warm fragte er nun: „Eure Frau musste sich mit der Waffe verteidigen?"

„Ja, Eure Hoheit, ich kann Euch berichten, dass die kleine Ibererin sich im Kampf gegen die Heiden als wahre Löwin erwiesen hat. Wann habt Ihr je eine Frau gesehen, die sich erfolgreich auch nur gegen einen gewöhnlichen Soldaten verteidigte? Mein Eheweib nahm es gleich mit drei Mordbuben auf, deren Leichname wir mit den anderen verbrannten."

„Das ist doch alles gelogen!", schrie Leopold. „Wer hätte je von einem Weib gehört, das solche Heldentaten vollbringen kann!?"

„Nun, Eure Hoheit, glaubt mir oder nicht", erwiderte Richard, Leopold wiederum vollständig ignorierend, „aber wisst, dass niemand anderes als meine Mutter meine Braut aus Navarra zu mir brachte und sie derweil unter ihre Fittiche genommen hatte. Ihr erinnert Euch sicherlich an Eleonore von Aquitanien?!"

Natürlich kannten und fürchteten viele im Raum die Königsmutter. Eleonore war, soweit es die Adligen des Reiches betraf, des Satans Tochter. Nicht wenige der Älteren hatten das unerbittliche Teufelsweib selbst in schwierigen Verhandlungen kennen gelernt, die Jüngeren kannten zumindest die Legenden, die sich um die Königsmutter rankten. Es schien den Herzögen anscheinend nicht mehr so unwahrscheinlich, dass ein Weib sich im Kampf gegen Männer behauptete. So lange es bei Eleonore von Aquitanien in die Schule gegangen war zumindest.

Der Kaiser erhob sich von seinem Thron, schritt auf Richard zu und – umarmte ihn. Unter dem Jubel der Anwesenden sprach er den Gefangenen von allen Anklagepunkten frei und erklärte, Richard sei als Ritter nicht geringer als jeder Ritter des Reiches und habe als König und Streiter für das Kreuz in allen Punkten richtig gehandelt.

Während Richard sich wie einen Sieger feiern ließ, bahnte sich Leopold einen Weg zum Kaiser. „Eure Majestät“, beschwor er Heinrich, „wir können den Engländer nicht einfach laufen lassen.“

Heinrich winkte nur ab. Der Lügenbold hatte den Kaiser tatsächlich überzeugt.

Leopold ließ nicht locker. „Aber denkt doch an das Lösegeld!“

Der Kaiser wirkte nun schon fast ärgerlich.

„Und was ist, wenn er weiterhin die Welfen unterstützt? Lasst ihn Euch wenigstens die Treue schwören, bevor Ihr ihn laufen lasst!“

Das schien nun wiederum ein Vorschlag zu sein, dem der Kaiser nicht abgeneigt war. Er versprach, darüber nachzudenken, aber es war klar, dass Leopold gut daran tat, in dieser Sache nicht weiter zu bohren.

Also verließ er die Versammlung und vermied tunlichst, Richard noch einmal zu begegnen. Sollte der Kaiser sich um den Frechdachs kümmern, für Leopold war es Zeit, nach Hause zu gehen.

Er wartete gar nicht erst ab, bis seine Kutsche bereit war, sondern schwang sich aufs Pferd und ritt direkt los. Sein Diener hatte Mühe, ihn einzuholen, so einen straffen Galopp legte er vor. Leopold war immer noch ein außergewöhnlich guter Reiter. Ja, so einen Galopp sollte dieser, dieser... Pfau von einem König ihm einmal nachmachen!

Um das Pferd zu schonen, drosselte der Herzog schon bald die Geschwindigkeit. Von Mainz war schon nichts mehr zu sehen. Sein Diener, der endlich zu ihm aufgeschlossen, sah ihn mit trauriger Miene an.

„Schau er nicht so“, schalt Leopold den Untergebenen, „das ist keine Niederlage. Der Kaiser wird es sich überlegen und doch noch einen Lehenseid von diesem Engländer fordern – und ihn vor allem nicht ohne Geiseln und Lösegeld freilassen!“

Der Diener schluckte schwer. „Das ist es nicht, Herr“, erwiderte er mit Grabesstimme.

„Was ist es denn dann? Ist wer gestorben oder was?“

„Nein, Herr. Aber es gibt Nachrichten aus Rom.“

„Aus Rom?“

„Ja, Herr. Seine Heiligkeit, der Papst, lässt verkünden, dass...“

„Was? Sprich er!“

„...dass Leopold, der Herzog von Austria mit dem kirchlichen Bann belegt sei.“

Das war allerdings eine Frechheit und keine kleine.

„Und weiter?“

„Euch soll erst vergeben sein, wenn Ihr so lange auf dem Kreuzzug gewesen seid, wie Richard im Reich gefangen war."

Und wie lange würde das sein? Wie lange noch, bis der Kaiser Richard freiließ? Überhaupt, ein Kreuzzug? Kam er nicht gerade aus dem Heiligen Land? Und nun sollte er schon wieder dahin? Nein, das ging nicht an, es war ja sehr deutlich geworden, dass das Outremer dem Herzog nicht guttat. Zu viel Wein, zu viel Blut, zu viele Intrigen! Was wäre schon dabei, wenn er einfach zu Hause blieb? Der Papst war ein alter Mann, er würde bald das Zeitliche segnen. Und sein Nachfolger musste dann den Kirchenbann bestätigen. Konnte vielleicht bestochen oder überredet werden. Nein, Leopold war sich sicher, das mit der Exkommunikation war keine große Sache. Das würde er schon überstehen. Er musste nur nach Hause, schnell nach Hause...

Kapitel 47: Shukraan jazilaan

(Vielen Dank)

Damaskus, 15. März 1193

Al-Adil gab seinem völlig erschöpften Pferd noch einmal die Sporen. Das Ross wieherte protestierend und schüttelte den Kopf hin und her. So gerne es mit seinem Reiter wie der Wind dahin preschte, es lief nun seit Stunden in gestrecktem Galopp, nur mit den allernötigsten Pausen, wenn das Gelände nur einen Trab zuließ, es sich erleichtern oder etwas trinken musste.

Er wusste Ghazi, der das Banner der Ayyubiden trug, Al-Kamil und Uthman direkt hinter sich.

Endlich kamen die Umrisse von Damaskus in Sicht. Die vertraute Silhouette schien nicht nur ihm, sondern auch dem Pferd noch einmal neue Kraft zu geben.

Sie preschten durch das Tor, kümmerten sich nicht um die Wachen und Bürger, die den heran Preschenden Platz machen mussten, wurden auch auf dem Basar nicht langsamer. Auch die fluchenden Händler ignorierten sie.

Die Zitadelle ragte über der Stadt auf. Ihre Erbauer hatten sie weise angelegt, sie war nur von Süden her über einen von den Türmen gut überschaubaren Serpentinenpfad zu erreichen, im Norden fielen die Felsen so steil ab, dass an einen Sturm von dieser Seite nicht zu denken war. Saladin hatte die Zitadelle in den letzten Jahren immer weiter ausbauen lassen, hatte Wehrtore und doppelte Wehrgänge mit Schießscharten und Gusserkern von der westlichen Seite über die südliche mit den Toren bis zur östlichen angelegt. Die vorhandenen Ecktürme hatte er verstärken und weitere Verteidigungstürme errichten lassen.

Die Tore standen weit offen, man erwartete keinen Feind. Vor dem Palastgebäude sprangen sie wie ein Mann ab, rannten in Richtung des Palastes und überließen es den Dienern, sich um ihre schwitzenden und durstigen Pferde zu kümmern.

Die Leibwache erkannte Al-Adil und winkte die Männer, ihnen zu folgen. Innerhalb des Gebäudes konnten sie nur noch langsam laufen, was Al-Adil auf die Nerven ging. Er hatte furchtbare Angst, dass sie zu spät kommen würden.

Er stieß beide Flügeltüren zum Schlafgemach des Sultans auf. Die Konkubinen, die sich um den Kranken kümmerten, stoben auseinander wie aufgescheuchte Fliegen. Al-Adil sprang förmlich an die Seite des Bettlägrigen.

„Mein Bruder“, wisperte dieser schwach.

„Mein Bruder, wir sind drei Tage und Nächte geritten, als uns die Nachricht erreichte.“

„Das ist lieb von euch.“ Saladin war kaum zu verstehen – und kaum wiederzuerkennen. Zwar war der Sultan mit über siebzig Jahren ein alter Mann, aber noch bis vor Kurzem hatte er im Sattel gesessen, ja, es war doch kaum zwei Jahre her, dass er seine Leibwache in den Krieg geführt hatte!

Nun lag ein graues Elend vor Saphadin, der Sultan röchelte beim Sprechen, wand sich zwischenzeitlich in Hustenkrämpfen.

„Was ist passiert, mein Bruder?“, fragte Al-Adil eine überflüssige Frage.

„Ich bin alt geworden“, stellte der Sultan mit der Gefühllosigkeit eines Todkranken fest, der sich in sein Schicksal gefügt hatte. „Sei nicht traurig, mein Bruder, ich habe ein gutes Leben gehabt. Wie dem auch sei, ich möchte jetzt meine Söhne sehen. Du musst Al-Asfahani finden, damit er mein Testament verlesen kann.“

„Sprich nicht so, mein Bruder, du wirst dich erholen, du wirst noch lange leben!“

Saladin lächelte ihn müde an. „Du weißt so gut wie ich, dass es mit mir zu Ende geht.“

„Wir werden den ganzen Tag und die ganze Nacht für dich beten!“, versprach Al-Adil.

„Das ist gottgefällig, aber es wird nichts mehr ändern.“

Al-Adil sprang auf. „Ich lasse nicht zu, dass du so einfach...“, begann er wütend, brach aber sofort wieder ab, als er in die Augen seines Sohnes sah. Al-Kamil hatte die Situation wohl besser verstanden, als er selbst, der Feinfühlige. Er schüttelte nur langsam den Kopf.

Al-Adil kniete sich wieder neben seinen Bruder. Er konnte sich nicht mehr zurückhalten, die Tränen flossen frei. Hier waren sie unter sich, er musste nicht vor den Untergebenen die Kontrolle über sich behalten. Auch Ghazi und Uthman weinten nun, hinter ihm stehend.

„Ich habe akzeptiert, was unvermeidlich ist, mein Bruder, nun musst du das auch tun! Aber lass mich dir noch ein oder zwei Dinge sagen, bevor ich vor den Erzengel trete."

„Ich höre dir zu!"

„Weißt du eigentlich, warum wir neben unseren eigenen heiligen Stätten, neben Mekka und Medina, auch Jerusalem als dritte Heilige Stadt für uns beanspruchen, statt sie den Christen oder Juden zu überlassen?"

Natürlich wusste er das. Jedes Kind wusste das. „Mohammed, der Prophet des Herrn, ritt auf dem Buraq, dem fliegenden Pferd, in einer Nacht nach Jerusalem und betete dort mit den Propheten Ibrahim, Musa und Isa."

Saladin nickte wissend. „Ja, so sagt die Legende."

Al-Adil war nicht ganz klar, was sein Bruder sagen wollte und dieser sprach auch nicht weiter, sondern schüttelte sich wieder in einem Hustenkrampf.

„Bruder, worauf willst du hinaus?", fragte Al-Adil also.

„Mein Bruder, du bist der klügste Mann, den ich kenne. Hast du diese Legende denn niemals infrage gestellt?"

„Nein!", antwortete Al-Adil ehrlich. In den heiligen Schriften stand so einiges, was wunderlich und seltsam war. Allah hatte den Propheten, vor allem Mohammed, besondere Kräfte verliehen. Einiges, was in der Bibel stand, war natürlich anzuzweifeln, Isa war sicherlich nicht Allahs Sohn und war auch nicht ans Kreuz geschlagen worden und dann als Toter auf die Erde zurückgekehrt, das glaubten nur die Nazarener in ihrer Verblendung. Auch einiges von dem, was in den Hadithen stand, war vielleicht in der Überlieferungsgeschichte zumindest übertrieben worden, aber der Koran war direkt von Allahs Mund in Mohammeds Ohr gedrungen, alles, was darin stand, war nicht anzuzweifeln. Dann könnte man auch anzweifeln, dass die Sonne am Morgen auf und am Abend untergeht. Dies sagte Al-Adil seinem Bruder.

„Ja, aber wenn du dich an die entsprechende Sure erinnerst, sie ist doch zumindest zweideutig, was die Nachtreise angeht. Es wird gar nicht klar, ob mit der fernen Kultstätte wirklich Jerusalem gemeint ist. Im heiligen Buch steht, dass Allah selbst es war, der den Propheten auf der Reise begleitete. Das mit dem fliegenden Pferd und das Gebet mit den toten Propheten wurde dazu gedichtet."

Al-Adil wusste immer noch nicht, was der Sultan sagen wollte. Warum war ihm diese theoretische Glaubensfrage auf dem Sterbebett plötzlich so wichtig?

„Balian von Iblin hatte Recht“, fuhr Saladin fort, „Jerusalem gehört uns nicht. Auch nicht den Christen oder Juden. Keiner hat Anspruch auf die Reine, die Umma am Allerwenigsten. Al-Quds mag einst heilig gewesen sein, aber schon die Sassaniden haben sie entehrt, als sie den Griechen die Stadt wegnahmen und die Christen, die arbeiten konnten, versklavten und alle anderen umbrachten. Als die Griechen die Stadt zurückeroberten, haben sie sich nicht nur an den Sassaniden gerächt, sondern auch die dort lebenden Juden, welche die Sassaniden verschont hatten, umgebracht. Auch unsere Vorfahren, die Umayyaden haben, noch zur Zeit des Propheten, nicht nur Gutes getan. Zwar haben sie, nachdem sie wiederum die Reine eingenommen hatten, zunächst Christen und Juden in Ruhe gelassen und sogar an der Regierung beteiligt. Trotzdem nahmen sie ihnen nach und nach ihre heiligen Stätten und machten sie zu unseren. Bevor die Kreuzfahrer kamen, kämpften die verschiedenen islamischen Fraktionen um die Stadt, so wie auch um alles andere und wenn der innere Zwist beigelegt war, ging es dann meist den Juden und Christen wieder an den Kragen.“

„Und dann“, setzte Al-Adil die Geschichtslektion fort, „kamen die Kreuzfahrer, die Franken aus dem Abendland und töteten alle in der Stadt, Muslime, Juden und arabische Christen. Diese Schande war es, die wir mit unserer Rückeroberung von Al-Quds reingewaschen haben! Bitte sag mir, dass du noch daran glaubst, mein Bruder, ich kann nicht fassen, dass du so tust, als wären all unsere Anstrengungen umsonst gewesen!“

„Aber das waren sie, mein Bruder, das waren sie! Keine Schande kann mit Blut reingewaschen, kein Unrecht durch weiteres Unrecht gesühnt werden.“

„Aber wir lassen die Christen doch wieder beten an ihren heiligen Stätten, wir verwalten die Reine gottgefällig und ohne Massaker anzurichten!“

„Ja, aber für wie lange? Kannst du garantieren, dass Al-Afdal oder sein Sohn oder dessen Sohn es ebenso halten wird? Kannst du garantieren, dass die Seldschuken oder Zengiden uns die Stadt nicht wieder wegnehmen? Was passiert nächstes Jahr, wenn der Waffenstillstand mit den Nazarenern ausläuft? Es gibt viele Rainalds und Guidos unter ihnen und wenige Richards."

„Was willst du mir sagen? Hätte ich Iblin die Stadt niederbrennen lassen sollen, so wie er es angedroht hat?"

„Das", Saladin nahm Al-Adils Hand in die seine, „wäre vielleicht das Beste gewesen." Er hustete wieder. „Mach nicht den gleichen Fehler wie ich, mein Bruder, kümmere dich nicht um die Reine, sie ist nur von geringem strategischen Wert. Sie ist nur ein Symbol und als solches ist sie zum Zeichen des Krieges und der Sünde geworden. Ich bitte dich, berate meine Söhne, dass sie mein Reich weise und gerecht regieren, in vertrauensvoller Zusammenarbeit untereinander und mit dir."

„Das verspreche ich!"

„Gut. Dann bleibt mir nur noch eins. Ich spreche dir meinen Dank aus. Du warst mir immer ein loyaler Diener, ehrlicher Berater und lieber Bruder. Du bist im Kampf so furchtlos, in der Verhandlung so unnachgiebig, wie du gnädig im Sieg bist. Allahs Stern leuchtet hell über dir. Ich kann beruhigt in die Nacht hinein gehen in dem Wissen, dass du da bist, um meine Söhne in ihrem Tun zu leiten. Und nun lass mich mit ihnen sprechen, sie sind doch hier, oder?"

Das war das letzte, das Saladin je zu seinem Bruder sagte.

Uthman und Ghazi traten an das Bett ihres Vaters, weinten an seiner Schulter und holten sich ebenfalls ihre letzten Unterweisungen ab.

„Wo ist mein Erstgeborener?", fragte Saladin dann, „wo ist Al-Afdal?"

Kapitel 48: Wasia
(Testament)

Damaskus, 20. März 1193

Nicht auf dem Rücken eines Pferdes zog Saladins Erbe in die Zitadelle ein, sondern in einer Sänfte! Als sei er schon der Sultan oder noch besser: ein Kalif von Allahs Gnaden, ließ er sich bis zum Palasttor tragen und ließ dann einen seiner Sklaven auf alle Viere gehen, damit er ihn als Treppenstufe benutzen konnte.

Al-Adil erwartete seinen Neffen am Tor. Das Auftreten Al-Afdals war mindestens eine ebensolche Beleidigung wie die offensichtlich fehlende Eile. Er grüßte seinen Onkel nur wie nebenher.

„Lebt er noch?“, fragte er im Plauderton.

„Der Sultan ist diese Nacht von uns gegangen! Seine letzten Worte galten deinem ihm unerklärlichen Fehlen. Ich sehe nun, warum du zu spät gekommen bist.“ Al-Adil deutete auf die Sänfte. Al-Afdal hatte es sich gutgehen lassen in seiner Zeit in Damaskus, das sah man ihm an. Er schien gutes Essen – und wohl auch den verbotenen Wein – der Übung für den Krieg vorzuziehen. Die Nachricht vom Tod seines Vaters nahm er auf, als habe Al-Adil ihm berichtet, dass es in den letzten Tagen recht trocken geblieben wäre.

„Dann bin ich jetzt der Sultan?“, war alles, was er wissen wollte.

Nicht so schnell, Bürschchen!

„Wir haben mit der Testamentsverlesung noch auf dich gewartet“, informierte ihn Al-Adil und versuchte zumindest nach außen hin ebenso gefühllos zu bleiben wie sein Neffe. Innerlich kochte er vor Wut. Dass diese Karikatur eines Moslems Saladins leiblicher Sohn sein sollte, das konnte er in diesem Augenblick kaum noch glauben. Al-Asfahani hatte im Audienzsaal des Sultans alles vorbereitet. Alle waren da, Uthman mit seinem kleinen Sohn Nasir, der kaum laufen konnte, Ghazi und Al-Kamil, Saladins Frauen und Konkubinen, sowie alle möglichen entfernten Verwandten, Würdenträger, Verbündete, Gesandte und sonstige Kreaturen, die ein Stück vom großen Kuchen, den Saladin den Ayyubiden hinterlassen hatte, abhaben wollten. Um den gerade verstorbenen Sultan zu ehren, lagen sein Gewand und sein Schwert auf dem Thron, symbolisierten so die Anwesenheit des Toten bei dieser Zeremonie. Al-

Afdal allerdings ging zielstrebig auf den Thron zu und wollte sich darauf setzen.

Al-Adil stellte sich ihm in den Weg.

„Dies ist der Platz deines Vaters!"

„Mein Vater ist tot. Ich bin jetzt der Herrscher der Ayyubiden!"

„Hoher Herr", mischte sich Al-Asfahani ein, „ich werde gleich das Testament Eures Vaters verlesen. Erst dann darf jeder den Platz einnehmen, der ihm eingeräumt wurde."

Al-Afdal wischte diese Bemerkung mit einer ärgerlichen Bewegung seiner Hand weg und ging weiter auf den Thron zu. Nun standen Uthman, Ghazi und Al-Kamil auf.

Al-Afdal drehte sich zu seinen Brüdern um.

„Ach so, ihr wollt auch eine Scheibe vom Schinken?! Natürlich, natürlich. Gut, hören wir an, was Vater in seiner unendlichen Weisheit für die Zukunft vorgesehen hat."

Und als habe er nicht gerade fast ein Sakrileg begangen, drehte er auf dem Absatz um und setzte sich auf Al-Kamils Stuhl.

„Die Nebenlinie wird sich mit der zweiten Reihe begnügen", kommentierte er sein Tun.

Al-Kamil widersprach nicht, sondern setzte sich hinter seinen Vetter. Da für Al-Adil nun ebenfalls kein Platz ganz vorn mehr frei war, blieb er zwischen Al-Asfahani und dem Sultansthron stehen, was unter den Anwesenden für Gemurmel sorgte. Al-Afdal wollte auch diese Aktion kommentieren, aber Al-Adil warf seinem Neffen einen eisigen Blick zu und der Jüngere senkte die Augen und schwieg.

„Am Vorabend der glorreichen Schlacht von Hattin, in der die nazarenischen Horden ihre größte Niederlage erlitten, bat mich der Sultan in Anwesenheit seines Bruders, der heute ebenfalls zugegen ist, zu bezeugen, dass es sein Wille und Testament sei, die Nachfolge im Fall seines Todes wie folgt regeln zu wollen." Er kramte ein Pergament hervor und las: „Unser ältester Sohn Ali Al-Afdal Nur erhalte Damaskus und die dazugehörigen syrischen Provinzen, der zweite mit Namen Al-Aziz Uthman Kairo und das ägyptische Land und der dritte, Az-Zahir Ghazi Aleppo und das entsprechende Umland. Den Rest des Reiches vermachen wir unserem Bruder Al-Adil Saif Ad-Din Abu Bakr."

„Das ist doch alles Lüge!", fuhr Al-Afdal sofort auf. „Ihr alten Männer wollt die Herrschaft nicht an mich abgeben. Aber ich bin der rechtmäßige Erbe! Der Ältere vor den Jüngeren, der Sohn vor dem Bruder!"

Al-Asfahani, der sonst die Gelassenheit in Person war, wurde rot vor Wut. „Zweifelt Ihr etwa meine Ehrbarkeit an? Ich bin Zeuge dieses Testaments und ich habe Eurem Vater seit Jahrzehnten treu gedient. Ich bin Chronist des Sultans, sein Nachlassverwalter und zutiefst geehrt, dass der Sultan mich zeitlebens einen Freund genannt hat. Niemand stellt meinen Leumund infrage!“

„Pferdescheiße!“, war Al-Afdals Antwort.

Nun brach regelrechter Tumult aus. Die einen erzürnte Al-Afdals dummdreiste Art, die anderen unterstützten seinen Anspruch auf den Thron. Vor allem aber wollten sie alle wissen, welches Erbe Saladin denn ihnen vermacht habe. Also fuhr Al-Asfahani zunächst fort mit der Verlesung der Rente für die Witwen und weiteren Regelungen bezüglich der Hoheit von Städten und Provinzen. Danach leerte sich der Saal und nur die enge Familie blieb.

„Ich stelle fest, dass ich der Herrscher über diese Zitadelle bin!“, setzte Al-Afdal an, sobald sie allein waren. „Mir hat Vater Damaskus und Syrien versprochen. Ich gehe davon aus, dass meine Brüder und mein Onkel sich unverzüglich in ihre eigenen Provinzen begeben, um dort diese Teile des Reiches für mich zu verwalten. Ich erwarte eure Treueschwüre, hier auf der Stelle. Erkennt mich als neuen Kopf der Ayyubidenfamilie an und ihr sollt die Gebiete, die Vater euch zuwies, verwalten dürfen wie souveräne Herrscher, von der obligatorischen Sultanssteuer abgesehen. Ihr alle wisst, dass wir nicht anders handeln können als auf diese Weise, denn sonst wird das mächtige Reich, das Vater uns hinterlassen hat, in kleine Teile zerbröckeln und die Macht der Ayyubiden schwinden.“

Zwar war dies ein Argument, das nicht von der Hand zu weisen war, aber nach allem, was vorgefallen war, konnte Al-Adil sich weder vorstellen, seinem Neffen die Treue zu schwören und als Oberhaupt der Familie und Sultan anzuerkennen, noch war er geneigt, dem Kind diese Frechheiten durchgehen zu lassen.

„Al-Asfahani“, fragte er also den Weisen, „hat mein Bruder an diesem Vorabend der großen Schlacht noch weitere Eingaben gemacht?“

„Das hat er, hoher Herr. Er hat mich ausdrücklich beschworen, dass das Ayyubidenreich wie verlesen aufzuteilen sei und dass keiner seiner Söhne die Oberherrschaft über die anderen erhalten solle. Im Gegenteil hat er als denjenigen, der im Streitfalle vermitteln sollte, seinen Bruder, also Euch benannt und sehr klar ausgedrückt, dass die Übertragung der restlichen Provinzen an Euch, die ja gegen Eure ausdrücklichen Einwände geschah, nur zu dem Zwecke erfolgte, Euch in genau diese Position zu bringen, zwischen den anderen Erben vermitteln und notfalls auch militärisch in eventuellen Familienzwist eingreifen zu können."

„Blödsinn!", schrie Al-Afdal. „Das hat Vater nie gesagt!"

Ghazi mischte sich ein: „Mir hat er, als ich an seinem Sterbebett wachte, genau das Gleiche gesagt, was der Chronist hier vorgetragen hat."

Uthman bestärkte seinen Bruder und bestätigte, dass der Sultan ihm vor seinem Tode ebenfalls das Testament enthüllt hatte.

„Ihr habt euch alle gegen mich verschworen! Gegen das heilige Recht des Erstgeborenen!", behauptete Al-Afdal. „Ihr werdet alle in der Hölle schmoren, wenn ihr einst die letzte Reise antretet." Er überlegte kurz. „Aber warum warten", sprach er dann viel leiser, fast knurrend. „Meine Leibwache ist mit mir im Palast angekommen und hat ihr Quartier bezogen. Wer mir nicht die Treue schwört, soll in den Tiefen der Zitadelle schmachten, bis er zur Vernunft kommt – oder, wenn er das vorzieht, gleich dem Schöpfer entgegentreten!"

Al-Kamil mischte sich ein. Auch er sprach leise, aber statt Drohung und Zorn legte er nur Milde und Vernunft in seine Stimme. „Vetter, unser aller Leibwächter sind hier. Willst du die Männer wirklich gegeneinander kämpfen lassen?"

Ghazi brauste auf: „Nein, wir machen es wie unsere Vorväter. Nur du und ich, Bruder, mit dem Schwert in der Hand. Allah wird den Sieger bestimmen und dem Verlierer gnädig sein."

„Nein, nein, nein!", schrie Al-Adil in den aufkommenden Streit. „Wir werden diesen Ort, an dem Euer Vater jahrelang regiert hat, nicht mit dem Blut der eigenen Familie beschmutzen! Wir werden nicht gegeneinander kämpfen wie die Ungläubigen! Wir sind die Ayyubiden, die Nachkommen Ayyubs, die Erben Saladins, des Heils der Religion, verdammt nochmal! Jeder Bruder geht in den Palast, der ihm zugewiesen wurde, regiert die Stadt und das Gebiet, das er erhalten hat. Den ersten von euch, der die Waffen gegen seine Brüder erhebt, werde ich mit meinen eigenen Truppen angreifen, besiegen und von seinem Thron stürzen. Denkt daran, die Zengiden lechzen schon wieder nach den Ausläufern unseres Reiches, die Seldschuken sind keine verlässlichen Verbündeten und den Abbasiden ist ebenfalls nicht zu trauen. Vergessen wir auch nicht die Nazarener, der Waffenstillstand mit ihnen läuft nächstes Jahr aus. Nur wenn wir zusammenhalten, werden wir unser Reich halten können."

„Onkel, wenn du dich weigerst, meinen Herrschaftsanspruch anzuerkennen, nenne ich dich einen Schiiten!"

„Und wenn du nicht unverzüglich dein freches Mundwerk in den Griff bekommst, dann schwöre ich bei Allah und dem Propheten, ich versohle dir deinen Hintern so gründlich wie ich es hätte schon in deiner Kindheit tun sollen – so wie es ein dämliches, arrogantes Kind verdient!"

Al-Kamil, wie immer die Stimme der Vernunft, schritt zwischen sie.

„Vetter, was mein Vater dir nicht gesagt hat, was dir aber Al-Asfahani, der Chronist, bestätigen wird, ist, dass dein Vater zunächst ihm seine Nachfolge angeboten hat."

„Das hast du dir doch ausgedacht", spuckte Al-Afdal.

„Nein, ich kann das bestätigen", warf Al-Asfahani ein, aber niemand achtete weiter auf den Alten.

„Vater hat das abgelehnt. Daran solltest du erkennen, dass es ihm nicht um die Vorherrschaft geht, sondern um die Einigkeit der Familie", sagte Al-Kamil.

„Wir haben das Reich gemeinsam erobert", ergänzte nun Uthman, „jetzt lasst es uns gemeinsam regieren."

Endlich lenkte Al-Afdal ein, wohl weil er doch noch bemerkt hatte, dass er alleine auf verlorenem Posten stand. Er gab zähneknirschend seine Zustimmung zur Aufteilung des Reiches, wie von Saladin angedacht Sie verließen den Thronsaal, überließen Al-Afdal seine Zitadelle und die Stadt Damaskus.

„Onkel", sagte Ghazi zu Al-Adil, „ich zweifle nicht daran, dass unser Bruder schon in diesem Moment anfängt zu planen, wie er uns und dich übervorteilen, aus dem Weg räumen oder militärisch schlagen kann. Beim ersten Anzeichen von Schwäche, das wir zeigen, wird er zuschlagen."

Der Junge sollte Recht behalten.

Kapitel 49: Kuffar

(Der Ungläubige)

Mossul, 23. September 1193

„Was habe ich dir gesagt?", bemerkte Ghazi, der neben Al-Adil auf dem Rücken seines Pferdes saß.

Es war niederschmetternd. Seit Wochen lieferten sie sich heftige Gefechte mit den Zengiden, hatten viele gute Männer verloren und jetzt, nachdem sie Izz Ad-Din endlich geschlagen hatten und der Zengidenführer mit eingekniffenem Schwanz in die Wüste zurückgekehrt war, die solche wie ihn immer mal wieder ausspuckte, hatte Al-Afdal die Gunst der Stunde genutzt und ihnen einen Hinterhalt gelegt.

Wobei das Wort Hinterhalt vielleicht nicht ganz passte. Er erwartete sie einfach mit einer mehr als doppelten Übermacht in der Wüste, zwei Tage nachdem sie den Euphrat überquert hatten.

„Ja, du hast es gesagt", erwiderte Al-Adil. Sein Neffe hatte einiges aufgefahren, wie die Späher berichteten. Er hatte acht Einheiten Speerträger, fast eben so viele berittene Bogenschützen, zwei Einheiten Kwarazim – schwere Reiterei – und die eigene Leibwache und unter seinen Hilfstruppen befanden sich auch gefürchtete Naffatun, die verheerendes Feuer auf den Feind warfen.

Al-Adil und Ghazi hatten ihre durch den Kampf mit den Zengiden geschrumpfte Armee in vier Einheiten Speerträger organisiert, wobei keine von ihnen die volle Mannzahl vorweisen konnte. Sie besaßen fast ebenso viele Bogenschützen, von denen drei Viertel aber nicht beritten waren. Das letzte Viertel bestand aus Mamelukenveteranen und war ihr größter taktischer Vorteil. Dann noch die Reste ihrer Leibwachen, adlige Ritter der Ayyubiden, kampfgestählt und loyal bis in den Tod.

Wenn sie die Schlacht annahmen, waren sie verloren. Al-Adil konnte das alles vor dem inneren Auge sehen, als geschehe es in Wirklichkeit: Al-Afdals Infanterie würde, unterstützt von seinen Plänklern und den Naffatun, ihre eigenen Speerträger in kürzester Zeit aufreiben, während ihre Bogenschützen zwar einigen Schaden anrichten würden, bis der Feind angerückt war, aber beim Zusammenstoß der Heere schnell ihren Nutzen verlieren würden, weil sie schlecht in das Getümmel hinein feuern konnten. Al-Afdal würde seine Sipahi von den Flanken angreifen lassen und die Kwarazim schicken, um die Bogenschützen niederzumachen. Spätestens dann würden Ghazi und er mit ihren Leibwächtern eingreifen müssen, um entweder die Bogenschützen zu retten oder ihre Leute gegen die Hauptstreitmacht zu unterstützen. In beiden Fällen waren ihre Erfolgsaussichten minimal. Al-Afdal würde nicht einmal sein Zelt verlassen müssen, um den Sieg davon zu tragen.

„Was tun?“, fragte Ghazi das Offensichtliche.

„Wir stellen uns nicht zur Schlacht“, erwiderte Al-Adil. „Stattdessen ziehen wir uns in die Wüste zurück.“

Ghazi zog eine Grimasse. „Nicht gerade mutig“, beschied er.

„Mut und Klugheit sollten sich immer im Gleichgewicht befinden“, erwiderte Al-Adil, „sonst findest du auf dem Schlachtfeld schnell den Tod, lieber Neffe. Es ist keine Feigheit einem Kampf auszuweichen, den man nicht gewinnen kann.“

„Aber sie werden uns verfolgen“, wandte der Jüngere ein.

„Natürlich, das ist ja das, was wir wollen“, grinste Al-Adil.

„Ist es das?“

Al-Adil nickte und lächelte seinen Neffen zuversichtlich an. „Wir werden nicht hier kämpfen, aber wir werden kämpfen.“

Also befahlen sie den Rückzug. Al-Afdal reagierte wie erwartet und befahl die Verfolgung. Es dauerte nur wenige Stunden, bis sie den Ort erreichten, an dem Al-Adil zu kämpfen gedachte. Zwei Hügel, beide kaum hundert Meter hoch, erhoben sich hier, nur wenige Dutzend Meter auseinander stehend, aus dem Wüstensand. Beide hatten in etwa die gleiche Form, bogen sich wie eine Bohne nach hinten.

„Hier legen wir unseren Hinterhalt!“, informierte er seinen Neffen.

„Hinterhalt? Er weiß doch, dass wir hier sind“, gab der andere zurück.

Saphadin schüttelte den Kopf. „Über das Kriegswesen musst du noch einiges lernen, mein Lieber.“

„Bitte, Onkel, erleuchte mich! Und wenn wir die Schlacht wider Erwarten überleben, werde ich dein taktisches Geschick loben. Aber ich sehe nicht wie wir, selbst wenn wir uns auf den Hügeln aufstellen, dem Ansturm standhalten sollen. Ja, es ist ein kleiner Vorteil, aber er hat so viele Truppen, dass er uns auch einfach umgehen und von hinten angreifen kann.“

Al-Adil nickte. „Ich sehe, ganz taktikblind bist du also nicht! Aber glaub mir, dein Bruder ist es. Seine Arroganz steht ihm im Weg. Wenn der denkt, er hat uns in der Mangel, wird er nicht lange überlegen. Und dann schnappt unsere Falle zu."

Die nächsten Stunden verbrachten sie mit Vorbereitungen. Ghazi musste die Bogenschützen in den Hügeln aufstellen, sie sollten sich möglichst verbergen oder ansonsten ihre Position sichern, indem sie sich eingruben und angespitzte Pfähle aufstellten. Zwar gab die Wüste nichts her, aber Al-Adil war kein Anfänger im Kriegswesen. Wenn man in der Wüste kämpfte, dann war Holz die zweitwichtigste Ressource – nach dem lebenssichernden Wasser.

Er selbst stellte das Heer zwischen den Hügeln am Ende ihrer Ausläufer auf, sodass die Bogenschützen von oben her die Flanken des Feindes unter Beschuss nehmen konnten.

Als Ghazi von seiner Mission zurückkam sah er die Reihen der Speerträger, die viel zu weit auseinandergezogen waren. Nur wenige Reihen standen hintereinander. Er wurde bleich.

„Einem ernsthaften Ansturm halten die niemals stand!", beschied er.

„Mag sein, aber immerhin kann Al-Afdal sie so nicht von den Flanken angreifen und seine Leute werden sich gegenseitig im Weg stehen."

„Und was ist, wenn er die Mameluken und die schwere Reiterei um die Hügel herumschickt?"

„Damit rechne ich. Das wird unsere Aufgabe sein."

Nun wich auch die letzte Farbe aus dem Gesicht seines Neffen.

„Aber wie locken wir ihn in diese Falle? Was sollte ihn davon abhalten, nun ebenfalls abzuwarten, bis er eine günstigere Schlachtaufstellung vornehmen kann?"

„Seine Ungeduld, sein strategisches Unvermögen und seine Gier." Al-Adil grinste. „Was ist denn das Ziel deines Bruders am heutigen Tag?"

„Na, er will uns beide töten oder gefangennehmen, würde ich sagen."

„Eben! Also heißt es ausziehen!"

Lachend legte er seine Rüstung ab und übergab sie, zusammen mit der seines Pferdes, dem Mamelukenhauptmann. „Vergiss nicht, das Banner abzugeben", wies er seinen Neffen an.

Die Mameluken würden also so tun, als wenn sie Al-Adils und Ghazis Leibwache wären.

Er zwängte sich in die Rüstung des Mamelukenführers und saß auf.

Auf dem Weg um die Hügel herum dachte er daran, was alles schief gehen konnte. Wenn die Speerträger zu schnell aufgerieben wurden oder Al-Afdal ihre kleine List durchschaute und die schwere Kavallerie gegen sie schickte, wäre sein Plan gescheitert. Nur wenn sie den Feind mit ihrem waghalsigen Manöver vollständig überraschten – und die Speerträger lange genug durchhielten – hatten sie eine Aussicht auf Sieg.

Al-Adil forderte den Männern und Pferden alles ab, es ging wirklich um jeden einzelnen Augenblick. Dass sie einigermaßen erschöpft im Rücken des Feindes antreffen würden, war zwar ein Nachteil, aber er baute auf seine Männer. Die meisten dienten seit Jahren unter ihm, hatten bei Hattin mit ihm geblutet und das Heilige Kreuz erobert, waren Veteranen unzähliger Schlachten. Die Jüngeren, die nachgerückt waren, um Gefallene zu ersetzen, hatte er einer unbarmherzigen Ausbildung unterzogen – und zumindest gegen die Zengiden hatten sie sich ja auch schon bewiesen.

Al-Adil erklärte den Jungspunden immer zuerst, dass es im Grunde das Dümmste war, was einer tun konnte, mit Pferden, die ja natürlicherweise Fluchttiere waren, auf eine geschlossene Schlachtreihe zuzureiten. Viele Variablen waren dabei zu beachten: Egal, wie gut gerüstet Pferde und Reiter waren, die Neuen mussten Bescheid wissen über die Schwächen ihrer Tiere und auch über die eigenen. Piken- und Speereinheiten durften niemals frontal angeritten werden, das war reiner Selbstmord. Die meisten dieser Einheiten waren träge genug, um sie in Flankenmanövern angehen zu können, aber waren es zu viele Einheiten oder bildeten sie einen Schiltron – einen Kreis aus Speeren – war auch das nicht möglich.

Das wahre Geheimnis des berittenen Kampfes aber war die Einheit der Reiter mit ihren Tieren. Es war völliger Blödsinn ein unausgebildetes Pferd in den Kampf zu reiten und immer noch ein Risiko mit einem unbekannten Ross anzugreifen, das von anderen zugeritten worden war. In intensivem täglichen Training musste der Reiter eine Beziehung zu dem Tier aufbauen, um ihm im Moment des Chaos und der Panik einer Schlacht das Vertrauen einflößen zu können, welches es brauchte, um seinen Instinkt zu ignorieren. Denn eigentlich wollte es nur weglaufen. Wie in fast allen anderen Bereichen – Schwertkampf, Lesen, Liebesspiel – war hier die universelle Regel, dass nur Übung den Meister machte. Erst wenn das Pferd sich nach unzähligen Angriffen auf Strohpuppen oder andere Scheingegner an das Klirren von Stahl und die Kriegsschreie der Reiter gewöhnt hatte, konnte es in der Schlacht eingesetzt werden. Manche Pferde gewöhnten sich sogar an den echten Kampf und wurden zu richtigen Bestien, die aktiv mithalfen, den Feind auszuschalten. Andere waren aber, auch wenn sie nicht durch Verwundungen in der Schlacht untauglich wurden, nach wenigen Einsätzen nicht mehr für den Krieg zu gebrauchen und mussten verkauft oder sogar geschlachtet werden, womit der Trainingsprozess von vorne anfing. Darin glichen die Biester den menschlichen Soldaten: Auch diese verrohten entweder zunehmend, wenn sie nicht in der Schlacht fielen, und wurden im Laufe der Zeit zu regelrechten Bestien oder zerbrachen nach wenigen, vielleicht gar nach ihrer ersten Schlacht, an den Gräueln, die der Krieg mit sich brachte.

Al-Adils Ross hatte schon viele Schlachten gesehen, Hattin, Arsuf, Askalon. Es war eines dieser Biester, die mit der Zeit quasi Geschmack am Kämpfen fanden und es wusste instinktiv zwischen Freund und Feind zu unterscheiden, ließ die anderen Pferde der Leibwache und ihre Reiter auch dann in Ruhe, wenn sie in dicht gedrängter Formation reiten oder sogar kämpfen mussten, trat und biss aber nicht nur die Pferde der Feinde, sondern auch die Feinde selbst.

Als sich die Kante des Hügels näherte und der Feind in Sicht kam, schickte Al-Adil ein Gebet an Allah.

Herr im Himmel, Ewiger, der du den Propheten Mohammed mit deinem unendlichen Wissen gesegnet hast! Heute kämpfen wir nicht gegen die Ungläubigen, sondern gegen einen Mann der Umma, ein Mitglied der eigenen Familie. Auch wenn er wieder und wieder bewiesen hat, dass er kein wahrer Moslem ist, sondern auf die Lehre des Islam spuckt und nur den eigenen Vorteil sucht, bitte ich dich: Verschone heute das Leben meines Neffen! Er ist der Erstgeborene meines verstorbenen Bruders, bitte bring mich nicht in eine Lage, in der ich sein Leben beenden muss!

Andere beteten für den Sieg oder ihr eigenes Überleben. Al-Adil tat das schon lange nicht mehr. Sein Leben lag in Allahs Hand und den Sieg errang nicht derjenige, der am heftigsten betete, sondern wer die besten Vorbereitungen getroffen hatte. Aber die Vorstellung, Al-Afdal heute vernichten zu müssen, schreckte ihn, auch wenn er keinen anderen Weg mehr sah.

Die Kwarazim kamen in Sichtweite. Hinter ihnen, eingefasst von den Hügeln, tobte die Schlacht der Unberittenen. Mehr als einen kurzen Blick, der ihm verriet, dass seine Bogenschützen den Feind von den Hügeln aus mit ihren Salven bestrichen, konnte er diesem Geschehen nicht widmen, da es keine zwei Augenblicke dauerte, bis sie den Feind erreichten.

Der Hauptmann der schweren Reiterei sah sie erst kommen, als es schon zu spät war, seine Leute zu formieren. Sie klatschten auf die völlig überraschten Gegner und brachen sie, wie ein Stein, der in eine Glasscheibe geworfen wird.

Wie immer in der Schlacht übernahmen die Reflexe und seine Intuition verdrängte jedes bewusste Denken. Seine Lanze bohrte sich in Körper, sein Ross warf andere Pferde durch den harten Ansturm einfach um und selbst mit dem Schild stieß er Reiter von ihrem Tier zu Boden.

Es dauerte nicht lange, bis die Panik sich in den Reihen der Kwarazim ausgebreitet hatte und sie heillos flohen.

Die Atempause kam überraschend, Saphadin musste sich zwingen vom Kampfrausch wieder auf taktisches Denken umzuschalten. Er sah sich um. Auch Ghazis Leibwache hatte die zweite Einheit Kwarazim überraschen können, aber hier gab es noch Gegenwehr. Er zögerte nicht, sondern kam seinem Neffen zu Hilfe, seine Truppe folgte ihm auf dem Fuße ohne dass er dazu Befehle schreien musste, die in dem Tumult ohnehin niemand gehört hätte.

Wieder prallten sie auf den Feind wie der Hammer auf den Amboss, doch dieses Mal fand seine Lanze zwar wieder direkt einen feindlichen Leib zum Angriff, zerbrach aber dabei und ermöglichte so einem der gegnerischen Reiter einen Glückstreffer. Al-Adils Schlachtross ging zu Boden. Wieder nur aus reinem Instinkt handelnd rollte er sich von seinem Pferd weg, bevor es ihn unter sich begraben konnte, kam auf die Beine und zog sein Schwert. Nun waren die eigenen Leute, die auf ihren Pferden auf seine Position zu galoppierten, für ihn eine fast ebenso große Gefahr wie die Feinde, sodass er eine Zeitlang nichts weiter tun konnte, als auszuweichen.

Zwar wurde er durch ein Wunder Allahs nicht von den Pferden seiner eigenen Leibwache zertrampelt, aber nun befand er sich nicht nur am Ende der Formation, sondern auch in der ungünstigen Position, am Boden gegen Berittene streiten zu müssen.

Bevor der erste von ihnen, der dem Ansturm der Leibwache ausgewichen war, seinem Pferd die Sporen geben und ihn niederreiten konnte, war er an der Seite des Gegners, stach mit dem Schwert von unten in dessen Seite und erwischte ihn unter der Achsel, wo die Rüstung eine Schwäche aufwies. Der Feind rutschte aus dem Sattel.

Er verschwendete keinen Gedanken darauf, das fremde Reittier selbst zu besteigen, sondern gab dem Pferd mit der flachen Seite des Schwertes einen Klaps, der es überzeugte, in die Wüste zu fliehen.

Ein Rundumblick enthüllte ihm, dass sein Neffe ähnliche Absichten hatte wie das herrenlose Ross. Von der Dezimierung seiner Reiterei demoralisiert, gab Al-Afdal seiner Leibwache das Kommando, sich zurückzuziehen.

Dieser Feigling! Wenn er jetzt angreifen würde, vielleicht könnte er noch siegen...

Aber ein Vielleicht war Al-Afdal nicht genug. Er kämpfte nur, wenn er sich des Sieges gewiss war.

Im nächsten Moment war Ghazi bei ihm. Er streckte den Arm aus, wies auf die fliehende Leibwache seines Bruders. Als wenn er sagen wolle: „Wenn ich ihn jetzt verfolge, kriege ich ihn!"

Saphadin schüttelte energisch den Kopf und deutete mit dem Schwert in Richtung des Hauptkampfes.

Das sind unsere Leute, die dort gegen eine zweifache Übermacht kämpfen, dort musst du hin!

Sein Neffe verstand, sammelte die Überlebenden beider Leibwachen, die noch auf dem Pferd saßen, um sich. Dann ritt er mit ihnen in Keilformation auf den Hexenkessel zu.

Al-Adil war ohne Reittier und daher für den Moment vom Kampfgeschehen ausgeschlossen. Zuerst suchte er sein Ross, das schwer atmend am Boden lag und ihn mit blinder Panik in den Augen ansah. Er zögerte nicht, sondern gab dem Tier den Gnadenstoß. Mit Tränen in den Augen sah er sich um und versuchte herauszufinden, was er sonst noch tun konnte, um sich trotz des Verlustes seiner Mobilität nützlich zu machen. Er fand ein halbes Dutzend Männer aus seiner und Ghazis Leibwache, die ebenfalls ihre Reittiere verloren hatten und nahm gemeinsam mit ihnen etwa zwei Dutzend vom Pferd gebrachte Kwarazim gefangen. Obwohl sie zahlenmäßig überlegen waren, warfen sie ihre Schwerter in den Sand und leisteten keine Gegenwehr.

Sie führten die Gefangenen in Richtung der Hügel. Als sie dort ankamen, war die Schlacht vorbei. Ghazi berichtete, dass das Auftauchen seiner Reiterei im Rücken des Feindes in Zusammenhang mit der feigen Flucht Al-Afdals hier ebenfalls dazu geführt hatte, dass sich die Truppen seines Bruders, die immer noch zahlenmäßig überlegen waren, ergeben hatten.

Sie versammelten die Anführer ihrer eigenen Einheiten und die Hauptmänner Al-Afdals um sich. Einer von ihnen, ein General, den Al-Adil seit Hattin kannte, kniete vor ihm und Ghazi nieder.

„Saif Ad-Din, wir haben uns beraten und uns entschieden, unser Leben in Eure Hand zu legen. Nur ein Kuffar lässt seine eigenen Leute so im Stich, wie es Sultan Al-Afdal heute mit uns getan hat und nur ein wahrer Gläubiger, auf den Allahs Stern leuchtet, kann eine Übermacht so besiegen, wie Ihr es heute fertig gebracht habt. Wir schwören dem falschen Sultan ab, sind aber weiterhin treue Anhänger der Familie der Ayyubiden."

Al-Adil nahm auch den übrigen Hauptleuten einen persönlichen Treueschwur ab, dann führte er die gesamte Truppe in Richtung Aleppo.

Al-Afdal würde sicherlich nach Damaskus zurückkehren, die Zitadelle befestigen und eine Belagerung erwarten. Aber nach dem, was heute passiert war, würde das wahrscheinlich gar nicht mehr nötig sein. Welcher Mann von Ehre würde seinem würdelosen Neffen jetzt noch folgen?

Nein, Al-Afdal war endgültig besiegt. Seine einzige Möglichkeit war das Exil, wahrscheinlich würde er zu den Abbasiden nach Bagdad gehen. Oder zu den Seldschuken oder den Nazarenern oder in die Hölle, Al-Adil war es gleich. Allah hatte sein Gebet erhört. Sein Neffe war mit dem Leben davongekommen. Aber nach dieser Schande würden sie sicherlich nie wieder etwas von ihm hören.

Kapitel 50: Más vale tarde que nunca

(Besser spät als nie)

Le Mans, 12. Februar 1194

Wie schon zuvor in Portiers, Angers und jeder anderen Siedlung empfing das Volk von Le Mans seinen heimgekehrten König wie einen Heiligen.

Richard ging barfuß – natürlich nicht die ganze Strecke, aber vor jeder Stadt, zog er sich die Stiefel aus – um seine neu gewonnene Demut zu zeigen. Berengaria hätte gerne gewusst, wo er diese hernahm. Seine Gefangenschaft hatte weder seinem Ansehen im Volk, noch bei den Adligen geschadet, die Geschichten, wie er erst auf Burg Dürnstein und dann auf dem Trifels, der Burg des Kaisers Heinrich, mit den Wachleuten Ringkämpfe und Trinkwettbewerbe ausgetragen hatte, von seiner heroischen Verteidigungsrede und der Umarmung durch den Kaiser und Eleonores Befreiung ihres Sohnes, als sie mit den Geiseln und dem Lösegeld den Reichstag zu Mainz quasi erstürmte, hatten ebenso die Runde gemacht, wie alle möglichen Übertreibungen und Märchen. Mal erzählten sich die Leute, Richard habe den heiligen Gral gefunden, diesen aber an seinem Platz gelassen, um kein Sakrileg zu begehen, mal sollte er Saladin eigenhändig erschlagen haben, mal Jerusalem im Alleingang erobert oder Al-Adil durch harte Verhandlungen einen ewig währenden Frieden abgepresst haben.

Auch erzählte man sich, dass Herzog Leopold von Austria sich wegen des Kirchenbanns beim Besuch eines Domes in Rauch aufgelöst habe oder von einem göttlichen Blitz erschlagen worden sei, was Berengaria genauso unwahr erschien wie die anderen Geschichten.

All das Gemecker über die hohen Steuern, um Richards Lösegeld einzutreiben, das Weinen über die hohen Herrschaften, die Heinrich nun als Geiseln hielt, war vergessen, genauso wie die Tatsache, dass Richard den Kaiser als obersten Lehnsherrn hatte anerkennen und von dem viel jüngeren Mann großzügig die englische Insel, sowie das Herzogtum Aquitanien und die Bretagne, als Lehen erhalten hatte – also genau die Gebiete, die ohnehin zu seinem Herrschaftsbereich gehörten, während die Herrschaft über Anjou und Maine, wo man den König so herzlich empfing, weiterhin ein Streitpunkt zwischen ihm und Philipp blieb und die Touraine und Normandie, welche Philipp in Richards Abwesenheit annektiert hatte, in fränkischem Besitz blieben.

Berengaria aber vergaß das alles nicht, vor allem da ihr jüngerer Bruder Fernando einer der Geiseln war, die sich nun in der Gewalt des Kaisers befanden.

Auch von Johanns Versuchen, im letzten Moment noch Volk und Adel gegen Richard aufzubringen, eine regelrechte Rebellion ins Rollen zu bringen, sprach niemand mehr. Im Gegenteil, gerade die Barone und Grafen, die noch bis zuletzt mit Johanns Plänen sympathisiert hatten, beeilten sich nun, Richard am lautesten von allen zu loben. Einige zeigten ähnliche Demutsgesten wie ihr König, gingen barfuß oder in Lumpen, mischten sich unters Volk und erstrebten die Vergebung ihres Monarchen, indem sie sich ihm zu Füßen warfen.

Richard nahm das alles wie selbstverständlich hin, hielt spontane Reden über seine Ideen eines neuen Christentums, in dem alle vor Gott gleich waren – und sie fraßen ihm aus der Hand.

Auf den Etappen zwischen den Städten hatte ihr Mann aber gezeigt, was diese Reden wert waren. Er hatte auf keinen Luxus verzichtet, ritt nicht einmal selbst, sondern fuhr mit Berengaria in der Kutsche, aß und trank viel und konnte nicht aufhören über Leopold von Austria und Kaiser Heinrich zu sprechen, ihre Falschheit und ihre Lügen anzuprangern und sie als die scheußlichsten Unmenschen darzustellen, die auf Gottes weiter Erde weilten.

Eleonore und Johanna waren anfangs noch in der gleichen Kutsche mitgereist, hatten es aber schnell vorgezogen das Transportmittel zu wechseln, sodass Berengaria Richards Tobsuchtsanfälle alleine aushalten musste.

Und immer wenn der Hauptmann der Späher verkündete, man komme einem größeren Dorf oder einer Stadt näher, entledigte Richard sich der meisten seiner königlichen Insignien und der feinen Kleidung, zog die Stiefel aus und marschierte barfuß am Kopf der Kolonne, um die Huldigungen seiner Untertanen anzunehmen.

Berengaria hatte ihm während der Reise schon häufiger Heuchelei vorgeworfen, aber nach seiner Rede auf dem Marktplatz von Le Mans, in der er alles vorher Gesagte noch einmal übertroffen, von göttlicher Fügung und sogar dem Ende aller Zeiten gefaselt hatte, wusste sie, dass es so nicht weitergehen durfte. Seine angebliche Demut, die wollüstige Anbetung seiner Person durch das Volk, waren ihm zu Kopf gestiegen.

Also biss Berengaria in den sauren Apfel und sprach Eleonore an. Daher gab es des Abends, nachdem Richard auch noch dem letzten Bittsteller aufmerksam zugehört und ihm versichert hatte, in seiner neuen Ordnung würde auch ihm Gerechtigkeit widerfahren, eine Familienversammlung.

Neben den Damen waren nur Franklin der Spion anwesend, der Berengaria seit Latrun gewogener war, als dem König, und Richards alter Freund und Berater William Longchamp, der erfolglos versucht hatte, Johanns verräterisches Treiben in Richards Abwesenheit zu beenden und mit Eleonore in Heilige Römische Reich geritten war, um Richard auszulösen.

„Mein Sohn", begann Eleonore das Treffen – natürlich war sie diejenige, die das Gespräch leitete, das stellte niemand infrage – „deine dich liebende Ehefrau hat um diese Zusammenkunft gebeten und ich muss zugeben, dass ich ihrem Drängen nur zu gerne nachgegeben habe, denn mich erfüllen ähnliche Sorgen wie sie."

Alle Augen richteten sich nun auf Berengaria. „Richard", sprach sie also, „du kannst so nicht weitermachen. Fast befürchte ich, du glaubst schon selbst, was du dem Volk auf den Marktplätzen erzählst."

Richard sah sie an, als habe sie den Verstand verloren. Auch Longchamp schien nicht zu verstehen, was vor sich ging, obwohl Eleonore ihr versprochen hatte, den alten Bischof vorher ins Bild zu setzen, wenn sie selbst Johanna übernahm.

Diese nahm den Faden auf: „Deine Reden überschreiten eine Grenze. Was du über dein neues Reich sagst, kann dir vom Papst als Ketzerei, vom Volk zumindest als Blasphemie ausgelegt werden."

Richard brauste auf. „Was kümmert mich der Papst, dieser alte Hurenbock?!"

„Immerhin", erwiderte Eleonore, „hat der verkommene Greis auf die Bitten deiner Frau und deiner Mutter seinen besten Mann, Kardinal von Segni, ins Reich gesandt, um dem Kaiser klar zu machen, dass die Kirche es nicht duldet, wenn ein Kreuzfahrer auf diese infame Weise..."

„Lothar von Segni ist ein Lüstling! Auf unserer Hochzeit hat er meine Frau belästigt", er sah Berengaria anklagend an, „oder hast du das vergessen, meine Liebe?"

„Er hat sich als nützlich erwiesen", erwiderte Berengaria ohne mit der Wimper zu zucken. Wenn Richard jemals erfuhr, dass sie den Kardinal damals in Rom bezirzt hatte, um eine Audienz beim Papst zu erlangen, würde der König sie umbringen, nach Rom reiten und Lothar von Segni ebenfalls zum Tode befördern.

„Sei es, wie es sei", mischte sich Longchamp ein, „wir sollten doch vorsichtig sein mit den ganzen Übertreibungen und Gerüchten, die sich so im Volke verbreiten." Eleonore hatte den alten Mann also doch auf ihre Seite ziehen können! Das hatte man ihm nur nicht angesehen und auch jetzt wirkte er so, als wüsste er nicht genau, wo – oder wer – er sei. Immerhin ergänzte er: „Richard, Ihr seid kein Heiliger oder Prophet und Ihr solltet Euch nicht als solcher darstellen. So sehr das Volk seine Märtyrer und Lichtgestalten liebt, es weiß doch für gewöhnlich zwischen ihnen und uns – ihren Besseren – zu unterscheiden."

Der alte Mann war anscheinend doch nicht so senil, wie er wirkte. Das war eine Erleichterung.

„Ja seid ihr denn alle des Wahnsinns fette Beute?", antwortete Richard. „Ich muss meine Ehre wiederherstellen, versteht ihr das denn nicht? Ein König auf dem Kreuzzug, das ist schlimm genug für sein Volk, weil es ihn nicht sehen kann, aber ein König in Gefangenschaft eines anderen Herrschers? Eine größere Schande ist nicht vorstellbar! Ich widerspreche euch: All die Geschichten und Übertreibungen, all die Demutsgesten und die ritualisierte Vergebung sind noch nicht genug! Was wir brauchen, um meine Herrschaft wiederherzustellen, ist eine neue Krönungszeremonie! Erst wenn ich erneut rituell die Krone Englands auf das Haupt gesetzt bekomme, bin ich wieder König! Bis dahin habe ich einfach nichts Besseres, als ohne Stiefel zu laufen. Soll ich mich auch noch geißeln, meint ihr das würde wirken?"

„Nein, du sollst nicht noch mehr religiösen Blödsinn verzapfen, sondern damit aufhören", antwortete Johanna.

Eleonore sprach gleichzeitig: „Nicht eine erneute Krönung wird deinen Herrschaftsanspruch wiederherstellen, sondern nur eine konsequente Bestrafung all derjenigen, die sich mit Johann gegen dich verbündet haben."

„Und Johann selbst?", warf Franklin der Spion ein. „Wir haben genügend Beweise, um ihm den Prozess wegen Verrats zu machen. Ohne ihn hätte niemand auch nur daran gedacht, Euren Anspruch auf die Krone infrage zu stellen."

„Der Lump muss sterben", ergänzte Longchamp.

Eleonore schlug mit der Faust auf den Tisch, bevor Richard es tun konnte. „Ihr sprecht über meinen Sohn!", schrie sie die Männer an. „Ja, er ist eine regelrechte Schlange, aber er hat auch seinen Nutzen, wenn man ihn zu kontrollieren weiß. Ich mache ihn nicht verantwortlich für die Unruhen, William Longchamp, sondern Euch! Der König hatte Euch die Herrschaft über sein Reich in unserer Abwesenheit übertragen und was habt Ihr getan? Nachdem Johann Euer Pferd getötet hat, habt Ihr Euch feige in den Turm Londons zurückgezogen und seid dann in Frauenkleidern von der Insel geflohen!"

Longchamp wurde rot im Gesicht, erwiderte aber nichts.

„Ihr seid nur hier, weil Ihr ein alter Freund der Familie seid und Richard Euch weiterhin als Berater schätzt, aber für die Adligen seid Ihr nicht mehr als eine Witzfigur! Und er", wandte sie sich respektlos an den Spion, „sollte besser wissen, wo sein Platz ist!"

Franklin deutete eine Verbeugung an: „Ich lebe, um zu dienen, Königin!"

Da war es wieder: Eleonore war nach wie vor die Königin, es spielte keine Rolle, dass Berengaria sich gerade diesen Spion über Jahre als Verbündeten herangezüchtet hatte. Aber wenn Eleonore die wahre Königin war, wer war dann sie?

„Richard", versuchte Johanna es noch einmal, „Mutter hat Recht, wir stellen die Ordnung in deinem Königreich nur wieder her, wenn wir jeden, der Johanns Geruch an sich hat, hart bestrafen. Ich stimme Mutter aber insofern zu, dass wir kein Mitglied der Familie dem Henker übergeben dürfen. Dennoch muss Johann kaltgestellt werden."

„Überlass das ruhig mir", erwiderte Richard tonlos.

„Es bleibt die Frage, ob es angebracht ist, dass du dich als Märtyrer und Heiliger aufführst", nahm Berengaria den ursprünglichen Faden wieder auf.

„Angebracht! Ausgerechnet du redest davon, was angebracht ist?"

Was sollte das nun?

Richard fuhr fort: „Ist es angebracht, dass die Königin hinter dem Rücken ihres Mannes konspiriert? Mit Spionen und Unterhändlern? Und mit seinen Feinden?"

„Was willst du damit sagen?"

„Streite es nicht ab! Du hast doch mit Leopold von Austria mehr als einmal alleine gesprochen! Er sagte mir..."

Richards Schwester unterbrach ihn: „Dieser... Ochse", fand sie die richtige Bezeichnung, „würde doch alles tun, um dich zu kränken! Bist du so blind, oder..."

Auch Johanna konnte nicht ausreden, weil Berengaria dazwischen schrie: „Mit diesem abscheulichen Fettwanst soll ich..?“

Eleonore beendete den Streit, indem sie einfach eine Schale mit Früchten in beide Hände nahm und mit voller Wucht auf den Tisch fallen ließ. Die Schale zerbrach klirrend, die Scherben und Früchte verteilten sich auf dem Tisch und besudelten die Kleider der Familienmitglieder.

„Ich dulde nicht, dass ihr eine solche Dummheit begeht und diesen Reichsherzog aus der Ferne einen Keil durch die Familie treiben lasst! Einen Herzog, das darf ich betonen, den der Papst exkommuniziert hat für das, was er dir angetan hat, mein Sohn. Und wer hat dafür gesorgt? Deine gute Frau und deine liebe Schwester.“

Sie sah streng zu den Frauen herüber.

„Ohne Mutters Hilfe hätten wir das nicht geschafft“, beeilte sich Johanna zu versichern.

„Junge, komm wieder zu dir!“, versuchte Eleonore ein weiteres Mal, zu ihrem Sohn vorzudringen. „Du bist ein Ritter und kein Priester. Ich sage das nicht gerne, aber im Moment erinnerst du mich auf schmerzlichste Weise an den alten Frankenkönig Ludwig.“

Richard wurde rot. „Ich habe jetzt genug von euren Unverschämtheiten“, deklarierte er leise, aber mit Gift in der Stimme. „Lasst mich allein!“

Alle, selbst Eleonore, mussten sich diesem Befehl des Königs beugen, sodass das Ehepaar allein im Raum blieb.

„Das hast du ja wirklich hervorragend hinbekommen“, klagte Richard sie an, „alle gegen mich aufzuhetzen!“

„Du verstehst es immer noch nicht!“, beschwerte sich Berengaria. „Wir sind nur besorgt um dich und du tust so, als wenn wir gegen dich arbeiten würden.“

„Das tut ihr doch und vor allem du tust das! Wärst du mir eine echte Ehefrau, wäre ich vielleicht eher geneigt, dich anzuhören, aber so lange du nur auf dem Papier meine Frau bist und dich weigerst, mir Erben zu schenken, muss ich davon ausgehen, dass du...“

Berengaria war es leid. Sie würde ihn nicht noch einmal irgendwelche Anschuldigungen aussprechen lassen. Sie stand auf und verließ den Raum.

Dieser elende Hitzkopf!

Sollte er sich doch aufführen wie einer der zwölf Apostel! Als nächstes würde er sich wohl mit dem Messer Wunden an Händen, Füßen und Brust beibringen und behaupten, er sei der Heiland selbst. Sollte er doch, es war ihr egal! Wenn nicht mal die vereinten Kräfte der Frauen und seiner Berater ihm Vernunft eintrichtern konnten, was musste dann noch geschehen, damit er endlich aufwachte?

Am Ende des Kreuzzuges hatte sie fast so etwas wie Zuneigung zu ihm aufgebaut. Seine Heldentaten waren echt und rein, sein Kampf gegen Al-Afdals Mordbuben heroisch gewesen und dass er Al-Adil und Saladin irgendwann endlich als die Ehrenmänner erkannt hatte, die sie – Heiden oder nicht – nun einmal waren, hatte ihn am meisten ausgezeichnet.

Und doch war kein Wort des Dankes für ihre Bemühungen in Rom bezüglich seiner Person über seine Lippen gekommen, ebenso hatte er seiner Mutter, die, auch wenn es Berengaria nicht leicht fiel, das zuzugeben, nun einmal den Hauptteil zu seiner Befreiung geleistet hatte, keinerlei Respekt oder Dankbarkeit erwiesen. Stattdessen hatte er sich im Jubel des Volkes gesonnt, dessen Liebe genossen, während er gleichzeitig so tat, als wäre er ein Sünder auf Pilgerfahrt. Wie sollte sie diesen selbstgefälligen, arroganten und jeder Beratung resistenten Mann je lieben lernen?

Während sie sich mal wieder in den Schlaf weinte, beschloss sie, dass Richard und seine nächsten Schritte sie nichts mehr angingen. Ob er seinen Bruder einen Kopf kürzer machte oder ihm vergab, ob er die Rebellen bestrafte oder nicht, ob er sich als Gottes Märtyrer fühlte oder wieder Vernunft annahm, das war nicht mehr ihre Sache!

Sie konnte das alles ohnehin nicht ändern. Was sie tun konnte, war ihre Provinzen endlich offiziell in Besitz zu nehmen und dort Gutes zu tun. Sie wollte Klöster bauen, sich mit den Katharern in den Pyrenäen kurzschließen und die Grenze zu Iberien befestigen, für den Fall, dass ihr Bruder Recht behielt und die Mauren wieder auf Raubzug gehen würden. Sancho war gerade dabei gegen irgendeinen Baron zu kämpfen, der sich in den Kopf gesetzt hatte, die Katharer zu bekriegen.

Die ganze Episode mit Richards Gefangennahme hatte ihr die Möglichkeit verhagelt, mit dem Papst über die Maurengefahr zu sprechen. Nach all dem, was sie in Rom erlebt hatte, war sie sich aber auch sicher, dass sie von dort keinerlei Hilfe zu erwarten hatten.

Sie wollte bereit sein für den Tag, an dem die Moslems ins Königreich Navarra einfielen, ihrem Bruder dann Truppen schicken können ohne bei Richard, Eleonore oder sonst jemandem um Erlaubnis fragen zu müssen.

Vor allem wollte sie weder ihren Mann, noch Eleonore, jemals wiedersehen. Johanna würde sich entscheiden müssen, ob sie mit ihrer Familie auf die Insel zurückkehren oder Berengaria begleiten wollte. Sie selbst hatte nicht vor, jemals nach England überzusetzen, auch wenn sie die Königin dieser Insel war.

Wie schon so oft in ihrem Leben sah sie sich vor einer Kreuzung, auf der sie weder nach rechts, noch nach links gehen konnte. Sie durfte sich nicht mehr abhängig machen von anderen, die dann ihre Geschichte schrieben.

Ihr blieb nur die Strecke geradeaus, ihrem Schicksal entgegen.

Kapitel 51: Timor inferno

(Angst vor der Hölle)

Dürnstein, 31. Dezember 1194

„Vater, vergib mir, denn ich habe gesündigt!“, schrie der Herzog von Austria.

Er schrie nur noch in letzter Zeit, die Schmerzen in seinem Bein waren so schlimm, dass er ständig das Gefühl hatte, er müsse sich erheben, um sich Erleichterung zu verschaffen. Mit einem Bein ging das aber nicht gut, sodass er sich neben der Pein auch in einer ständigen Gereiztheit befand. Wie konnte ein fehlendes Bein überhaupt Schmerzen bereiten? Das war vollkommen unlogisch. Natürlich hatte Leopold schon oft davon gehört, wie den Leuten amputierte Gliedmaßen weh taten, aber er hatte es zuvor nie selbst erlebt.

„Öffnet Gott Euer Herz und vertraut der heiligen Mutter Kirche Eure Seele an“, antwortete Konrad von Wittelsbach.

Ja, so sollte es sein! Leopold hatte sich lange gegen den Gedanken gesträubt, mittlerweile aber akzeptiert, dass er sterben würde.

Dabei hatte das alles so harmlos angefangen. Ein normales Turnier! Seit seiner Jugend nahm er am Lanzentjost teil. Und dann war er vom Pferd gefallen! Nicht einmal durch eine Lanze aus dem Sattel gerissen, einfach gefallen! Und die Wundärzte, diese Quacksalber, hatten sich geweigert das Bein zu amputieren – obschon sie ihm bestätigt hatten, dass das notwendig für sein Überleben war.

Also hatte Leopold, der einem Eberhard von Salisbury an Härte nicht nachstand, selbst ein Beil angelegt und sein Diener musste mit dem Hammer draufschlagen. Einmal. Zweimal.

Beim dritten Mal war die nutzlose Extremität endlich ab. Leopold hatte gebrüllt und geheult und war in Ohnmacht gefallen, aber er hatte sich eingeredet, die Amputation würde ihm das Leben retten. Nun lag er hier und musste sich eingestehen, dass diese Hoffnung vergebens war.

„Ich will nicht in die Flammen gehen“, bat er den Bischof, „ich will beichten!“

„Berichtet Eure Sünden nur frei heraus!“, antwortete Konrad.

Ja, seine Sünden. Was waren seine Sünden? Hatte er nicht immer alles für Kaiser und Reich getan? Vielleicht hätte er dem Wein weniger zusprechen sollen, dann wäre er seiner anderen Schwäche – den Frauen

– auch nicht so häufig erlegen. Der Schmerz kam in Schüben und der gegenwärtige brachte ihn an den Rand der Schwärze.

„Wein, Wein!“, befahl er und sein Diener reichte ihm welchen. Das Getränk schmeckte schal und bitter.

„Berichtet mir nicht von den Sünden, von denen ich schon weiß“, mahnte der Bischof, „Eure Saufgelage und Hurereien habe ich mit eigenen Augen bezeugen dürfen. Erzählt lieber von Richards Einkerkerung und dem Schauprozess.“

„Ach was! Wenn ich etwas Rechtes in meinem Leben getan habe, dann diesen...“, er suchte nach dem richtigen Wort, „...diesen Pfau einzufangen und ihm einige Manieren beizubringen.“

„Wie man sich erzählt, hat das nicht wirklich funktioniert. Das mit den Manieren meine ich.“

„Der König von England hat eine scharfe Zunge, das muss man ihm lassen. Hätte fast den Kaiser selbst eingelullt! Aber ich habe dafür gesorgt, dass er doch Lösegeld forderte – und noch mehr!“

„Mehr?“

„Ja, den Lehenseid hat er dem Engländer abgenommen. Und Geiseln! Ein ganzes weiteres Jahr hat er ihn eingekerkert.“

„Und das wäre ohne Euer Zureden nicht geschehen?“

„Vermutlich nicht. He, seht mich nicht so an, das war nicht als Beichte gemeint! Darauf bin ich stolz und werde es ewig sein!“

„Weil er Euer Banner eigenhändig in den Dreck warf auf den Mauern von Akkon?“

„Ja.“

„Wer hat denn Euer Banner dort aufgestellt, neben dem von Philipp und Richard?“

„Ich selbst!“

„Habt Ihr denn an diesem Tag überhaupt selbst aktiv an der Schlacht teilgenommen?“

Leopold stöhnte auf, halb vor Schmerz, halb aus Verärgerung.

„Als ich in mein Zelt zurückkam und meinen Kampfgürtel abnahm...“

„...da war nur noch ein weißer Streifen auf Eurem Gewand, der Rest war vom Blut der Feinde so besudelt, dass er völlig rot war. Und deshalb hat Heinrich Euch erlaubt das alte, geschändete Banner, durch das neue auszutauschen. Ich habe die Geschichte hundert Mal gehört. Zur Hölle, ich habe sie so oft erzählen müssen, dass ich fast selbst anfing daran zu glauben. Und doch meine ich mich zu erinnern, dass Ihr an dem Tag, an dem Akkon fiel, nicht nur lange geschlafen – Euren Rausch vom Vortag ausgeschlafen – habt, nicht nur neben einer billigen Hure erwacht seid, welche die doppelte Bezahlung von Euch forderte, weil Ihr so grob mit ihr umgegangen seid, sondern auch im weiteren Verlauf des Tages Euer Zelt nicht verlassen habt."

Was redet der Mann da? Der verdreht doch alles. Das ist doch alles anders gewesen!

Leopolds Erinnerungen an den Kreuzzug waren zum Teil undeutlich, als wenn ein grauer Nebel darüber läge. Er konnte sich nicht an jede Einzelheit erinnern. Er überlegte scharf. Er wusste, dass Friedrich von Schwaben ihm auf dem Sterbebett das Kommando über die restlichen Reichsritter übergeben und ihm zum Stellvertreter des Kaisers im Heiligen Land gemacht hatte. Dass Richard sein Banner geschändet hatte. Dass er Saphadin zum Duell gefordert und dieser sich feige geweigert hatte, die Klingen mit ihm zu kreuzen. Er erinnerte sich an das verwundete Weib, das darum gebeten hatte, in den Graben geworfen zu werden, um auch im Tode dem Kreuz zu dienen. Und dass er nach Hause gefahren war, als Richard ihn erneut demütigen wollte, indem er ihn zu niederer Arbeit zwang. Aber die Kämpfe...

Moment! Diese Ratte von einem Pfaffen!

„Ihr verwirrt mich absichtlich!", klagte Leopold den Bischof an. „Ihr wollt meine Schwäche ausnutzen, um mir Unwahrheiten zu entlocken! Ihr habt mir immer treu gedient, aber wenn Ihr mir auf diese Art und Weise daherkommt, dann sucht Euch einen anderen Herrn."

„Ihr seid nicht mein Herr und Ihr wart es nie! Ich habe Euch gedient, ja, im Auftrag des Reiches, aber ich habe Euch nie als Herrn anerkannt – und ich diene Euch schon lange nicht mehr."

„Und was tut Ihr dann hier?"

„Euren Tod bezeugen."

„Ihr werdet mir gefälligst die Beichte zu Ende abnehmen!"

„Ich werde nichts dergleichen tun. Falls Ihr Euch nicht erinnert, der Papst hat Euch exkommuniziert. Der Kirchenbann wird erst dann aufgehoben, wenn Ihr genauso lange auf einem neuen Kreuzzug verbracht habt, wie Richard im Reich in Gefangenschaft war. Da das aufgrund der aktuellen Situation nicht passieren wird, werdet Ihr wohl nicht als Christ sterben."

„Wartet, Ihr wollt ja wohl nicht andeuten, ich hätte den Unfall absichtlich herbeigeführt, um nicht auf den Kreuzzug gehen zu müssen?!"

Der Bischof schwieg. Das war schlimmer als jede Antwort. Leopold konnte die feurigen Hände der Höllendämonen schon spüren. Sie griffen nach seiner Seele. Oh, er würde leiden, endlos leiden...

„Und wenn ich die 20.000 Silbermark, die ich als Anteil vom Lösegeld vom Kaiser erhielt, der Kirche spende?"

„Dann wird die Kirche diese Summe sicherlich einsetzen, um einen guten Zweck zu befördern. Retten wird Euch das nicht mehr. Ihr müsst wissen, der Heiland fordert ehrliche Reue. Ihr könnt nicht für Eure Taten Buße tun, indem Ihr Geld spendet, das Ihr im Jenseits ohnehin nicht mehr verwenden könnt. Und für Eure schlimmsten Taten, das habt Ihr gerade selbst gesagt, empfindet Ihr keinerlei Reue. Wie also soll eine kleine Geldspende Euch vor dem reinigenden Feuer schützen?"

„Klein? Das ist ja wohl keine kleine Summe!"

Aber es war vergebens. Alles war vergebens.

Leopold hatte einige schlimme Folterungen mitangesehen in seinem Leben. Manch ein Foltermeister verstand es, die Leiden des Delinquenten über Tage hinzuziehen. Hängen, Vierteilen, Kopf abhacken – das alles waren gnädige Todesarten, verliefen sie doch relativ schnell. Der Herzog hatte in seiner Funktion als oberster Richter selbst Folterungen angeordnet, bei denen Ziegen die mit Salz bestreuten Füße der Verbrecher leckten und diese sich im Wortsinne tot lachten. Er hatte Augen, Zungen und Hände entfernen lassen. Aber er war nie so grausam gewesen wie manch anderer Adliger des Reiches. Sie legten die Leute auf die Streckbank, das konnte stundenlang gehen. Sie rissen mit einem eigens dafür geschmiedeten Werkzeug, Frauen die Brüste vom Körper – oder mit dem gleichen Instrument den Männern ihre Männlichkeit. Oder die Judaswiege – er hatte eine solche Folterung einmal beobachtet und wagte kaum, daran zu denken...

All diese Foltermethoden aber waren gar nichts gegen das, was ihm bevorstand. Die Dämonen der Hölle waren nicht auf menschliche Folterwerkzeuge angewiesen und die Seelen konnten auch nicht bewusstlos werden und so den Schmerzen entgehen. Vielleicht würde er ewig in Lava getunkt werden, am ganzen Leib Verbrennungen spüren, aber es würde nicht aufhören! Oder sie spießten ihn auf einer eisernen Stange auf. Auch so etwas hatte er schon mal gesehen, die Opfer starben oft erst nach Stunden oder gar Tagen – nur dass er nicht sterben, sondern ewig weiter leiden würde.

„Bitte, bitte, Vater, sprecht die Absolution aus! Wenn Ihr auch nur einen Funken Mitleid in Euch habt, bewahrt mich vor der Höllenpein!"

„Es tut mir leid, Herzog, aber wie ich schon sagte, ich kann einem Exkommunizierten nicht die Beichte abnehmen, noch kann ich Euch die letzte Ölung zukommen lassen. Euer Schicksal ist besiegelt."

Leopold driftete davon. Die Angst und die Schmerzen – es war einfach alles zu viel. Und dann begann die Folter. Es war noch viel schlimmer, als er es sich vorgestellt hatte. Statt auf Feuer, Lava oder menschliche Werkzeuge zurückzugreifen, kratzen die Dämonen mit ihren Klauen, begleitet nur von seinen panischen Schreien, seine Haut vom Fleisch, dann das Fleisch von den Knochen. Und als er sein eigenes Skelett sah, völlig von Fleisch und Organen befreit, regenerierte sich alles wie von Zauberhand und die Tortur ging von Neuem los.

Träume ich das alles nur oder bin ich schon in der Hölle?

Kapitel 52: Si no vas por todo, no vayas

(Ganz oder gar nicht)

Portiers 25. Dezember 1195

Da stand er vor ihr, ihr Ehemann und König. Fast zwei ganze Jahre hatten sie sich nicht gesehen. Berengaria hatte die meiste Zeit auf ihren Burgen verbracht oder in der Gascogne, die zumindest auf dem Papier ihr gehörte. Doch nicht nur Eleonore und Richard, auch Johann und selbst Onkel Alfons und seine Frau, die junge Eleonore, beanspruchten die Herrschaft über dieses Gebiet. Zwar gab es keine offenen Kämpfe, aber die Spione und Unterhändler aller Parteien reisten von Burg zu Burg und von Stadt zu Stadt, um die Untertanen auf die jeweilige Seite zu ziehen, mit Appellen an die Loyalität, Versprechen und Bestechungen, mit Drohungen und Intrigen.

Im letzten Jahr war ihr Vater verstorben und sie war – zum ersten Mal seit Eleonore von Aquitanien sie über die Pyrenäen verschleppt hatte – in ihre Heimat Navarra zurückgekehrt, um den Leichnam Sanchos des Weisen zu sehen, sich zu vergewissern, dass er wirklich tot war. Und um ihrem Bruder dabei zuzusehen, wie er zum neuen König gekrönt wurde.

Sancho der Starke hieß er nun. Aber was tat er, kaum dass er die Krone auf dem Haupt hatte und der Körper ihres Vaters kalt geworden war? Statt Alfons gegen die Mauren zu helfen, die – genau wie sie es immer befürchtet hatten – in Kastilien eingefallen waren, hatte er die momentane Schwäche des Nachbarkönigreiches ihres Onkels ausgenutzt, um seinerseits eine Invasion dort vorzunehmen! Das hatte nicht nur Papst Coelestin gegen Sancho aufgebracht, auch Berengaria betrachtete das als Verrat.

Natürlich hatte er gewartet, bis sie Pamplona verlassen hatte, bevor er seinen Raubzug begann, sodass sie ihn nur per Brief schelten konnte, als ihr Spion ihr davon berichtete. Noch immer kochte sie vor Wut, wenn sie nur daran dachte.

Richard aber hatte Philipp Augustus, den König, den die Sizilianer das Lamm genannt hatten, weil er neben dem Löwenherz so schwach wirkte, nach seiner Rückkehr in die Schranken gewiesen und die aquitanischen Gebiete auf dem Festland, auf die England Anspruch erhob, fast alle wieder in seinen Besitz bringen können. Seiner Frau aber hatte er keinen Besuch abgestattet, nicht einmal einen Brief geschrieben. Dann plötzlich hatte er um dieses Treffen gebeten, dem Brief nach, den er ihr hatte zukommen lassen, schien es um Leben und Tod zu gehen.

Sie sagte nichts, wartete ab. Richard hatte das hier angeleiert, sollte er anfangen!

„Teuerste“, redete der König sie an wie eh und je, „danke, dass Ihr gekommen seid. Wir haben wichtige Dinge zu besprechen.“

Als er nicht fortfuhr, wurde Berengaria direkt ungeduldig. „Und was sind das für wichtige Dinge?“, fragte sie schnippisch.

Richard zuckte zusammen und auch Berengaria selbst erschrak ein wenig darüber, wie viel Gift in ihrer Stimme lag.

„Nun, zunächst einmal müssen wir über diese unangenehme Sache reden, dass wir nicht wie ein Ehepaar leben, sondern Dutzende Meilen voneinander entfernt. Das ist nicht recht, das ist nicht christlich.“

Bevor Berengaria aufbrausen konnte, lenkte er direkt ein: „Ich meine dabei gar nicht, äh, den ehelichen Akt. Wenn in dieser Sache Euer letztes Wort gesprochen ist, gut! Ich liebe den Sohn meines verstorbenen Bruders Gottfried, den jungen Arthur, wie einen eigenen Sohn. Er soll mir nachfolgen, wenn ich mal nicht mehr bin, das habe ich testamentarisch festlegen lassen.“

Ein riesiger Stein fiel Berengaria vom Herzen. Nicht nur, weil Richard dieses Thema endlich fallen ließ – oder zumindest versprach, das zu tun – auch war sie mehr als erleichtert darüber, dass jemand anderes als Johann, der Prinz ohne Land, Richard beerben würde. Von allen Familienmitgliedern, die um ihre Gascogne mit ihr stritten, war Johann mit Abstand der Unangenehmste. Richards kleiner Bruder war sogar noch schlimmer als die alte Eleonore. Die Königsmutter konnte sie mittlerweile immerhin gut einschätzen, ihre berechnende Art war berechenbar. Johann aber war alles andere als einschätzbar für die Königin, mal war er ein Fähnchen im Wind, dann wieder ein Schlitzohr, mal stand er auf Richards Seite, dann unterstützte er seine Mutter. Und nie hörte er auf, im Hintergrund seine eigenen Ziele zu verfolgen, da war Berengaria sich sicher.

„Aber“, fuhr Richard fort, „nicht nur, dass es schlecht aussieht, wenn wir an den verschiedenen Rändern unseres Königtums leben, es ist auch in Gottes Augen nicht richtig.“

Berengaria stöhnte auf: „Bist du immer noch von dem Gedanken besessen, ein Heiliger zu sein? Jagst du immer noch nach dem heiligen Gral wie der alte Barbarossa?"

Zur Antwort schüttelte Richard energisch mit dem Kopf. „Nein! Ich habe meine Krone wieder. Ich bin der Herrscher von England. Weitere Demutsgesten sind nicht nötig. Ich will nur mein Eheweib wieder an meiner Seite wissen."

„Und wer hat den König von England auf diese Idee gebracht?"

„Ein heiliger Mann."

„Ha!"

„Was meinst du damit?"

„Von wegen, du hast dich geändert! Du bist immer noch der gleiche, sentimentale Narr! Geh doch gleich wieder ins heilige Land, der Waffenstillstand mit Saladin ist ausgelaufen, die Kreuzritter wetzen bestimmt schon wieder die Säbel."

„Vielleicht tue ich das ja."

„Oder geh nach Süden und kämpfe gegen die Mauren! Ach, und wenn du in Iberien bist, verpasse doch meinem Bruder einen kleinen Denkzettel..."

Richard horchte auf. „Deinem Bruder? Warum?"

„Du wirst vielleicht mitbekommen haben, dass er den Streich, den die Mauren gegen Kastilien geführt haben, ausgenutzt hat, um dort einzufallen. „

Der König von England sah zu Boden. Er musste gar nichts sagen, Berengaria konnte in seinem Blick lesen, als wenn jemand ihrem Ehemann die entsprechenden Worte in die Augen geschrieben hätte.

Vor seiner Krönung und seinem unverantwortlichen Abenteuer hatte Sancho, auf Berengarias Bitten hin, Richard dabei unterstützt, Aquitanien von Philipp zurückzuerobern. Er hatte die Burg Loché belagert, das Unternehmen aber abgebrochen, als er Nachricht vom Tod ihres Vaters erhalten hatte. Dies hatte Richard ihm als Feigheit, Verrat oder zumindest Versäumnis auslegen können und so hatte Sancho sich nicht weigern können, als Richard, nachdem Onkel Alfons bei Alarcos eine Niederlage gegen die Mauren hatte einstecken müssen, gefordert hatte, dass ihr Bruder ebenfalls in Kastilien einfiel.

„Aber warum?", fragte Berengaria völlig fassungslos.

Richard sah immer noch nicht auf. „Na, für Euch, Teuerste", enthüllte er kleinlaut. „Es geht doch nicht an, dass Euer Onkel Euch Euer Wittum streitig machen will!"

„Die junge Eleonore erhebt öffentlichen Anspruch auf die Gascogne", schoss Berengaria zurück, „auch wenn ich nicht weiß, warum."

Soweit das überhaupt noch möglich war, sank Richard noch weiter in sich zusammen, konnte immer noch nicht ihrem Blick begegnen, der mittlerweile von Gewitterwolken des Zorns umhüllt war. Wieder musste er nichts laut aussprechen, so klar lagen die Dinge vor ihren Augen.

„Ihr habt Alfons ebenfalls die Gascogne versprochen, als er die junge Eleonore geheiratet hat", stellte sie fest.

Richard hob abwehrend die Arme. „Erst nach Mutters Tod kann sie ihre Ansprüche stellen, das ist im Ehevertrag so geregelt."

„Trotzdem könnt ihr das Gebiet dann nicht ein zweites Mal vergeben", stellte Berengaria fest. Da war das englische Recht eindeutig und das aus gutem Grund: Ein Chaos wie das derzeitige Ringen der verschiedenen Familienmitglieder um die Region war mehr als kontraproduktiv.

Das bedeutete, dass ihr eigener Anspruch nach den Landesgesetzen nichtig war. Noch arbeiteten Onkel Alfons und seine Frau, ihre Schwägerin, im Geheimen gegen sie, weil die alte Eleonore noch lebte. Aber sobald die Herzogin von Aquitanien ins Gras biss, was ja so lange nicht mehr dauern konnte, würden sie ihren Anspruch offen stellen können – und Berengaria hätte wenig Möglichkeiten, dagegen vorzugehen. Jeder englische Beamte würde das zuerst gegebene Versprechen an Alfons für rechtlich bindend erklären. Sie selbst konnte froh sein, wenn sie auch nur eine Entschädigung bekam!

Dass Richard so einen Fehler beging, dies traute sie ihrem Mann jederzeit zu. Aber Eleonore von Aquitanien? Unmöglich!

Das wiederum bedeutete, dass die alte Hexe das mit voller Absicht so arrangiert hatte, damit die iberischen Königreiche sich schön untereinander stritten! So sehr das Berengaria in Wut versetzte, sie musste die Genialität dieses Vorgehens anerkennen. An Eleonores Stelle hätte sie wahrscheinlich ähnlich gehandelt. Beide Reiche schuldeten England nun Gefolgschaft und je nachdem, wer gerade höher in der Gunst der Königsmutter stand, erhielt Unterstützung gegen den jeweils anderen. Ein perfekter Kontrollmechanismus!

Richard fing wieder damit an, wie gottlos es sei, dass sie nicht zusammen wohnten und versuchte ihr das Ganze damit schmackhaft zu machen, dass ein Besuch auf der Insel doch aufregend sein könnte. In dem Moment erkannte Berengaria, dass er von den Plänen Eleonores bezüglich ihrer Gascogne wahrscheinlich nicht einmal die Hälfte begriffen hatte.

Ohne ein weiteres Wort an ihren Mann zu verschwenden, drehte sie sich auf dem Absatz um, verließ den Raum verließ Portiers – und verließ ihn, diesmal endgültig. Sie hatte Wichtigeres zu tun, als Richards religiöse Bedenken zu besänftigen und von ihm bei seinen Untergebenen herumgezeigt zu werden, um den Schein zu wahren.

Es galt zunächst, Eleonores Einfluss über ihre Mitgift zu brechen. Die Königsmutter tat ja trotz allem immer noch so, als sei die Gascogne weiterhin ein Teil Aquitaniens, welches sie für Richard verwaltete. Berengaria brauchte nicht nur die Einkünfte aus den Provinzen, sondern auch die Möglichkeit, ein eigenes Heer aufzustellen. Zwar waren ihre Leibwächter und eine Kompanie englische Bogenschützen auf der Roquebrune stationiert und auf ihrer zweiten Burg Santa Maria Cabo el Puente noch einmal zwei Kompanien Fußvolk, aber das war für Burgen dieser Größe auch im Frieden die absolute Mindestbesetzung.

Berengaria hatte sich zunächst gewundert, dass Eleonore so gar kein Interesse an ihren Burgen zeigte, aber aus der Perspektive der Alten war es eigentlich verständlich. Die Roquebrune lag direkt am Mittelmeer, Berengaria konnte durch die Fenster des Thronsaales auf das endlose Blau blicken, und Santa Maria lag in den Pyrenäen, nahe der Atlantikküste.

Eleonores und Richards gesamte Politik auf dem Festland beschränkte sich ja auf den Streit mit Philipp dem Frankenkönig. Außer dieser Sache – und den Angelegenheiten auf der Insel – war die Weltkarte nach dem beendeten Kreuzzug anscheinend wieder eine weiße Fläche für das Königshaus. Es ging wieder nur um den Kaiser, um den pompösen Frankenkönig und den inneren Zwist mit den Baronen. Über die Bedrohung aus dem Süden machten sie sich überhaupt keine Gedanken. Speziell Richard unterschätzte noch immer die maurische Bedrohung, wollte nach dem Kreuzzug gegen Saladin nichts mehr von Heiden hören, und Eleonore, die zwar zugab, dass die Mauren ein Problem waren, ging trotzdem davon aus, dass sie von einem Vorstoß früh genug erfahren würden. Berengarias eigentliche Heimat Navarra und die anderen iberischen Reiche waren für die Engländer einfach ein Prellbock gegen die Mauren. Einen Angriff der Iberer hatten sie auch vor Berengarias

Heirat mit Richard und dem heimtückischen Arrangement mit der doppelt vergebenen Mitgift nicht gefürchtet.

Aber aus ihren Ländereien in der Gascogne musste sie ihre Einkünfte und die Verpflegung ihrer Ritter ziehen – und von dort aus konnte sie weitere Soldaten rekrutieren. Doch Eleonore behandelte diese Region weiterhin so, als wenn sie ihr gehören würden.

Direkte Verhandlungen mit der Königsmutter waren vergeblich, so musste sie Franklin und andere Männer von Ort zu Ort schicken, um jeweils mit den Stadtvögten, Dorfältesten und Vorstehern von Siedlungen zu palavern und ihre Regentschaft durchzusetzen, so wie es auch Johann und – derzeit noch im Geheimen – Onkel Alfons taten.

Kapitel 53: Dime con quién andas, y te diré quién eres

(Sag mir, mit wem du umgehst, und ich sage dir, wer du bist)

Tours, 15. April 1199

Das Rattern der Kutsche übertönte alle Geräusche, die sonst von draußen hätten hereindringen können. Auch die Vorhänge hatte Berengaria zugezogen. Sie wollte nichts sehen von der wunderschönen Landschaft der Touraine. Und sie wollte nicht gesehen werden.

Jedermann erwartete Zeichen der Trauer über den Tod ihres Ehemanns in ihrem Gesicht zu sehen. Doch sie trauerte nicht. Sie war auch nicht schadenfroh, dass Richard abgetreten war, sie fühlte einfach gar nichts.

Viel interessanter als das Dahinscheiden des Löwenherz fand sie die Neuigkeiten aus Iberien.

„Liebste Schwester", begann Sanchos Brief. Zwar klang die Anrede höflich, gar vertraulich, aber früher hatte er seine Briefe immer mit „meine Blume" eingeleitet. Dass er nicht mehr diese besondere Anrede, sondern die verwandtschaftliche wählte, war für Berengaria ein Zeichen ihrer Entfremdung.

Zunächst ließ er sich lange und umständlich darüber aus, dass er in der Sache mit Kastilien keine Wahl gehabt habe, als Richard zu gehorchen. Diese Zeilen konnte Berengaria nur überfliegen, so wütend machten sie die Königin. Er berichtete auch von einer seltsamen Begegnung Richards mit einem Priester, bei der er zugegen gewesen war:

„Richard hat dem Priester mit dem Namen Peter von Capua, der die Freilassung eines Gefangenen gefordert hatte, angedroht, ihm die Merkmale seiner Männlichkeit abzuschneiden, woraufhin dieser panisch das Weite gesucht hat."

Berengaria kicherte in sich hinein. Richard hatte also vor seinem Tod doch noch ein wenig Biss zurückgewonnen. Dieser Peter von Capua schien es irgendwie herauszufordern, dass man ihm auf diese Weise drohte. Aber das war alles nicht wichtig.

Dann wurde es spannender. Sancho hatte wohl doch ihre alte Mission wieder aufgenommen und die Reise tief ins Land der Mauren unternommen, die er sich damals, kurz bevor Eleonore sie entführt hatte, vorgenommen hatte.

Ihr Bruder fuhr fort: „Im Süden Iberiens gingen wir über das Meer, dort wo es sich von Norden nach Süden nur etwa ein Dutzend Meilen erstreckt. Auf der einen Seite das alte mare nostrum auf der anderen den großen Ozean stießen wir also zum sagenhaften Kontinent Afrika vor, dessen Norden von den Almohaden beherrscht wird. Südlich ihres Reiches liegt nur noch die große Wüste, deren Ende niemand je gesehen hat. Die Mauren selbst sind heller als die meisten Ham und herrschen über die dunkleren Völker. Der alte Kalif Yaqub hat viele Juden und Christen als Staatsbeamte eingestellt. Schon Cordoba ist eine beeindrukkende Stadt, sie ist aber ein Dorf verglichen mit der maurischen Hauptstadt Marrakesch. Die Kasbah, die Zitadelle des Kalifen, ragt über der Stadt auf, deren Mitte wiederum durch die Große Moschee dominiert wird, der Gebetsstätte der Heiden. Die Stadt selbst ist in ein Dutzend Bezirke aufgeteilt, jeder hat einen eigenen Basar, ein eigenes Rathaus und verwaltet sich zum großen Teil selbst wie eine unabhängige Stadt – und groß wie eine ganze Stadt ist auch jeder dieser Bezirke.

Der alte Kalif war zunächst misstrauisch als ich – ein Christenkönig, denn Papst Coelestin hat mir endlich die Königswürde zugesagt, die seine Vorgänger und er Vater immer verweigert haben – mich bei ihm vorstellte, aber sein Sohn Miramamolin lud mich ein, mit ihm eine Reise durch das Almohadenreich zu unternehmen. Er ist jüngst seinem Vater nachgefolgt, der während eines weiteren Eroberungsfeldzugs in Iberien verstarb. Und er wird das Werk seines Vaters fortsetzen! Er ist ein Bastard, was bei den Mauren aber nicht so eine Schande ist, wie bei uns. Seine Mutter war eine Christin, er hat feuerrotes Haar. Die einfachen Leute lieben ihn für seine Freigiebigkeit, die Soldaten aber verehren ihn wie einen Heiligen. Ronald von Alion hatte damals angenommen, dass Yaqub den unvermeidlichen Eroberungsfeldzug nach Iberien befehligen würde – und versucht hat er es ja auch. Aber Miramamolin ist der Herrscher, der das Zeug dazu hat, seine Leute bis an die Pyrenäen und darüber hinaus zu führen.

Er ist auf seltsame Weise mein Freund geworden, ähnlich wie Du Dein Verhältnis zu den Herrschern der Ayyubiden beschrieben hast. Als er mir die Reise anbot dachte ich zunächst, er wäre naiv und gutgläubig, aber ich habe herausgefunden, dass er von Anfang an wusste, warum ich nach Afrika gereist war. Trotzdem zeigte er mir freimütig sein Land, seine Armeen und sein beeindruckendes Kriegsgerät und ließ sogar zu, dass ich mich mit seiner Halbschwester Zehra romantisch einließ. Zehra bedeutet Blume, musst Du wissen, ein seltsamer Zufall. Weißt Du noch, wie ich Dich früher immer *meine Blume* genannt habe?

Wie auch immer, der Prinz, der nun Kalif aller Mauren ist, hatte keine Furcht einem christlichen König Zugang zu seiner Familie und seinen militärischen Geheimnissen zu gewähren. Er zeigte mir sogar die Werkstätten, in denen seine Leute das gefürchtete Feuerpulver für ihre Naffatun produzieren. Die Naffatun werfen ihre Bomben auf den Feind – meistens also uns Christen – und wie von Zauberhand explodieren diese in feurigen Kugeln. Vielleicht hast du im Heiligen Land Ähnliches bezeugen können, auch die Ayyubiden verfügen über diese Technologie – und dass es keine Magie ist, sondern handwerklich hergestellte alchimistische Substanz, das weiß ich nun, weil Miramamolin mir, wie gesagt, die Werkstätten zeigte. Wenn ich könnte, ich würde diese Technik kopieren, aber natürlich hat er mir das Rezept für dieses Wunderpulver nicht verraten.

Von Zehra erzähle ich Dir ein anderes Mal. Sie hat mein Herz gestohlen, aber der Kopf zog mich schon bald wieder in die Heimat. Gerade weil ich die Almohaden und ihr Reich so bewundere, ist mir klar geworden, dass alle Anstrengungen, die wir unternommen haben, noch viel zu wenig sind – und ich, das muss ich wiederholen, niemals hätte auf Richard hören und Onkel Alfons angreifen dürfen. Ich tue nun alles dafür, alle iberischen Häuser unter dem Kreuz zu vereinen. Den Miramamolins Angriff wird kommen, schon sehr bald!

Wenn Du Deinem alten Bruder seine Dummheiten der Vergangenheit verzeihen kannst, dann unterstütze mich doch, indem Du einstweilen bei Deinen Engländern anfragst, ob sie nicht im Sinne der Christenheit die iberische Sache unterstützen und uns Männer für den unvermeidlichen Feldzug gegen die Mauren senden wollen. In Liebe – Dein Bruder.“

Sie las den Brief zum dritten Mal, als Franklin der Spion seinen Kopf in die Kutsche steckte. Der gealterte Mann ging nicht mehr selbst auf Mission, sondern war mittlerweile einerseits ihr Leibwächter und verwaltete andererseits ihr Netz von Spionen, Unterhändlern und zwielichtigen Gesellen, über das sie selbst kaum noch einen Überblick hatte. Aber so lange Franklin ihr die Ergebnisse lieferte, die sie haben wollte, war ihr das egal – so wie die horrenden Kosten, die das mit sich brachte.

„Wir sind bald da, Herrin!“ Wenn sie alleine waren hielt er sich nicht mit langen Titeln auf.

„Danke!“

Berengaria seufzte. Sie wappnete sich für die anstehende, unangenehme Begegnung. Seit mehr als vier Jahren hatte sie die alte Eleonore nicht mehr persönlich gesehen. Den Streit um die Gascogne führten die beiden Frauen komplett über ihre Spione und Diplomaten, nicht einmal hatte die Königsmutter ihr angeboten, sich gemeinsam an einen Tisch zu setzen und das Problem zu klären.

Aber Berengaria war nicht mehr die Kindsprinzessin, die sich von der alten Hexe hatte in Angst und Schrecken versetzen lassen. Sie hatte keine Kosten gescheut und war vor keiner Intrige zurückgeschreckt, um die Adligen der Gascogne auf ihre Seite zu ziehen. Die meisten von ihnen unterstützten sie im Geheimen, während Eleonore in ihrem Hochmut glaubte, sie sei noch immer so einflussreich wie früher in dieser Region.

Und nun würden sie sich schließlich doch von Angesicht zu Angesicht sehen. Der Anlass dafür war der Tod ihres Ehemanns, der Berengaria so kalt ließ, dass es sie fast selbst erschreckte. Alles, woran sie denken konnte, als Franklin ihr von diesem Ereignis berichtete, war, dass dies ihre Ansprüche auf die Gascogne stärken würde.

Der Narr hatte irgendeine Burg belagert und war in einen Armbrustbolzen gelaufen. Wenige Tage später war er der Verwundung erlegen, nicht ohne zuvor – ganz der König mit dem Heiligenschein – seinem Todesschützen am Sterbebett vergeben zu haben.

Immerhin ein besseres Ende als das des alten Barbarossa!

Obwohl sie sich direkt nach Tours aufgemacht hatte, als die Nachricht von Richards Tod sie erreicht hatte, war er schon beigesetzt worden.

Diesen Umstand nutzte Eleonore genüsslich aus. Die Alte sah Berengaria bei ihrer Ankunft mit einem tadelnden Blick an und sagte: „Ah, seht, wer uns beehrt, die Königin von England persönlich!“

„Mutter“, erwiderte Berengaria tonlos.Auf Entschuldigungsfloskeln würde ihre Schwiegermutter lange warten können.

Sie gingen hinein. Eleonore hatte sich in der Burg des Grafen von Tours eingenistet, der im Hintergrund Verbeugungen machte und versuchte, ihnen beiden Honig um den nicht vorhandenen Bart zu schmieren. Es gab gutes Wild mit Früchten und Wein, der nach Berengarias Geschmack allerdings besser hätte sein dürfen. Eleonore bemerkte, wie sie nach dem Anstoßen das Gesicht verzog und bemerkte fast entschuldigend: „Der Graf von Tours ist ein guter Jäger und ein großartiger Gastgeber, aber da er selbst dem Rebensaft schon lange abgeschworen hat, aufgrund gesundheitlicher Probleme, ist er kein Weinkenner."

Der Graf selbst sagte auch irgendwas zu dem Thema, das Berengaria aber gar nicht richtig wahrnahm. Wie ein lästiges Insekt schwirrte er um die Frauen herum und wie ein solches verscheuchte Eleonore ihn nun auch.

„Hättest du dich nicht ein wenig beeilen können?", nahm sie ihre Vorwürfe wieder auf, „es sah wirklich nicht gut aus, dass du bei der Beisetzung gefehlt hast. Das Volk..."

„Tu nicht so, als wenn das Volk dich interessiert."

„Mich interessiert, wenn schlecht über meinen Sohn geredet wird! Und das nicht zu Unrecht: Was hast du dir nur dabei gedacht, getrennt von ihm zu leben? Das ganze Königreich hat über ihn gelacht! Vielleicht ist es besser, dass er jetzt unter der Erde ist."

Waren das wirkliche, echte Tränen in den Augen der Alten? Natürlich, einen warmen Fleck hatte sie ja in ihrem Herzen, das ansonsten ein Eisblock war und dieser war für Richard reserviert.

„Dass du ihm keinen Erben geschenkt hast, ist noch schlimmer", behauptete sie. „Wer wird jetzt König? Johann? Der hat während des Kreuzzugs und Richards Aufenthalt im Reich schon gezeigt, dass er das nicht kann. Nicht, dass er zu blöde wäre, aber er ist zu grausam und das Volk hasst ihn inbrünstig. Arthur? Der kleine Mann mag Potential haben, aber er steht komplett unter dem Bann von Philipp, dem arroganten Frankenkönig."

Berengaria musste daran denken, wie sie den aufgeblasenen Franken im Schach geschlagen hatte und musste unwillkürlich grinsen.

„Die Erbfolgeprobleme amüsieren dich?"

„Ich nehme an, dass du Philipps Einfluss über Arthur wirst brechen können, Mutter."

„Mag sein. Vielleicht zerfällt England mit dem kleinen Mann auf dem Thron nicht sofort, wie es unter Johann der Fall wäre. Aber wir verpassen eine gute Gelegenheit: Der neue Papst ist damit beschäftigt, den Thronstreit im Reich zu klären. Das heißt weder er, noch der neue Kaiser, wer auch immer das werden wird, ist gerade in der Lage, sich um den ollen Stiefel zu kümmern. Statt hier herumzusitzen und uns Gedanken über die Grenzen zu machen, sollten wir losschlagen und unsere Grenzen verschieben! Sizilien war mal unser und auch Apulien ist fruchtbar und reich."

Weder die Zeit, die sie mit Eleonore in Brindisi verbracht hatte, noch wie sie nach Sizilien gekommen und sie ihre Schwester Johanna kennengelernt hatte, würde Berengaria je vergessen. Aber diese Gebiete für England einnehmen? Was war Eleonores Endziel hierbei? Berengaria brauchte nicht lange, um das herauszufinden.

„Du willst dich am römischen Reich rächen", sagte sie der Alten auf den Kopf zu. „Für die Einkerkerung Richards."

Eleonore stritt das nicht ab, wechselte aber das Thema.

„Der Papst hat einen neuen Kreuzzug ausgerufen. Den Heiden, von denen du immer mit so viel wenig nachvollziehbarer Bewunderung sprichst, geht es jetzt an den Kragen."

„Lothar von Segni wird sich noch wundern", zischte Berengaria.

„Innozenz heißt er jetzt", berichtigte Eleonore. „Ich wusste nicht, dass du ihn persönlich kennst. Aber was hast du gegen ihn – und gegen einen neuen Kreuzzug? Das habt ihr ja vermasselt, Richard und du, die Heilige Stadt zurückzuerobern war wohl selbst für das Löwenherz nicht möglich."

Berengaria stöhnte auf. „Mutter, du verstehst das nicht, weil deine Welt südlich von Kastilien aufhört. Dort aber haben sich die Mauren eingenistet. Sie haben ehemals christliche Länder besetzt, die Bevölkerung Südiberiens, die nicht fliehen konnte, versklavt und greifen immer wieder die iberischen Königreiche an. Gegen die sollte der Papst einen Kreuzzug ausrufen!"

„Das sieht dein Bruder aber anders!", versetzte Eleonore.

„Was weißt du schon von meinem Bruder?"

„Ich weiß, dass der Papst ihn exkommuniziert hat, weil er erneut versucht hat, eurem lieben Onkel Alfons Teile seines Landes wegzunehmen."

Was?

War das ein Trick der Alten? Nein, sie spürte, dass Eleonore die Wahrheit sagte. Aber was hatte sich Sancho dabei gedacht?

Eleonore bemerkte ihren geschockten Blick und zuckte zur Antwort mit den Schultern. „Nun, man könnte ihm zugute halten, dass er nur versucht hat, die Gebiete zurückzuerlangen, die Alfons ihm beim letzten Konflikt vor drei Jahren weggenommen hat. Genau das habe ich dem Papst auch geschrieben."

„Du hast von Segni geschrieben?"

„Innozenz, Kind, merk dir das, die Priester sind etwas wunderlich, was ihre künstlichen Namen und seltsamen Titel angeht. Ja, ich musste ihm schreiben, er hatte eine Untersuchung gegen deinen Stier von einem Bruder eingeleitet, wegen Fraternisierung mit dem Feind."

Das reichte! Von Segni war so was von tot...

„Seit wann bist du denn eine so treue Verbündete meines Bruders?"

„Sei nicht albern! Seit deiner Heirat mit Richard ist Navarra mit uns verbündet, dein Bruder ist ein Vasall des englischen Königs. Zwar ist Frieden mit allen iberischen Königshäusern – und der Friede dieser Häuser untereinander – das oberste Ziel der Krone, aber natürlich beschützt der König seine Vasallen, wenn sie Probleme mit dem heiligen Stuhl haben."

„Der König? Oder du?`"

Eleonore verdrehte die Augen, wie um zu sagen, dass das keinen Unterschied mache, was wahrscheinlich stimmte.

„Du brauchst gar nicht so zu tun, Mutter, ich weiß von der doppelt vergebenen Mitgift. Die Rivalitäten zwischen Alfons und meinem Vater – und nun meinem Bruder – hast du doch absichtlich angeheizt. Also noch einmal, warum das plötzliche Eingreifen zugunsten Sanchos?"

Eleonore schwieg, ließ sie selbst die nötigen Schlüsse ziehen, was ihr nach einigem Nachdenken auch gelang.

„Natürlich", fuhr sie also fort, „sollte Alfons Navarra einnehmen, dann wird er dir zu mächtig. Dann kann er die Gascogne schon vor deinem Tod für sich und die junge Eleonore beanspruchen!"

„Du siehst Kind, du kannst mir für meine Intervention dankbar sein, ich sichere hier deinen Besitz!"

Das sagte die Alte ohne rot zu werden! Als habe sie den Konflikt um diesen kleinen, aber strategisch doch so wichtigen Landstrich nicht durch die doppelte Vergabe der Mitgift verursacht, nicht fröhlich bei dem Gezerre um die verschiedenen Städte, Dörfer und Burgen mitgemischt.

„Auch dem Grafen von Toulouse habe ich die närrische Idee ausgeredet, er könne seinen Besitz nach Osten hin ausdehnen", fuhr Eleonore fort.

Der also auch noch! Aber dieses Thema würde Berengaria nicht mit Eleonore klären, sondern mit jemand anderem. Mit der Alten war sie fertig. Sie hätte gar nicht herkommen sollen.

„Wo ist meine Schwester?", fragte sie also.

„Johanna hat sich in das nahe liegende Kloster zurückgezogen. Sie hat ihren Bruder nach seiner Verwundung bis zu seinem Ende gepflegt, also die Aufgabe übernommen, die eigentlich dir zugefallen wäre. Sie ist in Trauer." Eleonore rümpfte die Nase und ergänzte: „Das täte dir übrigens ganz gut, wenn du wenigstens in der Öffentlichkeit eine etwas traurige Miene aufsetztest. Wenn du zumindest so tätest, als wenn Richards Tod dir nicht an deinem Hintern vorbeigehen würde!"

Berengaria ließ die vulgäre Alte einfach stehen. Dass sie den Trauerflor trug musste reichen. Sie hatte keine Kraft dafür, Trauer über Richards Tod zu heucheln. Rasch betrat sie die Kutsche und wies Franklin an, sie zur Schwester des Königs zu bringen. Das Gefährt setzt sich unverzüglich in Bewegung, ein Beweis dafür, dass der Spion schon herausgefunden hatte, in welchem Kloster sich Johanna aufhielt.

Die Fahrt nutzte Berengaria, um einen Brief an Sancho vorzuformulieren. Niederschreiben konnte sie ihn hier nicht, ihre Schrift würde verwackeln.

Sie musste einen Ausgleich finden zwischen Ermunterungen, nun endlich mit aller Kraft das eigentliche Ziel zu verfolgen und ihrer Wut auf ihn, weil er schon wieder Alfons angegriffen hatte. Auch wenn er nur Gebiete hatte wieder erobern wollen, die man Navarra weggenommen hatte. Wenn er damals nicht auf Richard gehört hätte, dann hätte er auch nicht einen Teil seines Landes verloren.

Verdammt!

Sie kannte ihren Bruder. Jeglicher Tadel seiner vergangenen Aktionen würde seinen Stolz verletzen. So strategisch er denken konnte, wenn er die Dinge nüchtern betrachtete, so umnebelt war sein Verstand, wenn sein Stolz verletzt worden war! In dieser – und zum Glück nur in dieser – Hinsicht war er schlimmer als ihr Vater es je gewesen war. Also würde sie seine Leichtsinnigkeiten unerwähnt lassen und ihn nur beschwören, endlich damit zu beginnen die christliche Front gegen die Mauren aufzubauen, von der er immer gesprochen hatte.

Und dann war da noch Lothar von Segni.

Papst Innozenz, was für eine Heuchelei!

Wenn sie die Augen schloss, dann konnte sie sich an die Episode in ihrem Gemach im Lateranpalast erinnern, spürte den ekelhaften, heißen Atem des Kirchenmannes wieder auf ihrer Haut. Natürlich ging er gegen Sancho vor, das galt gar nicht dem König von Navarra selbst, das war als Rache an ihr gedacht, weil sie ihn damals in der Sache mit Richards Einkerkerung ausgebootet hatte. Ein weiterer Name für ihre besondere Liste, die seltsamerweise nicht kürzer wurde, sondern im Gegenteil immer länger.

„Wir sind da, Herrin!", ließ sich Franklin vernehmen.

Sie stieg aus der Kutsche und ging auf das Gebäude zu. Die Männer blieben bei den Pferden, sie hatten hier keinen Zutritt.

Alles an der Abtei gab Berengaria ein Gefühl der Wärme und Freude. Während sie sich von einer der Nonnen ins Zimmer der Äbtissin geleiten ließ, beobachtete sie die anderen Frauen Gottes dabei, wie sie im Klostergarten Blumen schnitten oder das Gemüsebeet pflegten, vor Statuen der heiligen Jungfrau in stillem Gebet versunken waren oder in kleinen Gruppen miteinander sprachen, während sie den Hof abliefen. Eine Sehnsucht, die fast körperlich spürbar war, machte sich in ihr breit. Ein solches Leben hatte sie immer für sich gewollt! Stattdessen war sie in den Krieg gegen die Heiden gezogen, hatte Mordbuben beauftragt ihre politischen Feinde zu töten und kämpfte mit ihrer erweiterten Familie um die Vorherrschaft im Herzogtum Gascogne.

Die Äbtissin begrüßte sie, entschuldigte sich, dass die einfachen Nonnen nicht auf königlichen Besuch vorbereitet gewesen seien und geleitete sie unverzüglich zu ihrer Schwester. Als sie in der Zelle angekommen waren, zog sich die Chefin des Klosters unverzüglich zurück.

Johanna war kein bisschen gealtert, sah noch genauso aus wie während des Kreuzzuges. Nur ihr Bauch war angeschwollen – sie war in freudiger Erwartung. Also hatte sie ihrem Raimund nicht, wie ihrem ersten Mann Wilhelm, die ehelichen Pflichten versagt. Schön für sie!

„Berengaria!?", rief sie erstaunt, als sie ihrer ansichtig wurde, so als hätte sie nicht mit ihrem Besuch gerechnet.

„Ich bin es", sagte sie schlicht.

Johanna sprang auf und lief, so schnell sie in ihrem Zustand konnte, auf sie zu, um sie zu umarmen. Berengaria hasste sich selbst dafür, dass sie kaum Wiedersehensfreude empfand. Noch konnte sie sich darüber freuen, dass ihre Schwester mit einem Kind gesegnet war.

„Lass uns ein wenig spazieren gehen", schlug Johanna vor. Berengaria nickte nur.

„Wie ist es dir ergangen?", fragte Johanna und hakte sich, ganz wie früher, bei ihr unter.

„Gut, gut", murmelte Berengaria.

Der Graben, der sich durch die lange Zeit, in der sie sich nicht gesehen hatten, zwischen ihnen aufgebaut hatte, war fast körperlich spürbar.

„Du lebst auf der Burg Roquebrune? Liegt die nicht sogar in der Grafschaft Toulouse?"

„Ja, aber sie gehört mir!"

„Natürlich! Nur weil die Burg auf dem Land meines Mannes liegt, heißt das nicht, dass ich..."

„Gut..."

„Ich fragte mich eher, warum du mich dann nicht früher besucht hast?"

„Ich war beschäftigt."

„Womit?"

„Vor allem damit, die Ansprüche deiner Familie auf meine eigenen Ländereien zurückzuweisen. Die alte Eleonore, die junge und ihr Gemahl, mein Onkel Alfons, dein intriganter Bruder... und jetzt stellt dein Ehemann mein Recht auf mein Wittum infrage..."

„Das tut er nicht, das habe ich dir doch gesagt. Was ist nur mit dir geschehen?"

Ich bin erwachsen geworden.

Sie sagte es nicht laut, sondern wechselte das Thema. „Und du? Ich sehe, du hast deine Meinung über die Produktion von Erben geändert."

„Ach, du! Raimund ist ganz anders als Wilhelm. Er ist ein Charmeur, ein Ehrenmann und weiß sich gegenüber einer Dame zu benehmen. So inständig ich Richard gebeten hatte, mich nicht noch einmal in die Ehe zu schicken, so sehr mochte ich meinen Ehemann vom ersten Moment an."

„Sein Vater hat uns großen Ärger gemacht."

„Inwiefern?"

Obwohl Johanna alles über ihre Zweifel an der Lehre des Katholizismus und ihrer Sympathie mit den Katharern wusste, zögerte Berengaria mit der Antwort.

„Er hat den Katharern den Krieg erklärt."

„Und du machst dir Sorgen, dass mein Raimund es ebenso halten wird wie sein Vater?"

Berengaria antwortete nicht. Natürlich tat sie das.

„Das brauchst du nicht. Er hält viel von meinem Wort. Ich werde mit ihm reden."

Zwar wäre es ihr lieber gewesen, wenn ihre Schwester ihren Ehemann dahin manipuliert hätte, das zu tun, was nützlich für sie war, aber wenn das naive Ding mit Ehrlichkeit das Gleiche erreichte...

Plötzlich wurde ihr schlecht.

Ich ähnele Eleonore nicht mehr, ich bin genau so geworden wie sie!

Diese Erkenntnis lag ihr plötzlich so stark auf der Seele, dass sie ihr Gesicht in den Händen verbarg. Johanna tröstete sie, ganz so, wie sie es früher getan hatte.

„Sorge dich nicht, liebe Schwester, wir sind ja jetzt wieder zusammen."

Und wie früher fand Berengaria Trost und Ruhe in der Umarmung ihrer Schwester. Und doch beschlich sie in diesem Moment eine unfassbare Angst. Mit einer höllischen Gewissheit fühlte sie, dass dies das letzte Mal sein würde, dass die beiden Frauen sich sehen würden.

Sie fasste Johanna noch fester und flüsterte: „Verzeih mir! Ich bin so zynisch geworden. Ich will doch nur endlich Ruhe finden."

Johanna seufzte. „Wenn ich eines von dir gelernt habe, meine liebe Schwester, dann ist es, dass wir alle keinerlei Hoffnung haben, vor dem Grab Ruhe zu finden. So lange wir leben, werden wir vergeblich nach Erlsöung suchen."

So niederschmetternd diese Aussage war, so wahr fühlte sie sich an. Und auf irgendeine verdrehte Weise fand Berengaria ihren Frieden damit. Die Welt gehörte dem Teufel und er hörte nicht auf, sie herauszufordern. Verdammt wollte sie sein, wenn sie den Fehdehandschuh nicht aufnahm und zurückschlug!

Kapitel 54: Hisar

(Belagerung)

Damaskus, 4. April 1199

Ein weiterer Einschlag, nahe des westlichen Wehrtores. Die ganze Zitadelle schien zu erzittern. Al-Adil zuckte unwillkürlich zusammen.

Seit Tagen standen sie unter Beschuss. Der große Kastenturm am Ostende der südlichen Mauer war nicht mehr zu gebrauchen, die Wehrgänge teilweise zerstört – aber die Mauern hielten.

Während er Befehle schrie, wunderte er sich zum hundertsten Mal, wie es hatte soweit kommen können. Nach ihrem Sieg am Euphrat und dem Überlaufen von Al-Afdals Armee hatte sein Neffe sich hier in der Zitadelle verschanzt und sich anscheinend sorglos einem Leben der Dekadenz hingegeben, sodass es keine große Mühe kostete, das Volk gegen ihn aufzubringen, ihn zu stürzen und ihm die schlimmste Strafe zukommen zu lassen, die Al-Adil sich für ein Mitglied seiner Familie vorstellen konnte: Er hatte Al-Afdal auf Lebenszeit aus dem Ayyubidenreich verbannt.

Aber dann war Uthman unter ungeklärten Umständen in seinem Palast in Kairo verstorben und sein Sohn Al-Mansur folgte ihm auf den Thron.

Der Junge war erst neun Jahre alt und noch nicht fähig zu herrschen, sodass seine Berater und Minister, diese feigen Schlangen, sich nicht anders zu helfen wussten als Al-Afdal aus dem Exil zu holen.

Am meisten aber schmerzte, dass Ghazi diesen Umstand genutzt hatte, um ihm in den Rücken zu fallen. Er hatte sich mit Al-Afdal verbündet und nach einigen Scharmützeln hatte sich Al-Adil in die Zitadelle zurückziehen müssen.

Nun standen sie seit einigen Wochen unter Belagerung. In Erwartung ähnlicher Entwicklungen hatte er die Zitadelle gut vorbereitet. Sie hatten genug zu essen für ein Jahr, Baustoffe, um beschädigte Mauerelemente zu verstärken und einen großen Pechvorrat.

Al-Afdal allein wäre nicht fähig gewesen, einen groß angelegten Angriff zu planen, aber Ghazi hatte viel von seinem Onkel gelernt und setzte sein Wissen nun gegen Al-Adil ein.

Die Neffen hatten im Süden in Halbmondformation einen Belagerungsring um die Zitadelle gezogen. Von Norden her war wegen der

Felsklippen kein Durchkommen für die Belagerer, umgekehrt bot diese Richtung aber auch keine Fluchtwege.

Ghazi wusste, dass er zunächst die Mauern mürbe machen musste und so schossen die Katapulte und Triboke tagein tagaus ihre Geschosse.

Zunächst hatten die Verteidiger noch mit der Artillerie auf den Türmen antworten können, diese war aber nach und nach zerstört worden, sodass sie dem beständigen Beschuss nichts entgegensetzen konnten.

Ghazi hatte bald das Interesse an der lang andauernden Belagerung verloren und war mit seinem Teil der Armee abgezogen, aber Al-Afdal musste jetzt nur noch abwarten, bis entweder die Mauern fielen oder sein Onkel die Geduld verlor und auszog, um der belagernden Streitmacht im offenen Feld zu begegnen.

Zwar hatten die Neffen auch vier Belagerungstürme bauen lassen, aber wenn sie es klug anstellten, würden sie diese gar nicht einsetzen müssen.

Natürlich hatte er seinem Sohn Nachricht geschickt und dieser hatte, treue Seele die er war, sich hoffentlich auch auf den Weg gemacht, aber er würde wahrscheinlich zu spät kommen. Wenn die Zitadelle fiel, würde Al-Kamil sie wiederum belagern müssen.

Al-Adil überlegte seit Tagen fieberhaft, wie er die verräterischen Familienmitglieder dazu bringen konnte, die Burg zu stürmen. Dieses Szenario war seine einzige Chance auf Sieg, weil er dann die Verteidigungsanlagen der Burg effektiv einsetzen konnte.

Auszuziehen, um den Neffen im Feld zu begegnen, kam nicht infrage. Er hatte zu wenig Truppen – vor den Toren stand eine fünffache Übermacht.

Im Moment blieb ihm nichts, als abzuwarten.

Schon zu Lebzeiten Saladins war er vollkommen zufrieden damit gewesen, den Berater, Verhandlungsführer und stellvertretenden Feldherr zu geben und auch nach dem Tod seines Bruders hatte es ihn nicht gereizt, zum Sultan aufzusteigen. Alles, was er wollte, war Frieden zwischen seinen Neffen. Doch nicht nur Al-Afdal war mit der Aufteilung des Reiches nicht einverstanden gewesen, er hatte das nur am Lautesten und Frechsten verkündet. Auch Uthman hatte sich irgendwann als Sultan anreden lassen und von seinen Brüdern und seinem Onkel Gefolgschaft, ja Unterwerfung gefordert. Und Ghazi schien sich auszurechnen, dass er Al-Afdal schon irgendwie würde stürzen oder zumindest übervorteilen können, wenn dieser erst Damaskus eingenommen und Al-Adil zur Hölle geschickt hatte.

Undankbare Gören allesamt! Jeden einzelnen von ihnen hatte Al-Adil auf dem Arm gehabt, als sie noch Säuglinge waren, zur Erziehung der Knaben eben soviel beigetragen wie ihr Vater.

Undank ist der Welten Lohn...

Jetzt gab es nur noch eine Möglichkeit: Er musste sie alle besiegen, ihnen Manieren beibringen und unter seiner Knute vereinen, sonst würde das Ayyubidenreich doch noch zerfallen. Er selbst war noch immer nicht scharf auf den Titel des Sultans, aber als ihm klar wurde, dass dann sein eigener Sohn, Al-Kamil, den Thron erben würde, erfüllte ihn das mit Stolz und einer eigentümlichen Ruhe. Al-Kamil war vernünftiger als Saladins Söhne, er war höflich, zurückhaltend und doch verständig. Er würde einen weisen und gerechten Herrscher abgeben.

Doch dazu musste Al-Adil zunächst die nächsten Tage überleben. Al-Afdal, soviel war klar, würde ihm nicht die gleiche Strafe zukommen lassen, wenn der Jüngere gewann, die er von ihm erhalten hatte. Er würde ihn nicht verbannen, sondern töten, denn so lange Al-Adil lebte war er eine ständige Bedrohung seiner Legitimität. Al-Adil wusste, dass der Feigling so dachte und gab sich auch nicht der Illusion hin, dieser würde ähnliche Vorbehalte haben, die eigenen Familienmitglieder zu töten, wie er selbst.

Hauptmann Farid kam auf ihn zugerannt, die Panik ins Gesicht geschrieben: „Sie greifen an! Sie haben die Belagerungstürme in Bewegung gesetzt!“

Farid war einer der Männer, die damals in der Wüste, als sie Al-Afdals Übermacht geschlagen hatten, zu ihm übergelaufen war.

„Schau nicht so ängstlich, du Narr“, schalt Al-Adil seinen Untergebenen, „Allah ist uns gnädig! Entweder der Narr hat die Geduld verloren oder er glaubt, er habe uns genügend weich geschossen. Der Sturmangriff ist das, was wir brauchen!“

Der Hauptmann sah ihn an, als sei er wahnsinnig geworden, aber jetzt war nicht die Zeit für lange Erklärungen, jetzt war die Zeit zu handeln. Vier Türme, je zwei im Osten und zwei im Westen. Wenn die alle gleichzeitig an den Mauern andockten, würden die Verteidiger das Nachsehen haben. Aber Al-Adil war vorbereitet. „Tunnelgräber!“, schrie er sein Kommando. Schon standen die Männer vor ihm. „In die Erde mit euch und verfahrt wie eingeübt!“, befahl er.

Die Männer gehorchten. Allen war klar, dass die kleine Einheit aus einem Dutzend klein gewachsener, aber robuster, Afrikaner, kaum eine Chance hatte, das folgende Manöver und damit diesen Tag zu überleben. Also zeigten die Belagerten, an denen die Tunnelbauer auf ihrem Weg ins Loch vorbeikamen, ihren Respekt, indem sie die rechte Hand auf ihr Herz legten und ihnen „Maschallah!" zuriefen, einige verbeugten sich auch vor den Männern, die eigentlich ganz unten in der Hack- und Befehlsordnung der Armee standen. Das war auch das Mindeste, was sie tun konnten, denn das Opfer der Schwarzen würde, wenn sie ihre Aufgabe erfolgreich durchführten, den Fall der Zitadelle verhindern.

Auch wenn es nicht ohne Risiko war, er musste sich einen Überblick verschaffen, also rannte er zum Verteidigungsturm zwischen dem östlichen Wehrturm und dem zerstörten Kastenturm, nahm je drei Stufen der Treppe auf einmal und schaute durch eine der Schießscharten.

Die Belagerungstürme kamen näher. Gut, gut... Noch näher. Gleich waren sie da, wo er sie haben wollte.

Noel, der nazarenische Überläufer, sein Leibwächter, kam an seine Seite. Er hatte die ganze Zeit auf dem Verteidigungsturm gewacht.

„Auch im Westen rücken die beiden Türme an", informierte er seinen Herrn. Al-Adil nickte nur. Bisher verlief alles nach Plan.

Aber was war das? Einer der Türme stoppte und nur der andere fuhr weiter. Das war gar nicht gut.

Der Hauptmann, der ihm hinterhergelaufen war, kam an, völlig außer Atem. Das war eben die Folge davon, wenn man sein Kommando ausnutzte, um es mit dem militärischen Training nicht mehr so genau nehmen zu müssen. Wie so viele andere hatten die Jahre des Friedens Farid weich gemacht.

„In den Tunnel!", schrie Al-Adil, nun selbst am Rande der Panik, „die Bauleute müssen wissen, dass der zweite Turm stehen geblieben ist."

Aber genauso wie der zweite Belagerungsturm machte Farid keine Anstalten, sich vom Fleck zu bewegen.

„Ich habe dir einen Befehl gegeben!", herrschte Al-Adil den Untergebenen an. Dieser sah nur zu Boden. Er fürchtete sich. Sicher, der Befehl war ein Todesurteil, aber Al-Adil war es nicht gewohnt, dass seine Leute sich vor dem Sterben fürchteten – jedenfalls fürchteten die meisten ihn mehr als das.

Er zog sein Schwert. „Ich werde mich nicht wiederholen“, stellte er fest.

Der Hauptmann schluckte. Man konnte sehen, wie es in seinem Kopf ratterte. Entweder er führte den Befehl aus und starb vielleicht oder er würde hier und jetzt die Klinge seines Anführers spüren.

Es dauerte nur einen Augenblick bis der Hauptmann sich entschieden hatte, lieber als Held zu sterben, denn als Verräter. Er drehte sich auf dem Absatz um und rannte die Treppe hinab.

„Soll ich mit ihm gehen?“, fragte Noel.

Al-Adil musste fast lachen. Der christliche Überläufer erwies sich wieder einmal als tapferer denn die eigenen Leute! Er musste seine Anfrage gar nicht weiter erklären, er wollte sicherstellen, dass der Hauptmann den Auftrag auch ausführte.

„Nein, bleib bei mir.“

Noel deutete eine Verbeugung an. Absoluter Gehorsam, das war es, was ein Anführer von seinen Soldaten erwarten musste, wenn er in den Krieg zog. Alles andere war Selbstmord.

Wenige Augenblicke später spürten sie die Sprengung im Tunnel, kurz bevor das Geräusch zu ihnen drang. Der Hauptmann war nicht mehr rechtzeitig unten angekommen! Zwar fiel der eine Turm wie ein Kartenhaus in sich zusammen, aber der andere Turm musste nun nur noch die Stelle mit dem Erdrutsch umfahren. Und als hätten Al-Adils Gedanken den Feind dazu gebracht, setzten sie das Belagerungsgerät in diesem Moment wieder in Bewegung.

„Die Schlacht ist verloren“, stellte Noel lakonisch fest. Er hatte Recht, sie waren zu wenige, um die West- und die Ostseite des Tores gleichzeitig zu verteidigen. Die Türme waren hoch genug, dass die Gusserker ihnen keinen Vorteil bringen würden. Auf Truppen mit Leitern hätten sie Pech gießen können. Auch die Schießscharten waren nutzlos, die Türme waren mit hartem Holz verkleidet, das jedem Pfeil standhalten würde. Der Kampf würde auf den Zinnen ausgetragen werden – und der Feind würde, sobald er an einer Seite die Überhand gewann, die Verteidiger der anderen Seite von hinten angreifen können.

Al-Adil sah wieder nach draußen. Jetzt setzten sich auch zwei Rammböcke in Bewegung, um das Tor einzureißen. Diese Bemühungen würden so lange fruchtlos bleiben, wie die kleine Besatzung des Wehrtores Pech und Steine auf die Angreifer niederprasseln lassen konnte, aber sobald der Feind die Zinnen eingenommen hatte, würde er auch das

Wehrtor stürmen und die Rammböcke könnten ungestört ihre Arbeit verrichten – oder der Feind öffnete einfach die Tore von innen.

An diesem Punkt der Schlacht würde Al-Afdal die Kavallerie in den Hof der Zitadelle führen und es war vorbei.

„Nehmen wir den nördlichen Geheimgang!“, beschwor Noel seinen Herrn. „Rettet Euch, kämpft ein anderes Mal!“

„Und die Männer hier zurücklassen?“ Das war undenkbar.

„Aber es gibt keine Möglichkeit mehr zu gewinnen!“, wandte Noel ein.

„Es gibt immer eine Möglichkeit!“, beharrte Al-Adil.

Aber welche?

Seine gesamte Strategie hatte darin bestanden, die im Osten vorrükkenden Türme durch die Sprengung des Tunnels und den daraus folgenden Erdrutsch unbrauchbar zu machen. Im Westen hatten sie keine Tunnel gegraben, dafür war keine Zeit gewesen. Die Artillerie der Burg war lange zerstört und ihre Truppe zu klein, um effektiv an zwei Stellen der Mauer verteidigen zu können.

„Allah“, betete er laut. „zeig mir den Weg!“

Und plötzlich lag die Lösung völlig klar vor seinen Augen. Zwar erforderte sie nicht nur Mut und Geschick, sondern auch ein wenig Dummheit und Feigheit auf Seiten des Feindes, aber Al-Adil wusste ja, dass Al-Afdal das Heer der Angreifer befehligte, also wagte er zu hoffen.

Wenn sein Neffe nicht, wie es üblich war und Ghazi es sicherlich getan hätte, seine besten Männer zuerst den Turm hoch schickte, sondern eine seiner Söldnereinheiten, die er für entbehrlich hielt, die vordere Reihe bilden ließ, dann hatten sie eine Chance.

Er bellte Befehle. Er benötigte Träger für das Pech, Bogenschützen und Krieger, die es nicht erwarten konnten, vor dem Erzengel zu stehen.

„Wir werden heute in die Geschichte eingehen!“, brüllte er, „folgt mir in den Märtyrertod!“

Noel wies er an, die Bogenschützen zu koordinieren und mit seiner Armbrust zu unterstützen, um dann den Angriff im Westen abzuwehren.

Das war alles, was er jetzt noch tun konnte. Die Zitadelle halten, damit Al-Kamil, wenn er denn kam, nicht seinerseits seinen Vetter belagern musste. Wenn er dabei fiel, dann war es so, dann musste Noel eben die Garnison zusammenhalten.

Er verschwendete keine Zeit mehr mit Reden oder Vorbereitungen, nahm selbst ein Pechfass auf den Rücken und lief zu dem Mauerabschnitt, auf den der Turm zurollte.

Er besah sich die Bogenschützen, Krieger und Diener – denn jeder in der Zitadelle, der eine Axt halten konnte, kämpfte mit – schaute in ihre verzweifelten Gesichter und wurde wütend.

„Das ist kein Grund, Trübsal zu blasen", verkündete er. „Wir schikken uns an, gegen die Feinde zu ziehen und ehrenhaft im Kampf zu sterben. Es gibt keinen besseren Tod, keinen gottgefälligeren."

Es war zu bemerken, dass er die Männer noch nicht überzeugt hatte. Was war das Problem? Al-Adil glaubte zu wissen, was ihnen auf der Seele lag.

„Ich weiß, ich weiß", fuhr er also fort, „ihr denkt: Aber hier kämpfen wir ja nicht gegen die Ungläubigen und nicht einmal gegen die anmaßenden Zengiden oder die frechen Seldschuken. Ich kämpfe gegen meine eigene Familie und ihr werdet gleich auf dem Schlachtfeld vielleicht Männer töten müssen, mit denen ihr in Hattin, in Jerusalem, Akkon oder Mossul Seite an Seite gestritten habt. Diese persönliche Last kann ich euch nicht nehmen, die müsst ihr tragen, so wie ich es auch tue. Aber eines kann ich euch versichern: Dieser unser heutiger Kampf ist nicht weniger rechtmäßig und gottgefällig als die Einnahme Jerusalems oder die Bestrafung der Zengiden! Den Mann, welcher die feindlichen Truppen anführt, habe ich aufwachsen sehen, ihm aus dem Koran vorgelesen, ihm alles beigebracht, was ich über den Krieg und das Fechten mit dem Schwert weiß. Und wie hat er es mir gedankt? Er war schon immer ein Quertreiber und hat schon vor dem Exil, in das ich ihn geschickt habe, gelebt wie ein Kuffar. Diesmal werde ich ihn in die Schranken weisen müssen, diesmal werde ich nicht so gnädig sein! Das mag weniger heroisch klingen als den Nazarenern ihr heiliges Kreuz abzunehmen, aber es ist doch notwendig. Glaubt mir, sobald sich zeigt, dass die Zitadelle nicht im Handstreich einzunehmen ist, werden sich seine Männer gegen ihn wenden. Wir müssen nur durchhalten. Und dafür ist es nötig, dass wir diesen Belagerungsturm unschädlich machen! Ich verlange von euch nichts, was ich nicht selbst zu tun bereit bin. Ich werde in der ersten Reihe kämpfen. Jeden von euch, der vor diesem Kampf davonläuft, nenne ich einen Feigling und Kuffar! Wenn ich falle, kämpft ihr weiter, bis der Feind bezwungen ist. Das ist nicht nur ein Befehl, sondern mein Testament!"

Er wandte sich ab, um seinen Frieden mit Allah zu machen und stellte zufrieden fest, dass es da nicht viel zu klären gab. Er dankte dem Allbarmherzigen für sein Leben, für seinen Sohn und seine Siege und bereitete sich auf den Kampf vor, der sein letzter werden würde.

<u>Kapitel 55: Dschanna</u>

<u>(Paradies)</u>

Damaskus, 4. April 1199

Al-Adil stand an der Pforte. Der Erzengel Gabriel öffnete sein großes goldenes Buch. „Wer möchte eintreten?", fragte der Engel.

„Al-Adil Abu Bakr Saif Ad-Din", gab Al-Adil zu Protokoll.

„Hier steht nichts drin", antwortete der Erzengel, der aus irgendeinem Grund dem alten Chronisten Al-Asfahani wie aus dem Gesicht geschnitten war.

„Heißt das, ich muss in die Hölle?"

„Nein, das heißt, ich habe keine Aufzeichnungen über dich. Oder zumindest sind sie nicht vollständig. Geh zurück auf die Erde, deine Zeit ist noch nicht gekommen!"

Es dauerte einige Momente, bis Al-Adil sich wieder gefangen hatte. War er eingeschlafen, bewusstlos geworden? Hatte er eine Vision gehabt?

Der Belagerungsturm hatte die Mauer erreicht, die Bogenschützen beider Seiten schossen, die Vorderwand des Turms, welche bisher die Infanterie der Angreifer vor Pfeilangriffen geschützt hatte, senkte sich und wurde zur Rampe.

Noel gab den Befehl. Unter völliger Missachtung des eigenen Lebens konzentrierten sich die Bogenschützen der Zitadelle nicht mehr auf die feindlichen Fernkämpfer auf dem Belagerungsturm, sondern schossen auf die heranstürmenden Fußsoldaten. Al-Adil brüllte ebenfalls seine Befehle und führte seine Leute auf die Rampe, noch bevor der Feind vorstürmen konnte.

Angriff ist die beste Verteidigung!

Und dieser Angriff war von Heldenmut und Berserkertum gekennzeichnet. Jeder von ihnen nahm so viele Gegner wie möglich mit in den Tod. Auch Al-Adil selbst kümmerte sich nicht darum, sich vor den gegnerischen Angriffen zu schützen, sondern stach einfach wild drauflos und rannte immer dichter in die feindliche Formation.

Hätten sie es mit disziplinierten Truppen zu tun gehabt, sie wären sicherlich in wenigen Augenblicken aufgerieben worden, aber wie er vorhergesehen hatte, standen ihnen seldschukische Söldner gegenüber, die nicht nur schlecht bewaffnet und gerüstet waren, sondern auch nicht über die Moral verfügten, einem solch geballten Angriff standzuhalten. Sein Schwert fand die Schwachstellen in den Lederrüstungen der Gegner, die halbherzigen Gegenangriffe prallten an seinem Brustpanzer ab, als sei er unverwundbar.

Schon hatten sie die oberste Etage eingenommen. Was jetzt kam, fühlte sich wie ein Kinderspiel an nach diesem heillosen Ansturm. Die Krieger bildeten eine Kette und brachten die Pechfässer nach vorne.

Die ersten Fässer, die sie hinunterwarfen, nahmen zwar auf den Leitern des Turms befindliche weitere Soldaten mit in die Tiefe, zerschellten aber nicht wie beabsichtigt. Al-Adil verdrehte die Augen. Das nächste Fass, das bei ihm ankam, stellte er vor sich, hieb mit dem Schwert darauf und schickte es mit einem Tritt nach unten, während der schwarze Saft schon in alle Richtungen spritzte.

„Die Fackeln!“, schrie er, aber als er sich umsah, registrierte er befriedigt, dass die Männer schon vorgesorgt hatten. Ein halbes Dutzend brennender Stäbe flogen nach unten. Dann kam ein neues Fass, das er ebenso behandelte wie das vorherige. „Rückzug!“, schrie er aus voller Kehle, wandte sich um und rannte auf die Zinnen zurück, begleitet von seinen Soldaten.

Sie konnten hören, wie die Flammenhölle, die sich in den unteren Etagen des Turmes breitmachte, die verbliebenen Angreifer verschlang. Die Schreie waren unmenschlich, fast tierisch.

Durchaus verblüfft darüber, dass die Taktik aufgegangen war, blickte Al-Adil sich um. Einige der Männer waren beim Angriff gefallen, aber lange nicht so viele, wie er befürchtet hatte.

„Zum Wehrtor!“, befahl er und lief wieder voran. Er überließ es Noel, die Bogenschützen auf dem Belagerungsturm auszuschalten. Bald würde es auch dort oben ziemlich heiß werden. Er konnte sehen, dass der Turm am Boden Feuer gefangen hatte. Er war nicht mehr zu gebrauchen.

Am Wehrtor angelangt fand er die kleine Einheit vor, die er damit beauftragt hatte, Steine und Pechfässer auf die angreifenden Rammböcke zu werfen. Zwar taten sie das, aber Al-Adil fehlte bei ihrem Tun der Enthusiasmus. Also nahm er selbst einen schweren Stein in beide Hände und warf ihn nach unten. Der Getroffene fiel zu Boden und rührte sich nicht mehr.

Einen weiteren erschoss Noel mit seiner Armbrust. Wieder wechselten sie Blicke. Der Leibwächter musste nichts sagen, die Situation am Turm war unter Kontrolle, also hatte er sich wieder seinem Herrn angeschlossen.

„Weiter!"

Auf dem westlichen Wehrgang fanden sie eine von Al-Afdals Eliteeinheiten vor, welche die Verteidiger schon ein Stück weit zurückgedrängt hatte, sodass weitere Feindtruppen von den Türmen auf die Zinnen strömen konnten. Auch hier galt es, das Ruder herumzureißen. Noel schoss noch einmal einen Bolzen ab und zog dann sein Schwert. „Für Sultan Saphadin!", schrie er. „Allahu Akbar!", ergänzte Al-Adil.

Trotz der relativen Enge des Wehrgangs hatten sie keine Probleme, die Frontlinie zu erreichen, die Männer machten ihnen nur zu gerne Platz. Der gewöhnliche Soldat kämpfte eben nur, wenn es sein musste und fühlte sich in der vierten Reihe wohler als in der zweiten oder ersten.

Wieder schlug Stahl auf Stahl, doch dieser Kampf war nicht so schnell zu gewinnen, wie der an der Ostmauer.

Diese Truppen waren Veteranen, die in geschlossener Formation kämpften. Mit Sturm war hier nichts zu gewinnen. Stattdessen mussten sie selbst die Reihen schließen und während Noel Al-Adils rechte Seite mit seinem Schild schützte, musste er selbst auf die Rechte seines anderen Nebenmannes achten.

Al-Adil war das Kämpfen zu Pferd gewohnt und so war es kein Wunder, dass er sich schnell eine Wunde am linken Arm zuzog, während sein Nebenmann von einem Speer aufgespießt wurde.

„Schützt den Sultan!", brüllte Noel und die hintere Reihe trat vor sie, ging den Feind mit neuem Eifer an.

„Zeigt her", verlangte Noel, aber Al-Adil winkte ab.

„Nur ein Kratzer!", behauptete er, das aus der Wunde strömende Blut ignorierend.

Während die Truppen einige Meter des Wehrgangs zurück gewannen, fielen Al-Adil und Noel weiter zurück, damit sein Leibwächter die Wunde verbinden konnte, unterstützt von den sie umgebenden Soldaten.

Er hasste es, wenn er diese Sonderbehandlung bekam, nur weil er der Anführer war. Zwar war ihm klar, dass er derjenige war, dem die Männer folgten und sein Tod sich nicht gut auf die allgemeine Moral auswirken würde, aber er war noch immer der Meinung, dass es seine Pflicht war, sich den gleichen Gefahren auszusetzen, die er seinen Leuten zumutete.

Also warf er sich, sobald die Wunde halbwegs verbunden war, wieder ins Getümmel.

„Allahu Akbar!“, schrie Al-Adil erneut.

Es war weniger ein Messen der Körperkräfte – die Soldaten beider Seiten waren jenseits aller Erschöpfung und griffen auf die letzten Kraftreserven zu. Al-Adil wusste, dass zumindest seine Leute nur aushielten, weil die Alternative so schrecklich war.

Vielmehr war diese Schlacht nun eine Schlacht des Willens. Wer konnte seinen Schildarm weiter erhoben halten, obwohl er von Krämpfen in Schulter und Unterarm geschüttelt wurde? Wer war in der Lage, die gleiche Bewegung, die er schon seit Stunden ausübte, das Vorschnellen des Waffenarms, aufrecht zu erhalten?

Und umgekehrt: Wann würde dem Feind der Schildarm müde werden? Wann würden seine Attacken ihre Kraft und Präzision verlieren?

Die einen von Al-Adils Männern verfluchten lauthals die Feinde, die anderen flehten Allah um Hilfe an.

Kaum einer, der beteiligt war an diesem Streit der Ausdauer und Disziplin, kam auf die Idee aufzugeben oder davonzulaufen. Die meisten Soldaten beider Seiten waren Veteranen unzähliger Schlachten gegen die Zengiden, die Seldschuken, Almohaden oder Abbasiden oder sogar die Nazarener.

Selbst dann, wenn sie ehemaligen Mitstreitern begegneten, die mit ihnen Jerusalem erobert oder Akkon belagert hatten, gemeinsam aus Askalon geflohen waren oder sich von Taurus zurückgezogen hatten, nun waren sie Feinde, weil ihre Herren sich nicht einig werden konnten.

In Gegner um Gegner versenkte Al-Adil sein Schwert, nur funktionierend.

Und irgendwann war es einfach vorbei. Es war kein Feind mehr da. Die Sonne hatte sich längst über den Horizont gesenkt, das Abendrot passte auf schreckliche Weise zu dem vielen Blut, das auf den Mauern der Zitadelle vergossen worden war.

Dic letzten Soldaten seines Neffen flohen in Richtung von deren Lager.

„Männer“, schrie Al-Adil. „Ich weiß ihr seid erschöpft und gerne würde ich euch nun die verdiente Ruhe nach der Schlacht gewähren. Doch wir sind noch nicht fertig mit unserem Tageswerk. Das Lager des Feindes muss erobert und zerstört werden, mein verräterischer Neffe gefangen genommen, die Reste seines Heeres zerstreut werden.“

Die Männer sattelten die Pferde und an der Spitze seiner Leibwache ritt Al-Adil auf das Heerlager des Feindes zu. Dieses war, wie erwartet, verlassen, die Soldaten Al-Afdals waren in alle Himmelsrichtungen geflohen.

Aber es dauerte nicht lange, bis sie Al-Afdals Leibwache einholten. Diese war nämlich von einer weiteren Truppe gestoppt worden. An den Bannern erkannte Al-Adil die Soldaten seines Sohnes. Al-Kamil war gekommen, um seinem Vater beizustehen.

Auf diese Weise umzingelt streckten die Leibwächter des falschen Sultans die Waffen und lieferten Al-Afdal aus.

Nachdem sich Vater und Sohn in die Arme gefallen waren, beschwor Al-Kamil ihn mit seiner ruhigen Stimme: „Mein Vater, du musst ihn töten. Er darf nicht noch einmal die Gelegenheit bekommen, dir zu trotzen.“ Er sah seinen in Ketten gelegten Vetter nicht einmal an.

Aber Al-Adil konnte sich trotz allem nicht überwinden, seinen Neffen zu töten.

„Heute ist dein Glückstag“, informierte er Al-Afdal. „Deine Strafe wird hart sein, aber du wirst leben.“

Kapitel 56: Ebrius et demonio plenus

(Berauscht und vom Dämon besessen)

Róuen, 16. April 1203

Vor geraumer Zeit war die Sonne untergegangen, Isabel war schon vor einiger Zeit in ihre Gemächer verschwunden. König Johann saß an der reich gedeckten Tafel und fand keinen Gefallen an den köstlichen Speisen. Nur dem Wein sprach er an diesem Abend zu. Ja, das Trinken war ihm zur Gewohnheit geworden. Früher hatte er nie so viel Wein getrunken. Er hatte sich immer gefragt, wie seine Mutter und andere es hinbekamen, so viel von dem Zeug in sich hineinzukippen. Eleonore fing oft schon morgens mit dem ersten Becher an.

Aber die Zeiten waren hart. Richards Tod hatte das Ende all des Verrates im Volk, des Bestreitens seiner Befehlsgewalt sein sollen. Doch kaum war der Leichnam seines Bruders kalt geworden, scharten sie sich schon wieder zusammen und verschworen sich gegen ihn.

Irgendwas war doch gewesen, er hatte sich etwas vorgenommen...

Ach ja!

Der König stand auf und die Welt drehte sich ein wenig.

„Hups!"

Das war wohl ein Becher zu viel gewesen. Aber das änderte jetzt auch nichts mehr. Er bahnte sich seinen Weg in Richtung Kerker, die Lakaien wichen vor ihrem König zurück, als sei er ein Dämon der Hölle.

Er fand den diensthabenden Wachmann und erklärte ihm, was heute getan werden musste. Aber der impertinente Trottel weigerte sich!

„Ich binner König!", schrie Johann ihn an. „Du tus, was ich sage!"

„Verzeiht, Herr, ich folge Euch in den Tod, wenn es sein muss, aber kurz vor dem Ostertag einen wehrlosen, unschuldigen Knaben umbringen – das ist gegen die Ritterehre!"

„Du bist nichtmaln Ritter, du nuzzloses Stück Rüsstung, du!"

Johann war außer sich.

Also wankte der König selbst in die Zelle des Jungen hinunter. Alles musste er selber machen! Wo waren nur all die guten Soldaten hingegangen? Diejenigen, die Befehle befolgten, ohne diese zu hinterfragen...

Einen zu finden, der seinen Bruder für ihn um die Ecke brachte, war ja kein Problem gewesen. Der Armbrustschütze, der Richard einen tödlichen Bolzen verpasste, hatte seinen Vater und Bruder durch Richard verloren und für eine lächerliche Summe in das Attentat eingewilligt.

Und jetzt? Keiner der Burgwächter wollte sich die Finger schmutzig machen. Sei es drum! Johann war sich noch nie zu schade gewesen, die Drecksarbeit selbst zu erledigen.

Er kam im Zellentrakt an. Die Wärter sahen den König mit großen Augen an, sagten aber nichts und verschwanden umgehend, als Johann eine entsprechende Geste ausführte.

In welcher Zelle war denn der Neffe jetzt? Johann konnte schlecht sehen, das lag wahrscheinlich am unzureichenden Licht hier unten im Kerker. Aber da war er schon! Arthur, der Sohn seines lange verstorbenen Bruders Gottfried.

„Da bist du ja, Onkel", begrüßte der kleine Scheißer ihn furchtlos. „Bist du endlich bereit zu verhandeln?"

Das konnte witzig werden...

„Sprichnur, sprichjunge!", lallte Johann.

„Ich habe mir gedacht, wir können vielleicht zu einem Kompromiss kommen. Ich will es gar nicht kompliziert machen, lieber Onkel. Dir fehlt die Unterstützung des Adels auf dem Festland, ich dagegen bin auf der Insel ein Fremder. Lass uns das Königreich aufteilen, ich nehme die Bretagne und die Normandie und du die englischen Inseln. Aquitanien soll weiter von den Frauen verwaltet werden."

Natürlich! Was für ein großzügiger Vorschlag. Dass Mutter immer noch den Anspruch auf das Herzogtum aufrechterhielt, war das eine, das andere war, dass Richards Witwe sich dreist in der Gascogne breit gemacht hatte, als wenn es irgend etwas bedeuten würde, dass Richard ihr diese Gebiete übertragen hatte!

Und was würde passieren, wenn er auf Arthurs Angebot einging? Dieser Neffe würde sich umgehend mit Berengaria und Eleonore gegen Johann verbünden und ihm die Insel wegnehmen.

Nein, das würde nicht passieren!

Es dauerte eine Weile, bis er den Schlüsselbund gefunden hatte. Dann schloss er die Zelle auf und trat ein.

„Heißt das, du lässt mich frei, Onkel?"

Ja, selbstverständlich, genau das war der Plan...

„Mein Söhnchen, lassuns die Streitichkaiten bagraben und..."

Der Jüngling konnte gar nicht mehr reagieren. Johanns Dolch traf ihn im Bauch. Einmal, zweimal, mehrmals. Johann zählte nicht. Der

Knabe ging zu Boden. Immer weiter stach Johann auf ihn ein, bis das Häufchen Elend unter ihm kaum noch als Mensch zu erkennen war und er selbst über und über mit Blut besudelt.

„Das hassu jez davon, du blöder Neffe, du!“, schrie er den Leichnam an. „jetzt kannstu ma gucken, wie du Könich wirs, so tot wie du bis!“

Der König nahm sich ein Seil, band Arthur das eine Ende um die Füße und beschwerte das andere Ende mit einem Stein. Er wuchtete den Leichnam und den Stein zum Fenster. Mit einem lauten Platschen landete beides, Stein und Neffe, im Burggraben.

„Und tschüss!“

Kapitel 57: Caballo regalado no se le mira el diente

(Einem geschenkten Gaul schaut man nicht ins Maul)

Chinon, 1. April 1204

Da lag sie, die alte Hexe. Sie war schon alt gewesen, als sie Berengaria damals aus dem väterlichen Palast geholt und über die Pyrenäen nach Italien gebracht hatte, um sie mit Richard zu verheiraten. Nun sah sie aus, als sei sie schon tot, was nicht nur daran lag, dass sie über achtzig Jahre alt war, sondern auch an ihrem friedlichen Schlaf. Berengarias Hass auf ihre Schwiegermutter, den sie sich all die Jahre bewahrt hatte, wurde dadurch noch weiter angestachelt. Hier lag das intrigante Miststück und schlief den Schlaf der Gerechten, als wenn sie den Titel der Satanstochter, den die Adligen ihr verliehen hatten – selbstredend nannten sie die Königsmutter nur in ihrer Abwesenheit so – nicht verdient hätte.

Berengaria zog Al-Adils Dolch aus der Scheide, legte ihn an die Kehle der Alten und sonnte sich eine Weile in dem berauschenden Gefühl, ihrem Leben hier und jetzt ein Ende machen zu können. Aber es war noch nicht die Zeit dafür!

Eleonore erwachte, erkannte die Situation sofort und zischte ohne ein Zeichen der Angst, eher verärgert: „Du bist alt geworden."

Berengaria musste auflachen. Das von diesem lebenden Leichnam!

„Was willst du?", zischte Eleonore.

Ja, was wollte sie?

„Ich will Antworten!"

„Dann frag!"

„Warum hast du Johanns Ansprüche auf den Thron unterstützt?"

„Er ist mein Sohn!"

„Er hat Richard umgebracht!"

„Paperlapapp!"

„Glaub es oder nicht, ich habe Beweise."

„Zeig sie mir."

Berengaria seufzte. „Der Attentäter ist verstorben als meine Leute ihn befragten. Vorher hat er noch Johann als seinen Auftraggeber benannt."

„Das passt Dir ja gut in den Kram, was?"

Berengaria seufzte wieder. Sie ließ den Dolch sinken und goss Eleonore und sich einen Becher Wein ein.

„Das gefällt mir schon besser", bemerkte die alte Hexe.

„Johann erkennt meine Herrschaft über die Gascogne nicht an, er zahlt mir meine Witwenrente nicht und verhindert so, dass ich meine Burgen angemessen sichern kann."

Eleonore lächelte kalt. „Und wer glaubst du, hat ihn auf die Idee gebracht, das zu tun?", fragte sie fast neckisch. „Arthur ist tot, wenn du auf den gesetzt hast", ergänzte sie. Dann nahm sie einen tiefen Schluck aus dem Becher, verzog das Gesicht und stellte das Gefäß auf ihren Nachttisch.

„Ich fasse es nicht, dass Du noch einmal über die Pyrenäen gereist bist", wechselte Berengaria das Thema. „Hast Du die arme Blanka ebenso terrorisiert wie mich?"

Eleonore kicherte. „Das war gar nicht nötig. Meine Enkelin ist im Gegensatz zu dir eine typische Prinzessin. Ihr Kopf ist leer bis auf die üblichen Phantasien einem hohen Herrn Erben zu schenken. Die Aussicht, den König von Frankreich zu heiraten, war genug, um ihre vollständige Loyalität zu erkaufen. Gut, sie ist viel jünger, als du damals warst, aber glaube mir, das Dummerchen wird nicht viel mit der Macht anfangen können, die sie haben könnte. Nicht so wie du..."

„Hast du mich nicht auch immer als dumme Prinzessin – und Schlimmeres – bezeichnet?"

„Ja, natürlich habe ich das. Aber glaubst du wirklich, ich hätte deine Intelligenz und innere Kraft nicht von Anfang an gespürt? Die Blankas dieser Welt sind wie Becher, voll von minderwertigem Wein, wie dieser da, den du mir kredenzt hast. Da geht nicht mehr viel hinein. Du aber warst eine leere Karaffe."

„Leer?"

„Bereit, gefüllt zu werden mit den Fähigkeiten, die es braucht, eine gute Herrscherin zu werden."

„Als wenn du etwas über Güte wüsstest."

„Gut im Sinne von effizient, meine ich. Wir Weiber können uns die ritterliche Moral der Männer nicht leisten, wir müssen kaltherzig und grausam vorgehen. Ich wusste, wenn ich ein Feindbild erschaffe, eine Art Fokus, den du hassen kannst, dann wirst du dein volles Potential entfalten. Und das hast du ja! Konrad von Montferrat, Guido von Lusignan, streite es bloß nicht ab! Deine Intrigen haben Richard gute Dienste geleistet. Aber nun musst du dich damit abfinden, dass Johann der König ist."

„Fokus? Wovon redest du?

„Mich solltest du hassen! Glaubst du denn wirklich, ich wäre einfach eine grausame Person ohne jeden Verstand? Nur dein Hass auf mich hat dich dazu befähigt, genauso skrupellos zu werden wie ich. Ich bin recht stolz darauf, was aus dir geworden ist. Aber gestatte einer alten Frau, dir einen letzten Rat zu geben: Reib dich nicht auf im Kleinkrieg mit Johann. Akzeptiere lieber, dass alles so gekommen ist, wie es sich eben entwickelt hat. Mein armer Richard, wie habe ich um ihn getrauert! Aber wozu, frage ich dich, habe ich denn mehr als einen Sohn bekommen? Natürlich damit im Falle des Todes des einen der andere die Krone übernehmen kann. Das ist das Schicksal der Männer, im Krieg zu sterben."

Berengaria stöhnte auf. Diese Frau war einfach unmöglich.

„Noch einmal, es war Johann, der Richard umbringen ließ."

„Pah! Und Johanna? Soll er das auch gewesen sein? Oder warst du das?"

Johanna...

Sie hatte Recht behalten. Ihre Begegnung in der Abtei nahe Tours war die letzte gewesen. Johanna war ihrem Bruder kurz darauf ins Grab gefolgt. Komplikationen bei der Geburt. Auch das Kind hatte nicht überlebt.

Eleonore las ihre Gedanken.

„Das ist dann wohl das Schicksal der Frauen, im Kindbett zu sterben. Nun, nicht deines und auch nicht meines. Aber im Gegensatz zu dir habe ich Kinder geboren. So viele, dass ich manchmal gar nicht mehr alle ihre Namen zusammenbekomme..."

Berengaria zuckte nur die Schultern. Sie hatte noch nie das Bedürfnis verspürt, ein Kind zu bekommen. Ihre Muttergefühle hatte sie an der zypriotischen Prinzessin Dorothea auslassen können. Wenn ihr Mündel einen Anhaltspunkt darstellte, dann war Berengaria nicht zur Mutter geschaffen. Das Ding hasste ihre Ziehmutter fast so sehr, wie Berengaria Eleonore hasste. Sie war froh gewesen sie Ronald von Alion, dessen erste Frau verstorben war, geben zu können.

Auch ihr Bruder hatte bisher keinen Erben gezeugt. Seine Ehe mit Konstanze, der Tochter des Grafen von Toulouse, war kinderlos geschieden worden. Man munkelte allerdings, er habe mehrere Bastarde gezeugt. Das würde ihm ähnlich sehen...

Trotz oder gerade wegen seiner großen Bewunderung der maurischen Kultur, tat Sancho seit seiner verhängnisvollen Reise nach Afrika alles dafür, mit den umliegenden christlichen Ländern Frieden zu schließen und für einen Kreuzzug nach Südiberien und Nordafrika mobil zu machen. Die meisten Adligen nahmen ihn nicht ernst, sein Einfluss war zu gering, sein Königreich zu klein und viele meinten zu wissen, dass er nur so harsch gegen die Mauren redete, um seinen Ruf als Heidenfreund loszuwerden.

Berengaria dagegen kam im Streit mit König Johann, ihrem verhassten Schwager, nicht weiter. Er weigerte sich einfach, ihr zuzugestehen, was ihr rechtmäßig gehörte, ignorierte ihre Briefe und jagte ihre Gesandten, nachdem er sie Wochen auf eine Audienz warten gelassen hatte, einfach wieder fort. Selbst nach London zu gehen getraute sich Berengaria nicht. Sie war sich sicher, dass sie dann im Turm – oder wie ihr Neffe Arthur im Burggraben – landen würde.

Mit Eleonore teilte sie all diese Gedanken nicht. Ihre Schwiegermutter war schon immer blind für die maurische Gefahr und befangen in den innerchristlichen Differenzen gewesen. Nur eine Sache wollte sie noch von ihr.

„Also Kind", sprach die Alte nun, als habe sie mal wieder im Kopf der Jüngeren gelesen wie in einem Buch, „was willst du nun von mir? Soll ich dir wieder mal aus der Patsche helfen, mit dem kleinen Scheißer reden, dass er lieb zu dir ist und dir dein Geld zahlt? Oder willst du mit diesem beeindruckenden Stück Metall da in deinen Händen wirklich deine Mutter umbringen?"

„Du bist nicht meine Mutter!"

„Nein, ich bin deine Nemesis." Eleonore kicherte gehässig. „Und doch habe ich dir auf diese Weise mehr beigebracht als diese Heilige, die deine echte Mutter angeblich war. Dich auf das Leben vorbereitet. Dir Macht und Einfluss verschafft, wie du es dir niemals hättest erträumen können. Nur bist du leider immer noch unfähig, diese meine Gaben an dich vernünftig einzusetzen. Du weißt doch, wie du mit dem kleinen Scheißer umgehen musst. Johann respektiert nur eines: Stärke! Du aber bist noch immer nicht stark, sondern ein kleines Kind geblieben, das man an die Hand nehmen muss, führen muss. In deinem Alter war ich längst..."

Es reichte! Berengaria wandte sich zum Gehen.

„Willst du nicht tun, wozu du hergekommen bist? Warum sonst hast du diesen Dolch mitgebracht, den dir dieser Ungläubige geschenkt hat?"

Sie wandte sich ein letztes Mal um: „Al-Adil hat einen stärkeren Glauben als du ihn je haben wirst... Mutter. Und den Dolch habe ich nur mitgenommen, falls du auf dumme Gedanken kommst. Es wäre doch viel zu auffällig, wenn dein Leichnam voller Stichwunden wäre, findest du nicht? Du müsstest doch wissen, dass die Waffen einer Frau sich nicht auf Augenklimpern und Bezirzen beschränken, sondern auch Gift zu diesem Arsenal gehört."

„Gift? Wie hast du... der Wein!"

„Ja, Mutter, der Wein. Du hast noch einige Stunden, bis der Trunk seine Wirkung entfaltet. Nutze sie, um für die Vergebung deiner Sünden zu beten!"

„Und was ist mit deinen Sünden?"

„Die sind mein Problem. Kümmere du dich um dein eigenes Seelenheil."

Und damit ließ sie die Alte allein.

Die Freude über den Tod Eleonores, die Berengaria sich erhofft hatte, blieb allerdings aus. Alles, was sie fühlte, war eine umfassende, innere Leere. Auch die tausend Stimmen, die tagein, tagaus auf sie einredeten, Pläne schmiedeten und wieder umwarfen, sie in die eine oder andere Richtung leiteten, verstummten nicht, wurden nicht einmal leiser. Sie fühlte, dass nun alles auf den finalen Konflikt mit den Mauren hinauslief, auf den sie sich die letzten Jahre vorbereitet hatte. Als nächstes ging es also darum, Onkel Alfons und die junge Eleonore davon abzuhalten den Tod der Alten zu nutzen, um sich die Gascogne unter den Nagel zu reißen. Sie brauchte ja nicht einmal die ganze Region, sie brauchte nur genug Soldaten, um ihren Bruder unterstützen zu können, sowie Proviant und Bezahlung für die Männer. Und dafür benötigte sie wiederum das Geld, das Johann ihr verweigerte. Leider konnte sie den kleinen Scheißer, wie Eleonore ihren eigenen Sohn nannte, nicht ebenso um die Ecke bringen wie seine Mutter. England und Aquitanien mussten stabil bleiben, bis die Mauren geschlagen worden waren.

Kapitel 58: Rex infelix

(Königlicher Pechvogel)

Newark, 12. Dezember 1216

Alle waren sie da. Der verfluchte Longchamp, die Grafen von Wales und York, selbst einige der aquitanischen Adligen. Und Mutter! Das war am Schlimmsten. Johann hatte gehofft, sie würde ihm wie sonst auch den Rücken stärken oder Richard zumindest besänftigen, aber sie hatte ihm deutlich gemacht, dass er ihrer Meinung nach ihre Geduld überstrapaziert und so ihre Gunst verloren hatte.

Warum waren immer alle gegen ihn? Er hatte nichts getan, was ein anderer nicht auch getan hätte! Hatte Richard nicht selbst gegen ihren Vater rebelliert? Hatte Eleonore nicht mindestens ebensolche Intrigen, wenn nicht hinterhältigere, auf dem Kerbholz? Hatte Vater sie nicht über Jahre eingesperrt, weil sie ihren Söhnen gegen ihn beigestanden hatte?

Was hätte er denn tun sollen? Richard war im Outremer, also quasi eine Welt weit weg gewesen, dann Gefangener des deutschen Kaisers. Irgendwer musste doch die Krone aufhaben!

Und jetzt war er wieder da. Richard, das Löwenherz, der große König, Held der Kreuzzüge und Überwinder Saladins – dabei hatte er nicht einmal gewonnen, sondern nur einen Waffenstillstand ausgehandelt, der schon wieder ausgelaufen war. Schon hörte man an allen Ecken der Städte und Dörfer die Priester einen neuen Kreuzzug herbei predigen, um das heilige Land endgültig zurückzuerobern.

Was würde sein Bruder tun? Die Antwort lag auf der Hand. Nachdem Johann nicht nur eigenmächtig gehandelt, sondern sich auch mit dem Frankenkönig verbündet hatte, konnte Richard ihn gar nicht am Leben lassen. Selbst wenn er auf die Knie ging und um Exil bat, sein Bruder hatte gar keine Wahl, er würde wissen, dass Johann so lange eine Gefahr für ihn darstellte, wie er noch atmete.

Und Richard hatte ja ihren Neffen Arthur zu seinem Nachfolger erklärt, auch wenn dieser mittlerweile in Philipps Obhut war.

Die Frage war eigentlich nur, ob er einen würdigen Tod sterben durfte oder Richard ihn gleich hier auf der Ratsversammlung einen Kopf kürzer machte.

Die Tore schwangen auf und der Ausrufer kündigte Richard das Löwenherz, den König von England an.

Er schritt in den Saal wie ein Rachegott. Die Adligen knieten nieder, einer tiefer als der andere, manche, die Johann unterstützt hatten, warfen sich Richard zu Füßen und baten um Vergebung.

Richard ließ sich Zeit mit seiner Rache. Er begrüßte einen der Höhergestellten nach dem anderen, vergab und bestrafte nach eigener Willkür. Manche verloren Gebiete oder Titel, andere kamen davon.

Nach einer Ewigkeit wandte sich der König endlich Johann zu, der flankiert – oder vielmehr bewacht – von dem senilen Bischof Longchamp und seiner Mutter im hinteren Teil des Saales sein Schicksal erwartete.

Jetzt nur keine Schwäche zeigen!

Aber die Angst war größer, Johann fiel auf die Knie und brabbelte irgend etwas von wegen Vergebung, auch wenn er wusste, dass es ihm nichts mehr nützen würde.

Und tatsächlich, Richard zog ein Schwert, das mindestens drei Meter lang war und fing an, auf Johann einzuprügeln.

Glücklicherweise erwachte er an dieser Stelle. Er schüttelte sich und sah sich in dem engen, schmutzigen Zimmer um, in dem er nun seit einigen Tagen mehr hauste, als es zu bewohnen.

Der Traum von Richards Rückkehr, die nunmehr über zwanzig Jahre zurücklag, war so glasklar gewesen, als wäre das alles gestern passiert. Und natürlich hatte sein Bruder ihn nicht mit einem übergroßen Schwert verprügelt.

„Steh auf, Bruder!“, hatte er befohlen.

Langsam war Johann auf die Beine gekommen und hatte den Älteren mit Tränen in den Augen angesehen.

„Du warst wie ein Kind und hattest schlechten Einfluss“, hatte Richard beschieden. „Irland und deine anderen Lehen seien verwirkt. Aber ich will dir vergeben, wenn du mir erneut die Treue schwörst.“

Natürlich hatte er jeden Schwur geschworen, den sein Bruder von ihm verlangte. Insgeheim aber hatte er in sich hineingelacht. Schon im folgenden Jahr hatte er wieder angefangen, seine Intrigen gegen Richard zu spinnen, doch von da an war er sehr vorsichtig gewesen. Sein Bruder hätte ihn nicht noch ein weiteres Mal beim Verrat erwischen dürfen. Und dann war der König ganz zufällig in diesen Armbrustbolzen gelaufen und Johann hatte die Krone, die ihm zustand und die er schon vorher so lange Zeit verwaltet hatte, endlich aufsetzen können.

Doch seitdem war alles, aber auch alles, was er anpackte, schief gegangen. Erst Philipp, dann Arthur, alle hatten sie ihn verraten, nichts hatte etwas genützt, nicht einmal seine neue Heirat. Mutter war gestorben, kurz nachdem er sich um seinen Neffen gekümmert hatte und daraufhin hatte er die Normandie verloren, sowie weitere Gebiete auf dem Festland. Die Aquitaner verweigerten ihm die Steuern, um die Gascogne stritten sich seine Schwester und Richards Witwe, und das obwohl diese Grafschaft doch eigentlich ihm gehörte!

Trotzdem er die Iren vernichtend geschlagen hatte, taten sie weiterhin so, als wenn ihre kleine Insel ihnen allein gehören würde. Die frechen Schotten hatten ebenso gegen ihn aufbegehrt wie die hochnäsigen Waliser.

Am Schlimmsten aber war gewesen, dass er im Vorjahr die Magna Charta Libertatum hatte unterzeichnen müssen, welche den englischen Adligen und vor allem den Kirchenvertretern im Grunde unbegrenzte Macht gab, gegen das Königtum zu rebellieren. Ja, die Barone, diese unverschämten Witzfiguren! Hatten ihn gezwungen ihnen so große Zugeständnisse zu machen, dass sie nun beinahe unabhängig über ihre Ländereien herrschten und die Krone wieder mal nicht das bekam, was ihr zustand. Und die Unabhängigkeit der Kirchenvertreter war ebenso ein Schlag ins Gesicht gewesen.

Das war alles so typisch. Und jetzt war er in dieser Spelunke gelandet. Erst hatte seine Kutsche in einer Furt ein Rad verloren und nachdem die Aufregung darüber sich gelegt hatte, wurde ihm von den Untergebenen lapidar mitgeteilt, dass die Kronjuwelen verschwunden waren. Warum musste er das Zeug auch mitschleppen?

König Johann wusste natürlich, warum: Weil er niemandem mehr vertrauen konnte! Richard war tot, Mutter war tot und ebenso die letzten Berater, Minister und Adligen, auf die er sich noch hatte verlassen können. Ob es Grafen und Barone irgendwelcher kleinen Ortschaften waren oder seine eigene Leibwache, Johann traute niemandem mehr.

Und als wenn das alles nicht genug gewesen wäre, hatte er sich im Wasser des verfluchten Flusses, in dem die Kutsche gestrandet war, auch noch eine Erkältung zugezogen und lag nun seit Tagen im letzten Rattenloch Englands flach.

Die schäbige Taverne hatte nicht einmal einen Abort, man musste nach draußen gehen. Immerhin hatte der Besitzer, als er gewahr wurde, dass er den König von England beherbergte, einen Nachttopf für ihn bereitgestellt, den Johann auch bitter benötigte, da sein Magen sich regelmäßig einmal in der Stunde meldete.

In der gleichen Frequenz ließ er sich von seiner Leibwache bestätigen, dass die Männer noch da waren. Das hätte ihm noch gefehlt, dass seine eigenen Soldaten ihn flohen!

Johann Ohneland, so nannten sie ihn noch immer hinter seinem Rücken, weil Vater ihm damals sein rechtmäßiges Erbe verwehrt hatte. Sie spotteten und verlachten ihn und keine Strafexpedition seiner Söldner, kein Brandschatzen und Unterwerfen schien diesen Spott auch nur vermindern zu können.

Johann hörte das Kichern seiner Feinde auch jetzt. Sie lachten über den vom Pech verfolgten König.

Aber halt – war das wirklich nur in seinem Kopf?

Er richtete sich im Bett auf und versuchte im schimmernden Licht der einzelnen Kerze etwas zu sehen. Aber alles, was er sah, war ein Schatten an der Tür. Ein Gespenst etwa?

„Arthur...“, entfuhr es ihm.

„Nein, mein lieber Schwager, du wirst nicht von deinem Neffen heimgesucht, den du so brutal und gewissenlos weggemordet hast“, sprach der Schatten. „Jedenfalls nicht heute.“

Wer war das nur? Ein Racheengel? Einer seiner vielen Feinde, gekommen um ihn zu töten? Die Stimme war hell, wie die einer Frau.

„Aber heute ist trotzdem Zahltag“, behauptete der Schatten.

„Wer... was?“

„Erkennst Du mich denn nicht, lieber Schwager?“

Die Gestalt trat ins Licht. Das war sie! Die Hexe von Le Mans, Richards Witwe!

„Jahrelang hast du versucht mir meine Provinzen streitig zu machen, hast mir meine zustehende Witwenrente nicht ausbezahlt“, fuhr Berengaria fort. „Und sieh, was aus dir geworden ist: Exkommuniziert und mit dem Kirchenbann belegt, ohne Unterstützung des Adels, vom Volk gefürchtet und gehasst!“

„Das ist alles nicht meine Schuld! Das Pech verfolgt mich einfach wie ein Fuchs den Dachs!“

„Nicht so schnell, Schwager! Mag sein, dass einige deiner Niederlagen einfach schlechtem Glück zu verdanken sind, die allermeisten aber hast du dir selbst zuzuschreiben. Deine Unfähigkeit zur Gnade, deine Grausamkeit, der Dämon, der in dir wohnt, haben dich hierher gebracht. Na ja, und ein wenig habe auch ich nachgeholfen."

„Du?"

„Ja, ich. Seit du meinen Richard hast ermorden lassen..."

„... damit hatte ich nichts zu tun!"

„Streite es ruhig weiter ab, so wie du es immer getan hast. Aber ich weiß Bescheid, ich wusste immer Bescheid."

„Paperlapapp!"

Berengaria lachte ein eisiges Lachen, das Johann eine Gänsehaut den Nacken hinuntertrieb. „Es hat ein paar Jahre gedauert, denn du hast deine Spuren gut verwischt, verschiedene Namen in Umlauf gebracht und seine Identität verschleiert. Du hast sogar die Geschichte verbreitet, Richard habe dem Schützen auf dem Totenbett vergeben. Bertran Gurdo, der von Richards Söldnerführer für den tödlichen Schuss auf seinen König hingerichtet wurde, war aber gar nicht der wahre Schütze, nicht wahr?"

„Ich weiß nicht, wovon du redest."

„In Wirklichkeit hieß er Pierre Basile und handelte in deinem Auftrag. Und hätte ich ihn nicht vor Jahren aufgespürt und der himmlischen Gerechtigkeit zugeführt, er würde noch heute das leichte Leben genießen, das deine nicht unbeträchtliche Belohnung ihm offeriert hatte."

„Red doch keinen Unsinn! Richard hat die Burg Nontron belagert. Wie immer war er unvorsichtig und einer der ersten, welche stürmten. Da hat er einen Bolzen abbekommen. Bumm! So schnell geht das im Krieg. Aber von Krieg verstehst du als Frau ja nichts."

Berengaria lachte wieder auf diese unheimliche Weise. „Ja, auch das ist eine schöne Legende, die du in Umlauf gebracht hast, mit einem weiteren falschen Namen, Johannes Sabraz. Diese falsche Spur hat meine Spione ein Jahr lang beschäftigt gehalten. Doch schließlich haben sie herausgefunden, dass Richard gar nicht Nontron, sondern Chalus belagert hatte."

Sie trat ein wenig weiter ins Licht. Die Jahre waren ihr nicht gut bekommen, fand Johann. Eine Schönheit war sie ja nie gewesen, aber jetzt, mit gut fünfzig Jahren, teilweise ergrautem Haar und den ersten Falten im Gesicht erinnerte sie ihn so stark an seine Mutter, dass es ihn fröstelte.

Als habe Berengaria seinen Gedanken erraten, fuhr sie fort: „Als Eleonore im Sterben lag, habe ich ihr, sozusagen als letztes Geschenk, noch enthüllt, dass ich herausgefunden hatte, wer wirklich hinter Richards Tod steckte. Das war zu viel für die Alte, sie starb noch in der gleichen Stunde, nicht ohne dich vorher zu verfluchen und zur Hölle zu wünschen."

„Das lügst du! Mutter hat mich..."

„Deine Mutter hat dir nie getraut und war sogar dagegen, dass Richard dir nach seiner Rückkehr aus dem Reich deine Sünden vergibt. Auch ich war dagegen, aber Richard, der Starrkopf, hatte sich in den Kopf gesetzt er sei durch seine Gefangenschaft ein Heiliger oder so etwas geworden. Ich habe nicht einen Augenblick daran gezweifelt, dass du ihm in den Rücken fallen würdest und als er starb wusste ich sofort, dass du etwas damit zu tun hattest. Nur konnte ich es nie beweisen, selbst nachdem ich den Pierre gestellt hatte."

„Siehst du, du kannst gar nichts beweisen!"

„Aber nur weil Pierre unter der Folter meiner Leute gestorben ist. Allerdings hat er vorher alles zugegeben und dich als seinen Auftraggeber benannt."

„Mh..."

„Du brauchst nichts dazu zu sagen, du kannst ohnehin nichts mehr ändern, dein Urteil ist gesprochen und die Strafe vollzogen."

„Wovon redest du?"

Aber die Möchtegern-Königin wechselte das Thema. „Sag mir nur eines noch, das habe ich nie verstanden. Warum in Gottes Namen hast du dich geweigert, mir mein Gold zu zahlen?"

„Du hast doch jetzt alles! Philipp hat dir vor Jahren Le Mans gegeben und deine Pension habe ich doch auch gezahlt."

„Das ist wohl wahr, auch wenn dazu niemand Geringeres als der Papst intervenieren musste."

„Der hat gar nicht mehr aufgehört, mir Briefe zu schreiben und mir das Interdikt anzudrohen. Wie hast du nur so großen Einfluss auf den Pontifex erlangen können?"

Berengaria beantwortete seine Frage nicht.

Statt dessen sagte sie: „Trotzdem schuldest du mir noch 4000 Pfund."

„Ach was!"

„Deine Kronjuwelen erachte ich als erste Anzahlung!“

„Wie bitte?“

„Den Rest hole ich mir dann von deinem Sohn, sobald er gekrönt ist.“

Johann musste nun seinerseits auflachen. „Nicht so schnell, Schwägerin, ich habe noch nicht vor, abzutreten.“

„Das liegt nun nicht mehr in deiner Hand!“

Bisher hatten die Magenschmerzen und sein allgemeines Unwohlsein, sowie die Verrücktheit der Situation, ihn das Gespräch wie durch einen Schleier erleben lassen. Aber nun war der König augenblicklich völlig wach und klar.

„Soll das etwa eine Drohung sein?“, fragte er lauernd.

„Ich muss dir nicht mehr drohen, wie ich schon gesagt habe, dein Urteil ist längst vollstreckt. Oder glaubst du etwa, es ist eine zufällige Krankheit, die dir verwehrt deinen Mageninhalt bei dir zu behalten?!“

„Was hast du getan?“

Berengaria lachte nicht mehr, sie war ganz ernst. Sie kam noch einen Schritt näher, hielt aber betont genügend Abstand von ihm, dass er sie nicht anfallen konnte.

„Na was wohl. Das gleiche, was ich mit Konrad von Montferrat gemacht habe, mit Guido von Lusignan und mit der alten Eleonore. Was ich mit Alfons von Kastilien und der jungen Eleonore gemacht habe, weil sie ihre Ansprüche auf die Gascogne nicht aufgeben wollten. Ich habe mich eines lästigen politischen Feindes entledigt.“

Johanns Stimme war ein Flüstern: „Meine Mutter... meine Schwester... mit Gift?“

„Das gleiche Gift, das ich dir ins Essen habe mischen lassen, ja. Ich entschuldige mich, dass ich so spät dran bin mit diesem Akt der Gerechtigkeit, aber wie gesagt, ich hatte so einiges zu tun. Alfons, der alte Hund und deine Schwester Eleonore hielten mich einige Jahre auf Trab. Die Mauren waren ein Problem. Und natürlich musste Innozenz sterben.“

„Der Papst ist tot?“

„Es lebe der Papst, Honorius. Du kennst ihn vielleicht noch als Kardinal Cencio Savelli, die rechte Hand des Coelestin, dann des Innozenz.“

Johann war gerade völlig egal, wer Innozenz nachgefolgt war.

„Und das war auch dein Werk?“, wollte er wissen.

Berengaria nickte grimmig.

Kalte Finger griffen nach Johanns Herz. Das sollte es gewesen sein?

„Wie viel Zeit bleibt mir?"

Richards Witwe zuckte die Schultern. Die Geste war so bar jeden Mitleids, dass Johann wieder Gänsehaut bekam.

„Ein paar Stunden. Wenige Augenblicke. Ist schwer zu sagen. Auf jeden Fall wirst du die Nacht nicht überstehen."

Endlich fiel Johann ein, nach seinen Wachen zu rufen, aber niemand kam. Berengaria schien das zu amüsieren.

„Glaubst du wirklich, ich würde hier stehen und mit dir reden, wenn ich befürchten müsste, dass deine Wachen jeden Moment hereinkommen können? Ich darf dir berichten, dass ich damit gerechnet hatte, sie würden sich viel teurer verkaufen. Aber selbst deine eigene Leibwache scheint dir so wenig geneigt zu sein, dass sie dich für ein paar blinkende Münzen verraten hat."

Was blieb noch? Sein Dolch lag unter seinem Kissen, aber wenn sie nicht noch einige Schritt näher herankam – was sie sicherlich nicht tun würde – war es fast aussichtslos. Trotzdem, er musste es versuchen.

„Wenn ich ohnehin dem Tode geweiht bin", versuchte er, seine Schwägerin abzulenken, „dann sag mir bitte auch noch dieses: Wieso hast du Richard nie ein Kind geschenkt?"

Die Frage schien sie zu überraschen. Gut! Sie suchte nach den richtigen Worten. Jetzt oder nie!

Johann griff nach seinem Dolch, sprang aus dem Bett – und fiel vor Berengaria zu Boden, weil seine Beine ihn nicht mehr trugen.

Sie ging langsam zwei, drei Schritte rückwärts, drehte sich dann um und war verschwunden.

Johann lag auf dem kalten Boden und obwohl längst nichts mehr in seinen Gedärmen war, krampften sich diese wieder zusammen. Der Schmerz war noch intensiver als sonst, schien sich hochzuziehen bis zu seinem Herzen.

Johanns einziger Gedanke war, wie unmajestätisch seine Position war. Nackt und besudelt auf dem Boden liegend, ausgemergelt vom Gift der Hexe, dahin gestreckt von familiärem Verrat. Wenn man ihn so fand...

Unter Schmerzensschreien und unmenschlicher Anstrengung robbte er zum Bett zurück und versuchte sich hochzuziehen, doch er war zu schwach. Er konnte nur noch seine Bettdecke aus Fell an sich reißen und sie sich umlegen. Dann schloss er für immer die Augen.

Kapitel 59: Y fueron felices y comieron perdices

(Und sie lebten glücklich und aßen Rebhühner)

Le Mans, 9. Oktober 1217

Im Norden hinter den flachen Hügeln erhob sich die prächtige Stadt Le Mans. Ihre Stadt. Es war einer dieser Tage im Frühherbst, an denen man nur an den schon bunten Blättern erkannte, dass der Sommer vorbei war, denn die Sonne schien aus azurblauem Himmel warm auf sie herab. Auf dieser Wiese würde sie die Abtei erbauen! Der Platz war ideal, in nächster Nähe war ein Wald, die Husine plätscherte im Westen und Norden daher.

Sie stellte sich das Gebäude vor, die Rundbögen an der Front, die Stallungen und Nebengebäude. Hier würden junge Frauen ein Leben in Gottgefälligkeit und Frieden führen können, ein Leben, das ihr selbst versagt geblieben war. Auch sie selbst wollte hier ihre letzten Jahre verbringen, sich noch einmal in die Politik einzumischen, kam für sie nicht infrage. Im Gegenteil, der Gedanke daran erfüllte sie geradezu mit Ekel. Zwar begehrten die Barone gegen den Kindkönig Heinrich, Johanns Sohn, auf, aber sie sah sich nicht mehr willens und in der Lage, für den Jungen und die Stabilität des Reiches noch Kräfte zu mobilisieren oder auch nur Interesse aufzubringen. Das war nun seinen Beratern überlassen, allen voran Wilhelm dem Marschall, dem vorläufigen Regenten. Nein, sie war fertig mit den höfischen Intrigen. Nur eines noch!

Wilhelm hatte sich bereit erklärt, sich hier mit ihr zu treffen. Diese eine Sache musste sie noch erledigen, dann war sie endlich frei! Sonst gab es nichts mehr zu tun, es war ja niemand mehr übrig.

Richard war tot, Johanna auch. Für das Ableben der alten Eleonore und des schrecklichen Johann Ohneland hatte Berengaria persönlich Sorge getragen.

Die kleine Dorothea hatte sie mit dem neuen Herrn der Burg Usson verheiratet. Dort würde es ihr hoffentlich gutgehen. Zwar wütete Honorius, der Nachfolger des schrecklichen Innozenz – ein weiteres Lebenslicht, das sie ausgelöscht hatte – genauso gegen die Katharer wie sein Vorgänger, aber seine Macht erstreckte sich nicht bis in die Pyrenäen.

Ihr Onkel Alfons war, wie sie erwartet hatte, direkt nach dem Ableben der alten Eleonore in der Gascogne eingefallen, um den Anspruch der jungen Eleonore dort durchzusetzen. Papst Innozenz hatte indes versucht, den arroganten Frankenkönig Philipp dazu zu bringen Toulouse anzugreifen. Über diese Grafschaft herrschte Raimund, der nach dem Tod seiner Gemahlin, Berengarias Schwester Johanna, ein großer Unterstützer der Katharer geworden war. Berengaria hatte den Frankenkönig von dieser Aggression abhalten können. Sie hatte Raimund militärisch unterstützt, damit er Toulouse gegen die vielen kleinen Kreuzzüge, die Innozenz gegen die Katharer ausrief, halten konnte.

Vor fünf Jahren war es dann soweit gewesen: Der große Krieg gegen die Mauren.

Nach endlosen Jahren des Werbens bei den iberischen Herrscherhäusern und anderen christlichen Verbündeten hatte es einen Kreuzzug gegeben, in welchem die Christen einen großen Teil der iberischen Halbinsel von den Almohaden zurückerobert hatten. Ihr Bruder Sancho hatte seinen alten Verbündeten, den Sultan Miramamolin, während der Schlacht im Zweikampf geschlagen.

Natürlich hatte Berengaria auch hier aushelfen müssen. Aber dazu hatte sie sich ja jahrelang vorbereitet. Sie hatte ihren Einfluss im wenig kreuzzugsbereiten Aquitanien und England geltend gemacht und erreicht, dass nicht wenige Ritter und Adlige sich dem iberischen Heer anschlossen. Sie hatte Lothar von Segni – Papst Innozenz – überzeugen können, sein Augenmerk von den Katharern weg zu lenken und sich auf die maurische Bedrohung zu konzentrieren. Sie hatte hohe Schulden aufgenommen und das Kreuzfahrerheer mit jeweils knapp fünfhundert Mann Armbrustschützen und gewöhnlichen Soldaten unterstützen können. Ohne diese Verstärkung wäre die von Sancho befohlene rechte Flanke in der Entscheidungsschlacht auf der Ebene von Tolosa in sich zusammengebrochen. Jedenfalls hatte ihr Bruder das in einem seiner Briefe, in dem er ihr seinen herzlichen Dank aussprach, so dargestellt. Er selbst hatte nur zweihundert Reiter mobilisieren können. Sancho hatte mit seinen Heldentaten in der Schlacht großen Ruhm erlangt, den er allerdings nicht weiter hatte nutzen können. Navarra blieb ein Zwergstaat, konnte sich aber immerhin seine Unabhängigkeit bewahren.

Nachdem die Mauren auf dem Rückzug nach Afrika waren, wo sie hingehörten, hatte Berengaria dann endlich zwei alte Rechnungen begleichen können: Onkel Alfons verstarb an einer ungeklärten Ursache und seine Frau, die junge Eleonore, folgte ihm kurze Zeit später.

Als Innozenz dann vor zwei Jahren einen neuen Kreuzzug ins heilige Land ausgerufen hatte, war seine Zeit endgültig abgelaufen. Ihr Meisterspion Franklin schlich sich in den Lateranpalast und kümmerte sich um das Problem, während sie das Attentat auf König Johann vorbereitete.

Das alles war auch nicht weiter wichtig. Ihre Lebensaufgabe war vollbracht, ihr Schwur, Sancho beim Krieg gegen die Mauren zu unterstützen, erfüllt. Die Mauren würden sich von diesem Kreuzzug so schnell nicht erholen, auch wenn sie sich sicher war, dass die nachfolgende Generation wieder mit ihnen würde streiten müssen. Aber das war nicht mehr ihre Sache.

Also gab es für Berengaria auf der großen Bühne der abendländischen Politik nichts mehr zu tun. Sie würde keine Truppen mehr ausheben, keinen Maurenzehnt mehr von ihren Untertanen fordern und ihre Seele nicht mit weiteren Intrigen und Attentaten beflecken müssen.

Wie die Burgherren in den Bergen würde sie in ihrem neuen Kloster äußerlich den Anschein der Papsttreue erwecken. Innerlich hatte sie sich von den Lehren Roms noch weiter entfernt als je zuvor, wobei ihr auch die Glaubenssätze der Katharer immer fremder geworden waren.

Die Dinge, die für sie so eine große Rolle gespielt hatten, als sie jung war, wie die Frage, ob Gott oder der Teufel die Welt beherrschte, waren ihr nicht mehr so wichtig. Sie wollte nur in Ruhe und Frieden, ohne das Geklirr von Schwertern, das Wiehern von Schlachtrössern, ohne Schweiß und Blut, ohne die Männer und ihre ewigen Auseinandersetzungen ihren Lebensabend in Frieden und Gebet verbringen. Das Schicksal der Armen ein wenig lindern. Kranke pflegen und Todgeweihte auf ihrer Reise in die Nacht begleiten. Die Aufgaben einer Nonne.

Vielleicht würde sie so Gottes Vergebung für ihre vielen Sünden finden, die sie zwar nur begangen hatte, um ihre Familie und die Christenheit zu beschützen, die aber trotzdem Verfehlungen blieben. Nun, Gott würde sein Urteil über sie fällen, wenn ihre Zeit gekommen war, so wie er über jeden richtete.

Zuerst sah sie nur den Staub, welcher von der Kolonne aufgewirbelt wurde, die auf sie zuritt, dann erkannte sie das Banner Wilhelms und gab ihrerseits ihrem Pferd die Sporen.

Sie trafen sich auf dem Hügel, auf dem ihr Kloster erbaut werden sollte. Wilhelm, ganz der Ritter, begrüßte sie mit einem förmlichen Handkuss und begann, sich über das gute Wetter auszulassen.

„Sparen wir uns doch das Geplänkel, Marschall, wir sind beide zu alt dazu, unsere Lebenszeit mit so etwas zu verschwenden."

„Ganz wie Ihr wollt."

„Nun, Ihr habt den Brief des Papstes erhalten und auch ich habe Euch meine Sache in Schriftform auseinandergesetzt. Bringt Ihr mir gute Nachrichten?"

Der Marschall setzte eine gewichtige Miene auf. „Seine Majestät der König von England..." - Berengaria musste schmunzeln. Heinrich war noch ein Kind, alles, was Wilhelm ihr nun zutragen würde, war auf seinem eigenen Mist gewachsen - „... hat in seiner Weisheit entschieden, Eurem wohl vorgetragenen Begehren zu entsprechen und Euch die geforderten 4000 Pfund zu überlassen, wenn Ihr seine Bedingungen annehmt."

„Bedingungen?"

„Ihr verpflichtet Euch, die Herrschaft des Königs über alle englischen Gebiete auf der Insel und dem Festland anzuerkennen und die Rechtmäßigkeit seiner Nachfolge nicht anzuzweifeln."

„So sei es."

„Und Ihr verpflichtet Euch, die großzügige Pension nicht einzusetzen, um Truppen auszuheben oder Burgen zu befestigen, sondern setzt sie zum Wohle der Allgemeinheit ein."

Berengaria musste fast lachen. Der Marschall hatte Angst, dass sie sich wie Eleonore verhalten und politische Unruhe verbreiten würde, vielleicht fürchtete er sogar, dass sie die Barone unterstützte. Er konnte ja nicht wissen, dass all das ihr nichts mehr bedeutete.

„Schaut her, Marschall", antwortete sie daher, „genau dort, wo wir jetzt stehen, soll eine Abtei entstehen. Ein Kloster für Frauen von niederem und hohem Stand, die ein Dasein in Armut und Gottesfurcht dem weltlichen Leben vorziehen. Genau hier will ich den Grundstein legen lassen. Und ich selbst möchte in dieser Abtei meine letzten Jahre verbringen. Der Erbfolgestreit interessiert mich nicht."

„Schwört das und wir sind uns einig."

Berengaria leistete den Schwur und die Kolonne des Marschalls machte sich unverzüglich daran, weiter zu reiten. Der Regent ritt weiteren, wichtigeren Aufgaben entgegen.

Berengaria aber konnte die fertig gestellte Abtei schon vor ihrem inneren Auge sehen. Hier würde sie hoffentlich ihren Frieden finden. Der Gedanke, dass niemand je erfahren würde, welch riesigen Einfluss die einfache Prinzessin von Navarra auf die Geschicke der Christenheit gehabt hatte, niemand je wissen würde, wie viele große Persönlichkeiten und Herrscher sie auf dem Gewissen hatte, beruhigte sie irgendwie.

Die Geschichten von Richard Löwenherz, seines Kreuzzuges, seiner ungerechten Haft im römischen Reich und seiner glorreichen Rückkehr würde man sich noch in hundert, vielleicht sogar in tausend Jahren erzählen. Aber alles, was man dann noch von Berengaria wissen würde, war, dass sie die Frau des englischen Königs gewesen war und ihm keine Erben geschenkt hatte, weswegen sein Bruder Johann Ohneland ihm als König nachgefolgt war.

Berengaria lächelte zufrieden.

Kapitel 60: Alaikum salam

(Und Friede sei mir dir)

Kairo, 20. August 1218

Wie ist das nur passiert? Wann bin ich so alt geworden?

Sultan Saphadin war seit Tagen zu schwach, um auch nur aus seinem Bett aufzustehen. Sein Sohn Al-Kamil wich nicht von seiner Seite. Seit er ans Bett gefesselt war, redeten sie nun schon über die Vergangenheit, den gegenwärtigen Zustand des Ayyubidenreiches und die mögliche Zukunft.

Er hatte seinem Sohn so oft von der Schlacht vor Hattin und der Belagerung Jerusalems erzählt und doch berichtete er alles noch einmal. Al-Kamil war damals noch ein Knabe gewesen.

Er erzählte von Guidos Selbstüberschätzung, der Eroberung der Reliquie des Heiligen Kreuzes, die noch immer seinen Thronsaal schmückte, von Balians Drohung, die Reine niederzubrennen und wie er seinem Bruder die Sklaven abgekauft hatte, um sie frei zu lassen.

Alle bis auf eine.

Maryam war schon vor Jahren gestorben, Al-Adil hatte den Verdacht, dass eine oder mehrere seiner anderen Konkubinen dafür verantwortlich waren, aber er hatte nie einen Beweis dafür gefunden.

Auch Noel, sein Leibwächter, war gestorben, im Kampf gegen Ghazi und Uthman, als sie die anderen Neffen für ihre Aufmüpfigkeit bestraft, das Ayyubidenreich wieder vereint und Al-Adil auf den Sultansthron gebracht hatten.

Seinen ungeliebten Neffen Al-Afdal hatte er trotz allem nicht hinrichten lassen, sondern ihm eine unwichtige Provinz übertragen, die er noch immer mehr schlecht als recht verwaltete. Auch Ghazi und Uthman durften, nachdem sie die Vorherrschaft ihres Onkels anerkannt hatten, weiter ihre Provinzen verwalten.

Die Christen hatten das Ayyubidenreich einige Jahre lang in Ruhe gelassen. Zwar hatten sie einen neuen Kreuzzug ausgerufen, dieser war jedoch gegen Konstantinopel geführt worden und gar nicht erst bis ins heilige Land vorgedrungen.

Doch nun formierten sich wieder dunkle Wolken am Horizont. Der Waffenstillstand, den er mit Johann von Brienne, dem damals amtierenden König von Jerusalem geschlossen hatte, war ausgelaufen und diesmal waren die Kreuzfahrer in Ägypten gelandet und belagerten Dumyat am Nil.

Al-Adil hatte einen seiner Generäle damit betraut, alle Befestigungen und Mauern Jerusalems einzureißen. Wenn die Christen die Stadt eroberten, dann würden sie diese nicht lange halten können. Die meisten Muslime waren längst aus der Stadt geflohen, man befürchtete ein ähnliches Massaker wie bei der ersten Eroberung der Stadt durch die Christen vor über hundert Jahren.

Krieg führen mochte Al-Adil nicht mehr. Er war 73 Jahre alt, hatte unzählige Schlachten erlebt. Die Narben auf seinem Körper erzählten die Geschichte davon. Also war er einer offenen Schlacht immer wieder ausgewichen und hatte sich in seinen Palast zurückgezogen. Es würde nun an seinen Söhnen liegen, das Ayyubidenreich zu verteidigen.

„Zeigt ihnen keine Gnade“, beschwor er Al-Kamil, „sie haben sie nicht verdient!“

„Aber Vater...“, beschwerte sich Al-Kamil. Er musste nicht weiter reden.

Ja, in der Tradition seines Bruders hatte er immer wieder Gnade vor Recht ergehen lassen, nicht nur mit den Christen, auch mit Verrätern aus den eigenen Reihen wie Al-Afdal. Aber was hatte ihm das eingebracht? Sein Lebenswerk und das seines Bruders waren nun, da er zu alt war, um es weiter zu verteidigen, wieder in Gefahr. Er war einfach nur noch müde.

„Wenn ich ihnen dieses lächerliche Kreuz anbiete, das sie anbeten? Oder ihnen die verfluchte Stadt einfach zurückgebe? Dann haben sie, was sie wollen und lassen uns in Ruhe.“

„Muhammed“, redete er seinen Sohn mit dessen Vornamen an, „die Christen werden nicht aufhören uns zu bekämpfen. Das können sie gar nicht. Es ist ihre heilige Aufgabe. Hat der Prophet, dessen Namen du trägst, etwa gezögert, Mekka zurückzuerobern, als er nach zehn Jahren Exil Medina verließ? Haben die Mauren sich Gedanken darum gemacht, was sie anrichten, als sie die iberische Halbinsel einnahmen? Wir entscheiden nicht darüber, wer siegt und wer verliert, das tut nur Gott. So lange deine Armeen siegen und dein Reich stark ist, wird Gott auf deiner Seite sein. Wenn du verlierst und siehst dein Reich zerfallen, weißt du, dass Gott dich verlassen hat.“

Leise fügte er hinzu: „So wie er mich verlassen hat!“

„Aber Vater", beharrte Al-Kamil, „es muss doch eine Möglichkeit geben! Irgendeine!"

Saphadin seufzte. Er dachte an den großen Mann mit der kleinen Statur, den König der Engländer, den sie das Löwenherz genannt hatten. Wie er mit Richard um das heilige Land gestritten hatte. Wie sie sich nach den Friedensverhandlungen mit Holzschwertern gemessen hatten. Er musste schmunzeln.

„Weißt du noch, mein Sohn, als ich mich mit diesem kleinen König zum Spaß duelliert habe, nachdem wir Frieden geschlossen hatten?"

Al-Kamil grinste ebenfalls.

„Ja, Vater."

„Als ich ihn nieder gerungen hatte, half ich ihm hoch ...", begann er.

„... und er forderte ganz trocken eine Revanche bei eurer nächsten Begegnung", beendete sein Sohn den Satz.

Sie hatten sich nie wiedergesehen, der König der Engländer war lange schon tot.

Die Stimmung schlug um. Die Augen des Sultans füllten sich mit Tränen.

Er dachte daran, wie er Richards Frau Berengaria, die Königin von England, auf dem Turm Latruns in den Arm genommen und getröstet hatte. Das war nachdem sie ihm erfolglos angeboten hatte, Richards Schwester zu heiraten. Warum hatte er das nur abgelehnt? Warum war die Religion seiner Väter ihm damals nur wichtiger als ein dauernder Friede gewesen? Nun standen die Nazarener schon wieder vor seinen Toren und er war zu alt und krank, um ihnen entgegenzutreten. Und in diesem Zustand konnte er auch keine christliche Prinzessin ehelichen, um den Frieden zu besiegeln.

Al-Kamil, noch immer von sanftem Wesen und dem Kampf abgeneigt, würde die Verteidigung des ayyubidischen Reiches übernehmen müssen. Und sein Sohn wollte von ihm wissen, was er tun konnte.

„Du musst einen finden unter den Nazarenern, der aufrecht ist und guten Herzens. Dann kannst du vielleicht einen Frieden aushandeln."

Sultan Al-Adil Saif Ad-Din starb wenige Tage später. Die Stadt Damietta (Dumyat) wurde von den Kreuzfahrern besetzt, doch auf ihrem Vormarsch nach Kairo konnte Al-Kamil sie vernichtend schlagen. Keine zehn Jahre später brach Kaiser Friedrich II., der Sohn und Erbe Kaiser Heinrichs VI., zu einem neuen

Kreuzzug auf. Und tatsächlich fand Al-Kamil in ihm einen aufrechten Mann, mit dem er verhandeln konnte. Aber das ist eine andere Geschichte...

Sach- und Personenindex:

Abolitio inmerita – lat. „unverdiente Begnadigung“
Abu Ali – Wesir von Akkon (historisch nicht überliefert)
Abu Yaqub – Kalif der almohadischen Mauren bis 1199
A donde fueres, haz lo que vieres - span. Sprichw.: Andere Länder, andere Sitten
A falta de pan, buenas son tortas – span. Sprichw: Wenn es kein Brot gibt, schmeckt auch Kuchen! (In der Not schmeckt die Wurst auch ohne Brot)
Aischa – Al-Adils erste Haremsdame (historisch nicht überliefert)
Akka – arab. für Akkon (Hafenstadt im Heiligen Land)
Al-Adil – Bruder und Stellvertreter des Sultans Saladin (vgl. „Saphadin“)
Al-Afdal – Erstgeborener des Sultans Saladin
Al-Asfahani – Chronist Saladins
Al-Aziz – Sohn Saladins, Beiname Uthman
Alfons – Alfons VIII. von Kastilien, Vetter Sanchos des Weisen von Navarra
Ali – Beiname von Al-Afdal, Saladins Erstgeborener
Alix:

a) Prinzessin von Frankreich, Halbschwester von Philipp Augustus

b) Tochter der Eleonore von Aquitanien, vermählt mit Theobald von Blois

Al-Kamil – Erstgeborener Al-Adils
Al mal tiempo, buena cara – span. Sprichw: In schlechten Zeiten eine gute Miene! (Gute Miene zum bösen Spiel)
Alaikum salam – arab. Antwort auf „Salam alaikum!“ (Friede sei mit dir!)
Allah – in der isl. Religion der Name für den Einen Gott
Allahu Akbar - arab. „Gott ist der Größte“
Al-Quds – arab. Name für die Stadt Jerusalem, in etwa „die Reine“
Al-Qustantinyya – arab. Für Konstantinopel, früher Byzanz, heute Istanbul. Hauptstadt des griechischen Kaiserreichs (heute „Byzantinisches Reich“ genannt)
Audita tremendi – in etwa „höret und fürchtet euch!“, päpstliche Bulle (Bekanntmachung), die zum dritten Kreuzzug aufruft

Austria – heute: Österreich
Az-Zahir: Sohn Saladins, Beiname Ghazi
Balian von Iblin – Kreuzritter und Verteidiger Jerusalems
Barbarossa – Friedrich I., Kaiser des Heiligen Römischen Reiches (modern: hl. röm. Reich Deutscher Nation)
Barriga llena, corazón contento – span. Sprichwort: Voller Bauch, glückliches Herz (Gutes Essen hält Leib und Seele zusammen)
Berengaria von Navarra – Prinzessin des Königtums Navarra
Blanka:

a) Blanka von Navarra, jüngere Schwester Berengarias

b) Blanka von Kastillien, Enkelin Eleonores und spätere Königin von Frankreich

Caballo regalado no se le mira el diente – span. Sprichw., etwa: Einem geschenkten Gaul schaut man nicht ins Maul.
Caementarius novus – lat. der ungewöhnliche Maurer
Camarón que se duerme se lo lleva la corriente – Span. Sprichw.: Wenn du ein Nickerchen machst, hast du verloren (Wer rastet, der rostet)
Captivus impudens – lat. der freche Gefangene
Cencio Savelli – rechte Hand des Papstes, ab 1216 Papst Honorius III.
Clemens – Clemens III. - Papst nach Gregor VIII. (1187-1191)
Coelestin – Coelestin III. - Papst nach Clemens III. (1191-1198)
Cor leonis – lat. Herz des Löwen
Cría cuervos y te sacarán los ojos – span. Sprichw.: Wer Raben aufzieht, dem hacken sie die Augen aus
Cuando el río suena, agua lleva – span. Sprichw.: Wenn man den Fluss hört, ist Wasser drin (Wo Rauch ist, ist auch Feuer)
Dar Al-Harb – arab. das Haus des Krieges, Bezeichnung für nicht isl. Länder
Dasisa – arab. Intrige
Degenhard von Hellenstein – Lehrer des Friedrich VI., Regent von Schwaben
Del tal palo, tal astilla – span. Sprichwort: Dieser Splitter kommt vom gleichen Pfahl (der Apfel fällt nicht weit vom Stamm)
Deus vult – lat. Gott will es. Schlachtruf der Templer
Dimasq – arab. Name von Damaskus
Dime con quién andas, y te diré quién eres – span. Sprichw.: Sag mir, mit wem du umgehst und ich sage dir, wer du bist

Dorothea von Zypern – Tochter des „Kaisers" Isaak von Zypern (Name nicht historisch überliefert)
Dschanna – arab. Himmel
Dschehenna – arab. Hölle, vgl. hebr. Gehenna
Eberhard von Salisbury – Kreuzritter
Eleonore von Aquitanien – Mutter des Richard Löwenherz
El que madruga coge agua clara – span. Sprichw.: Wer früh aufsteht bekommt klares Wasser (Morgenstund hat Gold im Mund)
El que quiera pescado que se moje el culo – span. Sprichw.: Wer Fische fangen will, bekommt einen feuchten Hintern (selbst ist die Frau)
El saber no es poder, sin embargo el saber hacer sí es poder -span. Sprichw., etwa: Nicht Wissen ist Macht, Können ist Macht
Farid – Hauptmann der Zitadelle von Damaskus unter Al-Adil (historisch nicht belegt)
Fawz – arab. Sieg
Fernando von Navarra – Prinz von Navarra, später Geisel des Heinrich VI.
Franklin – Spion des Richard Löwenherz (historisch nicht belegt)
Friedrich

a) Friedrich I. - Barbarossa, Kaiser des Heiligen Römischen Reiches Deutscher Nation

b) Friedrich VI. - Herzog von Schwaben, Sohn Barbarossas

Gemonische Treppe – Treppe am Staatsgefängnis Carcer Tullianus in Rom, auf der in der Antike – und wahrscheinlich auch noch im Mittelalter – Hinrichtungen vollzogen wurden
Ghazi – Sohn Saladins, eigentl. Az-Zahir
Gregor – Gregor VIII. - Papst nach Urban III. (1187)
Guido von Lusignan – König von Jerusalem
Ham – alte Bez. für Schwarzafrikaner (nach einem der Söhne Noahs)
Haram – im isl. Kontext so viel wie tabu, sündhaft - z.B. Alkohol, Schweinefleisch
Hattin – Dorf am See Genezareth, Schauplatz der Schlacht von Hattin am 4.7.1187 in der die Christen eine schwere Niederlage erlitten
Hazima – arab. Niederlage
Heinrich:

a) Heinrich I. - ehem. König von England, 2. Gemahl der Eleonore von Aquitanien

b) Heinrich VI. - Erstgeborener Barbarossas und designierter Kaiser des Heiligen Römischen Reiches Deutscher Nation

c) Heinrich der Löwe – Herzog der Welfen, Konkurrent der Kaiserfamilie (Staufer)

d) Heinrich von Champange . Ab 1192 (durch Heirat mit Isabella) König von Jerusalem

e) Heinrich III., Nachfolger von Johann Ohneland als König von England

Heros fortis – lat. der tapfere Held

Hisar – arab. Belagerung

Honorius – Honorius III., Papst ab 1216, ehemals Cencio Savelli

Hörner von Hattin – zwei Hügelkuppen nahe Hattin

Humfried – Humfried IV., Herr von Toron, verheiratet mit Isabel von Jerusalem

Ibrahim – arab. Name für den Propheten Abraham (AT)

Iidhlal – arab. Erniedrigung

Ingeborg – dänische Prinzessin, Friedrich VI. versprochen

Innozenz – Innozenz III., Papst nach Coelestin III. (1198-1216), ehemals Kardinal Lothar von Segni

Inschallah – arab. so Gott will

Interitus ineptus – lat. unwürdiger Tod

Isa – arab. Name für Jesus Christus

Isaak – Kaiser der Griechen (modern: Byzantinisches Reich)

Isaak Komnenus – selbsternannter „Kaiser“ der Insel Zypern

Isabel von Gloucester – erste Frau Johann Ohnelands

Isabella von Jerusalem – Nach dem Tod der Geschwister Balduin und Sibylla Königin von Jerusalem, Frau des Humfried IV.von Toron, später gegen ihren Willen mit Konrad von Montferrat verheiratet, nach dessen Tod mit Heinrich von Champagne liiert

Izz ad-Din Masud – Zengidenführer bis 1193

Johann Ohneland – Jüngerer Bruder des Richard Löwenherz

Johanna – Jüngere Schwester des Richard Löwenherz, bis 1191 Königin von Sizilien

Karolus Magnus – Karl der Große, fränkischer König im 8. Jh. n. Chr.

Kilic Arslan – König der Seldschuk-Türken

Konrad von Montferrat – Markgraf, später durch Heirat mit Isabella König von Jerusalem

Konrad von Wittelsbach – Bischof und Berater des Kaisers Barbarossa

Konstanze:

a) ungarische Prinzessin, Friedrich VI. versprochen

b) Konstanze von Sizilien, Frau von Heinrich VI.

c) Konstanze von Toulouse, für kurze Zeit mit Sancho dem Starken verheiratet

Kuffar – arab. Ungläubiger, Heide

Lateran/Lateranpalast – Bis ins 14. Jh. Sitz des Papstes (in Rom)

Leopold von Austria – Leopold V., Herzog von Österreich

Lothar:

a) Lothar von Hochstaden – Mörder des Albrecht von Löwen

b) Lothar von Segni - Kardinal und päpstlicher Berater, später Papst Innozenz III.

c) Lothar von Welfen – Kreuzritter, stirbt bei Philomelion (historisch nicht belegt)

Ludwig der Franke – Ludwig VII., Frankenkönig, erster Mann der Eleonore von Aquitanien

Lues horrenda – lat. schreckliche Seuche

Maria/Maryam – arab. Christin aus Jerusalem, Sklavin des Al-Adil (historisch nicht belegt)

Más vale pájaro en mano que cien volando – span. Sprichw: Ein Vogel in der Hand ist mehr wert als tausend fliegende (lieber den Spatz in der Hand, als die Taube auf dem Dach)

Más vale tarde que nunca – span. Sprichwort: Besser spät als nie!

Maschallah – arab. (in etwa) möge es Dir gut gehen!

Mathilde – Ältere Schwester von Richard Löwenherz, verstorben 1189

Mitgift – Geschenk des Brautvaters an die Braut

Miramamolin – Muhammed an-Nasir, Kalif der almohadischen Mauren ab 1199

Musa – arab. Name für den Propheten Moses (AT)

Naffatun – arab. Fernkampfeinheit (Bombenwerfer)

Nasara– arab. Nazarenerin (Christin)

Navarra – Zwergkönigreich in Nordspanien, Herrscher: Sancho der Weise

Nazarener – arab./musl. Bezeichnung für Christen bzw. Christus (vgl. Jesus „von Nazareth“)

Noel – Templer, später Leibwächter Al-Adils (historisch nicht belegt)

No hay mal que por bien no venga – span. Sprichw. Alles schlechte hat auch seine gute Seite
Nur ad-Din – Zengidenführer bis 1187
Ojos que no ven, corazón que no siente – span. Sprichwort: wörtl. Augen die nicht sehen, Herz, das nicht fühlt (Aus den Augen, aus dem Sinn)
Outremer – andere Bezeichnung für die Kreuzfahrerstaaten im Raum Palästina
Paradiso spero – lat. ich hoffe auf das Paradies
Persona corporis – lat.: eigentl. ist die Leiblichkeit Christi gemeint, wörtl. Übersetzung aber auch lebender Leichnam
Peter von Capua – Priester und Unterhändler, auch: Petrus Capuanus
Phillip Augustus – König der Franken
Phillip von Milly – früherer Herr der Burg Kerak, nahm Saladin in dessen Jugend gefangenen
Quapukulu – Adlige muslimische Kavallerie
Quien bien oye, bien responde – span. Sprichw., etwa: wer gut zuhört, antwortet gut!
Quien fue a Sevilla perdió su silla – spran. Sprichw.: Wer nach Sevilla ging, verlor seinen Stuhl (weggegangen, Platz vergangen)
Raimund:

a) Raimund V. von Toulouse – Gegner der Katharer, kämpft gegen Sancho VII.

b) Raimund VI. von Toulouse – zweiter Mann der Johanna von England

Rainald von Chatillion – Kreuzritter, Herr der Burg Kerak, plünderte Mekka und Medina
Redemptio omnino – lat. Allerlösung (die Vorstellung, dass alle Menschen ins Paradies kommen, vgl. gr. Apokastasis pantheon)
Rex infelix – lat. der unglückliche König
Richard Löwenherz – König von England
Robert von Sable – Vasall Richards, Meisterspion, später Großmeister des Templerordens
Römisches Reich (römischer Kaiser, Römer):

a) Das Alte Rom der Antike von Romulus über Caesar und Augustus bis Romulus Augustulus

b) Das Heilige Römische Reich Deutscher Nation (siehe auch „Teutonen“)

c) Das oströmische bzw. byzantinische Reich der Griechen

Ronald von Alion – Herr der Burg Usson, Katharer (historisch nicht belegt)

Saladin – Sultan der Ayyubiden, voller Name Yusuf ibn Ayyub Salah-Ad-Din Al-Malik

Salam alaikum – arab. Friede sei mit dir!, wird mit alaikum Salam beantwortet

Sancho der Starke – Sancho VII., Kronprinz von Navarra, Berengarias Bruder

Sancho der Weise – Sancho VI., König von Navarra, Berengarias Vater

Saphadin – Verballhornter Ehrenname Al-Adils (eigentl. Al-Adil Saif Ad-Din Abu Bakr), Bruder und Stellvertreter Sultan Saladins

Schahadda – das islamische Glaubensbekenntnis („ich bekenne, dass Allah der einzige Gott und Mohammed sein Prophet ist")

Scandalum moralis – lat. moralischer Eklat

Schia – Islamische konfessionelle Abspaltung, die Ali, den Vetter des Mohammed, als rechtmäßigen Nachfolger des Propheten ansieht

Shukraan Jazilaan – arab. vielen Dank

Senex onerosus – lat. der lästige Greis

Si no vas por todo, no vayas – span. Sprichw.: Ganz oder gar nicht

Sipahi – Arabische leichte berittene Bogenschützen

Staufer – Familie des Kaisers Barbarossa

Stephanie von Milly - Frau des Rainald von Chatillion, Saladin hatte sie auf dem Arm, als sie noch ein Säugling war und er in der Burg ihres Vaters gefangen war

Sunna – Größte islamische Konfession, erkennt Ali nicht als Mohammeds Nachfolger an

Sunnit – Anhänger der Sunna

Suspectio hostitiis – lat: Feindliche Übernahme

Tankred der Usurpator – Herrscher Siziliens

Taqdir – arab. Schicksal, Vorbestimmung

Tasalah – arab. Versöhnung

Teutonen - Germanen bzw. Deutsche, Stammesbezeichnung (das hl. röm. Reich sah sich nicht als Stammes- sondern als Glaubensverbund an, der Zusatz „Deutscher Nation" entstand erst später, um es vom Alten Rom unterscheiden zu können)

Timor inferno – lat. Angst vor der Hölle

Umma – die Gemeinschaft der muslimischen Gläubigen

Urban – Urban III. - Papst (1185-1187)
Uthman – Sohn Saladins, eigentl. Al-Aziz
Vectigal invidiosum – lat. die verhasste Steuer
Wasia – arab. Testament
Welfen – Mit den Staufern konkurrierende Adelsfamilie
Wilhelm:
a) Wilhelm der Eroberer – ehem. König von England (1066-1087)
b) Wilhelm von Sizilien – König von Sizilien, erster Mann der Johanna von England
c) Wilhelm, Bischof von Ely, genannt Longchamp, in Richards Abwesenheit als engl. Regent eingesetzt
d) Wilhelm der Marschall, Regent Heinrichs III., Nachfolger König Johanns
Wittum – Geschenk des Bräutigams an die Braut
Y fueron felices y comieron perdices. - span. Sprichw.: Sie lebten glücklich und aßen Rebhühner (und wenn sie nicht gestorben sind, dann leben sie noch heute)
Zehra – maurische Prinzessin, die eine Liebschaft mit Sancho dem Starken eingeht (Name historisch nicht belegt)

Nachwort:

Der Autor hat in diesem Roman versucht, historisch möglichst akkurat zu arbeiten. Dort wo die Forschung sich einig über Ursachen, Hergang und Folgen von Ereignissen ist, wurden diese dementsprechend übernommen. Dort wo sich Quellen widersprechen, geschah eine Auswahl entweder danach, welche Version am Wahrscheinlichsten wirkte oder danach, welche am Besten in das dramatische Geschehen des Romans passte.

Und natürlich wurden die vielen Lücken, die es in der Beschreibung von Ereignissen, die tausend Jahre zurückliegen, nun einmal gibt, weidlich ausgenutzt, um auch fiktionale Teile in die Handlung einzubauen. Ronald von Alion, Noel, Maryam, der Wesir Abu Ali, Franklin und Hauptmann Farid, sowie einige andere Charaktere im Buch, sind keine historisch überlieferten Figuren. Berengarias Attentate und Intrigen, wie auch ihre sonstigen Träume, Ideale und Aktionen in diesem Roman sind reine Erfindungen des Autors und ebenso wenig geschichtlich belegt wie der Hergang der Schlachten Al-Adils gegen seinen Neffen Al-Afdal, sein freundlicher Zweikampf mit Richard Löwenherz nach dem Friedensschluss oder seine letzten Worte.

Da die Bezifferung der auftretenden Personen, Herrscher und Päpste mit römischen Zahlen einen Anachronismus dargestellt hätte (die wurde erst im Nachhinein von den Historikern vorgenommen), wurde versucht der Namensverwirrung (so viele Heinrichs, Sanchos und Al-Irgendwasse) mit Humor zu begegnen. Im Index finden sich Hinweise auf die verschiedenen Namensträger. Auch bei anderen Bezeichnungen wurden möglichst die zeitgenössischen gewählt (z.B. „griechisches" statt „byzantinisches" Reich). Die fränkischen und englischen Namen wurden eingedeutscht.

Der Reiz daran, die historischen Ereignisse, die keinem dramatischen Plan folgten, sondern sich eben so entwickelten, wie sie es taten, in eine dramatische Handlung zu transponieren, war gleichzeitig die große Herausforderung beim Schreiben dieses Romans. Der Autor hofft, dass dem informierten Leser der Drahtseilakt zwischen historischer Sorgfältigkeit und dramatisch notwendiger Fiktion beim Lesen genauso Spaß bereitet hat, wie es eine Freude war, diesen Roman zu schreiben. Neben der notwendigen Auslassung von Charakteren und Ereignissen mag sich auch die ein oder andere historische Ungenauigkeit eingeschlichen haben, da das Ziel des Romans eben nicht eine geschichtliche Darstellung, sondern eine dramatische Zuspitzung des Dritten Kreuzzugs und seiner Nachwirkungen gewesen ist.

Printed in Poland
by Amazon Fulfillment
Poland Sp. z o.o., Wrocław

35325807R00249